Asiris Romero

Desde sus ojos

DESDE SUS OJOS

De ningún modo está destinado a proporcionar asesoramiento psicológico, jurídico, contable o de cualquier otro tipo profesional por parte de los editores ni de los autores particulares. El contenido y los puntos de vista que se exponen en cada capítulo corresponden únicamente a la expresión y opinión de sus autores y autoras, y no necesariamente a Fig Factor Media, LLC.

El contenido de este libro mantiene el estilo y la composición original del autor y no refleja los esfuerzos completos de edición de los casa editorial.

Para más información, visite:
Fig. Factor Media, LLC | www.figfactormedia.com

Diseño de tapa y maquetación: Anthuane Turanzas y Manuel Serna
Diseño de interior: LDG Juan Manuel Serna Rosales

Impreso en los Estados Unidos de Norteamérica

ISBN: 978-1-959989-23-3
Número de Control de la Biblioteca del Congreso: 2023932751

Al igual que los agradecimientos, este libro está dedicado a las personas que le dieron apoyo al no solo inicio y la continuidad, sino al comienzo de todo este sueño de publicarlo.

Erick Ruelas.
Sinaí Ochoa.
Jacqueline Ruiz.

ÍNDICE:

AGRADECIMIENTOS

Creo que no hay palabras para describir la emoción que siento mientras escribo esto, sin embargo, en mi mente habitan muchas personas a quién agradecerles.

Erick Ruelas. Creo que no hay mejor persona para empezar que tú, gracias a ti y tu instinto de apoyo mutuo, el sueño de que mi libro no se mantuviera cohibido se hizo realidad. Además de tus sinceras opiniones que me ayudaron a acoplar una mejor vista de esta.

Sinaí Ochoa. Sin ti el libro no hubiera llegado a más que unas emociones poco atadas, además de apoyarme con la idea de tener este libro. Agradezco infinitamente tu estancia.

Por supuesto, también le quiero dar las interminables gracias a **Jacqueline Ruiz**; sin ella y su apoyo, mi libro solo sería un documento en mi computadora, usted es la principal base de esta semilla de mi sueño.

Nota de la Autora

Cuando hablo de mí, no puedo evitar sentirme totalmente egocéntrica; sin embargo, también soy consciente de que, para entender la extrañeza de Sasha y el cómo pudo ser creada, deben de saber al menos un poco de m historia. Claro, jamás negaré mi parentesco con ella, al contrario, saber que había alguien que emanaba las mismas emociones que yo, me calma el alma.

Nací el 20 de julio del 2003 en Zapopan, Jalisco, México. Siendo la cuarta y última de los hijos. Me gustaría narrar con detalles el lugar donde se me dio a luz, pero los bebés no tienen tan buena memoria al ser recién nacidos. Gracias al trabajo de mis padres estuvimos en constante movimiento, y al igual que los autos en los que nos transportábamos, fui creciendo y notando más cosas y emanando más emociones, quienes son las culpables de traerme hasta aquí.

No obstante, no fue hasta los seis años, con una pésima ortografía y una aberrante caligrafía que descubrí mi amor a los poemas, el hecho de saber que a las emociones, vivencias, sentidos y tragedias les podía poner color y sabores, me alentaba a seguir haciéndolo; recuerdo que mis temas favoritos era el desamor y la tragedia de la muerte, siempre estuve fascinada de cómo era el contraste tan mágico. Mientras la vida era apoyada y emocionante para la mayoría, la muerte jamás se le ha podido desear ni siquiera al más enfermo. Tétrica, le llaman. He de aclarar que, aunque la muerte la encontraba más hermosa y misteriosa que la vida, no se puede decir de mí que era alguien que ocasionaba algo como eso, al contrario, respeto el ciclo y no voy a negar mi miedo hacia ella. Respira en la nuca. Siempre.

Pero mis poemas eran de la descendencia de la vida y como solamente ella te iba a hacer darte cuenta de lo que hiciste mal y el verdadero arrepentimiento de perder a alguien. A la edad de los once años, me animé a escribir mí primer libro, cada vez que lo recuerdo me quiero reír de lo extraño que era, trataba de aquellos fanfiction del momento, claro, en esos tiempos creía que la forma en la que escribía ya era buena y no necesitaba cambiarlo. Crecí. Y ese libro fue borrado por la vergüenza de haber hecho algo tan aberrante como eso, sin embargo, en el fondo me había dejado la intriga de cómo sería escribir un libro completo, por supuesto, en ese momento quedó así; como una intriga. Conforme fui creciendo y múltiples vivencias que me hicieron dudar de qué tan hermosa era la vida, me di cuenta de que sentía, escuchaba y veía cosas de las cuales estaba segura que la gente a mi alrededor no estaba viendo. Mi depresión y la ansiedad constante me dieron un aterrador obsequio de filosas emociones que en ese momento no podía erradicar, y, claro, no podría entender y asimilar. Era joven. Más de lo que lo soy ahora.

Alejada de las cosas que me gustaban —entre ellas: escribir—, me daba cuenta de lo mucho que me guardaba las cosas y de lo mal que se sentía mi cabeza con el hecho de recordar mis sentimientos. En primero de secundaria me atreví a regresar con la poesía después de un "descanso" de esta, me llenó de emoción ver a mi maestra de español tan sorprendida de lo que había hecho, y presumo que incluso llegó a pensar que eran de algún autor. No olvidaré su sonrisa ladina mientras me entregaba mis poesías, a le medida de que su mano se extendía a la mía, mencionó mi talento a la escritura. Me había dejado en claro que ese retorno solamente fue por el trabajo, pero me decía a mí misma lo "poco interesada" que estaba en algo así.

Pasé a tercero de secundaria con catorce años cumplidos, después de mi pelea emocional con mi yo de segundo de trece años, no voy a mentir, estaba realmente mal; delgada de una manera preocupante, ojeras inexplicables, un cabello desordenado que odiaba cepillar y no lo consideraba importante; y la falta de emoción para ver las cosas, sin contar mi falta de alegría para hablar sin llorar. Mis manos decidieron tomar una libreta para escribir lo que sentía en esos momentos de batalla conmigo misma.

No voy a decir que el obsequio se esfumó, porque creo que se alimentaba de mi insomnio, dejándome con más emociones que no podía equilibrar por mi poca compresión hacia lo que me estaba pasando; hablando con mi compañera de salón, Sinaí Ochoa, me dio la idea de escribir mis emociones, para después quemarlas. Accedí, pero mi plan se iba a ser más largo cuando mis dedos tocaron el pequeño teclado de mi celular, tomé aquellos escritos de la libreta desgastada y comencé; cuando escribí el primer capítulo, no solo mezclé todas mis emociones del momento, sino también decidí hacerlo como un libro, pensé en lo egoísta que podía verme si estos pensamientos me los quedaba solamente yo así que opté por crear un personaje: Sasha. Un espejo andante de mí, que pensaba lo que yo, que hacía lo que yo quería hacer y decía lo que yo quería decir; aunque tenía que reconocer algo: Sasha es mucho más valiente que yo. Claro que me enamoré de ella, era igual de humana que el humano, y se equivocaba con mucha frecuencia, no era perfecta, fracasaba en muchas cosas y quería morir. Era mi mensajera perfecta. Era más humana que muchos.

Para escribir a Sasha tuve que verme, tuve que sentirme y saber exactamente qué era lo que realmente quería hacer con ella; era más que obvio, siempre quise dar a conocer lo que yo podía hacer y sentir, creé a Sasha como una persona que acompaña a quien se siente solo, sabía que había creado a Sasha para hacer sentir comprendidos a los incomprendidos, entre esas personas, yo.

Escribirlo fue difícil y cada capítulo siempre lo terminaba con un nudo en la garganta, era abrir sentimientos y pensamientos viejos; recuerdos de daños tan significativos en mi vida que mi propio cerebro quiso bloquear. Pero también me ayudó a despejarlo, y a decirme que no era la única que pasaba por ello; Sasha también lloraba por la misma situación. Soy consciente y no voy a saltarme ninguna etapa de mi vida, me enamoré, y por supuesto, Sasha también tenía que pagar las consecuencias de mis emociones, agradezco todas las sensaciones causadas, desde las mejores hasta las peores, porque conocí lo bueno que era amar y ser amado. Además, una buena sensación de más apoyo de compresión, justamente lo que ella y yo necesitábamos.

Finalicé el libro a la edad de los dieciséis años, con satisfacción pero también con melancolía de que Sasha y yo ya no podríamos hablar del todo, pero con el conocimiento de que ella me va a escuchar siempre y que, por cosas de pensamientos y destino, ella y yo siempre estaremos conectadas. El sueño se iba a quedar ahí, no obstante, gracias nuevamente a Erick Ruelas, conocí a Jacqueline Ruiz, la causante y cómplice de que este libro fuera la semilla plantada de nuevas aventuras, que estoy segura que viviré junto con Sasha.

PRÓLOGO

"No vale la pena huir si sigues aquí, ¿de qué me sirve?, me encontrarás, hecha ovillo en algún rincón de mi cabeza, suplicando clemencia y haciendo el hazmerreír para que no me mates.
Me hincaré ante ti, sosteniendo el rosario, mientras el fuego quema mis entrañas, escuchando aquellas risas, la cabeza arde. Todo el mundo está en llamas. ¿Solo yo? Rebusco, pero no hay nadie. Hablo con la pared, como mencionan, entonces te veo.
¿Dejaste de creer en mí y es por eso por lo que tu misericordia ya no está conmigo? Ahora, en vez de sentirme protegida, me das miedo. Si me diste este infierno por amor, no quiero saber que me darás cuando me odies.
Trata de ti, de mí, de mi cabeza y el final es tan estúpido, que no quedará de otra más que dudar de tu existencia. Como dudo de la mía.
Nada mata más rápido a un hombre que su propia cabeza.
Perdón, tengo que recoger mi sangre."

Las voces chocaban unas con otras; las lágrimas caían con cierto desespero mientras miraba aquella persona retorciéndose en el suelo por mi maldita culpa, miré las manos llenas de sangre; sentía la culpa caer a mis espaldas, yo no había sido, estaba sintiendo desespero por pedir disculpas inútiles. Esto estaba mal, las manos tiraban las gotas que chocaban con el suelo, caminé hacia el cuerpo donde me arrodillé y lo abracé, sentía sus últimos jadeos en mi cuello que se erizaba cuando lo escuchaba.

—L-Lo siento tanto. . . —murmuré mientras acariciaba su cabello que tapaba su frente—: yo no q—

—Tú querías. . . —corrigió, a lo cual negué rotundamente, no era cierto, ¡no lo era!

—N-No e-es así. . . Ellas. . . Ellas. . . —trataba de hablar, pero cada vez podía menos, la miraba con tristeza, y ella sonrió.

—T-Te. . . Te lo agradezco. . . —murmuró.

Me quedé quieta un momento, tratando de analizar lo que me había dicho hace segundos, fruncí el ceño confundido— ¿Agradecerme? ¡P-Por Dios, ¡m-morirás! —chillé, acarició mi cabello con lentitud, mientras escuchaba mis sollozos.

—A-Ahora podré reunirme con m-mi amada hija. . . —sonrió dulcemente.

—¡Pero tu hijo! ¿¡Lo dejarás sólo!? —pero ella ya no dijo nada. La moví varias veces, tratando de despertarla con idiotez.

Y la moví, la moví, hasta que entendí que ella ya no despertaría; negué de nuevo, no podía aceptar que ella estaba muerta.

No podía aceptar que yo la había matado.

—No..., no, no, ¡no maldita sea, no! —lloré más fuerte mientras apegaba su cara contra mi pecho, apreté levemente su cabello mientras mis manos se llenaban más de su sangre.

Eres una psicópata.

N-No, no lo soy. . .

Eres una patética basura.

—N-No, ahora no por favor. . . Déjenme, ¡cállense! —cerré con fuerza mis ojos.

—"No sirves para nada, eres una psicópata, estás loca." —rio, abrí los ojos mientras encajaba más mis uñas en su cabello.

—Déjenme sola. . . ¡¿Qué quieren de mí?! —la abracé más.

Psicópata...

Ya dije que no lo soy...

Loca.

—No... No estoy loca. —miré las paredes. — No lo estoy.

Enferma...

Enferma...

Enferma...

—¡Maldita sea, que no lo soy! —me acurruqué más en su frío cuello mientras que los sollozos se hacían más grandes y escandalosos.

—¿Por qué estás llorando, Citlalli? —miré asustada aquella figura mejor, su cabello desordenado mientras que se tallaba los ojos de forma adorable.

No sabía qué hacer, estaba en un lío.

Él la miró, sus ojos se abrieron sorprendidos, se notaba que un nuevo trauma iba a llegar a su mente, se notaba congelado, no sabía cómo reaccionar.

Mátalo... Reúne la familia.

No, no haré eso...

—¿Y-Y por qué mamá e-está así? —la apuntó.

Me levanté, dejando el cuerpo, su anatomía chocó con el duro suelo, que, por ende, realizó un sonido corto; se exaltó cuando lo escuchó, la miró asustada para después mirarme a mí.

—Hay veces, en las que Dios no puede hacer su trabajo por lo ocupado que está... —me arrodillé y lo tomé de ambos brazos, él las miró con miedo para después mirarme a mí de la misma manera, después de eso, proseguí—: Así que les ordenan a personas que les den las almas de los demás...

—N-No eres un ángel. —chilló, su voz dulce temblaba al igual que su cuerpo, sonreí.

—Pero tampoco soy un demonio...

Capítulo I

Una habitación oscura, abrumadora, con la esperanza en el suelo y por los altos de ser aterradora. Aquí estaba, sola, tapándome los oídos, ciega, y creyendo que ellas se iban a callar con un simple grito de parte mío. Encerrada en mi propio calabozo por la sentencia que yo misma me hice, cometí el error, y ahora estoy pagando por ello.

Pero ¿qué haré aquí? ¿Voy a huir?, qué buena broma.

No puedes huir de ellas.

No lo creas.

Cansada de tener las esposas ya oxidadas cubriendo mis muñecas mientras caminaba vaga por toda la cárcel. La mente era mi cárcel.

Yo era una criminal para ésta.

Después de todo, es cómo una cárcel realista; donde los guardias te tiran al maldito suelo y te hacen sentir poca cosa.

Mátate.

No quiero... ¡No!

Vamos, suicídate, no hay nadie en quién pensar.

Si las hay... Las hay ¡en verdad las hay!

No las hay. Maldita mocosa, ¿no escuchaste cuando tu madre dijo que sólo quería tres niños?

Sí...

¿Entonces? Hazle un favor, suicídate, mátate para que ella pueda ser feliz.

¡Maldita sea cállate!

¡Vamos imbécil, será el único orgullo que harás que tu madre tenga de ti!

—Cierto. . . —murmuré, sentada afuera de casa, debajo de la ventana de mi madre. Tan ciega estaba que no me había dado cuenta de que estaba hablando, hace unos momentos había negado a Andrea a acompañarla a la tienda con Jean, no tenía ganas, no quería.

Si cerraba mis ojos, miraba todo el cuarto oscuro de donde provengo, miraba la habitación y la pequeña ventanilla que estaba adornando aquel vacío lugar.

Si los abría, miraba la torpeza de mi mundo. No tenía que quejarme, no tenía el derecho después de todo; yo creé mi mundo, yo creé mi infierno. Miraba a la nada, observando las ventanas sucias del auto viejo de mi padre.

Mi madre se burlaba de mí, riéndose de los que escucho y diciendo que solo era una etapa. No decía nada, solo decidí cerrar levemente los ojos.

Me sacaron de mi celda una vez más, creí que por fin todo iba acabar después de escuchar las palabras de mis amigos diciendo que no las escuchara.

Me dijeron que vería a alguien muy importante en una persona normal, mientras que me empujaban al lugar escuchaba las gotas caer al pequeño charco que había creado, las telarañas en cualquier lugar y varios papeles tirados en el camino. Había una puerta ahí y ellas me metieron, encerrado mi ser. Ni siquiera me quejé, un calabozo más de todos los que tengo, todos castigan diferente, pero duelen igual o incluso peor; miraba el lugar fascinada, todo era un lugar cálido y pintado de un color rosa pastel, miraba el suelo, mis pies desnudos tocaban las notas donde algo venía escrito, con un poco de esfuerzo, subestimando las esposas tomé el papel y lo leí.

"El rosa no me agrada. Ah, pero a veces se ve lindo, ¿no?, mi abuelito dice que las princesas como yo las utilizan, pero no me agrada tanto.

Tengo que irme, adiós diario.

Atte.:

Sasha."

Me quedé congelada mientras miraba el lugar donde las hojas caían. Un cielo azul y cálido, nada comparado con el techo negro y aterrador de mi cárcel; seguí recogiendo las pequeñas notas, lastimando más los pocos sentimientos que me quedaban.

"Todo el mundo es amigable. ¡Oh! ¿Te imaginas conocer todo el mundo? Wow, sería grandioso. Después de todo, el mundo es lindo y agradable.

Adiós diario, te quiero.

Atte.:

Sasha."

Las lágrimas brotaban de mis ojos mientras leía más y más de lo que había escrito hace años. . . Comencé a correr con un poco de esfuerzo al no tener las manos sueltas y pegándome con estas viejas y oxidadas esposas; parecían que en algún momento se romperían y yo sería libre.

Pero ¿cuántas veces he dicho eso?

Leía y corría; las notas que caían del cielo, corrí hasta que llegué a aquel lugar de nuevo: viejo, tenebroso, oscuro y sin vida alguna. Me di la vuelta creyendo que dando pasos atrás volvería a aquellos viejos y agradables recuerdos de mi infancia antes de que ellas me atacaran, pero no, no podía dar pasos atrás.

Una hoja blanca, arrugada y rota se posó en mi hombro, indicando que la tenía que leer, temblorosa, agarré la nota y la leí.

"¡Hoy casi muero por estar debajo de un carro! ¡No es justo! ¡Ellas también tenían que jugar conmigo y los su culpa mamá me pegó!

Ya no quiero jugar su juego..."

Temblé más de lo que lo hacía, volteé atrás donde las notas caían, a diferencia del primer lugar; todo sonaba como el sonido de las hojas de otoño siendo pisadas, crujen. Recogí otra nota, temblorosa mientras lloraba por todo lo que estaba pasando.

"Las voces ya no me agradan, hacen juegos feos donde estoy arriesgando mi vida y eso no me agrada. No me gusta que quieran que me encaje un cuchillo para "nuevas experiencias."

Arrugué la nota molesta mientras lloraba de coraje, me agarré el cabello desesperado, viendo todo el lugar donde las hojas caían con tentación a leer un poco más, estaba comenzando a enojarme, llorar más y derrumbar mi cuerpo.

Enferma...

—"¿¡Qué más quieres!? ¡¿Qué quieres que haga aquí?!" —grité entre sollozos, buscando la respuesta en el techo. Pero no recibía una repuesta, solo sentía como caminaba sin tener poder sobre mí.

Leía cada nota, cada mal recuerdo cuando solo era una niña abusada de voces que se aprovechaban de su estupidez.

Agarré otra nota, esperando que fuera la última, pero era más que torpe pensar en eso. Había tantas que leer, pero tantas que me harían recordar porqué estaba aquí.

"Hoy casi me expulsan de la escuela por golpear a una niña y casi dejarla inconsciente. Pero yo no fui, ¡puedo jurar! ¡Fueron ellas! ¡Ellas tomaron mi lugar y ellas me hicieron golpearla!... Ellas hicieron esto, no yo, yo no lo hice no. Fueron ellas, sí, ellas hicieron esto. . . No estoy loca, ¿verdad?"

Mojé la vieja y destruida nota con mis lágrimas, mi cuerpo estaba temblando mientras que el recuerdo de aquella niña se me venía a la mente. . . Allí, pidiendo piedad ante mis golpes, dejé la nota y agarré más; entre más miraba, más deseaba matarme y acabar con todo esto.

Dejé la última nota, caminaba más al fondo donde pude ver el pasillo, caminé hacia ahí pues no había otro camino más que tomar. Cada vez que caminaba, había letreros recordando mi infancia. Cuando llegué, callé, simplemente miraba su cuerpo colgado mientras el hermoso color rosa pastel y las notas positivas regresaban. Pero ella *no* podía. Ella estaba muerta con una sonrisa, colgada, mientras tenía marcas en su cuerpo.

Grité lo más fuerte posible al verme ahí, colgada mientras las notas de cálidas letras caían en mis hombros y cabeza; los sollozos se hacían más grandes mientras agarraba mi cabello.

¿Ves lo que pasa?

¡Déjame!

Nos subestimas.

¡Cállate, no eres real no lo eres!

Oh pequeña mocosa, *ella dijo lo mismo. ¿No recuerdas?*

No lo eres. . .

Solo decía que no éramos real. Y murió.

No puedo. . . No es cierto. . .

Mírala, tan positiva. Y ahora está encerrada en su propia mente.

No puedo más. . .

—¡No eres real! —grité al sentir una mano posarse en mi hombro, volteé a ver el propietario de la mano, encontrándome con los ojos preocupados de Andrea.

—Ya no estás en la cárcel. . . Tranquila. —sus manos rodearon mi cuerpo. Cerré los ojos una vez más...

No vas a terminar con nosotros tan fácil.

—No. . . Ya lo sé. —murmuré, mi voz fue amortiguada por el hombro de Andrea.

Muérete.

¿Estaría bien?

—Sasha. . . Abre los ojos.

No puedes hacer nada, estás sola y nadie te cree.

Capítulo II

La habitación era iluminada por la grisácea luz de la luna; pero yo sólo estaba sentada cabizbaja jugando con mis dedos mientras las esposas oxidadas hacían un ruido extraño. Reconocía fácil el sonido, aquel sonido de un lápiz arriba de una hoja, pero no hacía caso. Tal vez mi ánimo bajó más de la normal, pero a quién engaño, el ánimo desapareció hace mucho.

Podía verme, podía saber que nuevamente estaba cerrando los ojos haciéndole creer al profesor que trato de concentrarme en el difícil examen de historia, pero no era así, otra vez después de años volví a tener pesadillas en donde ellas eran las culpables. Miraba las rejas con melancolía, preguntándome qué había pasado y por qué; miraba los demás lugares donde las personas igual que yo eran encerradas por su misma mente; aquí era igual, se comunicaban a través de las viejas paredes preguntándose que hacían aquí, y dándose ánimos de que algún día saldrán; yo solo escuchaba mientras reía.

¿Aún no saben de qué son capaces?

Era la menor de aquí, la mayoría ya eran mayores, pero ellos estaban avanzando más rápido que yo, cayendo al borde en este colapso mental que nadie podía detener, para terminar de suicidarse en la vida real; tal vez yo me lo imaginaba, tal vez era yo quien creía que había alguien más aquí solo para no creer que estoy sola. Pero ¿y si no? La mente es maga, y eso puede juntar a personas.

Sus murmullos se escuchaban en la habitación, mientras que las voces hablaban y me tiraban mierda que me hacía exclamar lo crueles que eran, trataba de recapacitar todo lo que sucedió aquel día, todo lo que pasó, de algo tenía que estar segura:

Ella no iba a volver.

Miré el suelo, sucio, viejo, con gotas de agua haciendo que viese mi reflejo en él, escuchaba pasos por el pasillo oscuro; para que luego, una de ellas se parara frente las rejas. Su cabello era claro al igual que sus ojos, abrió la reja y se sentó en frente de mí.

—"¿Cómo llegaste aquí?" —soltó de la nada mientras me miraba fijamente, era cierto, nunca había dicho cómo es que llegué a mi vaga, fría y oscura mente; la miré un poco, pude notar como todos ponían atención hacia mí. Todos llegaron al punto de acercarse más a sus rejas, con tal de que yo hablara.

—"A mí me dieron pastillas de más, fue confuso, nunca supe cómo llegué aquí. Lo que sé es que poco a poco fui perdiendo contra ellas." —explicó un señor bastante libre. Como si después de tantos años de que nadie le creyese por fin había personas.

Todos lo miramos, para después verme.

—Sasha —escuché llamar a mi profesor, aun así, seguí con los ojos cerrados.

—"Ellas poco a poco tomaron mi cuerpo, hasta meterme aquí." —terminó de contar la mujer, oh bien, ya era la última de contar aquella anécdota deplorable que nos recordaba a todos los débiles que éramos ante la mente. Después de verle un tiempo, me miró. — "¿Y tú?"

—"Yo. . ."

—Hey, señorita Zuckerberg, le estoy hablado.

No vuelvas a la realidad, quédate en el infierno que te mereces.

—"Ajá, dinos pequeña"—animó la señora. Miré sus ojos.

—"No lo sé."

—¡Sasha! —me gritó el profesor, haciendo que abriese los ojos de golpe.

Te dije que no abrieras los ojos.

Él estaba en frente mí, con el ceño severamente fruncido con notoria molestia; cruzaba de brazos mientras me miraba con decepción.

Deshonra.

Lo miré un momento, después de hacerme entender con la mirada lo mal que estaba haciendo y marcharse; observé mi examen. Éste no estaba contestado, todo estaba blanco; pero me había dado cuenta de los bordes, todos tenían algo escrito que hasta para mí era difícil de entender. Borré decepcionada todo lo que había escrito, para poner atención y contestar.

No te saldrá bien.

Mi mano temblorosa tocó el papel con la gruesa punta del lápiz; dispuesta a contestar una pregunta, parpadeé, mirando un recuerdo viejo; me daba a entender que tenía que cerrar los ojos, que tenía que mirar, me levanté un poco, mirando y asegurándome de que el profesor no estuviese aquí para llamar mi atención, me senté y cerré levemente los ojos.

—"¿En verdad no sabes qué haces aquí?"—negué, era la verdad, yo solo caí en un mal juego de mi mente y ahora que cierro los ojos veo mí misma miseria.

Todos estaban callados, era un silencio incómodo donde solo las gotas que caían del techo resonaban por el lugar, después de un rato, todos volvieron a sus lugares, ella se paró e hizo una mueca. —, "eres la única que no podrá salir de aquí si no lo descubres."

Nunca saldrás.

¿. . . ¿Qué. . .?

No puedes hacerlo.

Las lágrimas se asomaban de mis ojos mientras seguía boquiabierta mirando a la señora que se marchaba de mi celda; después de dejarme sola, comencé a sollozar.

Tenía razón, nunca saldré de mi mente.

Estás sola en un mundo lleno de acompañantes.

—Lo sé. . . —murmuré con la voz rota, tal vez entrando ya en mi realidad, pero terca cerré de nuevo los ojos.

No había nada más que la luz de la luna iluminando alguna parte de la habitación, ni siquiera me había percatado de cuándo llegue aquí; solo recuerdo verla colgada. Muerta. Sé de qué eran capaces pues prácticamente yo las construí para no estar con esta soledad, pero ya el hecho de menos.

Las gotas resonaban por todo el lugar mientras las personas igual de *miserables* que yo descansaban, sí, no era la única siendo atrapada por su propia creación. El sonido no me dejaba cerrar los ojos, pues las gotas caían en mi cara mientras trataba de descansar.

—Sasha, despierta. —escuchaba la voz de mi compañera mientras me sacudía levemente. Abrí los ojos, encontrándome con los rayos del sol; los cuales me daban en la cara, poco a poco me fui acostumbrando de la luz, hasta que aparté mi mano. Ella me miraba un poco preocupada, para luego, limpiar mis lágrimas—, ¿estás bien? ¿Por qué lloras?

Toqué mis mejillas, para luego parpadear y encontrarme con otro mal momento. Los abrí rápido, no quería verle, pero me decía que tenía que salir y buscarle; ella me miraba confusa y un poco preocupada, apartó su mano de mi hombro para luego mirarme con atención—. No sé, demasiado luz ¿no? —ella me miró sin creerlo.

—Sí, hay demasiada. ¿Estabas dormida?

No tenías razón para volver.

"Gracias por salvarme" pensé.

—Algo así —reí con hipocresía. Acarició mi cabello con una sonrisa.

—Duerme, anda —animó, sus caricias hacían que cerrara poco a poco los ojos, tratando de descansar y quitarme la pesadez eterna.

"—Yo no fui, ¡puedo jurar! —grité, mientras todos me miraban asustados. Pero yo tenía razón, yo no había sido.

Fueron ellas."

Volví abrir los ojos, escuchando las voces de Ashley con alguien más; se notaba entretenida acariciando mis cabellos; cerré una vez más los ojos.

Nuevamente la estaba viendo, sus súplicas en sus ojos cafés donde me decía que la siguiera. Me bajé de mi litera, abriendo con esfuerzo las rejas y sospechando un poco de aquella niña tal vez solo era una broma más; pero si no lo descubría, nunca entendería que pasa. Caminé tras ella, escuchando los pasos las cuales hacían eco por todo el pasillo, miraba a las personas; llegué al punto donde solo estaban los cuartos de castigo. Me acerqué a uno, viendo por la pequeña ventana, encontrándome con un señor asustado.

—"¿Q-Qué haces aquí?" —le pregunté sorprendida. Él se levantó y de puntillas trataba de ver la ventana, pero solo alcanzaba de ver sus ojos.

—"Sácame, por favor sácame. Por lo que más quiera señorita, sácame, no lo soporto no lo soporto." —sollozó.

"—Ya déjenme, ya déjenme no puedo más. ¡Déjenme sola, no las soporto! —tapé mis oídos, tratando de dejar de escuchar sus voces."

—"¿¡Qué haces ahí!?" —escuché y miré a un lado; mirando a las voces de esa persona. Quité sus manos de las mías cuyas manos estaban entrelazadas, miré asustada a su voz; no era la primera vez que veía una voz de otra persona vigilando, no para que no le hagan daño.

Si no para matarlo lentamente.

Capítulo III

No quería cerrar los ojos, sólo parpadeaba y miraba todo el mundo a mi alrededor; pero, por más que lo hiciera aún los tenía cerrados presionando mis ojos tratando de estar en mi mundo a pesar de tenerlos así, allí estaba yo: en el pasillo, dejando atrás los calabozos mientras que mis pasos hacían eco por el lugar. Seguía caminando, ni siquiera sabía en dónde estaba por la oscuro; sentía el aire abrumador y pesado, se me dificultaba respirar un poco, todo era tenso mientras los sonidos de mis pies se hacían más fuertes.

Escuchaba las risas de una niña pequeña, no me asustaba, si no que me hacía dudar: "¿qué hacia una niña aquí?" Bueno, yo también estoy aquí así que mi pregunta es tonta; seguía mirando al frente, no me estaba importando que mi nariz comenzara a sangrar y que mi piel estuviese más pálida que otros días. Que mis ojos comenzarán a pesar. Que sentía mi cuerpo débil.

Que sienta que moriré.

Mis pies comenzaban a dar pasos erróneos chocando a veces con las paredes del pasillo; la nariz no dejaba de sangrar mientras miraba el fondo negro, sin saber a dónde iba...

Seguía caminando mientras las risas no dejaban de chocar en mi cabeza.

—"Cállense. . . Cállense por un momento, por favor. . ." —rogué agarrando mi cabello en desesperación; pero seguía mirando el frente, un poco mareada por el amargo aroma a sangre y azufre.

El sonido de los ratones acompañaba el sonido de mis pies chocando con el cemento del pasillo; las risas de desespero y una nerviosa ansiedad por la oscuridad de mis labios salían con frecuencia al caminar por un lugar desconocido. —". . . Por favor, déjenme sola; solo un poco por favor. . ." —volví a rogar con mi voz hecha fragmentos.

Somos uno.

—"No lo somos" —reí mientras las lágrimas brotaban de mis ojos; estaba harta de la oscuridad, y entonces decidí sentarme; mojando mi pantalón naranja—, "no lo somos." —aseguré con un poco de rabia. ¡Jamás sería una de ellas! El dolor era grotesco, la oscuridad me agarraba con sus manos y acariciaba cada parte de mí.

Miré un lado, detallando con una mirada errática el fondo negro del pasillo sin esperanza alguna de que algo que me salvara estuviese allí.

Mis manos estaban tocando el suelo mojado mientras que temblaban ligeramente; más allá, había algo que ni siquiera mis voces pueden ver. Tal vez sí. Pero no quieren que nadie lo descubra, pude ver como una luz se apoderaba de una parte del pasillo dejando ver una linda rosa negra, todo era un cuento de hadas donde la hermosa rosa negra le llamaba la atención a mi cerebro.

Me levanté ignorando mis mareos, ignorando como el líquido carmesí que salía de mi nariz chocaba con el frío suelo; solo caminaba sin perder de vista —a pesar de que por la pérdida de sangre mi visión me fallaba un poco— la hermosa rosa negra la cual yacía en el piso, su color era en verdad un negro intenso, parecía bien cuidada, como si recién la hubieran comprado de una florería.

Estaba a unos centímetros de que mi pie volviera a tocar la luz, pero mi propio cuerpo me lo impidió. Tal vez alejándome del peligro.

Demente.

La escuché murmurar bajo resonando en mi mente abandonada, me limpié mi nariz manchando mi naranjo saco del color carmesí de mi sangre. Miré una vez más la rosa, con sus pétalos cuidados y con sus hojas cuidadas de igual manera; me puse en cuclillas buscando la manera de tocarla.

"—No estoy loca. —juré una vez más, mientras veía sus ojos asustados.

—Entonces deja de hablar sola por un tiempo —recetó, pero yo negué rotundamente ante ello; mi cuerpo se estremecía entre la lujuria patética de mi ansiedad.

—No puedo, ellas contestan rápido."

Tantas veces le confesé a alguien lo que tenía dentro de mí, pero todos me veían —y me ven, a decir verdad— más como una persona necesitada de atención y no de apoyo.

Alejé mi mano de la luz mirándola de manera extraña mientras que las esposas marcaban más mis muñecas; nuevamente, miré la tentadora rosa sentándome en frente de ésta.

La miré una vez más como si me estuviera seduciendo; no obstante, traté de tocarla de nuevo.

Sin embargo, el momento confuso y horrible no tardó de pasar por mi mente riéndose de mí, me levanté de golpe; estaba mirando la rosa fijamente. Como si fuese hablar.

¿Y por qué no lo haría?

Mi mirada se perdía entre sus pétalos negros mientras que las dudas cada vez veían a mí, ¿qué hacía aquella rosa aquí? ¿Por qué? Más bien. . . ¿Por qué me está dañando tanto? Eran tantas preguntas y ninguna con alguna respuesta que me salvara de la desesperanza, la luz comenzaba a apagarse de nuevo para volver a ver la oscuridad del pasillo frío y vacante; traté de tocarla, pero un recuerdo más se me vino a la mente; me alejé de la ahora peligrosa rosa, de sus fuertes espinas y sus pétalos tentadores.

—"Mira esa rosa, ¿no te recuerda algo?" —escuché detrás de mí, fruncí el ceño mirando la rosa; ella al parecer captó que no le entendía o, más bien, que no podía responder así que continúo—: "Mírala bien, hermosa, cálida. . . Y tan perfectamente viva."

Me quedé observando un poco más sus pétalos mientras que aquella niña me explicaba todo lo que contenía la rosa, para de la nada; hacerla marchita, horrible.

Sin vida alguna.

Mientras moría, todos los recuerdos llegaron vagos a mi mente, matándome lentamente; la rosa fue muriendo al mismo paso que yo caía mojando más mi pantalón naranja, las voces de mi cabeza cada vez se escuchaban más erráticas y distorsionadas haciéndome caer de lado; las lágrimas aparecieron en mis ojos haciéndome gritar mil veces que parara.

Pero ella no tenía esas intenciones.

—"¿En verdad no te recuerda nada?" —no podía escucharla bien, mis gritos hacían eco por todo el lugar—, "¿qué tal tu vida? Solo mírala, mira cómo desaparece. . . Cómo se va destruyendo."

—obedecí, y con fuerza anormal logré abrir un ojo observando como la rosa desaparecía.

Tu vida se acabó.

—"¡Para, por favor para!" —rogué por enésima vez, pero ella al igual que las demás veces: me ignoró.

Veía como desaparecía, los recuerdos cada vez pasaban más rápidos y estáticos, sin entender ni un poco lo que decían.

—¿Estás bien? —escuché en mi oído, levemente abrí los ojos encontrándome con mi ventana reflejando la capa oscura de la noche. Separé mis labios de la sábana y miré a los lados encontrándome con los ojos profundos de Andrea.

Sentía la cómoda cama en mi cuerpo, me levanté y me senté en la orilla; mi respiración estaba acelerada mientras que mis ojos se perdían en la alfombra, sentí como la palma de su mano se posicionaba en mi espalda para frotarla suavemente.

—Sí, solo..., pesadillas. —contesté en un murmuro con mi voz seca, ella al perecer entendió y me abrazó. No hice nada más que sonreír, y escondí mi cara en su hombro— Tengo ganas de ir a caminar, ¿vamos?

Ella sonrió mirándome a los ojos con simpleza; nos levantamos y me coloqué mis zapatos, para luego bajar y salir.

Seguíamos caminando, la noche oscura cada vez me abrazaba más haciéndome sentir su brisa, dándome el frío en toda mi piel; ella percató eso y negó vaga.

—¿Y tú suéter? —alcé los hombros, restándole importancia por más frío que tuviese en ese momento no me lo traje.

Mis ojos se encontraron con los de mi hermana; ella me

miró con bolsa en la mano, Andrea se acercó a ella y conversaron un poco, para que luego Harry nos sonriera—, vamos a caminar juntos. —propuso mi hermana, mirándome con una pequeña sonrisa de emoción al verme afuera de mi habitación.

Me quedé callada un rato, escuchando el aire moviendo suavemente a los árboles; mi cabello se movía suavemente, asentí sin decir nada y me acerqué a ellos.

Ellos caminaban más rápido que yo, pero era intencional; miraba a Andrea enfrente de mi caminando, deteniéndose poco a poco al punto donde paró y me miró.

—Vamos. —me murmuró. Me acerqué más a ella.

—Gracias por despertarme —agradecí, ella me abrazó, su cuerpo me comenzaba a dar calor, pero no me molestaba.

—De nada.

Ella no tenía esas intenciones.

Cerré los ojos.

—"Cállate ya."

—Sasha.

La miré.

—Estoy bien. —sonreí.

No lo estás, ¿por qué no dices que quieres acabar con esto?

—Cierra tu jodida boca —murmuré, ella me miró y acarició mi cabello.

—Tranquila, nos les hagas caso. Ignórala. —susurró, solté un balbuceo con la respiración agitada.

—S-Sí.

No puede más.

No puedes más.

No puedes más.

—Ya cállense por favor. —supliqué. Andrea me miró y caminó un poco más.

Todos te dejan atrás.

CAPÍTULO IV

—"Mocosa, levántate." —escuché atrás de mi alguien con voz amable me llamó despertándome; abrí con pesadez los ojos viendo la pared gris que estaba frente a mí, me levanté con rapidez observando donde estaba: un cuarto de castigo.

Miré borrosa la puerta sucia que no me dejaba salir, aclaré mi vista mirando a las personas quiénes me miraban con preocupación; traté de caminar, pero algo me jaló.

—"Ni lo intentes." —me murmuró la mujer de ojos claros, la miré sin entender nada; hasta que con miedo miré mis muñecas quienes tenían las esposas con cadenas sujetadas a la pared, miré con los ojos cristalinos a aquella mujer quien sólo bajó la vista— "Está vez van en serio." —siguió.

—"No. . . ¡No, no, no! ¡No me dejen aquí!" —grité tratando de huir, pero las cadenas llegaron al límite donde me tiraron al suelo frío, miraba con lágrimas a las personas. Ella sólo negó.

—"Esta vez tú cruzaste la línea" —murmuró para marcharse. Negué varias veces hasta que vi con miedo mis manos temblorosas; las quité de mi vista con cierta pena. Estaban manchadas de negro con un toque carmesí, pude saber que era mi sangre por aquel día.

Mi pantalón rasgado dejando ver mis piernas manchadas de negro con sangre, como si la rosa negra me hubiese pintado; aquella rosa me vino a la mente, miraba como desaparecía al igual que yo, pero de ahí en más no supe que pasó, no sé cómo llegué aquí, sólo recuerdo ver como desaparecía.

Mi uniforme de traje estaba roto y éste también estaba manchado de negro y carmesí a la vez, dándole un toque; miré mis muñecas bañadas en sangre por el dolor que estaban causándome las nuevas esposas, mis muñecas y una parte de mis brazos —como siete centímetros más desde la muñeca—, son cubiertas por las esposas de metal. Estás no eran como las de antes, no eran viejas ni mucho menos oxidadas, eran nuevas y más fuertes.

Algo me estaban dando a entender.

Jamás saldrás...

—"¡¿Pueden callarse?!" —grité a los cuatro vientos desesperada, veía como desde mi muñeca salía sangre; trataba de tranquilizarme, pero todo era un inútil esfuerzo. Los ratones eran mis acompañantes por ahora haciendo eco con el sonido de sus dientes esperando a que muera aquí; las estrechas cuatro paredes parecía que me miraban fijamente, negras, abrumadoras y silenciosas...

Miraba la pequeña ventana mientras que las lágrimas rodaban por mis mejillas, ya no miraba con esperanza aquella puerta vieja y oxidada como la primera vez que estuve aquí, ya no me decía que iba a salir e incluso locamente platicaba con los ratones que solo esperaban mi muerte, ahora solo callo y lloro mientras miro la puerta sin esperanza alguna.

El silencio desvela todos mis sueños profundos, no quería dormir más pues si lo hacía no sabía de qué eran capaces con mi cuerpo dormido, el silencio abrumador donde sólo mi respiración y los ratones se oían por todo el lugar. Sólo eso.

Imaginé la rosa una vez más, sus pétalos fáciles al igual que sus espinas, aquí lo tentador es prohibido, pero tenemos razón, entre más prohibido: más tentador. Me arrepentía mucho de haberla tocado, no solo porque ahora estoy aquí, si no por los malos recuerdos que me hizo ver otra vez, no me quitaba la voz de aquella niña de mi cabeza, sus pequeñas risas reinaban mi mente mientras que sus ojos dominaban mi vista.

—"¡Sálvame!" —se escuchó, levanté la mirada para ver a un hombre joven llorando asomarse por mi diminuta ventana para luego ser golpeado.

—"¡Suéltenlo!" —traté de correr hacia él, pero como el primer intento caí. Ni siquiera sabía por qué trataba de salvarlo cuando él no hizo nada por mí; tal vez en mi mente trató de quedar bien con todos, pero al final no quedó bien con nadie, se escuchaban sus gritos hasta que cayó a la habitación que estaba a un lado de mí.

—"Gracias por nada." —escupió con duro sarcasmo, miré la pared como si en algún momento fuese a verle.

—"De nada" —respondí de manera tosca, soltando un gruñido ante su sarcasmo, seguí mirando la pared esperando una respuesta de sus labios, pero al no obtener nada nuevamente miré al sucio suelo.

Fruncí el ceño, esto no era mi imaginación, si lo fuese, yo podría cambiar todo lo que quiera, pero era imposible; nada de esto era mío. O tal vez sí.

Pero tantas veces me ganaron que reinaron mi mente...

Abrí los ojos con lentitud, así como en la cárcel, miré frente a mí, mirando la taza blanca la cual estaba siendo sostenida por mi mano; solté un bufido y me tallé los ojos para ponerme en posición correcta en la silla.

Mi celular vibró varias veces, lo miré un poco y miré la hora: tres de la mañana, justamente donde mi mente comienza a jugar conmigo, es la primera vez que experimentaré eso; nunca me había levantado a tal hora o dormirme en susodicho, así que no sé de qué va el juego, sé que juega con tu mente, pero ¿qué pasará conmigo? ¿Jugarán de la misma manera? ¿También me harán imaginar cosas? O, tal vez, ¿tomarán mi lugar? No sé, eran varias mis dudas que no cabían en mi lengua.

Limpié mis lágrimas para luego tomar del cálido té, ya no sentía ardor, ya no sentía como mi lengua se quemaba a fuego lento; no sentía nada, sentía el caliente té pasar por mi garganta hasta mi estómago y quemarlo, pero no comenté nada, solo miraba la madera de la mesa como si está fuese hacer un movimiento.

—Ya no sé qué es la realidad y qué es mi cárcel. . . Después de todo, en las dos tengo torturas. . .—murmuré para tomar mi té, no sabía por qué había dicho eso, pero tenía necesidad de decirlo.

Me levanté despacio, subí los escalones y agarré el suéter que estaba en la puerta, no sabía por qué lo estaba haciendo pues el frío no era presentado en mi casa, en lugar de eso estaba cálido y tibio, ya tenía unos pantalones puestos para luego salir de casa; no sabía a dónde iba, no sabía por qué estaba haciendo esto pero mis pies ya estaban tocando el cemento de las banquetas; miraba los árboles altos y viejos siendo movidos por la brisa de la mañana que regalaba, sentía la brisa en mi cara y acariciar mis mejillas con su frío, miraba las personas con trabajo caminar hacia lugares opuestos.

Pobre idiota.

Escuché un murmullo en mi cabeza, pero me importó poco; seguía caminando ciega sin saber a dónde iba, escondido o no, a mis pies no les estaba importando; cerré los ojos con cautela mientras que caminaba hacia dónde mis pies quisieran llevarme.

—"¿Qué haces aquí?" —me preguntó una vez más el hombre, salí de mi completo trance para mirar la pared sin entender.

—"¿Cómo?" —por fin mis labios se movieron después de tanto tiempo, él ya no volvió hablar, otra vez el silencio reinó el lugar con rapidez y fácil; balbuceaba las cosas sin entender lo que decía.

Mis muñecas dolían un poco pero ahora eso era lo de menos.

—"¿Qué haces aquí?" —esta vez se escuchó como lo dijo entre dientes.

Reí a lo que iba a decir, pues era estúpido e ilógico, pero tenía la razón y no iba a ocultarla—"Toqué una rosa." —contesté acompañada de una risa.

—"¿Una rosa negra?"

Fruncí el ceño— "¿Sí?"

—"Joder niña, no debiste de haber hecho eso. ¡Eso no se hace! ¿Cómo pudiste confiar en una rosa negra? ¿Fue la niña? ¿Ella lo hizo?"

Me quedé impactada a lo que me estaba preguntando, tragué de mi propia saliva mientras me acercaba despacio más a la pared— "¿S-Sí? ¿Tiene. . . ¿Tiene algo de malo?"

—"¿Estás aquí y me lo preguntas?" —bufó—, "aquella rosa.

..."

Sentía cómo me movían de un lado para otro, desperté y miré a los lados observando a las personas quienes me miraban preocupados, al verme despertar sonrieron aliviados y me dieron espacio. Todos se alegraban, pero yo tenía ganas de llorar de coraje por dos razones.

Tomaron mi lugar —extrañamente no hicieron nada estúpido—.

Él no me alcanzó a decir lo que yo tanto me he estado preguntando.

CAPÍTULO V

El foco por fin se apagó dejándome en completa oscuridad en este cuarto solitario y viejo. Miré mis manos un momento, pálidas, temblorosas y ansiosas por salir de aquí; pero ellas tenían que entender también que no saldrían a ningún lado, que no tocarían el pasto, sólo el suelo mojado de esta habitación, ya no sentirían el aire fresco entrar por los dedos, solo sentirían el sofocante y forzoso viento que entraba por la pequeña ventana.

Hace unas horas después de levantarme e irme, traté de comunicarme con aquel hombre que me habló, pero nadie respondía, me preocupaba un poco por él; qué le habrá pasado, si estará bien o no.

Pero ¿a mí me importa en verdad? Sí, y no.

«Digo, ¿por qué? ¿Acaso él vino a preguntarme si estaba bien? ¿Si no me sentía sola? ¿Si ellas no me molestaban más? ¿Si no me sentía en un miserable infierno? ¿¡Si no tenía miedo!? ¡Por supuesto que no! ¡Él nunca hizo eso, ¿por qué yo sí lo haría?!» pensé con cierto egoísmo y furia, fruncía el ceño mientras una lágrima mojaba mis secas manos.

Y entonces la luz de mi lugar se apagó... Esos focos se apagan cuando la persona que está ahí ya no tiene confianza de sí misma, que ya no es tan valiente como al inicio, que ya no puede. Sí, yo creo que ya no puedo más y es la verdad.

Las lágrimas de varios sentimientos —menos felicidad, creo

que no la merezco—, caían a mis manos hidratando mi piel un poco; sentía mis ojos acuosos, mis manos temblar más al igual que mis comisuras bajar de la tristeza.

Ríndete.

Ríndete no puedes más y lo sabes.

¿Y qué puedo hacer?

Desaparece de la vida de todos, hazlo, es lo que todos esperan. Hazlo.

Escuchaba varios pasos mientras que ellas ocupaban mi mente, cuando miré arriba, pude ver una de mis voces caminando vaga

—"¡Espera!" —exclamé, ella volteó con una sonrisa triunfante.

—"¿Si, inservible? ¿En qué puedo ayudarte?" —preguntó en claro cinismo.

Tragué en seco, mi respiración se agitaba mientras miraba indecisa aquella voz quién me miraba sonriente; solté un suspiro tratando de tranquilizarme, pero los nervios me carcomían

—"¿D-Dónde está m-mí. . . C-Compañero?" —«No te atreves, cobarde».

—"¿Qué? ¿Qué compañero?" —rio, yo lo miré sin entender su risa; alcé las cejas y abrí los ojos más de lo normal.

—"M-Mi c-compañero. . . El que e-estaba aquí. . . A-A mi lado. . ."

Rio más fuerte, haciendo que resonara por toda la habitación y pasillos; yo lo miraba sin entender nada

—"Tu nunca tuviste un compañero, idiota." —murmuró para

irse. Traté de seguirlo con la mirada, mientras mis cejas se arqueaban; trataba de correr hacia él pero era obvio que me tiró al suelo; lloré un poco más, más y más hasta que mis ojos se cansaron de hacerlo, ¿yo nunca. . . ? ¿Yo nunca tuve a alguien a mi lado? ¿Qué?

Solo había sido mi imaginación, ¿qué pasó? ¿Por qué pasó? ¿Por qué lo imaginé? ¿Por qué lo imaginé a él? Un poco más caía a la locura; mis manos se hicieron puños haciendo que las esposas me apretaran más, eché mi cabeza hacia atrás chocando con la pared grisácea y sucia, negaba con la cabeza y mientras las negaciones también salían de mis labios.

—"No, no, no, no. . . no es posible, ya no.., me estoy volviendo loca" —reí. —, "me estoy volviendo loca. . . A-Ahora lo imagino... "

Varias lágrimas brotaban más y empapaban mis mejillas sin delicadeza alguna, las cadenas se movían de un lado a otro por los movimientos que estaba haciendo con mis manos, hacían eco por todo el lugar dándole un toque abrumador, tenebroso y, como sicmprc, vacío.

Me acosté incómoda mojando mi cabello, pero me importaba poco que se empaparan, miraba el techo mientras que las gotas caían en mi cara; no dejaba escapar un sollozo, sólo dejaba que las lágrimas salieran de mis ojos y cayeran al frío suelo.

Ya no puedes, ya no te atreves.

No, no me atrevo.

Eres una maldita cobarde.

Sí, soy una maldita cobarde.

Maldita, eres una imbécil.

Soy una imbécil.

El sonido de mi celular me hizo despertar, abrí los ojos al sentir varias vibraciones en mi cama gracias a susodicho. Mis oídos se destaparon pudiendo oír mi televisor prendido; mis ojos entrecerrados querían acostumbrarse a la luz, comencé a abrirlos lentamente hasta que por fin me acostumbré a la luz artificial del foco, me levanté mirando el techo, suspiré y una sonrisa se posó en mis labios. Pero está se desvaneció, sí, tal vez esa luz estaba prendida, tal vez esa luz seguía viva, pero. . .

Aquella luz se desvaneció.

Me tiré en la cama de nuevo boca arriba, agarré el celular y lo revisé, chequé los mensajes y sonreí.

Yo estaré aquí, pequeña, no te preocupes ¿vale?

Sonreí con solo ver el mensaje, agarré el celular y me limpié las lágrimas que estaban saliendo de mis ojos.

Gracias.

Me sentía un poco segura con su mensaje, mi corazón se tranquilizaba un poco con solo leerlo. Sonreía tranquila, estaba un poco más tranquila, poco después su mensaje llegó.

De nada.

Sonreí de nuevo.

Contesté de nuevo su mensaje y apagué el celular, dejándolo al lado mío; tratando de tranquilizarme y pensar más en aquel momento en mi mente, las ganas de llorar de nuevo se hicieron presentes, cada día, cada noche, ellas me estaban ganando.

Mátate.

No. Cállate, ¿quieres? Un rato.

Hazte daño por lo menos.

No haré nada. Dije que te calles.

Hazlo, hazlo, hazlo, hazlo.

—¡Cállate! —grité, entrando de nuevos mi realidad, mi respiración estaba agitada, de mi frente caían las gotas de sudor.

Miré mi celular, miré con quién hablaba.

Adiós.

Leí el mensaje sin entender completamente, ¿qué pasó? Sé que es duro, pero ¿hice algo mal? Revisé los mensajes y las lágrimas caían de mis mejillas a cada mensaje que él me enviaba, y cada mensaje de frustración que le enviaba. Frío. Así se puede describir cada vez sus mensajes hacia mí, vi cada vez más, tal vez, viajando más podría ver los mensajes de error que cometí, pero nada había, no había nada.

Lloré un poco más, sentía todo el daño que las personas me había hecho, exactamente igual que él; me dañaban, cuando los dejaba me pedían perdón. Y de patética aceptaba.

Como siempre, patética.

Me levanté de mi cama con cara decepcionada y eso era obvio, si algo no me gustaba era estar enojada con las personas y menos con él. Me senté en la silla, en frente de mi mesa de trabajo y busqué mis escritos, encontrando el que más me gustaba, lo escribí en mi perfil para luego publicarlo, me sentía satisfecha, arranqué la hoja y la puse en el bote de la basura. No tardó mucho para que él me enviara un mensaje.

10: 37 p.m.

No sé si tú publicación era una indirecta hacia mí, pero disculpa.

Y, por cierto, yo jamás te mentí, ¿de acuerdo?

Me limpié las lágrimas haciendo una mueca, rápidamente le contesté diciéndole que no era para él. Después de un rato, me volvió hablar.

Él me pidió disculpas.

Mis manos temblaban mientras que mordía mi labio para no dejar escapar ningún sollozo, me levanté, y me fui directamente al baño encerrando con seguro. Me senté mirando una vez más sus disculpas, cerré fuertemente los ojos dejando escapar mis lágrimas.

Le vas a perdonar, patética.

No..., ya no puedo perdonar a nadie más.

Lo harás, sabes que lo harás. Siempre lo haces.

—No, en verdad..., ya no. . . Las personas ya me dañaron mucho a pesar de mi corta edad. Ya lo hicieron y no es justo. . . No quiero. —negaba, pero miré sus mensajes, le dije que me lo merecía. . . Pero algo hizo que me quisiera matar.

"No te preocupes, está bien."

¿En verdad está bien? ¿En verdad estoy bien? Bien, en realidad, él no sabe eso así que posiblemente lo vuelva hacer y de nuevo pedirme perdón.

Y de nuevo disculparlo.

Seguimos hablando, fingía que todo estaba bien cuando simplemente lloraba mientras que él me decía que él iba a estar para mí.

¿Cuántas veces te han dicho eso?

Tenía razón, ¿cuántas veces me han dicho que iban a estar

para mí y ahora solo me están mirando desde arriba? Después de un rato, mi prima me envió un mensaje. El peor mensaje.

"¿Qué tal tu vida?"

Como siempre, las lágrimas y sollozos se hicieron más fuertes, pero trataba de contenerme para no despertar a nadie; pero me era imposible. Me limpié las lágrimas, pero aun así caían a mi celular, todo mi cuerpo temblaba.

"Estoy bien."

Ya me cansé de mentir... Como siempre.

Si te matas ya no le mentiras a nadie.

No quiero morir.

¿A quién le importas? ¡No me digas que crees en él!

¿S-Sí?

Ya lo hiciste una vez...

Cierra la boca...

... Ya confiaste una vez más...

Por favor cállate, no lo digas.

... Ya creíste en él...

¡Cierra tu jodida boca!

... Y aun así, te falló.

Ellas siempre han tenido la razón.

Capítulo VI

El estruendo de las cadenas se hizo presentes cuando chocaron con el suelo y pared, el grito se escuchó por todo el lugar; el color carmesí pintaba el piso gris mientras que las súplicas, oh las súplicas simplemente me hacían ver más patética. Miraba borroso mientras que salían jadeos de mi boca de solo dolor, mientras las cadenas me apretaban, todo se escuchaba en la habitación, sentía el cabello en mi cara manchándose de sangre que salía de mi boca; las lágrimas salían mojando mi color carmesí haciendo que se expandiera más por el suelo.

Aquel lugar oscuro, aterrador sólo me daba aire pesado; haciendo que la nariz soltara más líquido carmesí, tocaba mi cabeza temblorosa sintiendo el líquido en mi mano. Seguía llorando, haciendo que los sollozos se escucharan un poco en toda la habitación, miré la puerta, allí estaba ella parada, riéndose de mi en mi cara.

«—"Tocaste la rosa." —murmuró, miré arriba encontrándome otra vez con sus ojos muertos. Me quería alejar más de ella, huir, pero yo sabía que era imposible; ella solo sonreía.

—"¿¡Qué hiciste!? ¡¿Qué me hiciste?!" —grité sin pudor alguno, pero ella soltó una carcajada que lastimó mis oídos de una forma grotesca.

—"¿Hablas de ella?" —preguntó con cinismo y descaro, dejando que mis ojos pudieran ver de nuevo aquella rosa negra. —, "bah. . . Yo

solo te la presenté. ¿Quieres tocarla de nuevo?" —sonrió con inocencia, a lo que yo sólo solté un gruñido.

—"Aléjate de mí" —susurré molesta mientras acariciaba mi lastimada mano—: "aleja a esa maldita rosa de mí." —ordené, aunque por dentro era más una súplica.

Ella acercó más la rosa a mi cara tentadora, pero yo solo aparté mi vista

—" ¿En verdad no quieres tocarla?" —negué.

—"No, en verdad no quiero tocarla. . ."

Ella hizo una mueca, me acercó más la rosa con una sonrisa; pero yo evité la mirada con cierto odio. Ella soltó un suspiro de cansancio haciendo que llamara completamente mi atención; parecía como si algo le estuviera carcomiendo. . .

Quiere matarte.

—"Si no la tocas por las buenas, haré que la toques por las malas." —advirtió con un gruñido.

—"¿¡Por qué quieres que la toque!? ¡¿Qué gano yo?! ¡Sólo causas que esté en un maldito calabozo, donde mi cabeza me está matando!" —espeté con cierto dolor de mi garganta, creí que su expresión de arrogancia cambiaría, pero su descaro era grande así que solo sonrío.

—"¿No la tocarás?"

—"No."

—"Bien, que yo te lo advertí ¿de acuerdo?"

Ella botó la rosa frente a mis piernas, la miré por un momento pues la rosa no hacía nada; pero la niña salió de la celda, sus cicatrices me parecían ser familiares, pero el tratar de recordar era inútil.

—"Joder niña, ¡olvidaste la rosa!" —pero la aludida no llegó por

ella. La rosa comenzó a moverse lentamente, mientras que alrededor de ella el color azul con carmesí se hizo presente, haciendo un círculo.

Parecía magia, ella en medio del círculo azul con carmesí lo hacía ver así, no decía nada, hasta que la rosa se empezó a mover bruscamente; los recuerdos se venían más distorsionados, como si la rosa estuviera desapareciendo, todo estaba en estático, una dolorosa estática.

No obstante, comencé a sangrar por toda mi frente boca y nariz, la ropa comenzó a mancharse al igual que el piso cuando escupí la sangre con fuerza; vomitando de nuevo comencé a llorar rogándole a la niña que detuviera a la rosa pero ella no se hacía presente, sin embargo, el dolor se hacía cada vez más y más poderoso, de nuevo, rompiendo mi ropa; cada vez que trataba de tocar la rosa esta se alejaba un poco más, llegué a límite de mis cadenas pero no me detenía, como si fuese a sacar una sorprendente fuerza como para romper las cadenas e huir de ahí. Claramente no fue así.

—"¡Sólo para!" —chillé.

Pero ***nadie*** *aparecía.*

Como si ***nadie*** *existiera.*

Los recuerdos se hacían más rápidos y no podía acomodarlos para verlos y entender lo que decían. El color del círculo se hacía más grande, como si estuviera protegiendo a la rosa que me hacía daño. Sus pétalos tentadores me dañaban, al igual que sus espinas, al igual que sus hojas.

—"¡Cállate!" —grité dramáticamente, sin pudor alguno, causando eco por el lugar. Tapé mis oídos, tal vez, llegué a pensar que ya no habría más daño, pero claro que no fue así.»

Jadeaba temblorosa por el dolor, mientras trataba de aferrarme al suelo; escuchaba como de mis labios salían los gemidos temblorosos, miraba sin vida aquel piso manchado ahora de mi sangre; mientras que veía un poco los zapatos de la niña. La miraba de reojo, sentía como mi cara se llenaba un poco más de la sangre que caía de mi frente, mis manos, cuello, boca, nariz, no dejaban de sangrar; mi ropa estaba más destruida, pero por ahora me importaba poco, sollozaba en silencio, solo escuchando los jadeos y gemidos de dolor de mis labios.

—"Te lo dije, hubieras aceptado por las buenas ¿cierto?" —la miré, miré sus ojos sin vida de nuevo mientras que una sonrisa adornaba su rostro de nuevo. —, "te dije que lo haría por las malas."

Fruncí el ceño un tanto molesta, ella jugaba con su cabello café mientras me miraba con inocencia

—"¿Po–Por q-qué? ¿Q-Qué g-ganas. . . H-Haciéndome esto?" —le pregunté débil, pues había perdido mucha sangre y tenía mi garganta seca.

—"¿Aún no entiendes, porquería?" —pateó mi estómago, haciendo que perdiera el aire— "¿No entiendes lo que trato de decirte?"

—"N... No." —afirmé y añadí—: "No sé..., a qué te refieres aún." —ella apretó los dientes furiosa y me pateó más fuerte.

—"Hablemos de tu vida, ¿quieres?" —me agarró del cuello de la camisa y me lanzó a la pared causando que las esposas me apretaran más; solté un quejido, pero ella sólo continuó, de su mano salía una silueta de color morado; explicando mi vida con la silueta dijo—: "Tu vida era tan..., tan, linda, cálida, no te hacía falta nada ¿cierto? Padres que te "quieren", hermanos, perros, abuelitos ¡todo de maravilla! Y de repente, ¡pum!" —exclamó de manera sorpresiva haciendo que tragara la poca saliva que pude

acumular— "¡Todo se desvaneció!" —dijo y cerró con fuerza la mano haciéndola puño, haciendo que la silueta desapareciera.

Bajé la mirada, ella tenía razón, me limpié las lágrimas y la miré.

—"¿Por qué?" —se preguntó, de nuevo saco la silueta de su mano—, "no lo sé, qué tal. . . ¿Tus hermanos? Ellos te han lastimado desde que aparecimos ¿no?"

—"P-Para."

Ella ignoró mi petición y siguió.

—"Siempre te molestaban, no les importabas; bueno, nunca les has importado, siempre te decían lo inservible que eres hasta que ellas aparecieron. Tus hermanos y ellas te están haciendo la vida imposible ¿verdad?" —veía como la silueta caía poco a poco dramática—, "ellas y tus hermanos te dañan, te lastiman y tú lo sabes. Pero ¿adivina qué?"

Mi mirada estaba concentrada en la silueta; miraba como caía lentamente, casi caía, hasta que la agarré y la coloqué en mis manos

—". . . Tú los perdonas, ¡sí! ¡Tuviste una falsa esperanza al menos un poco, pero: sorpresa! ¡Volviste a caer!" —y justo en ese momento la silueta desapareció de mis manos.

—"¿P-Por qué..., ¿a-a mí?" —la miré sin entender todo lo hiriente que salía de sus labios, el silencio reinó el calabozo; ella alzó los hombros y puso con cierta fuerza su pie aún lado de mi cara, asustando a mi corazón y alterando mi ansiedad.

—"No sé, pero créeme cuando te digo que no te dejaré en paz; a donde vayas, la rosa irá contigo ¿te digo por qué? Porque ya es parte de ti" —rio. —, "si, ya es parte de ti, no te dejará en paz, estará contigo a donde vayas y tú no podrás hacer nada. Te matará poco a poco y no harás nada, porque como te dije, ella ya es parte de ti, y no te dejará sola." —murmuró y de sí una sonrisa psicópata se apoderó de sus labios.

A mi sólo se me aceleró la respiración con temor, mi pecho subía y bajaba con rapidez con tan solo escuchar eso; ella aún con la sonrisa bajo su pie de la pared y sonrió para darme la espalda

—"Bueno, hasta luego, buenas no—. . . "

Desperté con rudeza, mirando la pared blanca que estaba enfrente; mi respiración estaba agitada, alocada y parecía que se iba a calmar en horas y no minutos como yo quiero, bajé la mirada, viendo que alguien me llamaba.

—¿Diga?

—Hola, buenos días, niña.

—Hey, hola. —saludé con voz temblorosa, sabía que tenía que ocultarlo, pero no podía.

—Ya deberías de estar levantada, se nota que estabas dormida aún. —rio.

—Si. . .Uh, ¿qué carajo? ¿Levantada? ¿Días? ¿Qué?

—Tranquila, pues si niña, son las diez de la mañana. ¿Por qué?

—¡N... ¡No! ¡Por nada! Tengo que colgar, adiós. —colgué y dejé el celular a un lado mío para sentarme en la cama y poner mis manos en mi cara.

Ella tenía razón.

Ella no piensa parar.

Capítulo VII

—"No soy real" —hablé para mis adentros, miré mis cadenas, veía como se estaban oxidando.

Ni siquiera sabía porque estaba pensando eso pero me estaba afectando demasiado y, lo más seguro es que si seguía así haría una tontería; pero callé, el silencio abrumador reinó todo el lugar mientras que el aire pesado a diferencia de afuera: que era cálido, con una brisa agradable, dolía un poco sin razón era pesado y me daba un poco de jaqueca, me fui levantando poco a poco hasta que débilmente me puse de pie; miré atrás viendo como las cadenas estaban a punto de romperse pero caminé hacia la pared y yo misma reparé la pared pegándole donde se sostenía, ajustándolo.

Yo misma tenía que darme por vencida.

Pues ¿dónde está la magia? ¿Cuántos años dije que esto iba a parar? Muchos años diré diciendo eso, y ahora me rendí.

Como todo buen cobarde.

Así es.

Miré la pared reparada y luego vi como abrían la puerta; viendo como las voces cargaban con ropa limpia, me quitaron las esposas y miré mis muñecas fracturadas prácticamente y goteando sangre. Me la pensé un poco mientras me vestía de nuevo, ellas

I

me agarraron y me llevaron afuera, donde me tiraron haciendo que me golpeara y se marcharon.

—"Malditos. . ." —gruñí con cierto dolor mientras trataba de levantarme, sentía un poco de calor en la cara; vi el cielo, por tantos años, miré el cielo celeste adornado con ciertas nubes. El sol iluminando mi cara y dándome calor cálido, no hacía frío ni calor, todo era acogedor para mi cuerpo.

Sí, esta era la brisa que añoraba, cálida y que chocaba con mi cara dándome el aire fresco que necesitaba, no me molestaba que me diera en la cara, me gustaba, pues me daba un poco de tranquilidad que necesitaba, aspiré el aire con cierta felicidad, miré a los lados, viendo como todas las personas hablaban y caminaban, como si nadie existiera dentro de sus cabezas. ¿Si toqué el tema de que esto era como la cárcel real, ¿no? Pues sí, a nosotros nos dan libertad a veces, pero esta libertad solo es una vez al año.

O tal vez no, ¿qué quiero decir con eso? Tal vez soy yo imaginándome cómo será si algún día me dejan salir y no para golpearme o llevarme al calabozo, tal vez esto no es real. Pero por ahora, solo quiero disfrutar de tal vez mi imaginación; por más miradas y murmullos que caían sobre mí no me interesaba, estaba feliz de que por fin sentía la brisa agradable después de años. Solté un suspiro de felicidad, miraba a los lados observando a las personas y poco a poco caía hasta sentirme en la tierra, esa tierra con poco pasto le daba algo que me gustaba, siempre me han gustado ese tipo de paisajes, así como el invierno: los copos fríos que caían del cielo adornando el suelo, árboles, animales, y a personas de su lindo color blanco. También el otoño era para mí: un poco de frío, pero cálido a la vez, las lindas hojas que abandonaban los árboles dándole al suelo el lindo toque de las hojas cafés con un poco de amarillo. Todo eso me gustaba, ese tipo de paisajes eran de mi agrado, miraba con alegría todo el lugar, sabía que muy pronto todo esto iba acabar y por eso quería disfrutarlo.

—"¡Muévete te he dicho, que lo hagas maldito!" —dejé de respirar —o aspirar el aire—, para ver a las voces golpeando e insultando a alguien, pero al perecer todos lo ignoraban.

Con cierta duda me levanté, seguía un poco a las voces de esas personas hasta ver quien era; dejándome congelada por completo.

«—"*¡Sálvame!*"»

—"Tú..." —susurré impresionada ante su imagen.

—"Quítate estorbo." —su mano se posó en mi hombro para apartarme, pero yo lo agarré— "¿Qué te pasa, ingrata?"

—"¿A-A dónde... ¿Lo llevan?" —le pregunté, él se removió de mi mano y me miró.

—"¿A quién?"

—"A él." —apunté, abrí los ojos más grandes de lo normal, cuando me di cuenta de que solo apuntaba a la tierra; las voces miraron mi dedo índice, para después mirarme y empujarme.

—"¿Es una broma?"

—"N-No..., en verdad, en v-verdad estaba ahí..."

—"Maldita mocosa, ¡si te vuelves a burlar de nosotros ya sabes de lo que somos capaces!" —amenazó, yo asentí asustada y se marcharon. Me quedé paralizada mientras juraba que lo había visto, miré a los lados, observando como las personas me miraban extraños. Asustados.

Me sentía mal, sentía que a pesar de mi corta edad estaba avanzando más rápido de lo normal; caminé de nuevo a la pared, donde caía lentamente sintiendo como mis pies se doblaban poco a poco hasta que sentí de nuevo la tierra seca, las inmensas ganas de llorar se hicieron presentes, el nudo de la garganta y mi cuerpo tembloroso me decía que tenía que llorar. Pero no quería, no quería que me metieran en el infierno donde vivo, por fin, después de años, salgo ¿para volver a entrar? Nadie quiere eso.

«Nada es esto es real.» pensé, observando lo que veía con cierto descaro «Ni siquiera a lo que yo lo llamo así lo es.» una lágrima brotó de mi ojo, mojando en una delgada línea mi mejilla «Mi propia vida no es real.» no pude evitar pensar eso, sintiendo las miradas en mí.

Acaricié un poco la tierra, sintiendo como mi mano se secaba por esta, pero no me importaba, volví a levantarme y caminar derecho; no me estaba importando a donde estaba yendo, solo me importaba que las miradas dejaran de caer sobre mí, pero sabía que eso no sucedería con lo que acabo de hacer, miré al frente con la mirada perdida, neutra, pues con lo que había pasado mis únicos sentimientos que tenían era: tristeza, confusión y enojo hacia mí.

De nuevo lo vi, ahí, parado enfrente de la torre con una sonrisa en la cara mientras que veía cada parte de él, su uniforme roto dejando ver su cuerpo golpeado sin piedad, lo miré a los ojos, ojos de colores raros que pueden decir que son cafés, abrí los ojos de nuevo, mirando que el chico no estaba; miraba a los lados, buscándolo pero mis ojos no lo encontraban, entonces vi el frente mío, la torre donde las voces vigilaban a los locos.

—"He niña, quítate de ahí. Anda, lárgate" —me gritaron, pero yo pisé el escalón con seguridad y miedo. Sí, tenía temor, pero yo lo había visto. Yo sabía que era real. Mi mente me come y las inseguridades me violan.

Pero él es real.

—"No..." —murmuré subiendo el otro escalón y agregué—, "él está ahí."

—"¡Maldita bazofia, dije que salieras!" —exclamó molesto, pero yo seguía mirando ciega hacia delante. La inseguridad de mi cuerpo protestaba que no fuera, que bajara y que dejara que los guardias me dieran mi merecido, pero mi corazón no tenía la necesidad de verle—" Maldita escoria."

—"E-Está a-ahí. . . A-Allá arriba, él está. . ." —dije mis razones, miré la pared, viendo la sombra de un hombre y corrí más mientras los guardias me seguían; escuchaba mis pasos y los de ellos siguiéndome para golpearme y castigarme. Cuando llegué al final, ellos también lo hicieron, me tiraron al suelo, pero yo me negaba a sus brazos— "¡No! ¡Esperen, allí está!" —logré levantar mi cara, y cuando miré, lo único que veía era la gran ventana.

—"¡Te advertí! ¡Él no es real!" —gritó uno, pero yo negué rotundamente.

—"¡Sí lo es! ¡Así como la rosa!" —uno de ellos me elevó y me pegó contra la pared.

—"¿Qué rosa?"

—"¡Una rosa negra, así como la niña!"

—"La rosa..., niña. . ." —me miró fijamente, y me soltó, haciendo que tosiera.

—"S-Sí..., sí ella e-existe, la rosa igual." —él guardia negó varias veces.

—"Él no existe, pero la rosa sí."

—"¿Qué? ¿Qué quieres decir con eso?"

—"Quiero decir qué. . ." —se quedó callado— "No, nada."

—"¡Por favor, dígame!"

—"¡Dije que no!" —no tardó para golpearme y mandarme al suelo, comencé a llorar y él puso sus pies al lado de mis hombros.

—"¿¡Por qué cada día tengo que llorar!? ¡¿Sentir que valgo poco, por qué?!"

Él puso su pie en mi garganta, empezando a dejarme sin aire. Abrí la boca, tratando de aspirar aire, pero era imposible; estaba apretando demasiado fuerte. Él, al escuchar mis palabras, rio con sus compañeros.

—"Porque es la verdad, no vales nada, ese es nuestro trabajo ¿lo olvidas? Hacerte sentir lo que vales, poco, que sepas lo que eres. No te dejaremos en paz, nunca te dejaremos."

Esas palabras me recordaron a esa niña, no pude evitar ver su rostro y no el del guardia, allí estaba ella, riéndose, burlándose y diciendo que ella tenía razón. Que ellas, no me dejarían en paz.

Me removí un poco más en las sábanas para levantarme, miré el lugar, viendo la capa oscura de la noche; sentía la brisa en mi cara, oliendo el dulce aroma de la noche. Me levanté, me limpié las lágrimas y miré a los lados, dos de la mañana, me senté en la orilla de mi cama y comencé a sollozar en silencio.

¿Lo ves? No te dejaremos en paz.

Capítulo VIII

Extrañamente, esta vez no me castigaron metiéndome al cuarto de castigo; aquí estaba de nuevo como al principio, viendo las rejas con melancolía. Soltaba varios suspiros tratando de quitarme las ganas de llorar, la noche chocaba con la pequeña ventana haciendo que solo entrara poca luz, al menos la suficiente para no ver tanta oscuridad en este cuarto sólo; nadie estaba despierto, pero por obviedad que tampoco durmiendo estaban tranquilos por lo que escuchaba, miraba a los lados para luego acostarme en la fría y sucia litera.

Me di la vuelta, mis ojos se encontraron con la sangre en la pared, está ya era de hace muchos años por lo que veo; pues estaba seca, aun así no se podía quitar de la pared, era el único color vivo en toda la habitación aparte de mi existencia humana. La toqué un tiempo, un escalofrío recorrió mi cuerpo advirtiéndole algo, solo era un recuerdo más, aún recuerdo cuando les pedía piedad a los guardias hace unas horas, fue patético la forma en la que lo pedía mientras que la sangre manchaba toda la tierra del color escarlata de mi sangre; cuando recordé eso; las súplicas comenzaron a salir en mi mente, me escuchaba como pedía perdón y como pedía que pararan, pero ellas seguían con lo suyo.

Te vamos a destruir poco a poco.

Asentí, no me quedaban fuerzas como para negar y decir que aún podía, simplemente ya no tenía la fuerza suficiente; ellos me dejaron en claro que lo que yo haga será poco, no podré detenerlos nunca y ése es mi castigo por venir aquí a la tierra sin que Dios me lo haya permitido ¿verdad? Pero ojalá y escuché lo que diré.

Yo tampoco pedí venir.

Y era la verdad, yo nunca deseé caerme a la tierra sin saber que era un infierno; no pude hacer nada, aquí estoy, viendo la sangre que pintaba la pared gris sin hacer nada, sólo observar cómo parecía que iba a desaparecer, pero era obvio que no lo haría, se quedaría ahí para recordarme en el infierno en el qué caí.

No sabía que hacer, la litera comenzó a lastimar mi espalda, pero si no estaba aquí, estaba en el suelo mojado, entonces ya no sé qué hacer.

Si te suicidas ya no tocaras ni sentirás nada de eso que te incómoda.

Sonaba bien, dejar de tocar y sentir las cosas que me incomodaban sonaba bien, pero sabía a donde iba esto y no lo haría; me atrevería aguantar todo esto y más para que vieran que no me rendiré.

¡Ja, qué buena broma!, ni siquiera yo me la había creído, mi alma, mi mente, mi todo estaba muerto, pero desgraciadamente seguía respirando y moviéndome. Balbuceaba cosas que ni siquiera yo me entendía, pero no quería escucharlo, me daba por igual, no tenía ganas ni siquiera de escucharme, solo quería gritarme; golpearme.

Matarme.

Y es que la tercera nunca era una mala opción, aparte ¿quién me lo impide? No es como si alguien fuese a suplicarme que no lo hiciera, como si cuando me lanzara me atrapara en el último momento. . . Eso no pasará.

Nadie viviría ni moriría por ti.

Eso lo tomo en cuenta muchas veces cuando veo a las personas caminar con sonrisas alegres porque saben que tienen a alguien quien se sacrificaría por ella. Mis amigos saben que yo moriría y viviría por ellos, espera, ¿cuáles amigos? Cierto, las personas saben que yo moriría por ellas, pero a lo lejos, yo sé que nadie lo haría por mí. . . ¿Por qué lo harían? Ni siquiera por lástima.

No tienes con quién apoyarte.

Pues las muletas ya se rompieron, las heridas se abrieron, mi mente cada vez me mataba más y lo peor es que cada vez estoy cayendo más al borde; donde las personas están muertas, donde nadie sobrevive, donde todos son apartados de la sociedad.

Donde son llamados locos.

Pero ¿en verdad? ¿Estoy loca? No se le podía llamar de otra forma.

Los pasos se hacían más fuertes miraba la sombra que pintaba perezosa la pared; aquel hombre estaba siendo captado por su propia sombra, dando un toque abrumador a la pared; veía su sombra, su nariz, su boca, todo observé para luego verlo de frente.

—"¡No, no, fuera de aquí, lárgate!" —grité, cuando miré sus ojos cafés sin vida alguna, tenía miedo a que los guardias me escucharan y al no ver nada me dieran otra paliza, pero no fue así.

Él al parecer no pensaba irse, no me dijo nada, ni siquiera contestó mi petición a irse; sólo me miraba y entonces, una sonrisa se mostró en su rostro sin decir nada, solo me miraba, mi cuerpo estaba paralítico, quería gritarle y golpearlo, pero tenía que calmarme.

Él no era real.

No sabía qué hacía en mi mente ni mucho menos porqué aparecía, no veía nada más que sus ojos cafés, lo demás era tapado por la sombra que había por todo el pasillo oscuro —aunque pequeñas partes eran iluminadas por la luz de la luna—, quería saber quién era él, por qué estaba aquí.

Porqué sólo lo podía ver yo.

Porque por lo que veo, todos saben de la rosa, pero al igual que él; solo ha aparecido conmigo, escuché las rejas moverse para luego escuchar el chirrido de la puerta abrirse dándome toda la libertad que quería.

Libertad...

Libertad...

¿En serio esa cosa era real? ¿En verdad es real? ¿O solo es un mito contado por el hombre hacia los niños para que no sepan que son esclavos de sus mentes? Cada duda se me venía a la mente, mientras lo miraba a los ojos sin entender porque hacía esto.

—"¿Por qué me ayudas?" —le susurré extrañada, pero por lo que vi, sólo alzó los hombros y se hizo aún lado.

—"Ven."

Negué varias veces ¡él sí que estaba loco! ¡Quería escapar! Me alejé de él con una carcajada de nervios, pues la forma en la que me lo dijo era sumamente seria y su cara en verdad no demostraba expresión alguna. No quería ir con él, no lo conocía, pero aun así si quería la libertad que me estaba prometiendo... Pero no puedo...

Oh mujer, no sabes. . .

—"¡No, no! ¡Tú solo quieres meterme en problemas! ¡Ya no, ya no más!"—mi voz se fragmentó, ¿y es que no puedo soportar un día de mi existencia sin llorar?

Él soltó un suspiro, era la primera vez que no lo veía desaparecer y que establecíamos una conversación aparte de la otra en los calabozos, me miró a los ojos, sus ojos me eran conocidos pero mi mente no iba a trabajar para mí.

—"Por favor, ven. . ." —no era alguien que conocía, pues su voz no me era conocida, pero sus ojos, aquellos ojos iluminados por la luz sí. —, "ven aquí Sasha. . ." —susurró.

Me quedé paralizada en la forma en la que utilizó mi nombre, por más que me rogara y me dijera que salgamos de esta pocilga, no lo haría. Sus apariciones me trajeron demasiados problemas, así que no me arriesgaré a que al final esté escapando sola.

—"¿Cómo puedo confiar en ti? No te conoz—"

—"Si me conoces, Sasha. . ." —murmuró, poco a poco se iba acercando más y más hacia la luz; haciendo que esta reflejara un poco más de su cara. Mis ojos comenzaron a abrirse con más interés cada vez que una parte de él era descubierta por la luz.

Abrí los ojos haciendo que el techo fuese lo primero que viera, mi respiración de nuevo estaba agitada; sentía como las gotas de sudor caían de mi frente y me las limpié sin gana alguna, no sabía que estaba pasando, me sentía molesta de no poder ver su cara, me levanté para ir al baño donde me lavé la cara una y otra vez, pero el sueño no pensaba irse, miré a los lados, la luz tenue entraba por mi ventanal donde salí un poco para sentir la brisa, un poco más, un poco más…

—¿Qué diablos está pasando? —me pregunté en un susurro, no me sabía la respuesta y nadie estaba para dármela.

Nadie tiene la respuesta a tu enfermedad.

Me quedé viendo como la luz de los faros iluminaban las pequeñas hojas del árbol viejo que estaba enfrente de mí, lo miraba con detenimiento, a pesar de

que ya llevaba años, seguía en pie, seguía fuerte como si hace unos meses lo hubiera plantado. Toque una de sus hojas, pequeñas, delicadas, frágiles, tan verdes y llenas de vida.

La vida que pronto te quitarás, ¿verdad?

Dejé atrás el pensamiento, quité las manos de la barra que me impedían saltar y matarme de una vez por todas, me volví acostar mirando el techo sin sueño, solo miraba como la pared blanca era pintada con lo gris de la luna, ni siquiera sabía que estaba diciendo, solo salía de mi boca sin pensar en los resultados… Como siempre.

«"—¡¿Podrías decirme que pasó?, ¿porque lo hiciste?

—Porque ellas me dijeron que me iría peor, no quiero morir ¡o tal vez si ¿y?! —exclamé, pero ella me soltó una bofetada.

—¡¿Qué estás diciendo?!"»

Cerré los ojos dejándome llevar por los malos pensamientos y horribles miradas que sentía.

La luz de la torre de vigilancia fue la segunda cosa que iluminó mi habitación por treinta segundos, dejándome ver que él —como siempre— había desaparecido y dejando las rejas cerradas, negándose una vez más a mi libertad.

Nunca serás libre.

Capítulo IX

—"¡Tonta!"—golpeó una vez más su estómago mientras que yo miraba a través de las rejas callada, me estaba dejando sin palabras, el simple hecho de ver como la golpean; maltratan y la hacen sangrar me dejan sin palabras, pero ahora pienso.

¿Cómo la estará pasando en su vida real? De seguro le está dando un ataque.

«Me da igual.» pensé dándole la espalda y cruzando mis piernas, escuchaba como soltaba quejidos a cada golpe, pero yo no sentía nada, no me interesaba que la golpeara. Me daba igual.

¿Por fin me darás mi cuerpo?

Qué buena broma, por supuesto que no lo haré, lo que menos quiero es eso. Seguía escuchando como la insultan mientras a cada palabra un golpe se coloca en alguna parte de su cuerpo, haciendo que grite, que llore, que suplique piedad.

—"¡Ayúdame, esperen, esperen por favor paren. . .!"—-gritó, el vómito de sangre —tal vez—, interrumpió su súplica, pero varios quejidos salían.

Cerré los ojos con fuerza tratando de ignorar sus súplicas y los golpes, pero mis oídos lo escuchaban todo; cerré los puños con simpleza y aún escuchaba sus súplicas, pero quería ignorar las cosas por algún momento, escuchaba aún como la pegaban en la pared para seguirla torturando.

Abrí un ojo cuando sentí un líquido en mi espalda, volteé

lentamente para encontrarme con ella escupiendo sangre hacia mí, ella se veía cansada, tenía varias marcas en toda su cara mientras que sus voces la agarraban del cabello y le soltaban patadas, con tranquilidad cerré los ojos cuando escupió sangre en mi mejilla, poco a poco perdía la paciencia, no por ver cómo sufría, si no cómo me escupía. Me levanté y caminé hacia la puerta, donde chocaron a la chica entre mis rejas, viendo como ante el golpe la sangre salió de su frente; me miraba suplicante, pidiendo ayuda, pero era lo que menos quiero hacer.

{. . .}

Di un paso atrás cuando su voz cayó al suelo, ni siquiera sabía que estaba haciendo, porqué la defendía pero ahora me estoy preguntando cómo saldré de este lío, casi caía pero me mantuve en equilibrio. Lo miraba con el ceño fruncido, estaba realmente confundida y molesta, no sabía que hacer, tenía que huir antes de que esta valentía se acabe y no haga nada; solté un chasquido con la lengua para ágilmente agarrar la mano de aquella mujer y salir corriendo, escuchaba sus gritos y amenazas haciendo que mi valentía poco a poco bajara.

Llevábamos corriendo casi veinte minutos por direcciones que nadie sabía, no me interesaba, no importaba, con tal de que no nos encuentren por un buen tiempo todo estaría bien; seguía sosteniendo la mano de esa mujer, escuchaba su agitada respiración mientras soltaba jadeos de cansancio.

—"¡Saldremos de esta, nos vamos a librar!" —ánimo, yo la miré sin detenerme.

—"¡No, no lo haremos, cuando nos encuentren nos van a

matar de una forma lenta y dolorosa!" —grité dando vuelta, me estaba cansado, pues ella ya no movía sus pies con rapidez como al inicio ahora solo parecía que quería caminar.

Solté un grito cuando sentí el suelo en mi cara y ella cayendo encima de mí, ella estaba con los ojos cerrados con cierto miedo, me abrazaba con fuerza lastimando mi cuerpo. Abrí mis ojos con rapidez, tenía que pelearme de nuevo si era una voz solo para huir y protegerla, pero ¿por qué hacía esto?, ¿en serio? . . . ¿En serio quería protegerla? Según yo solo quería golpearla por haberme escupido, dejé lentamente a la mujer para que los golpes no le hicieran tanto daño y me levanté, quería darle la cara a la voz, pero era obvio que estaría temblando.

—"¿Están bien?"—su voz era suave, suficiente como para no despertarla, fruncí el ceño, pues no se veía por la oscuridad.

—"¿Quién eres? Acércate." —pedí, yo me acercaba un poco más, hasta que él salió, no era uno eran varias personas encerradas aquí.

—"¿Están bien?"—volvió a preguntar.

—"¿Quién eres? ¿Quiénes son? ¿Qué hacen aquí?"

—"¿Huyeron de las voces?"—asentí y siguió—: "¿Tuyas?"

—"No me atrevería hacer eso. . . Son de ella." —apunté a la mujer, vi que ellos tenían luz, tenían fe— "Mi foco se acaba de apagar, ¿cómo le hacen para que dure?"

—"¿Qué? ¿Tú foco se apagó?"

—"Sí ¿y? Sé lo que significa, y, sinceramente ya no me interesa mucho. . .Me importa una mierda que eso haya pasado."

—". . . Niña." —la escuché débil, rápido volteé a verle, y me acerqué a ella—"¿Q-Qué hacemos aquí?"

—"Tranquila, estamos seguras." —le sonreí, por supuesto que la valentía estaba fuera y por supuesto no me sentía segura, pero al menos quería tranquilizarla. Ella me sonrió para agradecerme en un susurro y levantarse, se veía débil, cansada, pero ahora solo la estaba ignorando; volteé a ver de nuevo a los hombres y mujeres que estaban aquí con valentía, todos estábamos callados, nadie pensaba hablar por lo que veo, tenía ganas de golpearlos por sentirse seguros más bien, ¿que tiene esta habitación de segura? ¿Por qué ellos no han sido encontrados? Miré de reojo a cada uno, viendo como hablaban entre sí y socializaban con la mujer, me interesaba poco que me dirijan la palabra, pues al igual que ellos no tengo ganas de hablarles, no cuando mi vida está en peligro.

Me aseguraré de que mueras lentamente.

Tragué en seco, tenía miedo de que me encontraran aquí y nos mataran a todos.

El foco comenzó a lanzar chispas, lo miré confundida ya que hacc unos momentos no estaba tan mal como ahora, no estaba apagándose ni mucho menos. Un hombre anciano me apuntó, bueno, no lo era tanto pero su cabellera y su barba se estaba convirtiendo en color gris.

—"Ella... Ella está pensando mal." —su voz ya era gruesa y débil, todos me miraron pero yo solo lo miré confundida.

—"¿De qué hablas, anciano?"

—"Estás pensando negativamente... E-El foco se apagará."

Solté una carcajada sarcástica mientras lo miraba con pena y ternura, a veces podía ser cruel con las personas, pero yo solo soy realista.

Soy realista cuando digo que nos matarán a todos.

Lo miré incrédula, como si sus palabras fueran extrañas para mí.

—"¿Y qué quieres que haga? ¿Qué piense positivo? ¿Qué diga que no nos van a encontrar y no nos van a matar lentamente? ¿Es lo que quieres?" —fruncí el ceño, la paciencia se me estaba colmando.

Todos me miraron sorprendidos, después de un poco de miradas el foco volvió a estar estable sacando uno que otro suspiro de alivio; dejé de mirar al anciano para luego sentarme, curaban a la chica así que yo tenía tiempo para relajarme un poco. Aunque el aire fuera igual de pesado podía sentir el aura rosa de todas las personas haciendo que sienta asco y lástima.

«La que se esperan.» pensé mirando abajo.

—"¡Bien, el que quiera irse, que lo haga! ¡Da igual, ¿no?!" —miré al hombre de cabellera oscura, quien peleaba con un hombre de más edad.

—"¡No podemos hacerlo!"

—"¡Sí, si podemos, siempre hemos estado aquí, que se largue si tiene poca esperanza! Yo no me arriesgo." —su tono cambió a un murmuro audible— "Ya lo saben, si no tienen esperanza alguna, pueden marcharse." —me miró, yo lo miré por un tiempo hasta que su mirada cambio.

¿No entiendes? No te quieren ahí.

Tenía razón, no me querían allí así que era mejor largarse; ayudándome de mis piernas me levanté soltando un bajo quejido de esfuerzo, de la nada las miradas ya estaban encima mías, no me interesó, así que caminé a la puerta. Miraba el pomo, ¿en verdad no quería estar a salvo? ¿Qué no era eso lo que siempre quise?

«—"Quiero estar a salvo..." —las palabras salieron de mi voz chillona como la típica voz de una mocosa, miraba a los lados..., esperando a que me rescataran...

Nunca llegaron. . .»

Agarré el pomo con seguridad, portando a la esfera de metal cierta fuerza en mí, no quería irme, pero era obvio que me iría peor si no me entregaba a ellas y dejaba que me golpearan, tenía inseguridad, mi mano comenzó a temblar porque tal vez mi decisión no estaba siendo tomada con firmeza.

—"¿Qué tan poco vale tu vida como para que te vayas?" —me preguntó, me di la vuelta viendo cómo se peina su cabello negro.

—"Vale tan poco como para confesar que están aquí, que quiero morir, y que sé que solo es su imaginación quien las hace creer que estarán aquí a salvo para siempre."

Sus manos movieron mi cuerpo a los lados para luego golpearme con la palma de su mano en mi pierna haciendo que soltara un quejido de molestia y dolor; me levanté completamente, miré que Ximena me miraba extraño y ciertamente asustada. Tallé mis ojos para luego ver que me había dormido en clases, la maestra explicaba cosas que por ende no estaba entendiendo, Ximena estaba tirada en el suelo al lado de mi butaca con el libro, ella leía.

Cuando me miró de nuevo, no sonrió, su cara era seria y no mostraba emoción alguna en sus ojos, haciendo que me sintiera rara.

Solo provocas miedo.

Miré al otro lado, encontrándome con un Urie dormido, tapando su cara con los brazos; tenía ganas de dormir como él, le jalé un poco la manga de su camisa, haciendo que me mirara con extrañeza y con sueño.

—¿Mande? —me sentía tranquila, pues él era alguien adorable —bueno, ante mis ojos—, aunque fuera más alto que yo y siempre sea brusco con las demás personas.

—¿Me acaricias para que pueda dormir? —me tallé de nuevo mis ojos, tratando de quitar el sueño, asintió levemente haciendo que yo dejara caer mi cabeza con suavidad a la mesa de mi butaca, no tarde en sentir su mano acariciar mi cabello, haciendo que poco a poco cerrara mis ojos.

Giré el pomo escuchando como la puerta soltaba un chirrido de que se estaba abriendo; miré con miedo el pasillo que estaba enfrente de mí, ¿en verdad quería esto? Sí y no, sí quería porque tenía que afrontar la realidad, saber lo que me pasaría, y no, porque aún quería seguir viviendo.

¿. . . Segura. . .?

Cuando di un paso al frente, una corriente se apoderó de mi sintiendo miedo, sintiendo como mi corazón se salía de mi pecho y la ansiedad llamaba a mi oído, pero no quería arrepentirme, ya les había dicho que iba irme de este sitio.

—"A-Adiós. . ." —aunque trataba de verme fría, mi voz había salido con cierto miedo.

Vas a morir. . .

Capítulo X

—"¿Segura?" —me miró y yo asentí un tanto dudosa, pues no estaba segura de lo que iba hacer, pero las indirectas del chico de cabellera oscura me habían molestado—, "puedes venir aquí cuando quieras." —sonrió.

Otra vez asentí, de nuevo abrí la puerta y dejo atrás mi salvación; miraba a los lados, pensado en que haría ahora y como le haré para que los golpes no me duelan tanto, pero era obvio que a pesar de todo me dolería, el dolor como por arte de magia iba aparecer en mi cuerpo para hacerme sufrir, pero tenía que atenerme a las consecuencias.

Ya no podrás caminar. Rio, mientras que a mí me dio un cosquilleo para caminar al lado izquierdo, totalmente lo contrario de donde había huido. *¿A dónde vas, cobarde? ¡Atente!*

—"¡No puedo!" —alcé la voz, haciendo eco en el pasillo, después del silencio seguí caminando. —, "no puedo hacerlo..."

De nuevo, las ratas hicieron el sonido con sus dientes, acompañando mi respiración y pasos que se escuchaban en el vacío pasillo; pero a pesar de todo, a pesar de que estaba sola aún tenía un poco de valor.

No, la verdad no.

Mi valor, valentía, o como uno quisiera llamarle se había ido por completo a la basura después de que aquella salvada mujer me preguntó eso, presionándome, haciéndome pensar en todo lo que puede pasar en su segundo a otro; veía puertas por todos lados, pero no quise abrir ninguna, a decir verdad: yo me había perdido, pero regresar para mí no era una opción. Pero ¿qué perdía más? ¿El orgullo? ¿O mi mísera vida sucia?

Lo más seguro, es que yo prefiera perder la segunda.

Vamos, da la vuelta si tienes ganas de morir. . . Insistió, pero yo desconfiada de ella negué, no caería en su juego. Creí que querías morirte cuanto antes. ¡Anda! ¡Muérete!

—"No, aún no quiero morir."

. . . Se quedó callada, para después, hablar: tienes que despertar.

—"¿Qué? ¿Por qué te haría caso?"—reí.

¿No quieres ver a tu familia por última vez?

—¡Sasha, reacciona! —gritó mi padre.

—"¡¿Q-Qué, ¡¿qué está pasando?! ¡Papá, papá!" —llamé asustada corriendo hacia la derecha, escuchando más alto los llamados de mi padre.

—¡Para Sasha! —yo al escuchar otra vez su petición di la vuelta aun viendo la oscuridad, mis pies se estaban cansando y ya no tenía tantas fuerzas para correr, pero no me rendiría.

Seguía escuchando su voz, cada suplica hacía que yo pidiera despertar. Pero ahora me pregunto. . .

—"¡Despierta, por favor, despierta ahora! ¡Sasha!"—cerré los ojos con fuerza, tratando de concentrarme—: "¡Por favor, hazlo ahora!"—los abrí, pero no funcionó.

¿Por qué no puede hacerlo?

Yo tenía que despertar de una vez por todas pues los gritos de mi padre y madre me tenían angustiada, pero no podía, solo corría con esperanzas de que mis padres estuvieran ahí para abrazarme y consolarme, pero no había nada.

—"¡Dime dónde estás, papá!"—supliqué.

Pobrecita..., ¿qué pasará ahora contigo? Susurró en una pregunta, haciendo que yo tuviera una jaqueca horrible, pero aun así me sostuve. Miraba a los lados sintiendo que si lo hacía encontraría a mis padres, pero todas mis esperanzas se fueron a la basura cuando vi que no era así. *Nada de lo que quieres se hará realidad.*

Era la verdad, la cruel y estúpida realidad; suspiré ante lo que le decía mi voz juguetona, pues sentía que tenía razón, que todo lo que yo deseaba nunca se haría realidad, porque si fuese así. ¿Por qué no he salido de esta cárcel?

No había duda, tampoco investigaciones, todo era hechos, y el hecho de que yo haya tenido alguna vez en mis quince años de existencia creyendo que saldría de aquí y nunca sucedió, ahí, ahí perdí todas las esperanzas que tenía al pensar que los sueños se convertían en realidad.

—"¡Papá!"—me sostuve en la pared con una mano, encajando las uñas en la pared lastimando mi mano, pero dolió más como mi garganta se raspaba cuando la sangre salía de mi boca.

—¡Por favor, Sasha, no hagas esto!

Levanté mi mirada débil, estaba cansada, los pies me dolían y el estómago estaba hecho un asco; mi cabeza me daba punzadas de que ya no podía más, necesitaba respirar, tomar agua.

No obstante, la vista se comenzó a distorsionar, veía nublado; y sentía mi cabeza dar vueltas, de nuevo vomité, ya sentía que no podía más, pero tenía que encontrar a mi padre, por más que ya estuviera rendida, ni esperanzas tenía de encontrarlo.

—"Pa... , pá." —susurré débil, dando pasos lentos sostuve mi torso entre mi mano abrazándome; seguía caminando, no quería parar, tenía que hallar a mi padre y saber lo que pasaba.

Miraba la sombra, miraba como mi cabello estaba maltratado, y como el uniforme de nuevo estaba arrugado y por lo que yo me veía: sucio, y miré con los ojos rojos la silueta, ¿cómo pudo llegar a tanto? ¿Por qué? ¡¿Cómo pasó esto?! Y ahora que me daba cuenta, ya no se escuchaba nada, solo el silencio típico en un pasillo y el aire pesado y abrumado, caí de rodillas mientras miraba al frente con cierto cansancio y miedo, miedo a perderme —más—, miedo a que todo esté peor, miedo a sentirme más sola.

Miedo a perder a mi familia.

Y es que ya no entendía nada, ¿qué estaba haciendo? ¿Por qué no podía abrir los ojos? No escuchaba nada, no sentía nada, solo miraba al frente oscuro y aterrador. Lentamente y lleno de dolor, traté de ponerme de pie de nuevo, cosa que salió bien; seguí caminando al frente, ignorando las puertas negras que estaban a los lados de mí y solo caminaba con dolor, todo el cuerpo me dolía mientras que mi garganta me pedía a gritos que le diera un poco de agua para que el ardor se pasara y el sabor a metal de mi sangre, pero no podía hacer nada, mi mente no estaba para complacerme.

Estaba para matarme.

Soltaba varios suspiros, tratando que el nudo en mi garganta se pasara, sólo quería eso, dejar que me dé punzadas la garganta, mi cabeza, y mi estómago. Quería escuchar una llamada más para encontrarlos, aunque yo sabía que no duraría mucho ni siquiera caminando, pero seguiría haciéndolo, al menos para perderme y nunca regresar.

—"Ya nada importa. . ." —susurré adolorida, de eso me tuve que dar cuenta hace años, que ya nada importaba, que nada valía la pena.

Que la misma vida no valía la pena.

—¡Sasha! —escuché una vez más a papá unas puertas atrás, una, exactamente; di pasos atrás.

—"Hum, estoy loca desde hace tiempo. . . Ya hasta a mi padre lo escucho." —miré la puerta con neutralidad, pero me quedé un poco más, para de nuevo escuchar como la golpeaban.

—¡Sasha, para!

Vamos, ¿no quieres verlo? Preguntó graciosa, pero era obvio que asentí mientras miraba torpemente la puerta..., entonces, entra.

Con fuerza abrí la puerta, pero todo estaba oscuro, no había nada más que el maldito silencio de siempre. Solté un gemido ahogado, para luego reír sarcástica.

—"¿¡Por qué al final te hago caso!?" —grité, volví a mirar al frente, viendo como un espejo había aparecido—, " es una jodida broma." —reí cínica.

Acércate.

Me crucé de brazos, no quería hacerlo pues tenía miedo de que algo malo pasara, de que tomara mi cuerpo y que ya no vuelva a casa.

Casa. . .

«“*—Anda, vamos a casa.” —vi a mi madre con una sonrisa, después de sanar la raspada en mi rodilla.”*»

Miré melancólica el espejo quien me reflejaba, a diferencia de mi sombra, allí me veía mejor; sucia, golpeada, y con las mejillas, ojeras y nariz roja, estaba sosteniendo mi codo con mi otra mano mientras que mi pierna cubría una cantidad de la otra. Me veía mal, me puse en posición firme sin quitar mi mano de mi codo mientras miraba más al espejo, con lágrimas mojando mis mejillas, pero no me importaba, como si nunca hubiese llorado.

«“*—Ya vámonos a casa.” —rio mi hermana mientras movía mi cabello.”*»

—”M-Mi c-casa. . .” —me dije a mis adentro con la voz rota—” Y-Yo s-solo quiero volver a c-casa. . .” —cerré con fuerza los ojos, haciendo que las lágrimas salieran más corridas.

Ya no puedes. . .

El espejo comenzó a brillar, al sentir la luz en mi cara abrí los ojos, viendo como este soltaba luz realmente linda; me limpié las lágrimas mientras miraba con impresión el espejo, en verdad era bonito, por fin en esta oscuridad había algo que brillaba.

Todo es cuestión del destino. Dijo en una carcajada.

Claro, tenía que ser mala.

Seguía mirándola, esperando a que me hiciera daño como la rosa de aquella niña —quién por cierto se me hace raro que no moleste. —, solo brillaba, mis ojos se entrecerraron por la luz que chocaba en mi cara.

—¡Sasha! —el grito se hizo eco, como si él estuviera presente; miraba a los lados buscando a mi padre, pero no encontraba nada.

—"¡Papá!" —volví a llamarlo, seguía escuchando sus gritos pero cuando salí corriendo hacia la puerta, estaba cerrada con llave. Trataba de abrirla, pero nada se podía, yo ya no podía hacer nada; y entonces, con lentitud e impresión, volteé a ver el espejo, quién grababa a mi padre. —, "pa-papá. . ."

¿Qué estaba pasando aquí?

Tu infierno apenas comienza, Sasha.

Capítulo XI

«Frío...» fue lo único que logré pensar cuando el poco viento que estaba encerrado chocó con mis dedos, el aire acariciaba mi piel suavemente, dándome escalofríos mientras que mis ojos veían la clara luz del espejo; sentía mi respiración pesada, mis labios temblaban por el mismo frío que estaba haciendo de repente, alejé mi mano del pomo deslizando mis dedos por el objeto de metal me acerqué al espejo, sin creer, mi boca se movía como si tratase de decir algo pero solo mis dientes chocaban con los de abajo.

Varios jadeos de frío salían de mis labios entrecortados, caminaba lentamente pero cada vez que la suela chocaba con el piso, resonaba con fuerza en la habitación.

—"D–Detente... P–Por favor." —susurré, me sentía cansada, no sabía qué hacer más que rogarle a mi reflejo que dejara de hacer eso.

Me arrodillé a escasos centímetros del espejo, quería tocarlo, quería agarrarlo y sacarme de aquí.

Quería saber si esto es real.

¿Y no lo es?

Sí, esa era la pregunta correcta, ¿esto no es real? Toqué el espejo, varias ondas se formaron como si hubiese tocado la fría agua, aparte mi mano, estaba siendo demasiado estúpida.

—"Tengo que irme de aquí." —hablé para mí, me levanté y de nuevo traté de abrir la puerta, que, por obviedad, no abriría.

¿En serio no quieres ver un poco más?

—¡No hagas esto! —chilló, cerré los ojos con fuerza; no quería ver, no quería ver como yo mataba a mi familia, solo quería huir de aquí.

Solo quería volver a casa.

—"¡No puedo hacerlo, yo no me controlo!" —y el fuerte golpe de mi frente contra el metal se hizo presente, resonó por toda la habitación, lágrimas salían de mis ojos mientras escuchaba como gritaba que dejara de hacerlo—, "¡yo no lo hago, cállate!" —lloré.

Si lo estás haciendo tú, ¿acaso no te reconoces?

Negué aún con la frente pegada en la puerta, sentía que un poco más y comenzaría a sangrar; seguía sollozando mientras escuchaba las súplicas, me sentía tan... , rara, estúpida, no sabía qué hacer; no podía hacer nada realmente, menos ahora.

¿Los sueños existen, o solo son mitos y leyendas? Nada en este mundo era un sueño, no hay teorías, no hay conclusiones, solo hay hechos y tienes que ser reales, los sueños no existen, pues, si lo hicieran...

¿Por qué sigo aquí?

—"¡Mi sueño es salirme, vamos, cumple!" —ni siquiera sabía porque estaba diciendo eso, solo, quería comprobar aquello de: "Los sueños se hacen realidad", mentira.

Todo es una mentira.

Tu felicidad también lo es.

—¡Para, hazlo, por favor! —gritó, con furia y lástima corrí donde el espejo soltando le un puño, pero no tenía caso, no se rompería.

Mi respiración comenzó a agitarse, supongo que era eso de adrenalina, lo golpeé más veces esperando a que se callara.

—"¡¿Por qué?!" —solté un gruñido para continuar—: "¡¿... , por qué sigues vivo?!"

Mi puño paró en seco.

¿Qué acabo de decir?

A escasos centímetros dejé mi puño, la adrenalina bajo, mis ojos se abrieron mientras que lentamente bajé la mano, comencé a tranquilizarme, de nuevo la sangre corría con tranquilidad mientras que mi corazón bajaba poco a poco su velocidad.

Estás cambiando, bien hecho.

—"¡No, cállate!" —agarré con desespero mi cabello mientras los jalaba con fuerza; comenzaba a sentirme mal, quería llorar más y más, pero las lágrimas simplemente ya se habían agotado.

Miré temblorosa el espejo, estaba perdida en mis pensamientos; mis labios soltaron un quejido en sollozo, raro, parecía un chirrido, bajé mis manos mientras comenzaba a sentir punzadas en mi cabeza, me dolía, pero dolía más ver cómo papá me mira —creo—, sin creer.

—¿E-Eres... T-Tú? ¿Vo-Volviste? —me preguntó en un susurro, me acerqué corriendo al espejo y lo tocaba por todas partes, como si buscara un lugar en específico.

—"¡P-Papá, a-aquí estoy, ¡ayúdame!" —chillé, sabía que no podía, perdí las esperanzas hace mucho, pero gritarle hace que papá me mire más sorprendido.

—N-No juegues c-conmigo...

—"¡N-No papá, m-mírame, soy–!" —y el estruendo de la

puerta chocando con la pared sonó por todo el lugar llamándome la atención, volteé asustada, la respiración de descontroló y me aferré al espejo como si fuera a protegerme.

—"¡Ya estamos hartos de ti!, ¡deja el maldito espejo, idiota!" —gritó con furia, miré a los dos lados: a ellas y al espejo, me levanté como si tratara de esconderlo mientras que una se acercaba peligrosamente hacia mí.

—"¡No, e-esperen!" —supliqué.

{...}

Miraba sin entender nada, la adrenalina en mi cuerpo bajó de la nada; pero eso no iba a detenerme, estaba harta, me había hartado de todo esto así que agarrar el consejo que siempre me dieron estas voces me estaba calmando, le solté otro puñetazo más, yo estaba segura de que ya no viviría pues no lo había soltado desde hace tiempo.

Mátalos, no dejes a alguien con vida.

«Sí, eso haré. . . ¡No dejaré a nadie con vida!»

Y solté otro golpe en su cara, el hueso siendo golpeado con brusquedad contra el suelo sonó por todo el lugar, mi padre soltó un quejido alto de dolor.

No se merecen su vida. Negué mentalmente mientras que su hombro nuevamente fue golpeado por mi puño.

«No, no se la merecen.»

Te hicieron tanto daño, ¡hazlos pagar!

—¡Sí! —grité de la nada, mientras que golpeé por primera vez su mejilla sacándole sangre; mi respiración estaba cortada y agitada por la adrenalina que estaba sintiendo, mi corazón palpitaba con rapidez que parecía que en un momento a otro iba a pararse, la adrenalina había subido otra vez, aquel coraje y deseo de acabar sus vidas de nuevo apareció por mi mente, haciendo que le tomara de nuevo la palabra.

«No estaría mal.»

Bien dicho, Sasha.

Ellas tenían razón, ¿cómo fui tan tonta como para ignorarlas todo el tiempo? Fui cegada tratando de huir, pero no era así, ellas tenían razón en todo; solo me harían daño, solo quería lastimarme.

Y mi mente ayudarme, ¿no?

Mátalos.

—¡Para, hazlo, por favor! —una corriente recorrió toda mi espalda, seguido de un escalofrío y un pequeño y corto viento se desplazó por todo el lugar.

Mi puño paró a escasos centímetros de su cara, mi boca se abrió de la nada mientras que los jadeos entrecortados salían, era lo único que se escuchaba, mi respiración pesada y la suya; las lágrimas se aparecieron en mis ojos, mi mano comenzó a temblar; de nuevo la adrenalina bajó, mi corazón comenzó a palpitar tranquilamente de repente, mis nudillos me ardían desgarrados, miré sin creer a mi padre y de nuevo, tomé el coraje para golpear el suelo, rompiendo por completo mis nudillos y manchando de sangre el suelo.

—¡¿Por qué!? —solté un gruñido para continuar—: ¿..., por qué sigues vivo!? —una lágrima mojó su cara, me miraba sin creer. Me sentía relajada, completamente bien.

Pero luego entré a mi mundo de nuevo. Miré a los lados, encontrándome con mi familia, posiblemente inconscientes, o lo que menos estoy empezando a desear.

Muertos.

Hazlos pagar, ¡no los dejes con vida!

{. . .}

Sus manos agarraron mi cintura alejándome del espejo; estiré mi mano como si tratase de tocar una vez más el espejo, pero por obviedad no alcanzaba.

—"¡No. . . No, a-alto, ¡l-lo matará!" —grité suplicando que me soltaran, pero todas soltaron risas, riéndose de mí, riéndose de mis súplicas patéticas. No sabía qué hacer, mi mente por ahora no estaba reaccionando así que hice lo primero que se me pasó por la mente—, "¡ya no lo hagas, no lo hagas, basta! ¡Pi. . . ¡Piensa en ellos, por favor para!"

—"¡Ella no te hará caso, cállate!"—su mano apretó mi cuello mientras que mi espalda chocaba con la pared, estaba comenzando a quedarme sin aire, ella sonrió complacida cuando una mancha de sangre manchando su mejilla.

—"Y-Ya. . . Y-Ya lo hizo. . . U-Una vez, p-puede, puede v-volver hacerlo." —susurré con cierto dolor mientras que miraba de manera débil sus ojos.

—"¿Crees que te hará caso?"—tontamente asentí, al parecer su ira creció pues después de ver como mi cabeza se movía en forma afirmativa lanzo con fuerza bruta mi cuerpo al suelo; haciendo que soltara gritos de dolor. —, "¡ella nunca te hará caso, patética! ¡¿Quién te haría caso?! ¡Solo eres una persona que da asco, le das asco al mundo entero!" —pateó eufórica mi estómago, sin piedad alguna, y mucho menos le interesó que de mis labios salieran sangre, comencé a toser sacando más de aquél satisfactorio líquido carmesí y embriagante para el psicópata, ella río victorioso viendo como manchaba más el suelo de mi líquido carmesí.

{. . .}

Mi cabeza me daba vueltas, me sentía mareada, por una parte, quería golpearlo más mientras que por la otra quería parar y pedirle perdón, seguía sentada en su torso, levanté mi vista con cierto cansancio mientras que mis manos goteaban la sangre de él; mi pecho subía y bajaba con cierta rapidez y euforia.

Mátalos. . .

¡No lo hagas, para!

—¡¿Qué quieren que haga?! —solté varias lágrimas mientras le gritaba al techo, como si ella me respondiera.

Y de la nada. Afuera de casa.

Las luces rojas y azules chocaban con las paredes decorando la noche oscura; mi respiración se hizo más errática, mi cuerpo comenzó a temblar mientras miraba a los lados.

—¡Maldita sea!

{. . .}

Miré todo el caos que habían ocasionado, estaba boquiabierta; mientras que mi cuerpo estaba temblando, ellas estaban mirando el espejo con una sonrisa.

—"Oh no. . ." —susurré, cuando vi como la policía había llegado a casa.

{. . .}

¡Sal de ahí! Escuché una voz, era cierto, tenía que hacerlo, me levanté del cuerpo mientras que mis pies caminaban erróneos.

No lo hagas, mátate, aprovecha y hazlo. . . Acaba con esta porquería de vida.

Y de la nada mis pies se quedaron estáticos y visualicé el cuchillo que estaba cerca de la barra; lo tomé tímidamente, no sabía qué hacía, mi mano temblaba.

{. . .}

—"¿Lo ves, pequeña? Ella nunca te hará caso." —agarró mi mentón, obligando a verle.

—"No lo hagas. . . Dejen..., dejen mi—..." —interrumpió.

—"¿Tu cuerpo? Discúlpame. . ." —ella se acercó a mí oído y añadió—: "hace mucho que dejó de ser tuyo." —rio.

Y cerré los ojos, aceptando la derrota.

Ellas tenían razón.

Hace mucho que dejó de ser mío.

Ellas han ganado esta guerra.

CAPÍTULO XII

Hace frío, demasiado frío, mi piel se eriza a cada roce de piel con el aire fresco; miraba tratando de ubicarme y que mis ojos dejaran de ver borroso, con mi mente en blanco, perdida, mis ojos miraban perpleja el cuerpo mientras sostenía el cuchillo, la policía estaba afuera, como si esperaran a que yo misma saliera a entregarme, no quería, aunque mi mente no me estuviera dando una indicación, sabía que eso iba hacer demasiado estúpido.

Y el frío cada vez se hacía más intenso.

De nuevo mi piel se erizó, mi propio cuerpo me estaba relatando una historia, sus pequeños fragmentos en cada pedazo de mi piel, la pequeña historia de alguien como yo.

No podía disfrutar el suave viento que acariciaba mi piel, sencilla, cálida.

Y entonces, miré abajo entrando en mi propia realidad; donde mi cuchillo se apuntaba amenazante a mi torso mientras que mi mano temblaba, tenía que pensar un poco, tenía que ser un poco más inteligente por mi cuenta, así que me quedé paralizada un lapso sin decir nada, posiblemente dejaría de respirar para que el silencio estuviera por toda la casa.

«¡Eureka!» pensé, tenía que desaparecer mis huellas digitales, mis pies por fin se movieron, corrieron hacia la cocina y me quité un guante, prendiendo el plástico en llamas, viendo cómo se quemaba; después de desaparecer las huellas de uno, tenía que encajarme el cuchillo y quemar el otro al menos con mi último aliento.

No obstante, agarré el cuchillo y mi mano comenzó a temblar de nuevo, como si fuese una persona presionada, sin saber qué hacer, solo apuntando con cierto miedo mi torso mientras que tragaba en seco.

{. . .}

Esto tenía que acabar de una u otra forma.

Y esta era una forma buena para ellas.

Que yo, por fin, después de quince años acabe con mi vida.

La lágrima acarició mi mejilla haciendo que la sintiera húmeda, quería levantarme, pero después de tantos golpes mis piernas ya no daban para más, hice puños mis manos, mientras que cerraba los ojos con fuerza y escondía mi cara en el suelo, mis muñecas comenzaron a arder con fuerza, escuchaba cada pensamiento que daban, otra vez había tomado mi cuerpo..., pero aun así, no se atrevía en matarse.

Solté varios suspiros eufórica, no soportaba un poco más; ya quería que se encajara el cuchillo para que yo pudiese desaparecer y dejar de sufrir más de lo que estaba sufriendo. No sé qué estaban esperando, fruncí levemente el ceño, mi cuerpo comenzó a temblar mientras que mis labios se movían sin parar, las lágrimas corrían más rápido encargado de empapar por completo mi mejilla y labios, sintiendo el salado sabor de una lágrima, levanté la mirada y mis labios se abrieron.

—"¡¿Por qué sigues con vida?! ¡Mátate de una buena vez!" —espeté, mientras que las lágrimas recorrían mis mejillas sin descaro alguno.

Otra vez, había dicho algo tonto.

Tapé mis labios deseando a que dejaran de decir todo eso. Mi mano temblaba en mis labios, mientras que era mojada poco a poco por mis lágrimas, sentía sus miradas.

Ya no sabes qué hacer, ¿cierto?

Y sin mirar a quienes lo hacían, asentí.

Era cierto.

Ya no sabía qué hacer.

{...}

¡¿Por qué sigues con vida?! ¡Mátate de una buena vez!

Miré a todas partes como si esa pequeña voz en mi cabeza hubiese hecho eco por toda la casa. Ella tenía razón, tenía que quitarme la vida.

No tardé mucho, no tardé mucho para que el cuchillo se enterrara en mi torso, me tapé los labios callando los desgarradores gritos que salían de mis labios; no estaba soportando el ardor, no soportaba el dolor y sabía que muy pronto iba a morir. Con la mano que portaba mi guante, quité el cuchillo de mi torso, causando que una pequeña cascada se hiciese, veía como el líquido carmesí viajaba por todo mi torso, dándome un escalofrío. Dejé el cuchillo en la barra y me las arreglé para quitarme el guante sin utilizar mi otra mano, con otro cuchillo agarré el guante y prendí la estufa automáticamente; la eché ahí, viendo como el humo salía y entraba con descaro en mis fosas nasales, dejé la estufa prendida, para levantar un poco más de sospechas. . . Y fue cuando caí y todo se volvió oscuro.

¿Éste será mi último aliento?

{...}

Veía con total admiración lo que acababa de pasar, mi mente no estaba funcionando y mi boca estaba temblando, dejando escuchar los jadeos de sorpresa, una de ellas me miro con una sonrisa. Agaché la mirada aún impresionada, pero ¿esto no era lo que quería? ¿No quería morir de una vez? Ahora no me entiendo.

¿Quiero morir o no?

Moví un poco mis piernas, un pequeño quejido salió de mis labios, aún sentía el dolor. Apoyé mis manos para levantarme, ellas me miraron, rieron, pero no hicieron nada para detenerme; las esposas comenzaron a apretar más mis muñecas, haciendo que pequeñas gotas de sangre salieran por tanta presión, con dolor y fuerza logré levantarme, ellas me miraron, una sonrisa se posó en mis labios mientras caminaba a donde una.

—"Me rindo"—susurré, ella sonrió mientras que un golpe se plasmó en mi rodilla haciendo que me hincara, como si estuviese haciendo una reverencia—, "no puedo."

—"Nunca pudiste." —habló una— "Admiro que hayas intentado, pero te debiste de detener en cuanto tu luz se apagó" —asentí, pues tenía razón, debí de haberme rendido.

—"Entonces..., ¿qué pasará ahora?" —mi voz tembló, traté de pararme de nuevo pero fue imposible, el dolor aún estaba ahí, no podía.

—"¿Qué pasará? Nada, ya no tiene caso." —respondió.

—"¿Qué? N-No, no entiendo, ¡y-ya les di mi cuerpo!"

Ella frunció el ceño, con su pie hizo que mi cabeza chocara con el duro suelo, haciendo que pequeñas gotas la mancharan de sangre.

—"Nunca fue tuyo; desde que nosotras llegamos a tu vida tu cuerpo ya no te pertenecía, ¿no entendiste eso? ¿Acaso no lo ves ahora? Vas a desaparecer y por ende nosotros también lo haremos. Morirás. Y nosotros también lo haremos, entonces, dime, ¿qué caso tiene controlarte? ¡Mírate!" —sus manos agarraron mis cabellos con fuerza haciendo que mirara el espejo—"¡La policía está llevándose nuestro cuerpo, ¿qué puedes hacer sobre eso?! ¡Está revisando lo que tú hiciste, míralo!"

Mi cara chocó con el espejo, y de nuevo las ondas se formaron; miré todo, y cerré los ojos, posiblemente negando mi realidad.

—"Acéptalo, ya no hay nada que puedas hacer, escoria" —susurra en mi oído, un pequeño aire fresco recorrió mi cuerpo—: "déjala morir."

Cerré los ojos con fuerza, mientras que aún agarrada de mi cabello me hincaba ante el espejo sollozando, no me importaba que ellas estuvieran ahí, pues no era la primera vez que me hacían llorar o algo así, varios sollozos se escuchaban por toda la habitación de parte mía, pero no me interesaba.

¿En verdad este será lo último?

{...}

«5 días después.»

Aire pesado. Una máquina, aire artificial.

Manos inmóviles. Conectados.

Corazón lento. A punto de morir.

«Abre los ojos. . .» me susurré, fruncí el ceño, pero aun así no despertaba.

—Creo que la paciente abrirá los ojos. —escuché, oía los zapatos chocar con el piso, acercándose a mi camilla.

—Abran espacio, lo necesita —sugirieron, y entonces, el enésimo intento de abrir los ojos funcionó, cuando los doctores me vieron un suspiro de alivio salió de sus labios, mientras que miraba borroso, me senté con la poca fuerza que tenía, sintiéndome mareada, mi cabeza daba vueltas mientras que mis ojos miraban distorsionado.

No tardó demasiado para que yo abriera los ojos y entrara en razón, el pequeño brillo en mis ojos volvió mientras que miraba sin entender la puerta, raro. Miré y toqué mi cuerpo una que otra vez mientras que ignoraba a los doctores quiénes sonreían.

Después de todo unas lágrimas salieron de mi ojo, presioné mi camisa con mi mano mientras me mordía el labio como si estuviese ansiosa, pero lo que no quería era llorar; una doctora agarró mi mano, la miré, sus ojos claros me recordaban a alguien pero ella simplemente sonrió, y débilmente le regresé la sonrisa.

—Me alegro de que hayas despertado —susurra alegre, mientras que yo la miraba aún impresionada, asentí levemente.

—¿Nos conocemos? —dudé. Ella me miró.

—¿Disculpa?

—¿Nos hemos visto alguna vez? —fruncí el ceño, ella solo sonrió más.

—Yo era tu psicóloga, Sasha.

No, no era así.

Y, sí es así, posiblemente le he mirado en otro lado que no es el psicólogo; la miré incrédula, pero quité la mirada y volví a buscar algo por todas partes, ella percato eso y arqueó una ceja.

—¿Buscas algo? —asentí.

—¿Dónde está mi familia? —ella me miró penosa, la miré sin entender, hasta que algo de mi me dio una mala señal—, n-no, no he-están muertos..., ¿c-cierto? —susurré con voz rota, con miedo, pero ella me miró.

—No. —recorrió la cortina que estaba a mi lado, haciendo que viera a mi madre.

—M-Mamá. —susurré, estaba toda lastimada, varias vendas estaban en su cuerpo; comencé a llorar, recordé todo, aquella noche, aquellos golpes.

Aquellas voces.

—Fuiste la última en despertar, así que ella solo está descansando. —avisó, un suspiro de alivio salió de mis labios, pero aun así no podía sentirme mal.

No sabía en qué día estábamos, no sabía nada, había perdido la noción del tiempo, ¿cuánto llevo aquí? ¿Qué día es? Miré a la psicóloga, y abrí mis labios.

—¿C-Cuánto ha pasado? —pregunté.

—Solo cinco días. Estarás bien.

Miré a mamá, sus labios se abrían como si trataran de decir algo mientras que su ceño se fruncía levemente; podía reconocer eso, estaba teniendo una pesadilla, sus labios comenzaron a decir mi nombre con cierto miedo, para después levantarse de golpe.

—¡Sasha! —sollozó, su pecho subía y bajaba con intensidad, mientras que miraba a la nada asustada y paranoica. Ella me miró, sus ojos estaban rojos mientras que se retenían sus lágrimas, pero varias no tardaron en salir, ella sonrió, su sonrisa era débil, mientras que en sus ojos al verme un pequeño brillo apareció, no estábamos tan separadas, así que se estiró un poco para acariciar mi mejilla.

—M-Mamá..., yo—

—Shh —interrumpió mientras seguía llorando, yo tenía que decirle todo, pero no podía, se veían tan débil y feliz de verme, seguía acariciando mi mejilla mientras sus labios extendían su sonrisa—, mi niña, mi pequeña, estás bien. . . ¿Qué haría yo sin ti? —susurró en pregunta, me acurruqué en su mano, soportando las lágrimas.

—M-Me alegra que estés b-bien, mamá. . . —le sonreí mientras acariciaba sus lastimados nudillos, haciendo que el nudo en mi garganta creciera más.

—Perdóname cariño, perdóname todo lo que te he hecho. —suplica, pero yo negué.

—No hay nada que perdonar, mamá. —«por favor, perdóname tú a mí.»

—¿Qué hice para merecerte? —preguntó, pero yo solo alcé los hombros y ella soltó una risita débil.

La miré sonriente, ella estaba débil, así que no podía hacer nada más que sonreírle para que ella pensara que estaba bien. Volvió acariciar mi mejilla con su mano delicada, mientras cantaba aquella vieja canción que me hacía dormir.

—«¿Cuándo creí que estaba sola?» —miré a mamá quien seguía cantando, bajé la mirada, preguntándome tantas cosas, escuchando a mamá mientras que miraba las sábanas blancas.

{. . .}

Mis ojos pesaban, los abrí levemente encontrándome con el piso gris, estaba borroso; parpadeo varias veces para aclarar mi vista, y cuando lo hago, me levanto de golpe, mirando a los lados, toqué mi cuerpo aún sin creerme que estaba viva, pero tenía una duda.

¿Por qué estaba desapareciendo?

Miraba a todos los lados, todo estaba normal y nada estaba desapareciendo como yo lo hacía. Me levanté de mi litera lastimado más mis muñecas, pero poco me importaba, las rejas estaban abiertas así que con cierta desconfianza salí, miré los pasillos con inseguridad y nervios pero estos estaban vacíos al igual que las celdas, seguía caminado, mientras varias hojas caían del techo, mis pies de nuevo estaban sintiendo aquellas crujientes hojas, mis muñecas estaba moradas, habían dejado de circular la sangre, miraba mis dedos viendo como desaparecían poco a poco igual que las esposas dejando ver el morado de las marcas, sonreí, estaba siendo libre por fin. Después de tantas batallas perdidas, por fin he podido sentir la gloria.

—"Te lo dijeron." —escuché, mi sonrisa desapareció al escuchar su voz. —, "desaparecerá."

Fruncí el ceño aún sin mirarla, su voz me sonaba, pero sinceramente no la reconocía, miré mis pies quienes desaparecían al igual que mi uniforme.

—"Lástima que serás la única que lo hará, ¿no es así?"—la miré, mientras ella se recargaba en una pared y jugaba con su tentadora rosa negra, ella me miro y sonrió—, "ya no eres nadie, Sasha."

—"N-No..., ¡no me dejes! ¡No me dejes!"—suplicaba.

{. . .}

¡No me dejes morir!

Un chasquido salió de mis labios después de escuchar esa voz en mi cabeza, fruncí el ceño y mamá me miro.

—¿Estás bien? —la miré y sonreí.

—S-Sí, solo me duele un poco la cabeza.

No me dejes. . .

{. . .}

Una lágrima salió.

No me dejes ir. . .

Capítulo XIII

—"N-No..., no puede ser. . ." —susurré mirando las esposas que decoraban mis muñecas; las sacudí un poco haciendo que el ruido de las cadenas hiciese eco por todo el lugar.

Miré la pequeña ventana que había allí, decorando la habitación oscura con su luz grisácea; chocando con las rejas que no me dejarán escapar de algún modo, mi boca temblaba de frío, mientras que mis pies se sacudían levemente hacia los lados, tenía que controlarme, pero se me hacía imposible.

«No lo recuerdo. . . No recuerdo nada de esto. . . ¿Qué pasó?» pensé, esperando una respuesta en el aire pesado que había; miraba la luna sin creencia alguna, sentía mi cabello moverse al compás del viento, mientras que mi piel era erizada por el aire, solté un suspiro y miré a mi alrededor buscando alguien que me ayudara. Pero no había nadie, ni siquiera un guardia. Caminé hacia las rejas y las observé, toqué aquellas barras oxidadas que me negaban mi libertad, abrí la puerta con impresión, pues no creí que estuviera abierta; revisé los lugares. Vacíos. Lo único que se escuchaba eran mis pasos y las pequeñas gotas que chocaban.

Llegué a un pasillo llena de puertas qué parecían de castigo, pues solo tenía una pequeña ventana y no parecía que hubiese otra para al menos mirar la noche que decoraba el cielo negro; me abracé, pero el calor que me brindan las palmas de mis manos no me basta para el frío que estoy sintiendo ahora. Mi boca se secó, mientras que mis manos comenzaban a sentirse un poco calientes, sentía mi cara arder, pero eso no me estaba importando. Tocaba las puertas que estaban a mis lados, buscando ayuda, alguna explicación, pero no había nada más que el silencio y yo. Miré una puerta, no tenía el seguro puesto así que con desconfianza entre.

—"¿H-Hola?" —pregunté con miedo y observé cada rincón de la habitación, no parecía más que otro pasillo; mi cuerpo comenzó a tener miedo, pues esto no me daba buena espina—, "¿a-alguien que me ayude? V-Verá, e-estaba en el hospital y de la nada. . . ¡A-Aparecí aquí!"—expliqué, pero sólo se escuchaba mi voz. Caminaba soltando una que otra maldición por el frío que estaba haciendo; las pequeñas corrientes de aire jugaban traviesas con mis mechones de cabellos, cerré levemente los ojos, sintiendo que el aire cada vez se hacía más pesado.

«Esto…, es raro.» mi piel se erizó, algo me decía que esto no estaba bien, que estaba en peligro. No había luz en ningún lado, y eso me estaba asustando más; pues no había nada, ¿y sin luz? ¡Joded! Esto sí que es un infierno en vida. ¡Horror! Olía mal, a putrefacto así que me tapé la nariz con disgusto; ¿en dónde me había metido? Las cárceles no eran así. No son así.

Una gota cayó en mi cabeza, haciendo que sintiera el frío en mis cabellos, seguí caminando, buscando a alguien que me pudiera ayudar y explicar cómo porqué demonios estaba aquí. Me paré en seco cuando de lejos alcancé a visualizar algo blanco —era como un vestido alrededor de una pequeña luz—, fruncí el ceño y forcé a mis ojos ver más allá, viendo la sorpresa de que era alguien —cosa que se me hacía raro, pues no traía el uniforme— y corrí hacia ella con una sonrisa.

—"¡Oye, chica, qué bueno que te he encontrado; lo que pasa es

que. . .!" —mi boca paró y comenzó a temblar más de lo demás, la sonrisa se había desvanecido por completo, mi cara de felicidad cambió a una de terror, confusión y perplejidad.

Veía la sangre caer en una línea delgada por sus piernas, frente y boca; solté un grito desgarrador, di pasos atrás agarrándome y cerrando los ojos con fuerza, negándome a ver lo que había frente a mí.

Mírala. . . La dejaste ir. . .

—"Tranquila." —susurró, por un momento creí que era ella así que miré arriba encontrándome con mi respuesta incorrecta.

Mi boca temblaba más mientras que sentía mis mejillas arder ligeramente; debería de tranquilizarme, pero no podía. . . No cuando estaba colgada y con varias marcas en mi piel; toqué su —o mí, no sé cómo decirlo— pie frío, pinté las yemas de mis dedos, pero eso no me importaba demasiado, solo trataba de tranquilizar mi corazón y analizar todo. — "Y a final de cuenta, no perdió las esperanzas en ti ¿sabes?, fue como si le hubieras fallado."

Deje de acariciar su —mi— piel, para mirar atrás, encontrándome con una niña.

—"¿Q-Quién..., e-eres tú?" —pregunté en el susurro que se golpeó con las paredes y se hizo eco. Ella me daba un poco de temor, pues su cara no se veía y sus ojos era lo único que brillaba con intensidad, aquellos ojos cafés oscuros que podían matarte con solo mirarlos; ella soltó un suspiro, de melancolía, pues la verdad no sabía qué tipo de suspiro era el suyo.

—"¿Acaso no recuerdas nada?" —negué, ella sonrió ladina—, "más divertido."

—"P-Por favor. . . A-Ayúdame" —miré por un momento el cu-

erpo tenía ganas de gritar, pero estaba soportando esos gritos y el pánico, ella abrió sus labios aún con esa sonrisa y asintió.

—"Oh, claro que te ayudaré." —sonrió amable, yo sonreí también, su sonrisa no me agradaba ni me mostraba confianza, pero tenía que fingir— "¿Qué quieres que haga?"

—"Ex... Explícame qué hago aquí." —me acerqué más a ella, me abracé y ella me miró con atención.

—"Se lo dijimos. . ." —cambió de tema.

—"¿Qué?"

—"Le dijimos que la olvidaría, y que pronto iba a desaparecer. . ." —unos tics la atacaron bruscamente.

—"¿De quién hablas?" —ella apuntó atrás de mí, con cierto miedo dirigí mi vista siguiendo su dedo; me quedé paralizada, pues no entendía nada de lo que ella me decía y el miedo estaba fluyendo más rápido en mi sangre.

El silencio reinó el lugar, nada se escuchaba, solo nuestras respiraciones; ella bajó su dedo, pero aun así veía el cuerpo analizado lo que ella me decía, tratando de acomodar sus palabras, pero no recordaba nada. Acaso ¿me estará mostrando el futuro? Negué mentalmente ante eso, pues a pesar de que podía tener lógica, no puedo creer eso—. "¡No te entiendo, mierda!"

—"Tú ya has estado aquí antes ¿sabes? Vivías lo que te tocó, la mente que más odiabas era la tuya, y próximamente lo volverás a hacer. Ella era una voz tuya: "buena", ¿recuerdas aquella voz que te decía que no lo hicieras..., en tu masacre?" —bajé la mirada.

«¡No lo hagas. . .!»

—"S-Sí. . ."

Ella me sonrió, amenazante, como si algo comenzará a venir—, "bueno, pues; ella era una voz buena, la dejaste ir. . . Desapareció totalmente, ahora te toca a ti desaparecer." —una corriente de aire llegó a mis espaldas, haciendo que mi cabello tapara por completo mi vista; el aire paró por completo, y cuando yo abrí lentamente mis ojos, ella ya se había marchado.

Solté un suspiro de frustración, allá atrás había un cuerpo y ya no sabía qué hacer ni decir, miré atrás, mirándola con los ojos llenos de lágrimas, pero negué soltar una gota, miré abajo, observando que de ella se había caído un pétalo negro, a decir verdad, era la primera vez que veía un pétalo de ese color. Estaba muy bien cuidada, y, a decir verdad: era tentadora. Acerqué mi mano hacia ella, con adoración, quería mantener ese pétalo negro en mis manos.

«—"¡Por favor, déjenme ser libre! ¡Ya no aguanto estar aquí! —lloré, ese recuerdo era muy viejo; pues por lo que veía, en ese tiempo era una niña.»

Me alejé de golpe mi sangre se congeló por completo; mi piel se puso pálida a pesar de mi tez morena, miraba asustada a la tentadora rosa, un fuerte viento se propagó por la habitación; veía mi cabello volar al compás del fuerte viento, alarmada volteé hacia atrás, viendo como mi cuerpo estaba desbordando, convirtiéndose en pétalos negros.

Cubrí mi rostro cuando sentí los pétalos chocar con mi cara, por una extraña razón, agarré el único pétalo caído —el que me había dejado la niña—, y lo guardé en mi uniforme, miré mis manos, quiénes estaban desapareciendo, miles de imágenes y recuerdos distorsionados pasaron por mi mente, una imagen paró, la miré por un momento.

Yo ya había estado aquí antes.

Y cuando reaccioné, la imagen desapareció, todo estaba siendo demasiado rápido, mi ropa estaba desapareciendo y manchas de sangre comenzaban a salir de mi nariz, varios gritos comenzaron a salir de mis labios; abrí lentamente los ojos, viendo como las lágrimas se las llevaba el viento, abrí mis labios soltando un jadeo que poco a poco se convirtió en grito.

—¡Basta! —grité, tapando mis oídos, de la nada los pétalos habían desaparecido, dejándome de nuevo sola.

Bajé mis manos y comencé a llorar, ¿qué estaba pasando? No entiendo nada, estoy sola..., tengo miedo.

Deberías de temerte a ti.

¿A mí, por qué?

Eres una enferma...

Busqué la voz que resonaba por todo el lugar, tratando de callarla—. "No, yo no soy ninguna enferma."

Sí, eres una enferma.

No, ¡no!

Eres un monstruo.

Basta, para...

¡Maldito monstruo!

¡No, no lo soy, basta, no lo digas más!

...¡Monstruo!

—¡No lo soy! —me levanté rápidamente sintiendo mi corazón golpeando mi pecho con euforia y miedo, observé el hospital para luego quedarme mirando a mi madre quien dormía plácidamente, solté un suspiro y me volví acostar limpiando las lágrimas que bajaban vagamente por mis mejillas.

No estaba entendiendo nada, mi mente no analizaba la situación y no siquiera podía organizarla, todo estaba revuelto, mi mente estaba fallando; necesitaba encontrar ayuda, alguien que sepa de esto. Pero quería conocer más, saber más de lo que algún día fui... Si ella, esa, era yo, quiero saber qué pasó; por qué... Por qué termine así.

Porque esto está ocurriendo de nuevo.

Te dije que será divertido, Sasha.

Capítulo XIV

—Palabras sucias, sin cálidos labios.

Miré el cielo cayendo, las sucias gotas y la niebla hablando entre las paredes, miré todos los lugares para soltar un suspiro y caminar entre los cuerpos quienes mantenían sucio de carmesí el suelo, pasé entre los cuerpos mientras veía su temblorosa figura asustada en un rincón de la habitación.

—¿No es así, madre? —sonreí mientras la agarraba del cuello, ella me miraba atemorizada.

Todos te hacen daño...

—¿No lo es? —ella asintió, su cara llena de sangre mientras que pequeñas marcas de golpes se marcan en su rostro pálido.

—¿P–Por q–qué haces esto? —chilló—. No lo hagas...

—Eso no es lo que quiero escuchar, madre. —aventé su débil cuerpo al suelo— Quiero escuchar tus súplicas, una y otra vez.

El aire cuentacuentos llegó, la niebla aún charlaba con las paredes quienes tiraban la pintura; la oscuridad susurraba entre el aire lo que podía contarme mientras yo escuchaba claramente lo que querían, los colores estaban desapareciendo, y la niebla dejó de charlar con las paredes y ellas dejaron de escurrir sus colores. Ella comenzó a sollozar, sus pequeños sollozos avisándole a las paredes para que hagan más fuerte el sonido, sonreí, si, es lo que quería escuchar; sus sollozos pidiendo súplica.

Nadie merece tú piedad.

No, era cierto, nadie merecía mi piedad. Nadie merece no lo pinté en aquellas paredes que me gritan por ser pintadas de carmesí, no se merecían un perdón, yo sí; todo el daño revuelto en mi cabeza, solo hacía quererlo matar más, miré mis manos con los guantes, sonreí y miré a mi madre quien trataba de alejarse, pero golpeé su pierna, otra vez hasta que gritó.

—Perdóname. . . —susurró, una corriente recorrió toda mi columna vertebral, comencé a sentirme extraña, la tierna voz de mi madre me estaba haciendo daño.

Lo miré, miré sus ojos brillosos mientras que pequeñas y finas líneas de lágrimas marcaban sus mejillas.

No lo hagas. . .

—¡Perdóname por todo! —me miró con varias lágrimas mientras soltaba respiraciones profundas.

—No, nunca te voy a perdonar que me hayas dejado vivir, que no me hayas abortado. Que me tengas aquí a pesar de que tú no querías esto, ¡¿por qué mierda no lo hiciste?! ¡¿Por qué no me mataste?! ¡Ahora yo soy la que no quiere estar aquí, no sabes cuánto he sufrido estando viva, y todo es tu maldita culpa! —la apunté con el bisturí; ella me miró atemorizada. Mi mano comenzó a temblar, mi mente se callaba llenando de gritos y amenazas en toda mi sangre, ¿por qué tenía miedo? ¿Por qué ahora? Debí de temer cuando apuñalé al primer paciente, más no, la adrenalina me estaba matando en ese momento; solo le correspondía a mi cuerpo, pero ahora, al parecer le había abandonado.

—Yo s-sí te quería, cuando te vi en mis brazos. . . Eras una pequeña ternura, ¿sabes?, me dije: "¿Cómo pude haber pensado en tres niños? Ella es perfecta." vi tus ojos esmeralda, tus cabellos ondulados, tú hermosa sonrisa cuando me viste, cuando dormiste en mis brazos. . . —empecé a temblar más, los ojos se me estaban llenando de lágrimas mientras que ella sonreía a cada palabra mencionada—, r-recuerdo cuando te llevé por p-primera vez a la escuela, tu padre lloraba de emoción mientras que yo me tragaba las lágrimas, recuerdo a tu primera amiga. . . Vaya, no dejaba de ir a nuestro hogar—rio dulcemente mientras se trataba de levantar, fallando en sus acciones.

Mi cabeza estaba matándome, no sabía que quería, sus gritos adentro de mi cabeza, las súplicas de las paredes; ella me miró con pena mientras se acurrucaba en una pared, agachó la mirada y su cara cambió a un semblante serio—. Pero todo cambio cuando te dejó, te sentías tan mal, no querías comer, no dormías. . . Y entonces lo creaste a él.

—¿Él?

—Es normal que lo olvides. . . —jugó con sus dedos—, pues has crecido, él..., tú mejor amigo. . . Después de que ella se había alejado de ti, te comenzabas a comportar de manera extraña, eras más..., uhm, grosera, como si hubiese algo que te hiciera ser así. Y entonces, cuando creímos que —rio— te habíamos perdido, volviste a ser feliz. . . Por él.

"—Mamá, Erick y yo no queremos comer esto —negué viendo el plato de verduras, entonces lo vía a él, y sonrió.

—«Yo sí quiero». *—me miró.*

—Pues, dile que también debe de com—.

—Olvídalo madre, él quiere."

Mi cabeza me dio varias vueltas, otra vez, el sonido de los pasos comenzó a sonar con prisa por el pasillo; parece que me habían descubierto. Miré a mamá, quién portaba un celular en sus manos, la ira comenzó a alimentarse de mí, aquellos gritos volvieron a mi mente, miré a mi madre y me acerqué a ella con intenciones de manchar mi ropa; pero el sonido era más fuerte, la miré por un momento y rompí la ventana.

—Lo siento, hija. . . —su voz débil pasó por mis oídos y la miré.

—¿Quién dijo que te dejaría con vida? —pregunté mirando el pasto.

Bajé de ahí y salí corriendo, bien, ahora tenía que deshacerme de dos asesinatos.

{. . .}

Paré después de varios minutos o incluso horas, mi respiración estaba por calmarse, pero aquellos deseos psicópatas se habían ido por completo, miré la enojada noche mientras me sentaba en el húmedo suelo del bosque; soltaba varios jadeos de cansancio mientras limpiaba el sudor de mi frente, mi cuerpo estaba caliente así que por ello me quité el suéter y lo dejé a mi lado. Observé el bosque con tranquilidad, me mordí varias uñas con una extraña necesidad, mi cabeza estaba revuelta y solo quería tomar un baño pero por aquí era imposible, no era una psicópata, no era nadie malo y por supuesto que no que esto es lo que quiero.

No recuerdo nada de lo que hice, cuando reaccioné ya estaba corriendo, adentrándome al oscuro bosque, toqué mi corazón por un momento escuchando y sintiendo las palpitaciones; un poco más, y el corazón se me iba a salir. El viento seguía regañando mi ser sin razón, ¿qué había hecho? Miré el suéter lleno de sangre, pero le hice caso omiso, me levanté con pesadez y lo colgué en mi hombro para caminar más allá, el bosque se me hacía perfectamente conocido, cada detalle de este, cada hoja caída; el olor de un húmedo pasto y suelo.

—Carajo —me quejé cuando me sentí en el suelo, mi rodilla ardía y miré mis piernas quienes torpemente se habían tropezado con una rama salida de un gran árbol.

Me levanté y sacudí mi ropa y mis manos, solté un suspiro tembloroso, oh, aquí están de nuevo, mis ganas de llorar sin razón; ¿por qué nunca tenía una razón? ¿Por qué siempre lloraba con sentimiento si nada había atacado a este corazón, me senté en el árbol y me tapé con el suéter, aunque tenía calor sabía que en un momento más iba a tener frío, me acurruqué para cerrar los ojos?

—"Se siente pesado, ¿no? Ya eres la única que queda."

«Silencio.»

Capítulo XV

Varios jadeos libres salían de mi boca mientras miraba el camino sin esperanza alguna; sentía la brisa en mis brazos, sé que debería de ponerme el suéter que se ajustaba firmemente a mis caderas, pero el cuerpo me pedía a gritos que no me moviera más ya que me dolía. Miraba como los autos iban y venían sin prestarme atención, no sabía a dónde ir, mi cuerpo me pesaba, mis labios estaba partidos y necesitados de agua, estaba llena de marcas en el cuerpo y con la conciencia rota; el aire me llevaba el cabello, y la tierra sonaba molesta cada vez que la pisaba, el infierno viene.

El aire corría más a prisa, sentía la frialdad en sus respiraciones alteradas, enojada ¿no?, sabía que lo estaba, pues había despreciado la oportunidad de acabar con sus despreciables vidas.

Despreciables. . .

"—¡Perdóname por todo!"

Me paré un momento y me senté en el suelo, agaché la mirada, miré los nudillos que había roto hoy en la mañana; tiré algunas piedras por el camino, que chocaban con algunas llantas.

Tenía una duda, ¿en verdad cumpliría esa promesa? Dudo, aún recuerdo ayer, cuando la mente vaga al dormir me dio todos mis recuerdos y ahora solo espero que todos estén bien. . .

Que mamá esté bien.

—¿Qué haces por aquí sola, muchacha? —levanté la vista,

encontrándome con una señora preocupada, levanté los hombros, no sabía que decirle.

—Y-Yo, estoy perdida. . . —dije con cierto frío y miedo, ¿yo? ¿Miedo? Eso era innovador; tragué en seco mientras que mi corazón comenzó a latir con fuerza, en un momento para otro, se saldría de mi pecho. El frío acarició mi piel, llamándome, pidiendo que me quedara una noche más con ella, pero sabía lo que planeaba, y no lo haría— Aquí..., no hay muchas personas, ¿verdad?

—Es un pequeño pueblo, habrá como mil habitantes.

«Lo bueno es que es pequeño.» pensé con cierto sarcasmo, tenía que sacar conversación, para ver si el frío dejaba de susurrar que volviera allá, para ver si mi corazón comenzara a latir de nuevo con tranquilidad.

—Sí, es pequeño —por fin contesté, nos quedamos viendo un rato y sonrió.

—Hace frío. —me comentó.

—Sí, lo hace.

—¿A dónde planeas ir, ¿eh? —la miré.

—No tengo la menor idea, buenos días, señora —comencé a caminar hacia el frente, mientras que el aire jalaba mi cabello hacia atrás pidiendo mi regreso; escuché como las llantas rodaban por el pavimento viejo y lleno de huecos, hice caso omiso, y seguí caminando.

—No dejaré que te mueras de frío, anda, sube. —abrió la puerta con total seguridad mientras sostenía con una mano el volante, miré por un momento el asiento de piel.

—No sabe con quién habla —advertí.

—¿Hablo con una chica que necesita apoyo y atención? —dudó—, porque es lo que veo.

Un chasquido salió de mi lengua— No soy lo que aparento. No sé quién soy realmente —miré el suelo con tristeza, pero mis ojos no pensaban tirar una lágrima, ella soltó un suspiro.

—Nadie sabe quién es hasta que muere y vio todo lo que hizo, estaremos confundidos toda la vida, pensando en quién somos realmente.

Por ahora, sé que necesitas mi apoyo, y yo quiero dártelo.

—¿Por qué hace esto? —la miré con el ceño fruncido—, no me conoce, no sabe quién soy.

Rio ligeramente para mirarme— Eres una chica cuya única demostración que tiene en su cara es el miedo. Terror. Nervios. Soledad. —dijo— Yo sé que me necesitas.

—¿Por qué lo haría? —reí amarga.

—Porque no quieres estar sola. . . Lo que más quieres: es el apoyo de alguien, se nota; así que deja de ser tan terca y sube.

La observé por unos instantes.

Se acomodó de nuevo en su asiento, tal vez esperando a que yo suba; pero el aire insistía en que regresara, en que me quedara ahí mientras que el suelo me gritaba que este era mi hogar. Estar sola. Las manos cansadas y congeladas el igual que mi sucio cuerpo, mis pies tratando de tirarse para descansar un poco; la mente rota y retorcida callando las pequeñas voces que estaba escuchando.

Mátala. . .

Mátala. . .

Mátala...

No la dejes con vida...

Negué mentalmente, dejando de escuchar las propuestas que me estaban haciendo las pequeñas voces, no las entendía, a veces era suicidas y ahora son psicópatas, raro. Miré a la señora una vez más y subí, tenía desconfianza, pero cuando me senté en el asiento con el calor que estaba haciendo ahí adentro derritió mi congelado cuerpo; me sentía más relajada después de sentir el sudor cayendo en mi cuerpo, recorriendo mi piel suavemente, ella me miró y sonrió, no dije nada, solo me quedé viendo el frente.

El carro comenzó a avanzar, había puesto la calefacción a una temperatura cálida haciendo que mi cuerpo dejara de estar tenso; no decíamos nada, el silencio reinó el lugar; solo miraba en frente viendo como la nieve estaba por acercarse, no decía nada, solo el sonido de nuestras respiraciones y la del aire.

—¿Hace cuánto estás ahí? —rompió el silencio.

—Apenas ayer —dije fría, mientras me acurrucaba abrazándome.

—¿Ayer? —asentí— ¿Entonces dónde estabas días atrás, ¿eh?

—En un hospital.

—¿Qué hacías en el bosque? ¿Escapaste? —la miré con molestia, ¿quién era ella para meterse en vida? —, siento la incomodidad.

—Sí —hice una sonrisa fingida—. En realidad, escapé del hospital, ya no quería estar ahí. —mentí.

Ella hizo una mueca, como si no me estuviera creyendo, y

después sus labios morenos se abrieron mientras que una sonrisa se curva en su cara, ¿y ahora qué le pasa a ésta loca?, la miré de reojo confundida, en verdad estaba comenzando a darme miedo. Miraba al frente, viendo como entraba al pueblo, es cierto, era pequeño pero se notaba amigable y acogedora, las personas sonrientes, amigables, sociales.

Me daban ganas de matarlos a todos.

—¿Sali—. . . Escapaste del hospital? —asentí—, ¿y de dónde sacaste esa ropa?

—Es mía, estaba a un lado de mi camilla. ¿Tiene hijos? —ella hizo una mueca de melancolía.

Sus ojos se veía la decepción, por una parte, me estaba importando poco si me pregunta le había herido por una extraña razón, pero, por otro lado, estaba sintiéndome mal por aquella mujer de ojos cafés; ella soltó un suspiro, me miró, y miró al frente.

—Sólo me queda un niño.

«¿Sólo me queda?» fruncí el ceño ante su respuesta, ¿a qué se refería? Tal vez su otro hijo o hija se alejaron de ella, se mudó, ¿qué sé yo?

—Y su otra hija o hijo, ¿se mudó? —sus labios comenzaron a temblar, negó con una sonrisa amarga.

Eres una imbécil.

Sus ojos se llenaron de lágrimas, comenzó a temblar y soltar suspiros temblorosos, comencé a sentirme mal, lo había arruinado como siempre.

—E-Ella... —soltó un sollozo y paro el auto sacando las

llaves—, e-esas malditas la mataron. . .Por su culpa mi pequeña, m-mi pequeña murió.

«Víctima de acoso escolar.» fue lo único que pasó por mi mente, acaricié su cabello mientras la miraba con una mueca de lástima.

—E-Ella, se parecía tanto a mí. . . L-Lo único que cambiaba eran sus o-ojitos. . . —me miró, algo me hizo tener cosquillas cuando miré sus ojos rojos de tanto llorar— Sus l-lindos ojitos v-verdes con azul.

—¿Nunca demandó a quienes la mataron? ¿Nunca las atraparon? —ella me miro confundida.

—¿C-Cómo vas a d-demandar a algo q-que estaba en su mente? ¡E-Esas malditas voces me la quitaron! Me quitaron a mi pequeña Citlalli.

Voces. . .

Bajé la mirada con cierta tristeza, era una lástima que ella terminara así, pero ¿yo? Yo voy de asesinato en asesinato, y si sigo así serán más de dos. Ella se limpió las lágrimas que acariciaban sus mejillas y se limpió —también— las lágrimas que querían salir, las voces comenzaron a insultarme; ella me miró y me sonrió adolorida, traté de sonreírle amigable, pero me sentía mal por ella, encendió otra vez el auto y seguimos por el camino, se estaban sus respiraciones temblorosas mientras se limpiaba la nariz.

—¿Hace cuánto? —la miré con cierta pena, ella apretó el volante y siguió mirando al frente.

—Una semana.

Volví a mirar al frente, acariciando el cinturón de seguridad— Lo siento mucho.

—Nadie lo siente más que yo. —murmuró.

El camino en adelante fue callado, nadie decía nada y, a decir verdad, estaba mejor así antes de que ella saliera más herida de lo que ya está. Por fin quité mi suéter que se ajustaba en mi cintura y me lo puse; ella me observó por un momento, pero no dijo nada, y volvió a mirar hacia el frente.

—¿Marido? —me miró.

—¿Mande?

—¿Tienes marido? —ella negó.

—Me dejó cuando lo tuvimos. —respondió.

Solté un bufido, su vida estaba llena de desgracias; no dije nada de nuevo, solo asentí y solté un: «Ah» con cierto razonamiento, nos paramos en una

casa grande, era demasiado linda, solo era de un piso, pero se veía muy amplia.

—Llegamos. —anunció mientras se quitaba el cinturón, yo la miré por un momento para después quitarme el cinturón y bajar después de ella.

Abrió su puerta y miré a un lado, miré las escaleras y una parte más arreglada allá abajo, pero volteé a ver a la señora quien subía los escalones para abrir la puerta y dejar ver la sala. Allí estaba su hijo, un niño de tez morena clara y ojos esmeralda y sus cabellos desordenados; era un nene muy lindo, tenía las pestañas muy largas y lindas. Él me miró por un momento para esconderse en las piernas de su madre.

—¿Quién es ella? —me apuntó.

—Cariño, no apuntes ¿sí? —él bajó la mano, viendo a su agradable madre.

—Soy Sasha pequeño, gusto en conocerte. —le sonreí, estirando mi mano, pero él corrió y me abrazó, abrazo que correspondí.

—No seas tontita —rio y fruncí el ceño, ¿por qué me dijo eso?, él me miró y sonrió—, tú no te llamas así.

—¿Ah, ¿no? —negó y seguí—: ¿Entonces cómo me llamo?

—¡Pues Citlalli, dah! —su madre lo vio sorprendida al igual que yo.

Su madre lo agarró del hombro y lo giró, me sentí mal por él, pensar que yo soy su hermana mayor, que he vuelto.

—M-Mi amor, ella no es tu hermana.

—¡Claro que lo es! —sonrió— Mira.

Salió corriendo, sus ojos cafés se encontraron con los míos; estábamos llenas de incomodidad y melancolía. Ella lo sabía. Yo lo sabía. Ese pequeño estaba creyendo que yo estaría aquí para siempre, ante tal vergüenza me senté en el sofá y me crucé de piernas mientras que ella se paraba con cierta vergüenza.

—Lo si—

—No se preocupe —interrumpí, ella me sonrió y el niño vino corriendo hacia nosotras.

—¿Lo ves? Ésta eres tú, no esa tal Sasha. —rio dándome la fotografía con un lindo marco negro.

Me quedé petrificada ante nuestro parecido, en verdad yo me parecía a ella, los mismos ojos, color de cabello, de piel, y esto estaba asustando me un poco; dejé atrás la fotografía entregándosela al niño que sonreía alegre.

—No soy ella, yo soy Sasha. —negué.

—¡Qué tú no eres Sasha! ¡Tú eres mi hermana! —brama claramente.

No sabía qué hacer, comencé a tener miedo, este niño…, me recordaba a mi cuando era niña: se altera demasiado rápido. Solté un suspiro, no sabía que decirle, sus ojos me miraban fijamente; y ahí lo entendí todo, él aún no aceptaba que ella estuviera aquí, él aún no aceptaba que ella no estaría para él.

Él aún no aceptaba que estaba muerta.

—Cariño... —suspiro—, ¿podemos hablar, Sasha?

—Citlalli. —corregí, el niño sonrió, ella entendió a que me refería y asintió.

Caminamos hacia la cocina, ella me miró y sonrió.

—¿Podrías ayudarme a cocinar? —sonrió.

—Por supuesto.

Agarré las cosas que necesitaba para hacer una sopa, era un silencio incómodo, ahora me arrepentía de haber aceptado, pero esa señora era más terca que yo, y no me dejaría ir tan rápido. Comencé a cortar las cosas, lo único que se escuchaba era el aire que daba el ventilador colgado en el techo, el cuchillo, y las verduras siento picadas.

—¿Te soy sincera? —agradecí mentalmente por romper el aire incómodo que me estaba asfixiando.

—¿Mmm? —paré por un momento para oírla atenta, la miré, ella sonrió; su sonrisa me contagió, miré las ventanas que eran golpeadas por el molesto aire que exigía entrar, regresé la mirada y callé— Sí, dígame.

—Si te rescate fue porque. . . —suspiró— Me recordaste a ella, a mi hija. Cuando te vi, quise protegerte, era como si estuviera viendo a mi niña otra vez, a mi pequeña. . .

Agaché la mirada, estaba sintiéndome mal, su voz rota me estaba haciendo algo que mataba, ella también me recordaba a alguien. . .

"—¡Usted es la mejor mamá del mundo! —me tiré hacia a ella para darle un abrazo.

—Y tú eres lo mejor que me ha pasado."

Tragué en seco el nudo que se estaba formando en mi garganta. — No quería dejarte ir, si lo hacía, sentía que la estaba dejando marchar a ella y no a ti. Dejarla..., otra vez. . .

—Sí, pero yo no. . .

—Estoy consciente de que tú no eres mi hija —interrumpió—. Pero déjame ayudarte. . ., ¡tratarte! Al menos. . . E-Estás semanas. . . ¡Y es que yo tuve la maldita culpa! —encajó el cuchillo en la tabla, me ericé y caminé hacia ella.

—Tranquila... —apartó mis manos de sus brazos.

—¡N- ¡No puedo estar tranquila, no sabiendo que mi pequeña está muerta por mi culpa!

—¡Pero yo estoy aquí! —exclamé con el ceño fruncido, ella apartó sus manos de su rostro y me miró.

Dejé de agitarme, y la miré tranquila, pero luego, sonreí— Y yo no me iré de su lado. . .

Ella chilló y me abrazó, le correspondí de forma cálida para luego hundirme en su cuello.

No te confíes de ti, aún existo. Rio.

Mi piel se erizó, pero solo callé...

Ellas iban a matarme.

Capítulo XVI

Solté un suspiro y con cierta desconfianza me acosté en la cómoda cama; miré el techo celeste, no tenía sueño, y no sabía qué hacer en esta situación. La cena había quedado bien, pero el silencio en ese momento era incómodo por el niño que me trataba de recordar cosas.

"—¿Recuerdas cuando Richard se cayó? —comenzó a reír—, fue divertido.

—«No.» Si. —mentí."

Se sentía mal mentirle, pero también se sentía mal ver su cara traumada, no quería eso. Mucho menos por mi culpa. Pero ¿por qué él cree que ella sigue viva? ¿Por qué no sufrió nada? Traumas o algo así, me moví al lado de la cama mientras me seguía preguntando lo mismo, ¿y es qué acaso no la vio morir o ya muerta? ¿Qué fue lo que pasó realmente?

¿Tú qué sabes? Solo eres una idiota, no te metas, sociópata

Aquí está de nuevo, aquella voz molesta de cada día me tenía harta. Solté un suspiro, hoy había sido un pesado día, no sabía que me esperaba mañana; pero ojalá y esto termine pronto, no entiendo por qué me dolió, ver sus lágrimas y los pequeños gritos que soltaba, me hacía sentir mal, posiblemente, me haya recordado a mi progenitora, solté un suspiro que se llevó el viento. «Sucia» por alguna extraña razón me sentía así; me sentía rara estar aquí, era..., incómodo, por un momento más, la imagen de ella sonriendo se me vino a la mente, me impresionaba cuán hipócrita podríamos ser, ¿sociópata? Posiblemente, sí, ¿por qué no?

—Esto me matará. —exclamé, levanté la vista mirando aquella ventana abierta, que, por el frío aire, volaba las cortinas con un suave compás.

—¿Citlalli? —miré hacia la puerta, donde pude ver su cabello desordenado; con un lindo puño moreno tallándose su ojo esmeralda que brillaba con claridad. Me senté en mi cama, y le sonreí.

—¿Mande? Uhm..., hermano. —improvisé.

—Quedamos en que me dirías Derek. —un ligero rubor se apareció tiernamente en sus mejillas, sonreí dulce, pues esa acción me parecía muy tierna.

—Lo siento, Derek. ¿Pasa algo? —quité las sábanas de mi cuerpo, y él se acercó a mí, se subió a mí y sus pequeñas manos trataron de rodearme todo el cuerpo en un cálido abrazo.

—Tengo pesadillas. —su cuerpo tembló ligeramente. Acaricié sus cabellos suavemente, mientras éste se acurrucaba en mi pecho.

—¿Qué tipo de pesadillas?

—Te ibas para siempre... Y no quiero que te vayas. —chilla.

Y después de unos: «No me iré.» «Estaremos bien.» «Eso no pasará.» y unas cuántas caricias en su cabello, él quedó dormido en mi torso, lo arropé con las sábanas; el aire, sus manos calientes pegadas a mi cubierta piel por la camisa me estaban relajando, queriéndome dar el profundo sueño que me merecía. Pero su ronca voz por el sueño habló.

—¿Dónde estuviste estas semanas? —preguntó con un susurro ronco, suave, y de nuevo, su pequeña mano se aferró a mi torso.

—Inventé un juego. —mentí— Sólo que a mamá no le pareció.

—¿Juego? ¿Puedo jugar? —el sueño al parecer desapareció de su mente y cuerpo, me miró frente a frente, sus ojos brillaban con emoción, sonreí, y negué.

—No realmente.

—¿Qué? ¿Por qué no? —de nuevo, llenó ligeramente sus mejillas con aire, solté un suspiro y reí suavemente.

—Porque es muy... Pesado y conlleva un poco de dolor.

—Oh no, el dolor no me agrada —susurra. A lo que niego—, el juego me había ilusionado, ahora no tengo sueño.

—¿Y qué quieres hacer?

¿Qué tal si lo matas? Será un juego divertido, para ti y para mí.

Ignoré aquella voz molesta, quería golpearme, gritarle a la pared o simplemente, llorar a mares, pero no podía, no enfrente de él.

De nuevo, su pequeña cabeza se acurrucó en mi pecho, se escuchaban varias: «Uhm...», dando a entender, que estaba algo entretenido para hacer, cansarlo, e ir a la cama. Él seguía pensando, acariciaba su cabello, mirando la puerta, él se levantó de golpe, haciendo que quitara mis manos de su cabello.

—¡Juguemos...! —interrumpí con un preocupado; «Shh» y un «Lo siento» salió de sus risueños labios— Juguemos a las escondidas. —susurró, esta vez se aseguró de que su voz no fuera algo que despertara a su madre.

Hice una mueca, no quería levantar a nadie, ni mucho menos levantar mi flácido cuerpo de la cama. «Ingrata» ahora era como me sentía, ni siquiera sabía la razón, pero la palabra «sucia» e «ingrata» no me quedaban mal por ahora.

—Vale, pero sin hacer mucho ruido, ¿de acuerdo? —asintió—. Bien, yo cuento, tú anda a esconderte.

—¡Sí! —exclamó en un susurro su notable emoción por jugar, le di la espalda, y escuché como sus pies salían corriendo de la habitación.

Cerré los ojos y me apoyé en la pared para comenzar a contar.

—"Abre tus ojos, idiota." —los abrí levemente, mirando aquella sombra, me levanté de golpe, viendo las esposas y mis pies desnudos, y abajo, las gotas de agua caían en un suelo gris.

«Entonces no fue una pesadilla.» pensé mirando las esposas con cierta duda, miré de nuevo aquella voz, su carácter duro, aquel semblante serio y amenazante.

—"¿Qué hago?" —pregunté con descaro, él sonrió de igual manera.

—"Contar flores." —espetó con sarcasmo— "Levántate."

Con duro esfuerzo, me levanté de ahí, sentí como mi piel se erizaba ante el tacto de mis pies desnudos con el frío suelo, dejé escapar un jadeo, pues el frío me estaba atormentando.

—"¿Ahora?" —lo miré fría, aunque en el fondo mi corazón gritaba por salir de mi pecho, y las ganas de temblar me estaban ganando.

—"Quítate el saco, ahora." —de nuevo, deje escapar un suspiro molesto, trataba de sonar dura, trataba de verme «valiente» «sin miedo» pero mi cuerpo demostraba lo «cobarde» y «poca cosa» que era. Él, al notar mi tembloroso cuerpo soltó un «Cobarde», arrebató el saco de mis manos, me miró con desprecio, y se marchó.

—"No entiendo para qué quiere mi mugroso saco, sí. . ." —y entonces recordé que ahí había guardado aquél pétalo que la niña había dejado noche atrás— "¡Espera, mi saco!, maldita sea, ¡dámelo!" —grité, sentía que mi garganta se había secado.

No puedes ganar. Canturreó.

—"¡No, cállate, por favor cállate!" —apreté mis oídos con las frías y secas palmas de mis manos, choqué mi frente con las rejas, sintiendo un poco de dolor, pero eso no me importaba.

Solo quería silencio, paz, ¿esto era lo que sufría? De haber sabido, me hubiera suicidado.

No puedes, no puedes, no puedes hacer nada bien. Aseguró.

—"¡Basta, cállate!"

¿Qué se siente, ¿eh? Sus frías palabras en mi mente me hacían caer, sentía miradas enfrente de mí, no..., a los lados. . . Espera, arriba también. Sentía miradas en todos lados.

—"¿Q-Qué se siente qué?" —pregunté adolorida, sentía que esto me estaba matando, cerré con fuerza mis labios, mientras miraba el sucio suelo ante mis rodillas.

¿Qué se siente ser una enferma? Masculló en una pregunta.

—"¡No soy una enferma! ¡No lo soy!" —chillé, los murmurios altos siendo cerrados por mis dramáticos labios se escucharon por toda la habitación. Ellas no se callaban, y eso me estaba atormentando.

Risas.

Fue lo que escuché, destapé mis oídos, escuchando un poco más aquellas dulces risitas; y miré a los lados.

—¿Qué... ¿Qué pasó...? —me pregunté, mirando la pared de madera, de nuevo escuché la risita y solté un suspiro de alivio; y salí de la habitación—, ¿Derek? ¿Dónde estás pequeño? —reí suave, su risita se escuchó una vez más, y con discreción abrí la puerta del baño. — ¡Aj...! —paré mi voz al ver que él no estaba escondido ahí.

Pero no había nada, me quedé dudando, estaba segura de que su voz estaba aquí encerrada; averigüé atrás de la puerta, esperando, de que el niño de tez morena estuviese ahí, pero no había nada más que la pared verde lima. — Qué raro, estaba segura de qué...—miré la cortina, viendo una figura femenina; entrecerré los ojos, observando con detenimiento su figura, y sonreí—. Buen intento, ¿vestirte de mí.—.

Algo estaba mal, mi piel se erizó avisándome algo; caminé hacia allá, tenía nervios, mis manos comenzaron a temblar y tragué en seco, el nervio se estaba reemplazando a miedo, de nuevo entrecerré los ojos, esperándome lo peor, y cuando toqué aquella tela de plástico suave.

Cuando mi piel se debatió.

Fracaso.

—¡Gané! —de nuevo, exclamó en silencio de forma victoriosa, dejé de golpe la cortina y lo miré—, tardaste mucho, yo gané.

Miré la cortina, ya no había nada, ni siquiera un rastro de aquella mujer, temblé, y el frío me dio pánico; pero no podía decirlo, no a un niño— Sí, ganaste, ahora a la cama. —sonreí y lo agarré en mis brazos.

—No quiero dormir aún. —renegó, mientras que le pegaba levemente a mi espalda, tratando de huir.

—Este niño ya debe de irse a dormir.

—P-Pero ¡Citlalli! —chilló.

—Sin renegar. —puse un semblante serio, a lo que él con miedo calló--- Tienes que dormir ¿vale? Ya es muy tarde, si mamá se enterará, nos mataría.

—¡Uh, no! No quiero morir —fingió tener un escalofrío y reí—, Citlalli, ¿existen los ángeles?

Me acomodé a su lado en la cómoda cama, lo acurruqué en mis brazos y besé su cabello, tomar el papel de hermana mayor era un poco difícil, pero estar con él no me incomodaba del todo.

—Uhm, ¿qué si existen? —asintió, gruñí tratando de encontrar una respuesta— Claro que sí. —afirmé.

—¿Sí... y… —bostezó y siguió—, ¿cómo son?

Acaricié su suave cabello, miré a la ventana, notando que de nuevo la figura femenina estaba allí, de nuevo me ericé, solté un gran resoplo y miré de nuevo su chino cabello— Ellos…, pues, es un ángel vestido de persona. Siempre está contigo, y es dulce y muy cariñoso, tu ángel guardián, que te protegerá ante todo, y, por nada del mundo, te haría daño. —contesté, de reojo miré la ventana, dándome cuenta de que estaba ahí— Siempre te mirarán, estén lejos o no.

—Entonces, ¿tú podrías ser mi ángel guardián? —me miró, sonreí tiernamente y asentí.

—Porque yo nunca te haría daño, ni a ti, ni a mamá —lo abracé cálidamente, él no tardó en dormir.

«Esto está mal, esto está mal, esto está mal, esto está jodidamente mal. ¿A dónde viene a parar? Maldita sea.» pensé con nervios, solté un suspiro.

Ahora, no solo «cobarde», «poca cosa», «sucia» e «ingrata» me quedaban bien por mi personalidad, ahora estaba: «mentirosa» e «hipócrita», pero, joder, ¿qué podía hacer en esta situación? Nada, absolutamente nada; dejé llevarme por el sueño y cerré los ojos.

—"No vales nada." —ese murmuro, aquella voz de una niña dulce me estremeció.

—"Déjame en paz" —mascullé, estaba un poco harta, esto me tenía así, la misma vida me tenía así.

—"¡Hugh! ¡Qué carácter, mujer! Incluso la otra soportaba más" —rio—,"ella era tan silenciosa, sabía que todo lo que le pasaba lo merecía."

—"Ella era una tonta" —gruñí—, "pero te aseguro, que conmigo no podrás tan fácil." —una sonrisa victoriosa salió de mis labios, y ella sonrió con gracia.

«Cobarde», «miedosa», «mentirosa» eran las palabras que ahora me merecía, tenía miedo, bastante miedo, y sabía que en un movimiento brusco me arrepentiría de las palabras que estaban saliendo de mi boca. Pero ya no tenía marcha atrás. Ahora tendré que demostrar que todo lo que decía lo pensaba cumplir; ella se acercó a mí, su semblante psicópata me asustaba y hacía que quisiera salir de ahí. «Fuerte.», «dominante.», «valiente.», «destructiva.» era el aura que le rodeaba, sin descartar el «temor», «pánico» y «muerte» que sus ojos dejaban en claro cuando se estrechaban conmigo.

Ella sonrió de nuevo, de una forma extraña, sentía «miedo» cada vez que miraba aquella sonrisa, un escalofrío recorrió mi cuerpo cuando ella quedó frente a mí, nariz y nariz, a pesar de que era una niña, era alta. Temblé, ella notó eso y sonrió.

—"¿Miedo?"—rio descarada, pero yo solté una carcajada incrédula.

—"Es lo que más deseas." —susurré, su sonrisa de victoria volvió causándole algo a mi cuerpo, escalofrío.

—"No es lo que deseo, Sasha, es lo que obtendrás." —murmuró— " Porque has iniciado una guerra."

Me quedé callada, no sabía qué hacer, solo verla desaparecer por el pasillo mientras que la entreabierta boca agarraba pequeñas bocanadas de aire. ¿Qué había hecho?

Ahora sí estaba muerta.

Capítulo XVII

4: 00 a.m. y yo no podía cerrar los ojos aún, ya habían pasado más de dos días desde que he llegado aquí, y todo sigue igual de aterrador, miraba el techo, mientras escuchaba la suave respiración del menor.

Escuché varios golpes en la ventana, pero simplemente no quise mirar ahí, tenía miedo e iba admitirlo; pero los goles no paraban, incluso podía decir que se hacían más fuertes, tragué en seco, y miré encontrándome con sus ojos muertos mirándome fijamente, quería gritar e irme corriendo, pero aquí no pensaba hacer algo parecido.

Me hizo la seña de que quería que fuese allá, afuera, cerré los ojos, y por un momento me encontré la cárcel, demonios, ¿ni siquiera en mis sueños podía estar en paz? Esto era un puto infierno.

Solté un suspiro, tenía que tranquilizarme, pero allí estaba ella tocando la maldita ventana; no podía verla bien, solo sus ojos estrechando mis ojos por un momento.

"Ven."

Esa no era la voz que solía escuchar, era más dulce, extraña, tétrica.

Muerta.

Comencé a temblar más de lo normal, miré, ella al mirarme sonrió; su sonrisa tenía sangre, dándome escalofríos, tragué en seco, pero de nuevo decidí ignorar.

"Ven, Sasha."

—N-No quiero. . . —susurré, Derek tembló un poco. —, d-déjame en paz, ¿q-quién eres?

"¿No me conoces, Sasha?"

Soltó otro golpe más fuerte—. N-No.

"Eres una impostora, Citlalli." Gruñó.

Me quedé congelada, tenía miedo, apreté el abrazo y me acurruqué en sus cabellos; estaba temblando.

Otro golpe.

Y otro golpe.

—Silencio. . . —susurró, miré abajo, encontrándome con sus ojos—, Citlalli, guarda silencio.

—N-No he dicho nada cariño, duerme. —sonreí con nervios, la miré, y después lo miré a él.

Sus ojos esmeraldas me miraron fijamente, un escalofrío se rio de mí cuando recorrió mi espalda.

—Deja de hablarle. —ordenó.

—¿A quién. . .?

—¡A Sasha, deja de hablarle, basta! —gruñó, pero después me miró arrepentido—, lo siento.

Besé su suave frente— No hay problema. — Sonrió— Pero ya no le hables —rio, a lo que yo solté un «Vale» y volvió a dormir.

{. . .}

Sentí el frío en mis pies, miré a los lados, de nuevo en busca de ayuda; toqué la fría pared del pasillo. Tenía que buscarla, saber si está allí, otra vez, aunque tenga que verla de nuevo.

Aunque tenga que verme.

—"Vamos, dónde estás." —susurré, mirando todas las puertas, tocaba varias puertas, hasta que una me dejó entrar. —"Genial."

Caminé hacia adentro, todo era oscuro, solo una pequeña luz en frente; caminé, tenía que llegar aquella figura.

Mi figura.

—"Aquí está" —sonreí con cierta melancolía, limpié las lágrimas que se me asomaban y peiné mi cabello.

—"Sabía que estarías aquí." —una voz masculina se hizo presente, su voz era suave, pero tétrica. Fruncí el ceño, y volteé a verle.

—"¿Quién eres tú?" —pregunté en un susurro, él no sonreía, sólo se paró a un lado de mí.

—"Estoy seguro de que ella era más fuerte que tú." —hizo caso omiso, ni siquiera me miraba, y siguió—: "Duró tanto tiempo para ti."

Miré el cuerpo, sentía un escalofrío, me abracé; el uniforme no me daba nada de calor, lo miré, él seguía mirando el cuerpo como sin nada.

—"¿Qué pasará conmigo?" —llamé su atención—, "cuando ellas estaban, yo no me suicidaba, ahora que ya no están. ¿Qué?"

—"Es fácil, tomarán tu cuerpo, te matarás, y no habrá nadie que te defienda. Eso pasará, ya no habrá nadie que te haga entrar en razón, estás aquí, pero no estarás allá, ¿entiendes? Por eso, aunque a veces tuvieras los ojos cerrados, se vivía algo. Allá eres una, acá otra." —explicó, mi cara era de horror, tenía miedo a lo que podía ocurrir.

—"Pero. . ." —pero sus pasos hacia la salida me interrumpieron, lo vi marcharse, para después mirar su cuerpo.

Creí que había desaparecido por los pétalos, aquellos pétalos malditos; me senté frente a ella —yo—, tragué mis lágrimas, no era tiempo para llorar, pero mi cuerpo temblaba, tal vez era por el frío, por el miedo, o por todos los sentimientos que me hacían querer vomitar.

El corto aire peinaba con tranquilidad mi cabello; mi piel se erizaba mientras pensaba una y otra vez en todo lo que me había dicho antes de marcharse. No estaba tranquila, no podía estarlo, me estaba volviendo loca, mis manos me estaban temblando mientras que el corazón palpitaba con lentitud, todo parecía contradictorio. —" Tengo que irme, tengo que salir de esta maldita cárcel, tengo que hacerlo" —la miré—. "Joder, ¿qué es lo que harías tú?"

Y eso fue lo que me causó el llanto, no sabía cómo tranquilizarme, esto estaba por matarme y yo no podía hacer nada; solo esperar mi muerte, pero yo no quería eso, no quiero eso, no quiero morir a manos de nadie. Quiero ser libre, pero lo he arruinado todo, aquí no puedo ser libre, esta maldita cárcel, este maldito infierno que yo me hice; y allá, allá de seguro la policía me está buscando, no me gusta, esto de ser fugitiva no me gusta, solo me hacen sentir un pájaro sin alas en busca de vuelo. Era como aquel pingüino que trataba de volar, como aquella flor que trata de convertirse en un árbol; o aquel gato que quiere ser un león. Es imposible. Su naturaleza no se los permite, nada de eso sucederá. Nunca. Así como salir de aquí no sucederá.

—"Se ve tan linda, ¿no? ¿Cómo te verás tú? No te preocupes, para que no le tengas envidia te haré más marcas. Te haremos." —rio, su voz hizo que mi corazón lento latiera con miedo y exageradamente rápido.

—"Déjenme ir, por favor... " —las miré, pero ella río.

—"Creí que tú serías más fuerte, idiota. ¿Eso no fue lo que dijiste?" —limpié mis lágrimas.

—"P-Por favor." —negó.

—"Ni, aunque nos hagas el favor más grande del mundo, te dejaremos ser libre. Eres nuestra, Sasha." —rio.

—¿Sasha? —escuché una voz, pero mis ojos se presionaron. —. Sasha, ¿qué haces?

Muérete, ahí, frente a ella.

—¡Sasha! —gritó, sacándome de mi mente, miré a los lados, encontrándome con la señora quien me miraba con miedo.

—¿Q-Qué...? —miré al frente, encontrándome con un barranco, hice mis pies hacia atrás; tenía temor, varias rocas cayeron, mostrándome que si saltaba iba a morir en un instante.

Llegó la lluvia, las gotas atacaban sin piedad mi cuerpo y tierra; la miré, se notaba asustada, confundida, y posiblemente sorprendida de todo esto. Caminé hacia ella.

—¿Qué sucede? ¿Cómo pasó esto? —me pregunto, yo negué, no sabía la respuesta, bajó la mirada y me agarró de la mano—. Vamos a casa.

—Sí. —susurré con miedo, mientras mi cuerpo temblaba del frío que estaba haciendo.

{...}

—¿Cómo me encontraste? —la miré, mientras ella preparaba un té.

Ella no decía nada, simplemente agarraba las cosas necesarias ignorando mi pregunta por completo; ya no hacía tanto frío, el calor de esta casa me acurrucaba— ¿Señora?

—Sofía, me llamo Sofía. —fue lo único que soltó en un susurro, no sabía que le pasaba, si estaba molesta no lo sabía ni mucho menos. Tampoco debería de estar molesta, no iba hacer nada malo.

¿Qué tal si la matas? Así ya no habrá quién te regañe. Propuso.

—Ahora no, déjame en paz. ¿Sí? —Sofía me miró confundida, yo no reaccioné; ¿me habrá escuchado?

—Derek me dijo que ya no estabas en casa —confesó—. Iba a salir a buscarte, pero decidí hacerlo yo sola, por si algo te había ocurrido.

—¿Algo? Habla de un suicidio, ¿cierto? —asintió— Cuéntame, ¿cómo es que tu hijo no acepta que su hermana está muerta? Debería de aceptarlo, sea un niño o no, a la muerte se le debe de aceptar. —junté mis manos arriba de la mesa.

—Es porque él no la vio morir. Él estaba en la escuela cuando pasó todo eso, y, cuando regresó, los policías ya se habían marchado y yo ya había limpiado todo rastro de sangre; él regreso preguntando por ella, t-tuve..., tuve q-que mentirle d-diciéndole que fue a un lado... Q-Que iba a regresar —un pequeño sollozo salió de sus labios.

—Pero si está consciente de que su hijo puede oírla, ¿no? —de igual manera, asintió— Su hijo está mal, ¡está enfermo! ¡Tiene que llevarlo con un médico, decirle la verdad! —me levanté de golpe de la mesa.

—¡A pesar de todo sigue siendo mi hijo! —exclamó mientras unas lágrimas salían de sus ojos cafés.

—¡Su hijo está enfermo!

—¡¿Y con qué derecho lo dices tú?! —su dedo índice me apuntó sin descaro, me quedé sin palabras, me había dado en el blanco. Ella se tranquilizó, me miró y bajó la mirada—, lo siento, yo no quería...

—Está bien —interrumpí—, me lo merezco. —sonreí de manera forzada— ¿Dónde está él?

—En tú habitación, creo que está despierto —asentí. Subí las escaleras de forma lenta y silenciosa; por si estaba dormido, no despertarlo.

Mientras más subía las escaleras, más notaba que la luz estaba prendida así que con más deprisa caminé hacia éste.

—¿Derek? —entré, pero no había nadie.

—¿Citlalli? —volteé a un lado, viendo que estaba "escondido" atrás de la puerta.

—Pequeño, ¿qué haces aquí? Ven, vamos a dormir que ya es demasiado tarde para que un nene como tú esté despierto ¿cierto? —jalé de su brazo, se puso de pie y se acostó en la cama.

—Citlalli. —me jaló de la camisa y lo miré.

—¿Qué pasa? —agarró las sábanas y se cubrió los labios.

—¿Dónde estabas?

—Quise salir al aire libre, un rato. Hay veces que estar aquí me sofoca. —sonreí.

—¿Citlalli? —me volvió a llamar, y cuando mis ojos se estrecharon con los de él, añadió—: ¿Estoy enfermo?

Tragué en seco, no sabía que responderle, no a él. Normalmente diría la verdad «Sí, estás enfermo» pero él era un niño, y sabía que se negaría ver a alguien solo por "escucharme" —o sea escuchar a la verdadera Citlalli—, miré a los lados, solté un suspiro y me senté frente a él.

—Mamá y yo tenemos un pequeño conflicto de ti —y cuando vi que sus ojos brillaron por las lágrimas—. Pero no es tu culpa, ¿vale?, es preocupación cariño.

—Vale —volvió a quedarse dormido.

Acaricié su cabello y bajé de nuevo, encontrándome con Sofía que me esperaba en la mesa con una taza.

—¿Es para mí? —ella sonrió ante mi pregunta tonta y asintió— Gracias.

—¿Qué pasó? ¿Escuchó? —asentí.

—Pero no se preocupe, solo escuchó la parte de «Enfermo» —jugué con la pequeña cuchara que movía el agua a mi ritmo, ella golpeó levemente con sus uñas la taza, dejando escapar unos pequeños sonidos.

—Aún me arrepiento de lo que te dije, a veces digo las cosas sin pensar que..., termino dañando —me miró arrepentida.

—No te preocupes —sonreí—. Un día dejará de pensar y decir tales cosas, ya lo verá. —agarré sus manos.

Cuando te tengamos en un ataúd tres metros bajo tierra. Rio.

Capítulo XVIII

Cerré la puerta, miré el lugar y comencé a limpiar; Sofía y Derek se habían ido a ser sus cosas cotidianas, yo me quedaría a limpiar y cuidar la casa. Por lo que sé, Sofía siempre llega tarde al igual que Derek, así que no habría ningún inconveniente si primero dormía un poco más; me senté en el sofá, frente la televisión, la prendí viendo la sección de noticias.

"Joven desaparecida después de masacre en el hospital JR. Hockins."

—La joven de 15 años lleva desaparecida un día después de la masacre de su sección en el hospital; también se le acusa de sospechosa, pues después de la masacre, ella y su madre fueron las únicas sobrevivientes. —informó el reportero.

Me quedé un rato más mirando, fruncí el ceño poniendo más atención.

—¿Algunas palabras que decir? —mi madre agarró el micrófono.

—Si la ven, por favor, no le hagan daño... Ella tiene problemas, es una chica indefensa. —lloró.

—¿Alguna información de ella?

—T-Tiene quince años, su cabello es castaño, sus ojos azules con verde, tez morena, alta; su nombre es Sasha, otra vez, se los suplico, no le hagan daño. S-Si ves esto, hija, v-vuelve, por favor —lloró.

Apagué el televisor, me levanté y comencé a recoger; tenía la suerte no era tanto, pero aun así tenía que ir por algunas cosas para que cuando ellos volvieran la comida ya esté hecha y servida.

Seguía pensando en lo que decía mi madre de mí, no puedo creer que a pesar de aquella amenaza ella me quiera a su lado y no en la cárcel donde pertenezco, pero me toman como fugitiva por ahora; arreglé la habitación de Derek y la mía, también la de Sofía y baje para arreglar la cocina, sala, patios, etcétera.

Mientras recogía, en la puerta se oyeron varios golpes, la miré, pensando que era mi alusión, pero no dejaba de tocar; me estaba dando miedo, así que me dirigí a la cocina y agarré el primer cuchillo con filo que me encontré, y caminé hacia la puerta.

—¿Quién? —pregunté, escondí atrás de mí el cuchillo.

—Policías. Queremos hablar con usted. —habló uno de ellos.

—«¡Maldita sea!» —pensé— A-Ah, sí, ya voy —abrí la puerta, y dejé ver el cuchillo.

—¿Para qué el cuchillo? —uno de ellos me apuntó con su arma, haciendo que entrara en pánico.

—P-Precaución —susurré con un hilo de voz, sus ojos se encontraron con los míos, bajó el arma y yo tiré el cuchillo. —. V-Vi las noticias.

—Te haremos unas preguntas, ¿podemos pasar? —asentí.

—Claro, pasen. —me hice aún lado, cuando ellos entraron y se apartaron de mí; solté un suspiro que cargaba miedo y desespero y cerré la puerta atrás de mí, me senté en el pequeño sillón, quedando frente a ellos— Los escucho.

—¿Cuál es tu nombre?

—S... —procese lo que iba a decir—... Citlalli, Citlalli Stine.

—¿La has visto? —me pasaron una foto mía, comencé a temblar, pero no tenía que demostrarlo. Negué y entregué la fotografía— Veo que tienes un parecido con ella, ¿podemos llevarte a la delegación?

—No realmente —reí nerviosa—. No tienen una orden, así que no puedo acompañarlos —me levanté y abrí la puerta—, y ahora les pido de favor que se retiren de mi casa.

Ellos se levantaron, me fulminaron con la mirada y se marcharon, cerré la puerta de golpe y me senté recargando mi espalda; me quedé ahí un momento, para luego levantarme y seguir con lo mío.

{. . .}

Sostenía con un poco de esfuerzo las bolsas, ya casi llegaba a casa, así que mis manos tenían que aguantar un poco más.

Escuchaba los quejidos de esfuerzo, miré a los lados, encontrándome con un señor tratando de cargar una caja.

—¿Necesita ayuda? —dejé las bolsas y me acerqué a él.

—Ah, la pequeña Citlalli Stine. —sonrió con malicia— ¿Viniste por más? —sentí una corriente en mi espalda, pero lo ignoré.

—¿. . . Necesita ayuda. . .? —volví a preguntar, éste asintió, me acerqué a él y comencé a cargar las cajas, escuché como cerró la puerta— ¿P-Por qué la cierra?

—En realidad, te estaba esperando a ti. —guardó las llaves en su saco— Porque déjame decirte que amé tu piel —me acorraló.

—A-Aléjese de mí, por favor —susurré con miedo.

—¿Qué, no quieres divertirte? —sonrió, pero negué con miedo— Si la otra vez no la pasamos tan bien.

Olió mi cuello, me sentía extraña, con miedo, y mi cuerpo estaba comenzando a temblar; solamente sentía su respiración en mi cuerpo, y plantó un beso en mi cuello.

—¡Aléjate! —lo empujé, me hice pequeña, al ver cómo me miraba con furia.

—¡Maldita! —una bofetada se plasmó en mi mejilla haciéndome caer, unas lágrimas se asomaron en mis ojos mientras mi mejilla me ardía—, si sigues así, te dolerá. —se puso arriba mío, arrancado la blusa.

—¡D-Déjeme, ¡por favor! —chillé, pero volvió a darme otra bofetada haciéndome llorar.

—Cállate, cállate —rio—. Vamos a divertirnos, vamos a jugar y te gustará ¿sí? —acarició mi mejilla.

Comenzó a besarme sin control, mientras yo solo soltaba lágrimas; me sentía vulnerable, débil, sucia.

Seguía sollozando y cerré con fuerza los ojos.

Solo había una luz, en el centro estaba yo; todo estaba oscuro, frío, aún sentía sus sucias manos y labios en mi cuerpo haciéndome estremecer.

—"Ayúdame" —le susurré a esos ojos brillosos—, "por favor, ayúdame."

—"¿Por qué lo haría?" —sonrió maleante.

—"Sé que quieres verme sufrir, pero por favor; ayúdame, no dejes esto así." —mi respiración se agitó cuando sentí mi pantalón ser quitado.

—"Dame tu mano." —mis labios soltaron un «"¿Eh?"» a lo que ella soltó un gemido ahogado— "Dame tu jodida mano."

Mi mano cálida y su mano fría se estrecharon, ella me jaló hacia la oscuridad, quedando ella en el centro de la luz.

—«Tal vez por eso ella se suicidó, ella tal vez siempre era abusada sexualmente por este cerdo» —un gruñido salió de mis labios— ¡Suéltame, cerdo asqueroso!

—¡A mí no me vienes a gritar! —de nuevo me golpeó, sentí como arrancó mi brasier. Sentí como mi zona íntima era desgarrada; sentí líquido salir, no dudaba que me estuviera saliendo sangre con la fuerza que estaba utilizando.

No paraba de llorar, sentía impotencia al no poder hacer nada, me dolían mis piernas por alguna extraña razón; pero de nuevo, sentí una corriente eléctrica en mi espalda y fruncí el ceño.

—¡Maldito bastardo, suéltame! —agarré el destornillador y se lo encajé en la yugular; no tardó en sangrar, lo tiré y me senté arriba de él. Encajé en todo su cuerpo el destornillador mientras le soltaba maldiciones, quería verlo muerto, que soltara su último suspiro.

Mi respiración se agitaba, la adrenalina y la gracia y placer de verlo muerto recorría mi sangre; verlo tirado mientras charco de sangre decoraba todo el suelo. Cerré los ojos con fuerza.

—"¡Ya basta!" —jalé su cuerpo, y volví a reaccionar.

Miré el cuerpo, comencé a llorar de furia y tristeza, traté de pararme pero mi zona íntima me dolía, así que me tiré al suelo, tapándome. Dolía, ardía, no podía aguantar las ganas de llorar; como pude me puse la ropa, saqué las llaves y salí corriendo como pude de ahí y me encerré en la casa.

Subí hacia el baño, me quité la ropa y me metí en la tina abrazándome.

Basura.

—N-No, cállate ya. —susurré, comencé a tallarme el cuerpo hasta que se tornaba roja.— P-Por favor, cállate.

Eres una bazofia.

—Sé que lo soy —chillé—, pero por favor, para, ¡para ahora! —tallé más mi cuerpo.

Nadie te aceptara. No así de sucia.

Terminé de limpiarme, pero aún sentía sus manos y su cuerpo junto al mío. Sentía asco, me daba más asco de lo normal, miré las bragas, las tiré con cierto enojo al verlas manchadas de sangre, me miré al espejo, tenía ganas de hacerlo pedazo.

Nadie. . . Nunca. ... Te aceptará.

—B-Basta, por favor. . . —chillé.

Eres un juguete.

{. . .}

Me hice pequeña en la cama, me dolía mi cuerpo, había tirado la ropa a la basura antes de que se diera cuenta.

Aún sentía todo de él, escuché la puerta abrirse, y bajé corriendo, ocultando el dolor.

—Ya hemos llegado —sonrió Sofía. Sonreí.

—Eso es excelente, la comida ya está en la mesa. —Derek se abalanzó sobre mí «¡Te extrañé!», exclamó a lo que sonreí— Los estaba esperando, ¿vamos a comer?

—Sí, pequeño, ¿podrías adelantarte?

—¡Sí! Pero si ya no hay nada, no es mi problema —reímos ante su ternura y se marchó a la cocina.

—¿Qué pasó?, ¿por qué lloras? —la miré.

—No es nada —susurré—, solo que, ya sabe, extraño a mi familia. Pero no puedo volver, p-por ahora yo. . .

—¿Tú? —sujetó mis hombros, haciendo que me sintiera extraña y con asco.

—Soy sospechosa, si vuelvo, van a querer llevarme a la delegación. No quiero eso, estar ahí. . . Será sofocante, por favor, déjame quedarme un poco más, ¿sí? Lo juro, no habrá problema conmigo. —ella hizo una mueca.

—No te preocupes, puedes quedarte el tiempo que creas necesario. Yo..., aún necesito pensar en cómo decirle a Derek que su hermana está muerta.

—Gracias. —la abracé, mi cuerpo tembló, haciendo que de nuevo tuviera las ganas de llorar.

Sucia.

Capítulo XIX

—Se lo merece, si murió de esa forma tan cruel fue porque alguien le dio su merecido; ¿no es así? —Sofía dudó, la señora quién estaba tras la puerta asintió.

—¿Quién le habrá hecho tal cosa? —preguntó en un susurro. Dejé de jugar con Derek y me acerqué a ellas.

—Hola señora Peters. —sonreí amable. Ella me regresó la sonrisa— ¿De qué están hablando?

—Es algo que no debes de saber, Citlalli —aclaró Sofía—. Como decía; pues yo digo que se lo merece aquél patán, era un desgraciado, le dieron su merecido.

—Sí, pero nadie se lo merece tan horrible. ¿No crees? —negó rotundamente.

—Para nada, ahora sí me permites, Laura, tengo que hacer de desayunar. —cerró la puerta, acarició su sien y la seguí hacia la cocina.

—¿Qué pasó? —agarré una fruta, ella sacó las cosas que necesitaba y soltó un suspiro de frustración.

—Encontraron al señor Peter asesinado por un destornillador. —dice, me quedé impresionada, fingiendo que no sabía del tema.

—¿No hay un sospechoso? —negó.

—Es increíble, aquella persona no dejó huella de que alguien estuve ahí. Tal vez cierren el caso, dejándolo como un suicidio.

Nos quedamos en silencio, me senté mientras que ella cortaba con fuerza la zanahoria; sabía que algo pasaba, por lo que sé, los pocos días que tenía en ese lugar sabía que Sofía no era de desearle la muerte a alguien como para que hoy lo hiciera.

—¿Pasó algo con ese señor?

—¿Uhm? —me miró— ¿A qué te refieres?

—Tú nunca le has deseado la muerte a alguien, o por lo que yo sé, fuera de mi conocimiento..., ¿qué ha pasado con él?

Soltó un suspiro, mientras negaba; arqueé una ceja confundida, se tapó la cara y comenzó a temblar más mientras sollozos salían de sus labios. Me acerqué a ella y la abracé tratando de consolarla mientras que ella mojaba con sus lágrimas mi hombro.

—E-Ese maldito desgraciado abusó de mi hija, fue una de las razones por la cual se quitó la vida. L-Los policías no hicieron nada y ese desgraciado seguía abusando de las pequeñas como ella —chilló. Acaricié su espalda mientras me aferré más a ella.

—Pero ya no está, y jamás volverá hacerle daño a alguien.

—Le agradezco a la persona que lo asesinó. Se lo merecía. —gruñó mientras apretaba el abrazo.

—. . . No fue nada. —susurré inaudible.

{. . .}

—¿Y no le harán funeral? —pregunté.

—A decir verdad, no le agradaba a nadie. Sasha, tengo que hablar contigo.

—Dígame. —mi semblante cambió a uno serio; no podía tomarlo a broma.

—¿Por qué llorabas realmente? —preguntó—, no quiero más mentiras, quiero solamente que la verdad, ¿qué pasó?

"—*¡Suéltame!*"

Trataba de tragarme el nudo de mi garganta, la vista se me había nublado mientras que mi cuerpo temblaba ligeramente; tenía ganas de llorar, esta sensación de vacío, sin consuelo, sin nada me estaba matando. Ella me miró sin entender el porqué de la nada estaba tragando mis lágrimas.

—Sasha. . . —murmuró— Puedes confiar en mí, y lo sabes. ¿Qué pasó?

—. . . Abuso de mí. . . —gruñí con odio, mientras que lágrimas salían acariciando mis mejillas— M-Me violó, y-yo no sabía que hacer a-así que. . .

—Lo mataste —bajó su voz, asentí varias veces sin saber qué hacer.

—F-Fue intencional, y-yo —acepté—, l-lo hice porque sentí que s-su hija ya había pasado por esto, y-y sentía que sí lo dejaba con vida él seguiría abusando de muchas más. —lloré; ella me abrazó más fuerte.

—Pero ya no está, ya no le hará daño a nadie gracias a ti —limpió mis lágrimas—. No sabes cuántas personas te lo están agradeciendo ahora.

—¿S-Soy una asesina?

—¡No, no, no, no! No eres eso, no eres mala. Eres como un—

—¡Ángel! —su voz se escuchó por todo el lugar, miramos hacia atrás; encontrándonos con su pequeña figura, sonreímos y ella me miró.

—Exactamente, como un ángel.

Eres una basura. Todos te están mintiendo.

{...}

Abandoné el lápiz, había perdido el total interés en dibujar algo; no solo eso, también me daba fatiga. El interés por dibujar se había ido, ya no sentía atracción a lo que antes me gustaba.

Aparte, no podía, no tenía ánimos para nada; aún me sentía sucia, Sofía entendía eso, así que por ahora me decía que me quedara en casa, que necesitaba descansar, que sabía lo horrible que se sentía.

—No tardo. —me paré y fui donde ella.

—¿A dónde vas?

—Iré a la tienda por unas cosas. No tardo —abrió la puerta y me puse enfrente.

—Yo voy.

—Pero Sasha tú... —la interrumpí.

—Yo iré. —sonreí, ella soltó un suspiro y un «Está bien» salió de sus labios, salí de casa y comencé a caminar.

Vi a los lejos la policía, la cinta amarilla que claramente te decía que no podías pasar, pasé enfrente de ahí, miré a mi lado; ahí estaba el cuerpo tendido en el suelo destrozado. Tragué en seco. Y miré al frente.

"—Vamos a jugar y te gustará, ¿sí?"

Varios recuerdos de ayer me estaban matando, y, aunque me vieran extraña, salí corriendo hacia la tienda.

Creo que había sido una mala idea, el venir y tener que pasar por ahí fue como una tortura ante mi memoria. Esas voces burlándose de mí, riéndose, sabiendo que nadie me va a aceptar así; ¿y cómo hacerlo? Estoy sucia, y nadie quiere una chica así, la mente me estaba matando, a pesar de sentir los demonios en mi espalda seguía con vida, pagué las cosas que necesitaba y salí de ahí, apreté con fuerza las bolsas y me resigné a pasar por ahí, no me quedaba opción.

—Hola —escuché atrás mío, volteé.

Sus ojos claros me miraron, se estrecharon por un momento haciendo que él sonriera, sus ojos se hicieron pequeños; no sabía quién era.

Su tez blanca y sus cabellos negros, no estaba nada mal; pero por ahora no siquiera eso me interesaba, el amor no me interesaba. Sentimiento que se pierde con facilidad, ¿quién quiere eso? Claro, es tan fácil darle todo el cariño a una persona y que se vaya; tal vez con varios pretextos, o tal vez por otros amores. Y normalmente, te terminas dañando por falta de amor; porque ese amor se lo diste a alguien.

—¿Citlalli? —dejé de estrechar su mirada con la mía.

—Sí, aquí estoy, ¿qué necesitas?

—Sé que no me conoces; pero siempre me he querido a cercar a ti, me pareces una chica linda y fuerte, la verdad quisiera que nos conociéramos.

—Lo siento, pero por ahora no estoy interesada en conocer a nadie. —hice una mueca— Pero dime tu nombre.

—Alex. —volvió a sonreírme, y para no ser grosera le sonreí de igual forma.

Éste se marchó, volví a mirar atrás, sentía que si volvía a correr iba a llamar la atención de los policías y no quería eso; caminé lentamente, mirando el frente a pesar de que la tentación me estaba ganando.

Mátate.

Negué varias veces.

Nadie te necesita.

Agaché la mirada.

Nunca te van a aceptar.

Miré a un lado, encontrándome aún con lo mismo que de ida.

Eres una bazofia, basura.

Me quedé mirando un poco, incluso me quedé parada atrás de unos policías; viendo aquel desagradable cuerpo.

—¿Qué estás viendo niña? Lárgate de aquí. —masculló un oficial. Asentí y seguí mi camino.

Idiota.

Sentía varias miradas tras mío.

Su mirada tras mío.

Nadie quiere una chica como tú.

Comencé a llorar, joder, ellas tenían razón. Nunca. Nadie. Aceptará a una chica como yo, una «mentirosa» «hipócrita» «abusada» «. . . Enferma. . .»

Eres lo que el mundo quiere desechar.

«¿Y porque no los ayudo con mi suicidio?»

Muérete de una vez, imbécil.

Volteé atrás, como si allá estuvieran las voces.

Eres inservible para este planeta.

Sostuve más fuertes las bolsas.

Todos te han abandonado.

Padre. . . ¿Por qué me has abandonado?

Capítulo XX

Llegué a casa y me limpié las lágrimas, dejé la comida en la mesa y subí para tirarme a la cama, tapándome los oídos, creyendo que ellas se callarían.

Estás volviendo al inicio.

—"¿Qué harías tú?"—volví a preguntar, con los oídos siendo tapados por mis manos. Era inútil, sabía que ella no me iba a responder.

Me levanté y salí de ahí, miré a los lados, no sabía a dónde ir; me fui por la izquierda, mi corazonada sabía que ese no era el camino correcto, pero no quería regresar allá.

Miraba las puertas, de arriba abajo, y a veces las tocaba sintiendo el frío del metal en las yemas de mis dedos; seguía caminando, escuchando mis pasos y los dientes de los ratones combinarse sin ritmo, solo golpes, sentía pesadez, este sentimiento de vacío sin encontrar alguien que lo rellenara. Mamá lo haría, mi familia lo haría. Pero ahora estoy sola, por mi culpa.

Todo lo malo es tu culpa.

Sólo quiero volver a casa, estar allá, en brazos de mi madre. Que me traiga de vuelta aquella noche, aquel error, si tan solo pudiera volver al pasado: remediar lo que hice, que todo vuelva, siento terror, pánico, sin ella todo es tan, inútil. ¡Que me regresen esa maldita noche! Que ella vuelva a mi lado, que la locura pase y que solo sea un fantasma en esta mente, pero una niña atrás de ella, pero no había nada, y la noche no iba a volver; necesitaba saber, que ella estaba buscándome, pero ¿cómo voy a volver si este maldito miedo me atrapa? No merezco estar con ella, trato, trato de que todo esté bien, pero nada me sale como quiero. Nada de lo que necesito está. La necesito a ella. Necesito el sueño, pero estoy atrapada en el pasado; y siento que todo está mal para mí, todo lo que quiero y necesito está lejos, no hay nadie que me consuele; nadie que me acurruque en sus brazos en esta noche, que intente hacerme sonreír.

Pero todo lo que quiero, será mejor dejarlo ir, saber que nunca sucederá; me cansé de repetirme, que, si no lucho, no lo obtendré, pero es estúpido.

Miré el frente con asco, asco al pasado, asco al presente, asco del futuro; ¿en serio podré ser feliz? ¿Tendré aquel sentimiento que todos aman? ¿No me sentiré sola? El humano es tan impredecible, imperdonable.

Esperaba que no fuera mi único amigo aquí, pero estaba sola, tanto como en esta mente; deseaba, que todo esto pasará de una vez, y estar en sus cálidos brazos de nuevo, ella es mi cielo, extraño a mamá, extraño a mis hermanos, pero si ellos ya no lo hacen…, comprenderé. Pero ahí, ahí será cuando yo me tendré que marchar, aceptando, pero si me necesitan, estaré ahí, pero ¿quién ha de necesitarme? Abrazarla fuerte, como cuando era niña y necesitaba los brazos de mi madre, de mi padre. Mis viejos amigos, que fueron desapareciendo a cada paso que yo daba al frente, era una niña, tratando de ser mujer, madura, sin ver que necesitaba felicidad. Fui y soy como la gota en el mar, tratando de ser diferente. Es inútil. No llegaré a nada.

—"Tú eres mi cielo." —lloré, solté un vomito, me hinqué y comencé a llorar sin parar.

Sí, necesitaba esto, necesitaba saber que nadie estaba aquí conmigo, para consolarme; para decirme que me necesita, me senté en medio pasillo. Dándome de golpes al recordar todo.

Cuando ella me sonreía, cuando papá me decía que tan importante era para él; cuando mis hermanos me abrazaban. Pero todo se fue, mi sueño se fue, todo en este maldito desastre. Y joder, no he parado de llorar, quiero tenerla de vuelta, no puedo vivir sin ellos ¿dónde está mamá? ¿Dónde están todos? Perdidos en un pasillo oscuro, lejos de mí; ahora solo grito sus nombres, sintiendo el dolor en mi garganta, las lágrimas agrias en mis labios, ¿tenía que rendirme? Sí, tenía que hacerlo, no había nada por qué luchar, todo está perdido.

—"¡Denme a mi madre!" —exclamé sin pudor, ahora solo grito sus nombres, una y otra vez, aun sabiendo que ellos no vendrían.

—"Hey, hija, levántate." —levanté la vista, encontrándome con ella; abrí los ojos con emoción y corrí hacia ella.

—"¡Mamá!" —sonreí, ella también lo hizo, sus brazos, sus cálidos brazos rodeando todo mi cuerpo, haciendo que llorara en su hombro sin descanso—, "perdóname, mamá, perdóname."

—"Eres mi hija, ¿cómo no lo haré?"

Saber que todo estaría bien, otra vez este sentimiento de esperanza solo quería estar ahí; viéndola, sin cansarme, sentir su consuelo solo con su mirada, era como un arrullo, el arrullo que me hacía falta.

—"Te extrañé demasiado" —chillé.

—"Tú no sabes lo adorable que eres, vine a pedirte perdón. Me tengo que ir hija." —acarició mi mejilla y comenzó a caminar.

—"¡E-Espera! Dime..., dime qué me necesitas, dime que me amas, aunque sea mentira. T-Tú no sabes..., nadie sabe lo difícil que esto es; correr sin llegar nada, te extraño, y siento nuestra separación." —ella sonrió, y me abrazo.

—"No es necesario que te diga todo eso, porque sabes que te extraño, que te amo, que te necesito, y nada de eso es mentira." —susurró y besó cálidamente mi frente, para desaparecer.

Oh por favor, llévame al pasado, encontrarla de nuevo; decirle lo que siento ahora, cuestionar las respuestas en silencio, darle mi corazón en la oscuridad, sentir el sol, empezar desde cero como la familia. Pero esto es difícil, solo que nadie lo sabe, no tenerla ahí, no saber de ella, es difícil; pero nadie sabe eso. Nadie sabe porque gritó su nombre, porque quiero estar con ella, solo yo.

Jamás estarás con ella.

—"Te amo mamá. . . " —chillé, comencé a caminar hacia el lado contrario de donde ella se había marchado, con la cabeza agachada y con la garganta ardiendo pidiendo agua. — "Esto es tan difícil, estúpidamente difícil." —me quejé.

¿Por qué me siento mal? Solo quiero ser la una y única, no entiendo mi miedo, ya había estado aquí antes, pero nadie sabe que yo he intentado salir de aquí, que todo me salga bien; pero nada me sale como yo quiero, prometí ser la mejor, pero creo que lo hice para el fracaso.

—¿Mamá? —miré su figura, pero pude ver como negaba.

—Soy Sofía —y mis esperanzas de que todo fuera un sueño se fueron—. Ven, vamos a comer. —sonrió.

—Sí.

Aquí está, el sentimiento de miedo, de soledad; nadie lo sabe y sabrá que todo están difícil y pesado que me hacen llorar. No soportaré mucho. No si no la tengo, ¿por qué? ¿Por qué de la nada la extraño? Ella sabe que lo hago, aunque no lo crea, aunque ya no esté con ella, quiero demasiadas cosas; estar con ella, que me dé su corazón, que me dé el pasado y remediar todo, que mis viejos amigos me den la oportunidad de jugar de nuevo con ellos; nadie es perfecto, mucho menos yo, pero sé que trataré, al menos trataré de salir de aquí.

Eso ya lo veremos.

Capítulo XXI

Sentía mi cuerpo débil, llevaba días sin dormir; tenía demasiadas pesadillas, sentía que moriría en una de ellas.

En todos esos días, encontraba al chico de ojos claros; hablándome todo el tiempo, quitándome un poco de mi tiempo, veía como se ponía nervioso, como un rubor carmesí se tiñe en sus mejillas, lo hacían ver un chico lindo, pero como dije: el amor no es algo que me interese, puedes tener el amor que quieres con una persona, solo una, y sentir que nada te falta si ella está ahí, pero ¿qué pasará cuando se vaya? Sentirás que todo te falta, pues todo, decidiste dársela a esa persona, pensando que el amor entre ustedes era eterno y jamás se dañarían. Hasta que llegue alguien más y decide dañarlo.

Así que no tiene caso enamorarme, no tiene caso ilusionarme si solo servirá para decir: «Yo le di todo de mí», y aparte, las personas de ahora solo quieren una persona para tener sexo. El amor, ese sentimiento, todos decidieron botarlo a la basura, pero es obvio, solo se la pasa dañando a la gente.

Si seguía pensando así, solo de amor, parecería que me estuviera interesando; tenía que pensar en otra cosa, en cómo salir de aquí, en encontrar a mi madre y pedirle perdón. ¿Cómo le haré?: «Perdón por tratar de matarte dos veces mamá, pero no te preocupes, ya he cambiado» por supuesto que no, ni mucho menos, sigo siendo la misma; rodeé de nuevo en la cama, sin dormir, no podía, ella estaba ahí, Derek se estaba moviendo demasiado; sentía que iba a morir.

Bajé hacia la cocina, saqué un paquete de té de manzanilla, preparé el agua, mientras miraba a los lados; escuchando las gotas de lluvia caer por dondequiera, solté un suspiro, escuché un ruido y miré atrás asustada.

—¿Sasha? —encarnó una ceja, y se acercó más a mí— ¿Qué haces despierta?

—Pesadillas. . . —susurré, mirando como el agua se calentaba—: ¿y tú?

—Casi lo mismo —sonrió—. ¿La cama está cómoda?

—Lo está. —aseguré— Pero no es eso, simplemente no puedo cerrar los ojos.

Alzó las cejas, entendiendo todo lo que decía, apagué la estufa y eché el agua en dos tazas para preparar el té, esperaba que soltara el sabor y así ponerle un poco de azúcar. Solté un suspiro ante incómodo silencio, quería irme de ahí, dormir, pero todo es imposible.

—Sabes que pronto me iré, ¿no? —me recargué en la barra, dejando aún lado el té, ella hizo una mueca.

—Quédate un poco más, aún. . . Aún te necesito, ¿sabes? Te necesitamos. . . —susurra, abrazándose, alcé los hombros.

—Es lo que haré, me iré cuando no me necesites; pero sé que será pronto. Lo van a solucionar, juntos, como la familia que son. —sonreí, ella también lo hizo.

—¿Y a dónde te irás? Si puedo saber.

—Buscaré a mi madre, a decir verdad, extraño el amor que una madre ofrece —digo melancólica.

Pero ella no te extraña a ti.

—Tienes razón —sonrió—. Muy pronto tu madre y tu estarán juntas, todo saldrá bien.

—Ojalá pensara como tú.

{...}

De nuevo, estaba comenzando a sentirme sucia, esta ansiedad me estaba haciendo daño. Realmente me sentía con miedo, de nuevo, sus manos me estaban matando; su piel en la mía, sus manos en mi cuerpo, me hacía sentir asco.

—Quiero morirme. . . —lloré, todo esto estaba demasiado pesado; no tener a nadie más, solo está soledad y el desprecio de todos. — Desaparecer de aquí, esto estaría bien. ¿No? —la miré.

"Acompáñame."

Me levanté y salí de casa, de nuevo estaba lloviendo; solo que esta vez era ligera y no tan brusca, miré a los lados, esperando a encontrarla, y ahí estaba, con sus ojos azules y verdes mirándome fijamente, mientras una sonrisa acompañaba su rostro.

—Lo siento, ¿sí? —inicié a hablar—, siento venir aquí, siento utilizar tu nombre, pero, escúchame, no somos tan diferentes; sé lo que te pasó, sé lo que te sufriste y si querías venganza créeme que ya lo hice por ti. Pero para. No sé qué quieres de mí.

—*"Quiero que te largues, no quiero que mi familia se encariñé con una impostora."* —peiné mi cabello.

—Tu mamá sabe que yo no soy tú, pero entiende a tu hermano, lo abandonaste cuando él te necesitaba. ¡Sólo es un niño! Y lo dejaste. —dije un poco molesta.

—*"¿Tú qué sabes de mí? No sabes porque lo hice, no sabes nada."* —gruñó.

—¿Eso crees? —asintió— Descubrí que escuchabas voces, ¿adivina qué? Yo también lo hago, ¿no me crees? Pues hazlo, porque le estoy hablando a la nada para una persona normal. Pero yo te veo. Descubrí que fuiste violada —me quité la camisa con vergüenza, mientras un nudo se me estaba formando en la garganta—, yo también lo viví, ¿lo peor?, por la misma maldita persona, Citlalli, no somos tan diferentes; vivimos lo mismo, todo por ser tú.

—*"¿Ya viste lo difícil que es?"*

—¿Difícil? —reí amarga—, tu mamá te amaba tanto, que cuando decidiste hacer eso, decidió tratar de ayudar a personas como yo, como nosotras. Tu hermano te amaba, toda tu familia lo hacía. Sé también que tú padre te abandonó cuando tu madre tuvo a Derek, pero esa no fue razón para que tu madre te odiara.

—*"Ellos me odiaban. . ." —susurra—, "y-y, cuando me he largado, resulta que me extrañan. ¡El mundo es. . .!*

—¿Una hipocresía? —respondí instantáneamente—, lo sé, Citlalli. Ya obtuviste tú venganza, él está muerto, soltó su último suspiro. —mascullé.

—*"Está muerto..."* —repitió— *"Pero tú no lo estás, y yo quiero que te vayas de ahí."*

—¿Quieres que me vaya? —asintió, me puse la camisa mientras asentía y varios «De acuerdo» salían de mi boca—. Me iré, pero dile a tu hermano de muchas maneras que estás muerta, que yo no soy tú. Hazle entender a tu madre que no puede remediar el daño conmigo, yo tengo familia también; pero, te diré algo, si tú hermano muere de tristeza, si algo le sucede, ojalá cargue contigo —caminé hacia casa.

—*"Espera"*—y en un instante paré y la miré—. *"Quédate, un poco más, pero si algo ocurre; y es tu culpa, ojalá y cargue en tu conciencia."*

Déjame decirle algo. Susurró mi consciente.

—No, yo no les haré daño como tú. —sonreí amarga— Y aparte, si les hago daño, no te preocupes, los reuniré contigo.

Eso se me había salido de los labios, pero ya no podía hacer nada, ni siquiera arrepentirme. Caminé hacia casa, mi corazón estaba latiendo con una fuerza bruta, mientras que mi cuerpo estaba temblando sin parar.

Mis piernas fueron paradas por una masa menor, miré abajo, encontrándome con sus ojos color esmeralda; sentí un escalofrío, acaricié su cabello mientras que una sonrisa fingida se mostró en mis labios.

—No te vayas, por favor, no te vayas —rogó, y lo miré.

—¿De dónde sacas eso? —me acerqué a él y lo cargué para llevarlo a la cama.

—No le hagas caso a esa chica, yo no la conozco. No te vayas. —susurró con miedo cuando lo tapé.

—No me iré, tranquilo.

"Estás iniciando una guerra, Sasha."

Capítulo XXII

Solo estaba acompañada por ratones, sus dientes haciendo pequeños sonidos a cada rato; haciendo eco entre este lugar, la luz grisácea de la luna entrando por la pequeña ventana, todo estaba muerto, silencioso, miré a los lugares; recordé algo cuando ya estaba aquí, había más personas, pero ya no hay nada.

Te abandonaron.

¿Sí fue así? Bueno, ya no es algo que me duela, todos me abandonan; hasta Dios lo hizo, pero ¿qué puedo hacer yo? Nada, más que esperar mi muerte, sí, eso no era un desperdicio de tiempo, de todas formas, no es como si fuese tardar.

Bajé de la incómoda litera, abrí la reja y miré a los lados, comencé a caminar, escuchando los murmullos más fuertes; varias manos salían de los cuartos de castigos, pero solo miraba al frente, hasta que una mano me jaló de mi blusa blanca.

—"Traté de salvarte, ahora te toca" —lo miré y fruncí el ceño.

—"¿Salvarme? Ah, claro, por eso estoy aquí. No te preocupes, si yo no te salvo, lo harán los ratones." —susurré, mientras caminaba a cada paso más a prisa.

El pasillo frío, con pequeños charcos por las goteras; las telarañas y varias hojas de papel secas y arrugadas, ¿qué estaba haciendo? ¿Esperar que volviera a ver a mamá. . .? ¡Reacciona, Sasha! Solo fue un sueño, nada más que eso. Una pequeña luz alumbró los dedos desnudos de mis pies, miré el propietario; encontrándome con una puerta, miré a mi lado izquierdo, viendo que, a pocos pasos, estaba un pasillo; acaricié la puerta, mis yemas sintieron el frío de aquella puerta, mi piel se erizó, advirtiéndole algo a mi cuerpo, miré de nuevo, y caminé hacia allá.

—"¿Hola?" —mi voz hizo eco por el lugar vacante, no había nadie, ni siquiera había rastro de que una persona estuviese allí, atrapada por su mente. — "¿Alguien?" —¿acaso soy estúpida?

—"¿Sasha?" —miré rápidamente al lado izquierdo, encontrándome con varias personas y una pequeña luz.

«Esperanza.»

—"Si, uhm, ¿nos conocemos?" —una señora de cabello castaño se acercó a la reja, se veía preocupada.

—"¿No nos recuerdas?" —negué, ella acarició mi mejilla, haciéndome sentir extraña— "Tú me salvaste. . ."

—"Está muerta" —informé—. "Esa chica que te salvó, esa chica está muerta. Ahora solo queda una «cobarde» y «patética»"

Todos estaban petrificados, tal vez fue mi forma de expresarme; o tal vez fue lo que dije, no lo sabía, sus caras mostraban tanta impresión, fingí una tos, tratando de quitar el momento incómodo.

—"Entra." —jaló de mí, haciendo que entrara, un viejo me miró, sus ojos penetraron los míos; me hacía sentir insegura, pero era obvio. Nadie saldría vivo de aquí.

—"¿Qué es lo que recuerdas?" —la miré fijamente y tiré un poco de mi mejilla.

—"Bueno, la luz significa que hay esperanza, u otra cosa, valentía, yo qué sé. H-Hay cuartos de castigos, por si cometes un error, también te dejan salir solo una vez al año." —recordé.

—"Bueno, recuerdas muchas cosas" —sonrió—, "te quedarás aquí."

—"¿Qué? Oh, no, no, todos morirán aquí; no tiene caso, los van a encontrar y matar. ¿De qué me sirve?" —la luz comenzó a lanzar un poco de chispas, escuché pasos atrás de mí y por reflejo, tapé el golpe que veía hacia mi cara—, "a las mujeres no se les pega."

—"Puedo cuando te tienen hartos, aparte, contigo no se ve que te tengan respeto" —sonrió, su maldita sonrisa hizo que soltara un bufido.

Aparté su mano y me hice un paso hacia atrás, apartando mi cuerpo del suyo; él no dijo nada, solo me miraba con asco, la luz se estableció completamente.

—"Hace mucho, dije que las personas que no tuvieran esperanza se fueran de aquí." —replicó, mirando a todos para después, estrechar su mirada con la mía.

—"Discúlpame, pero yo no dije que quería entrar" —soltó un gruñido—. "Hey, ¿por qué tan malhumorado?"

—"Por gente como tú, nos van a descubrir." —dijo mientras que su dedo índice me pegaba levemente en mi pecho, haciendo que me recorriera. — "No quiero gente como tú aquí."

—"¿Estás dándote cuenta de que estás engañando a todos, diciéndoles que saldrán de aquí? ¿No sientes remordimiento al decir mentiras? Todos deberían de saber, que no hay posibilidades de salir vivos. ¡Allá afuera los buscan!" —apunté hacia los no–visibles–pasillos—, "¿crees que no te van a encontrar, uhm?"

—"¡Cállate, cállate!" —miró la luz— "¿Te das cuenta de lo que estás diciendo?"

—"¿La verdad?" —encarné una ceja— "Allá afuera, en los cuartos de castigos, hay personas encerradas; ¿quieres ir a preguntar por qué están allí, o te sabes las respuestas?"

—"Lárgate de aquí" —gruñó—. "Vete, no te necesitamos, gente como tú no la necesita nadie."

—"¿Y quién demonios dice que yo necesito a alguien, uh?" —fruncí el ceño—, "sólo necesito a mi madre."

Él me miro tranquilamente, pero sorprendido a la vez; tal vez no esperaba que alguien como yo dijera eso, pero solo negué, lo empujé levemente y salí de ahí.

—"¿A–A dónde vas?"—preguntó, sujetándome la mano.

—"Primero que nada, suéltame" —arrebaté mi mano de la suya— "segundo, creí que no me querías aquí; ¿qué te hizo cambiar de opinión, ¿eh?"

Miró a los lados, e hizo una mueca; tal vez no sabía lo que iba a contestar, tal vez sí y le daba vergüenza, jaló de mi camisa.

—"¿Podemos hablar afuera?" —lo miré de manera sarcásticamente sorprendida.

—"¿Allá afuera?" —apunté— "Oh no, no que te vayan a atrapar; ni mucho menos, olvídalo, niño bonito."—sonreí.

—"Zuckerberg, por favor." —dijo de manera suplicante; lo miré fijamente, y terminé asintiendo.

Sujetó mi mano, su mano cálida estrechando mi mano me hacía sentir bien, y de manera cómoda; me acorraló en el pasillo, y toda esa comodidad, se fue a la basura.

—"¿Q–Qué haces?" —alcé un poco la voz y me tapó la boca.

—"Silencio..., si un guardia nos escucha, nos matará a ambos. ¿Entiendes?" —asentí y quitó su mano—. "¿Dónde está tu madre?"

Reí— "¿Dónde más? Es obvio que lejos de mí maldito alcance, y la extraño demasiado; ¿problema?"

—"No, no. . . Solo qué, ugh. . ." —se sentó al lado mío, lo miré, con su mirada me invitó a tomar asiento y me senté a su lado. — "Yo también extraño a mi madre. . ."

—"¿Tu madre? ¿Dónde está?" —lo miré.

—"¿Sabes por qué toda esta gente está ahí, ¿eh?" —negué—. "Por ti."

—"¿Por mí?" —encaré una ceja, y pregunté ciertamente confundida. Pero él solo asintió.

—"No somos desconocidos, ¿sabes?, somos personas que algún día te conocieron, todos somos conocidos, o incluso. . . Amigos . . . Todos sabían de lo que estabas viviendo, y todos han tenido la esperanza de que estarías bien" —apuntó la luz y añadió—: "somos personas que, al estar a tu lado, al querer estar en tu mente, fuimos atrapadas por las nuestras." —explicó.

Me levanté de golpe, mi respiración se había agitado por alguna extraña y estúpida razón; estaba sorprendida por lo que me había dicho, pero él solo me miraba de manera neutra.

—"¿E–¿Están aquí, p–por mí?" —asintió. — "¡Es estúpido, son estúpidos!" —exclamé.

—"No alces la voz" —masculló entre dientes, haciendo que soltara un «Lo siento»—. "Sí, con tu forma de actuar, me he dado cuenta de que extrañar a mi madre es estúpido."

—"¿Dónde está ella?" —volví a preguntar.

—"La maté. . . Por tu maldita culpa, h–he matado a mi madre. . ." —tapó su cara, me quedé atónita.

No, no, ahora de «impostora» y ese tipo de mierda ¿pasé a ser «manipuladora»? ¿Qué demonios? La ira me estaba consumiendo, la sangre recorría más rápido; hice que se levantará y mi puño se plasmó en su mejilla lleno de odio, no podía culparme de su estupidez.

—"No, maldito hijo de puta, no me vengas a echar la culpa de tus problemas. Si la mataste, es tu culpa, no la mía, ¿crees que yo haría algo así?" —soltó una risa con cierto dolor.

—"¿Tú madre cómo estaba contigo? ¿Estaba segura? ¿O estaba a punto de morir porque su hija estaba con la mente retorcida?" —retractó en la cara, una patada de su parte chocó con mi rodilla, haciendo que cayera. —, "tu madre estaba igual."

—"Cállate, eso no es cierto" —susurré.

—"¿No lo es? ¿Entonces qué es la verdad? ¿No estaba suplicando que pararas? ¿No lloraba por cada golpe de parte tuyo? ¿No fue así? ¿Entonces, qué demonios pasó?" —espetó.

—"¿Tú qué mierda sabes de eso, ¿eh?" —lo miré realmente molesta.

—"Porque yo fui quien le llamó a la policía."

Me levanté de golpe, miré hacia la ventana, los rayos —truenos— cada vez se escuchaban más fuertes, y poco a poco alumbraban más la habitación.

Limpié el sudor de mi frente y volví acostarme en la cama.

¡Eres una estúpida!

Capítulo XXIII

Su mirada se clavaba a cada hora, me hacía sentir un poco incómoda, encontrándonos en cada pasillo y viéndonos cada vez que salía. Me sentía extraña e incómoda.

Llegué casa corriendo, huyendo de él; evitando cada diálogo que él quería hacer conmigo, cada expresión facial, y posiblemente cada toque, si, evitaba el amor a toda costa, a veces me ponía a pensar sobre él, ¿qué era el amor realmente? Y es que se me hace tan fácil decir que es «adorable» «cálido» «hermoso», pero ¿qué pasa cuando te dejan? ¿Cuándo se van? Por otra vida, por otro futuro. Era «doloroso», «cruel», supongo que es bonito cuando ves aquella persona que tanto te gusta; verla sonreír, y que sonría a tu lado, compartir sus besos y abrazos; pero llegará un momento donde no seas tú con la que esa persona comparte esos besos, abrazos, palabras. Ya no serás jamás. Al menos de que no tengas dignidad y vuelvas con él, o tal vez se amen de verdad, o sea simplemente la necesidad de no sentirse solos.

—Maldita sea, Alex, me la pones difícil. —suelto un gruñido, mientras ayudo a limpiar el jardín de la familia Simpson.

Aunque estaba en contra del amor, el amor de viejos se me hace sumamente adorable, su amor —por lo que me han contado—, era desde muy jóvenes, y como todo libro o película, nadie aceptaba su amor. Pero no se rindieron, y siguieron adelante; sus hijos siempre venían los fines de semana o vacaciones.

—¿Ya casi terminas, querida? —la señora Simpson salió, mirándome con sus ojos azabaches y su cabello blanco pulcro. Una sonrisa decoraba sus arrugados labios.

—En un momento, señora Simpson, me hace falta plantar el árbol de durazno y he terminado —sonreí amable.

—Eso es bueno, le diré a mi viejo que vaya preparando la mesa mientras yo sirvo los platillos. Será un honor que comas con nosotros querida —tiró un poco de mi mejilla, sonreí amable.

—Muchas gracias, señora, Si. . . —ella me interrumpió con una sonrisa.

—Graciela —sonreí. —, nada de señora Simpson, quiero que tú me llames Graciela, mi primer nombre —dijo de forma orgullosa, haciendo que soltara una pequeña risa.

—Está bien, Graciela —dije. Ella asiente con la misma sonrisa de hace rato; solté un suspiro, mientras quitaba un poco de tierra para poder plantar el árbol de durazno me sentía tranquila y cansada, sentía el agua ácida bajar por mi piel mientras los rayos de sol chocaban con mi espalda calentando más mi cuerpo.

—No sabía que eras jardinera —levanté la mirada, encontrándome con sus ojos claros.

—Maldita sea, Alex, ¿también eres un acosador? —soltó una carcajada.— Hablo en serio —informé.

—Tranquilízate, Citlalli, vivo acá en frente y miré tus reconocibles ojos —sonrió.

—¿Sí? Genial, ahora lárgate. Intento trabajar.

—¿En serio no quieres charlar conmigo? —hizo un puchero, me acerqué a él.

—No, lárgate. ¿Qué quieres de mí? ¿Sexo? —pregunté en un murmullo, él negó.

—¿Tan poca cosa vales? —encarnó una ceja—, no quiero sexo. Tal vez sí, pero no ahora. —rodeé los ojos.

—¿Entonces?

—Quiero conocerte, conocer tu voz, tú aroma, tú aura, tu sonrisa, tu risa, tu forma del sarcasmo e hipocresía. Y créeme, quiero conocerla para siempre. —dijo en un susurro, reí.

—¿Conocerme? No, Alex, tú no me conoces. Jamás lo harás. No sabes quién soy, ¿y te daré el permiso de que lo conozcas? No, por supuesto que no —volví al lugar del inicio y comencé a plantar el árbol.

—Entonces déjame conocer a esta impostora —me agarró del codo y me levantó, haciendo que lo mirara con el ceño fruncido. —, por favor, Citlalli, déjame conocerte.

—No, y créeme, no sabes con quién hablas. —susurré, quité su mano de mi codo y caminé hacia la casa de Graciela, dejándolo solo.

{...}

—¿Quién era ese muchachito con el quién hablabas, pequeña? —preguntó Thompson, comiendo un poco de su carne.

—El vecino, Alex, ¿no lo conocen? —los miré confundida, pero Graciela sonrió y asintió.

—Su nombre, lo reconocí por su nombre —rio—. ¿Ocupaba algo?

—Solo molestarme, Thompson —reímos, y después de aquella risa, el silencio volvió.

—Pues a mí me parece que quiere otra cosa. —levantó la ceja de forma pícara, haciendo que un trozo de comida se me quedara en la garganta— ¡A–Ay, ¡lo siento!

—N–No. . . No se p–preocupé —dije entre tos—. A lo que platicamos, sí quiere algo más que una amistad.

—¿Y por qué no sales con él? —animó con una pequeña sonrisa, y esta vez fue Thompson quien tosió.

—Graciela, aún es una niña. No tiene por qué andarse fijando en amoríos aún. —reí.

—Ay viejo, pero si nosotros fuimos novios desde que teníamos doce años. —excusó, y de forma infantil, infló sus mejillas.

—Es una niña. —sentenció.

—No se preocupe, señor Thompson, aunque no fuese una niña aún, el amor no es algo que me interese —se agarraron de las manos—, ustedes me dieron el ejemplo de un amor eterno, ¡y se me hace muy adorable! Pero creo que aún no estoy lista para estar enamorada, y aparte, eso de él amor no se me da —reí avergonzada.

—¿Pero no te gustaría vestirte de blanco alguna vez, querida?

—«Cuando muera» —sonreí— Por supuesto que sí.

Te verás tan linda ese día. Rio.

Ojalá te mueras pronto, de todas formas, nadie lo notará. Susurró.

Levanté la vista, su sonrisa sádica, haciendo que mirara con miedo la ventana; sabía que Graciela me estaba hablando, pero el miedo me estaba atormentando tanto que solo le rogaba con la mirada de que se fuera y me dejara en paz, pero sabía que no lo haría tan fácil.

—¿Cariño? —escuché su voz, pero mis ojos solo la miraban a ella— ¿Estás bien? ¿Qué... ¿Qué estás viendo? —volteó al mismo lugar que yo, para después mirarme a mí.

—¿Disculpa? E–Es que me puse a pensar. —le sonreí, pero mis ojos se dirigían a los suyos.

Eres una cobarde. Masculló. *Diles, ¡diles que estás loca! ¡Qué has querido matar a tus padres!*

—Cállate, no lo haré... —susurré, sus miradas se dirigieron a mí, pero poco me importaba que fuera así.

—¿Cariño?

Eres una maldita. No sabes hacer nada bien, tal vez por eso todos se van. Todos te temen.

—D–Déjame en paz —un nudo se formó en mi garganta.

Y cuando todos se van...

—Cierra la boca... —bajé la mirada, tapándome los oídos.

Cuando todos se quieren ir de tu lado, por temor...

—No lo digas, para, por favor detente. —supliqué, dejando caer mi cabeza contra la mesa.

Los dañas.

—¡Eso no es cierto! —lágrimas corrían por mis mejillas con rapidez, sentí una mano, levanté la mirada encontrándome con una cálida sonrisa.

—¿Otra vez son ellas? —preguntó en un susurro—, ¿de nuevo te están hablando?

—¿C–Cómo. . . ¿Como s–sabe eso? —estreché su mano, Thompson la acarició, mientras me sonreía.

—Cuando eras pequeña, nosotros siempre te cuidábamos; tu mamá no tenía tiempo, el trabajo la mataba, y tu padre los abandonó cuando se enteró de que tu madre tendría otro hijo. —explicó Graciela.

—Cuando llegabas de la escuela, siempre venías para acá, en el cuarto donde te quedabas, siempre hablabas, y decías lo mismo que ahora. —acariciaba mis manos, mientras explicaba tranquilamente todo lo sucedido.

—¿Y–Y....? ¿Y no me temen. . .? —«Estúpida»— ¿A–A pesar de todo?

Ella soltó una risa ligera.

—Por supuesto que no, eres como nuestra pequeña hija, no te tenemos nada de miedo. Creemos que eres una chica valiente. —añadió Graciela.

Te ven la cara de imbécil, ¡es obvio que te tienen miedo! Eres un jodido monstruo.

Capítulo XXIV

Todos esperamos demasiado de alguien, pero ya no esperaré nada.

Y me mataré, y ahí estarán ellos frente a mí; mientras mi cuello siente la soga apretándome, ellos van a sonreír, no me necesitan, este mundo no necesita a alguien como yo. Y moriré. Y mi alma será libre y va a vagar por todo el lugar, en busca de un sueño muerto; pero no lo dejaré así, voy a morir, y ella se encargará de repetirlo, me mataré, y así ellos no cargarán con esta pesada alma, voy a desaparecer, pues me he dado cuenta de que no me necesitan como yo los necesito a ellos.

La cabeza me estaba matando, y si no les hago falta mi alma desaparecerá, pero no me preocuparé, ellos se van a olvidar muy fácil de mí. Como ahora. Los extraño, extraño sus risas, sus voces, todo de ellos es recordado por esta cabeza retorcida, pero ellos no me extrañan, y por eso, moriré.

No les hago falta, las manos me pesan, ¿a quién le sirvo? Solo soy insignificante, ¿qué quieren de mí? Pondré mi alma en el fuego, solo para que se haga cenizas, y que nadie pueda tocarla. Que no toquen estos vagos recuerdos, estas vagas sonrisas. Pediré perdón, aquella persona que dañé, perdón. Pero mi cuerpo ya no sirve. Y tendré que obedecer, esto es un espectáculo, donde ella tomaba mi alma, ella es un sonido, nadie más que mi madre reconoce el sonido de este corazón lento; y aquí vamos de nuevo, a extrañarla nuevamente, a querer que ellos vuelvan y correr mientras grito por todo el pasillo sus nombres, pero se irán, ¿cierto? Esta noche se irán.

—"Déjenme verlos. . ." —me tiré al suelo, mientras contaba los segundos en esta soledad. Ya no soy una pobre chiquilla que corría por todos los lados, asustada, ¡y que me lleve el diablo! ¡Y que mi alma en cenizas sea tomada por ella! Que la convierta en vino, y que la tome, y al ser tomada, que vea cuánto lo siento en cada toque.

Y delante de mí, se encontraba una niña que me pedía que me levantara, que tenía las esperanzas de que algún día saldremos de aquí. Pero negué su mano, y me imaginé a mis hermanos, ¿qué me dirán si algún día me ven así? Las sombras me susurran que estaré sola, y esperé que al menos las paredes quisieran ser mis amigas, pero todo es estúpido. ¡Adiós, adiós! A todas esas personas que algún día me quisieron, y le digo adiós, a todos aquellos que creyeron.

Y le digo adiós a mis hermanos.

Y le digo adiós a madre y padre.

—"¿Necesitas ayuda?" —volteé a verlos, y aquí estaban, *«Estás sola» «Estás sola»* estás estúpidas voces, aquí estaban.

—"J–Jean. . ." —susurré atónita, éste sonrió, mientras mi hermana se asomaba.

—"¿Te sientes sola, otra vez?" —ella acarició mi cabello.

—"Su. . . Susan." —limpió mis lágrimas, mientras me sonreía dulce.

—"Siempre tan cursis, ¿no?" —rio ligeramente, lo miré, y caminé hacia él—, "sigues estando igual de pequeña."

—"J–Jo–sh. . ." —me lancé sobre él, mientras varios sollozos salían de mis labios.

¿Por qué trato de esconderme de ellos? Si ellos me conocen más que nada en este jodido planeta, y me paró enfrente de ellos, tratando de lucir bien, pero ellos saben lo mal que miento.

Y me llevo una imagen en la frente, diciendo que ella soy yo, y cuando me quiten el papel, mostraré lo que soy.

—"¿Cómo has estado?" —Susan acarició mis manos.

He conversado con varias personas, desconocidos, y ahora amigos. Y el cielo me toca, acaricia la soga que cubre mi cuello, y la noche va a caer, al igual que ellos.

Somos gente extraña.

Somos gente desconocida.

Somos gente impredecible.

Rota.

Dañada.

Retorcida.

—"Ahora sé que estoy mejor." —susurré levemente, sabía lo mucho que había tardado, porque cuando abrí los ojos, ellos ya no estaban a mi lado. Me sentía más calmada, verlos a ellos, pero el temor me agarró por sorpresa; y rezaré, mis rezos no cuerdos con mi mente.

Pero aun así, moriré.

Nunca soy lo que yo quiero, y trataré de hacer todo por mi cuenta, he matado a un hombre y he corrido por lo cobarde que soy. Pero jamás los metería a ellos, no metería a nadie entre la soga, me verán lejos, y tendrán que sonreír. Pero hoy los necesitaba. Posiblemente, ellos no querrán esto, pero es lo que la mente vaga me pide, aquella mente que tapa todo con el muro, separándome con la realidad, traté de ser fuerte y hui; ¿qué tan cobarde soy? Y es que no le quisiera entregar mis problemas, mejor moriré con ellos.

Cuando desaparezca, cuando me haga cenizas, cuando mi corazón deje de latir, cuando las paredes no me griten, cuando las sombras callen y yo no resbale ninguna lágrima más. Ahí. Ahí será cuando yo me marche, y voy a pasar por donde ellos, y les agradeceré, pues, a pesar de todo, tengo que aceptar que fue buena vida.

Enferma.

—"Ya te dije que no lo soy. . ." —estaba petrificada. Estaba harta.

Idiota.

—"Déjame en paz. . . Solo esta vez, esta noche." —lloré— "Necesito dormir."

Patética.

—"Sé lo que pienso cada mañana, cada noche, cada día, y sé que tú igual. Si acordamos en morir, somos iguales."

Sucia.

—"Pero no me toques, ¡no me toques!" —alejé mi cuerpo de la sombra.

Descarada.

Tienen razón, soy todo eso, y mucho más, y levantarme estaba que dolía; mentiré, les mentiré a todos que me siento bien; así que no me detengan cuando muera. Quiero irme. Irme lejos.

Desaparecer de la vida de todos, todos me dicen que no estaré sola, pero ¿dónde están ellos? ¿Estarán cerca? Joder, caeré, y mentiré, todo es el ciclo de la vida.

Pero sabré callar los secretos, los quejidos de dolor, los gritos que me atormentan.

Éste es un juego más de mi mente, sobre el tiempo; ¿qué pasa ahora? Deseo mi muerte, porque es lo que los niños buenos hacen, estoy en lo correcto.

Y cuando caiga, ¡Dios, no me levantes! Deja que el diablo lo haga como lo acabo de pedir, todo estará tan lejos de mí alcance, porque correr hacia él, no tiene sentido.

Intento dormir, intento ser feliz, y cuando estemos juntos; ¿qué? Así debe de ser, juntos tenemos que estar, ¿no? Pero no es algo que se entienda fácil.

—A cenar —la miré—. Sé que es un poco tarde, pero tienes que ir a cenar.

08:00 p.m.

—No tengo hambre. —murmuré, mientras tapaba más mi cuerpo con las sábanas.

—¿Entonces? —la miré con cansancio— ¿Qué necesitas?

—Ver a mis hermanos de nuevo... Necesito tocarlos. —bajé la mirada, sintiendo su mano en mi cabello.

—Ellos saben dónde estás, te lo aseguro.

—¿Entonces por qué no hablan? Todo esto me hace sentir tan... Débil —la miré con los ojos llorosos.

—Porque aún no es momento de que se digan hola. —sonrió— Todo lleva tiempo. —salió.

¿Es posible que un «adiós» se diga primero que un «hola»?

Capítulo XXV

—¿¡Cita!? —exclamé sorprendida, mientras Graciela me sonreía.

—Él dijo que sí —asintió varias veces—, dale una oportunidad cariño, sé que no será desperdiciada.

Lo será, nadie te quiere.

—No, ¡no! Aparte, él no me agrada. Por el amor de Dios, ¿por qué él? —tallé mis ojos con desespero, ella seguía sonriendo.

—Ay querida, se veía tan feliz. Por favor, hazlo por mí, ¿sí? —preguntó sonriente.

Nada te saldrá bien.

Asentí, me levanté y salí de ahí.

Nuestras miradas se encontraron, sonrió tímidamente «Como siempre» llegué a pensar, mientras que yo solo le sonreí mínimamente, para irme a casa.

{...}

—Ni siquiera sé qué ponerme. —susurré mientras acariciaba las suaves sábanas, nada de esta ropa es mía, así que no me pondría nada de ella.

Me dejé llevar por todo, que ahora tengo una cita con alguien que no me agrada; esto era estúpido, tenía que salir de aquí antes de que ocurra algo peor, pero ¿con qué pretexto me iré? Si Sofía me necesita para Derek, esto era desesperante, estresante, y no me estaba dando tiempo para respirar.

El suicidio es la mejor opción ahora.

—Sí…, tienes razón… —dije entre suspiros, cerré los ojos, y miré los lugares.

El pasillo oscuro, las gotas cayendo haciendo pequeños sonidos que ocupan todo el lugar; el sofocante aire que me sacaba sangre sin razón. Se sentía tan mal.

No quería levantarme, me sentía débil, sólo son aquellas fuerzas que estaban desapareciendo; moriré débil, estar aquí me matará, pero no importa, ¿cierto?, ya no importa. Todo me da miedo, ¿qué tan cruel puede llegar a ser Dios para que esto nos pase? Siempre habrá algo mal, "Dios sabe lo que hace", sí, muchas personas lo dicen.

Pero posiblemente, no sabe lo que hace conmigo.

Tal vez solo se está divirtiendo.

—"¡Aquí estás, maldita!" —las miré, me levanté y caminé hacia ellas, quienes sonrieron, golpearon e insultaron, pero solo miraba los pasillos, sintiendo mi mejilla mojarse por el suelo, mi cuerpo temblar y ser lastimado.

Pero ya no me importa, estaba harta de esto, y solo quiero que termine. Que acabe, y así yo pueda irme al infierno. A mi mundo.

Sentí como me levantaban y me arrastraban; miraba como me alejaba poco a poco de todo; pero ya había perdido el interés por recuperarlo, siempre he mentido, y fingido que todo me interesa. ¡Carajo! Estoy petrificada, que alguien me agarre y acabe con esta mierda de vida.

Sentí como me tiraban de nuevo, varias patadas chocaban

con mi cráneo, sacándome sangre, patadas en todo mi cuerpo e insultos de más; sentía como el líquido carmesí salía de mi boca, vomitando, escupiendo hacia el suelo y pared, viendo como mis ojos se ponían acuosos; la garganta me pedía a gritos agua, mientras que yo solo le pedía un poco más.

—"¡Eres una bazofia, nadie en el maldito mundo te va a querer!" —exclamó, mientras me miraba a los ojos.

Pateó mi cara, y la nariz no tardó en sangrar, sentía los ojos hinchados; volvió a tirarme, y aplastó mi mejilla, seguramente ya había fracturado mi mandíbula, no sentía mi cuerpo, estaba pesada, todo me ardía y dolía.

—"Pobre, se quedará sola" —una de ellas río, mientras se encargaban de golpearme una vez más—. "¿Ya no dirás nada, idiota?" —negué.

—"¿Q-Qué. . . ¿Qué p-puedo decir?" —susurré con dolor, mientras miraba al frente con el ceño fruncido. — "Mátenme, m-me r-rindo."

—"Aún no." —habló una, mientras que volvían a arrastrarme por los pasillos— "Te queda mucho más por sufrir, ¿sabes?"

—"Sí. . ." —lágrimas comenzaron a brotar, me sentía tan indefensa, mientras todo el cuerpo no me servía por ahora. Limpié con dolor mi nariz, sintiéndola completamente fracturada; quería quejarme, pero yo sabía que no iba a suceder nada.

Las esposas me apretaron más, sentía ardor en ellas; miré mis manos, mientras sentía como me dolían más y más las muñecas, de nuevo, las inseguridades me estaban ganando; ¿seré tonta? Sí, si es así, debo de rendirme, no ganaré nada, todo está perdido.

Ayer miré a mis hermanos, pero ¡joder, tengo que aceptar que solo es un sueño! Sé que nunca me voy a casar, tener una familia, tener a alguien a mi lado. Compañía.

Estoy tan sola como un lobo negro.

Abrí un poco mis labios, sintiendo ardor, pero solo me dolía más; saber que nunca seré libre, mis esperanzas se fueron a la basura, mis ganas de vivir, de seguir la vida; ¿qué habrá más allá de todo esto? Me arrepiento, de todo me arrepiento, de no vivir la vida cuando solo él era una pesadilla, cuando ellas no eran tan molestas, las cosas pasan por algo. ¡Patrañas!

Me metieron a un cuarto de castigo, me pusieron las esposas de ahí y cerraron la puerta. Todo estaba oscuro, las cuatro paredes oscuras, las gotas cayendo poco a poco, mientras que los ratones esperaban mi muerte; los miré fijamente, uno de ellos se me subió hacia la pierna.

—"N-No no, ¿q-qué haces? Shu, shu." —traté de correrlo, pero poco a poco cada vez más se subían a mi— "D-Déjenme."

Sentía cada mordisco en mi piel, como me sacaban mucha más sangre, comencé a gritar desesperada de dolor; sentía como se subían a mi cara, para seguirla mordiendo y comerme poco a poco.

{...}

—¡No, déjenme! —exclamé asustada, mire a los lados; me había quedado profundamente dormida, pues Derek ya estaba a mi lado durmiendo plácidamente, miré la llovizna de cada noche. Caminé hacia el baño, y me miré al espejo, me sentía insegura; sentí un mordisco en mi mejilla, me di una bofetada levemente, creyendo que era un mosquito, pero cada vez los mordiscos eran más fuertes; miré el espejo, encontrándome con las mordidas de los ratones; comencé a gritar asustada, mientras veía como Derek se paraba en el marco de la puerta.

—Eres una mentirosa —lo miré—. ¡Mentirosa, mentirosa, mentirosa!

—N-No, no es así —susurré espantada, y cuando traté de tocarlo, él había desaparecido. Miré la habitación, varios ojos con lágrimas de sangre me miraban; todo estaba errático, y miré al frente, encontrándome con ella aún con la soga y las marcas— ¡Aléjate, aléjate de mí!

—Ven, ven, ¿no me reconoces, Sasha? —rio.

—¡Quítate! ¡Aléjense de mí! —cerré mis ojos, pero sentía manos jalando mi cuerpo, mis cabellos; comencé a vomitar y llorar sangre, sentía una pesadilla; era una maldita broma.

—¿Por qué eres tan cobarde? ¿Por qué?, ¿por qué?, ¿por qué?, ¿por qué? —y la misma pregunta se repetía a cada instante; negué varias veces mientras el vómito se escurría por todo el suelo, manchando el piso de carmesí.

{...}

—¡No! —de nuevo, me levanté de golpe; toqué mi cara varias veces, dándome cuenta de que esta ya era la realidad.

Miré a mi lado, encontrándome a Derek en su profundo sueño; me levanté de la cama y de nuevo caminé hacia el baño, otra vez, lavé mi rostro con la refrescante agua que por un momento le hacía máscara transparente a mi cara. Miré a un lado, encontrándome con Derek y llevándome un susto— Ay carajo, me asustas pequeño. ¿Pasa algo?

—C-Creí que te habías I-ido... —se acercó a mí, y de nuevo, sus pequeñas manos trataron de rodear mis caderas.

—Aquí estoy pequeño, ¿pesadillas? —negó levemente—, ¿dormirás conmigo? —nuevamente negó.

—Si tú estás bien, creo que ya podré dormir en mi cama —sonrió, salió y se fue.

{...}

Calculé los veinte minutos que había dormido, mis ojos pesaban y ardían pidiendo un descanso, me moví un poco; sintiendo las sábanas húmedas, bueno, demasiado mojadas. Levanté las sábanas y con frustración mi cabeza cayó hacia la almohada.

—No puede ser —susurré maldiciendo, mientras sentía las sábanas mojadas. ¿Era posible? Había mojado la cama.

Ops, que mal por ti, inútil.

Capítulo XXVI

Bajé la mirada, mientras lágrimas con desesperación salían, al igual que los jadeos de mis labios. Estaba realmente temblando, no podía tomarlo esto a la ligera; ésta no era mi cama, ni mucho menos mi habitación, aparte, creí que ese trauma ya lo había dejado, pero al parecer tengo un pacto con ellos que regresan a mí cuando veo que voy bien en mi vida.

Me metí a bañar, mi corazón latía con brutalidad, el agua artificial tapaba las lágrimas de desesperación que estaban saliendo; mi cuerpo desnudo se refrescaba con el agua, pero aquí vamos, a sentirme sucia, a recordar lo que aquel tipo me hizo. Esto es una pesadilla. Una mierda. ¿Pero qué puedo hacer? Así decidió ser mi vida, y ahora no me puedo quejar de ella al menos de que me suicide o me maten, lo que ocurra primero.

—¿Cómo le voy a explicar a Sofía esto? —me pregunté entre sollozos, mientras escuchaba a las voces reírse de mí. — Odio esto... Odio todo.

—¿Sasha? —pequeños golpes hicieron ruido en la puerta de madera fina, los pequeños golpes se hacían ecos por el lugar, pasando libremente por mis oídos.

—¿S-Sí? —miré la puerta, mientras tapaba mis pechos con cierta inseguridad; sentía mi cabello pegarse a mi nuca por el agua, me daban pequeños escalofríos, pero valían la pena.

—Te esperamos abajo para desayunar, no tardo —su voz era

amable, dulce, ¿le haría daño a una mosca? Yo digo que no.

Aunque ella no me viera, asentí varias veces para luego decir: «Sí, en un momento bajo» agradecía que mi olor no era tan fuerte, tal vez por eso no se ha dado cuenta aún. Escuché como salía cerrando la puerta tras ella, miré el agua de la tina, mirándome fijamente; hice una mueca, sentía asco y odio hacia mí.

Como todos quiénes te ven.

{. . .}

Abrí la puerta del armario, miré varia ropa linda, solo me había puesto unas bragas, por lo que sé la cita en sí era una cena así que podría estar relajada por el momento. Me puse un pequeño short y una camisa de tirantes, azul y las pequeñas tiras que la sostenían blancas; me miré, de nuevo, sintiendo asco de mí.

—"Eres una gorda, mírate, nadie te querrá por estar así de obesa." —miré a mi lado, encontrándome conmigo, la miré insegura y después agarré mi torso— "Eres un asco, pareces un cerdo."

—¿Sí? Maldita sea. . . —susurré, según yo estaba bien; mi peso estaba demasiado bajo para mi estatura, no era delgada porque nací "así"; cuando tenía once años eran una niña de grandes mejillas, pero después de mirarme tantas veces al espejo, decidí bajar de kilos— P-Pensé que ya estaba bien.

Soltó varias carcajadas, haciéndome sentir peor— "¡Mírate! ¡Eres una cerda asquerosa! *Oink, oink.*" —mis ojos se llenaron de lágrimas.

—Déjame —mi voz tembló, salí corriendo y entre hacia la cocina sin antes limpiarme las lágrimas— Buenos días. —sonreí.

—Citlalli, buenos días. —sonrió con su pequeña sonrisa, acaricié sus cabellos y me senté frente a la mesa.

—Buenos días..., hija —saludó.

—Buenas.

{...}

Estábamos comiendo tranquilamente, el aire era realmente pacífico, lindo, agradable para mis ojos. Demasiado.

Piqué una vez más la comida, solo he comido un poco; me sentía mal después de lo que ella me había dicho, ¿y si tenía razón? ¿Y si estaba gorda? La verdad mis senos estaban desapareciendo por eso, dicen que los senos también es grasa, cierta parte lo es; así que, por tanto, vomito y ejercicio, ahora parecía una tabla por el frente.

Pero aun así, me sentía obesa, no estaba tranquila conmigo; ¿en verdad parezco un cerdo? ¿No será una vaca? Solo mírame, estoy demasiado gorda.

—¿Por qué seré una vaca? —pregunté en un susurro, llamando la atención de todos.

—¿Vaca? —preguntó Sofía, dejando de comer del tocino, negué rotundamente y sonreí.

—Nada, solo..., olvídalo. —murmuré— Por cierto, uhm, mamá. . . ¿Podríamos charlar en un momento? —amablemente bajó y levantó levemente la cabeza, asintiendo con esta.

—Claro, ¿podrías adelantarme? —sus ojos cafés me miraron con intensidad, comencé a sentirme nerviosa; no sabía qué decirle, la miré por un momento, pero después bajé la mirada.

—N-No realmente —murmuré—. No tengo hambre, con permiso.

Dejé el plato en la mesa para levantarme e irme a la habitación donde me encerré, estaba nerviosa, se pondrá furiosa y no quiero que pase eso conmigo.

Siempre lo arruinas. ¡Todo!

Tenía razón, todo lo arruinaba, siempre echaba a perder las cosas cuando van bien. Mátenme.

{. . .}

—¿Sasha? —de nuevo, se escucharon varios golpes detrás de la puerta, la abrí; viendo su agradable sonrisa, sus largas pestañas cubrían sus ojos cafés; de nuevo, estaba que moría.

Tragué en seco, no sabía qué hacer; el cuerpo me decía lo inútil que soy.

Pero era cierto, soy una inútil.

—S-Sofía yo. . . —aclaré mi garganta, tratando de pasarme la ansiedad, los nervios y el miedo que me estaban comiendo—, t-tengo algo que decirte.

—Dime lo que sea, estoy para escucharte. —sus palabras me hacían sentir peor, mis manos tomaron la puerta con lentitud y cierta presión.

—M-Mojé la cama —susurré, un: «¿Mande?» salió de sus labios, haciéndome sentir más nerviosa—, q-que moje la cama.

—Oh. . . —trató de ver más allá de la habitación; esperaba un grito, pero su mano acarició mi cabello y soltó una pequeña risita— ¿Y por eso estás así?

—C-Creí que te enojaría. —pero solo alzó los hombros.

—Tengo más sábanas. Tú tranquila, todo está bien; ¿vale? —asentí, ella se marchó haciendo que soltara un suspiro.

No me había ido tan mal.

{. . .}

Arreglé la habitación con nuevas sábanas; me senté y miré al mi alrededor, me acosté. Mis ojos pesaban y aquellas ganas de dormir me estaban ganando, pero no podía, era un maldito infierno estar allá adentro. Allá y aquí son iguales. Son unos infiernos donde me toca un castigo, ¿qué hice mal aparte de nacer? Simplemente no me explicaba que había sucedido, los recuerdos son erráticos, distorsionados y estúpidos de recordar, no lo haría, no puedo recordar nada que hubiese pasado antes.

Borró mi memoria, y tal vez la puso en mi contra; el corazón iba lento, sin darme cuenta había quedado dormir y ahora miraba la puerta negra que me quitaba la libertad deseada, de nuevo estaban los ratones, de nuevo, las gotas cayendo en mi cabello, resbalando por mi piel, haciendo que esta se erizara.

—"Comencé a entender por qué todos mueren. . ." —jalé las esposas, haciendo que las muñecas doliesen. Los susurros por mi cabeza, la sangre resbalando por mi piel, ardiendo mientras me daba fatiga de todo; sentía mareo, desorientación, pero todo estaba en mi contra, el aire me sofocaba, mientras que veía la pared grisácea por el pequeño cuadro que estaba en la gran puerta. —, "solo quiero morirme, alguien, ¿podría acabar con esta sucia vida?"

—"Yo puedo." —su voz se oyó por todo el lugar, levanté la mirada, encontrándome con su sonrisa. — "Hace mucho que no te veía, ¿cómo estás?"

Fruncí el ceño— "Se me hacía un milagro, tú" —acarició su rosa, mientras soltaba una pequeña risa.

—"Sé que me extrañaste. Ahora, sé por lo que estás pasando

y, ugh, demasiado fuerte ¿no?, ¿qué harás? Sabes que puedes contar conmigo para lo que se te ofrezca. Ya sabes, querer recordar algo que no puedas; mi rosa y yo te podemos ayudar. También sé que tenías un pétalo mío, pero te lo han quitado; has de estar pasando frío así ¿cierto? Qué lástima. Quisiera saber muchas cosas, como qué demonios hace ella aquí." —todo lo dijo normal, hasta al final habló entre dientes.

—"¿E-Ella? ¿Quién. . .?" —me traté de levantar y me recargué en la pared.

Bajé la mirada, mientras fruncía el ceño; no sentía nada, ni siquiera miedo, pero tampoco sentía esperanza. Esto era un infierno, es, un infierno; ¿qué caso tiene luchar por algo que jamás llegará? Todo es inútil.

—"No te hagas, Citlalli." —rio bajo— "Por cierto, ¿qué se siente ser una maldita impostora? ¿Se siente bien? Supongo que sí, por eso no te has largado de ahí ¿verdad? Y, si, ella. La verdadera Citlalli Stine.

Me molesta, carajo, yo soy la única que te puede hacer daño, perturbar, ¿esa qué intenta hacer?" —gruñó, y solté una pequeña risa.

—"Celos" —comenté, y ahora fue ella la que río.

—"¿Celos? No, no te confundas. Hay una pequeña diferente entre ella y yo, yo estoy en tu mente, ella es solo un delirio. Yo te puede hacer daño, aquí y allá, ella solo te puede hacer gritar. Ella puede tentarte a la muerte." —encarno una ceja. Mi piel se erizo ante sus "suaves" palabras.

—"¿Y tú?" —ella se acercó a mí oído, y rio ligeramente haciendo que me sintiera más indefensa.

—"Yo puedo matarte" —sonrió, se alejó de mí y tiró la rosa. — "diviértete."

Y de nuevo, una pequeña luz se centró en la rosa, me movía varias veces; tratando de huir, pero era inútil, solo estaba dañando mis débiles muñecas, comencé a gritar con desespero, mientras la rosa me comenzaba a dar los recuerdos distorsionados y erráticos. La cabeza me estaba doliendo, y el uniforme se estaba rompiendo, llenándose de líquido negro, sentía mi piel arder, las voces me mataban con cada palabra, mientras la boca, la nariz y los ojos comenzaron a sangrar.

"—Eres una estúpida. —gruñó mi madre."

—"Para, ¡para, por favor!" —exclamé con dolor, pero ella no me hacía caso.

"—Solo sirves para estorbar, ¿cierto? —me miro mi padre, mientras que se levantaba del lugar."

—"¡Detente!" —chillé— "¡Hazlo!"

Pero era inútil, sabía que no se iba a detener.

No obstante, solo tenía el pantalón, mientras que mi pecho me sangraba, comencé a vomitar sangre, mis ojos me pesaban, sentía que perdía la cabeza.

"—Sí, yo también espero que ya te largues. ¡No te soporto! —espetó Josh."

Esto era estúpido, no podía hacer nada, mi boca sabía a metal por el líquido carmesí que viajaba por todos mis labios.

Mi frente se bañó de sangre, también mi pecho, todo me ardía, pero ya me había cansado de gritar, simplemente, las lágrimas humedecer la sangre que se había secado.

—"Mátame, de una vez, mátame." —sonreí levemente, mientras manchaba el suelo de mi vómito.

—Despierta. . . —escuché su voz por todo el lugar, levanté la vista hacia el techo, encontrándome con la nada— Sasha, levántate. Vamos. —apreté los ojos, y los abrí levemente.

—¿S-Sofía? —me jaló las sábanas— ¿Qué?

—Alex Hacking te está esperando abajo. —informa— ¡A bañarte!

—P-Pero no quiero —limpié las lágrimas, mientras que me metía al baño.

Me quité la ropa, «¡Buscaré tú ropa!» gritó, mientras yo miraba la puerta «Vale» grité, quitándole a mi piel la ropa interior.

Cuando terminé de limpiar mi cuerpo para una ocasión personal, salí envuelta de una toalla y miré la ropa que me había preparado. ¡¿Qué?! ¡No me podría esto! Era un vestido color amarillo, pequeñas flores decoraban cada parte del vestido, no era feo, pero tampoco los vestidos eran de mi agrado; me lo puse y me miré al espejo, di una pequeña vuelta. De nuevo, aquí estaba, la maldita cerda frente al espejo, ¿no me hartaba de mí? Me puse los pequeños tacones de plataforma negros, y peiné y acomodé mis cortos cabellos.

Solté un suspiro, y bajé, mirándolo mientras que sostenía un pequeño ramo de rosas.

A la cerda le gustan las flores. ¡Ja!

¿Podrías callarte?

Lo miré, éste me sonrió levemente mientras que yo no le decía nada; bajé y lo miré fijamente.

—¿Nos vamos? —alcé los hombros, y me agarró de la mano. No le dije nada, solo sentía su cálida mano estrechar la mía.

Salimos de casa, aparte su mano se la mía mientras miraba al frente, no quería que se ilusionara; que creyera algo que jamás iba a pasar, era una estupidez y no iba a caer en el amor.

—Te ves bien —rompió el incómodo silencio.

—Parezco un cerdo. —dije entre dientes, pero él negó.

—En verdad te ves linda, Citlalli. Ten, son para ti. —me entregó las flores, mientras que un pequeño rubor carmesí coloreaba sus mejillas.

—Muchas gracias, s-son lindas —el corazón me golpeó levemente, haciéndome sentir con una corriente extraña.

{…}

—*¿Dolce, dolce?* —encarné la ceja, nunca había visto un restaurante así.

—Restaurante italiano, es muy lindo, hogareño y elegante.

—Se ve caro —lo miré, entramos siendo recibidos por una joven dama y nos sentamos en la barra de madera fina. — ¿seguro? Es demasiado.

—Y-Yo creí que te gustaba, siempre que hablábamos decías que querías que te trajeran aquí.

—Tú dijiste que nunca me hablaste, ¿mentiste? —abrí los ojos, y se rascó la nuca nerviosa.

—¿Un poquito?

—Oh, vaya… —bajé la mirada, mientras fruncía el ceño.

Todos te mienten, cerdita.

Capítulo XXVII

El faro de vigilancia volvió por treinta segundos por todo el lugar; siendo lo segundo que iluminaba aparte de la luz grisácea de la luna que entraba por la pequeña ventana con rejas. Una gota cayó en mi cabeza, pero decidí ignorarla, estaba acostumbrada a que todo estuviera derrumbado; me acosté en la sucia e incómoda litera, me dolía la espalda y sé que amanecería lastimada.

Si es que amaneces.

Sí, carajo, no entiendo por qué sigo viva, esto era un maldito infierno. El cielo en el que había estado, me empujó y mis alas desaparecieron, pero ¿siempre fui un ángel? Si fue así, ¿por qué ahora siento que mi alma ha sido vendida por el diablo? Era ridículo.

La luz no me pesaba como en arrebol de cada día, cada vez que veía eso, mis ojos me dolían; tal vez era por los rayos de naranja, rosa, púrpura incluido. O tal vez era mi odio hacia la vida. Las esposas me lastiman, veía los pequeños charcos, quienes reflejaban mi asquerosa cara; me levanté de la litera, y miré el pequeño árbol que estaba atrás de mí jaula, sus hojas eran verdes, fuertes, como aquel árbol, me recordaba a la vida que algún día tuve.

Solo espero que ya te la quites.

A decir verdad, no tardé mucho para que Alex me llevara a casa, solo cenamos, charlamos y eso fue todo. No hubo más.

Ahora simplemente miraba las hojas de aquel árbol grande, me preguntaba qué había pasado conmigo, ¿qué era de mí? ¿Qué fue de mí? Las preguntas llenaban el vacío de mi cabeza. Las rejas se escucharon abrirse, para después varios pasos adentrarse, volteé a verle, viendo sus ojos cafés oscuros mirándome a los míos.

—"C-Creí que estabas. . ." —lo miré con mi cuerpo atónito, pero él no decía nada; su silencio atormentaba mi piel, y hacía que el lugar fuera más tenebroso.

—"¿Allá adentro? Sí, lo estaba. ¿Sabes también que creí? Que irías a salvarme." —reclamó, cruzó sus brazos mientras mantenía su ceño fruncido.

—"Creíste demasiado, ¿te digo la razón? Porque tú nunca fuiste conmigo. El karma duele, ¿no?" —encarné una ceja.

Éste no me dijo nada, más que mirarme a los ojos; sus ojos penetraron a los míos, me hacía sentir incómoda, el aire forzoso pasó por mi cara, me hacía sentir la nariz pesada y sentía que mi nariz se romperia solo después de aspirar el aire asqueroso de aquí.

Y es que esto me perturba, quité su estrecha mirada con la mía; de nuevo, miré aquellas pequeñas hojas del árbol, a pesar de que aire era pesado, malo para mí.

—"¿Qué quieres de mí?" —rompí el silencio, sintiendo el aire entrar a mi boca.

—"Salvarte." —respondió. A pesar de que su voz fuera meliflua me hacía erizar— "¿No tienes frío?" —preguntó mientras se quitaba el uniforme de la parte de arriba.

Se me había olvidado lo que pasó, y miré mis pies; el pantalón —que ahora parecían unas bermudas—, y la sangre seca en mi pecho, pero no me importaba. No iba a cubrirme, de todas formas, ya llevaba tiempo así, me puso su saco, haciendo que sintiera un cosquilleo; no tarde mucho para sentir calidez, me arropé y me acurruqué en el saco.

—"Gracias" —murmuro, de nuevo, el faro iluminó el lugar; pero él se mantenía en las sombras, haciendo que fuera imposible verle.

—"¿Has vuelto a mirar el espejo?" —volteé a verle.

—"¿Qué espejo?"

—"Nada. . ., olvídalo." —varios golpes y sombras se pegaron en la pared que pocas veces era iluminada por el faro de vigilancia.

Los dos volteamos, escuchando las voces más fuertes, comencé a temblar mientras sentía como me quedaba nuevamente mi cuerpo paralítico; sentí un escalofrío, sabía que algo malo iba a pasar, pues comenzamos a escuchar algo que se azotaba. — "Déjame ayudarte, ¿sí?" —se acercó y golpeó con fuerza las rejas. Para después, mirar de nuevo hacia atrás.

—"Tienes que. . ." —lo miré asustada, pero abrí los ojos demás cuando vi que había desaparecido—: "irte."

Miré a los lados, mientras escuchaba los insultos; con esfuerzo subí hasta la ventana y me sostuve, sentí como mis manos comenzaron a doler por tanto esfuerzo que estaba haciendo.

Volteé hacia atrás, y comencé a golpear las rejas quienes hacían eco por todo el lugar al ser golpeada. Quería desparecer, pero las rejas no era un material etéreo, las esposas me estaban lastimando; quería dejar esto atrás, pero tenía que huir, aunque yo mismo sabía que esto no podía pasar. Iban a matarme, y tenía que aceptarlo.

No obstante, recordé cuando él dijo que quería salvarme y ahora había desaparecido; comencé a sentir rabia, ira, y mi sangre no tardó en hervir, empujé las rejas haciendo que éstas cayeran.

—"Genial, esto fue una serendipia sin duda" —dije mientras una sonrisa asustada e impresionada. De nuevo, mis oídos fueron llenados por sus insultos y el sonido de las cadenas siendo golpeadas, era una «cobarde» al huir, pero tenía que hacerlo; las esposas me estaban doliendo más y más, quería gritar, quejarme del dolor pero sabía que eso iba ser estúpido.

Huyas a donde huyas, te vamos a matar.

Me metí al corto y estrecho cuadro donde estaban las rejas; sintiendo aquella brisa nocturna, la aspiré un poco, para después entrar a la realidad y saltar hacia una rama del árbol, me sostuve con fuerza, para después poco a poco ir bajando. Debía tener cuidado, pero todo eso se fue a la basura cuando una rama se rompió y caí.

«M-Mi espalda. . .» pensé con dolor, sentía que no podía moverme y las esposas me estaban sacando más sangre de lo normal, haciendo que me sintiera mareada.

—"¡Maldita ingrata!" —gritó una voz, asomándose por donde había huido.

—"N-No por favor. . . D-Déjenme en paz" —chillé—, "t-tengo que irme; me matarán." —susurré, trataba de levantarme, pero mi cuerpo me estaba matando.

Cuando pude, cuando sentí mis manos secarse por la tierra comencé a correr, sentía mis pies débiles y sin fuerzas para correr, en un momento, sabía que iban atraparme; pero seguía corriendo como podía, caía y me levantaba, las gotas de lluvia comenzaron a caer, chocando con la tierra y mi cuerpo haciéndome sentir frío. Sonreí cuando vi que estaba todo cerca, la libertad estaba cerca, las esposas estaban dejando de dolerme y sentía la tierra húmeda pegarse a mi piel, solté una pequeña risa, mientras veía atrás y miraba que ellas apenas estaban saliendo; comencé a correr más rápido, sintiendo la lluvias caer con más frecuencia y fuerte, y por fin, ahí estaba, la gran puerta que tanto me negaba la libertad, soltaba varios jadeos de cansancio mientras sonreía, las esposas estaban desapareciendo; y abrí varias puertas, encontrándome con mi madre. Con ellos. Con mi felicidad.

Esta cárcel ya no existía.

{...}

Abrí los ojos, mientras sentía como la sangre escurría; veía todo borroso, con estática, distorsionado y apenas podía circular las palabras. Trataba de decir varias palabras, pero solo salía un hilo de voz; miré al frente, mirando sus ojos cafés estrechando los míos.

—"Por poco y te matan..." —murmura, poniéndome una venda en la cabeza. Comencé a suspirar tembloroso, mientras veía como la reja aún estaba ahí.

Nunca serás libre.

—"Tuve un lindo sueño, yo..., era libre. . ." —comenté, mientras sentía como se hacía presión en mi frente por la venda.

—"Pero solo fue un sueño" —replicó.

—"El sueño que nunca se va a cumplir, ¿cierto?"

Nunca, ¡nunca!

Capítulo XXVIII

Miré el arrebol mientras estaba recargada en la ventana; después de esa pesadilla-sueño, no había podido dormir en horas. De nuevo, mis ojos pesaban, y mi cuerpo se estaba relajando al sentir la brisa de la mañana; apenas eran las siete de la mañana, solté un respingo y volví a mirar atrás, mirando sus ojos.

—Sofía, hola —aparté mi cuerpo de la ventana y caminé hacia ella quien me sonreía—. Amaneciste. —reí.

—Algo así —sonrió—: siempre me gustaba venir a molestar a mi hija, abrir las ventanas, y que ella viera el arrebol —dijo, mientras acaricia la cama.

—Es lindo —de nuevo, vi la mañana, con los rayos coloreando las nubes mientras que el aroma fresco tocaba mi piel. — ¿y le gustaba? —la miré.

—"*Me encantaba*" —la miré, y sentí un escalofrío.

Después de una corta pero confortable charla Sofía se marchó para vestir a Derek e irse al trabajo y escuela. Era lunes, qué pereza.

Me senté en la esquina de mi cama, mientras miraba a mi alrededor; recuerdo que había caído inconsciente y cuando me levanté, ya estaba en la jaula; aún recordaba sus palabras, él, él le había marcado a la policía. Pero no lo recordaba.

Me levanté del lugar y comencé a arreglar la habitación mientras escuchaba música en el estéreo; un poco de Dido no me vendría mal, su música era de mi agrado, aunque mis gustos musicales estén muy revueltos. Escuchaba su voz con claridad, mientras mis manos sentían la suave sábana y mis pies desnudos tocaban la fría madera de suelo; mis cabellos caían un poco a mi cara y mi piel emanaba sudor por el calor que estaba haciendo, abrí las ventanas y prendí el aire acondicionado, cerré la puerta y comencé a arreglar la casa.

{. . .}

«Yo fui quien le llamó a la policía»

«Yo fui quien le llamó a la policía»

«Yo fui quien le llamó a la policía»

«Yo fui»

«Yo fui»

«Yo fui»

«Yo fui»

No eran exactamente sus palabras, pero algo así era lo que recordaba; me senté en el sofá, tratando de descansar un poco, había limpiado el sótano, y eso fue lo que me hizo sentir pesada.

Sentía el sudor que emanaba por todo el cuerpo, unos hilos de cabello se pegaban a mi frente, sentía las gotas agrias de sudor caer a mis ojos haciendo que ardieran un poco, y que mis labios probaran su miserable sabor, haciéndome sentir un poco de asco. Me hundí en el sillón, y en mi imaginación, surgió aquél deseo de tomar una ducha relajante y que esta agua agria se vaya de mi cuerpo, que la lluvia artificial cubra con un manto transparente mi cuerpo al menos por segundos; y luego, que la cómoda y tibia toalla se enrollé en mi piel.

Después de pensar en todo esto di por hecho quererme meter a bañar; me quité la empapada ropa y me amarré el cabello en una coleta, puse la tina a que se llenara, veía como poco a poco iba ocupando más lugar, hasta que en un momento dado cerré la llave. Mi pie derecho entro con cuidado a la tina, siendo cubierto por la fría agua.

—Fría —le comenté a las cuatro paredes que se pasaban el comentario a cada una. No tardó mucho para que mis hombros también fueran cubiertos, sentía sensación de comodidad, relajación.

Entrecerré los ojos, miraba la pared verde como el bambú; caería dormida, o "en brazos de Morfeo" aunque yo prefiera a "Hipnos", su padre.

Miré de reojo la pared, veía las huellas de los pies en el suelo pintadas de carmesí; al igual que las manos en las ya no tan pulcras paredes blancas, los ojos comenzaron a verme, aquellos ojos con largas pestañas y colores saliendo de ella, el miedo me comenzó a atormentar, mi piel se erizó cuando escuchaba a las paredes hablarme, culparme, reírse descaradamente de mí.

Fuiste tan estúpida.

Nunca has podido hacer nada bien.

—N-No —susurré tapando mis oídos y dejando caer mi frente con mis rodillas flexionadas. — d-déjenme.

¿Por qué dejarte, huh? Somos lo único que te queda, todo, todos, se han ido de tú lado.

—Cállate. —comencé a implorar— Por favor, cállate, déjame...

Desaparece, ¡lárgate de esta vida!

Nadie te aceptará... Estás sucia.

—Para, ¿q-qué quieres? —chillé, mientras veía los ojos por todas las paredes. "Los ojos siempre te mirarán", decía mi madre. Pero ¿de qué ojos hablaba? ¿De éstos?

Explícame, ¿cómo te dejaste utilizar? Después de eso, río.

Zorra. Susurró una pared, tratando de verse discreta.

—N-No soy una z-zorra —temblé—. Y-Ya déjame.

¿Entonces que eres? Continúo, pero esta vez, ya no pensaba decirlo de forma discreta.

—Yo no quería —aclaré. — é-él me violó, t-tú nadie más que n-nadie s-sabe eso, pared. M-Me acurruqué en tu cuerpo, abracé el aire que tienes como brazos; te expliqué todo, acaricié tus hombros mientras me acercaba m-más a ti por el abrazo. S-Solo soy alguien en b-busca de ayuda...

Deberías de trabajar de prostituta, ¡no! No vayas a llorar de nuevo. "Me violaron" comentó sarcástica otra pared, trató de imitar mi voz, pero solo le salió un pequeño hilo, como si fuese a llorar.

—S-Sabes que no miento, tus manos acurrucaron a las mías después del abrazo; t-tu piel pegada en la mía dolía p-pero —limpié mi nariz y seguí—: m-me g-gustó mucho. Pero no sabía que las paredes también podían mentir.

Soltó una carcajada, y los ojos me miraron. *Las paredes sabemos mentir por ciertas personas. Insinuó.*

Todo se estaba haciendo sofocante, me comencé a sentir sin

aire y puse mis manos en la orilla de la tina mientras sacaba mi cara de esta. Comencé a toser sin piedad, mientras apretaba las manos, sentí como el líquido carmesí salía de mi nariz para chocar con la orilla y el suelo del baño; levanté la mirada y lo vi, aquellos ojos mirándome fijamente, estrechando su mirada haciendo que entrar en pánico, agarrara una toalla, me envolviera rápidamente en ella y saliera de ahí.

Cerré la puerta atrás de mí. Limpié mi nariz y vi el dorso de mi mano ser pintada por el líquido carmesí; escuchaba cómo se reían de mí, como me insultaba, y como las dos paredes trataban de consolarme.

—N-No, váyanse, que su piel pulcra no toque la mía; que sus manos no estrechen estás manos manchadas. Que de sus labios no salgan nada, más que el aire puro de su respiración. Solo déjenme —mascullé, comencé a caminar, tambaleando un poco ante el mareo y dolor de jaqueca que estaba teniendo.

Entré a la habitación, sintiendo el aire frío por tanto tiempo dejarlo solo. Agarré ropa de ahí, a pesar de los días, o, semanas; aún sentía desconfianza. Tomé el corto shorts de algodón y la camisa de tirantes de la misma tela color azul, acomodé mi cabello y comencé a cepillar lo.

La cama está manchada. Informó una pared, y la miré.

—¿A qué te refieres? —dejé el cepillo a un lado de mí, y la miré con una ceja encarnada.

Están manchadas de sangre. Manchadas de las culpas que tú estás teniendo ahora, de tus problemas; de tus locuras. Están manchadas de aquel cuerpo que dejó de ser fino y aceptado por los ángeles. Explicó, miré la almohada, viendo como todo estaba siendo atrapado por las sombras.

—Q-Qué carajo... —susurré con miedo, me levanté de golpe y salí de ahí, corriendo por los pasillos con un corazón latiendo de forma brusca.

Culpable.

Culpable.

Culpable.

Culpable.

—No, ¡n-no, d-déjenme! —corrí con más velocidad, sintiendo como la planta de mi pie chocaba con fuerza en la madera.

—¿Hola? —escuché una voz familiar, me asomé por las escaleras, viendo sus ojos azules asomarse, y mirar los alrededores de la casa.

Me quedé sin palabras, mi cuerpo se puso estático; mi mente dejó de pensar, y mis labios comenzaron a temblar mientras un cosquilleo pasaba por todo mi cuerpo.

—... M-Mamá... —susurré inaudible para ella.

Capítulo XXIX

Y si Dios nos traiciona, el diablo será quién gobierne este planeta.

Espera, ¿qué?

Y si él vuelve, será derrotado.

¿Disculpa?

Mierda de cabeza, ¡deja de darme vueltas, déjame procesar lo que digo, lo que escucho!

El egoísmo ha contagiado a todo el mundo.

¿Qué dices? Lo siento, no escucho bien.

Mi cabeza da vueltas.

Esto es raro...

No siento mi corazón latir.

¿Estoy muerta?

El mundo le está dando la espalda al propio paraíso.

Mierda, no comprendo.

Todos serán castigados.

Mi cabeza me daba vueltas, sentía mi cuerpo inmóvil, veía todo borroso; como si todo hubiese teñido de negro, veía distorsionado haciendo que entrara en pánico al no reconocer en donde estaba.

Pero llegué a tranquilizarme cuando sentí las sábanas debajo de mi cuerpo paralítico; quería moverme, pero me sentía atada así que me era imposible. Cerré otra vez los ojos, para luego, abrirlos de golpe y encontrarme con la habitación de Citlalli Stine; aún no podía moverme, así que miraba de reojo a todos lados, al no observar nada, volví a mirar al techo, esto me hacía sentir más inútil de lo que ya era, no poder moverme, y mis palabras no se formulaban en mi cabeza, así que solo salía un pequeño hilo de voz, el mareo no cesaba, sentía una extraña y mala sensación en el estómago así que como pude tragué en seco.

Mi cuerpo se calentaba al no poder hacer nada, me estaba desesperando, necesitaba moverme y mi corazón volvió a latir como hace unos momentos. Me tranquilicé un poco, pero eso no me quitó el miedo y los nervios.

—¿Hija? —escuché la voz de Sofía haciendo que la respiración agitada y aquellos nervios desaparecieran.

—¿D-Dónde estoy? C-Carajo, mi cabeza. —como pude hablé coherente, pero las punzadas en mi cabeza continuaban.

—En tú habitación —contestó una voz gruesa, no lo veía, aún sentía que mi cuerpo no estaba capacitado por moverse. No tenía control sobre mí.

—¿Morí? —pestañeé mientras miraba el techo blanco, veía como los ojos me observaban, mientras que, de ahí, comenzaron a salir unas pequeñas manos. De nuevo, entré en pánico.

Olvídalo. Susurró en mi cabeza, haciendo que de nuevo sintiera una punzada. *Dios ya traicionó.*

Yo no era la que no pensaba coherente, eran ellas.

No sabía a lo que se refería, y a decir verdad me daba un poco de miedo; al ver que sus miradas seguían estrechadas con la mía, la aparté, mirando el baño.

—¿A quién? —pregunté en un susurro adormilada, débil,

seguía pestañeando varias veces, esperando a que se me quitara el mareo.

A ti. Respondió.

—Solo por seis segundos —contesta de manera normal—, pero no te preocupes, ya pasará el dolor.

—¿Seis?

—Seis. —insistió. Hice una mueca, mientras miraba como los cuerpos estaban saliendo del techo, no decía nada, no podía gritar, me sentía tan agotada.

—Disculpa por lo que te he ocasionado —su voz meliflua pasó por mis oídos, la reconocí al instante. —. Solo, quería preguntar.

—¿Preguntar, ¿qué? —fruncí el ceño, mientras miraba como se acercaban.

—Si has—

—No es momento, señora Zuckerberg. —interrumpió Sofía. Señora Zuckerberg, que decente se escuchaba así mi apellido.

—Lo siento —se acercó a mí, sus ojos azules se estrecharon con los míos, haciendo que dejara de ver a los demonios que estaban saliendo del techo— ¿cómo te sientes? —sonrió.

—No puedo moverme —respondí con un hilo de voz, no es que quiera llorar, pero mi voz no salía de otra manera.

—Es la anestesia, tal vez eso fue lo que te ocasionó que tu corazón dejara de latir por segundos. —respondió el doctor, su voz ya se escuchaba vieja. — Estarás bien. —aseguró.

Maldita sea, ya muérete.

—¿Por qué no morí? —fruncí el ceño, mientras seguía mirando sus ojos azules. Hizo una mueca.

—Es algo que nadie comprende —aseguró el doctor. —. Pero relájate.

—Gracias doctor, —susurró alegre Sofía— ¿cuándo se podrá mover?

—Cuestión de minutos —sonríe—. Por ahora, necesitas reposo absoluto. ¿Vale, muchacha?

—Sí —murmuro—, gracias.

Ella se apartó de mí, y ahora los ojos cafés de Sofía eran los me miraban.

Temblé ligeramente cuando sentí sus manos morenas tocarme, sus ojos rojos mirándome fijamente mientras que sus cuerpos seguían saliendo de los techos. «Cobarde» me proclamé, sentía sus manos recorrer mi cuerpo como él lo hizo; haciendo que cerrara con fuerza los ojos.

—Necesita descansar, ¿no es así? —su voz suave pasó por todos mis oídos. Sofía asintió, y la miró.

—Pero usted y yo podemos hablar de lo que quería preguntar —sugirió, mi madre soltó un: «Sí» con su voz melifluo.

Cuando salieron, me quedé mirando al techo; me sentía tan indefensa, ellos tocaron mi cabello y jugaban con él mientras reían y me insultaban.

Este día está siendo abstracto, no entiendo, ¿por qué de todo el mundo, acá decidió venir? ¿A caso es una señal? No lo entendía, quería decirle tantas cosas, pero no podía. Tenía que alejarme de ella.

{...}

No encajas en ningún lugar.

—"Hace tanto frío. . ." —me abracé, mirando la noche oscura. Me sentía tan débil, y aquí era en el único lugar donde me podía mover.

Bajé de la litera, me senté frente las rejas mientras las miraba con melancolía, quiero irme de aquí, irme a casa. ¿Qué se sentirá la libertad? ¿Dulce? ¿Fresca? Moría por probarla; pero negué, tenía que quitarme todas esas esperanzas en la cabeza, no iba a salir de aquí. Nunca.

Sentí como me jalan el cabello, haciendo que soltara un quejido y cuando volteé me di cuenta de que solo eran las sombras jugando conmigo. Burlándose de mí. ¡Pero era obvio!, soy la burla.

Incluso Dios se burla de ti. Ríe, miré las rejas, encontrándome con ella con una sonrisa de superioridad.

—"Hola idiota" —rio, me di cuenta de que era una al instante, ¿pero ganaba algo? Sí, una gran paliza. Un escalofrío me recorrió, pero solo agaché la mirada—. "¡Te estoy hablando, contéstame!" —¿no conocía la paciencia?

—"Q-Qué." —como siempre, traté de sonar dura; pero este sentimiento de miedo y escoria que me comían no me dejaban actuar como quería.

—"Así no se dice" —gruñe—, "acércate."

—"¿E-Es una orden?" —susurré en una pregunta, mientras me paraba, el frío abrazo mis piernas, pero solo hice caso omiso.

—"¿Eres idiota?" —masculló— "¡Por supuesto que lo es, acércate ahora!"

Solté un suspiro, desacomodé mi cabello mientras sentía como mi cuerpo se marea y mi corazón salía de mi pecho, pidiendo ayuda. Queriendo escapar.

Como yo quiero salir de aquí.

Me acerqué con cara inexpresiva, pero solté un grito cuando agarró el cuello de mi camisa y estampó mi cara con las rejas, sentía mi cara apretada por las estrechas rejas que no dejaban pasar mi cara. Comencé a sentir el líquido salir de mi frente y de una comisura, haciendo que sintiera ardor y probara el metálico sabor de la sangre.

—"¿Te dolió?" —preguntó sarcástico, mientras que una risa salía de sus labios. Asentí. — "Pobre niña." —dijo, fingiendo pena. Comenzó a hacer lo mismo de manera repetitiva, haciendo que comenzara a manchar las rejas, pero reaccioné y coloqué mis brazos frente de mi cara, recibiendo los golpes ahí.

—"¡Detente, por favor!" —chillé, ella golpeó una vez más mi cuerpo y me lanzó, haciendo que mi trasero suavizara la caída—, "m-mierda" —de nuevo, varios sollozos reinaron la celda. Pero ella de nuevo soltó una carcajada.

—"Sólo quería demostraré lo idiota que eres" —informó y añadió—: "porque es lo que pasa, nadie te quiere en la vida y si desapareces nadie lo notara. No le sirves a nadie, carajo, ¿no te has dado cuenta? ¡Mátate, mátate como ella lo hizo. . ."

—"Ella no se mató. . . " —susurré, limpiando mi boca— "Ustedes la asesinaron"

Sonrió— "Pero ella se dejó. Ella sabía que no servía para nada, y te dejó. Todos te odian, a donde vayas, no encajas; todos te han abandonado. Dios lo ha hecho, te ha traicionado dejándote caer, cayendo demasiado lejos; pero mírate, no tienes intensión de morir aún, ¿cierto?, solo eres una bazofia que no puede entender a nadie. Y yo, todos te haremos recordar lo poco que vales." —avisó, mientras que se marchaba de ahí.

Dios te ha dejado. Susurró en mi cabeza, riendo.

—"No, déjame." —lloré, dejando caer mi cuerpo hacia el duro y frío suelo, poco me importaba que se mojara por las goteras. — "Ya lo he entendido" —tapé mis oídos.

Solo te quedamos nosotras.

—"Necesito algo que me mate..., he estado tanto tiempo aquí, necesito que algo tome mi vida." —hundí mi cara en mis brazos. Mientras sentía como las sombras me agarraban.

No te preocupes, nosotras jamás te dejaremos, querida. Ríe de manera satisfactoria.

Capítulo XXX

Me incorporé en la cama, miré las paredes, mirando que mis delirios habían desaparecido; toqué mi frente, sintiendo un poco de calentura, pero solo lo ignoré, despegué las sábanas de mi cuerpo y caminé hacia la salida con un notable mareo.

Abrí la puerta y asomé mi cabeza dándome cuenta de que todo estaba oscuro; caminé por los pasillos, prendiendo las luces y asomé mi cara por las habitaciones, dándome cuenta de que el único dormido era Derek. Escuché risas que provenían de la cocina, cerré la puerta y caminé hacia allá. Ella seguía aquí, solté un suspiro y me acerqué a ellas.

—Citlalli, cariño, debes de estar en reposo —dice Sofía, despegando la taza de sus labios, dejando ver el té de manzanilla.

—Tengo eso en cuenta —retracté—. Pero ya me harté de estar en cama.

—¿Hace cuánto te despertaste? —quité sus ojos azules de los míos, no quería ponerme más nerviosa, bajé la mirada y me senté a un lado de Sofía.

—No mucho. —aseguré— ¿De qué hablaban, madre? —vi como mi verdadera madre se paraba con una linda sonrisa.

Su sonrisa siempre fue hermosa.

—De nada importante, yo..., tengo que retirarme. Por favor, Sofía, si la encuentras—.

—Te diré. —interrumpió con una sonrisa, ella asintió y me miro.

—Buenas noches, ¿Citlalli, ¿no? —asentí.

—Buenas noches. —susurré, mis ojos miraban como se alejaba.

Se alejan siempre de ti, idiota.

{...}

Aquí estaba, otra vez, este sentimiento de pesadez y culpa; tal vez era la pesadez de tenerla, pero no estar con ella, y culpa al saber que ella está buscándome. Me sentía tan mal que mi corazón se reprimía con el simple hecho de recordar que ella no estaba a mi lado para acurrucarme; ahora sé que se siente ser huérfano, no tener a alguien y estar solo. Ahora sé que se siente ser un loco: estar apartado de la sociedad. Una tumba; sola, y grisácea. Era este sentimiento, el sentimiento de una mentira, el sentimiento de una cobardía que se hundía en mi cráneo perforando me por completo.

No podía estar tranquila, no solo sentía tanta tristeza de no estar con ella, sino, este sentimiento de nervios que hacían que mis manos temblaran y no pudiera controlarme.

Miré sus ojos cafés de nuevo, me sonrió con una mueca.

—Qué día más abstracto, ¿no? —me sonrió y solté una pequeña risa.

—Ni que lo digas —solté una pequeña risa de nuevo, no tardé en soltar un suspiro y ella no tardó en notarlo.

—Sé por qué el suspiro. —murmuró— ¿Por qué, Sasha? La tenías aquí, y decidiste dejarla ir. Te está buscando, te extraña, te ama, te quiere de vuelta a pesar de todo. Me lo dijo —sus palabras, sus jodidas palabras hacían que mi corazón fuera con lentitud, y las comisuras bajaran.

La extraño tanto.

—Aún sigo siendo fugitiva —recuerdo. —, si me atrevo a volver, me meterán a la cárcel, se trata de que ella no me encuentre.

—¿De ella o de la policía? —me arrima la fotografía que le había dejado. Y esa pregunta me había dejado callada, tal vez respondiendo que era la segunda con seguridad. — Lo supuse — bajó la mirada y agarré la fotografía. Esa fotografía con ella, sonriendo, por supuesto que recordaba porqué la sonrisa; la sonrisa de que ella estaba a mi lado, y aunque ellas existieran, ellas las podía callar con sus ojos cielo. Recordé ya que ese día aún la tenía cerca de mí, riendo, platicando de aquellas olas que chocaban y al compás de eso un freso aire siempre llegaba a nuestro rostro, haciendo que nos tranquilizara— ¿Crees que no se dará cuenta que eres tú?

—No lo hizo ahora —la miré—. Tengo que huir, huir de ella. Carajo, me la está poniendo difícil. Si me encuentra. . .

—Corrección —interrumpió—, si se entera de que eres tú, te querrá llevar con ella. ¿No es lo que quieres?

—No quiero estar en la cárcel —dije entre dientes, un poco harta de esta conversación.

—¿Y no lo vale? —me preguntó.

—¿Lo vale? Es un intento de homicidio y una "masacre" — dije entre comillas.

Ella simplemente hizo una mueca, tenía razón, no huía de mi madre; huía de estar tantos años en la cárcel. Quiero estar con mi madre, pero ¿cómo ella me querrá ahí de verdad? Me podría proclamar como «Psicópata» descartando «Esquizofrénica» y más enfermedades.

—¿Sabes? —su pregunta hizo un «¡Crac!» a todo el silencio que estaba tapando con su manto el lugar, levanté la mirada prestándole atención— Tú esquizofrenia puede ser genética.

—¿Disculpa?

—La esquizofrenia se puede basar en dos cosas: genética, o trauma. Lo tuyo podría ser por genética —tocó la taza, encarne una ceja mientras la miraba.

—¿Y de quién sospechas? —aparté la fotografía y aclaré mi garganta. De nuevo, mi corazón me exigía salir de mi pecho; mi mente me daba varias realidades virtuales, en dónde...

—De tú madre. —su murmullo rompió el silencio.

Mi madre fuera la culpable.

No sabía qué decir, me sentía como mi boca estuviera cocida; me sentía sin ojos, pues no podía ver sus ojos cafés y me sentía demasiado lejos de ella. Mi cuerpo estaba paralítico, ni siquiera podía mover un dedo; lo sentía congelado, y de nuevo, miré las ventanas; mirándola, me sentía en pánico, pero; ¿por qué estaba asustada? Si en mi mente, ya veía venir esto.

Tal vez estaba confundida.

Mi madre se veía alguien sana como para que tuviera algo tan grave. Siempre estaba feliz, y no parecía ocultar algo, más aparte. Soy su hija. ¿Por qué me escondió algo como eso? Simplemente no lo comprendía.

O tal vez ella se confunde.

—Tal vez estás confundida, Sofía —analicé, y es que no creía que mi madre tuviera eso.

—No lo estoy, aparte, fue una sospecha. —frunció levemente el ceño.

—¿Por qué d—? —sus labios se abrieron y dejaron escapar las palabras más rápido que yo.

—Por su mirada, Sasha —dice, mientras me mira fijamente a los ojos. Como si tratara de encajarme un cuchillo— Su mirada me lo decía todo, la misma mirada que tú tenías al mirarme aquella vez que te encontré.

"—Miedo. Soledad. Tristeza. —habló."

—Esa mirada que te decoró —siguió— Decoró sus ojos azules.

Seguía pensándolo dos veces, estaba confundida, nerviosa. Y, por una extraña razón, miedosa. Pero ¿miedo? ¿Miedo de qué, exactamente? ¿De qué mi madre estuviera loca? Posiblemente sí sea eso. Pero no tenía sentido. Yo no soy el sentido.

Ella aún encajaba su mirada en la mía, esperaba una respuesta, pero tenía tantas negaciones; negaba que mi madre estuviera así. Negaba que mi madre tuviera miedo.

Negaba que me haya mentido.

¿Qué te impresiona? Todos te mienten. Su escandalosa voz resonó por todo mi cráneo y lo rodeó por segundos.

—Tal vez no soportaba—.

—¡Sasha, por favor! —volvió a interrumpir, alzando la voz— Sé que está siendo duro tratar de aceptar, pero tienes que hacerlo.

Miré por el rabillo de mi ojo; mirando un poco más de la cocina, observando aquellas sombras que me seguían. La voz de Sofía se estaba haciendo errática, alejada, tal vez era porque las voces en mi cabeza no me dejaban oír nada de lo que estaba diciendo.

Hazlo, mátala. Sus murmullos acorralaron mi mente, poseyendo de ella haciendo que lo único que escuchará fueran sus consejos.

—C–Cállate —pedí, no quería escucharlas. Pero era imposible y eso yo lo sabía.

—¿Sasha? —sabía que me llamaba, sabía que lo estaba haciendo, pero la escuchaba tan lejos como si solo fueran sus gritos.

Quítale su maldita vida.

No la merece.

—No haré eso, basta —susurré, ella me sujetó las manos, pero se las quité rápidamente. Sentía que si se acercaba más, perdería la cordura y acabaría con su vida.

¿Y por qué no? Te dará la espalda cuando menos te lo esperes, como todos. Gruñó.

—N–No es cierto, por favor, basta. —comencé a mirar a los lados, veía las sombras acercarse a mí; no podía ver a Sofía, miraba todo teñido de negro y otra vez esa sensación de que jugaban con mi cabello.

Estorbo.

Bazofia.

Estúpida.

No vales nada, no sé qué haces con vida.

—Sasha, ¿son ellas?, ¿te están molestado de nuevo? —asentí, mientras miraba al frente con los ojos acuosos.

—¿Dónde estás? No te veo. —susurré, mientras escuchaba a

las voces molestarme más.

—Aquí estoy —cerré con fuerza los ojos, hasta que sentí que una mano tocaba mi frente con relajación.

Los músculos que se habían tensado se calmaron, me sentí más tranquila.

—Gracias. . . —quería que mantuviera su mano, pues, aunque no fuéramos nada, ya le había agarrado cariño.

Estúpida.

—"De nada, querida." —abrí los ojos y comencé a gritar de miedo.

Sus ojos rojos como el carmesí, mientras sangre brotaba de toda su cara, incluso de sus ojos. Sus labios rotos y llenos de telarañas hacían que quisiera salir huyendo de ahí. Pero de nuevo, mi cuerpo se había puesto congelado; escuchaba otra vez los gritos de Sofía pidiendo que me calmara, pero estaba perdiendo la razón de mí, sentía como las lágrimas recorrían mis mejillas con rapidez, mientras sentía mi garganta desgarrarse de tanto grito.

No sentía poder sobre mí, no sentía poderme mover y no sentía el habla más que los gritos desgarradores. No podía mirar, me sentía ciega que lo único que estaba en mi mente era aquella imagen que al parecer se había imprimido en mi memoria. Sentía en mi cuerpo un extraño cosquilleo que me estaba matando, las punzadas en mi cabeza y el extraño desequilibrio en mis piernas; me estaba sintiendo extraña y unas inmensas ganas de vomitar pasaron por mi garganta.

¿Será que ganará?

Yo siempre gano, no te confundas.

—¡Cálmate! —exclamó Sofía, tomándome de los hombros con cierta fuerza.

Mis gritos cesaron, después de ver todo borroso, estático, distorsionado; pude ver la cara de horror de Sofía, mi cuerpo temblaba al compás de mi respiración agitada, el corazón me estaba dando punzadas al igual que mi cabeza. Había regresado a la vida. No recordaba nada, ahora solo recuerdo lo que pasó hace un momento, solo, cuando Sofía me sacó de mi trance. Miré a los lados, viendo la mesa pequeña tirada, las tazas rotas y varios cuchillos tirados y regados por todas partes.

—S-So. . . S-Sofi. . . S-Sofía —el esfuerzo sobrehumano hizo que en mis labios salieran unas palabras de forma ronca por el dolor de garganta que sentía. Sus manos aflojaron el agarre, haciendo que los músculos ya no estuvieran tensos.

—Cálmate, estoy aquí, ¿bien? —asentí varias veces, sonrió, tal vez trataba de que su sonrisa me calmara al menos un poco pero el pánico me estaba abrazando. —, ahora, ¿podrías bajar el cuchillo? —susurró tranquilamente.

Miré abajo, miraba como mis manos temblaban sujetando el mango de un filoso cuchillo, el reflejo de la luz chocaba con esta; haciendo que se reflejara mi cara, no entendía que había pasado, pero no tarde demasiado para tirar el cuchillo.

—P-Per. . . P-Perdón —mis labios se movían demasiado, sentía como los labios chocaban varias veces— P-Perdí la razón, y-yo. . .

—Estás bien, es lo que cuenta. —sonrió, envolvió mi cuerpo con sus brazos, choqué mi nariz con su hombro mientras miraba con desdén el lugar; todo era un desastre.

Desastre que yo había hecho.

Pudimos hacer más, pero lo arruinaste. Masculla. Fruncí el ceño.

—N-No..., no d-dejaré que salgas. —apreté el abrazo, sé que Sofía está aquí, pero siento que puedo contestarles a ellas y no recibiré una mirada de miedo.

¿Por qué no? Soy más fuerte que tú. Vamos, Sasha, déjame protegerte.

«¿Desde cuándo quieres protegerme?» le contesté en una pregunta incrédula.

Déjame salir, es mi cuerpo. Me pertenece. Su voz pasó por mi oído, haciendo que sintiera un cosquilleo.

—No lo haré, no dejare que hagas algo —advertí, mientras miraba las sombras pasar por todo el lugar.

Eso ya lo veremos.

Capítulo XXXI

No podía ver a la cara a Sofía después de lo que pasó hace tres días en la cocina. Han pasado días, he incluso, ya he cumplido un mes desde que he llegado a esta casa; y, en uno de esos tres días, no he hablado con ella.

Se sentía extraño, tal vez era porque somos unidas por cosas iguales, compartíamos las cómodas palabras, pero ahora solo había un silencio y unas cuantas miradas. No podía verle a la cara, no sabiendo que esa noche estuve a punto de quitarle su vida por un descuido.

Limpié en mi piel la tierra húmeda del pasto; solté un suspiro y miré los guantes de jardinería que me prestaba Graciela para trabajar. A decir verdad, no podía evitar mirar de reojo la casa de Hacking; en el fondo sabía que tenía que hacerlo, no quería que algún miembro de los casados Simpson —suena raro, pero a decir verdad no hallaba otra forma de decirlo— o el mismísimo Alex Hacking me descubriera mirando su casa. En mi imaginación, vi varias realidades donde eso pasa, y en una de ellas, el ego se le subía.

Sin darme cuenta, ya no era de reojo, literalmente estaba en la cerca recargada mirando la puerta de los Hacking.

Solté un suspiro, no he visto a Alex por días, pero no era que no me agradara. Ahora puedo ir a la tienda sin sentirme acosada. Pero también tenía la necesidad de verle, tal vez me había acostumbrado a él; y, dos días sin verlo, se me hacía raro.

Me alejé de ahí y seguí sacando el pasto seco, esto era entretenido, posiblemente me servía de terapia; pero aún me sentía extraña, la ansiedad, la necesidad de sujetar algo con filo me recorría por mi cráneo matándome en silencio, miré la gran casa, para después, mirar las tijeras para podar.

Hazlo. Compensa lo que no hiciste ayer.

—No lo haré, ya no haré daño. . . No te dejaré salir —susurré, miraba a las personas pasar mirándome de reojo, pero no podía controlarme.

Si no lo haces tú, lo haré yo.

—Déjame en paz, cállate —solté un mascullo, mientras arranco con más fuerza el pasto.

—Si sigues así, te verán como esquizofrénica. —advirtió. Solté un gemido ahogado y lo miré. Su estúpida sonrisa que mostraba sus dientes, mientras que sus ojos se ponían más claros por los rayos de sol.

—¿Y a quién le importa? A mi no. —pregunté incrédula, mientras jalaba más el pasto seco. — A ti tampoco te debería de importarte.

—Sí me importa —comenta mientras se recarga en la cerca, fruncí el ceño y lo miré.

—¿Ah, ¿sí? ¿Por qué?

—¿No es obvio? Me gustas. —dijo mientras sus palabras eran acompañadas con una risa, mientras un rubor cubría su piel pálida.

Me quedé quieta, mientras sentía como mi cara ardía; él se

me había declarado como sin nada, sus palabras pasaron por mi mente, tratando de analizar lo que me había dicho.

—¿Yo, ¿qué? —rodó los ojos.

—Tú me gustas.

Es mentira, eres horrible. ¿Cómo le gustarías a alguien?

Ella tenía razón, ¿cómo yo le podría gustar a alguien? Lo que me había dicho era una total mentira que se moriría al paso del tiempo.

Pero sus ojos no paraban de mirarme, su sonrisa no se borraba, me acerqué a él, y mi mano se pasmó en su mejilla, dándole una bofetada.

—No seré la burla de nadie —dije, tenía ganas de llorar por alguna extraña razón. Acarició su mejilla, y negó.

—Estás completamente mal, Citlalli. Me gustas, y no te veo como una burla. —dijo, acariciando su mejilla para calmar el ardor.

Eres un juguete.

—¿Por qué no me entiendes? Quiero alejarme de ti, no quiero estar contigo. No soy lo que tú crees, estás mal, soy una maldita farsa. Yo no soy ella. —susurré con preocupación.

—Entonces déjame conocerte, una vez más déjame hacerlo. Por favor, Citlalli, yo...

—No me llames Citlalli —dije en un mascullo, mientras sentía mis ojos arder.

—Maldita sea no te comprendo. No comprendo nada de lo que estás diciendo.

—No me interesa que no comprendas eso, me interesa que

comprendas que no te quiero a mi lado. ¿Vale? —él asintió varias veces con su cabeza.

—Vale —dijo yéndose de ahí y entrando a casa de un portazo.

Miré sus acciones, para después darme la vuelta y comenzar a hacer lo que estaba haciendo hace un momento.

Eres una gran idiota.

¿Por qué no quieres? ¿Acaso no quieres que te toque? Si amas que lo hagan.

—Tú cállate, joder —sentí mi voz quebrarse.

No entiendo por qué me dolió tanto decirle todo eso, si no sentía nada por él. Pero comencé a sentir un vacío en el pecho, la necesidad de ir a pedirle perdón, la necesidad de llorar. Pero yo no estaba equivocada. No estoy equivocada. No estoy equivocada. No estoy equivocada.

No lo estaba, ¿verdad?

. . . ¿Verdad? . . .

{. . .}

Ha pasado otro mes y Alex Hacking me ha evitado de las maneras más dolorosas posibles. Su comportamiento conmigo había cambiado, pero aún no entendía porque me importaba tanto, ¿qué no era lo que quería? ¿Qué se alejase de mí? ¿Qué me dejara en paz? Maldita sea, no me entendía.

La sensación de soledad abundó mi pecho, trataba de llenarlo viendo la fotografía de mi madre y yo, pero solo me mataba más. ¿Qué era lo que tenía que hacer? ¿Ir a buscar a Alex? ¿Pedirle perdón? Por supuesto que no, no quería.

Estás sola. Perdiste la oportunidad como siempre.

Como siempre, le tomaba la palabra. Había arruinado todo. Y ahora me quedaría sola con varios gatos si es que nunca llego a prisión.

Pero es que nadie lo veía de mi forma, era el miedo, el miedo de dar cariño, el miedo a que me dañen. ¿Y qué pasará cuando me enamoré? Sentiré miedo si le llego hacer algo. Pero nadie lo ve así.

Tenía que hacer algo, pero no sabía qué hacer; ¿en verdad? ¿En verdad tenía que ir a pedirle perdón? Si, si tenía que hacerlo. Pero ni siquiera sabía cómo llegaría «Oye, perdón por mandarte a la mierda de la forma menos sensible posible, pero solo quiero decirte que yo no soy Citlalli. Soy una farsa.», claro que no le diría eso.

¿Qué era lo que me pasaba? ¿Por qué de repente me pasa esto? Tal vez, en el fondo yo quería verlo.

Tal vez en el fondo yo quería hablarle.

Tal vez en el fondo yo quería conocerlo más.

Pero no puedes porque eres una maldita cobarde. No sirves para nada.

—Silencio —dije en un murmullo, mientras acomodaba la sala— Cállate.

¿En verdad quieres que me calle?

—Sí. Solo dejas salir estupideces.

Si son estupideces, ¿por qué te duelen?, admítelo, te duele porque sabes que es verdad. Te duele, porque sabes que yo siempre he tenido la razón. Por cobarde. Por poca cosa. Por eso todos te dañan.

—Pero él…

Él no será la excepción.

Capítulo XXXII

—Bien, fue demasiado tarde Sasha. —me dije, mientras veía como Alex se besaba con alguien.

Antes de que me viera me dé la vuelta y me fui de ahí, por una extraña razón quería llorar; reclamarle al aire el porqué estaba enamorado. ¿En verdad me importaba que él estuviera con ese sentimiento? A mí no me importa, nada me importa.

Tragué aire mientras llegaba a casa, solté varias lágrimas para luego subir a la habitación y tirarme a la cama. Estaba tan hundida en mis pensamientos que no me di cuenta en todos los ojos que me estaban mirando de nuevo, aquellas bocas cocidas que salían de las paredes dejando solo oír su respiración entrecortada.

Sentía aliento de un muerto, el aliento que solo las moscas disfrutaban oler, pero el aliento que las personas negaban. Se sentía débil, inútil, y aquella imagen de él la estaba perturbado sin razón, no entendía el porqué, pero dolía, sí que dolía.

—Estúpido Alex. —mascullό, mientras miraba el techo aquellas miradas que la atormentaban, soltaba varios suspiros y decidió cerrar los ojos.

{...}

He perdido aquellas esperanzas muertas que flotaban por el aire para salir de ahí, la noche oscura que negaba la felicidad de su cara y aquellos remordimientos que no me dejaban en paz. Todo estaba muerto, la necesidad de una muerte tranquila atacó mi cuerpo de forma brusca, quería salir de aquí, ¿y qué es mejor que la muerte? Nada, y eso yo lo comprendía.

La noche oscura que soltaba la fragancia húmeda de su piel, acariciándome, haciéndose querer más por esta pobre chica con la mente dañada.

Eres una imbécil.

—"Por favor, déjame en paz. . ." —suplique, no he tenido buenos días, no desde lo ocurrido con Sofía. —, "no quiero escucharte."

¿Por qué no? ¿Por qué sabes que te diré la verdad, ¿eh? ¿Qué eres una idiota?

—"¡Eso no es verdad!" —exclamé, su voz estaba matando me. Tenía que acostumbrarme, tenía que acostumbrar a mis oídos. Pero no, solo quería que todo se fuera lejos, pero yo no quería caer.

Las sombras que tomaban mi cuerpo para destruirlo, cargar los problemas y saber que nadie estaba para ti, eso estaba atorada en mi conciencia.

Ya no había nadie para mí desde hace mucho tiempo, estaba perdida en la memoria de un olvidado. Estaba muerta en el silencio. Estaba cansada en las paredes abandonadas. Solo yo.

—"Hey." —la voz encajada perfectamente entre las cuatro paredes de la soledad, volteé a verle. Observando aquella cabellera castaña.

—"¿Tú? ¿Otra vez?" —escupí. Acaricié aquellas sombras que tocaban mi cuerpo y jalaban mis cabellos sin descaro alguno. Él asintió.

—"Estás en problemas, ¿sabías? No has podido huir de aquí.

Estás perdida, necesitas irte" —informó, con aquella voz muerta. Con aquella voz arrastrada por las almas que corrían correspondientes al viento fresco.

—"Lo sé" —aclaré—. "Huir de malos sueño, huir de malas palabras; huir de malos recuerdos, quiero estar en paz, tú, tú lo entiendes, ¿cierto? Cualquier persona lo entiende."

Ahí fue cuando me negó.

—"Estás equivocada, Sasha." —espetó y continuo con sus argumentos— "No cualquiera entenderá el lenguaje que acabas de utilizar. Solo los locos. Los demás, serán los oídos sordos en tu historia."

Sí, maldita enferma. Muérete.

—"Entonces, ¿por qué Sofía me entiende?" —soltó un largo suspiro.

Eres tan imbécil.

—"Ella tenía una hija con tu "estado". Estudió psicología, no sólo eso; ¿la has mirado? Está loca."

No entendía como todo había cambiado tan de repente. Pero callé.

El aire acarició mi cabello mientras trataba de mirarlo.

—"¿Ella?" —asintió— "No entiendo tu tal acusación."

—"Un día sabrás." —sonrió y se fue.

Cuando se marchó.

Las risas taparon mi mente.

Sus manos acariciaron mi cuerpo, haciendo que me sintiera mal. Trataba de superarme, pero ellas jalaban mis pies, negándose ante ello.

Yo era débil, yo nunca podré ser fuerte mientras todo esté mal y alguien como yo no pueda solucionarlo.

Solo lo arruinas.

Sí, solo hago eso.

{…}

—Escucho voces —susurré, con los ojos cerrados, viendo cómo corría entre los pasillos; mientras la sangre emanaba en mi cuerpo, mi uniforme roto. Asustada del mundo, pero los abrí levemente.

—¿Y qué te dicen? —preguntó, parecía atento, pero lo ignore.

Miré el suelo blanco y pulcro de aquella oficina, parpadeé levemente, y después mirar arriba y observar al psicólogo que me estaba mirando.

—Y ellas…

Solo eres una maldita basura cualquiera.

—Son malas, entiende, ¿no? —él asintió.

—Perfectamente.

—Sí —balbuceo—. Porque solo puede entender, pero no comprender.

Él apartó su vista de la libreta y me miró con sus cejas fruncidas y su frente arrugaba. Sus blancos labios fruncidos y sus ojos cafés entrecerrados.

—¿Qué? —preguntó, indignado.

¿Solo sirves para eso? ¿Para molestar? Mejor muérete, será lo único que harás y no molestará a nadie.

Traté de ignorar aquella voz que retumba por mi mente, pero tiene razón.

—Que, solo puede entenderme; saber lo que digo, pues..., ya sabe, mismo lenguaje —una pequeña risa salió de mis labios, sin comprender lo que yo misma sabía—, p-pero, no puede comprenderme.

Bajó la libreta a su regazo. Se veía más molesto.

—¿Ah, ¿no? —frunció más el ceño ante mi negación— ¿Por qué dices que no?

—¿No es obvio? —rodé los ojos y subí una pierna a la otra. Toqué los pantalones de Citlalli que tomé prestados, y lo miré— Porque usted jamás ha vivido esto, psicólogo. Solo es, usted, tratando de comprender a las personas y dándoles consejos que apuesto que usted debería de tomar en su vida cotidiana. Sé que a usted no le importa nada de lo que yo digo, pero eso a mí me importa un carajo, si vengo es por mamá y es todo.

Nos quedamos callados.

—¿Y tú qué sabes de mí, Citlalli? —gruñó, mientras me miraba.— Eres tan inteligente, pero te equivocas mucho.

—¿Por qué dices eso, uhm? —le pregunté ofendida. Él rio.

—¿No es obvio? —encarnó una ceja— Dices cosas muy, "argumentadas" pero, solo juzgas por lo que ves y escuchas, jamás por lo que sabes de la persona.

—¿Por qué dices eso?

—Me acabas de juzgar sin saber de mí, solo, te dejaste llevar por las cosas. —examinó— Buenos argumentos, pero huecos conocimientos. ¿No es así?

Nos quedamos callados. No sabía que decirle.

Las voces no dejaban de molestarme, me sentía mal, mi cabeza dolía.

No había un espacio en mi mente donde pudiese tomar aire y no escuchar los insultos que me daban; era, molesto, pero tenía que acostumbrarme.

He dejado de luchar desde hace mucho, desde que me cuerpo se dio cuenta que no puedo más. Desde que mis ojos captaron aquella debilidad en mí. No sirvo para nada. Solo soy un estorbo entre el mundo ocupado.

—¿Y bien? —sonrió ladino.

—Tuche. —me limité a responder.

Eres tan barata, idiota.

Capítulo XXXIII

Había llegado del psicólogo y fui recibida por la señora Paterson con una sonrisa.

Cuando la miré de nuevo paré en seco y la observé detalladamente. Sus cabellos rulos y oscuros como la noche; azul-negro, no lo sé, ¿teñido? Da igual, no es de me importancia.

—¿Y So-mi madre? —me corregí, ella apuntó arriba, tomando un poco de té mientras el humo salía de la taza. Taza blanca, como, una nube.

Nube gris.

Nube muerta.

Jamás se sabe.

—Allá —habló—. Arriba.

Asentí, lentamente. Dándole la razón.

—Sí.

Me limité a responder.

El aroma de té de manzanilla pasó por mis fosas nasales; subí las escaleras y cada vez más se escuchaban golpes y sonidos. Traté de callarme.

Verde y amarillo, era lo que se veía por los pasillos. Oh, no, rojo y naranja lo pintaban, no me sorprendía mucho.

—¿Sofía?

Toqué la puerta débilmente con mis nudillos lastimados.

Mi oído chocó con la puerta, tratando de enfocar los sonidos.

Azul-negro. Otra vez.

—Oye, Sofía —volví hablar, y un grito retumbó por mis oídos, alejándome.

Abrí levemente la puerta, y ahí estaba los colores, negro, azul, rojo, verde, amarillo y todos los demás colores que pude haber visto. — Sofía. . . Ah.

—¡Citlalli! ¡Por el amor de Dios, no te vayas! —ignoró mi llamado, abrí la puerta por completo y pude verle.

Ahí estaba ella. Llorando. Exclamando por su hija.

—*Sasha, ¡nos has interrumpido!* —exclamó molesta, fruncí el ceño.

—Sofía. —volví a llamar.

—¿Por qué? —me miró, sus ojos rojos e hinchados. —¿Sabes lo que hiciste, Sasha?

—No, —digo sincera.

—Ella se ha ido, por tu culpa. ¿No te da vergüenza acaso? ¡¿No?!

Fruncí el ceño de nuevo. Negué.

—Solo te estás haciendo daño, ella no es real. Entiéndelo.

Quedamos en el silencio abstracto.

—Si no existe. . . —habló— ¿Por qué tú la ves?

Todo de nuevo se quedó en silencio.

El aliento de nuestro ser era chocado en nuestras pieles; pieles muertas, pieles retorcidas.

—¿De qué hablas? —reí totalmente nerviosa— Sé de mis delirios, pero esto es nuevo.

—¿Crees que soy estúpida, Sasha? —gruñó, mirándome con

el ceño fruncido, se notaba el odio en sus ojos, haciéndome erizar.

Ella no era Sofía.

Comenzó a darme miedo la forma en la que me miraba, no sabía qué hacer, estaba asustada.

Me acerqué a la puerta y agarré el pomo por si algo pasaba, poder huir.

—Sé que tú la ves, ella me lo dijo. ¡Ella me ha dicho, pero tú fuiste tan...! ¡Tan hija de puta! —sus palabras me estaban impresionado, ella jamás me había dicho eso, y sabía que en sus "cinco sentidos" me lo diría— ¡Qué jamás me lo dijiste!

—¡No quería hacerte daño! ¡Mírate, solo, hazlo! —grité, mientras la apuntaba con mi mano— ¡Estás mal, completamente mal!

—No...

Susurró, encarné una ceja.

—¿No?

—Tú estás mal —murmuró. —, te mataré.

¿Había escuchado bien?

Me quedé en silencio, mientras sentía como mi cuerpo se estremecía. No creía en las palabras que me había dicho, no creía en las amenazas, pero ella, ella tenía algo.

Tenía la locura que yo jamás tendría.

Me ericé mientras negaba.

—¿Qué has dicho? —ella agarró el cuchillo que tenía en su mano con cierta fuerza. Estaba perdiendo la locura.

"—Ella está loca.

—¿Cómo lo sabes?

—Ya lo entenderás."

¿A esto se refería? Ella estaba loca.

—Te mataré.

Está vez, lo decía muy segura.

Tragué en seco, y abrí la puerta.

—¡Señora Paterson! —salí corriendo, gritando su apellido mientras corría por el pasillo.

Mi corazón no dejaba de golpearme mientras sentía los nervios a flor de piel; cuando llegué a la cocina la miré. Aún disfrutaba del té, al parecer, no había escuchado nada.

—¿Sí, querida? —la agarré del brazo y comencé a llevarla a mi puerta— ¡Citlalli, ¿qué ocurre?!

—¡Huya, váyase! —grité, me miró sin entenderlo y salió corriendo.

Sentía el aire pesado, todo me estaba yendo mal y no sabía qué hacer. Tomé aire, una y otra vez, volteé atrás y miré las escaleras; cada vez comenzaron a escucharse gritos de ella, hablando con Citlalli.

Derek llegó hacia mí, tallando uno de sus ojos aún dormido.

—¿Qué le pasa a mamá?

Hice una mueca.

No sabía qué decirle.

«Tu madre está loca, y creo que nos matará a los dos, Derek.» no, no era lo que le podría decir a un niño como él.

—Nuestra madre, está hablando con... Uhm... —me quedé procesando— Con, nuestro padre.

En su rostro se mostró una sonrisa de oreja a oreja. Feliz, emocionado.

—¡Yo quiero hablar con él! —pidió, y comenzó a subir las escaleras. Reaccioné rápido y lo agarré del hombro.

—¡No! —exclamé—, quiere estar sola. ¿Entiendes, Derek?

Bajó la mirada, como un niño bueno— S-Sí, yo, e-entiendo. —sonreí.

—Buen niño.

{. . .}

Cinco de la mañana.

Y Sofía estaba reclamando porque la encerré, no me voy a juzgarme, sé que hice bien haciendo tal cosa. No podía dormir, no solo eran las pesadillas, aquella cárcel, si no también ella gritando el nombre de Citlalli y pidiendo que la dejaran libre.

—No, no puedo con esto —me dije levantándome de la cama y caminando hacia el cuarto de Sofía con las llaves en mis manos.

Escuchaba sus sollozos a gritos, me daba un poco de alivio saber que Derek aún no se levantaba. Abrí la puerta, y ella misma me estampó contra la pared. — T-Tranquilízate —susurré.

—Maldita enferma, ¿crees que voy a perdonarte? ¡Hiciste que mi hija se fuera, maldita malagradecida! —golpeó mi pecho.

Mátala ya.

N-No, no puedo hacer eso.

Sí puedes, hazlo.

Ella me dio refugio, no puedo hacerle esto. No a ella.

Hazle entender quién manda.

—¡Maldita perra! —exclamó molesta, empujándome hacia las escaleras. La miré, sabía que quería matarme, estaba realmente retorcida y yo..., yo no sabía qué hacer.

Bajé las escaleras y me fui corriendo hacia la cocina, veía rodó totalmente desordenadamente organizado, un cuchillo y fruta picada al lado de la estufa la cual tenía una cacerola.

—Sofía, c-cálmate, estás totalmente alterada. —dije, mientras tomo aire, nerviosa— Hablemos, en verdad.

—¿Hablar? ¿Quieres hablar?

Sonreí, mientras asentía.

—Sí, sí —digo sonriente— Hablemos.

—Bien.

Sacó un cuchillo de uno de los cajones y me apuntó.

—Hablemos entonces.

Este es el momento, ¡mátala!

¡No, no puedo hacerle daño! ¡No!

Si puedes. Estarán a mano.

¿A-A mano...? ¿Con e-ella?

Claro, idiota. Ojo por ojo, diente por diente.

S-Sí, pero... Ojo por ojo, y el mundo se quedará ciego.

—Sofía, piensa, ¡reacciona! ¡Tu hijo está allá arriba, soñando tranquilamente de que somos una familia! ¡Por favor! —grité. Pero ella solo hizo una mueca.

—¿Familia? —soltó una sonora carcajada— Tú y yo jamás seremos una familia. ¡Lárgate! Me das tan igual.

Reí y comencé a negar lentamente.

—Tú sabes que no te doy igual. —sostuve el cuchillo, no sabía que estaba haciendo; pero, sentía que, si la mataba, iba a estar bien.

No, ¿qué demonios estoy pensando?

No estará bien. Ella no merece morir.

—¡Maldita! —grité, cuando sentí una cortada en mi mejilla y sangre saliendo de esta. Ella sonrió.

Mátala, hazlo ya. No merece está vida.

—Querías hablar de esta forma, ¿no, Sofía? —solté un gruñido, sentía que perdía la cordura. Una batalla en estar bien o matarla estaba en mi mente, todo estaba retorcido. —, pues hablemos.

Mata tu mente, y destrúyalo todo.

{. . .}

Las pequeñas voces chocaban unas con otras; las lágrimas caían con cierto desespero mientras miraba aquella persona retorciéndose en el suelo por mi maldita culpa, mire las manos llenas de sangre; sentía la culpa caer a mis espaldas, yo no había sido, estaba sintiendo desespero por pedir disculpas inútiles. Esto estaba mal, las manos tiraban las gotas que chocaban con el suelo, caminé hacia el cuerpo donde me arrodillé y lo abracé, sentía sus últimos jadeos en mi cuello que se erizaba cuando lo escuchaba.

—L-Lo siento tanto. . . —murmuré mientras acariciaba su cabello que tapaban su frente—: yo no q—

—Tú querías. . . —corrigió, a lo cual negué rotundamente, no era cierto, ¡no lo era!

—N-No e-es así. . . Ellas. . . Ellas. . . —trataba de hablar, pero cada vez podía menos, la miraba con tristeza, y ella sonrió.

—T-Te. . . Te lo agradezco. . . —murmuró.

Me quedé quieta un momento, tratando de analizar lo que me había dicho hace segundos, fruncí el ceño confundido—

¿Agradecerme? ¡P-Por Dios, m-morirás! —chillé, acarició mi cabello con lentitud, mientras escuchaba mis sollozos.

—A-Ahora podré reunirme con m-mi amada hija... —sonrió dulcemente.

—¡Pero tu hijo! ¿¡Lo dejarás sólo!? —pero ella ya no dijo nada. La moví varias veces, tratando de despertarla con idiotez.

Y la moví, la moví, hasta que entendí que ella ya no despertaría; negué de nuevo, no podía aceptar que ella estaba muerta.

No podía aceptar que yo la había matado.

—No..., no, no, ¡no maldita sea, no! —lloré más fuerte mientras apegaba su cara contra mi pecho, apreté levemente su cabello mientras mis manos se llenaban más de su sangre.

Eres una psicópata.

N-No, no lo soy...

Eres una patética basura.

—N-No, ahora no por favor... Déjenme, ¡cállense! —cerré con fuerza mis ojos.

—"No sirves para nada, eres una psicópata, estás loca." —rio, abrí los ojos mientras encajaba más mis uñas en su cabello.

—Déjenme sola... ¡¿Qué quieren de mí?! —la abracé más.

Psicópata...

Ya dije que no lo soy...

Loca.

—No... No estoy loca. —miré las paredes. — No lo estoy.

Enferma...

Enferma...

Enferma...

—¡Maldita sea, que no lo soy! —me acurruqué más en su frío cuello mientras que los sollozos se hacían más grandes y escandalosos.

—¿Por qué estás llorando, Citlalli? —miré asustada aquella figura mejor, su cabello desordenado mientras que se tallaba los ojos de forma adorable.

No sabía qué hacer, estaba en un lío.

Él la miró, sus ojos se abrieron sorprendidos, se notaba que un nuevo trauma iba a llegar a su mente, se notaba congelado, no sabía cómo reaccionar.

Mátalo... Reúne la familia.

No, no haré eso...

—¿Y-Y por qué mamá e-está así? —la apuntó.

Me levanté, dejando el cuerpo, su anatomía chocó con el duro suelo, que por ende, realizó un sonido corto; se exaltó cuando lo escuchó, la miró asustada para después mirarme a mí.

—Hay veces, en las que Dios no puede hacer su trabajo por lo ocupado que está... —me arrodillé y lo tomé de ambos brazos, él las miró con miedo para después mirarme a mí de la misma manera, después de eso, proseguí—: Así que les ordenan a personas que le den las almas de los demás...

—N-No eres un ángel. —chilló, su voz dulce temblaba al igual que su cuerpo, sonreí.

—Pero tampoco soy un demonio...

Capítulo XXXIV

Miraba su cuerpo tendido en el suelo desmayado. Estaba agitada, no sabía que hacer ahora; estaba perdida en mis pensamientos, me había quedado en estática. ¿Ahora qué haría con? No podía dejarlo aquí, lo más seguro es que me acusaría y era lo que Derek menos quería.

Su cuerpo respiraba tranquilamente, sabía que iba a tardar mucho en despertar así que me daba tiempo para hacer lo que tenía planeado.

Subí hacia su habitación, y en una pequeña maleta metí su ropa, cuando terminé de meter lo que cabía a la perfección me dirigí a la habitación de Citlalli, donde comencé a empacar en una mochila que me encontré por ahí la ropa de ella, cuando terminé, observé la ropa del inicio. La ropa que tenía cuando Sofía me encontró, hice una pequeña mueca y me quité la ropa manchada para después comenzar a ponerme la ropa; mirándome al espejo.

Comencé a llorar mientras me miraba. Empecé a reflexionar todo lo que había hecho, de nuevo, había atacado a alguien que me quería, y, por lo que sentía, me necesitaba.

Caminé hacia el baño mientras las lágrimas caían hacia el lavamanos, me miré, la cara destruida que portaba, aquellas lágrimas, aquellos labios que no dejaban de temblar al igual que mi mano.

—T-Tengo..., t-tengo que irme. —me susurré, solté un suspiro y bajé rápido.

Con una bolsa agarré el cuchillo y lo metí a mi mochila; sabía que no había tocado a Sofía, así que tenía que tranquilizarme un poco.

Corrí hacia la sala en busca del bolso de Sofía, cuando lo encontré, empecé a buscar las llaves de su auto. No tardé mucho en encontrarlas, sonreí instantáneamente y salí corriendo al auto, y abrí las puertas.

—¡Citlalli! —aquella voz me erizó por completo, volteé atrás, observando a Graciela quién me sonreía dulcemente.

Carajo.

—Graciela —traté de sonreír. —. ¿Qué hace despierta tan temprano?

Me sonrió, dulce, como el aroma de un amanecer.

—Siempre salgo a caminar. ¿Tú qué haces despierta, cariño?

Miré al auto, después, miré a Graciela.

—Yo..., uhm. . . —tomé aire, una gran bocanada de aire—, vine por unas pastillas para mi madre. Las dejó aquí, así que vine por ellas.

Ella hizo una mueca. Mueca, como las nubes retorcidas en el cielo.

Después me sonrió. Hipócrita.

Como el amanecer.

—Oh, bueno —dice aún, con esa arrugada sonrisa— Nos vemos luego, salúdame a Sofía, dile que cuando quiera, tomemos un té y hablemos.

Asentí, y se marchó.

Entré de manera rápida a casa, agarré la maleta y la mochila para meterlas a la cajuela.

Le agradecí a mi extraña suerte que estuviera ahí la silla para los niños; cargué a el cuál sabía que aún le faltaba demasiado para que sus ojos observasen la realidad.

Lo metí, lo senté.

Cerré la puerta de esa casa, pero después fruncí el ceño.

¿Tenía que dejar pistas?

Pero no tenía tiempo tampoco. Carajo.

Salí del auto y entré a la cocina; limpié todo cómo pude, dejando sin rastro alguno. No tardé mucho, solté un suspiro, sabía que había cometido un error, pero no sabía qué hacer.

—¡Mierda, maldita mierda! —lloré.

Traté de no mirar el cuerpo, salí corriendo y me metí al auto.

Limpié mis lágrimas y arranqué, dejando todo atrás. Dejando aquél pasado más.

Aquellas promesas más.

¡Todo eran tan. . ., tan vano, que no podía! Miré el camino, aquél camino donde ella me recogió, donde me ayudó a no morir de frío.

Culpable. Eres una bazofia.

Fruncí el ceño mientras pisaba el acelerador. No sabía qué hacer, a dónde ir, pero tenía que concentrarme. Sofía me había perdonado de haberle quitado la vida.

—Todo está bien. . . ¡No, ¿a quién engaño?! ¡Soy una imbécil! —grité. Por el bolso de Sofía, ahora tenía unos cuantos billetes que me ayudarían por el momento.

—¿C-Citlalli? —su voz meliflua paró mis llantos. Voltee atrás.

—Cariño. —sonreí— Necesitamos hablar.

Necesitamos morir. Susurró.

{. . .}

—Mamá. . . ¿Murió? —levantó el rostro, sus ojos rojos, sus comisuras abajo y sus mejillas teñidas de carmesí, me sentía mal decirle.

—S-Sí, ella. . . —solté una bocanada de aire mientras sujetaba sus manos— Ella me pidió que, t-te llevará conmigo; ¿s-sí? E-Estar..., j-juntos, como. . . Hermanos.

¿Por qué me mentía? Lo que menos quería hacer era quedarme con él, él simple hecho de saber que yo había asesinado a su madre me estaba comiendo la consciencia. Sus manos pequeñas rodearon mi cuello de manera cálida; comenzó a llorar en mi hombro, limpié las lágrimas y comencé a hacer un vaivén en su espalda, consolando este ser insaciable. Había matado a su única compañía, y yo no sabía qué hacer con él.

Todo estaba mal.

Y yo ocasioné esto.

Pero se sintió bien, ¿no? Rio con descaro.

—¡Quédate conmigo! —sollozó, mirándome— Por favor, hermana. . .

—¡No, maldita sea no!

Grité, mirándolo fijamente. Él me miró sorprendido y comenzó a llorar más fuerte, miré el auto estacionado.

—¿N-No me quieres? —chilló más.

Asentí.

—Sí, sí, sí, sí —dije, mientras asentía, tenía la razón; yo lo quería, ganó totalmente mi cariño—. Solo, ¡ugh!, necesito decirte cosas, pero, eres un niño. No puedo.

—¿Niño? ¡Ya soy un hombre maduro!

Hizo un adorable puchero, haciendo que sonriera.

—Lo eres, cariño. —solté un suspiro. Lo miré, comencé a pensar en el futuro, él no podía quedarse conmigo; más bien, yo no quería que se quedara. Problemas. Eso era. Él se estaba convirtiendo en un problema, era el problema más grande del mundo. — ¿Hay algún familiar cerca de nosotros? —lo miré.

Éste hizo una pose pensativa, pero después asintió varias veces.

—Nuestra tía Yesenia está cerca. —limpió sus lágrimas, y me miró— P-Pocos k-kilómetros.

Asentí— De acuerdo, vámonos.

{...}

Le agradecía a Derek que se supiera exactamente el camino, gracias a su memoria, no era estúpido.

Me decía que faltaba poco, pues la verdad nos tomó demasiado tiempo por las paradas a comer e ir al sanitario. Soltó un bostezo y yo un suspiro, veía por el retrovisor que estaba acurrucado y comenzó a pestañear, dándome a entender que en poco tiempo iba a estar dormido. Me daba la sorpresa de que no recordara nada, y eso me calmaba un poco, así podía decir una mentira creíble y él no sería un estorbo en ello.

La noche acariciaba mi piel mientras cubría con su manta oscura aquel día para que se fuese a dormir y ella encargarse de todo lo que faltaba, acurrucar a las personas y dormirlas, y dejar despiertos a quienes no merecían su descanso cómodo.

—Cabaña. . . —me susurré, recordando las palabras de Derek. «¡Es una gran cabaña!, adentrado en el bosque Cleveland, pocos kilómetros de aquí. Lo bueno es que es la única cabaña que hay.» dijo.

Paré en seco cuando la vi.

Mi piel se erizó completamente.

—Sofía. . . —murmuré, salí del auto y caminé hacia ella—, S-Sofía. . . —lloré.

—*Hiciste bien* —felicitó. —. *Puedes estar tranquila con Citlalli.*

—No puedo estar tranquila, ¡ya no! Te he matado y, no pensé en Derek. No puedo estar tranquila cuando tú no estás aquí, te di la espalda y...

—*Yo también te la di. Traté de matarte, ¿lo olvidas?* —interrumpió, negué ante su pregunta. — *Te di la espalda por negación, aferro, hiciste bien.*

—Te maté. —la lágrima acarició mi mejilla, tratando de consolarme, pero no podía hacerlo. Ella sonrió, dulce, amorosa y se acercó a mí; acarició mi mejilla y de forma dulce haciéndome llorar más fuerte— Y-Ya no sé q-qué hacer, estoy..., e-estoy perdida. —levanté la vista.

—*Estarás bien* —aseguró—. *Eres muy inteligente, y aparte, yo sé que puedes hacerlo. Siempre estaré aquí, ¿bien? Con Derek y contigo.* —sonrió.

—Pero. . . —la abracé, podía sentir su aliento. Podía sentir muchas cosas, aquél frío que salía de un muerto, aquellas miradas perdidas. Solo quería estar en paz, conmigo, con el mundo.

Con mi mente.

Pero me era imposible, siempre será imposible, pero; ¿qué es posible realmente? Nada, nunca, estuvo a nuestro merecer.

—¿Citlalli? —su voz suave me sacó de mi trance, miré atrás— ¿Por qué abrazas a un árbol?

Me alejé del árbol y sacudo mi suéter, caminé hacia el auto y lo prendí de nuevo. Levanté la vista, mirándole, me sonrió dulcemente y le regresé la sonrisa.

—Porque me gusta decirle «adiós» a los árboles. —respondí, avanzando.

—¿Y también a mamá…?

CAPÍTULO XXXV

Raro lo defendía mucho.

Pero lo molesto lo atacaba.

Lo triste lo sonaba.

Todo era un canto alcohólico.

Habíamos llegado y estacione el auto frente a la cabaña, era la única cabaña que había encontrado y no había confusiones.

—¿Llegamos? —la voz dormida de Derek retumbó por mis oídos. Asentí lentamente, mirándolo.

—Sí, por fin —celebré— Guarda la calma, ¿sí?, sin gritos, ni alteraciones; ¿entiendes?

—¡Sí! —exclamó con alegría. Sonreí, era demasiado tierno... Con tanto daño.

Bajamos y caminamos hacia la puerta, mi corazón no paraba de golpearme, me sentía nerviosa. Tenía que actuar normal, y en la primera hora del día para mañana, yo ya quería no estar aquí. ¿Se verá sospechoso? Lo sé, pero no quiero cargar con Derek.

Toqué la puerta y nos quedamos mirando, Derek estaba sonriendo. Me acordé de las mochilas y fui a bajarlas, cuando volteé, Derek ya estaba en brazos de su tía Yesenia.

—¡Qué bueno verte! —escuché como exclamaba, caminé hacia ella y me sonrió— ¡Citlalli, qué bueno...! —me miró bien y frunció el ceño.

—Buenas noches —sonreí, ella hizo una mueca y me miró desagradable.

—¿Quién eres?

Tragué en seco, mi cuerpo estaba paralítico.

Todo te irá mal. Como siempre.

—¡Tía! Es Citlalli, ¿no la reconoces?

—Mi amor ella...

—Tía —interrumpí— ¿Podemos hablar? Es que hay un malentendido y necesito aclararlo, y uhm, Derek, ¿podrías pasar? Plática de mayores.

—¡Sí! Tía, ¿puedo ver la tele? —Yesenia asintió sonriente, cuando Derek desapareció su mirada cambio totalmente. Era fascinante como había olvidado la situación, pero aun así, su aura era extraña... Era falsa.

—¿Quién eres...?

—Mataron a Sofía —me apresuré a decir—. Tuve que huir de ahí, si me quedaba, Derek también estaría muerto. —ella me miró con la cara roja y con los ojos llenos de lágrimas.

—¿Q–Qué...? ¿Q–Qué p–pasó? —lloró, sus manos taparon su cara, y comenzó a llorar.

—Hay mucho que decir. —confesé— ¿Me dejarías pasar, Yesenia?

{...}

Comencé a contarle todo, su cara estaba seria, y las lágrimas no paraban de salir. A veces soltaba sollozos, pero callaba.

—Eso pasó, ahora, no te preocupes por mí. Prácticamente solo vine a dejar a Derek; luego, en la mañana por la mañana, a primera hora, me iré.

Ella negó.

—Puedes quedarte. Ayúdame a encontrar al responsable que mató a mi hermana, por favor, Sasha. —sujetó mis manos, pero negué rotundamente.

—No puedo, solo le haré más daño a Derek; ¿entiendes eso? No sé ahora qué pasó con Sofía, tal vez se llevaron su cuerpo. Limpiaron, ¡qué sé yo! —exclamé quitando sus manos de las mías— No sé.

—Por favor. . .—chilló— Era mi hermana.

—Era como mi madre —murmuré, el tono que había utilizado parecía a la defensiva— Pero lo dije, me iré.

—¿Por qué? —frunció el ceño— ¿De qué huyes?

Sonreí.

Parecía que no veía las noticias.

—¿De qué sonríes? —gruñó.

—Oh, lo siento tanto. —susurré— ¿Huir? No, no huyo de nada, solo quiero que Derek no se apegue más a mí, que me vea cómo lo que no soy. Yesenia, solo..., no quiero hacerle daño.

—De acuerdo, de acuerdo.

Murmuró, no muy segura. Me levanté y caminé hacia Derek.

Aquellos insultos me caían pesados, miré un poco la televisión; y unas manos comenzaron a salir de ellas. Ojos, caras sangradas, cerré los ojos.

—Quita ese canal. . . —pedí—, ¿puedes?

—P–Pero es mi favorito. —hizo un ligero puchero, haciendo que riera.

—Tu habitación es última del pasillo en el segundo piso; ¿está bien? —Yesenia apareció de la nada, la miré.

Se estaba limpiando las lágrimas, pero, aunque no las tuviera, sus ojos hinchados la delataban totalmente;

Me sentía mal, pero por una parte no me interesaba, solté un suspiro y asentí.

—Gracias —agradecí, me levanté y caminé directamente hacia a mi habitación. Cuando entré pude escuchar a las paredes hablar a mis espaldas; extrañadas ante mi cuerpo, no me reconocían.

¿Quién es esa zorra? Gruñó una, la miré con desdén.

—¿Zorra? Ya tengo suficiente con ello, cállate —murmuré y me acosté, me hundí en la cama, traté de cerrar los ojos, dejándome llevar por la noche.

—"Hace mucho que no te veía." —rio; miré atrás, observando aquella niña de ojos muertos— "Te extrañé."

Rio hipócrita, dándome un cosquilleo.

El enorme sentimiento de alguien culpable que cargaba en mi cuerpo y me retorcía sintiendo los ligeros alientos. Pero ¿por qué? Ella tenía los ojos muertos, podía ver cómo su cuerpo estaba sangrado, y en la sonrisa tan eficaz que colgaba, ¿por qué no podía ver su cara? ¿Y es que hay horrores en ella? Traté de tocarle, pero entonces, el mundo se me hizo de cabeza, dolores continuos y un grito salió de mis labios. El grito fue de victoria para ella, sentía el líquido salir de mis oídos.

—"Déjame. . ." —chillé, ella parecía que me gustaban las súplicas; y yo, siendo una masoquista iba dárselas—. "Oh por favor, sácame de aquí, muéstrame tu sucio rostro y déjame marchar."

—"Me pregunto qué pasó con el pétalo de mi rosa" ignoró

mis súplicas, mirando hacia otro lado—: "También me pregunto, si quieres ver a tu madre... Por última vez."

Levanté la vista, la mirada rompiéndose en fragmentos mientras siento como mi cabeza estalla una y otra vez por aquellas voces molestas, al escuchar aquella palabra, recordé las veces que ella me llamó vergüenza, hiciera lo que hiciera, y, entonces, la ira me amarró del cuerpo; ignoré los días atrás, ignoré todo lo que sentía, y me levanté, entonces, el miedo me atiende.

Oh, mi madre.

Mi hermosa madre.

Ella sonríe ladina, esa sonrisa con esos dientes que muestran la sangre que ha tomado. No obstante, comienzo a sangrar, los desgarradores gritos, los gritos de ayuda.

No puedes huir de ellas.

No lo creas.

VI a mi madre, una y otra vez, pidiéndole disculpas; escucho mi ropa separarse de mi cuerpo, escucha mi cráneo romperse. Vomito la sangre que no necesito, me quiero arrancar los ojos, me quiero arrancar mi piel, ¡quiero morir! Está agonía, está maldita agonía.

—"Madre, perdóname. Madre, perdóname" —chillé gritando, mi cuerpo se mantiene en el suelo, mi cuerpo se mantiene ahí; tan débil, grita aún más fuerte, y lágrimas salen de mis ojos.

El dolor para.

Mi agonía también.

Me destapa los oídos, con cuidado.

Miré arriba, en mis ojos rojos, mostrándose las lágrimas.

—"¡Mamá!" —mi cuerpo se intenta poner de pie, pero solo puede ponerse de rodillas. Ella me miró fijamente.

—"No puedo perdonar a una vergüenza como tú"

¡Sólo eres una vergüenza para ella!

¡Vergüenza!

¡Vergüenza!

Capítulo XXXVI

Veo el techo con terror mientras siento mis tímpanos destruirse, las voces no se callan; tapo mis oídos con miedo, ¡oh, Dios! ¿Por qué no se callan? ¡Te advierto, Dios, que estoy dejando de creer en ti! Veo aquellos ojos brillosos con entrena depresión, siento sus manos recorrer sin descaro mi destruido cuerpo, delgado, parecía que en algún momento me parecería a la mismísima muerte.

Entonces, veo el reloj de pared, seis de la mañana, soltando un suspiro me levanto y camino hacia el baño. Puedo ver mis ojos llorosos aún después del sueño, entonces, es cuando me pregunto, ¿mamá estará bien? ¿Cómo estará. . . ¿Su cabeza? Duele, la mía duele, porque es cuando recuerdo que ella. . . Posiblemente ella, haya sido la razón de mi desgracia.

No vuelvas con tu madre, ¡sin vergüenza! Eres una vergüenza, ojalá y mueras. ¡Ojalá y mueras! Grita, siento mis tímpanos llenos de coraje, y jadea.

¡Ojalá lo que pides se cumpliera!

Me metí a bañar y cuando salgo arreglo mi ropa, un suéter negro, un pantalón negro y unas botas estilo militar. Puedo verme, puedo sentirme, puedo sentir sus manos recorrer mi cuerpo y es cuando recuerdo a aquél hombre tocándole a mi piel, sin descaro, insultando cada parte de mí. Traté de no vomitar y cierro la maleta para bajarla, no sin antes despedirme de Derek, oh, mi pequeño Derek. Siento tanta pena, siento tanta vergüenza, Yesenia me matará, todos lo harán, no sí estás voces lo hacen primero.

Estorbo, ¡qué basura!

Sí, soy una basura.

—En la deshonra se siente en mis costillas y ahora quiero llorar. ¿Qué hago? ¿Qué siento? Quiero sentir, también quiero llorar. Oh, Sofía, perdóname, hazlo —chillo, aún recuerdo cuando la vi en este bosque. Siento su delirio, siento su aliento y quiero morir.

Morir.

Morir.

Morir.

¿Por qué no he muerto?

¿Qué es lo que me detiene?

Jamás entenderé.

Sí en esto mundo, estoy en fuego lento.

Subí al auto, lo enciendo y le doy de reversa. Cuando por fin salgo al camino, puedo ver la niebla, ellas me hablan y me jalan; ¿será que mi mundo pertenece aquí? No hay que creerles del todo, escúchame esquizofrénico, nunca les creas.

A menos de que te digan lo inservible que eres.

Siempre tendrán razón en ese aspecto.

Porque estamos muertos.

No podemos decir nada.

No somos nada.

—Por supuesto que te perdono, te lo he dicho. Sasha, me has entregado junto con Citlalli, no sé cómo agradecerte.

—Aún pienso en lo egoísta que eres, Sofía —chillé, tratándome de armar de valor. Pero solo soy una cobarde más.

Veo los caminos y ni siquiera sé a dónde voy, escucho la voz de la locutora de radio, pero quiero prestarle más atención a las voces que me gritan una y otra vez que estoy sola. Entonces, paso por allí, por ese lugar que inició todo esto; donde el aire me susurraba que pertenecía ahí, me di cuenta de que ya me quedaba poco para salir de aquella cuidad o pueblo. Cómo si pueda considerar.

Eres una mierda, ¿cómo pueden existir personas como tú vivas?

Yo también me pregunto lo mismo, ¿cómo pueden existir personas como yo con vida?, no, no me consideraba valiente; ni siquiera sé cómo hacerlo. Quiero huir. Sólo huir. ¿Acaso eso es de valentía? Maté a personas y hui, hui de la sangre, pero solo sabía que eso me condenaría más a la necesidad.

Paro en el primer motel que veo, era sucio, desordenado y juraba que había visto una rata pasar frente a mí. Siento un escalofrío, pero es lo que me merezco, la basura, la porquería que un humano puede hacer; veo el letrero ya casi sin luz y me estaciono, a pesar de la porquería que era el lugar, la mujer que atiende me sonríe, parecía agradable; bastante, cuando me ve, las arrugas de sus ojos se aplastan.

—¿Una habitación? ¿O un cigarrillo? —me pregunta, con una sonrisa.

Hace tiempo que acababa de cumplir dieciséis, aún sé que no soy mayor de edad; pero vamos, un cigarrillo no hace daño.

—Ambos —le sonreí de vuelta. Después de regalarme un cigarrillo y prenderlo en mi boca, me da el barato precio de la habitación. Quería quedarme ahí un tiempo, dudaba si decirle o no si me daba ese lugar como un lugar rentable, al menos, por unos días; pero ella no dejaba de hablar, contándome el poco servicio que había—. Oiga. —llamé su atención.

La extrañeza se refleja en sus ojos, siento mi mente hacer: «¡Crac!», una y otra vez, suelto un suspiro.

Quiero matarla.

—Quiero quedarme aquí, unos días. Cómo una habitación rentable —le comento. — Por favor, serán como tres días.

Ella acepta.

{. . .}

La habitación tampoco era un desastre como creí. Estaba todo limpio y cómodo, después de darme una ducha, me pongo el pijama y me acuesto; cierro los ojos pero las miradas me destruyen mi cuerpo y siento que sacan mis ojos mientras me ponen vendas llenas de hipocresía.

Aun así, cierro los ojos.

Una habitación oscura. Abrumadora. Aterradora y por los altos de ser aterradora, está frente a mí.

Observo la pieza, mi ropa está hecha un desastre mientras siento aún como mi nariz gotea. Cierro los ojos con fuerza y me tapo los oídos, sentía el aliento cada vez más pesado, ¡imposible! Era lo único que quería decir.

—"¿Cuántas veces pediré que me dejen? Oh, por favor. . ." —miré atrás, tratando de ver una vez más allá de sus ojos. Más allá de su vestido roto y más allá de sus pies sucios, pero no tengo el éxito.

—"¿Por qué no estás llena de vergüenza? Tú madre, ella jamás te va a perdonar. Cuando te vea te dará la espalda, como siempre lo hizo, como todos lo hicieron" —escucho la voz burlarse, quiero escapar. Quiero huir.

¡Ja! Qué patéticos.

No tengo esperanzas. No tengo nada.

Sólo miedo, estoy aterrorizada, estoy en el borde de coexistir por todo esto; y es cuando, nuevamente, quiero morir. Ellas me golpean, una y otra vez, mientras que la imagen de aquellas caras ensangrentadas me asecha, me buscan, para comerme, para darme un castigo divino.

¡Porque es lo que me merezco!

¿O es lo que quiero yo?

—"¿Por qué no te rindes ya?" —masculla, aplastando más mis costillas y disfrutando mis gritos de agonía. — "¡Este cuerpo me pertenece, a mí, solo a mí!"

Levanté la vista, tratando de encontrar algo más que ella; riéndose, disfrutando el agradable paisaje que tenía. Porque, era obvio, era algo lógico. Ella va a disfrutar de verme así, lo siento.

—"Está bien. Me rindo."

Murmuro.

Esto se acabó.

CAPÍTULO XXXVII

No, no quería rendirme.

Pero es un mísero intento, ya ni siquiera puedo lograrlo.

¿Qué pasa aquí?

Me siento no-existente.

En el borde de coexistir.

¿Pero habrá un Dios que todo lo ve?

Hay un Dios que todo lo ignora.

Sentía como me jalan por los pasillos, escuchando las esposas moverse, aquellas oxidadas esposas que jamás se van a romper. Comencé a recordar todo en el camino, lágrimas cerdas se resbalan de mis ojos por accidente; miro a mi lado, observando aquellas personas que se han sacrificado por mí.

Ellas... No.

—"Sí su destino era éste, pido unas disculpas. Pero, su destino no era salvarme." —la sangre se rompió en mis venas, sintiéndolo grave y quebradizo— "¿Alguna vez pensaron que, ustedes, me salvarían?"

Sólo me jalan más fuerte.

Mientras veo como las personas me miran, ¡vaya patéticos! Me he rendido, aunque no quiero, me he rendido ante la mente maestra.

El deseo de morir aumenta, mi cabeza duele, arde, diría yo.

—¿Jovencita?

No sé qué hacía aquí.

Tenía que huir.

¡Y es que aún no quiero! ¿Será que puedo deshacerme entre los brazos del loco?

La sangre no para y me siento mareada, siento que la condena está acabando conmigo, ¿por qué no puedo ser normal? Los he subestimado, y ahora, estoy pagando por ello; estoy pagando por haberme engañado.

Oh, ¡carajo, carajo, carajo!

¡Es que ellas me lo dijeron!

Moriría en sus brazos.

Frente a sus ojos.

—¿Pequeña?

Levanté la vista, escuchando aquellos llamados. Mientras tanto, mi cuerpo se incorpora en una habitación más, las gotas caen, la vida se va al igual que mi aliento. De la nada, siento como mis manos chocan en mi pecho y las miro; rojas, llenas de sangre, quería llorar, el nudo se aprieta y siento mis ojos arder y ponerse acuosos; pero nada va a solucionarlo, estamos hechos para morir. Los enfermos estamos para callar y morir en silencio y aquí es donde entra mi familia, mis amigos, ¿por qué jamás me creyeron? ¿Será posible? Entré mis razones si es que mi madre me hizo esto, tal vez nunca me ayudó por miedo. O, simplemente, porque no quería hacerlo.

Mi cuerpo tiembla.

Y chilla.

Lágrimas rojas salen de ella.

Oh, tan pura era.

Todo está. . .

Seco.

Sin vida.

¿Qué vida podrá tener esto?

Sólo escucho las gotas caer acompañadas de los ratones.

—"Pudiste haberte quedado un poco más. Me hubiera gustado verte morir allá afuera" —se burlan, siento mis cabellos mojarse. Mi uniforme destruido, pero, no debo darle importancia.

—¡Señorita! —su grito me bastó para levantarme de golpe, miré a los lados con terror sintiendo como las gotas de sudor se escurren por mi frente. Miro a los lados, aterrorizada, trató de ubicar mi presencia, pero lo único que hay es la habitación, ella, y los rayos de sol que están quemando mi cara.

—¿Q-Qué? —me reincorporo en la cama, tallo mi cara sintiendo húmedo por el sudor. Estoy transpirando, mis ojos aún pesan y siento que aún no puedo reaccionar correctamente.

—Dios, estaba preocupada. Llevo diez minutos llamándote —sonríe y deja una bandeja en una mesa de noche. Pude ver el desayuno, era algo sencillo; cuando nuestras miradas se estrechan, ella me sonríe, y yo trato de hacerlo. Doy las gracias y comienzo a desayunar, sintiendo mi cabeza arder, ¿qué estaba a punto de hacer? Sinceramente, no recuerdo mucho. — Incluso he llamado a la ambulancia, ¿segura que estás bien?

Escupo el trago de leche que estaba en mi boca. Ella me mira más preocupada, ¿será tonta? Oh no, debí de haberme. . . ¡Demonios! Sí vienen aquí, sí descubren quién soy, me meterán a la cárcel; trato de decirle que estoy bien, que no quería levantarme, pero las sirenas suenan haciendo que mi cuerpo se exalte, me levanto de golpe e ignorando sus llamados me meto al baño, me tallo la cara hasta dejarla roja y salgo corriendo con maleta en manos.

Ignoro los llamados, ahora lo que escucho son burlas escurridas en mi cerebro que dañan mi mal hecho estado mental, subo al carro y no espero mucho para arrancar; miro el retrovisor, observando la ambulancia estacionarse en el motel, solté un gran suspiro, mis manos tiemblan y quiero llorar, es malo estar enferma. Es malo estar viva, ¿pero ¿qué hago aquí? No lo entiendo. Soy un desastre. Una basura. ¡Si hubiera sido normal! ¡Oh, mierda! Pero no puedo darme hacia atrás.

Pero si podemos terminar la historia.

{...}

Sin gasolina, ¿a dónde puedes ir?

A ningún lado.

Con maleta en manos y el bolso de Sofía, me adentro al pequeño bosque en donde me quedé averiada, miro el lugar, en un árbol es donde me siento para descansar al menos un poco. No hay esperanzas, no hay nada.

La bolsa de Sofía comienza a temblar, está vibrando. Saco el celular quién tiene una sonada y miro el número.

Alex.

Contesto... No. Sí. ¡No sé!

—¿Citlalli?

Es cuando me di cuenta de que ya había contestado. Me

llevé el celular a mi oído, sintiendo desesperación, en mi garganta se desatan las batallas más brutales por decirle lo que pasa; que lo necesito, necesito a Alex por primera vez en mi vida. Sólo lo necesito a él. Pero no debo de caer, esto es más que mal, no quería decir nada; mis ojos ardían, mi cabeza daba vuelta, podría jurar que iba a vomitar, pero, no lo he hecho.

—*¿Citlalli? ¿Estás ahí?*

Quería gemir en lloriqueos su nombre ante la sensación que estaba sintiendo de alivio. Mi boca tiembla y a veces chocan mis labios, ¿qué puedo decirle? Obviamente si me está llamando es por algo, lo alejé un poco y desactivé el GPS, no sé si eso serviría, pero espero que sí.

Sasha, mátate, ¿y es que prefieres que en la cárcel te maten?

—No iré a la cárcel —susurré con el celular ya en mi oído. Recargo mi cabeza en la madera del árbol, puedo ver mi vida pasar y siento mi cara hacerse pedazos ante recuerdos que, seguramente, ya no valen la pena.

—*¡Citlalli! ¡Contéstame!*

Era estruendosa su voz.

Cómo... El claxon de un auto.

—A-Ale... A-Alex —susurré, tenía miedo, no voy a mentir. Siento mi piel erizar cuando digo su nombre de una forma tan dramática y fragmentada en mis labios.

—*Citlalli, ¿qué pasó? ¡¿Qué demonios pasó?!* —parecía desesperado, mis oídos se habían lastimado por su culpa. Me levanto con las cosas y comienzo a caminar hacia un rumbo inexplicable. Sabía a lo que se refería, sabía que quería una larga explicación del por qué Sofía estaba muerta y dónde estaba Derek.

—¿Q-Qué pasó de qué? —aun así quería hacerme la idiota que no sabía nada. Cuánto tocara el tema, no podría fingir que no sabía nada.

—*¿Dónde está Derek?*

—Él... Uh.

—*No lo mataste también, ¿verdad?*

Me quedé petrificada mientras miraba un árbol grande. Mi cuerpo se quedó estático, podía ver las sombras, ¿qué sabía él? Alex Hacking era jodidamente extraño y misterioso para mí.

Pero ahora solo quería escucharme un poco, mi cuerpo se exaltó cuando siente las frías manos de los cuerpos y, por alguna extraña razón, quiero chillar ante sus palabras.

Qué él me viera de esa forma, dolía.

—A él no. —digo, pero después quiero que las palabras vuelvan a mi boca.

He dicho todo en tres palabras.

Capítulo XXXVIII

Mi respiración se agita ¿y ahora qué? Acababa de decir todo prácticamente, escuchaba su respiración, tan calmada, oh mierda, ¡no estés calmado! ¡Dime algo! Estaba muriendo de agonía, quería colgarle pero mi cuerpo no se movía, no entendía que me pasaba, quería llorar también, ¿y sí los policías estaban ahí?

Mis manos se rinden ante la paranoia en mi cabeza y las carcajadas salen de mi cráneo que se rompe en colores, los árboles se burlan de mi estupidez, y siento mis tímpanos destruirse, mi corazón se sale de ahí y comienza a correr lo más lejos que puede de mí.

—No cuelgues.

Su voz se oía tan tranquila que me hacía entrar en el borde de mi coexistir, no podía, ni siquiera podía responderle.

—A-Alex, por favor. —supliqué tan patéticamente, pero ¿qué le suplicaba? ¿Qué no dijera nada? ¡Era obvio que sí lo iba a decir! — Por favor.

Qué tonta eres, solo te haces daño. Deja de respirar. Huye de aquí.

—Citlalli.

—¡No, no me llamo "Citlalli", maldita sea! —exploté. —¡Me llamo Sasha, Sasha Zuckerberg! Citlalli está muerta, mierda. ¡Muerta! He matado a Sofía, he matado a personas, ¿lo entiendes Alex? ¡¿Lo haces?! ¡No, claro que no, tú no sabes que es que voces te persigan por tu mente, tú no sabes que no puedas dormir porque sientes que alguien te está mirando! Cada día. Cada noche. ¡Ni mucho menos tú sabes que alguien te toque y sentir sus manos! ¡Estoy en mi borde, Alex, y perdóname! . . . Perdóname por haber vivido tanto, ¿sí? Perdóname por seguir con vida pero yo no puedo, ya no quiero sentir, quiero huir, ¡quiero huir lejos! —chillé, tirando mi cuerpo al suelo, sintiendo mis labios probar la tierra mientras mis lágrimas la hacen húmeda— Quiero estar en paz, Alex, tú no lo sabes, por supuesto que no. No sabes nada de esto.

Me había desahogado con solo escuchar el nombre de ella; pero ya no podía soportarlo, de mi boca los gritos más desgarradores de mi vida salían, mis pulmones estaban quedándose sin aire en cada grito y mis ojos ardían. Sabía que él seguía ahí, sabía que había escuchado cada una de mis sucias palabras, sin duda; ahora solo quería estar en el suelo, con el aire tocando cada parte de mí, gimiendo a gritos que no podía, no puedo, jamás podré, éste no es un juego para mí. Mis compañeras han muerto y solo quedo yo, ¿qué tan difícil es cumplirles un capricho a esas voces? Lo que pedían no era mucho, de todas formas. Sólo era mi sangre derramada.

Aún escuchaba su respiración, me desesperaba un poco que no dijera nada, aun así, no podía hacerlo, sabía que mis gritos no iban a dejarme escuchar del todo.

—*Cit... Sasha, ¿dónde estás?* —su voz salía con paciencia, ni siquiera sabía dónde estaba, solo me había metido a un bosque porque el auto se había quedado sin gasolina. — Prende tu ubicación, vamos Sasha.

—¿Qué es lo que quieres?

Espeté, mi miedo me estaba cortando.

Aun así, lo hice.

¡Muérete de una vez, Sasha!

—*¡Citlalli por favor!* —*exclamó*— *¿¡Estás consciente de todo lo que me dijiste?! ¡¿De todo lo que soltaste?! ¡No, por supuesto que no! ¡Acabas de decir todo, Sasha, estás en un jodido lío! Escúchame, sé que no es fácil para ti pero ¿crees que es fácil para los demás el verte así?* —sinceramente, no entendía sus palabras. Atrás de él escuchaba más voces, pero no podía decir nada—, *escucha, Sasha, no estás sola, ¿de acuerdo? Aquí estoy yo, me gustas, por más raro que suene. Tú me gustas.* —¡Excelente! ¡Alex encontró un buen momento para decirme sus sentimientos! — *Por favor, escuches lo que escuches y digas lo que digas.*

Varias armas me apuntaron. Mi cuerpo tembló ligeramente, sentía mis labios abiertos del sentimiento en mi garganta, batallas, guerras. Todo para nada, ellas tenían razón, debí de haberme matado, huir de esta pobre vida cuya vida no me da nada.

—*Sé que han llegado* —continúa—. *No te resistas.*

Pero yo estoy en shock.

—*Por favor, Sasha, entrégate.*

{...}

Esta vez, eran esposas reales.

Esta vez, alguien me estaba observando.

Esta vez, esto era real.

Caminaba hacia una cárcel real.

La sentencia de tantos años, y sólo me bajarán la sentencia

si es que pago una gran multa, que, por ende, jamás sucederá. Mi madre estaba ahí, ella me miró, y me gritó el por qué no le había dicho que era yo, que ahora estuviéramos lejos, pero, mientras me llevaban, el duro: "lo siento" salió de mis labios, era lo único que sentía, un gutural lo siento, sentía lo que pensaba, sentía lo que miraba. Sentía estar viva. Ardía estarlo, ardía ver la vida pasar. Esto es una mierda.

Esto es real.

—¿Tú eres Sasha Zuckerberg? —¿era en serio? Asentí de igual manera, moví mis manos frenéticamente, y sacudí mi cabeza— ¿Te están hablando, loquita?

—¿Por qué no te callas? —pregunté desconcertada ante lo que me decía. ¿Por qué tenía que decirme eso? Sabía que estaba loca, pero vamos, ¿ellas también? Seguro que los policías hablaron de ello. Estúpidos.

—Vamos, solo dime. —sonríe.

—Cállate, ¿quieres? —levanté la mirada, encontrándome con su enojo, ¿por qué estaba enojada? ¿Por qué no le quería decir? Bueno, mi respuesta era sí, sí a todo, y dolía, estaba mi corazón hecho mierda. Era una mierda.

¿Apenas te das cuenta?

—¡Dime!

—¡He dicho que te calles!

Y un golpe se estampó en mi mejilla haciendo que cayera en el sucio y frío, grisáceo y con pequeños charcos de agua. Otra vez. Ni siquiera me interesé en mirarla, pero sabía que ella sí me estaba mirándome a mí, solté un jadeo de dolor, mi mejilla no ardía más que mis sentimientos así que no lloré, no lloraría, no por un golpe cuando la vida ahora me está haciendo esto y ahora es cuando pienso, ¿cuándo será mi turno de ser feliz? Jamás llegará, jamás seré feliz, treinta años aquí serán eternos.

Mejor muere primero.

Y lo primero que vi: fue la Torre de vigilancia.

CAPÍTULO XXXIX

—"¿No?"

—"No." —digo— "Bueno, ¡sólo déjame en paz!"

—"¿Estás segura?"

Asentí.

—"Cuando estoy contigo solo traes problemas. ¡Lárgate!" —pido. Y él, ante mi petición, se va. Acaricio mi destruido uniforme entre tanta neblina; moría, estaba muerta, mi respiración es pesada y la detesto, detesto los sonidos por primera vez de mis acompañantes que son los ratones.

Lo que me había dicho era tonto, ¿escapar de aquí? Eso era tonto, jamás podría. Mis raspadas rodillas ardían, me habían agarrado del cabello y arrastrado hasta mi celda de rodillas. Pude ver todo desaparecer, mi mundo estaba jodido, era despertar y pensar; "¿ahora qué?" Porque ahora era lo que pensaba: "¿Y ahora?" No tenía una respuesta y, a este paso, jamás encontraría una.

No eres capaz de nada, ¡inservible!

¡Dios! ¿Cómo siempre tienen razón?

He estado perdiendo mis fuerzas, no puedo más, siento que ya no quiero y no puedo. Estoy cansada, mi alma se riega en el suelo, en el duro y frío suelo, ahora tenía que obedecer a una retrasada que no sabía ni siquiera leer y solo va a las partes traseras para fumar y, yo, tengo que cubrirla.

—Sasha —levanto la mirada, ella se limpia la nariz y bufo—. Vámonos.

—No quiero ir. —aviso. — Puedes ir tú sola, has sobrevivido.

Una bofetada.

Cómo siempre que me niego.

¿Cuánto tiempo llevo aquí?

He perdido la cuenta.

No recuerdo nada.

—Dije que vayamos —sonríe. —, muévete, ¿sí?

Y se adelantó en irse. Veo su espalda bien formada salirse de mi campo de visión, niego ante mis pensamientos y me levanto para caminar detrás de ella, veo como saluda a las oficiales quienes solo asienten con la cabeza y a mí me miran con asco.

Todo el mundo te tiene asco.

Comienzo por toser cuándo abre la pequeña biblioteca de la prisión y el humo se libera, ¿de dónde sacan las drogas? ¿Por qué este lugar no está vigilado? Ella aspira el olor mientras yo sigo tosiendo, tratando de sacar el aroma, veo como ella comienza a meterse polvo por la nariz y, sin darme cuenta, sonrío.

Se veía bonita.

Negué de nuevo ante mis pensamientos y me acerqué de nuevo a la puerta, mi mejilla ardía a morir, reclamo en mi cabeza aquellos sentires hacia ella. No debía de sentir nada, estoy en una cárcel, no en una escuela y, sin querer, caigo en el recuerdo de mis compañeros; ¿por qué es tan malo extrañar? Debe de sentirse bonito, ¿no? ¿Entonces? ¿Por qué a mí me arde?

Jamás volverás a casa.

¿Casa? Era cierto, jamás volvería a casa, una lágrima resbaló por mi mejilla y la sequé como pude, no debía de llorar, no debía de extrañar un lugar donde las palabras eran cuchillos y yo era el blanco perfecto.

—Han pasado meses, tienes que acostumbrarte que no saldrás de aquí. No tan rápido —oigo su voz, pero decido hacerle caso omiso, su voz era dulce, era suave y me erizaba la piel.

Extraño mi casa, extraño salir corriendo a jugar, extraño estar bien. Extraño ser yo. Pero claro, las cosas cambian, y jamás volveré, y si lo hago, ¿quién dice que será como antes? Traté de matarlos. Traté de dibujar con su sangre.

"*—Nos hubiéramos ido lejos, ¿por qué me mentiste, Sasha? —pregunta mi madre mientras oficiales me hacen caminar.*"

—¡No puedo!

Grité y salí de ahí, dirigiendo mi cuerpo hacia mi celda, ya no quería ser su esclava, me lastimaba. Entendía perfectamente que ella me gustaba, entendía que Atenea me gustaba, pero ¿yo tenía la culpa? No quería saber nada de ella, pero sé que me está siguiendo, entro a la celda y escondo mi cara en la vieja y fea almohada de mi litera.

—¡Sasha! ¿Qué demonios?

—¡Estoy harta, no seré más tu cómplice! —gritos salieron de mis labios cuando me agarró de mi cabello y me sacó de mi litera. Chicas se detenían a verme, siendo humillada por la temerosa Atenea Grace.

Te lo mereces.

—¡Tú vas a obedecerme! —su pie se estampa en mi estómago, haciendo que pierda todo el aire. Comienzo por jadear en busca de oxígeno, pero su golpe en la mejilla me interrumpe—

¡Tú serás lo que yo quiera, ¿bien?!

Me mira fijamente, mis ojos se estaban perdiendo en los suyos, que romántico ¿no?, después de una paliza. Ya no había nadie, pues todas sabían que por algo me pasaba, mis labios tocaron los suyos, así por segundos; sentía mi cara arder, oh mierda, me va a matar, pude ver cómo sus labios se movían y me di cuenta de que no le molestaba en absoluto que le besara. ¡Qué oportuno! Cuando me separé de ella pude ver cómo me sonreía, era una sonrisa de niña pequeña, totalmente consentida, y me di cuenta de que me tenía a sus pies.

—Al fin te diste cuenta de que eres mía, Sasha Zuckerberg. ¡Gracias! —dicho esto se va, dejándome con las palabras en mis labios, bufo, nuevamente he sido solo un juguete.

Te va a engañar, en el momento más indicado lo hará.

Mi respiración se agita, ni siquiera me quiere, ni siquiera le gusto, y solo soy un capricho para tener a alguien a quien besar y tocar, lo sabía. Niego con la cabeza, por enésima vez y me acuesto en mi litera, varios murmullos comienzan a meterse en mi cabeza y tapo mis oídos. Pero ellas no se van. Chillo un poco para después dormir.

—"¿Tú crees que la vida es fácil? Eres una puta ingenua" —ella rio a carcajadas. Mi cuerpo ardía, trataba de mantenerme de pie, pero ella seguía follándosela frente a mí.

—"¡Déjala, ¡qué desagradable!" —grito, escuchaba los ruidos obscenos, todo era tan irreal que simplemente los ruidos se hacían más grandes.

Me levanté de golpe sintiendo como mi frente sudaba, nadie

estaba en sus celdas, un rayo de sol entró en mi celda. Supongo que me quedé profundamente dormida, me levanto de ahí y comienzo a caminar hacia las duchas, olía asquerosamente a sudor, antes de entrar comienzo a escuchar los mismos ruidos y gritos que escuchaba en mi sueño y me pegué a la pared. Mis oídos se deleitan y, sin querer, recuerdo aquellos toques en mi piel y me lleno de miedo, de la nada solo escucho algo caer en agua, miro a un lado, encontrándome con los ojos de Atenea, que me sonríe.

—Shh —dice, después de eso se va. Encarno una ceja y entro, encontrándome con Bambi; se parecía mucho al venado, tímido pero lindo, ella me mira atemorizada y sale corriendo, dejándome con dudas.

Cuando me meto. Había sangre.

Oh mierda.

CAPÍTULO XL

¡Bastarda!

Mierda.

Eres solo una basura.

No logro respirar.

Deberías de morirte.

¿Qué pasa aquí?

Todo el mundo te ha dejado atrás.

No puedo levantarme.

¿Por qué no desapareces?

¿Dónde estoy?

Escucho gritos desgarradores por todo el pasillo, mi cuerpo se emana de sudor por nervios, ¿por qué no puedo levantarme? El aire es tan pesado que me cuesta respirar, siento la presión en mi nariz y luego sé que el líquido carmesí está saliendo de mis fosas nasales. Siento miles de manos sujetándose a mí, los gritos siguen, ¿por qué no para?

Le pasó.

¿Qué?

A alguien más la tocaron y fuiste cómplice.

N-No, yo jamás...

Tú sabes que pasó.

No, ¡no, no, no!

—¡No! —gritó despertando, me toqué la nariz con rapidez

y no había rastros de sangre, lo único que había era mi sudor. Me sentía culpable, yo sé que pasó ahí, yo lo oí, pero aun así no he hecho nada.

Me levanto agobiada de mi litera y caminé a paso rápido hacia las duchas, donde el miedo me carcome, levanto la vista encontrándome a la pequeña Bambi siendo acorralada por la temerosa Atenea Grace.

—Oye, Grace, ¿por qué no la dejas en paz? —las dos me voltearon a ver y no pude evitar sentir miedo ante la mirada tan encajada de Grace. Carraspeo mi garganta y la sigo mirando, Atenea suelta una risa y se va, dejándome con Bambi—. ¿Estás bien?

—No me toques, ¡por favor no me toques!

Y, sin nada más que decirme, sale corriendo de ahí. Me siento culpable al verla tan traumada, quisiera decirle que a mí también me pasó, que yo también fui tocada, pero está tan asustada del mundo, que será difícil. Me adentro a los baños, donde veo a las mujeres tocarse necesitadas o, solo, dándose azotes en el trasero. Me quito la ropa y me adentro ahí con cierto asco, mientras me baño, siento el dolor a causa de que una mano tocó mi trasero.

—¿Quién fue? —pregunté molesta y todos guardan silencio. Me siento asqueada y quiero llorar, pero me retengo— ¿Quién putas fue?

—Fui yo, ¿algún problema?

Su voz me erizó, terminé de bañarme y la miré con asco.

—No vuelvas a tocarme, Grace.

—No te tengo miedo, Zuckerberg.

Deberías.

Bufé y me largo de ahí, en busca de Bambi. Tenía que darle explicaciones, tenía que decirle lo que pasó; de alguna u otra forma, diciéndole que estamos igual, deberá tenerme confianza, ¿no?

{. . .}

Camino por los comedores y me siento en una de las mesas con mi plato, la comida era asquerosa, pero no podía morir de hambre.

—Hey.

Su voz hace que levante mi vista, encontrándome con unos ojos cafés-negros.

—¿Hey? —digo yo, y ella se sienta frente a mí. No la conocía, no sabía quién era después de más de un mes que llevo aquí, ella comienza a comer sin decirme nada—. ¿Quién eres?

—No es raro que no me conozcas, casi nadie lo hace —informa. — Soy Himuro Collins, un gusto. —sus ojos se hacían pequeños, entonces entendí que ella tal vez venía de familia asiática. Le sonreí de vuelta y ella siguió comiendo—. Soy amiga de Bambi Boyd, no sé si la conozcas a ella. —siguió al parecer sabía que eso me había llamado la atención.

Sin querer los gritos se atraviesan en mi cráneo y asiento. Miles de delirios pasan por mi cara, haciéndome sentir indefensa, me siento asqueada ante la comida, se me había quitado el apetito y me siento mal por Boyd; ¿por qué no hice nada por ella? ¿Por qué no la defendí?

—¿Sabes que le pasa? Últimamente me ha estado evitando —me pregunta con su mirada acusadora, o, tal vez, soy la única que lo ve así.

Dile la verdad, dile que fuiste una cabrona y que no la ayudaste.

—. . . No. No hablo mucho con ella. —miento y siento como todo mi cuerpo se estruja. Ella asiente con su cabello largos y liso— Puedo hablar con ella si quieres.

—¿Harías eso? ¿En serio?

—Si —sonrió— ¿Cuál es su celda?

—413-B, es el piso de arriba.

Asiento y me levanto de ahí. Ella se veía linda, ¿cómo pudo acabar en la cárcel? Bueno, tampoco tenía que dejarme llevar por la apariencia. Camino a paso rápido, casi para ir corriendo y subo las escaleras con calma, busco el número indicado y cuando lo encuentro, puedo verla llorando en silencio, cubriéndose.

No puedes escapar de tu pasado.

—¿Bambi? —ella se levanta de golpe y me mira, camina hacia mi dispuesta a irse, pero la detengo— Bambi, escúchame.

—¡Tú estabas ahí, estabas ahí y no hiciste nada! —golpeó mi pecho y empezó a chillar como bebé— ¿. . . ¿Por qué no hiciste nada. . .?

Mis oídos se deleitan.

—¿Me merezco el mal? —se echa una carcajada— ¡Claro que sí, después de todo, he matado a mi madre!

Su confesión hace que mi piel se erice, ¿cómo alguien como ella pudo haber matado a su madre? Y sin querer, recuerdo a la mía, recuerdo sus ojos llenarse de lágrimas al terror que yo le estaba dando y comencé a llorar frente a ella. Bambi me miró preocupada, como si hubiera dañado el arte más importante del museo, acercándose a mí, me da un ligero abrazo y siento su miedo en la piel.

—Extraño a mamá —confieso—. La extraño mucho, pero ella no va a volver por mí, y sé que me odias, pero no podía moverme. Me sentía tú. Sentía sus manos, sentía todo en mi piel y... Grace es un asco de persona, pero hayas hecho lo que hayas hecho, tú, sigues siendo hermosa para este mundo horrible.

Sonrío al verla con un rubor y una ligera sonrisa. Toca mi espalda y las sensaciones eléctricas la recorren.

Das asco.

Su sonrisa se propaga en mi mente y por obras del destino mal jugado ya amaba aquella pequeña sonrisa que me había otorgado. Sonrío también, me limpia mis lágrimas y después suelta un suspiro.

—Ella me tocó. . . Yo no puedo hacer nada contra ella... —murmura— Soy débil.

—Muy débil. —confieso, ella suelta una pequeña risa y siento el mundo en mis pies. Todo se detiene, las voces lo hacen, los delirios lo hacen, me siento querida y estimada, me siento bien.

No tengo a qué temerle.

CAPÍTULO XLI

❝Camino entre la incertidumbre del infierno entrelazado con el cielo. Mi cuerpo se siente errático, como si fuese una máquina, la orientación de mi ser está prohibida para este lugar. Veo el fondo blanco que muestra las esperanzas de las almas muertas que han tomado, busco la necesidad de encontrarme entre los caminos de vagabundos siendo abandonados por los ángeles. El cuerpo de las almas atormentadas se abre, dejando ver las mariposas que vuelan lejos de mí, tal vez no sabré en donde estaba, pero lo único que había entrado en mi eran las ganas de encontrar una esperanza. ❞

❝Los cuervos me hablan en coro, dejándose ir por su señor. ¿Qué estaba pasando aquí? ¿En dónde estaba? ¿Era la línea del infierno y el cielo? ¿Estoy muerta?

—*¿En dónde estoy?* —me atrevo a preguntar al primer abismo que veo, pero nadie me responde—, *este sueño es raro.*

¿Qué era la vida sin la muerte? Una deliciosa mentira, la cruda verdad se disfraza en lo cruel, por ende. Caigo en un abismo y puedo ver miles de calaveras con mi nombre escritas en ellas, ángeles son esclavos de los corderos de Satanás. Ellos me miran, y sonríen, siento en mi cráneo algo clavarse en llamas; suspiros, gritos, jadeos y gemidos de dolor salen de mis labios, las risas se hacen más erráticas y siento el mundo arder. ¿Pertenecía al infierno? Entonces los miro a todos, con caras demacradas, totalmente enfermos y las rosas más prohibidas son tocadas por sus manos para llevarlas con Satanás; los corderos golpean a los ángeles con un látigo, haciendo que me dejen y caminen. ❞

Me levanto de la litera y veo todo dar plácidamente vueltas extrañas. Ayer había sido un desperdicio de día con Grace, ya no quería hablarle, no quería verme sumisa frente a ella, mucho menos frente a Bambi. Limpio el sudor de mi frente y me quito el saco anaranjado, hacía calor, camino hacia las duchas y las voces comienzan a resonar en mi cabeza, sentía que alguien me seguía, miré atrás, encontrándome con la nada.

Siempre habrá alguien mirándote.

Me adentré al baño, se me hacía raro que no haya nadie; aun así, me quité la ropa y comencé a tallar mi cuerpo, me sentía mal, me sentía observada así que miré a los lados. Nadie.

Tallo mi cara para despejarme y pensar en el sueño, ¿qué había sido eso? Ojalá significara que mi muerte está cerca, o algo así.

—No, por favor, déjame, Grace.

Me quedo en silencio.

—¿No te gustó aquella vez? —¿qué mierda le pasaba por su cabeza?

Mi cuerpo se paraliza, ¿por qué no puedo moverme? Algo no estaba bien conmigo, era miedo. El miedo estaba recorriendo mi cuerpo de la forma más cruel y ruda posible, puedo escuchar como la apega a la pared, escucho sus súplicas.

Escucho sus gemidos de dolor.

Puedo escuchar todo.

Miré a un lado de mí, podía observar sus cabelleras, cerré la regadera y salí corriendo mientras me ponía la ropa. Llegando a mi celda comienzo a llorar, de nuevo me sentía basura, ¿por qué no la defendí? ¿Tanto miedo le tenía a Atenea para no hacerlo? Me hago ovillo y me quedo así por un buen rato.

—Buenos días, Zuckerberg. —mi piel se eriza cuando la escucho, tan relajada, como si en un momento no violó a alguien. Pero es una cárcel. Es tan normal. — ¿No vas a decirme nada?

—¿. . .Qué. . . ¿Qué puedo decirte? —limpio mis lágrimas inútilmente, porque aún recuerdo sus súplicas y gemidos de dolor. Suelto unas cuantas lágrimas más y la miro como la peor persona del mundo— ¿Qué tiene de. . . Bueno?

—Al parecer alguien despertó de malas. —gruñó— Como sea.

Puedo escuchar cómo se va, ¡era la peor persona del mundo! Creí que yo era mala, creí que yo era una mierda, pero. . .

¿No lo eres? Pregunta ingenua. *¡Dios! Mataste a personas, ¿eso no te hace ya una mierda, loquita?*

Tenía razón.

¿Por qué esto me dolía tanto? Yo maté a personas, una violación da igual. Tenía que importarme una mierda.

Me levanto de nuevo y camino hacia los pasillos y puedo ver a Bambi con su ya-no-tan-teñido cabello, puedo reconocerla incluso por su caminar. Recordé lo que pasó, pero mi mente lo borró automáticamente y tomé su hombro.

—¡No por favor, ya no quiero! —grita con dolor, puedo ver cómo de forma en defensa se hace ovillo en el suelo, chillando.

Suplicando. Hasta que ve que soy yo, su cara demuestra miedo, puedo ver el golpe que hay en su mejilla, me lleno de coraje, me lleno de ira al pensar en lo que hizo, pero vamos, es una cárcel, es tan típico aquí que alguien salga traumado. La ignoro completamente, pasando a un lado de ella para ir a los comedores.

Bazofia.

Niego un poco, me siento y cierro los ojos dejándome llevar por la anatomía verbal que hay en mi cráneo.

—"Solo eres una mierda más" —dice, mirándome fijamente. — "¿Por qué no te matas?"

—"No lo sé." —alcé los hombros. Sus ojos claros me miraban mientras niega con la cabeza.

—"No sabes nada."

—"Eso sí lo sé."

Sonrío.

Ella sale de mi celda, aquí y allá, una cárcel. Acaricio los pétalos negros que el suelo me da, los cuales me están matando, mi cabeza duele, sangre sale de mi nariz, me siento a poco de desaparecer. Siento la muerte cerca.

Recuerdos erráticos hay en mi memoria mientras carcajadas se escuchan en la habitación, los ratones me comen, siento sus manos tocarme y los ojos mirarme como si fuera algo para exhibir. Grito en lujuria divina, grito entre los llantos angélicos mientras siento que mi cuerpo es mordido por los corderos de Satanás.

—"¡Basta!" —chillo— "Oh por favor, ¡basta!"

—¡Basta! —miro a mi alrededor, todos están mirándome. Lágrimas salen de mis ojos y me levanto, casi salgo corriendo, no puedo con esta vida, no puedo seguir con esto. Camino hacia el patio donde esquivo a Grace, preguntándome que había sido eso, ahora, posiblemente, su no-novia, la había dejado en ridículo como esquizofrénica. — Voy a terminar con esto.

Mis ojos se posan en la torre de vigilancia.

¿Este... ¿En serio era mi fin?

Capítulo XLII

Mi corazón se siente en el frío sucumbir de las emociones, siento que late con rapidez mientras corro con rapidez hacia la torre; las voces chocan una con otra, siento mi cuerpo arder y me muerdo las uñas entrando en pánico ante lo que ocurrirá después.

Cuando llego veo la ventana abierta y me pongo ahí, ¿era éste mi final? Si era así, comencé a pedirle perdón a mi familia m7ientras lágrimas rodaban por mis mejillas, no quería morir, no quería desparecer, pero estaba harta de esto. Veo las palomas volar frente a mi después de un ligero viento que seca mis mejillas.

—¡Hey, tú, ¿qué haces ahí?! —miro abajo, no pude evitar marearme un poco. Era tan alto. Moriría en el aire sin problemas. Miro de nuevo hacia arriba ignorando los llamados— ¡Que bajes de ahí!

—¡No!

Grito con la voz rota, puedo ver cómo todos se van acercando hacia la torre solo para observarme. Veo como las guardias entran hacia la torre y comienzo a respirar de manera pesada.

¿Quieres desaparecer? Tienes poco tiempo, Sasha.

Cierro los ojos— Déjame pensarlo.

¿Pensarlo? Nadie te necesita aquí.

—"Por favor, ¿qué hago?"

—"Desaparece."

Mi pie sale de la torre y puedo sentir el aire en todo mi cuerpo, recorría totalmente mi ser. Me arde en el interior, ¿quiero desaparecer? Sí.

Adiós a mis sueños.

Adiós a mi familia.

Adiós a mis amigos.

Adiós a Derek.

Adiós a Sofía.

Adiós a las esperanzas.

Adiós a todos.

—¡Baja de ahí! —escucho su voz.

—N-No quiero, por favor. Aléjate.

—No me quiero alejar. —dice y su presencia me eriza. Eriza mis ansiedades; quería saltar, pero tenía miedo, me estaba haciendo a un lado todo lo que estaba observando y, por última vez en mi vida, le estaba haciendo caso a las míseras sensaciones en mi cabeza, porque ellas no se van a callar hasta que yo desaparezca— No, ven aquí.

—Aléjate, en serio. No cambiaré de opinión. —murmuré— ¿Qué caso seguir aquí? Tú no entiendes esto.

Sigo con el pie afuera, basándome en mis sentimientos, queriéndome dejar por el aire que hay en este momento, escucho las armas apuntarme y luego un gran jalón, sintiendo el frío suelo, sus brazos, el gran calor que había en su cuerpo. Pero yo estaba agonizando, estaba llorando, estaba llevándome el paraíso que hay en el infierno.

¡Siempre arruinas todo!

—Lo arruinaste todo, ¿por qué no te tiraste? —la burla de

proclaman en mis oídos, oh dios, ¿era real? Aquella voz que estaba matando mis oídos, su aliento de perro que estaba torturando los sentidos prófugos en mi mente. Levanté la vista y los gritos no tardaron de salir. . . ¡es que era horrible aquella imagen! Sus ojos negros chocando con los míos, sangrando, dejándose ir por el placer de morir. Aquella sonrisa tétrica. . . ¡simplemente fea!

—¿Q... ¿Qué? ¿Qué dijo? —levanto la vista, dejando las caricias que Bambi me estaba dando. Cerré los ojos, tratando de concentrarme, pero aquella cárcel, gritos, lloriqueos y golpes, no me dejaban en paz. Abrí los ojos y me encuentro con la realidad, con la mujer que me está mirando con el ceño fruncido.

—¿No me escuchaste? ¡Qué te levantes, anda! —su brazo me toma del mío bruscamente, haciendo que me ponga de pie. Me agarraron de los brazos, colocándolos detrás de mí, bajé por la torre de vigilancia llorando, "recapacitando", fingiendo que nada ha pasado cuando en realidad hoy era el mejor día de todos.

Miro de reojo atrás de mí, y observo que Bambi está en la misma posición, al verla así mi corazón se destruye un poco, ella no tenía la culpa de mis decisiones y lo que en mi cabeza pasaba. Pero entonces, ¿también yo soy la culpable?, siento el tacto retorcido en mi mente, como mi cerebro se estruja; los pájaros negros vuelan, la bulla continua.

Sabía que no me iban a dejar en paz, mi cabeza duele y se marchita cual flor. Escucho los sollozos de Bambi y quiero protegerla, decirle que todo estará bien, pero ella y yo lo sabíamos. No estaríamos bien.

Mientras caminaba, me encontré a Grace, quien sonrío, tan

cínica e hipócrita, solté un gruñido y escuché su latosa risa, para después, oír el silencio y ser lanzada a los cuartos de castigo.

—Lo siento, Bambi —dije por fin después de un buen rato. Miro la pared, y trago amargo en silencio—. Todo. . . Todo siempre; siempre es mi culpa, y el que tú estés aquí es gracias a mí, soy insignificante. . .

—A este paso, todos lo somos. —oí su perfecta voz, adornada con los sollozos— Hey, nena, estaremos bien.

¿Por qué le crees?

Te matará. En cuanto tenga tiempo, así como lo hizo con su madre. Río amarga, burlándose de mis esperanzas falsas.

—No mereces estar aquí.

—Sí. De hecho, sí. —me contradice, escucho como se levanta, y camina hacia alguna dirección— Me merezco este infierno, después de todo, fue lo que me busqué con mis acciones.

¿Qué buscaba yo con las mías?

—Mhg —susurré y cerré los ojos. — No debiste; debiste de haberte quedado viendo el espectáculo de mi suicidio. ¿Por qué estás aquí?

—Eso tampoco lo sé —me confiesa soltando un bufido. Quedamos en el tétrico silencio donde las voces peleaban por quién iba a insultarme primero.

¿Siempre has sido así de fracasada?

Eres una maldita psicópata.

Estás loca. Enferma.

¡No sirves!

—¡Cállate! —exploté con un gruñido golpeando la pared;

sentí en ese momento la pequeña adrenalina y como las voces se reían burlescas, tapé mis oídos y unos pequeños sollozos salieron de mis labios— Oh por favor. . . Por favor, por favor —rogué.

—Sasha. —negué mientras seguía aferrando mis manos a mis oídos, quería dejar de escuchar, de pensar. Quería dejar de existir, pues cuya existencia solo me traía caos. — Estoy aquí porque quise salvarte ¿sí?, sé que es obvio, pero. . . Tú no te mereces la muerte.

Ella miente, Sasha. Tú te mereces todo lo malo.

Una amarga risa salió de mis labios y pude escuchar la respiración pesada de Bambi—. ¿Tú qué sabes, Bambi? He matado gente inocente, la he abandonado. . . He matado ángeles que aún no deberían de estar en el cielo.

"—Quédate un poco más, aún. . . Aún te necesito ¿sabes?, te necesitamos. . ."

—Las he hecho pagar mi condena —lloré mientras me abrazaba. No había frío en aquella solitaria habitación, pero sí había una melancolía muerta y fragmentos de felicidad. — Me merezco cualquier tipo de muerte.

Tú te mereces todo lo malo.

—Sé que es difícil, Sasha; pero ya estás aquí y no puedes hacer nada para sobrevivir. Escucha, cuando el Sol se levante tú y yo saldremos de esto y daremos lo mejor de nosotras. Venceremos a lo que te atormenta detrás de tus ojos, Sasha. —argumentó, a cada palabra un grutesco escalofrío de miedo y solté un quejido, recargando mi espalda en la pared.

—¿Y si te mato?

—Moriré sabiendo que no tendrás remordimientos.

CAPÍTULO XLIII

Veo varias cosas...

Sólo eres un fracaso.

Varias sombras.

¿Por qué no te has muerto?

Tantas voces que escuchar.

Monstruo. Monstruo, ¡eso es lo que eres!

No hay luz tenue, ¿dónde estoy?

¡Jamás saldrás!

La cárcel está oscura.

Abrí los ojos, mirando por la pequeña ventana el cielo claro y contaminado a la vez. La luz trataba de chocar en mi cara.

Pero la ventana desapareció.

Y ya no vi nada.

Con esfuerzos me levanté y tiré de la pared para ver la ventana de nuevo y escuchar los cantos de las aves mientras que las voces comían cada parte de mi cráneo y se burlaban de mí. Algunas lágrimas de varias emociones —excepción de la felicidad— brotaban, acariciando mis mejillas, ¿por qué no salté? ¿Por qué el aire no me llevó consigo? ¿Hay algo más aquí que tenga que ver? No lo entendía, o era muy estúpida, o todo es muy confuso.

Los colores se cayeron de la lápida y escuché algunos quejidos de la habitación de a un lado, habían pasado horas, días, semanas, meses o años, no lo sé. No lo recuerdo.

¿Qué he hecho años atrás?

¿Años o meses?

Perdí la noción del tiempo.

No hay tiempo, ¡tienes que morirte ya!

El canto del ave cesó y cerré los ojos con tranquilidad, a sabiendas lo que pasaba cada vez que lo hacía.

{. . .}

Mi cabello estaba pegado a mi frente mientras que sangre escurría de mi nariz, escuchando las risas; cuando miré en mis muñecas, de nuevo tenía esposas nuevas.

«Mierda», pensé. Por un momento creí que, no sé, se habían ido.

¡Por favor! Tengo que reaccionar, jamás saldré de aquí. Viviré aquí hasta mi muerte, hasta la enfermedad, hasta mis delirios.

Sólo estorbas.

Mis ojos ardían, pero quería mantenerlos abiertos mientras sentía como agua sucia a veces caían en mis ojos y labios, saboreaba su amargo sabor a sangre. Quisiera levantarme, pero no podía. Correr, pero no podía.

Pero morir si puedes.

—"¿A ella también?" —su voz tenue resonó por la celda, mientras yo seguía saboreando la suciedad, tratando de distraerme con el dolor y –ahora– molesto sonido de los ratones; quería escuchar pasos y asegurar de que él ya no estaba aquí, pero no escuché nada. Él no se iría sin respuesta.

—"¿A ella también, ¿qué?" —mi voz temblaba pues mis cuerdas estaban dañadas de tanto gritar que se detuvieran; creí que ya me había rendido, que ya no tenía esperanza.

«—¿Y si te mato?

—Moriré sabiendo que no tuviste remordimiento.»

Realmente no sé qué pasa ahora conmigo.

El silencio era agotador, ¿por qué se había quedado callado? Su tenue y a la vez desesperante voz era lo único que hacía que las voces se callaran, pero no hacía nada.

—"¿A ella también la vas a enredar en este lío? ¡Mira cuántas personas están aquí y han cometido crímenes por tu culpa, Sasha!" —exclama. ¡Oh, mis tímpanos! A veces quisiera ver su cara para poder golpearla y matarlo.

Mejor mátate tú. No importas.

—"Yo no les dije que se metieran en esto, tú." —gruño con desprecio. Después de varios intentos, logro ponerme de pie y me sujeto una costilla que sentía fracturada— "Yo no les dije que se pusieran frente a mi vida. Tampoco les dije que trataran de comprenderme, ¡eso no tenía que importarles!"

—"¡Eres importante para ellos!"

Eres. . .

Eres...

Eras.

—"¡¿Sí?! ¡Pues que se vayan al diablo!" —unas cuántas lágrimas comenzaron a bajar, haciendo que mis mejillas se pusieran húmedas. Tapé mi cara con ambas manos mientras seguía llorando, mi voz se había fragmentado en dolores depresivos y suicidas— "Que se vayan. Que estén aquí no hará la diferencia, estoy sola, ¿no lo ves?, jamás podré salir de aquí con o sin ayuda de alguien. Mi destino es sufrir, es morir en brazos de la depresión y de estas malditas voces, ¿por qué.. , por qué no lo ves así?" — lo miré ahora con confusión, mientras seguía llorando, sus cafés claros me miraron con lástima y pena.

¡Es lo único que sienten por ti!, pena.

—"Yo no quiero dañarla a ella" —aclaro—, "ya he hecho suficiente. Ya no quiero moverme para asesinar a alguien; mi cabeza se alimenta de pensamientos, estoy perdida. Estoy tan, tan perdida que no voy a encontrarme nunca. Ellas están muertas y sólo quedo yo, pero ¿qué esperanza puedo tener?

No quiero que se meta en mi vida demás, no quiero involucrarla, pero ella quiere ayudarme y es ahí donde no sé qué haré. Si aceptarla. O hundirme."

—"Pero. . ."

—"Es que ella me brota en mí una esperanza que haría todos los focos prenderse." —observé en mío, tan apagado y muerto. Posiblemente mentía en todo esto, pero se sentía bien. —. "Moriré, sí. Pero lo haré sin remordimientos a donde vaya."

{. . .}

Abrí mis ojos después de aquel pensamiento y escuché su voz cantar con suavidad, se escuchaba serena, tratando de no perder la cordura.

Lástima que la que queda para ti se ha hecho humo.

—La comida —anunció de mala manera, aventando un plato asqueroso a mi dormitorio. Era "puré" de papas, un brócoli y un intento barato de arroz; la miré con asco y ella, al notar mi mirada, soltó una carcajada sonora—. ¿Que? ¿Quieres comida gourmet maldita suicida? ¡Anímate! Al menos di que te estoy dando de comer, imbécil.

Acéptalo de una vez.

—No le he dicho nada —dije poniéndome a la defensiva. Ella me miró y rodó los ojos, ¡que infantil aquella mujer!, traté de cambiar la tensión así que haría una pregunta que me haría feliz o posiblemente, trataría de matarme de nuevo. Cuando abrí mis labios, rápidamente habló.

Se han ido.

—¿Crees que tengo tiempo para ti? No todo gira en torno a ti —gruñó y se marchó, solté un suspiro que lo acarició el viento y comencé a comer el brócoli.

—No sabe tan mal —escuché a Bambi, tal vez se lo estaba comiendo o estaba tratando animarme para darle un bocado. Cuando le di una mordida, automáticamente mi cuerpo comenzó a rechazarlo, haciendo que vomitara en una esquina de la habitación. — De acuerdo, perdona, sí que sabe pésimo. Pero si no comemos, nos moriremos de hambre, y vaya forma más cobarde de hacerlo.

—Mi forma también fue cobarde —comenté, limpiando mi labio.

Ellos se han ido.

—No quiero hablar acerca de ello, Sasha. No creo que sea lo correcto —aseguró, no sabía lo que hacía, pero yo estaba mirando la comida que restaba con asco. Lancé el plato hacia la pared, escuchando el plástico chocar con la pared y seguido con el suelo.

—¿Entonces cuando será el momento? ¿Cuándo esto acabe? ¿Cuándo, Bambi? —le hago una pequeña interrogación, mientras me siento en el suelo, recargando mi cabeza en la pared.

—Eso no lo sé.

Bufé.

Sé por qué tus bufidos. ¡Acepta que eres un maldito monstruo!

—¡Maldita sea! —gruño— ¡Necesito saberlo! —exclamo para levantarme. El corazón salía de mi pecho mientras buscaba en mi saco algún pasador que tuviera por ahí, escuchaba las preguntas de Bambi: "¿qué vas a hacer?" "¿Qué estás haciendo?" "¿Sasha, me estás escuchando?" —¡Eureka! —volví a hablar, cuando escuché el seguro de la puerta salirse. — Te sacaría, Bambi, pero no quiero que tengas más problemas y días aquí, ¿entiendes?

—No sé qué harás, pero sí. Suerte.

Acéptalo.

Miraba a los lados y al parecer todos estaban afuera, disfrutando. Mientras que las voces chocaban unas con otras y mi corazón se hacía pequeño y la cabeza jaqueca, buscaba con la vista nublada alguna puerta que me dijera que alguien serio y no una policía, estaba allí. Seguía buscando y analizando, hasta que la encontré. Entré rápidamente, mirando a la mujer que estaba frente a la enfermera.

Ellos ya no están aquí. ¡Te han dejado para siempre! Entiéndelo.

—¡Sal de aquí! —ordeno con brusquedad, tomo su cabello y la empujo hacia la salida. Escucho el grito de la psicóloga/psiquiatra; sabía que aparte de los directivos, ella también podía tener información de lo que quería. — Por favor, tranquilízate. —pido y un cosquilleo recorrió mi columna vertebral. Ella tenía en su mano el teléfono especialmente para llamar a los guardias.

—¡¿Qué es lo que quieres?! —pregunta exaltada, mientras marcaba a los guardias.

El vaso de mi conciencia se quebró.

Mátala. ¡Mátalos a todos!

—¡Joder, maldita! —lloro a mares y al parecer mi cambio de actitud la tienen confusa. — Sólo quería saber. . . Mierda. —sollozo.

—¿Saber qué? —en cuanto me pregunta eso, diez mujeres aparecen para detenerme, gritando el cómo demonio me había salido y maldiciendo mi ser. Ella reaccionó rápido y comenzó a gritar que pararan, pero no obedecían.

—¡Sólo dígame que mis hermanos y mi padre están bien! ¡Dígamelo!

Han muerto y fue tu culpa. Toda tu culpa.

Ella buscó rápidamente, le di mi nombre a base de gritos mientras trataba de que no me llevaran tan rápido –aunque se habían detenido un poco–, ella revisó y revisó, haciendo que mis nervios aumentaran. Después de una ardua búsqueda, me miró con lástima.

—Lo siento. —inicia a hablar y es donde siento mi cuerpo debatirse y todo callar. — Murieron a los meses, al parecer dejaste en algo en ellos que no pudieron ver, desgarres, heridas internas.

Mis sollozos se hicieron más grandes y escandalosos, las guardias me habían soltado dejándome caer el suelo.

¡Todo es tu culpa, zorra! Los mataste, ¡felicidades! Te quedarás sola para el resto de tu puta existencia.

—Dí-Dígame una última cosa —rogué, mirándola con piedad. Ella asintió—. ¿Cuánto le queda a ella?

Los mataste a todos.

—No mucho.

CAPÍTULO XLIV

No he podido dormir en bastantes días. Lo único bueno de eso es que hace mucho que no estaba en aquella cárcel; pero lo malo, es que ellas se han atragantado.

¡Mierda, mierda y más mierda! ¿Por qué mi cerebro tiene que alimentarse? ¿Por qué no puedo tener mi estómago en el lugar correcto? Mi cabeza era un dolor total, una fuerte migraña me atacaba y dolía más cuando los sollozos se hacían más graves y fuertes.

Los mataste, pero vamos, ¿no recuerdas?

Mi cabeza dolió, mientras miraba mis uñas llenas de sangre y mis nudillos totalmente desgastados. No sé cuánto tiempo llevo golpeando la pared, ni siquiera recuerdo que pasó después de aquellas terribles noticias.

«No mucho.»

«No mucho.»

«No mucho.»

«No mucho.»

«No mucho.»

Esas palabras lamen mis oídos de forma suave, lenta y tortuosa; el solo pensar que he matado a mi familia y que mi madre está a punto de morir me hacía volverme loca.

Los dejaste morir, aquella satisfacción de aquel día.

¿Podrías callarte?

Tus nudillos, las risas, ¿no lo recuerdas?

¡Cállate, no quiero hacerlo!

¡La satisfacción de que sabías que podían posiblemente morir!

Esta vez golpeé mi cabeza contra la pared, escuché el llamado de Bambi en mis oídos, para después el oscuro silencio y el suelo en mi piel.

{...}

Corría... Corría sin parar.

Mi corazón se estaba saliendo de mi pecho encadenado y mi garganta me pedía a gritos una gota de agua porque el sudor no era de su agrado.

Las voces se burlaban de mi mientras escuchaba a aquellas sombras seguirme, entré a la primera puerta que vi, qué más da.

Sentí una corriente fría y a la vez cálida, era un viento suave y cálido que acariciaba mi cuerpo con compasión y piedad; en el suelo, notas color pastel yacían ahí, el lugar era acogedor, exageradamente acogedor para estar en mi mente.

Las notas parecían caer del cielo y un pequeño deja vú atravesó con burla mi cabeza, sentía que yo ya había estado aquí, caminando sin rumbo alguno y con miedo, escapando y siendo encerrada. Definitivamente, yo ya había estado aquí. Mientras seguía caminando, el calor se hacía inmenso y no pude evitar recordar algo de aquí, mi hermosa y fresca niñez. Un color rosa pastel en las paredes frescas y el olor a manzanilla que acariciaban y jugueteaban fácilmente mis fosas nasales, un olor dulce, incluso podía percibir el olor a una noche cálida con bombones derretidos en una hoguera; no era mucho pedir a veces volver a mi infancia, pero no podía regresar al pasado, sería un milagro.

Y Dios está muy ocupado ignorando mis peticiones.

Mientras seguía saboreando el dulce aroma a té y bombones derretidos, observaba con detenimiento los grandes cuadros que había allí adentro, grandes y antiguos. Mis ojos se pasearon libremente por todo el lugar y mi mente se ocupó en eso, tanto, que había olvidado lo que pasaba afuera de ésta grande y armoniosa habitación, no lo sentía una pésima broma con dulce aroma a manzanilla, no escuchaba a las coquetas paredes tratando de soportar la risa y mucho menos las voces burlándose de mi ingenuidad.

Solo estábamos el aroma a té de manzanilla y bombones derretidos, y yo; me paseo una vez más por los cuadros que parecían detenidamente hechos por un loco, y es ahí donde me pongo un sentimental; al parecer todo esto es mi culpa, ¡pero claro!, todo lo malo es mi culpa, merezco la muerte. Lo peor. Yo soy lo malo de todo y me odiaba por ello.

—"¿Por qué no he muerto?" —me pregunté, mientras vagaba por la gigantesca y agradable habitación. —, "solo estoy sufriendo. Ya no tengo nada que ofrecer, he matado a los que amo, los he abandonado." —explico, mientras seguía vagando. En eso, una nota pastel se postra en mi cara, haciéndome sentir un tanto curiosa y tomarla.

"Todo el mundo es amigable. ¡Oh! ¿Te imaginas conocer todo el mundo? Wow, sería grandioso. Después de todo, el mundo es lindo y agradable.

Adiós diario, te quiero.

Atte.:

Sasha."

Me sorprendí al ver la nota, y miré a los lados, viendo como las letras se asomaban. Ya no era un aroma agradable y dulce, ahora el pánico se llenaba en mi cuerpo mientras trataba de no vomitar con el cambio de olores, el olor a manzanilla y bombones derretidos se habían ido para que un olor putrefacto violara mi nariz arduamente, me quejé del espantoso olor para seguir caminando, tan pronto sentí algo tocar mi mejilla, me aparté bruscamente, soltando un grito desgarrador al ver el cuerpo colgado y siendo tragado por los ratones; las notas comenzaron a hacerse negras y secas, cuales hojas de otoño.

—"Tú me dejaste morir"—su voz era suave y dulce, pero a la vez tan ronca y lenta.

—"¿Quién... ¿Quién eres?"—pregunté con miedo, mientras me alejaba. Ella sonrió y en mi espalda hubo una corriente eléctrica de miedo.

—"Es triste... Que no me recuerdes... Pero yo morí joven, y ella también murió."—retractó, mientras dejaba ser una comida para los ratones; quería vomitar, pero no era el momento indicado— "Si no te vas de esta vida pronto, sufrirás" —avisa—. "Sufrirás tanto."

Su voz ya no era suave, era gruesa y la sangre caía de su boca, los ratones me miraron con molestia al ver como la pequeña niña se había convulsionado.

Cuando miré a los cuadros, pude observar que no eran pinturas detalladamente, sino personas mirándome con tanta lujuria por verme morir; no importaba cuando moviera mis piernas hacia la salida, jamás llegaba a la puerta.

¡Te mataremos!

¡Sufrirás por esta vida que no mereces!

¡Muérete!

—"¡No por favor! ¡Basta! ¡» ***despierta*** «! ¡Basta» ***¡despierta!*** «!" —seguía suplicando, escuchando las voces golpear mi cráneo y mi cuerpo siendo violado sin compasión.

Mataste a los únicos seres que te amaban. rio, la escuché reírse tantas veces de que perdí la cuenta. *Ya no tienes nada, ya no te queda nada.*

Cuánta razón.

Sentí los ratones tocar mi piel con sus filosos dientes y arrancar poco a poco, desprendiéndose de mi cuerpo; los gritos comenzaron a hacerse más fuertes y cada vez el:» despierta «se hacía opaco. Demasiado opaco.

Dejé de respirar.

Sentía que mi corazón había dejado de funcionar y los ratones me miraron con curiosidad.

Todo está borroso.

No entiendo.

No me queda nada.

» ¡Rápido, hay que llevarla a un hospital! «

{…}

» ¡Despejen! «, sentí como mi cuerpo tiraba sangre, mientras que los ratones se bañaban en ella. Abrí mis ojos por un momento, observando las heridas y volví a caer.» ***¡Despejen!*** «

No entiendo nada.

No era una habitación, ya no había nada.

Ni siquiera ratones.

Ni siquiera dolor.

Miraba con confusión el lugar acogedor, me levanté con pesadez para comenzar a pisar el húmedo pasto verde, tan maravilloso y quisquilloso a la vez. Pero había tantos problemas en mi cuerpo que no entendía.

¿Por qué no escucho mi latir?

Ya no siento que respiro.

—"Has arruinado todo desde que naciste." —dejé de verificar el si era cierto que no podía respirar para mirar a aquella niña de ojos marrones— "Siempre fuiste la razón de las burlas, el hazmerreír de la gente. Muchas veces te dije que nos fuéramos de aquí a un lugar donde no sentíamos nada, pero jamás me pusiste atención; si me hubieras visto, entre tus sombras, ahora mismo no estarías sufriendo. Llorando cada noche, escuchando a alguien no-real hablar en tu cabeza, ver cosas que nadie más puede ver. Tu familia estaría mejor sin un fracaso; ellos dirían eso, si estuvieran vivos. . ."

Sentía su mirada caer encima mío, observando cada movimiento que hacía, pero lo único que mantenía era mi llanto, traté de limpiarlas, mientras seguía mirándola.

» ¡despejen! «

—"¿Qué. . . ¿Qué es lo que quieres, realmente?" —pido saber, mientras sigo llorando y suelto sangre por la boca, ella, dulcemente, como si siempre lo hubiese sido, me extiende la mano.

—"Toma mi mano y déjame llevarte a un lugar donde todo estará mejor."

CAPÍTULO XLV

—"No lo sé, ¿dejar todo atrás?" —miré atrás, como si ahí estuviera la respuesta.» ¡despejen! «. Aunque no me vendría mal, a decir verdad, morir y dejar esta mísera vida y reunirme con mi familia después de tantos meses separados físicamente y años psicológicamente.

Ya no sentía nada y las heridas que tenía se habían ido, ya no sentía nada más que confusión y sorpresa; una grata sorpresa.

Es mejor que te largues.

¡A nadie le importas!

Todos están muertos.

Bajé la mirada mientras trataba de analizar todo lo que estaba ocurriendo, mi respiración no volvía.

Te han abandonado, ¡entiende!

Mi corazón no latía, otra vez.

»—*Moriste por seis segundos.* «

Quería despertar, pero era imposible.

» ***¡Despejen!*** «

Los recuerdos me estaban atacando, tan rápidos y lentos a la vez, veía los momentos crueles.

—"Solo estás sufriendo" —observó, le solté unas lágrimas a mi pasado, a mi presente y a mi posible no-futuro—, "dame la mano, ¡muere de una vez!"

—"¿Y dejarlo todo?" —le miré con confusión.

—"¿Qué dejarás, imbécil? Aparte de tu mala vida."

No respiraba.

Sólo es una mala vida.

No me correspondía.

Dejaste a todos al mereced del pecador.

» ¡Despejen! «

¿Había muerto otra vez?

Negué con la cabeza para salir corriendo a la dirección contraria de dónde ella me apuntaba; me iba de mi salvación, ¡qué masoquista!, corrí hacia la dirección contraria del cielo inexistente y no hubo un ángel que me detuviese.

La pared había vuelto al color pastel, no sentía una agitación, mi respiración ni mucho menos mi corazón pidiéndome un descanso.

» ¡Despejen! «

Sentí un golpe en mi pecho y miré todo con anomalía, ¿cuánto tiempo he estado aquí entonces? ¿Cuántos años he suplicado una salvación?

» ¡Es inútil! «

¿Cuántas veces por un Dios?

Mientras seguía caminando, sentí como iba cayendo; lo primero que hice fue gritar, el fondo era decorado por aquellos ojos brillosos y llamativos que demacraban mi existencia. Sentí un golpe en seco en mi pecho, otra vez, aquellas voces en mi cabeza hacían que quisiera regresar para aceptarle la mano; pero ya era tarde.

Frente a mi había un espejo de espaldas, parecía que le estaba dando el brillo a alguien ya que en la pared había una sombra que la reflejaba.

¡Debiste de haber muerto, maldita puta!

Gruñí de molestia en voz baja, asomé un poco mi ojo, viéndome allí, sufriendo; con mi uniforme roto y mi pelo desordenado.

—¡Sasha, para! —escuché gritar tan cerca y pude ver la reacción de ella.

¿Hace cuánto fue esto? Según aquella niña —todos, más bien—, dijeron que había alguien más, entonces, ¿ella era mi subconsciente? La vi gritar y llorarme, me sentí tan mal de no haberla escuchado, si lo hubiese hecho, esto no había pasado y mis hermanos y mi padre no estarían muertos. A mamá no le quedaría poco tiempo de vida.

Si yo hubiese sido normal.

Nunca lo fuiste, estúpida. Estás enferma.

—"¡Tranquilízate!" —le grité, saliendo de ahí, la traté de detener, pero ella ni siquiera me veía. Seguía gritando y llorando— "¡De todas formas pasará, mierda!" —le seguí el juego, llorando yo también; era una amarga frustración de que no podía escucharme, de que podía cambiar el futuro si ella me voltease a ver, pero no lo hacía porque no podía.

Fracaso, es lo que eres.

—"¡Escúchame! ¡Por favor, hazlo!» ¡despejen! «" —entonces nuestros ojos se conectaron, ella me miró con temor, ¿había alterado el orden?

Eres una estúpida enferma.

—"¿Que cambiará?" —comenzó a reír eufórica— "¡Seguirás siendo la misma basura de siempre!" —gritó mientras reía, di pasos hacia atrás, viendo como su piel caía. Su lengua fue la primera.

Mataste a los únicos que te querían.

—"Pe... ¡Pero si revertimos el pasado!" —doy la idea.

—"¡Ya no hay vuelta atrás!" —no me explicaba cómo seguía hablando sin su lengua. Ya no tenía ojos, solo había cuencas con gusanos.

»¡Despejen!«

—"¡Tú sabes lo que pasará después!" —defiende, mientras que de su boca salen litros de sangre. Mi espalda choca con la gran puerta, haciéndome sentir insegura.

»¡Despejen!«

—"Te dará un hogar. ¡Tratarás de empezar de nuevo como una farsa!"

—"¡Entonces detenme!"

»¡DESPEJEN!«

{...}

«No puedo, el futuro está escrito.»

Veía tan borroso que no captaba bien lo que había en mi campo de visión más que la lastimosa luz blanca. Solté un gruñido y pude escuchar el alivio de todos los que estaban allí, no era la cárcel, definitivamente, ya que ellas me hubieran dejado morir; traté de hablar pero solo escuchaba el pequeño hilo de voz que acariciaba en mi garganta, escuchaba mi corazón latir. Mi respiración sonar contra máquinas; pero mi cuerpo no tardará en corresponderme otra vez. Sentía un pañuelo limpiar mi frente.

—¿Qué día, ¿no? —no me quedó de otra más que asentir. Tenía razón, ha sido uno de los días más raros, he sobrevivido a la muerte otra vez; y es aquí cuando me arrepiento, ¿qué vida puedo tener? Puesto que estoy adentro de una cárcel y no saldré dentro de muchos años, miré a mis lados con cansancio, mientras trataba de analizar todo—, ¿por qué no descansas un poco? Te ves agotada, tu corazón necesita reposo.

¡Ibas a tener un reposo eterno! Pero eres una maldita cobarde.

Negué con la cabeza mientras la miraba con neutralidad, traté de hacer una diminuta sonrisa, mi cuerpo lo sentía débil y agotado; sentía mi pecho frío y lleno de descargas en mi cuerpo.

¿Por qué no me fui?

Maldita cobarde, ojalá te pudras.

{...}

Por órdenes del directivo, tenía que regresar a mi celda; solo que había algo diferente, ahora estaba sola. Al parecer Grace tuvo una pelea con alguien que la metieron a los cuartos de castigo por meses en los que tendría paz.

Miré mis manos con las esposas y recuerdos de mi cárcel llegaron; oh, tú, servidor o no, dame una explicación del por qué tan cruel castigo; ni siquiera sé por qué te he preguntado, si no existes; no eres real, estar en aquella cárcel era una condena que tendría toda mi vida hasta que muera y jamás podré hacer algo para cambiarlo.

Estaba atrapada aquí, jamás iba a poder huir.

Si hubieras aceptado mi mano, maldita ingrata.

Al día siguiente, el verme caminar por allí era como ver a

una persona muerta pues, ¿quién ha sobrevivido a un paro cardíaco en tanto lapso?, pero eso no me importaba, lo que me importaba era la situación de Grace y poder burlarme para después contárselo a Bambi, si no es que ya se lo contó Himuro; hablando de ella, estaba en la mesa frente a mí, comiendo sola, ya que Bambi, como siempre, la acompañaba; pero ahora por mi culpa no puede probar con gracia la mierda que nos dan.

Todo es tu culpa siempre.

Me levanté de mi mesa dejándola vacante, cuando Himuro me vio, solo hizo una mueca.

—¿Quieres que me vaya?

—No exactamente, es impresión.

Sabía a lo que se refería, así que me senté frente a ella, mientras picaba a la comida.

—¿Son ciertos los rumores?

—Estaba inconsciente, no puedo responderte —reí un poco por el pésimo chiste, pero ella también lo hizo. Nos sonreímos con muecas de por medio y dejé mi comida a un lado, ella, al notar mi acción, supo que iba a hablar así que me prestó demasiado atención. — Tú, que has estado aquí, solo mirando ya que por mis tonterías te he quitado a tu compañera, ¿qué sabes de Grace? Me han dicho por ahí, o más bien, escuché rumores de que se peleó con alguien y que ahora está en el cuarto de castigo, dime, ¿qué pasó?

—Es cierto, se lío con alguien, la ha dejado muy mal y ahora ella está en el hospital, la verdad, me es raro que no te hayan avisado que Bambi está allí. —capté rápido y mi sangre comenzó a hervir en furia—. Grace se las arregló como pudo para verse con ella, no se saben las razones de la pelea, pero la ha dejado demasiado mal.

Déjame matarla. Saborear su sangre, verla morir.

—Será después —Himuro me miró y dijo: «¿eh?»—. Nada, yo, me tengo que ir. Gracias por la información, Himuro, muy amable.

Caminé hasta llegar a su respectiva habitación, mi sangre hervía con tanta lujuria de matarla. Se atrevió a tocar algo que no podía y lo único que quería era matarla, ¡ha dejado mal a Bambi! ¿Qué mierda pasa por su cabeza? Con odio, me puse de frente a su habitación.

—Qué bueno que has venido, ¡te he echado de menos! —aproveché su acercamiento para tomarla de su uniforme y que chocara con la puerta y las pequeñas rejas.

—Escúchame, maldita perra, solo te has salvado porque yo no estaba para defenderla —automáticamente sonrío de forma cínica—, pero no dudaré en matarte, ya lo hecho varias veces, una muerte más a mi conciencia no me pesa. Ni al infierno.

—Entonces mátame.

—No, no lo haré ahora. —sonreí, y ella pareció temer— Lo haré cuando creas que todo está bien, cuando creas que tienes el poder de nuevo. Será ahí, cuando tú cabeza ruede.

La dejé sola y mi cabeza se hizo un revuelo.

Pero solo una frase flotaba.

Mátalos a todos.

CAPÍTULO XLVI

—"¡¿Por qué no he muerto?! Mierda" —siento como escupí la sangre que manchó las grisáceas paredes. —. "¡Hubiera aceptado su mano, ¡maldita sea!"

Eres un estorbo.

—"¡Ya lo sé! Ya lo sé."

¿Entonces? ¿Por qué no has muerto? Te niegas a tu ansiosa libertad, ¿qué pasa contigo?

—"¿Podrías callarte?" —le pregunté al silencio, miré las rejas donde sus ojos cafés me miraban con neutralidad, solté un bufido al verle y sentí que mi día no podía ser peor— "¿Tú? ¿Qué quieres aquí?"

—"Ofrecerte la libertad. Sasha, por favor, hay que irnos de aquí, te estás haciendo daño, por favor"

—"¿Qué ganas dándome la libertad?" —fruncí el ceño, bajándome de la litera, saboreaba la sangre mientras lo miraba con zozobra. — "Aunque me alivie ya nada será como antes. Los he matado, estoy sola, ¿entiendes? ¡Mejor dejaré que me coman! Jamás saldré de aquí, haga lo que haga, diga lo que diga. Jamás. Saldré. De. Aquí." —él ya no estaba para ese entonces, golpeé de nuevo la pared, sintiendo como mis nudillos comenzaron a arder, no importaba, el dolor ya no importaba.

Ya no sentirás dolor.

Te mereces la muerte, basura.

«No hay ser que cambié estos pensamientos» pensé mientras seguía golpeando la pared, observé cómo se pintaba de mi sangre. De mi sucia y mísera sangre. Observé la ventana y pude percibir un gran aroma, la ventana cayó y caminé hacia ella.

La noche era fresca y sabía que en poco tiempo llegarían los guardias a vigilar, no sé qué estaba a punto de hacer; yo quería ser libre, quería ser normal, dejar de escuchar voces y ver cosas que otras personas no ven.

Salta. Muérete.

Me sostuve del árbol y caí, todo me recordó al primer día que intenté escapara de aquí. Me quedé un buen rato mirando el cielo, tocando la seca tierra y sintiendo mi respiración agitada, escuchando mi corazón; me levanté de prisa y olvidando el dolor cuando escuché cómo los guardias me estaban buscando.

Van a matarte de una forma exquisita.

Miré a todos los lados y lo único llamativo era el portón de salida, ¡qué más daba si salía o no! Lo cometido está hecho, si yo cruzara la puerta, ellos no vendrían a decirme lo mucho que me aman y que me extrañan. Qué me perdonan, eso está para más; acaricié el oxida Vi do metal mientras las inseguridades corrían con miedo por mis venas.

Sal, de todas formas, estás muerta.

Estaba muerta.

¿Lo estaba?

Quién sabe.

—"¿Por qué no lo haces?" —aquella voz gruesa llamó mi atención instantáneamente, haciendo que volteara. sus risos, su cabello negro y corto, su piel morena y sus ojos cafés.

—"Papá. . . Oh, padre mío." —tapé mis labios mientras dejaba escapar mis llantos. Poco me importaba que ellos llegaran y llevasen a la celda de nuevo.

—"Anda, dame un abrazo."

No tardé mucho para correr a sus brazos y acurrucarme en su hermoso calor y ese perfume que lo caracterizaba.

—"Oh papá, perdóname. Perdóname, te he quitado la vida, ¡te he dejado solo y todo es mi culpa! ¡Todo es mi culpa! Sí me hubiera controlado…, si hubiese sido normal." —acarició dulcemente mi mejilla, tocando mis húmedas mejillas.

—"Pero si ya eres normal" —aseguro—. "No, Sasha, culpa es mía por haberme alejado de ti. Por no preguntar cómo estabas y solo ignorarte, por no prestarle atención a todos tus síntomas e indirectas.

Yo no tengo nada que perdonarte porque estamos a mano, me has quitado la vida que te dio la tuya, ¿y eso que tiene de bueno? Preguntarás tú, y déjame contestar: yo no te di la vida que merecías, y no hablo de lujos, sino de amor, de un lazo."

—"Papá. . ."

—"Pronto me iré y sé que probablemente no nos veamos en mucho tiempo después, lo sé. Así que quiero decirte que estoy orgulloso de ti, que te amo, que un día nos veremos después." —me aferré a su cuello oliendo el peculiar aroma de una rosa marchita, su aroma súbito que acaricia mis fosas nasales y me acurruca entre las nubes.

—"Espero un día desayunar con usted otra vez."

Lo miré una última vez para después darme cuenta de que

ya no estaba ahí y que armas me apuntaban, lloré, lloré como si el cielo lo estuviese haciendo.

—"Te dije que jamás saldrías. Te lo dije, ¿por qué no aprendes, maldita sea?" —sentí como me ponían las esposas de nuevo para jalar mi cabello y susurrarme el oído—: "Jamás saldrás, eres nuestra."

Asentí, no tenía ganas de pelear. Pues, ¿qué vida puedo tener yo en la vida? Sí existo, seguramente lo hago, pero no vivo y ese es mi detalle.

Las noches me quitaron las ganas de vivir y comienzo a respirar.

Seguí llorando, ¡maldita sea!, la última vez que seguramente veré a mi padre y ha sido desperdiciado, los ojos me mataban y sentí la pesadez del aire en mis fosas nasales, para luego, escuchar las rejas cerrarse y quedarme sola en la celda. Sin nadie, sin mi padre dándome consuelo, el cuerpo se me pone afligido y triste, haciendo que solo esté llorando y pegándole a la pared con las pocas fuerzas que tenía.

Tenía que rendirme.

{...}

Abrí los con pesadez mientras trataba de adaptarme a la luz tenue que entraba por la ventana, la cabeza me dolía así que me incorporé en la litera mientras trataba de analizar la vida que he llevado hasta aquí.

Me he enamorado de una chica, eso.

El solo pensar en ella siento un enorme sentimiento que me hace pensar, ¿alguien como yo alguna vez tendrá una vida normal? Por supuesto que no, yo no podía.

Estás enferma, y los enfermos jamás son felices.

«Grace»
«Grace»
«Grace»

Ni yo misma sabía el por qué pensaba tanto su nombre a la hora de ver mis nudillos con la carne asomándose. Quería hacerle daño, ella me hacía recordar a todas las personas que alguna vez me hicieron daño, pero en un solo cuerpo, lastimó a alguien sin razón y ahora está hospitalizada y yo no pude hacer nada.

Matarte es la mejor opción, si tan solo me hubieses elegido, ahora no estarías sufriendo.

—Ya lo sé —contesto—. Pero no puedo quedarme de brazos, tampoco puedo huir y si hago una masacre me van a condenar a cadena perpetua, ¿qué sería peor? ¡Quiero morir! Eso es obvio, pero no aquí adentro, y no por mi cuenta. —muerdo las uñas de mis dedos.

¿Grace qué más da? Ella morirá sola, Sasha. No necesita que la mates.

—Cierra la boca, ¿qué te parece?

Sé lo que te digo.

{...}

—Hola, Sasha, ¿cómo has estado? —decidí no hablar por más que fuese grosero, después de mirarla algunas veces, bajé la vista. — ¿Sasha?

—Mal, muy mal, ¿por qué hace preguntas tan estúpidas?

Nadie que esté aquí es porque está bien. He matado a gente inocente y ahora no tengo a nadie, ¿cómo quiere que me sienta al respecto? ¿Feliz? —la miré incrédula y ella solo hizo una mueca.

—Es educación —resaltó— Así podríamos ganar más confianza.

—Conmigo no seas así de educada.

Bufó— Bien, Sasha, en tus expedientes dicen que padeces de esquizofrenia, trastorno de ansiedad y depresión, ¿qué es lo que sientes ahora?

Nada, dile que nada. ¡Sólo quiere engañarte!

Te tratará como una enferma, ¡dile que nada!

—Nada. —contestó dejándome llevar por mis impulsos, ella abandonó lo que hacía para prestarme atención, alzando una de sus rubias cejas.

—¿Nada? ¿Ya no escuchas nada? —apuntó algo en su blog mientras repetía la palabra. Ya no sabía que responderle.

—Estoy sola —informé. —, creo que es algo normal, todos lo estamos, pero ¿qué si yo no quiero estar sola, realmente? Toda una vida sintiéndome sola, tenía que parar. Quería que sucediera. La habitación comenzó a hacerse oscura y a la par me alejaba de todos, es algo que suele pasar en la vida cuando no te encuentras aún contigo mismo y no desarrollas el yo, pero, mi problema aquí es que no supe cómo parar.

» Si yo hubiese entendido que nada era real, posiblemente todo estuviera bien y ahora mismo estuviera en casa disfrutando el momento moderno con mi familia, quién sabe. Pero nadie lo sabe, realmente, me he estado alimentando de pensamientos por tanto tiempo que llegué a creer que todos esos pensamientos y detalles eran míos y ahí fue donde perdí la cordura; escucha, solo quisiera ser recordada cuando esto acabe porque realmente ya no soporto lo lejos que he llegado, ya no sirvo para soportarlas y nadie sirve para soportarme a mí.

—El punto es —seguí hablando—: Es que la buena vida es para aquél que cree en Dios, dicen los creyentes. Para aquél que son realistas, dicen los cultos. Para aquellos que son inteligentes, dicen ellos mismos. —ella me miró fijamente.

—¿Pero?

—Pero yo no creo ni soy nada de eso, ¿qué vida puedo tener si no es la mísera? Vivo para envidiar al creyente, al culto y al inteligente.

Eres una maldita loca estúpida.

—Morir es mi mejor opción para dejar de envidiar.

CAPÍTULO XLVII

Quería todo, pero todo me estaba haciendo daño. Lo miré una vez más, supongo que había perdido con exactitud la cuenta; su cara siempre cubierta por la sombra y el aliento a putrefacto me llegaba a mis fosas nasales, era extraño, ya que él jamás había olido así; miré sus harapos sucios, para después mirar los míos que estaban en peores condiciones, limpié las marcas de sangre seca que estaban decorando mis morenos nudillos y lo miré.

—"Otra vez tú" —reí con cinismo, él no me dijo nada. El silencio había dejado de ser acogedor desde que llegó a traerme su presencia; sus ojos cafés tomaron los míos con posesividad, limpié la sangre de mi nariz, sintiendo como ésta seguía fracturada y poco a poco caía líquido, me quejé por el ardor que estaba sintiendo y lo miré.

—"Necesitas esca—"

—"¡No!, ¡tú eres el que necesita escapar de aquí!" —corregí, bajando de mi litera—. "¡¿Cuántas veces voy a tener que explicarte que jamás podré salir de aquí, huh?! Entiéndelo, jamás saldré de aquí. Me he rendido tantas veces que he perdido la cuenta, no sé por qué estoy aquí, seguramente solo es para divertir a estas malditas voces.

Lo entendí hace mucho y jamás me di cuenta, poco a poco iba perdiendo el control de mi cuerpo y ahora mírame, estoy aquí, no hay nadie quién me cobije y nadie que cubra mi mente mientras yo trato de luchar allá afuera con todos los obstáculos que me ponen. Ya no hay más que un yo, un pequeño ser que... No sé qué es lo que quiero. Pero soy consciente de que jamás saldré de aquí, he matado a mi familia, ya no me queda nada y tú—"

Se había ido.

Todos te han dejado atrás, estás sola, Sasha, ¡sola!

—"Tú te has ido"—concluyo. Había un olor putrefacto y desagradable que no se había ido con él, comencé a seguir el desagradable aroma y a cada paso de cada, las gotas de agua se hacían más fuerte, su eco hacia un gran sonido en los pasillos.

Loca, loca, loca, loca.

—"N-No, cállense" —«¿A dónde voy?» pensé al no reconocer los pasillos por donde andaba caminando, cuando quise mirar atrás, solo había oscuridad.

Estás loca.

—"Mierda, no." —niego, las voces se hacían más graves a cada paso que daba, comencé a correr como si eso me llevara a un lugar tranquilo, y cuando menos me di cuenta, estaba frente a la salida del patio trasero.

Eres una maldita zorra, sucia.

—"No estoy sucia, ¡no estoy sucia!" —tapaba mis oídos con fuerza, pero parecía escuchar cada vez más aquellas voces. ¿Estaba tan sucia? Hasta la pequeña niebla asentía con su cabeza y los colores salían de sus ojos, ya eran grisáceos; el aroma seguía en mi nariz así que seguía buscando de dónde venía el olor. A medio camino, tropecé con una roca, haciendo que mi cabeza chocara con la tierra seca y un mísero trozo de pasto. —"A-Ay" —me quejé, abriendo los ojos y tratando de concentrar mi mirada en algún punto fijo del lugar, cuando vi aquella rosa negra me levanté de golpe, mirándola con miedo.

—"¡Eureka! Has encontrado mi hermosa rosa negra, Sasha. Hace mucho que no sabe de ti y ansía tocarte con euforia, ¿a qué sí?" —jadeé con miedo, mientras daba pasos hacia atrás y trataba de alejarme de ella—, "¿hueles eso? Huele a putrefacto, a alguien que ha estado muerto desde hace un mes y tú jamás te disté cuenta de ello." —fruncí el ceño y dejé de dar pasos hacia atrás, mientras ella me miraba de manera seductora, o eso decía su sonrisa.

—"¿Qué. . . ¿Qué quieres decir con todo eso?" —si hubiera podido encarnar una ceja, lo hubiese hecho.

—"Él no era tan importante para ti. Sólo te causaba problemas, ¿no es así?" —mi respiración se agitó y pude ver cómo le había arrancado un pétalo a su rosa —que, increíblemente, había regenerado una en el mismo lugar— y caminó hacia mí, por inercia caminé hacia atrás, causando una gran cólera hacia la pequeña niña.

Podía sentir el poco aire libre acariciar sin ganas mi cuerpo, peinado mi cabello y dejándose llevar por los miedos y locuras que hacía allí. Llenándose de pólvora, lágrimas, pastillas y autodestrucción, pero jamás se llevaba consigo aquellas voces que tanto me mataban y mataban a las personas que habían desaparecido de repente. Acercó su rosa hacia mí, dejándola en el suelo, aquel brillo que jamás iba a morir alumbró la noche oscura y fría, y cuando traté de mirar a la niña pude percatarme de que ella ya no estaba allí.

Cometiste error tras error.

Gritaba por auxilio mientras tapaba mis oídos y me hincaba, choqué varias veces mi cabeza contra la tierra —tal grado me dejó pequeñas rocas pegadas a mi piel— sentía mi uniforme hacerse añicos y sangre salir de mi boca. Recuerdos y recuerdos, voces y voces y distorsión tras distorsión, no podía ver bien entre los recuerdos, no veía nada de manera correcta, todo pasaba muy rápido.

—"¡Detente, por favor! ¡Oh, por favor, por favor, por favor!"

Las risas maniáticas hacían eco en el lugar, en un lugar que no estaba encerrado, en un lugar donde no se podía hacer eco. Pero resonaba en el aire, era golpeada brutalmente por los recuerdos y la velocidad fue bajando cuando entre todos los recuerdos, estaba él.

»—*¡Vete de aquí, solo me traes problemas!* «

Nunca entendí de dónde había salido tal persona, todo me estaba ahogando, sentía como la sangre se acumulaba en mi garganta lista para salir de mi boca. Soltaba algunos gemidos y jadeos de dolor, mientras las lágrimas se hacían las rápidas.

»—*Buenos días, niña.* «

Fue ahí donde mi mundo se detuvo, mis lágrimas dejaron de caer y mi cuello ya no reaccionaba, oh, yo conozco esa voz. Yo conocía su voz, sentía como el aire entraba de infraganti a mi roto uniforme mientras que otro fragmento se encargaba de secar el carmesí y las lágrimas de mi cara.

Vomité de la nada, sintiendo un terrible mareo para después un ardor en el esófago, podía ver la sangre que había vomitado y levanté la vista, mirando a la niña quién me sonreía.

—"No era un secreto tan difícil de descubrir, ¿sabes?" —me soltó una patada en la mejilla, haciendo que la sangre que quedara en mi boca saliera disparada a caer en la tierra. El aroma que tanto seguía aún estaba ahí.

Eres un estorbo para la sociedad, ¡ojalá tomes su ejemplo! escuché su carcajada en mi cabeza, pero trataba de no darle mucha importancia. ¡No sirves para nada, fracaso!

—"¿Po. . . Por qué. . . ¿Por qué ahora?" —trataba de levantarme pero sentía un desgarre físico en mi estómago, ella solo reía al ver mis inútiles intentos, mientras jalaba mi cabello con brusquedad o golpeaba con su zapato mi codo cuando me levantaba.

—"¿Por qué no lo descubres tu?" —seguí su dedo índice que apuntaba a la torre de vigilancia que estaba cerca de mí.

Eres inútil, zorra.

Miré por última vez su silueta para comenzar a caminar hacia la torre, una vez tocando el primer escalón, sentí como la cabeza me pesaba, segundo escalón, la ansiedad me estaba comiendo: ¿y si estaba la muerte ahí? ¿Qué tal si me hace algo?, número tres, comencé a llorar de la nada. Y seguí así, todos los escalones, cuando vi el último, dudaban si iba a llegar con vida, pero pude hacerlo, mi uniforme roto, vomitado y con olor a sangre por doquier, mis uñas estaban completamente desvanecidas y sentía mi vista irse de un momento a otro.

Pero alcancé a ver su cuerpo colgado con una perforación en su cabeza.

Alcancé a llorar y maldecirme. A recordar a quien creía olvidado.

A quien había muerto y jamás me percaté de ello.

Capítulo XLVIII

Eres un fracaso, el mundo no te necesita.

Bajé de mi litera para tallar mis ojos e irme de la celda, mis ojos ardían y sabía que tenía un mal aspecto facial al ver la cara de todas mis compañeras. Sólo eran caras de lástima y pena.

Es lo único que das, ni eres el orgullo de nadie.

—¿Estás bien? —me quité la camisa para ver la protagonista de aquella pregunta, sus ojos eran cafés oscuros y tenía un cabello corto y rizado. — Luces horrible —siguió, su comentario hizo que soltara una risita y mirara hacia abajo.

Das asco, solo eso.

—Siempre luzco mal, no es de esperarse. —murmuro y me quito el sostén frente a ella, su cara se tornó roja haciendo que la mirase fijamente— ¿Eres nueva? —asintió.

—Sí, perdona. No estoy acostumbrada. No es..., normal, esto. —trataba de explicarse, pero solo hacía que su cara se tornara roja. Por más que trataba de olvidar mi pesadilla con su pequeño conflicto para hablar bien, la voz resonaba en mi cabeza.

»—*¡Sólo me causas problemas!* «

«Yo era uno de ellos» pensé, restándole importancia a lo que la chica nueva estaba diciéndome. Sabía que me estaba hablando pues su boca se movía con frecuencia, me harté y le puse el dedo índice en sus labios, callando sus palabras.

—Te vas a acostumbrar, —aseguro— solo necesitas calmarte

y entender que estás aquí porque fuiste, eres y serás un fracaso social y querías aceptación de alguna u otra forma. —me hice una pequeña coleta para abrir la regadera y dejar que el agua limpiara mi suciedad, quería cerrar los ojos, dejarme llevar por el lujo que tenía, pero me daba miedo.

¿Ahora qué sería de mí?

—¿Por qué estás aquí? —cerró la regadera al mismo tiempo que lo hice yo. Maldecí por dentro si su plan era que yo la enseñara todo el lugar, pero tenía que tranquilizarme y practicar mi tolerancia.

Mátala. Su existencia es innecesaria como la tuya, ¡déjala sin vida!

—¿Que por qué estoy aquí? —asintió— Porque intenté matar a mi fa... Es cierto —reí con dolor, recordando las noticias de la psiquiatra, ella me miró extrañada a mi repentino cambio de humor. Solté unas lágrimas de dolor y golpeé la pared con fuerza, escuchándola gritar del susto. Me hinqué mientras seguía llorando de tristeza e impotencia.

Si te mueres estarás con ellos.

»—Estoy orgulloso de ti. «

Quítate la vida, Sasha, no la necesitas.

—¿Estás... Estás bien? —trató de tocarme, pero fui rápida y me levanté, la miré por escasos segundos —ya que fueron pocos los segundos que soportó que la mirara fijamente— gruñí un poco para tallar mi cara con mis manos.

—¿Crees que estoy bien, en serio? ¡Es una pregunta tan estúpida! ¡Mírame donde estoy, donde estamos, mierda! Sí estamos aquí es por algo, ¡es porque algo no va bien con nosotros! Me siento sola. . . Oh, he estado tan sola que incluso no tendría caso quitarme la vida, nadie me necesita, ni en el infierno, ni en el cielo, ni en la vida; me voy sintiendo tan sola que no le hayo un sentido específico del por qué sigo aquí realmente. La gente que quiero no está o está lastimada por mi culpa y yo no puedo hacer nada porque soy una inútil. No estoy bien, estoy huyendo de la vida, de la muerte, de los pensamientos y siempre me atrapan. No estoy bien, estoy destruida, de todas las formas, no tengo nada bueno. No soy —decidí dejarlo así, pude ver si mirada de sorpresa ante mi confesión, limpié mis lágrimas y me puse el harapo amarillo—. Olvídalo, no importa ya.

A nadie le importa tu existencia.

{. . .}

—¿Cómo has estado, Sasha? —observé la pequeña oficina de la psiquiatra, tratando de ignorar su pregunta. — ¿Sasha? —volvió a llamar.

—¿Cómo crees? Me siento un inútil esfuerzo de innecesario oxígeno.

»—¿Tu foco se apagó?

—Sí, y sé lo que significa. «

—Siempre lo he sido —corrijo, la psiquiatra apuntó algunas cosas en su computador para después mirarme con seriedad. —. Siempre he sido un fracaso, nadie me necesita; daño a la gente que tanto amo, ¡los he matado, por, ugh! Necesito morir para estar bien con el mundo, necesito desaparecer de aquí, no soporto más. Quiero morirme, necesito morirme para estar bien.

No necesitas estar viva.

—Sólo he lastimado, la lástima me tiene envidia y la cordura se ha ido al demonio, no me siento bien. No estoy bien, quiero estar bien para estar con vida pero a cada paso que doy voy cayendo poco a poco, no me necesitan en ésta vida y yo no la necesito.

—¿Qué necesitas entonces? —se dobló un poco y me preparé para su acercamiento. Solté unas silenciosas lágrimas mientras sonreía.

»—*Yo no tengo nada de qué perdonarte.* «

—Solo una cosa desde que todo esto ha seguido a su curso, jamás le he pedido mucho a lo inexistente. —chillo, mientras cubro mi cara con ambas manos. — Pero jamás he obtenido una respuesta positiva.

—¿Pero ¿qué es lo que quieres? —insistió el conocimiento, y quité mis manos para que mi voz no fuese amortiguada por mis manos.

—¡Sólo quiero a mi familia de vuelta!

Lancé la silla lo más lejos de mí, asustando a la psiquiatra quien se levantó tratando de tranquilizarme, sabía que mis sollozos se escuchaban por todo el lugar, cerré los ojos con fuerza.

Jamás podrás salir de aquí, eres nuestra.

Abrí mi vista después de haber visto aquel cuerpo por segunda vez, miré la esquina, observando a una persona con ojos rojos y llenos de sangre, su piel pálida y su cuerpo destruido.

—¡Todo es su culpa, maldita sea! —comencé a lanzarle cosas mientras soltaba carcajadas y sentía como mis lágrimas se hacían más rápidas. — ¡Yo era normal!

Jamás lo fuiste. Jamás fuiste normal.

—¡Ustedes me quitaron todo, todo, absolutamente todo! —lancé pastillas, jeringas, lápices y bolígrafos— ¡Déjenme en paz, por favor, oh, por favor!

¡No te dejaremos ir nunca en la vida!

Sólo sirves para ser un estorbo.

—¡Sasha, tranquilízate, ahí no hay nada! No hay nada —salí de trance y miré la esquina de la pequeña habitación. —. Tranquila, ahora, nena..., baja el arma. ¿Quieres?

Miré detrás de mí y pude sentir todas las pistolas apuntando mi cuerpo, observé como mi mano estaba encajada con la jeringa, y una pequeña gota salía de la palma de mi mano.

"*Te amo hija, estamos orgullosos de ti.*", entre tanta gente que me apuntaban en la cabeza, pude notar sus sonrisas siendo humo. Chillé para sentir como caía al sucio suelo.

Ya no siento nada. Es que ya no hay nada que sentir.

Capítulo XLIX

Desperté después de un horrible mareo y dolor de cabeza. Sentía mi cabeza hecha tumbos y podía sentir como el faro de vigilancia me golpeaba con su luz tenue; solté un largo y pesado gemido mientras trataba de levantarme.

El suelo estaba lleno de agua, o eso quería pensar yo. No podía ver nada, no había luz que me dijera lo que había; sin ver aún el exterior, dejé caer mi cabeza al suelo, escuchando como era empapada por el agua; era raro que algo de aquí fuese cálido como el agua que estaba acariciando toda mi nuca y cabello, pero decidí no darle importancia.

Ya nada importaba. Soy inútil.

Quítate esta apestosa y miserable vida que tienes. Estás sucia. Y nadie quiere gente así.

—"¿Podrían ignorarme, por favor?" —pido cortésmente, sintiendo los ojos detrás de mi espalda y las amargas caricias en mi sucio y lamentable cuerpo. Aquí iba. El dolor sucio de cabeza. Algo estaba hediondo en esta habitación y podía asegurar que no era yo la que olía así; posiblemente sabría qué es lo que huele tan mal si pudiera levantarme. Pero no puedo.

Tú no puedes hacer nada. Déjame tomarte.

Vi sus ojos rojos desde el techo y pude admirar como su cuerpo estaba saliendo de ahí, quería moverme y huir de ahí, pero sentía que algo me estaba sujetando.

Siempre fuiste nuestra.

Me levanté de prisa y pude saber qué era lo que olía así. Aquellos cuerpos colgados en la misma habitación donde yo estaba acostada eran lo que olía tan mal... ¡Demonios! Es malditamente cruel cuando conoces sus rostros y parece que la celda es un pasillo sinfín, seguía corriendo mientras escuchaba como las sombras iban detrás de mí y de mi cuerpo, entre el recelo, chocaba con varios cuerpos conocidos, entre ellos, aquél rostro decrépito.

»—*"Ella está pensando negativo."*«

—"¡Mierda!" —exclamé cuando recordé quien era exactamente. . . ¡tantas caras y cuerpos desfigurados conocidos! No podía detenerme a pensar qué diablos pasó.

¡Ya ríndete, jamás te dejaremos sola! Estás loca. LOCA.

—"¡Déjenme, por favor!" —supliqué mientras seguía huyendo de ahí. Giraba a las direcciones desconocidas y, aun así, cuerpos que algunos no conocía estaban colgados y siendo devorados por los ratones. Vomité sin detenerme, hasta que sentí el verdadero desgarre en mi garganta y unas amargas lágrimas acariciando mis mejillas. Seguí vomitando mientras encajaba mis uñas en la pared, sintiendo como les salía sangre por la fuerza que ejercía—. "No puedo más... N-No puedo seguir... No quiero." —comienzo a llorar mientras la sangre salía de mi boca con diversión.

«Yo fui quien le llamó a la policía.»

«Yo fui quien le llamó a la policía.»

«Sasha..., fui yo quien le llamó a la policía.»

Reconocí esa voz al instante, no estaba dentro de mi cabeza. Hacía eco por todo el lugar. Comencé a buscar la voz mientras me ponía atenta con cada movimiento brusco.

Fracaso. Fracaso. Fracaso. Fracaso.

Fracaso. Fracaso. Fracaso.

Fracaso. Fracaso.

Fracaso.

¿Eso sería toda mi vida, un fracaso más del mundo? Solo soy un desperdicio de oxígeno que no sabe hacer nada bien. Seguí buscándolo; mis desnudos pies y vagabundo cuerpo pedían un ligero descanso; pero no podía hacerlo, tenía que encontrarlo a él antes de que sea tarde. Mi pantalón mojado de los pies no era tan cómodo y ligero, absorbió litros de agua que hacían pesados los pantalones.

Sasha. Fui...

Cuando di la última vuelta que pude dar, pude ver su cabello negro siendo un rebelde contra el inexistente aire; una armonía me invadió.

—"No creí decirte esto jamás, pero me alegra haberte encontrado."—sin embargo, él solo me ignora. Había un gran silencio que era constantemente interrumpido por las gotas de agua que caían y los ratones devorando los cuerpos con sus golosos dientes de ratón. — "¿Me estás escuchando?" —parece volver a ignorarme, y es ahí donde decidí darme por vencida. Rodeé los ojos, buscando alguna respuesta lógica. Entre la oscuridad, seguía escuchando aquellas palabras.

«Sasha, yo fui él quien le llamó a la policía.»

—"¿Qué dices?" —escuché como algo se movía y miré atrás, tratando de encontrar de nuevo aquel sonido. —"Oye" —le llamé con ansiedad, sintiendo mi corazón tratar de salir corriendo de mi pecho y sentí como su mano estaba demasiado fría—. "¡Demonios, estás helado! Rápido, ¡necesitamos salir de aquí, vámonos!" —exijo, tratando de tomarlo hacia mí, cuando se mueve al menos un tramo, el sonido de hace más tosco haciendo eco por todo el lugar y haciendo que me pusiera a la defensiva. Mientras tanto, él seguía repitiendo las mismas diez palabras, me alejé un poco para seguir tratando de encontrar el sonido que tanto me hacía comerme viva el cuerpo entero, me alejé un poco más y volví a escuchar el ruido y miré hacia él, viendo como una soga decoraba su cuello y el pequeño banco hizo el sonido que yo tanto buscaba. —"No..., no lo hagas" —sus ojos me miraron con lágrimas y una ligera sonrisa, mientras yo trataba de acercarme a él con cautela.

—"¿En qué me he convertido?" —su voz era suave y quebrada, mientras me miraba con miedo, movía sus piernas hacia delante y hacia atrás con delicadeza, mientras yo seguía caminando hacia él.

Tú no puedes salvar ni a tu asquerosa alma.

—"Por favor" —le rogué suavemente, las voces estaban riéndose de mí y pude sentir como brazos tomaban mi cuerpo, impidiendo que pudiese moverme. —"¡No, por favor, no!"

Te encontramos, todos los ojos te están mirando; haces un pésimo espectáculo, das lástima.

—"Lo siento. No puedo vivir así" —escuché el banco caerse y el cuerpo hizo un sonido hueco, mis oídos podían escuchar su tráquea hacerse pedazos.

Qué mala anfitriona eres.

—"¡No, no por favor!"—como pude me solté de sus brazos y sentí el peso de las esposas en mis muñecas, abracé el cuerpo frío del hombre para llorar en su pecho.

Mataste a todos tus amigos. A todos los que te querían...

—"¡Cállate, no quiero oírte!" —exclamo mientras abrazo el cuerpo que en un abrir y cerrar de ojos, estaba siendo comida para los ratones. — "¡Lárgate de mí maldita vida!" —gruño, levantándome. Siento un golpe en mi cara para luego sentir mi espalda en el suelo, sus golpes comenzaron a acomodarse en mi cuerpo, sacándome sangre. Su risa se hacía eco y miré el cuerpo de aquel hombre por última vez, su ojo me miró con dolor y seriedad.

«Sasha, yo fui él que le llamó a la policía. Yo tengo la culpa de que no estás bien.»

Ahí se fue su último aliento.

—"No hay nadie más, maldita perra. Eres nuestra, jamás te dejaremos en paz; eres un maldito juguete, nadie te necesita. Das lástima."

Ahí se fue el mío.

{...}

—Zuckerberg, ¡Zuckerberg! —me levanté de golpe con sudor en la frente y miré hacia todos lados, encontrándome con la seguridad.

—¿Sí? —mi voz estaba hecha un hilo y sabía que de nuevo estaba llorando mientras dormía, me echó un vistazo para darme un aviso:

—Tienes visita. —informó.

¿Visita? ¿Quién podría visitarte? Sí los has matado a todos. río con euforia y razón, no había nadie más.

—Bien.

Me bajo de la litera de un salto y la guardia espera a que yo salga para salir detrás de mí, habían pasado unos cuantos días, ¿semanas?, ¿meses? Siento que minutos. . . No lo recuerdo. No lo siento en mi cabeza; han pasado vidas después de la visita a la psiquiatra y decidieron no meterme a un cuarto de castigo, ya que dijeron que eso me pondría peor.

Miré mis esclavizadas manos siendo libres por un momento para entrar a ver quién me estaba visitando, le di una mirada a la de seguridad quién me gruñó y me obligó a entrar. Tenía la mirada abajo y me senté en el lugar que me indicaron, para levantar la vista de golpe y sentir como mi corazón se salía del pecho y quería comerme viva.

—Un gusto verte, Sasha. —su voz seguía siendo tenue, pero no quitaba que me estuviera aturdiendo aquella voz que se burlaba de mí.

—¿T-Tú?

Pregunté con miedo, mientras que me regalaba una sonrisa.

Todos se burlan de ti, no contigo.

Capítulo L

Sentía mi corazón querer salir de mi garganta de una forma rápida y tortuosa. Vi sus ojos mientras que su sonrisa era sostenida por sus regordetas mejillas, sentía el vacío blindado en mi pecho mientras que comía cada pedazo de mi piel, sacándome sangre.

La hora de visitas era de una hora, pero había perdido la noción del tiempo, no sabía cuánto llevábamos sin hablar y solamente sosteniendo la mirada.

Te tiene asco, maldita gorda.

Tragué en seco mientras me volvía a acomodar por enésima vez en la silla, mirando sus azules ojos. Cuando puse mis manos en la mesa, sentí el calor de las suyas, dándome una protección, cosa que después paró, ya que no puedes tocar al prisionero.

—Ha pasado mucho tiempo —dijo mirándome. Oh, mierda, me sentía tan culpable de todo, ¿cómo iba a verle a la cara después de que conoce realmente quién soy? Sentía pena y vergüenza de mí, ¡que asqueroso ser soy, don tanta pena! Ni siquiera Dios quiere mirarme, y soy muy torpe para el diablo; después de haber mordido con nervios mi labio, no me quedó de otra más que asentir. —. Un año, exactamente.

Paré de mirarme las uñas desgarradas para mirarlo a él. ¿Un año? No, ¿qué?, pero si apenas es Enero..., ¡que imposible suena eso! Lo miré incrédula.

—¿Un año? —¿qué tanto había perdido la noción del tiempo? Me pregunto yo, sentía que todo había sido ayer, incluso sus gritos y la sangre se sienten tan frescas aún en mis oídos; Alex asintió, mirándome fijamente. —, oh.

—¿Por qué, Sasha? —aquella pregunta hizo que miles de ellas tocaran mi penoso cuerpo, preguntándome lo mismo.

«¿Por qué lo hice?»

«¿Por qué no soy consciente?»

«¿Por qué no puedo salvar a otras personas?»

«¿Por qué tengo que ser un fracaso?»

«¿Por qué no soy útil?»

«¿. . . ¿Por qué no soy normal. . .?»

El tono en el que había utilizado mi nombre era suave y sensible, como si no tratara de hacerme daño alguno, sus ojos mostraban la inquietud y la duda.

Todos quieren dañarte. ¡No te creas especial!

No quise responder a la pregunta incompleta así que lo miré de la misma forma, inquieta y tratando de moverme, alcé los hombros, esperando a que siguiera con la pregunta de las tantas que apostaba tener para mí guardadas en su paladar, esperando a atacarme.

Eres un maldito monstruo.

—¿Por qué matarlos, Sasha? —me susurró en una audible y dolorosa pregunta que hubiera deseado no haber escuchado; cerré mis ojos con fuerza, observando aquel cuerpo sonriente para después abrirlos, dejando escapar todas las lágrimas que querían huir. — ¿Por qué no dejarlos vivos?

—Porque no podía —contesté entre dientes, con una voz dolorosa. Los sollozos se hicieron ligeros mientras trataba de tapar mi cara con mis sucias manos, pero no podía hacerlo—. No podía dejarlos con vida, no era yo aquella persona —seguí, mientras lo miraba con aquella chispa de confusión. Aquella confusión de que no iba a saber qué sería de mi mente, de si mi cerebro y estómago volverían al lugar indicado, mi cabeza estaba comiendo mi esófago mientras que mi estómago vomitaba mis neuronas en forma bizarra y escandalosa.

—La hiciste daño a mucha gente.

—No era mi intención.

—¿Entonces cuál era, Sasha?

—¡No lo sé, ¿sí?! ¡No lo sé! No sé cuál era mi intención, no quería hacerlo. No me sentía yo, no era mi cuerpo, no, jamás ha sido mío, no pude evitarlo, se sentía tan satisfactorio, pero a la vez me estaba quemando el desgarre cerebral; no quise hacerles daño, no quise hacerme daño pero era tan pecadora la forma en la que me pidieron que lo hiciera que no pude parar —chillé—. Sí tan solo pudiera pedirles perdón, y-yo. . . Yo sería tan, mierda.

No puedes. No debes.

»—T-Tu querías. . . «

—Puedes hacerlo. —me calmó, mirándome, miré hacia donde él lo hacía y pude ver su ya un poco alta figura, sus rizos y sus ojos hermosos.

Mi corazón parecía querer morirse otra vez al verlo, sus ojos estaban tan apagados e inexplicables, pero al verme, un pequeño brillo atravesó su pupila, haciendo que sonriera; corrió hacia mí con euforia para abrazarme y llorar en mi hombro, no soporté más y lloré con la misma fuerza que él, abrazándolo.

—Lo siento, lo siento tan Derek. —me disculpé tantas veces entre los sollozos, él solo se disponía a asentir y a aferrarse a mí, incluso podía sentir sus cortas uñas encajarse en mis harapos.

—No era necesario dejarme, no era necesario dejarme. —sollozó, mirándome y le limpié las lágrimas. — Mira ahora en dónde estás, no me gusta que estés aquí —hace un adorable puchero, mirándome.

—Necesito pagar todo lo que te hice, Derek. Se le llama justicia —le susurro, mientras acariciaba sus rizos.

—¿Y lo que te pasa también lo es?

Robó mi aliento y aquél monstruo que me tocaba, se lo comió.

Oh sí, tú te mereces todo lo malo.

{...}

La hora de visitas había terminado y antes de que yo me fuera, miré a una mujer preocupada, mirando para todos los lados que fuesen posibles; me acerqué a ella y al notar mi presencia, su cara cambió a una de cierto temor.

—¿Busca a alguien, señora? —le pregunté de buena manera, con una voz suave y amigable. Ella me miró suplicante y contestó:

—Busco a Bambi Boyd. ¿Tú la conoces? ¿Podrías decirme si la has visto? —el nombre me dejó estática por unos momentos, no sabía que decirle, suponía entonces que ella no sabía absolutamente nada de Bambi y de lo que le pasó.

—No —mentí. —, no la he visto en unos días, lo siento.

—Entiendo. Dios la cuidé y también a ti, con permiso —y antes de que se fuera, la detuve.

—Disculpa, ¿qué es usted de ella? —me miró un poco desconfiada para después contestar:

—Soy su madrastra.

{...}

—¡Fuera luces! —ordenó la oficial y rápidamente, las luces del lugar desaparecieron dejándonos en una completa oscuridad. Me acosté en mi litera, mirando hacia el techo, escuchando mi respiración y mi corazón tranquilo, había sido un día lleno de emociones y sorpresas, no iba a poder dormir.

Cerré los ojos, dejándome llevar por la brisa.

Me encontré en la cárcel, con la cena abierta, salí de ahí y comencé a caminar rumbo a algún lugar desconocido; la rosa me había dejado sin ganas de seguir, todo estaba confuso, todo estaba yéndose a la basura y no tenía esperanzas para seguir con vida.

¿Qué haces con vida? No la mereces.

Trataba de ignorar las voces que me seguían a cada paso que daba, sintiendo frío, y unos susurros en mi cuello, erizando con miedo mi piel.

Su tiempo se acabó.

—"¿Qué?" —un cuerpo estaba frente a mí, con la cara tapada con un harapo sucio.

Acaba con ella.

Me acerqué al cuerpo para quitarle el harapo y gritar el susto. Una sonrisa linda y unos ojos perfectos.

—"¿Ba-Bambi?"

No lo dejes con vida.

Capítulo LI

No pude dormir, creo que se estaba convirtiendo en una tradición. Mis ojos pesaban y había dejado de ser gracioso que mi cara chocara con la comida de la cárcel; la gente comenzó a verme preocupada, pero yo no podía corresponder, mis dedos ardían entre tanta sangre que me había sacado y mi cuerpo temblaba en sudor, no podía tranquilizarme, no después de aquel sueño, entre la somnolencia diurna que tenía, identifiqué la cara de Himuro con unas compañeras más.

Eres un estorbo, no sirves para nada.

Gruñí en molestia por la jaqueca y decidí levantarme para irme de allí, las personas miraban a una chica de tez morena con la cara embarrada de puré, ¡qué gracioso! Soy tan simpática, carajo. Mientras caminaba, golpeé una pared con una fuerza descomunal, sentía mis nudillos burlarse de mí y seguí golpeando a la pared, escuchando sus escandalosas risas.

—¡¿De qué mierda te ríes?! —le grité, observando tu tez grisácea, los ojos me miraban entretenidos mientras que la desesperación se burlaba en mi oído, desgarrando mi cráneo y echando a dormir mi cuerpo en un estado crítico de paranoia.

El tiempo se le está acabando, Sasha.

Corrí hacia el patio donde pude ver a algunas haciendo ejercicios o deporte, tenía que dejarme llevar, pero si lo hacía, la sangre iba a correr por todo el lugar. Observé a la nueva, sentada en una orilla de todo el patio y caminé hacia ella quien, al verme, sonrío de lado.

—Hace mucho que no te veía —comenzó a hablar, y su mirada me siguió mientras me sentaba a su lado.

—Ah —suspiré en un gemido bajo—. Hace unos días, ¿no?

—Meses, querrás decir. —corrigió y la miré con cierto miedo. Mi corazón empezó a bombear la sangre más rápido mientras que trataba de analizar todo, ¿meses? ¡Pero si hace unos días había hablado con ella! ¿Qué estaba pasando aquí? ¿Qué estaba pasando conmigo? ¿Por qué no recuerdo el tiempo que he perdido entre mi mente y mis miserias genuinas? — Estuviste como dos meses dentro de tu celda después de la noticia de una tal. . . "Bambi", las oficiales decían que estabas en un estado de shock, lo cual fue sorprendente, que yo sepa jamás había durado tanto.

»—*Hace unos días.* «

»—*Meses.* «

¿Por qué no recordaba? Una estruendosa risa atravesó mi cráneo y me fui de ahí, no sin antes despedirme de ella. Caminé y troté hacia los cuartos de castigo, gritaba su nombre mientras aquella advertencia hacía eco por la habitación.

El tiempo se acaba.

—¡Grace! —un golpe hizo que saltara del susto, logrando así, que de sus labios saliera una carcajada.

—Oh, hace meses o años que no te veía por aquí después de aquella amenaza. ¿Qué te trae por aquí? —todo lo que quería preguntarle me lo había dicho con aquel tono de burla, así que decidí irme.

{...}

—¿Dónde está? —le pregunté alarmada, la psiquiatra Hazel me miraba con extrañeza, mientras acomodaba sus papeles—. ¡¿Dónde está Bambi?!

—¿Bambi? ¿Bambi Boyd? —asentí con euforia—. Está en su celda, hace unas semanas que salió del hospital.

—¿Unas semanas? ¡Qué mentiras! Sí ayer vinieron a visitarme. —Hazel hizo una mueca y buscó unos papeles y después de hallarlos, me los entregó.

Hace una semana que Derek y Alex habían venido a verme. Entonces... ¿Estoy entrando a una paradoja donde estoy recorriendo lo mismo que el día anterior? Estoy creando mi propio mundo en la vida real, mierda... ¡eso no está bien! ¡No está bien, no está bien, no está bien!

—Hace unas semanas —hizo que alzara la vista, tomándole toda la importancia a lo que quería decirme— viniste a preguntarme lo mismo. En dónde está Bambi. —arrugué un poco la hoja informativa y antes de que la hiciera añicos se la entregué.

No era cierto. La gente me estaba mintiendo, ¡está tratando de volverme loca! ¡No es verdad! Sí bien recordaba, la celda de Bambi está en la planta alta, salí corriendo hacia ese lugar, siendo observada por aquellos ojos y tomada por las manos frías que trataban de llevarme a un lugar en el que no podía existir yo.

Pero los demonios sí.

Tu tiempo, Sasha. Se está acabando el tiempo, ¡no puedes pedirlo así!

—¡Bambi!

—¿Sasha? —su tenue voz hizo que mirara la celda en donde estaba, sus manos bajaron el libro y me miró con duda, me metí a la celda y la estreché en un abrazo, aquellos abrazos en donde la soledad no llamaba mi atención y sentí un alivio en mi mente.

Suena el reloj de la muerte y la vida está dejándola pasar, Sasha.

—Creí que..., mierda, ¿por qué jamás fuiste a decirme que ya estabas bien? ¿Sabes lo preocupada que estaba yo? Bambi, no quiero que te vuelva a pasar nada. —ella me miró extrañada, pero acarició mis nudillos mientras tocaba su mejilla.

—¿Te sientes bien, Sasha? Apenas ayer fui a verte, estuvimos en el patio, ¿no lo recuerdas? —negué con miedo, mientras la tomaba de la cintura con fuerza. Besó mi comisura y me acurrucó en su cálido cuerpo—. Todo estará bien —al parecer había adivinado que me sentía pésimo, cosa que no era una novedad, escuchaba su corazón ir lento y suave, dándome una armoniosa melodía.

Se acaba el tiempo.

{...}

Grité con fuerza mientras cerraba mis ojos y tapaba mis oídos, sentía la sangre salir disparada de mi boca mientras exigía agua, pero mi tráquea estaba destruida. La rosa no pensaba detenerse ahí, me hinqué ante ella, pidiendo clemencia, pero los recuerdos se hacían más estáticos, cuando creí que ya no podía más, paró de golpe, haciendo que cayera, mirando a la niña quién había agarrado la rosa con cariño.

—"¿No viste nada?" —me pregunta en una fingida preocupación, trataba de moverme y salir de ahí, mi garganta pedía auxilio, pero mi mente estaba cansada de esperar algo que jamás llegará.

—"Ba. . . Bambi" —abracé su cuerpo de forma protectora, mientras apartaba a los ratones quienes estaban listos para comerla.

—"Qué lindo" —canturreó de forma hipócrita mientras pateaba mi cuerpo y lo hacía a un lado, sentí como se me iba el aire así que comencé a exhalar con fuerza, tratando de recuperar algo de lo perdido—. "La pequeña puta se ha enamorado." —comenzó a reírse, haciendo que las paredes se rieran con ella.

—"¡Cállense, maldita sea!" —les ordené, mientras trataba de volver a tomar el cuerpo, pero las sombras me agarraron y sentía las esposas tomarme con posesión, sentía la sangre escurrir de mis muñecas y mi cuerpo desgarrado entre las miserias caricias, escuchando aún las burlas—, "por favor, cállense. No las soporto." —lloré con rabia, y levanté mi vista, tratando de arrepentirme cosa que funcionó bastante.

Había recreado la escena donde pude ver a Bambi siendo tocada de manera lastimosa por Grace; su alma estaba sucia, su cuerpo escurrido en miserias que nadie podría quitarle de su piel estaba lastimada, pero lo que más me dolía era que. . .

—"Tú estabas en ese momento, ¿recuerdas? ¡Y no hiciste nada! Eres una cobarde, si te hubieras armado de valor, tal vez ella no estaría tan sucia como lo está ahora. Pero ahora ya no puedes hacer nada, ella está tan sucia que su alma no se limpiará con jabón y agua, está agria por fuera, está seca, y todo pudiste haberlo evitado." —se burló.

—¿Por qué no lo evitaste? —escuché en mi oído, tantas veces, que mi garganta se hacía desgarre de tanto decir que lo sentía.

—"¿No te has preocupado de no recordar nada, cariño?" —se burló de mí, mientras yo seguía pidiéndole perdón a la sombra que tenía el cerebro escurriendo en su cara. —. "¿No te has puesto a pensar en nada?"

—"¿E-En qué puedo..., ¿pensar?" —le pregunté de manera débil, mirándola con lágrimas en los ojos.

—"Él ha muerto, y tú no recuerdas nada."

El tiempo se acabará y no recordarás nada.

Capítulo LII

Después del incidente con mis olvidos, la doctora me había recetado unas cuantas pastillas para poder dormir y estar en paz conmigo; iba con platillo en mano para llevárselo a Bambi, su costilla estaba fracturada, unas razones del por qué ya no se veía más en los comedores y era muy raro que saliera si no era por algo realmente importante. Cuando me vio, una pequeña sonrisa decoró sus labios, haciendo que sonriera también.

Sólo es educación, ella no te quiere.

Lo sé.

—Te traje tu desayuno —le comenté, dejándole el plato en su litera, ella me agradeció y me senté a su lado para observar sus labios llenos de asquerosa comida—. Oh, carajo, ¿cómo soportas comer eso?

—No quiero morirme de hambre, aparte, si lo comes rápido, no notarás su sabor —informa, para meterse un bocado a la boca y darle un gran mordisco y escuchar como su garganta le da la autorización para seguir comiendo—, ¿lo ves? —me sonríe desafiante, mientras me guiña un ojo.

—Ya lo creo. —acaricié su cabello para después parar a media caricia. Hace mucho que no me sentía tan bien a lado de alguien que no estuviese metido en sus propios asuntos, pero ahora, siento que quiero contarle todo sobre mí, la vi de reojo, observando sus bonitas facciones y tuve un dolor de pecho.

Ow, la pobre zorra está enamorada.

Sentí pena así que miré hacia otro lado. —Gracias, estuvo pésimo —trata de formar un chiste en donde me río un poco con ella, dejé el plato en la mesa y la miré directamente a los ojos.

—Bambi. . . Tu. . . Sé que tú mataste a tu madre, ya que me lo dijiste, pero..., ¿tú estás bien de tu cabeza? —ella me miró fijamente y parecía procesar lo que decía. Quitó su vista de la mía y negó.

—Sí, me hicieron estudios psicométricos y dijeron que solo estaba en trance por nuevas "experiencias" —alzó los hombros, mordía mis uñas y sentí la sangre entrar a mi lengua.

—¿Y qué piensas de las personas enfermas?

Todos te odian, ella no es la excepción.

—¿Qué puedo pensar? No me agradan mucho, digamos, mejor, que me dan miedo. A pesar de que los admiro, no me gustaría convivir con alguien que tuviese una enfermedad para no, tú sabes. . . Perder mi vida. A veces pienso que solo fingen para llamar la atención de la gente y realmente no tienen nada dentro de su cabeza; el humano funciona así, al ver que nada llama la atención de las personas, fingen cosas interesantes para que todos estén a su lado; pero no creo que eso llene el vacío que tienen.» El humano avanza demasiado rápido que tener una enfermedad equivale a no tener nada, estamos bien. Todo lo que dicen ellos es mentira.

Sentía como mis ojos se llenaban de lágrimas y traté de que no me viera, pero ella tocó el tema de las personas que fingían tener alguna enfermedad mental, ¿qué pensará de las personas que realmente sufren de aquella enfermedad?

—¿Y... —tomé una bocanada de aire tratando de que mi voz no saliera quebrada, «adelante» dijo ella, tratando de darme aliento con lo que quiero decirle. Sentía las voces burlarse de mí y los ojos mirándome, oh, tan pacientes ellos como siempre y vuelan frente a mi dándome una respuesta sin pregunta, la miré con una pequeña sonrisa y suspiré de nuevo— qué piensas de las personas que realmente si tienen una enfermedad?

Ella no te quiere. Jamás lo hizo.

—Les tendría miedo. Jamás me acercaría a alguien así. —respondió sin mirarme, me levanté de prisa y me fui de ahí sin darle explicaciones, llorando por mi enfermedad.

Ellas tenían razón, jamás me iban a querer; nadie iba a hacerlo. Estaba sola en esta batalla y la vida realmente no quiere darme una oportunidad.

E igual ya no la quiero. No la necesito.

Jamás la necesitaste, te lo dijimos, querida. Eres un estorbo, das miedo, jamás alguien te va a querer.

—Cállense. . . —chillé haciéndome ovillo en mi cama y soltando sollozos, su burla se hizo canto y sentía como su cuerpo estaba pegado al mío de una forma dolorosa. — Cállense, por..., por favor. —supliqué.

Nadie nunca te va a querer.

Solté un gemido de tristeza, tapando mis oídos con fuerza y viendo la pared, donde todas las sombras estaban burlándose de mí. Miré hacia abajo, observando los cuerpos levantarse y burlarse, la sangre brotaba de sus labios haciendo que tratara de esconderme entre la pared.

¡Jamás te quisieron!

»—¡Sólo estorbas! ¿Por qué no lo entiendes? —gritó mi hermano en un arranque de ira, tomándome por los hombros.

—. . . No lo sé. «

—S-Se... Se los suplico —lloré y balbuceo mis sollozos.

Nadie te quiso en su vida.

—Ayúdenme —pedí.

Porque nunca fuiste normal.

Cerré los ojos, ya no había nada que perder.

Lo había perdido todo desde que nací.

{. . .}

No sirves para nada. Siempre fuiste un pedazo de mierda, nadie te necesita.

—"Has bajado mucho la guardia, Sasha. Ya no puedes más." —aseguró mientras que yo observaba el agua cayendo, suavemente; mis oídos se afinan al compás de las gotas chocando con el suelo. — "Los has matado a todos, ya no te queda nada."

Decidí seguir mirando mientras unas lágrimas acompañaban las gotas, haciendo un diminuto charco de agua y lágrimas. Sucias lágrimas.

Mi cabeza dolía y sentía toda la presión en mi cuerpo de una manera exquisita, los golpes estaban marcados en mi cráneo y me tapo rápidamente con una sábana, tratando de ocultarme de aquellos demonios que me tocaban por las noches.

Pero no había una sábana.

Pero sí demonios.

—"Dejaste morir a las demás" —argumentó, pero mi boca

seguía siendo hidratada por las amargosas lágrimas, derramando la sangre, jalo mis brazos hacia los lados, escuchando las esposas jugar su papel. —"¿Qué haces con vida?"

—"U-Us. . . Ustedes díganme" —le dé la cara, mi uniforme era un desastre y sentía mi cabello completamente maltratado, era la figura perfecta de la tristeza que ningún pintor quisiera tener en uno de sus lienzos.

Convertido en nada, me vuelvo humo y comienzo a llorar más fuerte para después, calmar mis sollozos con suavidad, busco el calor, pero el frío me sostiene de las esposas y me toma, diciéndome que no me puedo ir.

Jamás puede hacerlo.

»—*"¿Cómo llegaste aquí?"*«

—"¿Qué hago aquí?" —le susurré en una pregunta, mientras me rompía en un silencioso llanto. Ya no había nadie frente a mí, consolando mi pesada alma y diciéndome que todo saldría bien, a dónde fuera, estaba sola; no importaba qué lugar nuevo conocía, los cuerpos estaban siendo devorados y no podían atenderme.

»—*"No lo sé."*«

Estaba perdiendo la noción del tiempo en una paradoja de volver al pasado, la demencia me estaba comiendo los tímpanos y traté de callar los silenciosos sollozos que estaba soltando de mis labios.

Sentí como alguien me tomaba del cabello y decidí cerrar mi boca, dejando fluir mis lágrimas sin consuelo, sentí mi cuerpo entero se arrastrado por los pasillos mientras seguía llorando, siempre fue una mala vida y jamás me percaté hasta que comencé a darme cuenta que en mis ojos había una cárcel que me tenía encerrada para hacerme sufrir; pero no hay nadie que me crea, ni siquiera aquél que dice que todo lo ve, no hay nadie arriba, estoy a mi suerte ahora, siendo arrastrada por los pasillos sin decir ninguna palabra u ofensa hacia mí, miraba mi sombra y de daba lástima, otra razón más para llorar.

«¿Qué hago aquí?» pensé mientras limpiaba mis lágrimas y sentía algunos golpes en mi espalda o podía sentir la intención que tenían al jalar con más fuerza mi cabello corto. «¿Que me falta por hacer? ¿Qué me falta por vivir?»

—"Párate" —ordenó cuando me soltó de mi cabello, levanté la vista seguido de mi cuerpo para mirar el lugar. Era una habitación cálidamente fría, con notas color rosa pastel y unas negras y secas.

—"¿En dónde estamos?" —miré a los lados y pude ver a los espectadores y algunos objetos, una soga y un pequeño banco. Un chasquido de dedos y yo portaba un lindo vestido que, de solo ponerlo, había comenzado a vomitar sangre y tener una fuerte hemorragia nasal, manchando mi ropa y cara.

—"Ya no tiene caso, Sasha." —habló—"Tienes que acabar con esto, el espectáculo tiene que acabar ya." —sombras colocaron la soga con modestia y me arrastraron al pequeño banco, donde me hicieron pararme.

Era cierto, ya no me faltaba nada por hacer porque nunca tuve una vida para empezar.

—"Solo acaba con esto de una vez. Lo has destruido todo, tienes que darle algo a cambio."

Asentí.

Ya no hay vida.

Capítulo LIII

Yo creía en ti.
Ya no hay nadie.
En un cielo justo.
Te han abandonado, ¡hazlo ya
¿Qué tan triste debo de ser?
Nadie te necesita, te han olvidado.
¿Qué tan enferma debo de estar?
Sólo eres una estúpida ilusa.
Ya sabes, para entrar a tu cielo.
No hay vida. Ya no hay por qué vivir.
Has dejado de existir.
Y no recuerdo cuando pasó.
{...}

Salí corriendo de ahí mientras escuchaba las voces burlándose de mí, ¡jamás saldría con vida!, entonces, ¿por qué estoy corriendo? ¿Por qué trato de huir? Todo será un intento estúpido como yo, como mis pasos; en un intento de correr más rápido, sentí como mi pierna era arrastrada en el suelo hasta llegar a la orilla de una pared, golpeándome, trato de levantarme de prisa sintiendo el ardor porque agua contaminada entró a mi herida, estaba sangrando más de lo normal, sentía como mi boca también lo hacía.

{...}

—¿Te tratan bien? —Derek me preguntó con preocupación y curiosidad, inevitablemente recordé todo el caos que ha pasado.

—Sí, bueno..., no espero mucho, es una cárcel —sonreí mientras miré a Alex, quien me regresó la sonrisa. Sentí como alguien estaba parado frente a mí, así que volteé y un pequeño escalofrío recorrió mi cuerpo, haciendo que haga un sobresalto.

—¿Estás bien? —me preguntó, tomándome de ambas manos. Lo miré fijamente y después bajé la mirada.

—Sí. —supuse.

{...}

Alguien venía detrás de mí, su altura era espeluznante y ni siquiera tocaba el suelo. Su cabello largo y los ojos manchados en sangre, trataba de pedir ayuda, pero sentía como me ahogaba.

{...}

Sentí una amargosa asfixia

—No lo sé. —sentí como algo me tocaba la nuca, así que me limité a tocarme para confirmar que no tenía nada y seguir escuchando la anécdota de Derek.

{...}

—"¡Por favor, suéltame!" —supliqué mientras me sentía como me agarraba de la nuca. Escuché sus carcajadas y el miedo me paralizó, unas lágrimas de miedo salieron de mis ojos mientras trataba de apartarme.

{...}

—¿Por qué estás llorando? —me cuestiona Derek, mientras Alex se encarga de limpiarme las lágrimas; los miré extrañados y toqué mis mejillas sintiendo su humedad—. ¿No te sientes bien?

—No es eso —corrijo—, es porque estoy muy feliz de que estén aquí. —miento.

Eres una estúpida perra.

{...}

Sentía como los cuervos comenzaban a picar mi piel, mientras mi piel ardía en la soga, haciendo que saliera sangre; mi cuerpo se quemaba en fuego vivo, y la miré.

La miré con aquellos ojos de perdón.

Con aquellos ojos que me exigían la muerte y la ansiedad. Estaba localizada en la tristeza que nadie iba a curarme; me estaba muriendo, lento, rápido, sin darme cuenta o enterada, pero lo estaba haciendo.

Solté unas lágrimas para seguir mirándola y jurarle amor eterno a la mentira, sentía como estaba muriendo, mi cuerpo estaba soltando vómito innecesario que chocaba en su cara, pero ella solo reía.

Estaba ardiendo en llamas.

—"¡No quiero morir aún!"

{...}

—¡No quiero, no quiero! —me levanté de golpe para salir corriendo, escuchando los gritos de Alex y Derek.

Sentía mi cuerpo arder, sangrar y ser comestible para alguien.

Pero en los reflejos no había nada.

Nunca hubo nada.

{...}

—"¡Camina, anda!" —mi historia jamás tuvo coherencia,

tomó mi cabello y me levantó. Gemí alto cuando sentí mis pies quemados tocando el frío suelo, las lágrimas comenzaron a ahogarme y ella me miró con malicia. — "¿Qué, no puedes moverte?"

—"¿P-Por qué?" —lloré y sentí como un cuervo se ponía en mi hombro sin hacerme daño, mis brazos estaban mostrando mi carne y mis pies estaban morados y completamente calientes, tanto, que podía percibir el humo en mis pies.

{...}

¡Tú te mereces todo lo malo, Sasha! ¿Por qué no has entendido? ¡Te mereces la muerte más cruel que alguien puede darte!

—¡No quiero morir! —me tiré a mi litera y me hice ovillo, tratando de que las sombras no vieran mis ojos. — ¡Carajo! —exclamé cuando sentí un ardor indescriptible en mis pies, mis gritos no llamaron la atención de alguien, pero mis pies estaban quemándose.

No es cierto.

No había fuego.

{...}

Sentía toda la sangre caer a mi cuerpo y las llamas comer cada parte de mí. Sólo mis gritos eran los que se escuchaban por la habitación, ella me miraba, ella sonreía.

Y yo cerraba los ojos.

Y yo ya no vivía

{...}

No importa cuánto me talle, aún siento la sangre caer en mi cuerpo; era la única regadera abierta, y las voces se sentían cerca de mí nunca, estaban respirando. Gimiendo. Llorando.

—¡Basta! —exclamé volteando atrás. No había nada. No había Sol.

No hay Sol.

{. . .}

—"Eres una maldita puta." —retractó—"Muchas veces te dije, maldita sea, que no servía para nada seguir viva; eres un estorbo, muchas veces te dije que era mejor matarte, ¡hazlo, mátate! No sirves para nada, eres una maldita estúpida inservible. ¡Eres una enferma! ¡Estás enferma, Sasha! Jódete y que se joda tu alma, eres una sombra entre tanto Sol." —me tomó de la cabeza, golpeándome después contra el suelo.

—"Por favor..., oh, por favor" —¿cuántas veces he suplicado? He perdido mi cuenta, la sangre estaba corriendo de mi boca y sentía mi mandíbula inferior quebrarse con exquisitez.

{. . .}

—Tu mandíbula está bien —volvió a decir, cerrando mi boca

—No la siento bien. —juré acariciándola, mientras trataba de escuchar algún hueso fracturado, pero no se escuchaba nada.

—¿Te has pegado con algo? —me quedé pensando. ¿Qué había hecho hace un momento? Me metí a mi mente y lo solo estaba llorando, gimiendo y gritando. La miré con el ceño fruncido, llena de confusión.

—No lo sé.

{. . .}

Los árboles se balanceaban contra el aire, escuchaba sus hojas chocar una con la otra en un suave sonido; mis pies estaban ardiendo al igual que mi cuerpo, los cuervos me seguían mientras miraba a las esposas que decoraban mis muñecas, seguía llorando, no iba a para de hacerlo.

Muchas veces me lo dijo: "para de llorar", sabía que lo decía, pero todo estaba estático, errático, estoy asustada de mis ansiedades y sentía como la muerte me tomaba de los pies con firmeza y escupiendo sangre.

Los ángeles me miraban con pena y más pena sentía yo al no creer en ellos, estaba divagando.

¿Lo estaba haciendo? Posiblemente sí, estaba asustada de lo que iba a pasarme, ¡demonios! De nuevo tenía la sensación de decepción al no haberme matado, veía su figura espalda, caminando delante de mí, mientras los desgarres se hacían en su espalda y manos salían de ella, tomándome del cuello.

Lloré de miedo y solté un pequeño gemido sin decir nada mientras seguía caminando, los cuervos se estaban volviendo locos y volvieron a picar mi cara, el ardor se sentía y la carne se alejaba de mí.

{...}

—¡Ayúdeme, por favor! —le supliqué a la psiquiatra con miedo. — ¡Me están picando, ayúdeme, me duele muchísimo! ¡No lo soporto!

—¡Tranquilízate, mírame! —me tomó de los hombros de manera firme, nos miramos fijamente, sin decirnos nada, ella comenzó a repetir la primera palabra que dijo y yo tomaba aire de forma brusca y tosca, hasta que mi respiración comenzó a hacerse suave y tranquila. —. Vamos, Sasha, di un color, vamos. Dímelo.

Me miró fijamente.

{...}

Me tomó los hombros y me miró hipócritamente a los ojos, repitiendo su petición.

—"Carmesí."

Capítulo LIV

Mi cabeza dolía, era un dolor demasiado fuerte y sentía todo al mi alrededor girar. O tal vez yo estaba girando, no lo sé; estaba muy adolorida como para pensar, pero entonces, vi su silueta con un tanto de preocupación, y miré como le llamaba a alguien más; la segunda y distorsionada persona rodó los ojos y me levantó con pesadez, automáticamente sacudí lo que llevaba puesto para levantar la mirada, el dolor me estaba matando, y no pude evitar llorar.

—¿Y ahora por qué lloras? —me jaló de la mano, llevándome adentro, limpié mis lágrimas ya que, al parecer, para ella era estúpido que alguien llorara. Seguramente ella era alguien muy fuerte.

—Me duele.

—¿Qué?

—Esto —mostré la carne suave y lastimada de mi rodilla, decorada con el carmesí. Volvió a rodar los ojos.

—Débil.

Declaró.

{...}

—Hola, ¿qué haces? —se sentó a mi lado y su aroma atrapó mis fosas nasales, miré sus cansados ojos y traté de sonreír, dejando escapar la timidez.

—Eh..., no mucho, solo estoy dibujando. —solté un balbuceo, tratando de esconder lo que había hecho; no era una gran artista, no era nada.

—Déjame verlo, ¡por favor! —insistió y le negué. — ¡Por favor! —rogó por enésima vez.

—Está bien. —gruñí, lo había hecho entre dientes; una sonrisa decoró sus labios y, quitando las palmas de mis manos, mostré los vagos rayones que había en la hoja. Parecía una persona gritando entre tanta incertidumbre, pero no sabía lo que hacía. —Está feo.

—¿Bromeas? —carcajeó— ¡Es perfecto! Serás grande, uhm.

—Sasha. —le sonreí, hizo lo mismo.

—Uh, sí, Sasha.

{...}

—¡Oh, pájaro noble! Has perdido el toque, y has muerto en mis manos. ¿Qué hice? Oh, Dios, ¿qué—

—Basta, deja de decir Dios. —gruñó— No fue tu culpa, y no culpes a tu subconsciente llamándolo Dios.

—¿A qué te refieres? —cambié de expresión, frunciendo el ceño. Se cruzó de ambas piernas y me miró

—Dios no es real. Te sientes sola así que te metes a los grupos donde dicen que hay alguien mirándote y jamás te dejará sola; ¡qué satisfacción! ¡No estamos solos! Piensan, pero, querida, ¿cómo sabes que realmente te está viendo? ¿Acaso baja a darte consejos? ¿A consolarte?

—Tú lo haces. Fuiste un ser hecho por las manos de Dios.

—No, te equivocas.

{...}

A veces patear piedras era más entretenido que estar adentro sin hacer nada, ignorando a los ignorantes y subestimar a los cultos. Siempre sucede así, vi a dónde se dirigió, mi piedra había tocado su tobillo con rudeza, pero no pareció percatarse; mi piedra favorita, así que me acerqué y la tomé, mirando al lastimado.

—Perdona.

—No siento nada —sonrió y traté de hacer lo mismo, otra vez—. ¿Qué haces afuera?

—No hay nada que hacer adentro, a veces quisiera huir, tal vez haría mejores cosas allá afuera. Donde el Sol es presente, los pájaros cantan, el aroma es cálido y nadie sabe de ti; ese lugar es acogedor y perfecto para mí, solo para mí.

—A ese paraíso que es acogedor y perfecto para ti, le han llamado cielo; y solo se consigue de una forma —vi como la navaja no temblaba cerca de mi yugular, tragué en seco, mirando hacia arriba.

{...}

Miré la marca de mi rodilla y traté de no decir nada al ver un poco de peso en mí, cuando solté un suspiro, habló.

—Te ves gorda

—Estoy gorda —corregí, mirando sus ojos fijamente, sentía como mi piel se aferraba a mis costillas, pero no era algo que deseaba ver.

{...}

—Ah, mierda. —gruñí con cólera, mientras miraba la ventana de ahí, tallé mis ojos y miraba a los lados, para después, encajar nuestra mirada.

—¿Qué ha pasado?

—He visto algo raro que no me ha dejado dormir en días. Creo que se está volviendo una tradición —sonrío.

{. . .}

—¡Eres una maldita estúpida! ¡Voces, voces, voces! ¡Es mentira, ya no sabes qué inventar! —gritó mirándome mientras yo jugaba con mis manos.

—Está loca. —dijo

{. . .}

—¿Irás así? Das asco —me tomó de los hombros, mientras yo observaba mi cuerpo. —. Quédate aquí, querida.

—Creo que tienes razón, nadie me notará de todas formas. —me traté de consolar, quitándome el hermoso vestido que traía puesto.

{. . .}

—¿Una cárcel? ¡Anda ya!

—¡Oh, te digo que sí! —dije con cólera, mientras miraba sus largas pestañas. — Una cárcel abrumadora y fría, solo que hay algo raro en ella.

—No es real.

{. . .}

Maldecía cada vez que trataba de tocar mi piel caliente y sangrante. Solté un gruñido y lo dejé en paz.

—¿Qué te ha pasado?

—Amanecí así y el único que tiene el cuchillo en mi yugular por las noches eres tú.

—Tú me lo das, ¿recuerdas?

Lo miré por unos momentos, para mirar mi nueva cicatriz.

—No.

{. . .}

Mátate. Hazlo

—¡Quién ha dicho eso! —me levanté de mi piso, buscando aquella voz. Tallé mis oídos y volví a sentarme, pensando en que tal vez fue una alusión mía.

{. . .}

Todos te están viendo, que asco.

—Qué molesta eres —susurré mientras caminaba por los pasillos de la secundaria, sentí una mirada de a mi lado y solté—: Que te has tardado en aparecer.

—Lo siento, estar allá y acá es un poco difícil. ¡El escenario ya casi termina! Quedará hermoso. —le traté de sonreír al viento, para irme a mis clases.

{. . .}

—Siempre has sido así de malo —le recordé mientras tomaba la navaja y corté una cabeza de un pájaro herido, rodó los ojos y negó.

—Solo lo hago por tu bien.

{. . .}

—Solo te querrán por tu cuerpo porque eres una maldita zorra estúpida y fea, ¡y aparte loca! —rio mi hermana mientras se iba. Él vio todo eso, no quiso defenderme.

—No podría defenderte, es ir en contra de la realidad, y no puedo hacer eso.

—Lo estás haciendo.

—Tú lo estás haciendo.

{. . .}

—He a-aquí. —dijo Himuro, apuntando su mesa. Caminé hacia ella y me miró.

—¿Qué ha pasado, Himuro?

—Grace es libre ya.

{. . .}

—"N-No, por favor. ¡Se siente horrible!" —el pequeño vestido era llevado por el aire que había en la habitación, mientras ellas me tomaban para golpearme. Después de un rato, me soltaron y reí. — "Un día saldré de aquí, tengo que salir. Tengo fe."

{. . .}

—¿En serio? ¡Me querrá matar! —gritó aterrorizada mientras me miraba con miedo.

—Bambi, aquí estoy yo. No dejaré que te haga daño. —le dije, mirándola fijamente con un brillo de amor.

{. . .}

—¡Mátate!

—¡Mierda, ¿por qué no me empujas?! ¡Esto es una puta mierda de vida, no lo soporto! —le grité.

¡Hazlo ya!

—¡Ustedes cállense, maldita sea!

{. . .}

—"Te quedarás aquí, maldita."

—". . . Sí." —vi como la habitación se tornó oscura y sonreí, había silencio y alivio. Mis esperanzas de salir aquí no tenían que morir, tenían que estar firmes para cuando alguien decidiera venir por mí. — "Mami viene en camino, lo sé."

{. . .}

—Bambi, mírame. —le pedí, ella me miró y nos miramos. Sus ojos se veían el terror y me susurró: "ella me hizo mucho daño"— «Y tu a mi» —pensé.— Ella no te hará nada, aquí estoy para defenderte, no dejaré que tome el brillo de tus ojos.

—¿Por qué, Sasha?

—. . . No queremos descubrirlo. —susurré.

{. . .}

—"¿Crees que estarás a salvo, pequeña mocosa? Nadie te quiere, jamás te van a querer. Nadie vendrá por ti, ya lo verás, ¡pasarás años aquí adentro y nadie atenderá tus gritos de auxilio!" —me golpeó, sentí la sangre en mi labio y lloré de dolor, ¡qué dolor de labio! Era infinitamente insoportable para mi edad. Ella rio, me pateó y se fue.

{. . .}

—Ya entendí todo, el por qué estás aquí, absolutamente todo. —él se acercó a mí y me tomó con fuerza, haciendo que oliera su aroma tan familiar.

—Eres lenta, Sasha.

—Te. . . Te odio tanto, Erick.

{. . .}

Abrí los ojos mientras sentía un dolor de cabeza y me senté en aquella cama, tomando mi cabeza entre mis manos, tratando de controlar las voces, las imágenes y aquel dolor innecesario.

Después de controlar un poco el dolor, levanté la vista.

—Bienvenida de vuelta, Sasha.

{. . .}

—"Bienvenida a tu Infierno."

{. . .}

—Éste será nuestro nuevo hogar.

{. . .}

—¿Eh? —miré sin entender aquella silueta que tanto se movía. El miedo me estaba comiendo y sentía mi piel arder en llamas de un fuego ardiente, oh mierda. ¿Qué? Estaba aterrorizada de mi paisaje y de las pinturas tétricas, sin pasos ni movimientos, examiné la habitación con pavor aún sin decirle algo concreto a la mujer; ella me sonrío, su sonrisa parecía amable y dulce, supongo que era habitual, no reconocía este lugar ni la cama en donde estaba mi cuerpo descansando. Me estaba paralizando porque no recordaba casi nada de lo que me estaba pasando verdaderamente, con miedo y sin perderla, decidí levantarme de la cama con su ayuda para tocar cada rincón de la blanca habitación que era ilusionada por los rayos del Sol, después de un rato el miedo comenzó a comerme, haciendo que mordiera mis uñas sin piedad, así que, con mirada de miedo y confusión, me dirigí hacia ella.

—¿En dónde estoy?

Capítulo LV

—*¿Dónde has estado? Por tanto, tiempo.*

—Joder. ¡Aquí, aquí!

—*¡Jamás has ido a visitarme! ¿Así después de todo?* —torcí la boca seguido de un gruñido, para conectar nuestros ojos.

—¿Cómo? ¡Cómo! —me exalté y las personas detrás mío me miraron con atención—. Joder, ¿qué hago aquí? ¡Tú dime!

—*¿Te digo que pasó? ¡Se te ocurrió hacer homicidios de segundo grado!* Eso pasó. —se acomodó en su asiento, había sentido como una bofetada mental, había torcido nuevamente la boca, qué desgracia la mía.

¿No lo recuerdas, desgraciada?

—Su tiempo se acabó —miramos a la oficial quien dijo eso. — Tenemos que llevarla de vuelta, dense prisa.

—*Supongo que es el adiós...*

—Es... Es triste que haya terminado así, mamá.

—*Es triste que ésta sea la despedida.*

La vi irse y con ella, mi vida se había ido también. Las esperanzas habían acabado y lo único que pude hacer es ver cómo alguien manejaba su silla de ruedas, sabía que muy pronto esto terminaría, había sido nuestra despedida y no hubo intenciones de pedir perdón.

Pero necesitaba saberlo, necesitaba saber que ella me amaba, que me necesitaba y, para variar, que me perdonaba todo el daño;

le quité a su esposo e hijos, le quité la vida feliz que tenía siendo yo su propia hija, levantándome de mi asiento y viendo como estaba a punto de alejarse para siempre y darle fin a su vida, lloré.

—¡Mamá! —"¡Joder!", gritó un guardia al escaparme de sus brazos. Golpeé la pequeña ventana que me quitaba la libertad de ir a abrazarla, esa persona que le daba cariños volteó a verme, nos miramos tan fijos, nos pedimos las mentiras a los ojos y sentí la sangre salir de sus cuencas selladas; pareció comprenderme e hizo que mi madre volteara.

Pero ella tenía los ojos cerrados.

Y no alcanzaba a observar que estaba respirando.

Tú misma te quitaste la felicidad.

¡Qué torpe eres!

Entré en un ataque de nervios y ansiedad al ver que mi madre no se movía, el hombre que la volteó se acercó preocupado y llamándola. Tantas veces; tantos nombres. . . Lloró, lloró y me miró con pena, y comprendí todo.

Jesús miró a su madre morir.

Y él no podía hacer nada, él era eterno.

Llegué a ser Jesús en ese momento.

Policías, doctores y aquel hombre trataban de revivir aquella bolsa de carne muerta, me aferré a la ventana, sintiendo como brazos rodeaban mi cuerpo sin destreza.

—¡Esperé! —le grité—. ¡Es mi madre! —informé mirando a la oficial, quién pareció comprender y me dejó por un momento. — ¡Dí que me perdonas, dímelo, por favor, mamá! Perdóname. . . Mamá, di que me amas, Di que me necesitas, di que lo soy todo y no me dejes tirada en el vacío. Dí que salvé tu vida. Dime que soy tu ángel y tómame en una tumba, ¡di que estás en mí! Hazme sentir que estás en mi corazón, dime. Ámame. Perdóname. Hazme sentir que sigo siendo tu hija. Di que me amas y cierra los ojos para siempre si quieres, pero necesito saberlo —comencé a llorar, mirándola, mirándolos; algunos de rendían y otros seguían intentando revivir su alma—, necesito saber que estás aquí, necesito saber que no te irás más. No te vayas. Nadie quiere que te vayas, te necesito aquí. . . Mírame con tus ojos azules y di que soy lo mejor que te ha pasado. . . Oh por favor —rogué, supliqué y escuché los cuervos reírse. Los demonios me miraron con fiereza y me hicieron estremecer; no valía la pena decirle a alguien que me ame, si no está viva. Ya no estaba aquí, pero no quería entenderlo— di que soy tu orgullo, por favor. ¡Oh, por favor, dime lo mucho que me amas!

Perdí el aliento y ella lo tomó con burla, los ángeles me miraban riéndose y burlándose de que alguna vez yo sería feliz. No puedo ser feliz, ¿por qué jamás lo pude entender? Me rendí, me rendí ante la vida y lo mejor que puedo hacer es desaparecer, ella ya era enviada en una ambulancia, su cansado y ente cuerpo fue tapado con una sábana blanca, escuchaba murmullos, sentía como me miraban, sentí mi brazo ser jalado con pena y lástima, mi cara ardía con estrés y mi cabeza solo estaba lastimada.

Ya no tienes nada, Sasha.

Tú misma te has enviado al vacío.

Eres una desgraciada.

Seguí caminando por los pasillos hasta llegar al comedor,

Bambi dejó su plato y se acercó a mí cuando vio que estaba a punto de desfallecer; me tomó en sus débiles brazos y me acurrucó en su pecho, dejé escapar mi desdicha, mi desgracia y mis deseos de morirme, mi cuerpo estaba tirado en vacíos obvios y los recuerdos estaba comiéndose mi felicidad. No había nadie allá afuera esperándome, no conocía alguna otra persona que me necesitara como ella lo hacía, ¿por qué no le pedí perdón en aquella llamada? ¿Por qué mi desgracia es tan grande que se me ocurrió cuando ya no podía responderme? Soy una desahuciada, y entendía que ella ya no quería tomar mi aliento; los susurros de Bambi eran tan insignificantes para mí conciencia por más importantes que trataba de hacerlos para seguir con vida y tratar de estabilizarme emocionalmente, pero ¿cómo hacerlo? ¿Cómo recuperarme? Hay vida seguramente allá arriba o abajo, pero aquí, en la mitad, donde los demonios deambulan, no hay nada.

—¿Qué pasó, Sasha? —se alejó un poco de mí, mirándome con lástima; limpio mis ojos suavemente y esperó pacientemente.

Dile. Dile que los has matado a todos.

Dile que eres una estúpida cobarde.

Eres un fracaso.

—Mamá. . . —le susurré con lástima, mi voz estaba fragmentada y recuerdos de éste mismo día tocaron mi explotada conciencia—, mamá murió. . . Frente a mí, y no pude hacer nada —ella me abrazó de vuelta para volver a caer en lágrimas, mi alma estaba tan sucia, que estaba sucia, y nada iba a limpiarla porque ningún jabón iba a alcanzar lo que quedaba. Era poco. Me estaba quedando sin alma. Sin conciencia. Sin noción. Poco a poco me estaba muriendo en vida innecesariamente.

Ella murió, murió tantas veces.

Murió por mí.

Gracias a mí.

Y yo jamás pude darle las gracias.

{...}

Los cuervos se reían con euforia mientras sentía las paredes contar la nueva novedad, mientras tanto, mi cuerpo estaba desgastado igual que mi uniforme, sentía como los ratones me vigilaban, esperando a que muriera, pero solo estaba mirando la otra pared frente a mí, tranquilamente, llorando y sollozando de manera grotesca.

—"Perdona por no haberte dicho nada de lo que gritaste. Me había quedado sin conciencia" —escuché su voz a mi lado y la miré, sus ojos azules mirándome fijamente con una pequeña y cansada sonrisa.

—"Mamá yo—"

—"Te perdono." —aclaró, acarició mi cabello y puso mi cabeza en su hombro— "No tengas miedo de lo que ahora estás pensando; tu alma conoce ambos lados, del bien, del mal, tal vez yo ya no esté con vida, pero este lugar es tan grande que nos veremos más de una vez, tenlo por seguro.

Sasha, mi bebé. . . Te amo, eres mi orgullo, culpa mía fue el no haberte dicho nada de esto cuando estaba con vida, tu alma simplemente lloró e hizo lo que creía correcto y está bien. No hay remordimientos. No hay penas. No hay crucifixión. No hay nada de lo que puedas temer ya, siempre estaré contigo. Iré contigo a dónde vayas. Donde mueras mi alma va a reposar, solo necesito que me prometas que después, cuando el Sol vuelva a salir, lo vas a intentar. Por ti. Por mí. Por aquellos que te hicieron daño."

Ese había sido su testimonio.

Para no aparecer más.

Oficialmente, había muerto.

CAPÍTULO LVI

Había un temor.

¿Pero de qué? ¿Un temor de qué, exactamente? ¿De los venenos amarrados a mis nudillos o los litros de depresivos navegando por mis venas? Era una recta, solamente; vagando por los pasillos del vacío, buscaba la paz que jamás iba a encontrar, sus recuerdos atormentaban lo poco que quedaba de mí, me estaban comiendo, tan enamorada de la tristeza estaba que no había nada más que aceptar que estaba perdida, mi alma estaba más que cansada por los sacrificios y su muerte estaba marchitando lo poco que había en mí, incluso el teatro se estaba acabando, lo mejor que podía hacer, en esta obra de teatro, era interpretar bien mi papel.

Acaba contigo. Nadie te necesita.

Sólo das vergüenza, Sasha. ¡Das asco!

—"¡Joder, ya lo sé!" —miré detrás mío, como si allí estuvieran las voces que tanto lastimaban mi cabeza. Algunos sollozos se escaparon de mis labios, pero ya no estaban energéticos, ya no estaban para gritar, incluso mi tristeza estaba cansada de estar triste, y eso era más que desesperante. Tomé la rosa y la metí al bolsillo de mi uniforme, ¡me daba tan igual morir!, importante no era, jamás fui, jamás seré, y a cada paso que daba, la sangre se hacía más fluyente, mi cabeza dolía y veía errático, me estaba perdiendo en los mismos pasillos de ayer; tantos recuerdos por tocar y ver, me puse de rodillas, tirando la sangre, haciéndola vómito, y repitiéndose una y otra vez la misma palabra.

Necesito dormir.

—"Mierda" —me quejé al sentir el dolor punzante hacerse más fuerte, escuchaba las ruidosas cadenas de mis pies tan cerca de mí, tomé la rosa y se veía tan perfecta, como la primera vez que la miré— "Dime a dónde voy, dime qué hacer ahora. . . Por favor. . . Necesito a alguien" —y en los pasillos que eran sombríos, había nuevas celdas, nuevas sombras burlándose de mí, siendo yo la perfecta hazmerreír.

—"¿No eras tú la que decía que podías contra ellas? ¡Qué torpe eres!" —una pared se rio ante el comentario de aquella sombra burlesca, haciéndome sentir débil e ignorante. Estaba tan avergonzada que no era un mal momento para que mi cara se tornara roja, por la sangre y el rubor de mis mejillas.

—"¡Eres patética!" —gritó otra, y todos fijamos su atención a él, sus cuencas vacías y su tez tan paradoja que en el Sol se ocultaba, siguió—: "¿En serio creíste que alguien te iba a esperar? Oh, dios, nos han matado a todos. ¡Nos han matado a todos!"

Eres un asco.

{. . .}

—No puedo soportarlo más —le lloré, mientras la miraba a sus ojos; aquellos ojos que cada vez que veía me golpeaban y me hacía recordarme el miedo que prácticamente me tenía: desde la muerte de mi madre, he estado más alejada de ella, Grace incluso se ha burlado de eso, cosa que me da muy igual; pero no podía soportarlo, repetirme en mi cabeza que ella me tenía miedo me llenaba de un alcoholismo deprimente, ella acarició mi mejilla y sentí como mi piel quemaba en tortura sentimental, ¿por qué me estaba torturando así, con su inocencia disfrazada y mi cuerpo envenenado? Me acariciaba, tan tortuosa y juguetona que escuchaba a las paredes burlarse detrás de mí, soberbios, no tuve la capacidad para enterrarme en su hombro y llorar mientras le confesaba todo, nos miramos a los ojos y me sonrió, tratando de tranquilizarme, pero el frío me estaba comiendo los huesos y le repetí una y otra vez la misma frase.

—Has estado muy distante de mí, Sasha, ¿qué pasa? —su voz tenue atravesó mis oídos. Estaba ciega por tres razones, la luz, el Sol y por el brillo opaco de sus ojos que yo sentía como si estuviese viendo la luz de la Luna, abandonada por mi realidad, me perdí en la fragancia de su noche y traté de no tirarme a llorar más fuerte en el suelo, las voces de burlaban trayendo recuerdos de aquel día.

«Me dan miedo.»

«Llamar la atención.»

«Jamás podría.»

—¿Por qué de todas las personas yo te tengo que dar miedo? —no quise decir su nombre porque sabía el sabor amargo que tendría mi paladar envuelto en la tristeza profunda; ella no parecía entenderlo, estaba confundida y en el destello de sus ojos se notaba la preocupación hacia mí.

—¿De qué estás hablando?

—¿Por qué de todas las personas yo tenía que darte miedo? ¿Por qué? —hacía énfasis, mientras sentía las lágrimas salir emocionadas en un pésimo viaje; ella seguía sin entender y yo seguía sin parar de llorar.

Me dolía que no podía quererme.

Me dolía que pensara así.

Pero era yo, y yo jamás podré estar a su lado.

Ella es perfecta y yo... Bueno.

Tú eres un fracaso, nadie se fijaría en ti ni por error.

—¿De qué hablas? —insistió, mi cara se tornó roja de la cólera y golpeé la pared, a centímetros de ella haciendo que me mirara asustada.

—¿Por qué no te pueden gustar las personas enfermas? —la miré buscando una respuesta— ¿Por qué de todas, ¡absolutamente todas!, las personas, ¿por qué exactamente alguien como yo tenía que darte tanto asco y miedo? —ella me miró con pena y arrepentida de sus palabras.

Nadie va a quererte jamás.

Estás perdida. Atascada en el vacío.

—Te he salvado tantas veces en mi cabeza y creí que algún día podría gustarte como tú me gustas, pero llegó ese maldito día y todo se fue al carajo —me alejé de ella, soltando las lágrimas más seguido y llena de pena con cólera. Bambi, oh, tan delicado y soberbio nombre que quiebra sin pena mi cuerpo y fragmenta lo poco que quedaba en mi mente, sobrevivía por ella, lloraba por ella, pero ella solo me tenía asco.

Asco. Asco. Asco. ASCO.

No podía sacarme esas palabras de mi cabeza. Creo que jamás podría.

—Sé lo que estás pensando ahora, que te doy asco y qué vergüenza que alguna vez llegué a ser tu amiga. Una persona enferma quiere algo contigo, me muero por aquello, he muerto en mi cabeza y en vida por ti, ¡he sobrevivido al Sol por ti! ¡Te he matado y no estás orgullosa de mí! ¿Entonces qué tengo que hacer para que me perdones? ¿Para que puedas enamorarte de mí sin sentir miedo de que estoy mal? ¡Sí, sí, hay voces en mi cabeza, sí, he matado a toda mi familia, he matado a seres desconocidos! ¿Y adivina qué? ¡Me gustas! Es una forma más rápida de matarte, ¿no? Pero no podría, no podría matarte, aunque la cabeza me doliera. Aunque mis ojos no se cerraran, porque cuando tú cierres los ojos, lo haré yo, cuando tu cuerpo esté petrificado, el mío lo estará también. —la tomé de las manos, vi sus ojos, aquellos ojos llenos de una chispa con miedo que me cegaba las esperanzas y el poco amor que me tenía—. De una forma enferma te lo digo, Bambi Boyd —la lengua se retorció entre las cenizas de mi fuego y el dulzón sabor de su nombre entero, proseguí—: yo realmente. . . Y no es una promesa cualquiera, yo, como una enferma a la cual le temes, te lo digo; *yo moriría y mataría por ti, no puedo decirte que viviría, ya que sin ti, no hay fragancia que quiera oler viva.*

Ella me besó.

Capítulo LVII

Sentía mis labios arder en el fuego de un martirio, la sensación de un ente deambulando por las vagas sensaciones y ella seguía besándome, tan despistada y soberbia, tan dulce y nueva que mi cuerpo temblaba del calor que la angustia me estaba dando.

Sólo lo hace por pena, siente asco.

Su beso ahogó el nudo de la garganta entre nuestros labios y separó la agonía que en mi pecho yacía en un fuego vivo. Mi cuerpo ardía en una calentura ansiosa, la tomé de la mejilla, aquella mejilla que estaba roja como el carmesí, pude observar mejor sus pensamientos y el miedo me comía entera, ¿qué iba a ser de nosotras, entonces?, las voces seguían riéndose, ella era una pulcra y yo estaba tan jodidamente sucia, la suciedad de un alma sola sentía mis pulmones pedir al menos un poco de aire y me separé, mordí mi labio aún sin mirarla. ¿Ahora qué iba a ser de mí? Ella no estaba enamorada ni mucho menos, solo era una pena que sentía, le daba lástima.

—Mírame —pidió y le negué, sabía que sí la miraba me pondría a sus pies, su fragancia oscura me estaba matando de tantas formas que atormentaban mi conciencia.

Es lástima, ¡ella jamás te querrá!

—¿Por qué lo hiciste? ¿Por lástima? —le pregunté y sentí como las palabras quebraban mi tráquea sin piedad— Tú misma lo dijiste, dijiste que jamás podrías estar con alguien como yo. —mi garganta se abrió, dejando ir las tristezas, hubiera sido mejor que no me hubiese besado porque ahora sentía mi cuerpo flotar a su merced, pero las sombras estaban detrás de ella ahora, me daba tanto miedo meterla en un lío y jamás poder rescatarla como todas las veces que lo he hecho.

—Me enamoré de ti —me confesó, mi cuerpo entero se estremeció; mi piel comenzó a arder en burla mientras ella me seguía mirando, tomó aire y bajó la cabeza un momento, para después mirarme—. Y ése era mi temor, enamorarme, sabía lo mal que estabas y aun así me fijé en ti. Estás tan rota por dentro que quiero salvar cada fragmento de tu ser, nos necesitamos en nuestras vidas, me estoy cegando por las voces que hay en tu cabeza y he caído; sé que lo que dije te hirió, pero me hirió más a mi decirlo, saber que mentía, cierta parte es cierto..., yo no podría, hay un miedo que me vuelve loca por el hecho de que sé que alguien me trató de violar y matar por la locura, pero mírate, mira tus fragmentos de belleza pura, eres la locura de la cual me enamoré. Me enamoré de ti. Así estés bien, mal, crucificada, me he enamorado y sé que no voy a querer enamorarme mucho tiempo, por eso te lo dije; mátame si quieres, enloquece hasta matarme, estaré orgullosa de ti de igual manera. Quiero salvarte.

—Te volverás loca.

—Pero me volveré loca contigo —me tomó del mentón para mirarla, veía aquella chispa que confundí, aquellos párrafos en sus ojos que me decían la verdad. No había nadie burlándose o el miedo de alguien mirándome, solo estaba el brillo de sus ojos, el canto de la noche y la brisa suave que el viento sopla—, así tenga que perder la cordura, quiero estar para ti. Porque no necesito a alguien normal en mi vida, necesito a alguien como tú, te necesito a ti. —pegué mis labios con los de ella y me correspondió, no había mantas que taparan nuestros cuerpos desnudos, solo la manta de la noche.

Toqué el rincón lastimado de su cuerpo y sentía el ente de su alma tomarse con la mía, sentía la calidez tocar mi alma y sus sonidos eran lo único que hacía eco en mi cárcel, mis manos recorrieron cada rincón de su desnudo cuerpo y la Luna se volvió obsoleta, tan roja como ella misma; había tantas palabras rotas y lloré en medio acto, limpió mis lágrimas con la calentura de sus labios y el frío no existía, no había soledad, estábamos tan juntas que no cabía en nosotras; era tan blanca su cordura que me daba tanto miedo mancharla pero su ojos se cerraban y no podía evitarlo, besé aquellos lunares que reposaban en su estómago, y acaricié la curva de su cintura como las curvas de una rampa, me estaba volviendo loca por su piel, mordí pequeños rincones, mordí su pequeña cordura, y nadie escuchó.

Todos estaban dormidos, eso lo sabíamos de antemano. Nos susurramos las cosas que jamás dijimos por pena, recordaba cada pasado con ella que solo quería mirarla a los ojos, aquellos ojos que me quemaban y tiraban a mí un vacío, yo no quería vivir sin ella, sin el sabor de su dulce piel que me estaba dando un calor insoportable, la escuché gemir, no quería oírlos, quería escucharlos y recordarlos para al morderla, marcar el gusto en su piel, tan suave, escuchando su corazón latir, escuchando mi música en la cárcel que hacía eco; y entre las mantas de la noche, unas risas cobardes y llenas de un deseo hacia nuestras mentes, nos miramos, oh, lucía tan linda, tan vulnerable, se enamoró de sus miedos y besaba a la muerte, me daba miedo lastimarla, entregársela a otra persona.

Pero te dejará, solo espera a que vea quién eres. Eres un monstruo, y nadie ama a las personas así.

Ella me miró confundida cuando paré de besar la curva de su cuello con suavidad, dejé de escuchar aquellos sonidos dulces para luego, dejar que posara mi mirada en ella.

—No puedo —le confesé y sentí mis ojos llenos de lágrimas.

—¿No puedes qué? —acarició mi mejilla, estábamos en una capa de sudor que no necesitábamos las sábanas más finas, la luna y nuestro sudor eran perfectas cobijas para nuestros desnudos cuerpos.

—No puedo amarte —me miró con miedo, no era aquel miedo de la muerte ajena, sino, un miedo de la confesión—. Sé que por más que intentara, no podría, porque estoy mal, tengo un pensamiento mal y por más que tú me amas así, yo jamás podré hacerlo, jamás podré quererme y aceptarme por quien soy. Soy un monstruo y sé que un día te haré daño, no me importa que me digas que estarás orgullosa, es que no lo entiendes —en sus mejillas cayeron mis primeras lágrimas, y podía observar cómo sus hermosos ojos se ponían acuosos—, yo no quiero lastimarte y sé que no podría, me da miedo que un día te vayas, dejándome con estos sentimientos que me están matando; yo. . , yo no sé qué somos exactamente, yo no sé si me estás dando una oportunidad, yo no sé si me dejarás morir después de haber probado cada rincón de tu piel, no me sé la respuesta porque no creo en la suerte, en el destino, ni en el Dios de quién tanto hablan pero creo en ti, y eso equivale en creer en alguien omnipotente. Lo que quiero decir, es que por más que intente dejar atrás lo que soy, soltar mis cadenas y dejar las esposas para poder amarte sin algún obstáculo psicológico, no podré, esto me está matando y no quiero que veas como lo hace. Pero quiero amarte. Y ése es un obstáculo para mí.

Ni siquiera tapó sus desnudos senos que acunaban la noche en la brisa acompañada, tomó con más fuerza mis mejillas y volvió a besarme, hundió sus labios y sentía como mi vientre se estaban quemando mis pecados. Se separó, me miró, y sonrío.

—Tal vez tengas razón —la miré sorprendida y esperé lo peor—. Pero no te estoy preguntando si quieres o no que yo te ame, voy a amarte, así sea un riesgo, quiero tomarlo, pero por favor, no mates lo que siento por ti —lloró y soltó un gemido de dolor—, no dejes lo que siento a la deriva.

Y lo hicimos, escuchando las voces de las paredes y sintiendo las miradas en la celda, hicimos lo que tanto llaman pecado, frente a la luna de juez y las estrellas de testigo, besé su cuello por enésima vez, tomando su natural fragancia, y entre sus gemidos y las miradas más dulces que podíamos darnos besé el fuego que había entre sus labios.

—Te amo —me confesó.

—Yo siempre lo hice.

Capítulo LVIII

Necesito dormir.

{. . .}

Me coloqué mi ropa para después acostarme a su lado de nuevo, me di la vuelta para acunar en mis manos sus mejillas cubiertas de aquellas pequeñas estrellas.

Aquella voz no me dejaba en paz, estaba tan asustada de mí que el verla dormir me llenaba de angustia y endivia de que yo no podía hacerlo; abracé su cuerpo con compasión, apoyando mi cabeza en su pecho donde pequeñas galaxias se esparcían en su pálido pecho, escuchaba su corazón ir lento, suave, como al compás de una canción. Algún funeral. Su desnudo cuerpo que pude observar como la sombra que soy, mientras que dormía aun plácidamente en mis brazos, sin decir en nada, sin pensar en nada.

Tú sabes que esto está por acabarse.

Mátala, te ha dado su vida. Hazlo.

Encajé las pocas uñas que tenía en la pálida piel de mi amada, pero ella no parecía quejarse; me alejé de ella y me senté enfrente, observándola dormir, velando su sueño mientras que sentía como las sombras tomaban mi cuerpo con aquella avaricia, por más que quería gritar y llorar de dolor, no podía. Mis propias manos estaban encajadas en mi piel, rasguñando mi cuerpo, dejando marcas, sangre, el dolor hundió mi pecho con burla, mientras sentía las sombras reírse de mí.

Ya lo verás, te dejará. Como todos.

—No. . . El-Ella no es como los demás, no es como ustedes. —le vi dormir, aquellas largas pestañas, sus estrellas descansando— Ella es especial.

¿Sí? ¿Qué la hace especial? ¿El que solo te esté ilusionando? ¡Eres una puta ingenua, Sasha! Te dejará cuando veas en el monstruo que te conviertes, cuando la soledad te gane, ¡jamás te olvides de que nosotros existimos!, jamás te dejaremos, jamás serás libre; solo eres una puta ingenua fracasada que no va a lograr nada en la vida, ¿crees que la tienes en tu poderío? JA, solo espera para que veas la mierda que eres, el desastre, el jodido desorden. Cuando la ansiedad te embriague y te veas un ente tambaleante, cuando sepa lo que hay en tu cabeza, te dejará, las promesas que se hicieron en ese momento se irán a la mierda, como siempre. Cómo todo lo que llega a ti, porque tú no sabes mantener a una persona, porque solo haces daño, porque estás llena de confusión sentimental, eres patética, y ella, aunque te mire a los ojos, piensa lo mismo. Todos pensamos lo mismo.

No pude evitarlo por más que quise; creía yo que ya había llorado lo suficiente, que ya no había lágrimas por tirar, pero el cuerpo se burló de mí, mordía con fuerza mis nudillos, soportando los fuertes sollozos mientras miraba a aquella sombra que reposaba en la noche, tan soberbia y elegante, tan linda, golpeé mi cabeza mientras sentía el ardor de mi piel al abrirse por mis uñas, por más que abría la boca, los gritos jamás salieron de ella, lastimando mi garganta.

Necesito dormir, un poco.

{. . .}

—"¿Crees que vas a poder salvarla? Eres tan estúpida, creía que tú eras más inteligente de las tres, pero me he equivocado"—se burló de mi mientras pateaba mi cuerpo lejos de aquella dulce sombra que sangraba en una esquina. ¿Cómo habíamos llegado a esto? Sí en unos instantes, su piel tanto como la mía, estaban calientes como el Sol, dándose lujos de pecadores; ahora ella dormía inconsciente y yo no podía acercarme a ella—. "Pero más estúpida es ella al creer que un día va a salvarte. Estás enferma, y eso nadie lo cambiará; ¿o es que tú eres de las pequeñas estúpidas que creen que el amor lo cura todo?"—sus carcajadas hicieron que mis tímpanos huyeran lejos, y la sangre escurrió en su lugar, trataba de ver a Bambi, pero aquellos cuerpos, sombras y recuerdos no me lo permitían.

—"Tú sabes que no es así."—pateó mi estómago cuando vio que estaba a punto de moverme otra vez, me colocó esposas en los pies y muñecas, dejándome inmóvil—"Tú sabes que nadie va a poder rescatarte de este infierno; por más que creas que estás bien, no lo estás. Te estás consumiendo, deja de mentir ¿quieres?, deja de hacerle daño con tus mentiras de que la vas a amar con nosotros de obstáculo. Porque eso te prometiste muchas veces cuando ellos estaban vivos."—trataba de alejarme de la rosa, pero era tan imposible.

—"¡No, por favor no!"—le supliqué, pidiéndole piedad a los ojos, pero solo conseguí una carcajada. Mi cuerpo comenzó a arder y mi cabeza dolía a mares; el recuerdo de aquella noche donde comenzó mi terror...

«—¿¡Por qué aún sigues con vida!?»

Donde tantas veces trataba de engañarme.

«—¡Pero tu hijo, ¡¿lo dejarás solo?!»

Tantos miedos convertidos en realidad.

En una abstracta y paralela realidad.

Donde hay un Dios.

—"¡Basta, por favor! ¡Para!" —rogué.

—"¿Pides que pare? ¡Pero si aún no llegamos a la parte divertida!" —exclamó con cinismo, acercándose más a mí.

«—Todos murieron.»

—"Por favor. . . Oh" —gemí de dolor y tristeza, su cuerpo era tapado por las sombras colgadas, sentía mi cuerpo arder, mi cabeza giraba y suplicaba una piedad inexistente.

«—Es triste que ésta sea la despedida.»

Lancé la rosa lejos de mí, pero sus pétalos seguían cerca, el dolor se hacía tan grande que no podía levantarme, sentía la sangre recorrer mi cara e incluso tapar algunas veces mis ojos, a lo lejos, podía ver a Bambi atormentada por aquellos cuerpos que tocaban su desnudo y débil cuerpo.

—"¡No, no le hagan daño!" —me paré con prisa, ignorando el dolor, no me importaba aquello ahora, pero un fuerte golpe interrumpió me heroísmo, dejándome abajo; golpeó mi mejilla con rudeza para tomar mi cara y hacer que mirara aquella escena.

—"¿Ves lo inútil que eres?" —susurró de manera sucia en mi oído, tratando de matar mis tímpanos con su delgada voz— "Jamás podrán salvarse, oh, ella es tan estúpida de haber entrado a tu enfermo mundo. Se equivocó al pensar que esto era fácil, ¡dile, maldita sea! ¡Dile lo difícil que es para ti, maldita perra!" —tomó mi cabello y tuve que presenciar el acto más bizarro y violento que jamás haya visto. La sangre escurría en sus piernas, las sombras tomaban la posición de su cuerpo, y eso calentaba mi ser de cólera.

—"¡Joder, basta! ¡Basta!"—grité.

{...}

—¡Basta! —grité levantándome, sentí el mareo para después escuchar como Atenea se caía de su litera.

—Joder, ¿qué pasó? —me miró somnolienta, miré el lugar, ¿cuándo había caminado hacia mi celda?

—No, no es nada —bajé para después mirarla un rato, sentí una fuerte vibración cuando tocó de forma amistosa mi hombro y caminamos juntas hacia las duchas—«Espero que ya haya despertado» —no había podido evitar pensar en ella cuando no la vi en las duchas, me quité toda la ropa y me adentré.

—Oye, Zuckerberg, ¿dónde estabas anoche? Antes de volver a la celda. —tomé del jabón para pasarlo por mi cuerpo.

—En la celda de Bambi. —escuché su bufido y volteé a verla— ¿Sucede algo? —en su mirada, aquella mirada mostraba una pena irreconocible, la seducción de la tristeza que me hacía perder la cordura, sus ojos se cerraron, dejando no-salir las lágrimas. —¿Grace?

—No..., no es nada, mierda —bufó nuevamente, para después colocarse la ropa e irse, dejándome con las palabras en la boca.

Jamás te perdonarás la vida.

CAPÍTULO LIX

Sentía mi cuerpo arder en llamas, los gritos desgarradores comenzaron a salir de mis labios; los cuervos seguían riéndose mientras que los ángeles quitaban las alas de mi espalda, las bofetadas me estaban lastimando la cara mientras que la sangre manchaba mi mejilla, pero le veía a ella, dormir frente a mí, sabía que podía soportar esto por ella, tenía que hacerlo por ella.

Callé, porque me era más importante que mis gritos no la despertaran a soltar todo el dolor que en mi garganta escondía, las sombras se reían, sabían el por qué no me movía, le pedía al inexistente que no le hicieran nada y así fue. Cuando me soltaron, me arrastré hasta ella para poder tocar su pálida cara, con ellas estrellas en sus rosadas mejillas, sonreí con cansancio y las lágrimas mojaron la sangre.

—"No puedo creer lo idiota que eres, Sasha" —escupió, pero mis ojos estaban aferrados a ella, que me dolía incluso el pensarlo. Aquella noche, aquella pesadilla, aquellas voces y aquellos toques me hacían estremecer.

Pero sus palabras, aquellas palabras que no me dejaron estar con ella por cinco días, la conciencia me comía y tenía miedo de que fuese verdad, pero ¿qué era lo que quería de Bambi, exactamente? ¿Su amor o el que sé que ella puede salvarme? Yo necesitaba saber que a dónde fuera, ella estaría ahí, esperándome. En esta o en otra vida. La necesitaba. —. "Tú no puedes ser feliz."

Sí podía. El problema era ella.

{...}

—A veces me siento un fantasma y no encuentro la respuesta de quién soy con exactitud —le comenté, mientras mirábamos la lluvia. Escuchábamos los tambores de las gotas chocar con el suelo, si escuchábamos más allá, había una linda canción de melancolías; estrechamos miradas, sus ojos grisáceos vieron mis ojos aguamarina—, a veces me da miedo ser solo un fantasma y es por esa la razón del por qué últimamente estás triste. ¿Es eso? ¿Estoy muerta?

—Te aseguro que no es así. —movió su cabeza, tomó mis manos con cuidado para volverme a mirar a los ojos, la lluvia hacía el pequeño movimiento de nuestros cuerpos en la noche fría— Te aseguro que estamos vivas —susurró en mis labios, para dejar un beso ahí.

Besé con cierta euforia sus labios, la lluvia, nuestros cuerpos en el suelo y el silencio de la gente, no era el lugar perfecto, pero en su mirada, en nuestros roces, lo era.

Volví a besar las estrellas que tenía en su pecho, sus sonidos suaves que hacían compás con la lluvia, y su piel expuesta a mí; por más que mis miedos comieran mi cuerpo, no quise arruinarlo, no quise que en sus grisáceos ojos se pintaran de lágrimas tristes, por más que en mi garganta quemaran mis súplicas, no quise que ella escuchara; su desnudo cuerpo se convirtió en mi arte, en mis galaxias, mis necesidades de pieles eran las suyas y no había nadie que me dijera que no sentía lo mismo.

Pero mientras tocaba la curva de su cintura, besaba aquellas costillas como el cinturón de Saturno, la escuché sollozar, mis sentidos se alarmaron, la miré con preocupación pero al verme solo se limitó a limpiarse las lágrimas.

—Sigue —pidió, aquellos jadeos salían sin permiso pero no quería hacerlo, no quería seguir si ella no se sentía bien. Gimió al sentir frío donde la había besado y me miró—. Sigue.

—¿Qué pasa? —pregunté en sus labios, ella volvió a gemir, de frío, de tristeza y placer.

—Por favor —suplicó—, solo sigue. No me dejes así. No me hagas esto.

No entendía el por qué las lágrimas estaban en sus ojos si era lo que más quería evitar esta noche donde la lluvia estaba mirándonos frecuentemente, volví a lo mismo, volví a sentir el calor de nuestros cuerpos, la cordura manchada de mi piel pintando la suya con trazos perfectos de nuestra necesidad humana. Pero yo lo hacía por amor, y sabía que ella también, sabía que su cuerpo se entregaba a mí, que, en su mente, con la necesidad andando, nos íbamos a embriagar con nuestros sentires.

Volví a escucharla gemir, rasguñé su piel, me alejé de ella para acariciar su cara con lentitud, ella saboreó mi tacto y cerró los ojos, dejándose llevar, limpié sus lágrimas y sentí sus piernas apretar mis caderas con miedo, temblaba, parecía que su cuerpo me quería decir algo pero su silencio le tapaba los labios.

—Yo solo quiero saber —ella gimió de nuevo, sabía que lo hacía por el frío que había. Porque era tan necesario tenernos con calidez que gemía por el vacío—, que aunque mire atrás, que aunque pierda la noción del tiempo, estarás ahí —lloró y volví a besarla.

Era suave la forma en la que sollozaba y gemía ante mi tacto, la escuchaba en todos los sentidos, recorrí con mis manos su tez pálida, poniendo con mis dientes más rojos aún sus hombros y labios—. Dime que estarás ahí, Bambi.

Y ella estalló en llantos.

{. . .}

—"Déjame aquí, Sasha. Huye, déjame aquí." —me miró, la dejé reposar en una esquina mientras que el cansancio comía mi cuerpo.

—"No puedo hacer eso, Bambi" —declaré con mi voz agitada mientras la miraba, estaba alarmada, ella comenzó a llorar del miedo y golpeé la pared del coraje— "¡Maldita sea! ¡Te dije que te ibas a volver loca!"

—"¡¿De qué hablas?!" —se levantó de golpe, parecía que sus fuerzas se habían hecho cólera para después mirarme con furia; desaté mi cólera haciendo que la tomara con fuerza sus mejillas y hacerla que me mirara fijamente.

—"¡¿Esto es lo que quieres, ¿eh?!" —apreté sus mejillas, sabía lo mucho que la estaba lastimando, pero no podía evitarlo.

—"¡Me lastimas!"

¡Te lo dije, maldito monstruo!

Solté de golpe sus mejillas para alejarme, me comenzaba a sentir mal conmigo. Me había dicho, aquella noche, me había dicho que no iba a hacerle daño; que jamás iba a lastimarla y ahora sus ojos estaban llenos de lágrimas con dolor en sus ojos, le tenía tanto miedo de pedirle perdón, que solo nos mirábamos a los ojos.

—"Yo te lo advertí" —le informé—. "¡Te advertí que te podía

hacer daño y aun así te quedaste! ¡Te hubieras ido en el momento que me conociste, me hubieras dejado ir!"

—"¡Pero no podía porque te amo!" —lloró y se arrodilló ante mi—. "No puedo. . ." —solté un suspiro, me arrodillé ante ella para tomarla por los hombros.

—"Sólo dime que estarás aquí, te defenderé de cualquier cosa, iré contigo. Por ti me haría añicos, Bambi, necesito que me lo digas." —limpié sus lágrimas— "¿Estarás conmigo?"

{. . .}

—Sí —gimió, por último, sellando mi pregunta de hace unos momentos. La lluvia había cesado, su cuerpo sudado se acurrucó en el mío, dándonos calor. —. Estaré ahí, porque ya intenté vivir sin ti una vez y fue un total infierno; y así tenga que morir y revivir las veces que sean posibles, recibir las palizas de la vida, llorar y ser crucificada, lo haré.

Pero no quiero una vida sin ti, no quiero despertar a sabiendas de que ya no estás; no quiero salir de esta jaula y saber que tu no estarás esperando a por mí, te necesito más de lo que yo creí. Te necesito posiblemente para más de tres años luz, para la eternidad, y si un día muero, te buscaré en la otra vida.

Besé sus labios con dulzura mientras que la lluvia seguía con sus canciones más suaves y lentas.

—No te apartes de mi —me miró a los ojos con miedo, solo opté por abrazarla durante mucho tiempo, hasta que sentí su respiración tranquila, dándome a entender que se había dormido.

—Por más que intente, sé que regresaré a ti —besé su frente para abrazarla más—. Sólo tú, yo, hasta el Sol. Así sea que te tenga intacta, quiero tenerte hasta los últimos días de mis días, te necesito hasta el Sol.

La miré dormir.

—Te amo.

Capítulo LX

Nuevamente la veía dormir, pero esta vez nadie estaba susurrando en mi oído mis grandes miedos; acaricié sus rojizos hombros para notar las leves marcas de mis dientes marcados en su pálida piel, la lluvia había comenzado de nuevo.

Ella parecía sonreír, quisiera saber qué soñaba, si pensaba en mi tanto como yo lo hacía con ella, si cuando ella se despertaba antes que yo, me admiraba como yo lo hago con ella, tal vez es mucho pedir, tal vez no, pero el solo verle tan pacífica, me hacía sentir pacífica a mí, sentí como su cuerpo se acurrucó en mi pecho para darle calor, la abracé con cuidado de despertarla, observando su cabello tan delgado y frágil, como una telaraña, escondí mi cara en la curva de su cuello para escuchar su respiración en mi oído, tomé su cintura y la acerqué mucho más a mí, sintiendo su corazón charlar con el mío.

—Es increíble como he dejado mi corazón abierto por accidente y tú entraste sin avisar —susurré, oliendo su peculiar aroma dulce. Su galaxia se observó con la mía mientras que su Sol alumbró mi planeta, era el cielo vivo para los no-creyentes, mi corazón latía con fuerza queriendo pertenecer a aquella dama que dormía acurrucada en mi pecho, tan tranquila—, ya lo sabía, te había mirado tantas veces en mis sueños pero jamás creía que eras real —observé su pacífico rostro dormir, con sus estrellas esparcidas en sus mejillas y nariz con aquel pequeño rubor color rosa pastel—, un día estaremos solo tú y yo hasta el Sol, jamás será el momento de partir, no contigo a mi lado. —aprisioné su cuerpo con el mío, acaricié su cabello largo para tomar algún cabello y verlo, tan suave y fino como aquella que lo portaba.

Decidí no dormir para poder verla toda la noche, velar su sueño y escucharla respirar; no tenía nada de qué preocuparme hoy, realmente no había nada que escuchar allá adentro, me sentía en paz, no estaba aprisionada conmigo. Sentía que no había por qué temerle tanto a la vida si la tenía a ella, a su sonrisa, a su mirada grisácea que se pasean por todo mi cuerpo, mirándome con una sonrisa; escuché como se removía haciendo que me alejara un poco, gruñidos somnolientos salieron de sus labios para después mirarme aún con sueño.

—Buenos días —besé su hombro con una pequeña sonrisa, la escuché reírse un poco.

—Buenos días —susurró, su voz era tenue y ronca, sacándome una sonrisa, la pequeña sonrisa que me mostraba sus perlas se borró completamente, cambiando su cara a una de preocupación—. Joder, ¿no dormiste?

—No puedo. —acaricié su mejilla, antes de que me dijera algo, interrumpí— No puedo a sabiendas de que te despiertas más rápido que yo y no te puedo ver dormir.

Un ligero rubor apareció en sus mejillas sacándome una sonrisa. Bajó la mirada y con pena se acurrucó en mi pecho, las oficiales pasaron y nos miraron con asco al ver que solo un sostén y un pantalón nos cubría en la cálida mañana, no quise decir nada, ya no sentía pena; amaba a la mujer con quién me desnudo cada noche, se levantó un poco para mirar a los lados y colocarse su blusa que estaba tirada en el suelo, al parecer no quería ducharse hoy.

—¿Irás a desayunar? —me miró de reojo, haciéndose una coleta. Asentí con pereza para levantarme y también ponerme la blusa, me acerqué a ella, tembló un poco para verme frunciendo sus labios, la tomé de las caderas y volvió a temblar, observó mi rostro para robarle un beso, escuchándola jadear de sorpresa. Últimamente actuaba raro, estaba triste y se notaba perdida en la realidad, me preocupaba bastante, su tristeza me hacía sentir muerta lo cual hacia tenerme más dudas.

—Te amo —gimió un poco al escucharme y movió su cabeza, sin decir nada. Apartó mi vista, pero la tomé del mentón y obligué a que me viera—. Eh, nena, ¿qué pasa? Últimamente te he visto tan apagada, ¿estás bien? ¿Te pasa algo? —la sujeté de las caderas, pero ella negó.

—No es nada —aseguró—, he estado un poco distraída, pero por favor, nunca dudes que yo también te amo. Te amo muchísimo —retrató mirándome fijamente, sonreí al escuchar su tenue voz y la besé con euforia, esta vez, no fue rechazado.

—Yo también te amo, Bambi. —vi la pequeña mueca que en sus labios se dibujó, no quise decirle nada y acongojarla, solo acaricié su cabello para irme a los comedores.

{...}

—Déjame decirte que te ves terrible —me llama Halsey—. No te llevo conociendo mucho puesto que aún se me puede considerar nueva, pero sé que nunca habías tenido los ojos así.

—Nunca digas nunca, Halsey —alcé los hombros, mientras me siento frente a ella. Halsey frunció un poco el ceño y miró a Himuro, quién asintió, dándome la razón— Y si hablamos de ojeras, ¿qué me dices de Himuro? Últimamente tiene más ojeras que cara.

—No he podido dormir. —respondió sin más, comiendo un poco de brócoli. Halsey nos miró mientras comía, alejé mi comida de mí, mientras trataba de retener mi emoción a lo que iba a decir.

—¡Quiero tener una familia con Bambi! —exclamé feliz, estaba tan decidida. Quería una familia con la mujer que amaba, quería estar a su lado hasta morir, al parecer, mi comentario había tomado de sorpresa a Himuro, quién estaba a punto de ahogarse con un pedazo de brócoli; cuando estaba a punto de decirme algo, Halsey la interrumpió:

—¿Por qué? —Himuro frunció el ceño y miró a otro lado, su actitud conmigo ya no era dulce, se notaba molesta e indiferente, cosa que me hacía estremecer.

—Es que quiero una vida con ella, es simple. Quiero estar con ella hasta mis últimos suspiros, verla cada día, cada noche, dormir a sabiendas que siempre estará a mi lado —escuché a Himuro gruñir con tristeza, mientras baja la mirada, Halsey golpea su hombro, tratando de ser disimulad, pude notarlo, y mis dientes se apretaron en una disminuida cólera.

—Pero—

—¿Interrumpo? —su dulce voz había interrumpido lo que Halsey, vi como Himuro levantaba la vista; noté sus ojos, aquellos ojos que observaban a Bambi con un pequeño brillo.

«No pasa nada.» traté de tranquilizarme con ese pensamiento, en cuanto sentí el cuerpo de Bambi a mi lado, la abracé y olí su peculiar aroma en el cuello.

—Te amo. —le dije, observé como Himuro miraba hacia otro lado y sonreí con victoria. Pero algo había en su mirada, se notaba una tristeza profunda y su suspiro no fue ignorado— Himuro, ¿te sientes bien?

—Creo que no —se levantó—, iré a mi celda. Con permiso.

—Oh, iré contigo. —Halsey se puso a su lado, las seguimos con la mirada para después, seguir en lo nuestro.

{...}

—Le gustas a Himuro —informé postrada en la pared con pose autoritaria, Bambi me miró mientras se sentaba en su litera, parecía sorprendida.

—¿Himuro Collins? —encarnó una ceja con duda, mientras tomaba un libro para comenzar a leer; quise no estallar de molestia el solo pensarlo, así que, a regañadientes, asentí—, bueno, ese no es mi asunto, y tampoco tuyo; no te pongas así ¿quieres?, tú eres la única que necesito en mi vida, a la única que quiero a mi lado. No quiero a nadie más que no sea a ti, no quiero hacer el amor con alguien más que no sea contigo, no quiero escuchar la voz de alguien que no sea la tuya; no quiero a nadie más.

Bajé la mirada pero ella volvió a hacer que la mirara; me perdía en sus ojos, sentía que el mundo se detenía, que el Sol solo quería estar de nuestro lado, sentí sus dulces labios encima de los míos.

—Te amo, y no quiero a nadie más a mi lado. Qué no lleve tu nombre, que no seas tú.

Capítulo LXI

—¿Ya dije lo hermosa que te ves así? —acaricio su espalda desnuda para sentir como su piel caliente se erizaba ante mí, de sus labios salió un jadeo suave e inocente, lleno de un cariño enorme.

—Mientras lo hacíamos —respondió mientras sonreía con cariño hacia mí, se veía hermosa a la luz de la Luna, ante los sueños de mis mundos y mis galaxias enteras. Mis estrellas estaban alabando su belleza en aquellas pequeñas constelaciones grisáceas, tan perfecta y vulnerable se veía ella ante mí, desnuda, con sus senos chocando con la fría litera, acurrucados en su martirio cálido de una lujuria romántica mientras que su mejilla también estaba acostada en la litera, viéndonos cara a cara.

—Te ves hermosa —repetí—, tan vulnerable para mí, tan inocente. Me recuerdas a la virgen noche, tú y yo podríamos ser más que dos personas, podríamos ser la galaxia entera, las constelaciones si tú me dejas estar contigo toda mi vida. Quiero ser parte de ti, quiero amanecer contigo, quiero besarte, acariciarte y poder hacerte mía; porque es lo que eres, eres mía y mi cuerpo se vuelve un cielo eterno cuando me tocas, cuando nuestras almas se conectan que me da tanto miedo el ser yo. Yo te amo, y sé que te necesitaré toda la vida.

Ella me miró sonriente, en sus ojos había pequeñas lágrimas que esperaban crecer, pero sus manos limpiaron todo rastro.

—Jamás me habían amado tanto —balbuceó. Su voz era la brisa que acompañaba todos los días la oscura noche, su majestuoso cuerpo era envidiado por el cinturón de Orión, que hermosa era aquella dama que estaba desnuda frente a mí, balbuceando, diciéndome con timidez lo mucho que me amaba y gimiendo en mi oído sus palabras poéticas—. Eres lo mejor que me ha pasado, Sasha; jamás dudes de eso.

Y antes de volver a hacerlo, con calma, dejando flotar aquellos sentimientos que más sobraban en nuestra alma, mi cuerpo, encima del suyo, tembló —como siempre— al sentir su respiración cerca de la mía, transmitiendo los pensamientos impuros, rozando nuestros labios de forma burlesca; me miró a los ojos, acarició mis morenos hombros para después mirar sus ojos llenos de miedo y preocupación, antes de que dijera algo y acostarme a su lado para consolar aquél miedo que posiblemente había florecido, besó suavemente mis labios, tan inocente y dulce.

—Por favor, prométeme que jamás vas a dejarme —susurró; aquel susurro tan suave y tembloroso, sabía que no era el frío el que había que su voz se pusiera un tanto cortada—, prométeme que, a pesar de todo, jamás dejaras de quererme; tocarme y mirarme como me miras ahora.

—Bambi, ¿qué—

—Prométalo —podía jurar que en su voz salió el miedo sin pena, dejando descubiertos sus desnudos senos, me miraba fijamente, con sus ojos llenos de miedo, sin pena alguna, me acerqué a su oído.

—Te haré el amor de nuevo —ella gimió torpe al escucharme, pasé mis frías manos en su piel caliente, acariciando sus pálidas piernas con cuidado—, ¿por qué no te has dado cuenta? Todas las veces que hacemos el amor, las veces que te veo, las que te toco, las que te consuelo y acurruco en mi pecho, te estoy diciendo, prometiendo, jurando; que jamás voy a dejarte —me aparté de su oído, no sin antes saborearlo cínicamente, escuchando su jadeo y burlando sus sentidos de la respiración agitada; nos miramos llenas de cariño y deseo, con sus ojos grisáceos más oscuros y su pupila dilatada, juraba que yo estaba igual. — Siempre te voy a querer. —sentencié para besar suavemente su cuello, escuchando sus melodías pasar por mis oídos.

{. . .}

—¿Gustas?

—¿De dónde los has sacado?

—Por ahí, ¿quieres o no?

—Sí., sí.

—Puto día de mierda —bufó, me miró mientras yo fumaba de aquel cigarro; al parecer Halsey amaba traficar con las oficiales, siempre obteniendo algún lujo. Halsey me había tomado confianza muy rápido, se podría decir que éramos mejores amigas; su actitud de niña buena seguía ahí, pero no conmigo; la observé y pude ver que ella ya estaba mirándome, al parecer, esperaba que le preguntara qué pasó; pero cuando estaba a punto de preguntarle qué le tenía de mal humor, frunció el ceño para mirarme fijamente— Sasha, ¿tú crees en Dios?

—Oh, es una pregunta bastante complicada. —reí un poco, siempre las buenas preguntas me hacían reír; solté el humo que había aspirado, para quedarme pensando. — No creo creer en alguien quien no cree en mí, ¿sabes?, dios no creyó en mí, y por eso me mandó a un infierno en el que jamás hallaré una congruente salida, es mi turno desconfiar de él, dejarlo a un lado; no necesito a un dios para vivir, ya es el pensamiento de cada hombre del que quiere. Según Nietzsche, oyó al diablo decir que Dios ha muerto, que el mismo amor al hombre es lo que lo ha matado y creo que tiene razón; ni él mismo sabe lo que hace, y si él no sabe lo que hace, ¿cómo sé que él existe? —aplasté la colilla del cigarro para después soltar el último humo, Halsey me miró sorprendida y después bufó, parecía que simplemente le había llenado más de dudas— ¿A qué viene tu atrevida pregunta?

—Sólo quería saberlo. —sonrió lentamente, parecía no querer hacerlo pero finalmente sus labios se extendieron en una sonrisa; nos sonreímos por un momento para después, tomarle otro cigarro, era temprano, el arrebol estaba saliendo, la madrugada era fría y nosotras solo teníamos algo que calentaba nuestra boca con su nicotina y tabaco— ¿Qué tanto amas a Bambi? —soltó de repente, sin mirarme, solo observando como algunas personas comenzaban a salir al patio.

Y entonces la recordé, recordé su sonrisa, sus ojos grandes, grises y con largas pestañas; sus cejas pobladas y gruesas, su delicado e inocente cuerpo, el sonido de su risa, sus mejillas rojas cuando estaba haciendo un puchero o simplemente la había hecho sonrojar; pero estaba llena de defectos, pero sus defectos eran más perfectos que las virtudes mismas, sus lágrimas, sus labios todas, su pálida piel.

¿Qué tan perfecta era el desastre mismo? La naturaleza estaba matándome con su belleza.

—¿Qué tanto amo a Bambi? —me repetí e inconscientemente volví a recordarla, corriendo hacia mí, abrazándome, dándome besos; haciendo el amor con la luna de juez, cuando me dice que me ama y el miedo la invade a veces con sus preguntas— Eso supongo que jamás lo sabré; dios no sabía cuánto amaba al mundo, Satán jamás sabrá cuanto ama al pecado; lo que sé perfectamente, es que mi amor por ella duran más de años luz, yo podría bajar el Sol; yo solo quiero verle a ella, en las sombras, en el sol, en las estrellas y en la vida misma, tocarla, sentirla porque sé que no hay mujer más hermosa que la que toca mi cuerpo cada noche con timidez y se pone roja cada vez que le digo algo lindo en su oído, sin pasarme de poeta, pero sin ser alguien torpe.

Terminé de fumar, nuevamente.

—Hasta que la vida me falle otra vez sé que voy a dejar de quererla. Porque sé que si la amo, debo de dejarla ir por completo; así se vaya mi felicidad con ella.

Capítulo LXII

Después de aquella plática con Halsey, comencé a caminar por los pasillos; aunque la duda de Dios nadie me la quitaba de la cabeza, era algo que no me gustaba pensar. Me senté en mi celda frente a las literas, eché mi cabeza hacia atrás mientras cerraba los ojos con calma, y antes de que me levantara, de escuchar las voces, su voz resonó por mi cabeza con calma, en mi oído, sintiendo como mi piel se erizaba y se ponía mi mente a su mereced. Miré sus ojos con una pequeña sonrisa, ella me sonrío de igual manera y se sentó a mi lado, tomando mi mano, acariciando mis lastimados nudillos con tranquilidad, mirándolos con firmeza.

—¿En qué tanto piensas? —esta vez fui yo quien la sacó de sus pensamientos, sus largos mechones de su tupé comenzaban a tapar sus cejas, qué linda era. Sus labios rosas se abrieron para decir algo, pero solo siguió observando mis manos.

—La psiquiatra me mandó a llamarte, dice que hace mucho no sabe que cómo estás. Quiere saber de ti.

—Iré enseguida. —me levanté con calma— ¿Vas?

—Oh, no. Ve. —alentó con una sonrisa, le sonreí igualmente para salir.

Estaba un poco nerviosa, desde que Bambi regresó no había tenido la necesidad de poner un pie en su habitación, mi corazón me golpeaba y trataba de no pensar en mucho para no desatar de nuevo una batalla invencible; cuando estaba frente a su puerta, tomé los suspiros suficientes para decirme que todo estaría bien, ¿qué habría de malo?, ella solo quería saber de mí, ¿no?

Golpeé suavemente su puerta mientras esperaba con calma a escuchar su voz, cuando la suave voz de la psiquiatra resonó, tomé el pomo de la puerta para girarla y así ver su castaño cabello.

—¿Me llamó?

—Toma asiento, por favor. —ofreció. Tomé el asiento que estaba frente a ella mientras observaba el lugar, creo que era el único espacio agradable y tranquilizante de la cárcel, mis ojos chocaron con los de ella y sonrió— ¿Cómo has estado?

—Bien —contesté de manera automática, ella puso algunas cosas en un papel para sacar de una caja algunas pastillas—. He, ¿qué es eso?

—Sasha, creo que deberías de tomar esto —asimiló; mi piel se erizó cuando vi las pastillas—. Así podrás estar mejor, con calma.

—¡Pero estoy bien! ¿No se nota? No voy a tomar eso, no lo necesito estoy—

—Sasha —gruñó, mi expresión se tranquilizó un poco—, por favor, tómalas. Por favor.

{...}

—Me siento como antes. —me dije al ver las dos pastillas que tenía que tomarme— Bien, aquí voy. —me armé de valor para tomarlas de golpe, me senté en la litera después de haber tomado un trago de agua y miré la pared con firmeza, mientras sentía como los efectos de las pastillas habían recorrido por completo mis venas, mi corazón iba más tranquilo y sentía mi cuerpo relajado— ¿Bambi? —fue el primer nombre que solté después de unas horas, me levanté para buscarla.

Seguía caminando por todos los pasillos, buscándola; sentía que su cuerpo le hacía falta al mío, necesitaba que estuviera ahí y su ausencia me estaba matando; quería llorar ante su ausencia mientras mi cabeza dolía, me acurruqué en la litera, susurrando su nombre, pensando en ella, la extrañaba, sentía mi cuerpo respirar tranquilo pero en mi corazón bombeaba para ella, me aferraba a su nombre, gimiendo de tristeza por ella, mi cabeza dolía mientras pensaba en su nombre.

—Bambi..., ¿dónde estás, Bambi? —levantaba la vista tratando de buscarla, pero no estaba el amor de mi vida, no estaba acariciando mi cuerpo que moría de frío ante su ausencia, sentía temblar.

—Joder, ¿qué te pasa? —escuché la voz de Grace resonar por mis oídos, trataba dejar de llorar, pero mi cuerpo necesitaba el suyo, mi corazón latía con lentitud, sentía que si no la tenía iba a dejar de respirar.

—La necesito —lloré mirándola. Grace me miró con lástima y su tacto quemó mi cuerpo, no era Bambi, no era la mujer que amaba; sentí sus brazos rodear mi cuerpo—, necesito a Bambi, la necesito tanto.

Sentía como mi cuerpo se debatía en tristezas; ella no me decía nada, se limitaba a abrazarme y la escuchaba gruñir a veces, para después, dejarme.

Mi estómago se retorcía en tristeza, mi cabeza estaba dando vueltas por todos lados, sentía una tristeza en mi corazón, una soledad que nunca había sentido, necesitaba su cuerpo, su risa, su sonrisa, su mirada; necesitaba escuchar que me amaba, volví a levantarme dispuesta a buscarla, la busqué por todos lados, necesitaba a ésa mujer a mi lado, no quería a nadie más.

—¿Dónde estás? —mi estómago seguía entre llamas de vergüenza al no saber dónde estaba mi amada, las lágrimas se convirtieron en lodo cuando caí en la tierra, sintiendo como todo me daba vueltas. Ella no estaba aquí y me preocupaba, ella siempre estaba conmigo, ¿se había hartado de mí? ¿Ya no me quería? Mi cuerpo se quemó ante ese pensamiento, se quemó en llamadas irracionales mientras seguía llorando, saboreando la tierra.

—Pareces un bebé. —sentí como Halsey me alzaba para cargarme, ya no era una chica tímida, ahora era una rebelde leal; seguía llorando en su pecho, mientras balbuceaba el nombre de mi amada y la buscaba por todos lados de mi cuerpo. No obstante, mi cuerpo ardió en recuerdos, cuando hacemos el amor, cuando nos besamos, cuando nos miramos y sentía estar en llamas— Tienes fiebre —aseguró cuando me sentó, miré sus ojos, buscando alguna respuesta, sintiendo la poca amabilidad de que alguien me la trajera de vuelta y pasé la noche así, hecha ovillo en mi litera, gimiendo entre tanta soledad y sintiendo frío a mi lado, un vacío inexplicable.

{...}

Al día siguiente había amanecido con los ojos hinchados y aún pesados por el sueño, gruñí de molestia y cuando me di la vuelta, pude ver su cuerpo descansando a mi lado. La felicidad comenzó a comerme mientras que sentía que quería llorar, la abracé y besaba sus mejillas sinfín, escuchando como la había despertado.

—Ow, ow —seguramente se había quejado ya que mis escasas uñas se habían encajada sin piedad en su espalda, me estaba aferrando a ella, unas lágrimas se habían salido de mis ojos y levanté la vista.

—¿Dó. . . Dónde estabas ayer? —ella limpió mis lágrimas con una pequeña sonrisa.

—Lo siento, Sasha. Estaban viendo algunos papeles, nada importante; pero ya estoy aquí. —susurró en mis labios de una forma tan etérea que me daba miedo de destrozarla, me apresuré en besarla, sintiendo mis labios fríos ponerse cálidos, después un momento, me separé, para mirarla con pena y una pequeña sonrisa que me correspondió.

—Ya lo entendí.

Ella encarnó una ceja con duda y vacilante. Me levanté y ella hizo lo mismo, le vi el rostro para suspirar.

—¿Qué es lo que has entendido?

Tomé de manera firme sus caderas mientras que la miraba fijamente.

—Ya entendí que no puedo estar sin ti ningún momento. —bufé— Cuando no estabas conmigo, sentía como mi cuerpo se retorcía y mi mente de buscaba de manera inconsciente, porque eres todo lo que mi mente y cuerpo necesitan para vivir. La gente trataba de ayudarme pero no es lo mismo, no era tu cuerpo el que me abrazaba, las manos que recorrían mis mejillas, entendí que solo quiero que estés tú; así todo el mundo me deje atrás, mientras estés tú, por mí no puede estar nadie; yo iré a donde tú vayas, por ti yo haría todo, desde leer la biblia hasta creer en un Dios, con tal de que te quedes conmigo; yo.. , yo me di cuenta que no quiero a nadie más a mi lado, entendí que o eras tú, o no era nadie.

Besé sus labios para alejarme un poco, dejando que nuestras respiraciones chocaran.

—Tú eres la única que puede apagar este infierno que me consume.

Capítulo LXIII

No sabía cómo sentirme.

¿Era normal el no sentir nada y solo sentir un vacío? A lo lejos de mi cabeza, en un pequeño rincón de mi conciencia, había una voz que empezaba a hablarme por completo; comenzaba a veces a llenarme de un pavor inexplicable, han pasado días y semanas, y sentía que mi boca se había desacostumbrado a hablar, Halsey a veces quería sacarme algunas palabras pero sin duda alguna, la que más me dolía era Bambi, viéndola ahí, pidiéndome que le dijera algo, que la tocase para saber que yo estaba viva y que no estaba empezando a alucinando; incluso Himuro se ve mejor que yo ahora. Sabía que tenía un estado deplorable por la crisis mental que estaba pasando, ¿cómo había llegado?, bueno, a Bambi, en una noche donde nos cubría el sudor, me dijo que era especial y de ahí surgió todo. ¿Era completamente especial o solo una parte de mí? ¿Qué parte? ¿Qué hay? ¿Es nuevo? ¿Será que su dios me mandó una bendición? No lo entendía, posiblemente jamás iba a entenderlo y mi cabeza iba a comenzar a llenarse de aquellos miedos de los cuales me he estado alejando por mucho tiempo.

Bambi me dolía, me dolía verla tratando de verme, me dolía verle tratando de hablarme, decirme algo. Hacer el amor como las noches que nos prometíamos, hace mucho que no la tocaba, que estaba tan sumergida en mis pensamientos que no recordaba su cuerpo desnudo. ¿Habrá subido de peso? ¿Bajado? Evitaba tanto el cuerpo humano, que no recuerdo muy bien qué pasó.

¿Soy especial? Me dolía preguntarme eso y tener que estar así por meses.

—¿Hablarás?

La voz de Halsey resonó por mi celda haciendo que ganara mi atención, estaba cruzada de brazos mientras me miraba fijo. Ella, Halsey, era una chica especial, era carismática, hermosa, fuerte e inteligente, la miré por unos momentos para después bajar la mirada, aún sin contestar; aprecié mi húmeda mano, días sin tocar la piel que tanto necesitaba, mi cuerpo ardía en desespero, pero mis preguntas eran aún más grandes, solté un quejido entre mis dientes, para seguir mirando hacia la pared.

—Bambi —ella sabía que con el nombre de mi amada iba a voltear, pero no lo hice—. Demonios, ¿qué es lo que te pasa? —se sentó a mi lado para mirarme y arrastrar un poco de mi cabello hacia la oreja.

—¿Que tan especial crees que eres? —la miré directamente, ella miró a los lados, como si alguien tuviese la respuesta detrás de mí, bufó para después mirarme— ¿Qué tanto?

—Eso es dependiendo la persona con la que estás. —se levantó— Así como hay gente que cree que eres la persona más especial del mundo, habrá gente que no crea lo mismo; somos diferentes mentes, formas de pensamientos, no siempre o nunca estarás de acuerdo con tanta gente a la vez.

—¿Qué tan especial soy para Bambi? —la miré con súplica, buscando alguna respuesta en sus oscuros ojos. Ella bufó, se sentó a mi lado y acarició mi pierna de forma amistosa, para después, darle una palmada.

—Bambi —saboreó su nombre para morderse el labio, vi como negaba con la cabeza para después mirarme— ha estado muy triste, ¿sabes?, dice que ya no la miras, le hablas.. , la tocas. Qué siente que ya no la quieres, ¿qué ha pasado, Sasha? ¿Te hirió? Ella te extraña y sé que tú también, sé que la extrañas tanto. Ella ha estado muy triste.

Sabía con qué intenciones lo hacía; mordí mi labio inferior sin decir nada mientras pensaba en ella, escuché a Halsey bufar de nuevo, ella estaba triste, ¿pero yo cómo estaba? Sentía un gran hueco que me hacía llorar, pero no podía soportarlo, no quería. Verle a la cara me lastimaba porque sentía que no valía nada realmente, había un hueco en mi corazón y en los dedos que tanto han ansiado en tocarle aquella piel de óleo, tocar la suave y peligrosa cintura. Extrañaba escucharla, enojada, triste, feliz, riéndose, gimiendo; ¡qué extraño era mi oído que me hacía delirar ahora! Apreté de nuevo mis labios, inconforme y pensando en aquella chica de ojos grisáceos. Halsey gruñó esta vez, para levantarse, haciendo que se ganara mi atención.

—Sólo déjame decirte que la estás lastimado por una estupidez así. —mascullló dejándome sola. Bajé la mirada tratando de pensar en lo que estaba haciendo bien o mal, quedándome sin una respuesta.

{. . .}

Una carta llegó a mi celda sin descaro, había pasado un mes. Mi cuerpo está a debatido, estaba cansado y débil; decidí no abrirla y la metí debajo de mi almohada, sabía de quién era.

Hablando de aquella mirada grisácea y palabras de un rosa

pastel, la extrañaba, las pesadillas habían vuelto y no habían sido las únicas en volver.

Mis necesidades de tenerla me comían lentamente, mis manos se sentían vacías y sentía mi cuerpo con un exagerado frío, no sabía qué era de ella, no sabía cómo estaba y viceversa, desde que Halsey trató de convencerme, no he salido para nada y se podría decir que he adelgazado bastante.

Tú tienes razón, no eres especial.

Qué molesta se había vuelto, pero aun así, el vacío en mi pecho seguía.

Salí, pude ver de nuevo a la gente pasar, alguna ya no estaba, otra apenas estaba ingresando, caminé por lo que recordaba de los pasillos para llegar a los comedores, observando a Himuro y a Halsey hablar, cuando me vieron, sonrieron un poco de emoción, pero la estúpida voz seguía en mi cabeza. Sentí los brazos de Himuro rodear mi cuerpo, para después los de Halsey, quién me abrazó con más fuerza, rugiendo: "Qué bueno que ya has reaccionado, torpe.", se alejaron un poco de mí y solté;

—¿Dónde está Bambi? —sentía como a mis cuerdas vocales se les dificultaba hablar, me dolía la garganta. Necesitaba hablar con ella, necesitaba verla, escucharla, necesitaba su cuerpo. Se miraron entre sí, para después volver a colocar su mirada encima mía.

—Se acaba de ir a tu celda a buscarte —mi corazón latió con fuerza al escuchar a la respuesta de Himuro.

Les di las gracias para comenzar a caminar, otra vez me sentía con vida, otra vez sentía algo más que no fuese un vacío inexplicable o enojo ante las voces, sentía nervios, felicidad y tristeza, tantas cosas para darle, paré tambaleante cuando la vi, ahí, escondiéndose entre sus piernas mientras que unos sollozos se escapaban de sus labios.

—¿Bambi? —ella rápidamente levantó la cabeza para mirarme, sus labios hinchados, sus ojos rojos y un carmesí decorando sus mejillas, estaba triste. Culpa mía. Me senté a su lado para mirarla— Te ves horrible.

—Lo siento, yo. . . Perdón. —susurró— Pero es que tanta falta me haces y no puedo soportarlo. Te necesito a mi lado, te necesito y no sé qué hice para alejarte de mí, pero te quiero de vuelta. Necesito estar contigo, necesito verte, besarte, escucharte, necesito que me tomes, necesito que me quieras una vez más, te he estado enviando cartas pero jamás tengo una de vuelta y tengo miedo —había empezado a llorar otra vez, mirándome, tratando de entrar a mi alma, sus comisuras bajaron al igual que sus lágrimas—. Necesito tenerte para saber que me amas, necesario tenerte para saber que estás viva.

Besé sus labios y entendí lo viva que estaba, mi cuerpo se estremeció junto con el de ella, mordí su labio, escuchándola jadear, me hacía sentir con vida, me hacía sentir que no estaba vagando lejos de mí, me hacía sentir especial, me hacía sentir que nada me faltaba, sentía aquel hueco estar completo, cuando el aire me pidió entrar a mis fosas nasales, me separé de ella.

—Era una tortura no tenerte y no saber nada de ti, sentía un hueco en mis manos, en mi alma. Me dolía el no verte, claro que vi tus cartas, pero decidía guardarlas para mí, intactas, para que un día, tu voz me las dijera con aquella timidez que siempre has tenido. Sólo me he enamorado de ti, era una tortura no poder hacerte el amor, sentir los huesos fríos, sentir que algo me faltaba en aquella litera, la luna me preguntaba por ti, era un infierno y lo descubrí —tomé sus manos—, descubrí que tú eres la única que puede calmar el infierno que me ha tocado vivir, solo te necesito a ti, mierda. Sólo te quiero a ti, solo que me sentía insignificante, me sentía poca cosa porque. . , ¡demonios! ¿Te has visto? ¡Eres arte a todo tu explorador! No toda la pintura decide quedarse en las manos de una vagabunda como yo, no, nadie ha querido estar conmigo. Y es por eso, llámalo estúpido, pero el tenerte es lo mejor que me ha pasado, pero en cuestión de miedos, es un diferente infierno.

Volví a besarla con necesidad, pasión, tristeza, felicidad y un extraño sentimiento nuevo que por mi corazón paseaba.

—Por ti bajaría la galaxia entera o me quemaría viva en el fuego lento. —nuestras frentes chocaron para mirarnos, paseando mis soles por sus lunas— Esta noche cambiaré, por ti, porque si tú me pides ser la vida eterna, mataría a la muerte.

—¿Harías eso por mí? —me miró con un brillo en los ojos y sonreí ante su inocencia.

—Por ti sería la muerte misma.

Capítulo LXIV

Acaricié la curva de la Luna que tenía en su espalda, ardiendo como el Sol y brillando como las estrellas. Besaba en miles de sentidos sus labios, escuchaba las melodías perdidas en mi cabeza mientras tomaba con miedo su lacio cabello negro, hundí mis labios con los suyos cual barco en agua, mi cuerpo se estremecía con su tacto, ¡qué exquisitez!, cuál chocolate derretido y un lindo baile en el invierno.

Apreté su cuerpo en el mío, escuchando sus melodías, escuchando sus cielos, escuchando su cuerpo danzar mientras que nuestros corazones componían la música, me separé para admirar aquellos grisáceos ojos, sus largas pestañas, sus senos desnudos mostrándome una galaxia totalmente distinta y prohibida, y en sus curvas divinas, sentía mi espalda erizar junto el frío, solo nuestros cuerpos.

Sólo ella.

—Me siento como la primera vez, ¿la recuerdas? —me balbuceó en mis labios, parecía nerviosa, su cuerpo temblaba de tantos sentimientos que parecía conectarse con el mío.

—Han pasado meses, pero aún lo siento como día. —besé de nuevo sus labios rosas, sintiendo su aprobación— Aquel día que me negué al miedo de tenerte. Aquel día que decidí necesitarte toda mi vida, puedo perder la noción del tiempo, pero ese día, lo siento como horas. Quiero sentirlo eterno; sentirme, sentirnos.

La tomé de sus delicadas manos, ella asintió para volver a besarme y caer en la tentación pecadora que tanto nos ofreció Satán.

{...}

Sabía que algo le pasaba; que tratara de ignorar su triste comportamiento no significa que fuera tonta o ignorante, algo tenía, algo me escondía y entre más pasaba el tiempo mi ansiedad y nervios me comían más. De una manera de instinto, abracé su cuerpo ya-no-desnudo con el mío, tratando de no dejarla ir, aspirando el aroma de la noche en su cabello y cuello, escondiendo sus estrellas con la capa oscura de su cabello.

Pero algo me escondía, algo la tenía tan mal y tenía miedo de que fuera mi culpa, de que ya fuese la causante de tanta angustia y tristeza que en su cabeza reposaba.

—¿Qué es lo que me ocultas tanto? —por un momento la idea de que tal vez estaba a semanas de irse pasó por mi cabeza, un miedo atravesó mi cuerpo con tristeza y cinismo. Miré sus ojos descansar, sus labios semiabiertos, sus cejas curvadas, su simple rostro perfecto— ¿Qué será lo que te tiene así? —me volví a preguntar mientras quitaba mechones de su cabello de su cara, acariciando sus regordetas mejillas.

A la mañana siguiente, sentí un peso encima mío, me levanté con pesadez observando que Bambi ya no estaba –algo que me hizo pensar que posiblemente estaba en los comedores–, me puse la camisa que me faltaba para tallar mi cara para salir de la celda, a medio camino, me encontré con Grace; su mirada había un brillo apagado, opaco, me miró con lástima para después irse de ahí.

«Todos están raros.» pensé, cuando entré a las regaderas, pude ver a una persona llorando, me preocupé bastante y traté de acercarme a ella.

—¡No! —me gritó, negando a que diera un paso más— No más daño, por favor —suplicó, no pude evitar enojarme. ¡Mierda, Grace! Salí corriendo para buscarla, sintiendo las miradas mientras gritaba su nombre.

«Maldita» gruñí cuando la vi en nuestra celda, leyendo tranquilamente, cuando escuchó que la estaba buscando sus ojos me miraron con zozobra y desinterés.

—¿Qué es lo que quieres? —parecía molesta y exploté, la tomé del brazo, escuchándola jadear de dolor—. ¡¿Qué te pasa, Zuckerberg?!

—¡Cállate! ¡Volviste a hacerle daño a una persona! ¡¿Qué es lo que te pasa a ti, huh?! —apreté con más fuerza su brazo, ella, quejándose del dolor logró empujarme lejos de ella.

—¡¿De qué hablas?! ¡Yo no hice nada! —estaba molesta, parecía sofocada de mí, solté un respiro de golpe, haciéndola temblar.

—Grace..., joder. No creo en ti, no puedo confiar en ti; es que eres cruel, eres alguien que no piensa, tal vez estás diciendo que no te conozco pero no hay nada de conocer para ver la mierda de criterio que eres —ella suavizó su expresión, mirándome con pena y apretando sus labios—, no puedo creer que llegué a enamorarme de ti, ¿qué tan torpe fui?, lo único bueno es que no te necesito en mi vida, no quiero nada de ti. Y tú…, bueno, quién sabe qué será de ti; solo déjate de tonterías, ¿quieres? —vi como lloraba en silencio, me dolía el pecho el solo verla así, tan destruida, daba lástima y apreté mis labios; solté un suspiro para irme de ahí, dejándola sola.

—¿Estás segura de que no me necesitas? —alzó la voz, haciendo que pudiera escucharla— ¿Sasha? —tomé aire para mirarla, sus ojos se notaban extraños mientras fruncía el ceño.

—No te quiero cerca de mí. No te quiero en mi vida. Jamás.

{...}

—¿No crees que fuiste muy dura con tus palabras? —Bambi me reclamó, en sus ojos había cansancio, había tristeza y no-entendimiento hacia mí, mientras que yo pasé con fuerza mis manos por mi cara.

—¿En serio? ¿Después de todo lo que te hizo vienes a decirme que el ser sincera me hizo brusca? —la miré incrédula, mientras que ella bajaba la mirada y comenzaba a titubear— Lo siento, ¿sí?, es que el saber que le hizo lo mismo que a ti me llena de rabia y no puedo evitarlo, no pude hacerlo, verla tan tranquila me llenó de coraje que espeté todo lo que sentía.

Bambi dejó de titubear para mirarme fijamente; nos miramos por un tiempo para después, besar sus labios, no quería pensar en Grace, no quería pensar en todo lo que dije; solo quería estar con la persona que más amaba, después de algunos jadeos de nuestros labios cuál aire, tomé su mejilla.

—Yo sé que no soy lo mejor, pero amor, yo no me rendiré —susurré en sus labios, sujeté con firmeza su mejilla, esperando a que no se fuera. Por más que ella me dijera que estaba aquí, por alguna razón estaba petrificada entre los cielos más altos, escuchando las olas, escuchando las estrellas. A los ángeles y a los Santos; le daría la paz al diablo por lo que por ella he escuchado, el miedo de mandarla al infierno gracias a mí, trataba de no bufar, trataba de dejarme llevar como lo he hecho meses antes pero ya viví un día sin ella y sentía mi cuerpo arder en infiernos clandestinos; ya viví una semana sin ella, y sentía mi cuerpo dejar de vivir para tocar la puerta de Satán mientras que los demonios tocaban mi conciencia para solo pensar en aquella la cual me alejé, he vivido el infierno sin ella, sujetarla suavemente es poco de lo que quería hacer, quería tenerla siempre para mí, siempre conmigo, quería sujetarla a mi cuerpo y enfrentar las cosas como se dieran— Pero por favor, tú tampoco te rindas.

—El clima que ves ahora tal vez sea grisáceo, Sasha pero —me tomó del mentón, haciendo que la mirase— sé que tú y yo podremos cambiarlo, si nos quedamos y cambiamos nuestra forma de ser. De ver. De sentirnos; tú eres alguien que podrá hacer tantas cosas con aquello que los demás llaman imperfecto. Eres más perfecto que la pintura misma. Eres más perfecto que mi Dios mismo.

Capítulo LXV

Me aferré a su espalda mientras seguía llorando en su pecho, sentía su corazón latir con lentitud, torturando mis oídos. Escuchaba las sirenas detrás mío, algunos oficiales, personas bajando de automóviles, y la casa reflejaba el azul y rojo de las luces policiacas; dejé de escuchar su latir, mis oídos se dilataron a tanto silencio y comencé a negarme, me aferraba mientras seguía repitiendo mi negación; la abracé con mis piernas alrededor de sus caderas mientras aprisionaba su cuerpo con el mío, mi mayor miedo se había vuelto realidad, mis grandes sombras yacían frente a mí, dispuestos a burlarse, lloré en su hombro, lo mordí, rasguñé su espalda pero no mostraba signos de dolor.

—Necesitamos que se aleje.

—¡No, no me voy a alejar! —le respondí con zozobra, una ira que me estaba comiendo. Una impotencia— ¡No puedo alejarme de ella!, no quiero. Por favor. —acaricié su cabello mientras veía sus ojos cerrados, tan tranquilos, como si la vida no le estuviera diciendo que yo le estaba pidiendo a gritos que volviera.

—Señorita.

—Entienda, por favor—susurré, escuché el bufido para después unos pasos alejándose de mi—. He, dijiste que jamás me dejarías sola; dijiste que a dónde fuera estarías tú, si te referías a este modo..., no me gusta, no me gusta para nada; por favor, vuelve, te necesito, no te vayas, aún no hemos tocado el cielo, aún no hemos conocido el Sol, aún no he muerto, aún no hemos llegado a nuestro destino final. ¿Puedes oírme? ¿Puedes tomar mis lágrimas? Es que... ¿Qué es lo mejor que puedo decir? Ya no hay nada frente mío, en mi futuro, no es justo, ¡no es para nada justo que me hayas abandonado a mi suerte solo porque sí, no es justo que me dejes sin saber qué pasará! Oye, por favor... No así. No quiero que te vayas así. No quiero que cierres los ojos, pero ¡mierda!, ¡¿por qué lo malo me tiene que pasar a mí?! Ya te extraño, te necesito a mi lado, he, por favor, despierta, te dije que no quería nadie más que no fuera a ti, por favor, despierta. Solo un momento. No me dejes bailando sola; no me dejes con un corazón roto, no me hagas esto.

Sentía el suicidio pecador de mis lágrimas caer por mis mejillas y rezando lo mejor de sí, tomé su mano fría para después besarla hecha un sinfín de temblores, sentía mi cuerpo temblar, sentía no aceptar la derrota, mi mano se aferraba y hacía que me acariciara mi mejilla, estaba fría. Su mano no tenía vida e incluso el anillo había dejado de tener ese brillo perfecto que su dedo tenía con entusiasmo.

—¿Por qué no me dijiste que era hora de partir? Para haberme ido contigo —acaricié su mejilla con lentitud, disfrutando los últimos minutos que iba a verle. —. Te dije que yo sería la muerte misma por ti, siempre fue por ti, todo fue por ti.

Bajé la mirada con rendición, sintiendo mi cuerpo cansado y agobiado, con un corazón lento, sentí la mano del oficial para después mirar su cuerpo de nuevo.

—A pesar de esto... A pesar de todo —suspiré, sintiendo

como mi corazón se hacía más pesado aún— estoy orgullosa de ti como tú lo estarías de mí.

Me aferré de nuevo, buscando su peculiar aroma a manzanilla con bombones derretidos y una pizca de vainilla que diario tenía en su cuello gracias a ese perfume, pero su aroma se había aferrado tanto a su piel, que se había ido. Le lloré por primera vez de tantas veces que lo haría, besé su cuello, su mejilla y, por último, en sus fríos labios.

—Te amo. —confesé— Yo siempre lo hice.

{. . .}

—¿Crees que sea una señal? —me senté frente a ella, me miró para después acariciar con su tenedor su puré de papas.

—Tal vez solo fue un sueño.

Presintió.

—No es eso, Halsey —aseguré mientras comía un poco, sintiendo como mi estómago se había acostumbrado a tanta mierda—, se sentía muy real, lloré, sentía su cuerpo frío encima mío, su corazón dejando de latir y me da miedo.

—¿Qué es lo que te da miedo?

—¡Qué no le pude ver la cara! —exclamé con preocupación— Todo lo que le dije eran cosas que le he dicho a Bambi, eso significaría que entonces aquella persona con la que estoy en mi cuento/pesadilla es ella, pero ¿por qué no salió su cara? No lo entiendo, pero sé que yo no le haría daño. . . Otra vez a alguien que amo, presiento que es suficiente.

—Siéntelo —sentenció— Si solo lo presientes, estarás destinada a la batalla contra ti misma, y seguirás haciendo sufrir a las personas que amas, dime, ¿quieres eso?

—No, obviamente no. —balbuceo— Pero de igual manera me gustaría saber qué pasó en ese sueño. Por qué la muerte. Porqué mi aferro. Porqué su cara en incógnito.

Decidimos cambiar ese tema para después, cuando salí al patio, pude ver cómo Bambi estaba en un árbol mientras leía, la gente la miraba, algunas personas se sentaban frente a ella y el sentimiento que en mi cuerpo comenzaba a arder no podía ni siquiera describir el coraje que tenía, me acerqué a ellas con pasos firmes, cuando Bambi sintió mi presencia, una adorable sonrisa se dibujó en su rostro.

—¿Te puedes largar, por favor? —pregunté "amable", mientras sentía cólera. La sonrisa de Boyd se había borrado, haciendo una mueca, la mujer entendió y se fue, mi mirada se dirigió a la mirada de mi mujer— ¿Qué demonios, Boyd?

—¿Qué demonios de qué? —me preguntó sin entender— Si no estábamos haciendo nada malo, solo estábamos platicando del día soleado, ¿qué te ocurre a ti?

Solamente bufé para sentarme a su lado, pasando mis manos por su cintura y dejar un suave beso en su hombro, sintiendo como su piel se erizaba suavemente, sacándome una pequeña risa.

—El ver que alguien más se acerca a ti me da rabia, cólera —gruñí en su hombro y ésta vez la escuché jadear, sabía que lo hacía por mis escasas uñas encajadas en su cintura. Me separé un poco de ella y me miró, ahí estaba, el pequeño brillo que siempre tenía al verme; acaricié su mejilla para dejar mi mano ahí, tomando posesión de su cuerpo, haciendo que se acercara más a mi para poder besarla.

No obstante, una vez que nuestros cuerpos pidieron aire, tragué saliva al verla con su cara roja y me atreví a decir—: Es que tú eres mía, ¿entiendes? No quiero verte con alguien más que no sea yo, tú eres mi arte, mía, mi pintura, yo te hice lo que eres ahora, eres perfecta y me da coraje el que las personas apenas se den cuenta, que ya eres de mi propiedad.

—P-Pero es que aún, nosotras no...

Sabía a lo que se refería y volví a besarla, encajando mis dedos en su nuca mientras mordía con suavidad su labio inferior.

—Yo no sé qué somos, te lo vuelvo a decir —susurré en el dorso de su mano—. Pero lo que sí sé con exactitud es que tú eres mía, mi pareja. Mi vida. Mi todo.

{...}

La miré reposar sosteniendo las rosas amarillas en su pecho, aquellas rosas siempre fueron sus favoritas; acaricié el vidrio como si pudiese tocarla.

—¿Por qué jamás lo entendiste?

Capítulo LXVI

5 cosas que necesito de ti para sobrevivir.

{. . .}

1. Verdad. Quiero saber, verdaderamente, que soy para ti, pared. Para mí amarga desdicha como lo eres tú.

Lloraba mientras sentía como las burlas se hacían en mi cabeza cual eco, ¿cómo pude fallar en una fecha histórica tan importante? ¡Ahora soy la burla anual! Quería mentirme diciéndome que solo tenía nueve años, que el pánico escénico era normal pero la cabeza me dolía y me impedía darme consejo alguno. Miré a la pared, como si tuviera algo importante qué decirme, como si sus manos se tomaran el tiempo de abrazarme, pero no fue así, llenándome de dudas y lágrimas.

Es que..., ¿qué puedo hacer? ¿Consolarte? Eso no te quitará lo fracasada, cariño.

—No te entiendo —gruñí. — ¡No entiendo por qué eres tan dulcemente cruel conmigo! ¡Simplemente no quiero entenderlo! —sentía los nudillos encajar perfectamente con la pared, sacándome sangre. Escuché su quejido de dolor, seguido de una amable risa y su mano pasear por mi cabeza.

Algún día lo entenderás.

{. . .}

2. Dame tus demonios para creer. Sé, que sí me das tus demonios; voy a sobrevivir una noche más entre las garras del león hambriento de mis delirios necesitados de su lujuria-suicida. Causante de mis desdichas. Dame tus demonios para creer al menos en ti. En ti y en tu cabeza que no has matado, en tus ojos. Dame algo para saber quién eres.

—"Dime, dime quién eres." —tomé su mano, haciéndola una con la mía; miraba fijamente sus aterrorizados ojos, mientras sentía su cuerpo temblar— "Confía en mí, por favor; sé que solo tengo trece años, pero créeme, puedes confiar en mí."

Una mano se postró en su hombro, haciendo que las dos viéramos a aquella sombra que apretaba con fuerza el hombro de la chica, ella, mirándome con miedo y unas lágrimas saliendo de sus ojos, negó.

—"No puedo, no puedo ofrecerte lo que el mundo rechaza. No podemos estar así, no podemos estar aquí. Con demonios."

—"Quiero conocerte." —jalé su mano, interrumpiendo su camino, ella me apartó suavemente.

—"Hay veces en las que debes de aceptar que esto es para toda la vida. Estoy viva, es lo que debes de saber hoy."

{...}

3. Saber que estás aquí. Delirio o no, quiero imaginar que existes para que mi estado mental no arda en llamas psico-emocionales. Están necesitados las ganas que, cada noche, antes de dormir me pregunto por qué no estás aquí. ¿Estás conmigo? Necesito saber que existes al menos por momentos para no acabar con mi cabeza.

—¿E-Eres. . . T-Tú? ¿Vo-Volviste? —me preguntó en un susurro, me acerqué corriendo al espejo y lo tocaba por todas partes, como si buscara un lugar en específico.

—"¡P-Papá, a-aquí estoy, ¡ayúdame!" —chillé, sabía que no podía, perdí las esperanzas hace mucho, pero gritarle hace que papá me mire más sorprendido.

—N-No juegues c-conmigo. . .

—"¡N-No papá, m-mírame, soy!" —y el estruendo de la puerta chocando con la pared sonó por todo el lugar llamándome la atención, volteé asustada, la respiración de descontroló y me aferré al espejo como si fuera a protegerme.

{. . .}

4. La jaula. Quiero la jaula que hay en tu cabeza; es tan hermosa como el ave que lucha por su ya perdida vida. La sangre emana de ella, los sentidos se deleitan entre sus largas alas inseguras. Quiero tu jaula para para saborear tus sentidos perdidos. Tu ave descontrolada, moviéndose, entre la jaula amarga de nuestras cabezas. Pero yo quiero la tuya.

—¡Di que me perdonas, dímelo, por favor, mamá! Perdóname. . . Mamá, dé que me amas, di que me necesitas, di que lo soy todo y no me dejes tirada en el vacío. Di que salvé tu vida. Dime que soy tu ángel y tómame en una tumba, ¡di que estás en mí! Hazme sentir que estás en mi corazón, dime. Ámame. Perdóname. Hazme sentir que sigo siendo tu hija. Di que me amas y cierra los ojos para siempre si quieres, pero necesito saberlo —comencé a llorar, mirándola, mirándolos; algunos de rendían y otros seguían intentando revivir su alma.

{. . .}

5. Que salgas de mí. Necesito —quiero— y me urge que salgas de mi cabeza; ya no escucharte en mi cabeza, quiero que ya no estés a la hora de dormir, que tú boca no suenen palabras ruines y majas que suenan en mis oídos y lastiman mis tímpanos. Tu seguridad en mi cabeza con tu voz arde en suicidios. Sal de mí.

—Se ven muy viejos —me comentó. Hace poco me habían llegado cosas de mi antigua casa y, con ello, cartas con notas, escritos o poemas.

—Son viejos. —aseguré mientras acariciaba las letras, hace mucho que no tocaba un lápiz, el último escrito que hice fue cuando tenía quince años y ahora tengo diecisiete años, hace dos años que no tomaba un lápiz y me quitaba las penas; Bambi tomó mi libreta y la hojeó, conforme iba pasando una hoja, hacia expresiones negativas haciendo que me mordiera el labio. — Tenía quince años —excusé.

—Ay, cariño, ¿tan mal te sentías? —me miró, volví a torturar mi labio para después soltar un suspiro y sentarme en mi litera, sintiendo como me daba mi libreta; la tomé y volví a hojearla.

—Era triste. Era todo lo que quería contarles a las personas, pero jamás tuve la oportunidad ¿sabes?, era cruel tener que escribir como me sentía a sabiendas de que si le mostraba a alguien al menos un párrafo pensaría tanta mierda de mi —bajé la vista, apretando mi piel—. Siempre fue así.

«*—No quiero escuchar tus porquerías de escritos.*

—Pero mamá—

—¡Dije que no! ¿No lo entiendes? ¡No me importa, Sasha!»

—Escribir era todo para mí. —murmuré— Era poder contarle a alguien como se sentía y ella jamás decía nada, porque no podía. Ocultaba mis sentimientos, todo para no molestar hasta que mi madre encontró los escritos.

—¿Y qué pasó? —se sentó a mi lado, mientras acariciaba mi pierna de forma amorosa, dándome confianza para seguir contando.

—Ella estalló a gritos y furia —recordé y mi voz se secó—, y yo no lo entendía porque ella odiaba que le contara como me sentía, pero odiaba más si me desahogaba. —suspiré brusco y observé el pequeño puchero en sus labios, suavemente, le sonreí y besé sus labios rosas, ella salió de trance, sonriéndome.

—Pero ya no pasará eso, porque yo estoy aquí y voy a escucharte. Siempre estás en mi cabeza, siempre estoy pensando en ti. —me miró con amor para besarme con dulzura, sentía mi corazón hacerse suyo mientras que mi cuerpo temblaba ante su majestuosa figura— Siempre estaré en tu cabeza, como tú estás en la mía, porque nos amamos, ¿no es así?, tu no vas a dejar de amarme, ¿verdad?

—Jamás —le juro, para desprender un poco la ropa de su cuello para besar las estrellas que reposaban con tranquilidad en su hombro— Y así esté en otra vida, en otro pensamiento, en otro tiempo, en otro cuerpo, voy a buscarte, voy a amarte y voy a quererte. —sus ojos brillaron con felicidad, parecía una pequeña niña a quien le había jurado algo eterno, algún dulce.

—¿De verdad? —me susurró con impresión y felicidad, mientras sus ojos danzaban con los míos. — ¿Toda la vida?

—Así sea otra. —retomé— Voy a buscarte para volverte a enamorar.

Capítulo LXVII

—Bambi—

—¡Aléjate! Por favor, necesito espacio, ¿está bien?, necesito tiempo.

La vi alejarse y suspiré tratando de quitar el nudo que en mi garganta se aferraba.

Llevaba una semana diciéndome eso, pude escuchar su voz quebrarse suavemente, fracturando su garganta con certeza mientras que en sus ojos el clima lluvioso comenzaba a amenazar sus ojos grisáceos; tragué en seco las veces que pude, tratándome de meter a la cabeza qué era lo que la tenía así. Triste. Pensativa. Con miedo. Porque parecía que me tenía miedo, me quemaba mi vientre y sentía como se apretaba de un sentimiento que no podía describir al no hablarle o verle y saber que era diferente con los demás. Tratando de asimilar su vida sin mí y el miedo me comía viva, ¿eso quería? ¿¡Una vida sin mí!, que extraño; juraría que sus palabras eran tan perfectas y acogedoras que me creí cada renglón como una pequeña niña de cinco años.

Hablaba frente mío y reía, pero sus carcajadas ya no eran para mí, hablaba con la gente y caminaba a su lado mientras que a mí izquierda siempre hacia un frío aterrador. Le mostró a todos su nuevo tatuaje de un águila volando, pero yo tuve que observarlo de lejos mientras que sentía como mi corazón iba lento. Tan lento.

¿En serio creías que algún día iba a quererte? A veces parece que solo te utiliza.

Me gustaba ser utilizada si era por ella; por ahora, las noches son frías y ya no recuerdo dónde estaban sus lunares porque la verdad no sé si han pasado días, semanas, meses o años pero su actitud conmigo ha sido de golpe, me ha mandado a la mierda de un día para otro y sin explicaciones.

Es que nadie te va a querer, es momento de aceptarlo.

{...}

—¿Qué es lo que le pasa a Bambi? —me senté frente a Himuro quién mordía su manzana, me miró con interés mientras que Halsey tomaba asiento a su lado— ¿Alguna de ustedes sabe?

—Yo la veo muy normal. —opinó Halsey, ella sabía a qué me refería u odiaba tanto que no fuera sensible; bufé bruscamente, mientras escuchaba las carcajadas salir de su garganta con gracia, haciendo que en mi vientre un coraje entrara— Pero sé de lo que hablas, ¿podrías explicarnos qué pasó?

—Es justamente lo que estoy preguntando —gruñí—. . . Carajo. —me puse a pensar en todo lo que pude haber hecho, días antes de que se alejara, ella se mostraba un poco indiferente hacia mí y todo lo que hacía, tanto era su mirar de desinterés, que el miedo de que yo ya no fuera importante para ella me comía. —Cuando traté de tocarla se alejó de mi como si yo fuese a hacerle algo, me sentí mal. . . Me sentí como un monstruo en ese momento.

—¿Qué es lo que pasó? ¿La trataste de. . . ya sabes —trató de proseguir, pero me exalté, llamando la atención de todas las que estaban ahí, mi cara ardía, no de vergüenza, sino de cólera?

—¡Maldita sea, no! —grité—. Jamás haría eso, yo jamás. . .

No podría, ¿sabes?, la única persona que lo ha hecho es Grace.

—¿Y si la volvió a tocar? —cuestionó Halsey— ¡Sasha!

Gritó cuando a pasos firmes me alejé de ellas, con un puño en la mano, la busqué por todas partes hasta que la busqué en la celda, y allí estaba ella, leyendo tranquilamente, mi cuerpo se estremeció de coraje y tristeza.

—Bambi —la llamé, mi voz quería temblar. Estaba nerviosa. Ella me miró y cuando quiso huir, mi cerebro actuó rápido para encerrarla entre mis brazos, no podía estar firme, sentía mis brazos temblar mientras mordía mis labios, ella sudaba frío, me miró con tanto desprecio y desinterés que sentía como mi corazón volvía a latir lento.

Eres un juguete.

Apreté mis manos con fuerza mientras trataba de no escuchar aquella voz, ¡vaya dependencia emocional tenía yo hacia ella! No podía verla con cualquiera, no podía estar sin ella y el que me mirara con desdén ardía en mis ojos y no quería verlo.

Suspiré, tratando de tranquilizarme mientras trataba de que no huyera, entre mis suspiros, un jadeo de dolor salió de mis labios, tembloroso, tenía frío entre mis brazos, pues ella no hacía nada para darme calor con sus sonrisas, solo era un cruel silencio que hacía retorcer a mi cuerpo. Odiaba verla callada. Odiaba ver cómo hablaba con todos menos conmigo. Odiaba verla sonreír sin ser yo. Odiaba todo de ella si yo no estaba ahí. Y me dolía; me dolía que me hiciera menos de un día para otro, que, por arte de magia, su cólera se haya lanzado sobre mí. Lágrimas salieron con tranquilidad, no tenían aspiraciones de todas formas, vi sus labios hacer una mueca retorcida mientras que mis palabras no salían, pero sentí su brazo tratando de alejar uno mío para poder darle libertad.

Qué indiferencia.

Y es que yo había dejado de existir.

Es que solo eres una maldita máquina rota.

—Perdón, ¿sí? —inicié mientras que trataba de mirarla, mala idea; el solo verle me estaba aterrando y sentía que iba a burlarse de mi con aquellas personas del comedor— Algo hice mal, lo reconozco, pero ya no soporto estar así, ya no soporto tu indiferencia, me estás matando poco a poco y es tan irónico que la persona que decía curarme es la que me está hiriendo; ¿qué no te das cuenta lo mucho que te necesito? Este dolor sin ti me aterra, verte reír, sonreír, hablar o pensar mientras parece que no existo y no poderme acercar a ti porque tú indiferencia es tan cruel y despiadada. ¿Quieres que me aleje de ti?, yo sé que no, porque tú mismo me lo dijiste, estamos mutuamente en la mente de la otra pero entonces ¿por qué? ¿Por qué te alejas de mí? ¿Por qué no puedes perdonar mis errores? ¿Por qué putas tengo que ser yo la que esté aquí, llorando? ¿Es que jamás te podrás equivocar, tus equivocaciones son mías, entonces? Me duele que me alejes —declaré. Ella me miró para después bajar la mirada, mordía mi labio, esperando algo, pero me dejó proseguir—. Me duele que cada vez que quiera tocarte tus ojos me digan que no, me duele ya no escucharte y mi libreta extraña que la llenes de notas para mí. Mi cuerpo te necesita, míranos, estamos tan separadas, ¿será que tú no sientes la soledad entrar con brusquedad?, yo sí, siento frío, siento un frío que está congelando mis huesos cruelmente porque te necesito. Necesito tu calor. Mis voces me están matando. . . Necesito que me ayudes.

Le miré llorar sin decirme nada, me hundí en su cuello mientras que agarraba sus pálidas manos, las sentía frías, sentía como mi corazón estaba latiendo suavemente, su respiración cerca de la mía sin podernos besar, nuestros cuerpos llamando la compañía sin podernos abrazar por orgullo ajeno. Gimió. Gimió de dolor, de tristeza, de frío. Gimió suavemente, para perderse en el aire. Y sabía por qué, sabía que quería que siguiera así que tomé posesión de sus manos.

—Te lo dije, eres la única que puede salvarme. No me tires así. No me trates bien para después tirarme; reconozco mis errores y por eso estoy ante ti, pero tira un poco tu orgullo, te necesito esta noche, te necesito todas las mañanas. Necesito cada pequeño detalle que te hace tu. —besó el dorso de su mano— Necesito que tú me muestres el cielo.

Me atreví a besar sus labios, sabían salados por las lágrimas, su boca ni la mía se movieron, al parecer, estaban tan nerviosos como nosotros. Así que, con el aliento revuelto, seguí:

—Porque ya me han mandado al infierno tantas veces, que el Diablo ya no quiere aceptarme.

Capítulo LXVIII

Me mintió.

Mierda.

¿Qué puedo hacer yo?

Mi cuerpo hace un debate.

Rogarle. Dejarle en paz.

Pero ella volvía a mí, muchas veces.

Me sentía segura en sus brazos.

Qué bipolar era Dios.

O qué bipolar era ella.

O qué bipolar era yo.

O qué bipolar éramos.

Porque ella me amaba, de eso estaba segura; hace días atrás –tres– me confesé y ella me besó, hicimos los pecados para que, luego, en un amanecer para ver sus ojos grisáceos juntarse como los míos, ella ya no estaba ahí. Ni su fragancia, pensé que había sido un sueño, pero cuando me levanté ella tenía una marca en su cuello misma que yo le había provocado, recuerdo que en medio acto el miedo comenzó a recorrer por mi cuerpo creyendo que no era real, así que le hice una marca; nos miramos, en sus ojos había una tristeza al verme, como si el odio hubiese cambiado por tal melancólica sensación, ¿qué tan responsable soy? Yo solo quisiera verla feliz, a mi lado, cantar canciones mientras que nuestros cuerpos hacen un Big Bang, pero ahora, no tenía nada, sin sus constelaciones, la vida no puede ser creada.

—Seguramente ya no quiere nada de mí, pero no lo entiendo, —las miré— hace tres días habíamos hecho el amor y ahora me ignora y la escucho llorar más seguido.

—¿Pero te decía algo mientras lo hacían? —cuestionó Himuro quien cada día se veía peor; siempre tenía los ojos rojos, las mejillas brillantes por las lágrimas y ojeras cubriendo sus ojos, me daba lástima. Pensé en ese día, donde me lastimó, por primera vez se aferró a mí con brusquedad, incluso sacándome sangre, pero ninguna palabra salía de sus labios. Solo gemidos. Negué ante la pregunta de Himuro y la escuché pensar, sacando un jadeo— Tal vez no se siente bien.

—Llevo diciéndome eso más de una semana. —avisé mientras me levantaba, suspiré brusco— Vaya farsa de amor.

{. . .}

—¿Dónde estoy? —miré a los lados, sin sentir que éste lugar me era familiar—, ¿Bambi? —fue el primer nombre que salió, al ver que una sombra se acercaba a mí, cuando sentí el miedo recorrerme, pude ver sus ojos grisáceos.

—No esperaba este momento —parecía nerviosa, temblaba, hacía frío. —, pero Sasha—

Sentía como mi cuerpo se hundía en el de ella, me sentía tan bien, tan relajada, sentía como miles de piedras se iban de mi espalda con calma y disfrutando el recorrido; en mi cuerpo no había ningún rastro problemático y mi corazón volvía a latir.

Pero entonces paré, ¿por qué su voz me era tan diferente? Parecía quebrada y llena de fragmentos etéreos, no lo entendía, ella me miró, la lástima había en sus ojos como cada vez que la miraba, sus labios eran una danza de temblores mientras que parecía querer llorar, recorrió con sus delgadas manos cada trazo que dibujé con ese abrazo no-correspondido, parecía llena de melancolía, parecía que no había rastro de algún recuerdo juntas y mi vientre se cocinó las dudas más exquisitas del mundo, no nos decíamos nada, el mundo era tan grande e irracional que la paradoja de volver atrás me estaba matando, tenía dudas aquí, en mi sueño, por ejemplo; ¿por qué ya no me miraba como antes? ¿Por qué ya no me hablaba? ¿Por qué después de hacer el amor conmigo se olvidaba de que existía? Me derretía el alma entre las cenizas de una melancolía azul, me aferré a ella, como si no existiera, como si el mundo solo fuese un trozo de carne y nosotras leones hambrientos.

Tan llena estaba del alma con su corazón lento, que mis ansias comenzaron a llamarme loca, mi corazón latía de manera frenética, sentía que por un momento iba a irse de mi pecho. Sentía como toda la habitación blanca se tornaba de mil colores, pero se quedó en gris azulado, mi corazón latía, suave. Rápido. Lento. Corriendo. Había mil maneras de describir como mi corazón se burlaba de mí, la apreté en mis brazos, escuchándola jadear.

—Sasha —continuó— ¿qué ha pasado contigo?

No había entendido bien su pregunta, ¿qué ha pasado conmigo, de qué, exactamente? Ni siquiera levanté la vista, solo veía como las paredes se tornaban un poco amarillas.

—¿Qué ha pasado conmigo? —dudé— ¿De qué? —dirigí mi mirada a la suya, sentí un miedo, un miedo que solo se quedó en mirarla, mientras mordía mi labio inferior con nervios.

—Tienes que aceptarlo —temblé ante su consejo, ¿aceptar qué? No lo entendía, fruncí el ceño, encarné una ceja, fruncí mis labios, me hice un martirio de ademanes que ella miraba con lástima.

—¿Qué es lo que tengo que aceptar? —lentamente me alejé de ella, exigiéndole una respuesta. Ella bufó, con aquel sonido suave que parecía más un suspiro, veía las paredes, amarillas totales; la vi negar, negar cuántas veces pudo para después sostener su cabeza entre sus manos, lastimando mi ser preocupado.

—Tienes que aceptar que me tengo que ir. —concluyó— Pronto me iré, ¿no lo entiendes?, tienes que aceptarlo. Aceptar que yo ya no estoy aquí. Me lastima todo lo que haces, ¿qué ha pasado contigo? ¿Qué te aferra a mí que no pueda irme?

—No entiendo. —confesé— ¿Dejarte ir? ¿De qué hablas? —miles de recuerdos de su tristeza me llegaron al alma y sentí una leve punzada en mi pecho que poco a poco formó un hueco, unas lágrimas se bajaron de mis mejillas con cuidado de caer de golpe mientras me aferraba a lo que era— ¿Te..., te irás? ¿Te irás de mi lado? ¿Po. . . Por qué? —no podía hablar bien mi voz estaba tan hueca y un nudo se aferraba a mi garganta cortando las oraciones, miré como bajaba la vista— ¿Qu-é... ¿Qué hice mal? ¿Qué estuvo mal? —tragué todo el argumento— ¿Por eso estás tan..., triste, tan pensativa! ¿Por qué te irás y me dejarás. . .? —tragué en seco.

—Tienes que dejarme ir —repitió—. Simplemente tienes que aceptarlo, tienes que darte cuenta de que no todo es para siempre, ¿ves esas galaxias? —apuntó a unas galaxias que viajaban pacíficamente sobre mi techo, asentí. — Todo el mundo dice que ellas son eternas pero recordemos que son cuerpos, que todo morirá. Acabará. Ya sea para beneficio o perjuicio, se irá. Y así sucede con el humano, parecemos infinitos, parecemos que llegaremos lejos con las cosas que queremos, con las personas que amamos, pero todo tiene que acabarse.

—¿Y de qué forma es ésta? —la interrumpí bruscamente, mientras la miraba con el ceño fruncido, mis ojos ardían y sentía mi boca salada. Gruñía al escucharla suspirar sin encontrar una respuesta que darme, sabía que me mentía— ¿De qué forma termina la nuestra? ¿A quién va a beneficiar ésta mierda que me estás diciendo? —sentía como iba levantando la voz para después, el nudo se riera de mí, quitándome aquella fuerza— Mierda, esto solo me perjudica a mí, porque al parecer a ti te importa un carajo —reí, pero ella ya no estaba.

{...}

—¿Por qué no me lo dijiste? —la encerré entre mis brazos de nuevo, ella al escucharme preguntarle eso tembló, parecía asustada, solté un poco mi fuerza, dejando debilidad en mis brazos. Mordí mi labio para después mirarla; allí estaban, aquellas galaxias que en mi sueño me había mostrado con miedo, con aquella voz suave, tratando de explicarme qué nosotras no éramos eternas— ¿Por qué no me dijiste que pronto te irías? ¡¿Por qué mierda tienes que ocultarme todo?!

Pero ella guardó silencio, besó mis labios, como si nada, como si realmente las palabras que salieron de mí no hubieran servido.

Como si fuéramos eternas.

—Sólo tienes que dejarme ir.

Susurró, dejándome sola.

No éramos eternas.

Su amor por mí nunca lo fue.

Capítulo LXIX

—Estoy frustrada. Nerviosa, preocupada. Su voz no deja de resonar en mi cabeza mientras que su mirada demostraba un dolor genuino, infantil; como si me estuviera suplicando la gran cosa, que en parte sí lo es, ¿cómo voy a dejarla ir después de todo? Después de caricias, risas, sonrisas, secretos y miedos, ¿cómo voy a dejar ir a la única persona que me queda? En este mundo, prácticamente.

—Me tienes a mí.

—Sí, lo sé. Pero contigo no quiero formar una familia, ¡quiero una familia con ella! —sentencié, golpeando la mesa con cansancio.

—¿Sabes por qué te dijo eso?

—Bueno. . . Soñé que ella me decía que tenía que dejarla ir, cuando le pregunté, me dijo lo mismo —sentía que quería llorar, pero ya no lo haría—. Me sentí mortal por un momento, ¿qué tan eternas éramos?

—¿Éramos?

—Sí, éramos —suspiré—. Ya no me habla, me mira, me toca y mucho menos me besa. Ya no me siento eterna y siento que ella jamás se sintió así, ¿sabes lo doloroso que es para mí? ¿Sabes el dolor que me causa? Es. . . Frustrante. Mi arte. Mi ángel. Mis pensamientos son— ¡demonios! Ni siquiera quiero pensar en ello, —gruñí— pero la necesito.

—¿Qué tanto?

—La pregunta ofende, Alex. —sonreí con dolor mientras me aferraba a la mesa, Alex acarició a Derek quién dormía en sus brazos, mientras esperaba pacientemente mi respuesta— Sin ella yo no estaría aquí, ella salvó mi vida. Ella me dejó tocarla. Nos tocamos, y no de la forma que alguna vez lo hicieron con nosotras, sentí su pasión, sus galaxias, sus oraciones, sus rezos, sentí todo eso cuando la escuché. Yo obtendré la oreja de Van Gogh por eso, ¿sabes?, yo sentía su arte, yo escuchaba su arte; yo la necesito —balbuceé. —, la necesito tanto.

Pero ella no te necesita a ti.

{...}

Solté un gemido cuando sentí el agua tocar mi piel con suavidad, era lo que necesitaba. Un baño.

En mi mente pasaban los recuerdos necesarios para hacerme sentir mal, desde mi "inocente" niñez hasta ahora, ¿a dónde he ido a parar? Me he perdido entre la miseria que ahora estoy llorando por un amor no-creyente; no obstante, la escuché, la escuché reírse mientras de que algunos besos hacían eco por las regaderas, mi cuerpo se estremeció, sentí como mi estómago de nuevo tenía ese cosquilleo, quería reír, llorar, enojarme, pero no sentía nada más que un inmenso vacío.

Creo que tengo que dejarla ir.

Cuando me di la vuelta, ella estaba ahí, tomada de la mano con otra persona, con otra mujer que me miraba victoriosa, no dije nada, ni siquiera armé un escándalo, me dejé llevar por la soga de mi garganta que solo me vestí, le miré por última vez y me fui ahí con los sentimientos de culpa, ¿qué hice yo ante su poca consideración? ¿Qué pasó? ¿Cómo me escondo de todo esto si siempre estuve sola? Arregló mi vida y después de tenerme a sus pies, golpea mi mentón diciéndome que no me necesita y eso me llena de coraje, ¿será que también será así con esa persona? Temblé de frío, mientras miraba el cielo, copos de nieve caían decorando el suelo mientras que el viento se encargaba de hacer más frío el lugar; pronto sería Navidad e iba venir con ella mi cumpleaños, cuando lo imaginé –semanas antes de todo este caos–, lo había imaginado con Bambi a mi lado, e incluso ya grandes, con niños, como una familia feliz, pero ya han pasado más semanas y ella me destruyó.

Como todos.

{. . .}

—"Es que lo no entiendo" —lloré frente aquel cuerpo que me escuchaba –en sí porque no tenía otra opción–. Sentía las sombras acercarse a mí y ya no había nada para que me salvara y secara mi tempestad—. "Creí que ella me amaba, ¿por qué todos son tan crueles?" —golpeé el frío suelo, las sombras por fin me tomaron con libertad, acariciando mis muñecas con suavidad y tentación, aquella tentación que me daba asco, aquella tentación que no recordaba.

Debiste de darte cuenta.

—"Culpa es solamente tuya." —acusó una sombra mientras susurraba en mi oído, acariciando mi vientre; me estremecí con asco, para después, sentir como líneas carmesíes se iban formando por los rasguños que se habían creado por sus uñas— "Te dejaste enamorar como una estúpida. Nosotras te dijimos, claramente te dijimos que nadie iba a quererte. Te dejaste ser tan rápido, idiota."

Era tan cierto, ésta tristeza es gracias a mí, porque yo debí de dejarla a un lado pero seguí tras de ella, pero ¿qué puedo hacer cuando mis sentimientos están más que alborotados y mi cuerpo la necesita, qué hacer cuando de tu boca solo sale su nombre y comienzas a querer mirarla solamente a ella? ¿Qué hacer? ¿Dejarla atrás haciendo que te lastimes por todo lo que sientes o ir tras de ella? Yo hice la última, y gané su mentiroso amor, su decepcionante y maldito amor.

Tu jamás debiste tener amor verdadero.

{...}

—Estás helada. —la miré con incredulidad, ella se alzó de hombros, para regresar a su escritorio mientras yo me aferraba a las sábanas. Había llorado tanto, que me quedé dormida cerca del frío. — ¿Qué hacías allá?

—¿Qué parece que hacía? —fruncí mis labios, suspiré al sentir todo el silencio a sabiendas que ella quería una explicación sólida para dejarme ir; jugué con mis dedos, mientras los miraba danzar de manera circular entre sí—. . . ¿por qué nadie me dijo que se iría lejos de mí? ¿Por qué nadie me dijo que se había enamorado de otra persona? —gemí de dolor mientras lloraba, tapando mi cara entre ambas manos, la escuché suspirar y me dijo una palabra que empezaba a tomar en cuenta.

"Tienes que dejarla ir de una vez por todas."

{...}

Caminaba hacia mi celda, con los ánimos bajos; mi cuerpo estaba tirada en la tristeza y aquella frase resonaba en mi interior haciéndome querer llorar.

¿En serio tenía que dejarla ir?

Creo que sí.

Ella ya ama a otra persona.

El solo pensarlo me mataba, me mataba que va a amar a otra persona y yo me convirtiera sombra de todos los sentimientos que alguna vez tuvimos; sé que ella será feliz sin mí pero ¿y yo? ¿Yo que seré? ¿Qué será de mi alma ya desnuda ante ella? Quería golpear algo, me sentía dañada, me incomodaba mi vida y sabía que tenía un nombre. Pero tenía que superarlo, ella tenía que irse.

Mi único trabajo era dejarla ir.

Cuando iba a entrar, mi cuerpo se quedó estático al verle desnuda frente a mí, sin pena, con sus ojos rojos de tanto llorar, aquellos brillos interestelares que me miraban con tristeza, odio y un amor melancólico. Mi corazón comenzó a palpitar rápidamente, mientras que sentía mi cara arder de la vergüenza, ella sostenía mi mirada como sin nada, para después, escucharle hablar:

—Quiero que me hagas el amor.

Ni siquiera lo había pensado dos veces cuando ya besaba sus labios con demasiados sentimientos en mi estómago.

Mi ropa estaba tirada junto a la suya, mientras que ella se posicionaba encima mío; parecía querer llorar, y lo hizo, jadeó de dolor para que unas lágrimas salieran de sus cuencas grisáceas.

—Hazme el amor por última vez antes de que me vaya, por favor —me suplicó mientras hacía que mis manos se posicionaran en sus caderas—. Antes de que me vaya, antes de que olvides quién soy, antes de que esto termine, hazme el amor por última vez.

«Oh, Bambi. Jamás voy a olvidarte.»

—Por favor, házmelo antes de que me dejes ir. —lloró, parecía que desterraba algo de su interior que la estaba matando; no podía negarme, yo también la necesitaba, comencé a besarla mientras que mis manos recorrían su cuerpo con lentitud, haciéndolo una tortura.

No nos decíamos nada, los besos y las caricias se escuchaban por todas partes haciendo eco, pero algo salió mal, ya no eran los gemidos, eran sollozos.

Aquellos sollozos nuestros que se escuchaban por todas partes; como quería decirle que la odiaba mientras mordía y marcaba su piel, quería decirle que ya no la amaba como lo hacía ayer, quería decirle tantos mensajes de odio mientras lo hacíamos por última vez, pero no podía.

Había tantos sentimientos en nuestros cuerpos que no podía aceptar la verdad. Por última vez nos vimos a los ojos mientras ella susurraba mi nombre con suavidad y poca tolerancia, quería decirle que ojalá muriera, pero sabía que sí lo hacía, una parte de mi iba a morir con ella. La rabia, el amor, la tristeza y la desesperación eran los tragos perfectos en nuestro bar.

No obstante, acabó. Miré por última vez aquella sonrisa que me mostraba sus dientes color perla, me dolía; Bambi Boyd era una maldita hija de perra que sabía bien como jugaba conmigo, porque comenzó a llorar, y lloré yo también, pero mi corazón estaba lastimado, estaba quebrado por aquella que me dio las gracias para quedarse dormida, me acosté a su lado, acaricié su piel por última vez, observé cada rastro desnudo por última vez, para mirarla descansar.

Frente mío yacía la persona que me confunde tanto, frente mío yacía la persona que besó a otra mujer para después rogarme que le hiciera el amor, frente mío, yacía una mujer que repudiaba y que, con toda mi alma, quería decirle que había dejado de amarla. . . Frente mío, yacía la persona que amaba con toda mi alma, que necesitaba con todo mi ser.

Acaricié su rostro y limpié sus lágrimas por última vez.

Creo que la estoy dejando ir.

Creo que dejé de extrañarla.

CAPÍTULO LXX

Grace.

La miré dormir conmigo, como todas las veces, me dolía tanto el alma que su cuerpo estuviera tan cerca del mío y que pensara lo que no era. La tenía tan cerca de mí, para acariciar su morena piel, para observar las largas pestañas y su cabello corto; pero algo dentro de mí se retorcía como el fuego lento, me dolía hacer el amor con ella, me dolía tanto que solo me ame por imaginar que soy ella, me dolía tanto escucharme hablar como si fuese otra persona.

Qué se haya enamorado de mi pensando que era ella.

Pero ya es momento que la deje ir.

Creo que era el día de confesarle la verdad, de decirle todo, no podía más, no podía verla mintiéndose a ella misma de que yo era ella, a veces quería llorar, cuando sus labios chocaban en mi cuerpo, cuando de sus labios salían las palabras más dulces quería estallar en llantos al saber que ninguna palabra que decía eran para mí. Decidí levantarme primero, las oficiales ya no nos decían nada, ni siquiera miraban nuestra celda, habíamos hecho tanto el amor que ya no importaba.

Estaba nerviosa, mi corazón quería salirse de mi pecho, pero era una mentira que no iba a poder sujetar por mucho tiempo, no podía soportarlo más, fui a ducharme donde pude llorar en silencio. Recordaba sus risas y pláticas en el patio, sus manos rozando las mías y su cuerpo acurrucando en mío porque la escuchaba susurrarme cada media noche lo mucho que me amaba. Solté los suspiros suficientes para quitarme el nudo de la garganta y poder decirme lo bien que le estaba haciendo, le iba a hacer más daño si algún día lo descubría por su cuenta, me odiaría más de lo que ya lo haría.

—Hola. —escuché su ronca voz por todo el baño, mi piel no pudo evitar erizarse mientras que mi cuerpo estalló de nervios. Sus labios se posaron en mi hombro, para dejar un suave beso ahí, pero aquel beso lo sentí; no eran como aquellos besos que me daba antes, llenos de amor, me había ganado su eterna decepción y eso lo pude sentir en aquél beso.

Odiaba cuando lo hacía, odiaba cuando besaba cada parte de mi con tanta dulzura que mentir me dolía a mí, mi cuerpo ardía en su mereced, la amaba, la amaba tanto pero dejarla con la mentira era una pésima opción; ante sus palabras, no dije nada, no quise hacerlo, sabía que el llanto iba a ganarme— ¿Estás enojada? —insistió, negué con la cabeza para cerrar la regadera y colocarme mi ropa— Yo debería de estarlo, ¿sabes?, más que eso, estoy dolida. Todo esto..., aún no es fácil.

—Cállate, ¿quieres? —no quería escucharla, me dolía el alma, pero tenía que meterme a la cabeza qué era por su bien. Ella al escuchar mi tono hacia ella rápidamente cerró su regadera y se cambió para seguir mi paso.

Quería llorar y gritarle a la vida, decirle que no me siguiera, que me dejara en paz y decirle la verdad pero me era tan imposible, me dolía, me dolía saber que no me amaba, justamente antes de que tomara mi hombro, volteo a verla.

—Oh, Bambi, no quería lastimarte pero ¿podrías entender que esto es tan difícil para mí? —ahí estaba, ese jodido nombre; mis ojos ardían y sabía que estaban acuosos, me acurrucó en su pecho, algo que realmente odié. —Dejarte ir es difícil.

«Te olvidarás hasta de quién soy.»

—Sasha, tenemos que hablar. —agradecía que nadie se cruzara por los pasillos, me alentó para hablar alejándose de mí, tomé aire y la miré fijamente, sintiendo como iba a desbordarme— Toda esta farsa me tiene harta.

—Bambi, ¿de qué—

—¡Yo no soy Bambi, maldita sea! —por fin dejé salir el nudo que comía mi garganta, ella me miró sorprendida, sus orbes aguamarina estaban fijados en mí, me acerqué a ella para tomarla de las mejillas— Dime, Sasha, ¿a quién ves?

—Bambi, ¿qué demonios te pasa? ¿Por qué actúas así? —frunció el ceño para alejarse de mí, comencé a llorar de impotencia al ver que necesitaba darle más información que posiblemente iba a dolerme a mí también.

—¡Bambi está muerta, por Dios! —exclamé, Sasha se quedó estática, como si su cerebro estuviera tratando de analizar la situación; me miró confundida y asustada así que proseguí— El día que Bambi se fue a ese maldito hospital jamás regresó —lloré, me sentía tan culpable, porque después de todo, la muerte de aquella persona era mi culpa, mis celos me habían comido y era tarde para reaccionar.

—¡¿De qué mierda estás hablando?! —me tomó de los hombros, sus ojos mostraban un grado de confusión excesiva, parecía querer llorar, parecía no entender y estaba haciendo más difícil mi realidad.

—Y-Yo. . . No puedo —lloré—. Cuando regresaste recibiste la noticia de que Bambi había fallecido, que no había soportado tantas operaciones que tuvieron que dejarla ir. Estabas devastada. Y-Yo. . . Comencé a consolarte todos los días, tratándote bien, llevándote a veces de comer cuando no querías salir y quedándome contigo, pero entonces tú comenzaste a decirme Bambi, al principio me incomodaba, pero miraba tu sonrisa y tus ojos llenos de ilusión que no podía hacer nada, no quería dañarte. S-Sin querer me había enamorado de ti, me había perdido en tus ojos y tú también en los míos; pero tenía tanto miedo de romperte el corazón que me dejé llevar por lo que sentía, pero entonces sucedió. . . H-Hicimos el amor y—

—Espera, espera, espera —interrumpió mi explicación y tuve el valor de mirarla a la cara, sus ojos estaban rojos y llenos de lágrimas, en su cara había un rubor de cólera mientras que fruncía sus labios. Apreté mis puños con nervios y tristezas, esperando algo— ¿Estás diciendo que te aprovechaste de lo que sentía para tenerme a tu merced?

—¡¿Qué?! ¡No!

—¡¿Cómo pudiste hacerme esto?! —me miró con molestia, buscando una explicación— ¡Sabías lo enamorada que estaba de Bambi y utilizaste su nombre para que yo cayera en tu maldita trampa!

—¡Tú te metiste sola! —lloré— ¡Yo solo te consolé, te di mi apoyo y tú me llamaste Bambi!

—¡Porque tú jamás fuiste así de buena conmigo! —retrató. Sus palabras me dolían tanto, sentía que el aire se me iba y en ratos me deseaba la muerte más cruel; ella tenía razón, yo jamás había sido así de buena, había utilizado el nombre simplemente para que ella me mirara; escuchaba sus sollozos, quería acercarme a ella, pero sabía que me iba a apartar.

—Me enamoré de ti por error, fue inevitable. Me encantaste con tu forma de mirarme, de hablarme y me dolía cada vez que terminabas tu oración con su nombre; me dolía el hecho que todas las cosas que tú me decías en realidad eran porque te imaginabas que no era yo, me hubiera encantado que te hubieras enamorado de mí, y así ya no me doliera tanto el hecho de que todo esto simplemente no era para mí, tus frases, tus versos, no eran para mí.

—¿Cómo pudiste hacerlo? —me preguntó frágil, su voz se escuchaba cansada y al parecer ya había entendido todo— ¿Por qué no me lo dijiste antes de que me hubiera engañado? —me miró fijamente, estaba tan quebrada como yo, unas lágrimas volvieron a salir de mis cuencas e hice una mueca de que yo tampoco entendía el por qué.

—Porque no quería verte como lo estoy haciendo ahora. —respondí— Pero no podía soportarlo más, no podía soportar más noches desnuda a tu lado, no podía soportar más noches de hacer el amor

—No, no —interrumpió bruscamente—. Tú y yo jamás hicimos el amor, solo fue sexo. ¡Me engañaste! ¡Y de eso no se trata hacer el amor! ¡Fingiste ser la persona que amaba para que te entregara todo de mí, fingiste quererme tanto como yo la amaba a ella! ¡¿Qué clase de persona puede hacer el amor con ese remordimiento?!

—¡Estoy enamorada de ti!

—¡¿Y si estás tan enamorada de mí por qué demonios me dejaste caer tan bajo?! ¡¿Por qué tuviste que engañarme?! ¡Y lo peor! —paró por un momento, y aquellos ojos que me miraban con amor, solo había odio y una decepción profunda. Negó con la cabeza y se sujetó, yo solo lloraba, estaba debatida, estaba perdiendo al amor de mi vida y sabía que ya no podía hacer nada.

Ella me miraba a veces, preguntándose tal vez si lo que iba a decirme estaba bien o iba a dejarlo así y marcharse sería una buena opción, pero se quedó, parada, tocando su mejilla interna y a veces riendo paranoica, estaba tan atónita, sujetó sus caderas para tomar aire y acercarse a mí, sentí su respiración; aquella respiración que todas las noches sentía en mi cuello, parecía besarme, pero sabía que no lo haría, mis ansias me estaban comiendo pero antes de que hiciera algo, se alejó un poco más de mi— ¿P-Por qué la mataste...? —y eso fue lo que derramó su cuerpo, sus lágrimas mancharon su cordura y me hicieron sentirme poco. — ¿P-Por qué matar al amor de mi vida? —me estaban comiendo sus palabras en una tristeza horrible, me tapé la boca para no decir nada, mientras que ella seguía buscando una respuesta en mis ojos. Los cerré. No quería que me viera.

—Perdóname —le supliqué, pero ella no parecía escucharme; había lastimado sus sentimientos, pero sabía que ella estaba quebrada de por vida—. Mierda, ¿arde, sabes?, arde el saber que todo lo que me dijiste se acabará, porque amaba oírlo, amaba lo mucho que me decías lo linda que era, cuando me tocabas con amor, cuando tus ojos chocaban con los míos, pero se acabó. No era yo —río y de repente, tomé sus mejillas para que me mirara—. ¿Por qué me confundiste? ¿Y es que no recuerdas sus ojos? ¡Dímelo! ¡Dime porque amabas mi piel si éramos tan diferentes, dime porque amabas todo de mi si no era ella!

—¡Porque llegué a creer que eras la persona a la que amaba! —se excusó—. Es cierto, ¡maldita sea! —golpeó una pared y pude jurar que sus huesos se escucharon por todo el pasillo, la tomé de los hombros, y a diferencia de unos momentos, no se rehusó, parecía estar cansada, sus ojos se veían rojos e hinchados. — S-Solo. . . Solo tengo una pregunta, ca..., cada vez que iba a dormir con "ella" a su celda, ¿a dónde iba? ¿A... ¿A quién abrazaba? —frunció sus labios mientras saboreaba sus lágrimas.

—No ibas a su celda..., solo te acostabas en tu litera, sin más. P-Pero me acostaba contigo pa... para que pudieras dormir bien —respondo y bajé la mirada.

—¡¿Por eso la maldita actitud tan triste de Himuro?! ¡¿Por eso Halsey dijo que jamás tendría una familia con ella?! ¡¿Por eso tú ya no querías besarme ni verme?! —odiaba su énfasis hacia mí con tanto odio y desdén—. Esto es increíble, no puedo creerlo —sollozó y me armé de valor para decirle:

—Dime —lloré por última vez, chocando mi aliento con el suyo— ¿De quién son estos ojos que estás viendo? Aquellos ojos que mirabas todas las mañanas y noches, haciéndote gestos, dándote besos, acurrucando su cuerpo con el tuyo cada noche fría con los cuerpos cálidos, dime, ¿de quién son?

Ella me miró fijamente.

—De una farsa.

Capítulo LXXI

Grace.

—Se acabó. —informó mirándome. En sus ojos había una colección llena de odio y decepción, ya no tenían brillo, solo estaban rojos de tanto llorar y opacos; alzó un poco la vista y gruñó mirando hacia el frente para después irse, suspiré, suspiré dejando atrás todo, todas esas noches, aquellas palabras, aquellos sueños y roces se habían ido con ella y todo había sido mi culpa; cuando me di la vuelta observé a Halsey y a Himuro, quienes estaban cruzadas de brazos, con una mirada de lástima y compresión, no pude evitar llorar cuando sentí el calor de Halsey en un abrazo.

Yo no era así.

Yo no me corrompía tan fácil.

Pero Sasha tuvo algo que me hacía sentir débil y frágil. Su dominación, su locura.

—Hiciste lo correcto —aseguró en mi oído con voz suave, tratando de consolar el festín de lágrimas que era. Himuro se acercó a mí para acariciar mi cabello y soltó una pequeña risa, llamando nuestra atención.

—La intimidante Atenea Grace llorando por amor, quién lo diría —se burló y fruncí el ceño en cólera—, no me mires así, estoy tratando de tener un ambiente agradable después de lo ocurrido.

—¿Cómo quieres que esté bien? —mi voz era un pequeño

hilo, ella tenía razón, yo era intimidante, imponía a cada paso que daba y ahora necesitaba un abrazo antes de quebrarme por un amor; Himuro bajó la mirada y proseguí: — El amor de mi vida se acaba de ir por allá. Todos mis sueños, mis ilusiones, mi amor se fueron con ella pero mía es la culpa por haberme ilusionado con ella claramente me decía cada noche en quién pensaba. . . — suspiré, me he rendido; ni siquiera he luchado por ella y sé que es un caso perdido; le he quebrado el corazón de una y otra forma, su paz, su armonía, lo que la hacía sentir bien se ha ido de sus manos y ahora le queda la nada, diría que yo, diría que me tiene a mí pero no es a mí a quien quiere; bufé, qué tonto era todo esto— Ella tiene razón, esto se acabó. Ahora por mi culpa las odiará a ustedes también, perdón.

—Está bien, podremos con ello. —sonrío Himuro, me envolví de nuevo en los brazos de Halsey, dejando caer mis lágrimas en silencio.

No solo en invierno hacía frío.

{. . .}

—Primero que nada, Atenea, actúa normal —ordenó Himuro, sentándose en los comedores, me senté frente a ella mientras esperábamos a Halsey, quién había ido por su comida; miraba a los alrededores, buscando a una peculiar delgada con tez morena clara, ojos aguamarina y cabello corto, pero no vi nada. —. No esperes a que venga, Atenea.

Asentí, tenía razón, ¿qué era lo que quería? ¿Qué Sasha regresara diciéndome: "Ah, está bien, no importa que hayas matado al amor de mi vida y me hayas mentido diciéndome que tú eras ella haciendo que te entregara todo de mí, ¿no es tan importante? ¿Te amo"? Sí, cínicamente digo que sí. Esperaba a que volviera a mí pero yo era una pobre ilusa que recordaba aquellas promesas que me hacía después de haber hecho el amor o durante, tan reales y sinceras; ¡pero venga ya!, ni siquiera eran para mí, ni las caricias, pero soy alguien ambiciosa, quería quedarme con todo.

Levanté la vista viendo que Halsey ya estaba hablando con Himuro mientras comían, ahora que lo pensaba, Halsey jamás conoció a Bambi así que no le tuvo jamás un cariño pero ¿y Himuro?

—Himuro —interrumpí su charla para poder aclarar mi pequeña pero importante duda; sus ojos rasgados me miraron fijamente.

—¿Qué pasa?

—Bueno..., yo. . . Eh— ¡mierda! —me dije a mí misma, haciendo un puchero— Tú eras mejor amiga de Bambi, ¿por qué ayudarme? ¿Por qué ayudar a la persona que le quitó la vida a tu mejor amiga?

Nos quedamos en un largo e incómodo silencio, mordía mi labio con nervios mientras esperaba su respuesta, pero ella solo parecía mirarme; Halsey tomaba de su agua mientras que su mirada estaba fija en nosotros, sentía que iba a decirme que me fuera a la mierda, o echarse a llorar mínimo, pero no hizo nada.

—Tampoco era mi intención ayudarte. —contestó— Pero vi que estabas en un gran lío, en sí no lo había hecho por ti, sino por Sasha pero..., venga, no eres tan mala persona así que decidí seguir con tu juego. Sasha merece amor, y tú estás enamorada de ella, creo que debe darse amor de una u otra forma.

Les sonreí pero no hubo contestación de su parte, miré atrás, y allí estaba ella, su cabello estaba desordenado, su cara estaba pálida y llena de rasguños; en sus ojos se veían las desilusiones pero me preocupé bastante cuando pude ver toda la sangre que caía de sus nudillos, ella me miró, no caminó hacia mí con una sonrisa, no me abrazó, no me lanzó un coqueto y burlesco beso, solo me miró. Con rabia. Ira. Tristeza y se volteó de nuevo para caminar con unas guardias, me preguntaba a dónde la llevaban, así que disimuladamente, comencé a seguirlas.

Vi que había entrado al pequeño consultorio de la psiquiatra, me acerqué el oído para poder escuchar.

—¿Estás segura? —escuché hablar a Hazel seguido de un gemido alto de dolor de Sasha.

—Creo que es lo mejor. Irme de aquí es lo mejor. —le contestó, su voz ya no era animada y gentil; parecía muerte y llena de resentimiento; pero al escucharla decir que iba a irse me cortaba la respiración, escuché como todo se había acabado, así que me fui de ahí antes de que Sasha me viera.

{...}

Zuckerberg.

—¿En serio estás segura? —Hazel me interrumpió antes de salir de ahí, me quedé mirando la puerta, miré mis lastimados nudillos; esclavizados por aquella mujer que tanto me había lastimado.

Mejor mátate, así nadie tiene que perdonarte. ¡Eres una idiota!

—No tengo nada que hacer aquí. —la miré, sentía querer llorar, pero solo tragué mis lágrimas en un amargo intento de mantenerme fuerte— No encajo aquí, lo mejor que puedo hacer es irme.

Ella me miró con lástima y compresión, sonriéndome un poco, tratando de que todo se viera bien.

Pero las sombras se burlaban detrás de ella, me decían las señas de una muerte exquisita, de una ansiedad peligrosa; de un tramposo lleno de sangre por todo el suelo, ¡qué ansiedad tenía! Maldita sea, maldita enfermedad.

Maldito amor.

—No solo en invierno hace frío.

CAPÍTULO LXXII

En mi inocencia creí que alguien estaría esperándome en la celda, pero no fue así; una carcajada burlesca resonó por toda la habitación, estaba sola, éstas ganas de desaparecer me estaban matando, ella tenía la cura de todas mis enfermedades, pero se había ido.

Tenía que dejarla ir.

Tenía que hacerlo, por mí.

Pero ¿qué es un: por mí? He ahí la duda de mi sospecha, yo no podía hacer nada, los nudillos me ardían mientras sentía como mis pocas uñas se encajaban cruelmente en mi espalda, dejando un legado de tristeza y terror. Un terror que había dejado de sentir, acurruqué mis pies, pronto la manada de leones hambrientos vendría a comerme, en mi cabeza yacían los pensamientos más impuros de una muerte. Cortarme la yugular. Darme un disparo en la cabeza; pero, con eso, ¿volveré a amar?, seguramente solo no podré quitarle la sangre a la madera de la litera.

—Me imaginé que estarías aquí. —escuché una voz desconocida para mí, levanté la vista y reconocí esos ojos; aquellos ojos que me miraron con victoria cuando besó a... Grace. A una chica cuya intimidad ha sido resguardada en brazos ajenos.

—¿Quién eres? —fruncí el ceño en molestia, su presencia me hacía llenarme de cólera y rabia.

Mátala, llena de sangre tus manos.

—Jane. —entró sin mi autorización a mi celda haciendo que me pusiera a la defensiva. Se sentó a mi lado, haciéndome sentir incómoda.

Si tú no la matas primero, ella te matará a ti. Te matará. Te matará, Sasha.

—¿Qué es lo que quieres, Jane?

—Grace te ama.

El solo escuchar su nombre repudiaba en mis oídos con cólera; recordé todos los meses que estuve tras ella, todos los meses que tuvimos relaciones mientras que yo le decía las cosas tan lindas. Ella me mintió. Me mintió con descaro.

—Me mintió —le comenté—. Es una estúpida forma de amar, mintiendo.

—Lo hizo por tu bien.

—¡No! ¡No lo hizo por mí bien!

Ella te mintió. Te mintió cruelmente.

La miré con el ceño fruncido, gruñí con coraje; mientras que me levantaba con rabia, ella parecía temerme.

—Grace me contó de lo que fuiste capaz. —me vaciló mientras me miraba, bufé.

—Grace es una estúpida.

Sentí como ella me ponía contra la pared con cólera, mientras apretaba el cuello de mi camisa con coraje, haciéndome enojar a mí también.

No la dejes con vida. Ella no necesita vivir.

—¡No te permitiré que le hables así a Grace! ¡Ella te ama, ella lo hizo por tu bien! —me gritó mientras sentía como apretaba más mi camisa.

—¡Aléjate de mí o te mataré! —amenacé de la nada, me había sorprendido, pero no me arrepentí; la miré decidida con lo que decía, ella se alejó de mi— Lárgate. Ella me mintió, por meses, me hizo creer que era el amor de mi vida.

Ella caminó hacia la salida para después mirarme con lástima.

—Ella te ama.

Te está mintiendo, quiere que caigas en su absurdo juego, nadie puede amarte Sasha. Nadie.

{. . .}

¿Qué era tortuoso, exactamente? Estar aferrado de alguien que prácticamente no existe. Pero yo me enamoré de mi depresión y le hice el amor cuántas veces pude, me estaba matando, sentía como mi garganta se desgarraba en gritos que jamás hacían ecos.

Y cuando mi ansiedad acabara, yo me acabaría con el aire; yo sería el polvo mismo, yo sería el fuego eterno.

Y cuando yo muera, todo estará mejor, siempre fui el error que el humano buscaba. Grité cuando sentí como me jalaba de mis piernas, golpeando mi espalda, los gritos de negación desesperados hicieron eco por los pasillos de aquella cárcel húmeda, mis muñecas fueron esclavizadas por las esposas que estaban más apretadas.

—"Eres tan inocente." —tiró de mi cabello y pude verla, sus ojos rojos por la sangre que emanaba de ellos, solo eso podía ver de aquella sombra, sus ojos rojizos— "Tan estúpida. ¿Creíste que alguien iba a salvarte? Vaya estupidez, pequeña mierda, ¡ella lo hizo por lástima! ¡Porque nadie va a quererte jamás!" —golpeó mi cabeza contra el suelo para luego lanzarme a la pared, no me opuse, no tenía fuerzas o razones.

—"Ya lo sé."

Lloré, eso sí que podía hacerlo; porque no importaba cuántas veces lo hiciera, siempre habría lágrimas para tirar. Había personas mirándome, mentira, no había nadie; había personas tocándome, pero solo quedaban sus manos después de tanta angustia; la escuché reírse en mi oído a pesar de los metros que nos separaban, mi cabeza ardía, carmesí salía, y mis ojos comenzaron a estar pesados, pero antes de que pudiera desmayarme, un golpe se plasmó en mi mejilla con rudeza, sacándome sangre.

Burlesca me miró, mientras yo saboreaba el líquido carmesí.

—"Bienvenida de nuevo.

{...}

Pretendes que todo está bien y has derramado tanta sangre. Tus sueños se han ido a la basura, ¿por qué no los sigues?

—Vete por favor, vete. —le rogué a aquella voz, le rogué silencio a las paredes que se reían de mi o hablaban a mis espaldas, no sabía qué hacer, no le hallaba solución a lo que me pasa, no hallaba algo que me salvara, pero no había nada. Estaba sola, su sonrisa se hundía en mi memoria y aquel día de su muerte llenaba de tragedia mi alma.

Tenía que dejarlos ir. A todos.

¿Por qué no vas con ellos? Aquí en vida nadie te necesita, ¡solo eres un estorbo, maldita sea!

—¡Cállate! —exclamé molesta mientras me paraba de la litera. Sentía mi corazón querer salir de nuevo, me sentía mal, mi cabeza daba vueltas y las voces cada vez se hacían más fuertes, no podía dormir, era una tortura estar viva y saber que no perteneces a ningún lugar, me sentía tan sola. . . Hacía frío. En mi corazón yacían los recuerdos de aquella vez que supe amar a la mentira y mi corazón volvía a tener sexo con la melancolía, descarados y soberbios, exigiéndose más, en un momento a otro, escuché los pasos de alguien llegar. Su cabello largo y negro, sus ojos grisáceos y sus pecas se mostraron frente a mí.

Ella tenía era la melancolía con la que mi corazón se acostaba varias veces.

—No puedes irte de aquí. —sentenció; ya no parecía la Atenea Grace que miraba a todos con odio y hacia lo que quería, estaba destruida, triste y llena de un amor ya-no-correspondido.

El amor hacia felicidad.

El amor curaba el corazón.

Curaba a los enfermos.

Los mataba de un golpe.

—¿Estuviste escuchando? —le pregunté, sabía que la repuesta era sí. Asintió. — ¿Qué es lo que quieres, Grace? ¿Joderme aún más? Ya me mataste, ya no quiero saber nada de ti, me lastimaste, me lastimas, cada vez que te veo es un recuerdo de que fuiste, eres y serás la peor persona que haya existido. Eres cruel, ¿qué más quieres que no te lo haya dado ya? ¿Mi suicidio frente a ti? Déjame en paz, necesito que me dejes en paz.

—¿Así de la nada dejas de amarme?

—Jamás te amé.

—Te enamoraste de mis ojos, de mi piel. De mi forma de ser contigo, ¡así seré si así lo quieres! —¡qué terca era ella! Me estaba lastimando, me dolía que posiblemente tuviera razón; pero si lo vemos así, me enamoré de ella porque en su pecho colgaba el letrero de que ella era Bambi, actuaba así porque así era Bambi, ella me mintió. Tuvimos sexo, aunque ella lo llame hacer el amor a base de mentiras y crueles engaños. Pero mi desinterés no fue suficiente, tomó mis mejillas y me obligó a verla—Sasha.

—¿Po. . . ¿Por qué? —lloré. Me ponía a pensar en que tal vez era ridículo, pero lo hacía por un falso amor, por alguien me dolía, limpió mis lágrimas pero más acariciaban mis mejillas, burlándose de ella— Tu jamás sabrás que hay en mi cabeza. Lárgate. Necesito que te vayas, necesito que estés fuera de mí, no te necesito, Grace. Tu jamás sabrás lo que es amar sin mentir; pero así eres tú. . . Tu nunca cambiarás —me burlé. —, ¿por qué no mejor te vas? ¿Por qué no me dejas en paz?

Te volverá a engañar. Te mentirá de nuevo, te llenará de humillaciones.

—Te estoy dejando ir, ¿es que no lo ves? —pregunté.

Ella tomó un suspiro que parecía más amargo que el alcohol y más disuelto que el humo, haciéndola sollozar así que le comenté con firmeza:

—Siento que… He dejado de extrañarte.

Capítulo LXXIII

Sentía mis manos arder en fuego, mis manos encadenadas y la rosa comenzando a desgarrar mis sentimientos, los gritos no iban a ser suficiente. Estaba sola, ¿quién iba a salvarme? Él había muerto, ¡por qué no habré huido con él!? Qué torpeza la mía. Ahora mi cuerpo estaba ardiendo como un infierno mismo.

Mis lágrimas bajaban y mis sollozos eran lo único que sonaban por toda la habitación vacía, hace mucho que no sentí el infierno así, había olvidado tanto como se sentía la tortura que mi cuerpo quería vomitar. Arder. Fui la desahuciada que nadie quiso tomar, soy la persona que nadie quiso conocer, mis manos temblaban de ansiedad mientras veía como salía sangre, quité mi cuerpo, mi desgarrada alma, mi desgarrado golpe. Veía a todos siendo decapitados frente a mí, tocándome bruscamente, pidiéndome clemencia, ¡es que yo no podía parar! ¡Es que entendí que jamás fue mío este cuerpo! Me hundí en las olas negras de una depresión profunda, un fracaso asegurado, una ansiedad conflictiva y sus dedos navegando por mi desnutrido cuerpo.

Entonces, entre toda la sangre, sus ojos claros me miraron con lástima, su cabello rizado y rubio estaba cubierto de la sangre que emanaba de mi boca, mientras que la rosa había perdido su esplendor. Ya no estaba.

—"¿Quién. . . ¿Quién eres tú?" —estaba completamente cansada, sentía mi garganta estar desgarrada mientras que mis tímpanos se iban lejos.

—"Bambi."

{...}

—Entonces... ¿Cuándo me dijeron que había regresado, cuando la vi, cuando lloró en mis brazos porque Grace había vuelto, solo era un producto de mi imaginación negando su muerte? —había abierto los ojos y ver el mundo frente a mí con claridad, ella asintió, parecía estar triste de estar escuchando mis sollozos; le dije, hace un momento, que mientras cerraba los ojos pude ver un caos, pero en todo ese lío, observé su cabello rizado rubio y sus ojos claros, ella me mostró una foto, diciéndome que, efectivamente, era Bambi— Pero cuando vine a.., preguntarle dónde estaba, usted me dijo que en su celda.

—En realidad, Sasha, simplemente repetí su nombre —me siguió mirando fijamente, para después suspirar y romper el contacto visual conmigo. —. Estabas tan atormentada de su muerte que incluso te creaste diálogos que nadie había dicho, entraste en un colapso de demencia ante la negación de su muerte.

Eres una estúpida ingenua.

—Oh, mierda. —tomé la foto y pude acariciarla; ella era muy diferente a Grace, a excepción de su pálida piel; ella era un poco más delgada, tenía dientes de la parte inferior un poco distorsionados, sus pestañas eran largas y rubias y sus cejas color café.

Me dolía no haberla podido recordar, cada vez que hablábamos de Bambi y en las terapias automáticamente mi mente viajaba a la cara de Grace y me dolía; me dolía ser una estúpida que no sabía hacer nada, ni siquiera amar como se debía. Recordar cómo se supone que se recuerda y quiero decirme que no fue mi culpa sino de mi demencia, pero ¿quién controlaba mi demencia sino era yo? Las manos de los humanos éramos como pinceles, hacíamos, sino nos gustaba lo hacíamos pedazos, pero al terminar una obra de arte, lo acariciamos sin fin. No éramos eternas, jamás lo fuimos, porque jamás fuimos algo, jamás nos llamamos galaxias y jamás tuve la oportunidad de tocar su escondida piel.

Toqué la piel de una farsante y eso me llenaba de cólera y tristeza; ¿hasta qué punto de egoísmo llegamos? Es tan frustrante y denigrante que siempre estemos envueltos en una batalla de nuestras almas, que nuestras muñecas sangren de nuevo y no queramos ir lejos por el temor de no saber volar. O no tener alas. Me quedé sin alas porque se las di a alguien que se decía llamar mi vida entera, y luego, frente a mí, desplomó sin compasión todos mis sentimientos.

Y volví a estar encadenada a mi pasado.

Pero te lo dijimos, te mereces todo lo malo. Tu no debes de estar bien, tú no puedes estar bien, Sasha; eres un monstruo, y los monstruos no son felices.

Llegué a ser feliz, cuando me besó.

Sentí un peso menos de encima, sentía una liberación en mí y como el mundo por fin me daba un papel importante en la vida, me sentí importante, me sentí amada; sentía que era lo mejor que le pude haber pasado en su vida pero después de meses, mi alma se burló de mí y me quitó aquél papel que lo había hecho mío, y, por si fuera poco, se fue llevándose mis sentimientos a la basura. La vida se me derrumbó de nuevo, escuché las carcajadas de mis paredes y las sombras comenzaron a tomar vida, el reflejo comenzó a tener sentido de nuevo al igual que los rosarios a la hora de dormir.

—¿Has intentado hablar con…, Grace? —me pregunta con seriedad, mientras se coloca sus lentes de lectura, niego totalmente.

—No puedo. Cada vez que quiero hablarle recuerdo todo lo que pasamos juntas, los besos, caricias, las promesas. . . Todo lo bonito y, después, cuando me digo que es momento, aquel día, aquellas palabras, aquella confesión me hacen retroceder en una cólera que yo quería desatar. No puedo controlar estos impulsos que tengo al verla dormir y hago lo que puedo, siempre lo intento, y lo logro, logro calmarme y calmar todo esto —Pero ella te engañó, te engañó cuando dijo que no lo haría. Dijo que estaría contigo. Suspiré al escuchar esa voz atrás de mí, en mi oído, lamiendo con cuidado, Hazel se acomodó en su asiento y me preguntó:

—¿Qué es: "todo esto"? ¿Qué sentimientos son?

Me guardé silencio por un momento, para después mirarla a los ojos.

—Las ganas de matarla.

{. . .}

Era una tortura escucharla dormir y saber lo que hizo.

Lo que me hizo.

Después de la terapia me vine a la celda donde me acosté a dormir, la observé entrar y sí, no tenía nada de parecido –a excepción de la tez– a la verdadera Bambi, ahora la escuchaba dormir, soltando a veces el aire por la boca para después, quejarse y moverse un poco.

Mátala, ya no te tortures así.

—No... No lo hagas. —me dije cerrando los ojos.

Abrí los ojos con pesadez, escuchando a los ratones, las gotas y los gritos desgarradores de la gente siendo decapitada, y la vi, frente a mí, con esa pequeña sonrisa con sus labios delgados que tanto la hacían única, pero cuando me tendió la mano y se la tomé, sus ojos se hicieron más oscuros, de su garganta se desgarraba la palabra de ayuda y comenzó a derretirse en sangre.

No era real.

Nada lo es.

Yo no soy real.

Mi vida jamás lo fue.

Entre gritos y lágrimas comencé a llamarle, pero ella no volvía a aparecer, estaba asustada, me sentía una pequeña niña indefensa mientras que sentía la cadena en mi cuello apretar con fuerza, sin importarle el poco aire que me dejaba tener.

Jamás pude conocer el amor.

{...}

Todos mis planes han sido destruidos, ¿por qué está muriendo gente que antes no moría? ¿Por qué no puedo estar en paz conmigo y tengo que correr a brazos de otra persona? Ella me miró, fijamente, mientras que yo esperaba la oportunidad de desaparecer de ahí; la miré cuando se escuchó un sollozo de su parte.

—Aún te amo, no te vayas. Quédate conmigo.

Suspirando le tomé del mentón, ella pareció llenarse de brillo de esperanza, pero su gemido de tristeza salió cuando le dije:

—Quiero mi camino, no el tuyo.

Capítulo LXXIV

Envuelta en mis tristezas siento la ansiedad tomarme del cuello y estrangularme.

A lo largo que esta me cubre a la medida, la idea de desaparecer vuelve a cobrar sentido y mi paladar se derrite a cada cosa que digo acerca de mi próxima muerte; las manos recorrían mis senos y muslos, buscando la solución a mi escasa vida, mientras que mi cierta parte de mi piel era tocada por el frío suelo, tan solo. . . Miré la ventana, esperando que alguien me estuviera allí, mirándome, diciéndome que me iba a esperar pero solo era una cabeza más asomada, una sombra que ha sabido cómo engañarme, tenía que meterme a la cabeza que estaba sola.

Tu tiempo se acaba.

El estar aquí, tu tiempo se acaba.

Estás sola, siempre lo has estado, y se siente tan mal..., ¿verdad? Ellos lo saben. Tú lo sabes.

—*"Siempre lo supe."*

Ella también.

—"Ah, tu. Cuéntame tus secretos, cuéntame tus problemas, cuéntame tus penas, cuéntame el por qué estás aquí y cuéntame tú sonaja en el cuello; cuéntame porque las olas son negras y mi depresión avanza, cuéntame, tú que, si lo sabías todo, ¿por qué no sabías lo mío? Cuéntame en qué papel viene escrito mi destino y si no me gusta, te lo daré en tus frías manos. Cuéntame lo que jamás quisiste una vez con vida" —me aferré a sus fríos y manchados pies, sentía como la vida se iba y regresaba, saboreaba mis lágrimas para luego seguir reposando en sus pies—, "cuéntame por qué decidiste irte, cuéntame por qué estás así." —le miré, aquellos ojos azules mirando el suelo con detenimiento mientras que sus brazos estaban llenos de heridas. — "Cuéntame qué te hizo esconderme todo, mamá."

Le lloré en sus pies; ah, cuánto extrañaba aquél alma que jamás iba a volver y que en sus brazos hallaba la forma perfecta para jamás salir a la oscuridad, y, con las penas en mi cuerpo y los desgarres en mi alma, le canté mientras seguía escuchando como su tráquea se fracturaba cada vez más, la soga estaba más que apretada. Seguí cantando, fracturando mi garganta, dejando ir las pocas palabras que podía decir con una voz temblorosa, miré sus ojos con miedo, y sonreí para acariciar sus pies con cuidado.

—"Jamás dejaré que el brillo de tus ojos se vaya." —sonreí con dolor, aquel dolor que tocaba mi alma mientras que la estrujaba entre los cuerpos de la miseria, y, con la cara llena de sangre y una corona de espinas postrada en mi cabeza, admiré el cielo con tristeza— "Oh, Padre, ¿por qué me has abandonado? ¿Por qué a mí, entre todos, me has dejado solo a mí? ¿Y es que no eres real? Pero entonces. . . ¿Yo no lo soy? Porque si tú eres yo, y yo soy tu, y tú no eres real. . . Tampoco lo soy: ¡qué vida falsa me has dado! Vaya tristeza, quiero morir y desaparecer, pero no puedo, no hay un cielo que cure mis pecados ni un infierno que los reciba."

Recibí un silencio, luego, unas carcajadas de paredes que no entendían. Aferrada a los pies de María, observé el lugar con tanto recelo y miedo, las voces me jalaban a lugares distintos, riéndose, estirando mis labios para que también riera pero me abstengo a lo que tengo en brazos.

No tenía nada.

María no era real.

Dejó de serlo.

{. . .}

—¿Cuánto tiempo falta? —le pregunté a Hazel mientras mordía mi labio.

¿Por qué no lo haces ahora? ¡Muere, maldito estorbo!

Mis manos ardían en la sangre que se volvía cenizas en mis dedos, la ansiedad era tan cruel con la gente que el miedo se hinca ante él.

Porque la gente suele confundirse cuando hablamos de miedo y ansiedad; la ansiedad es algo más allá del miedo, es paranoia por lo que te pueda pasar, es, sin saber, sufrir de un futuro y estar en crisis por no tener la suficiente capacidad para hablar. Es una paranoia eterna, es no estar preparado, no saber de dónde viene aquel golpe de que tanto tenemos y vivir con miedo de ello. En cambio, el miedo es algo de confusión y terror a lo desconocido, prepara a la persona para poder atacar aquél que lo asuste. ¡Quién lo diría de mí! Quién diría que el miedo y la ansiedad iban a juntarse en un cuerpo, con exactitud, en el mío, convirtiéndolo en el terror de los anhelos y las amargas noches que desvelan las pesadillas con caras sonrientes disfrazadas de pastillas blancas.

—¿Dijiste algo? —le pregunté cuando vi su cara de molestia, bufó, haciéndome sentir tonta.

¿Solo tonta? ¡Eres estúpida, joder!

—Sí, sí dije algo —espetó. —, dije que en unas semanas más, tienes que esperar, hacer este tipo de cosas no son fáciles; ¿entiendes?

—Creo. Digo, es que. . . ¿Por qué estar aquí en navidad? —balbuceo, acariciando mis lastimados dedos, ella ladeó la cabeza y acercó su silla al escritorio.

—¿Por qué no? Navidad es algo que. . . Bueno, Sasha, tú no has tenido una vida fácil, lo sé, pero no veas éste invierno así. Míralo, más bien, de otra forma.

—Pero yo me refiero a seguir viviendo, ¿por qué estar aquí, con vida, en navidad? No quiero pasarlo así, no en mi cumpleaños, no con esta soledad que me amarra de la garganta que vez que despierto. —unas lágrimas bajaron graciosas por mis mejillas mientras que miraba a Hazel con sinceridad, ella tomó mis manos, tratando de hacer un tacto afectivo que quemó mis sentidos amistosos.

—Hay alguien que te quiere. Si nos basamos en la religión —levanté la vista, esperando a que dijera su nombre— Dios te quiere, te ama.

—Dios es un cabrón que me ha dejado, me abandonó; con su último aliento decidió irse, no lo hizo por mí bien, lo hizo por aquel que estaba obsesionado. Él no está conmigo, él no es yo, no jugamos a un juego de roll, solo soy un humano, solo hay un planeta donde se vive y se muere, y él no está aquí. Mucho menos en navidad. —mascullé.

Comencé a odiar navidad desde que mis padres se pelearon

al extremo de gritos y espetar verdades; y, por si fuera poco, descubrí que Santa Claus no existía. Eran motivos tontos, pero Erick solía decirme la cantidad de gente que moría por soledad. En mi cumpleaños, mientras yo seguía creciendo, alguien se tiraba de un puente, de disparaba en la cabeza o de colgaban en algún árbol; era triste y trágico, era algo que no vi como unas luces, regalos, pastel y abrazos, sino como el fin de un inicio y el inicio de un fin; estúpidamente me sentía culpable de cada muerte, de todo lo que pasaba al rededor mío siempre había sido mi culpa, la muerte de la gente, sus suicidios, los homicidios y feminicidios.

«—Mamá, ¿es mi culpa que tanta gente muera este día que se supone que es especial? —con tristeza, me paré frente a mi madre, quién parecía sorprendida ante mi pregunta.»

—¿Tu cómo sabes eso? Claro que no, tú no tienes la culpa de las malas decisiones que toma la gente, ¿bien?

Te está mintiendo, sí es tu culpa, ¡sí es tu culpa!

—¡No, ¿por qué me mientes?! —le lloré, mientras la miraba con odio para después, salir de ahí.»

—Hay algo dentro de mí que no puedo calmar y no solo son estas voces en mi cabeza.

—¿Hay algo más?

—Las ganas de matarlos.

Capítulo LXXV

Diez años atrás.

La nieve caía, suavemente; en mis labios se escapaba el humo de calor mientras que mis cubiertas manos temblaban del frío que parecía eterno, la nieve blanca que ahora estaba con gotas de color carmesí decoraba el césped verde natural de una primavera. Era diciembre, navidad. Específicamente, mi cumpleaños. No era algo que me llenara de ilusión y satisfacción, Santa Claus no existía y de regalo un puñetazo de Josh se esparcía por mi nariz cual bala; Erick siempre me había dicho que estaba bien porque yo merecía el dolor, pero me era inevitable no llorar y que mis lágrimas se congelaran en mis mejillas, cada navidad escondía mis regalos en la tierra, prometí que iba a sacarlos cuando me sintiera bien y mis hermanos me dijeran algo productivo; jamás he vuelto a tocar el suelo.

Había una pequeña brisa blanca decoraba mi suéter y mi cabeza, mientras que la sangre aún caía, me dolía, ardía en mi interior y no sabía cuánto tiempo iba a durar mi nariz viva, sin ahogarme de tanta sangre; la gente me preguntaba si estaba bien y algunos directamente insultaban a mis padres. "Me he caído." "¿Alguna vez se ha pegado con un poste? ¡Agradecida estoy de no haberme quedado ahí, congelada!" "Graciosamente, me he pegado contra la pared. Sentí que el muñeco se movía hacia mí." Pequeños pretextos que había aprendido a utilizar, para después de verlos marcharse sin tanto resentimiento, llorar como lo estaba haciendo.

—«Ni siquiera te han deseado feliz cumpleaños; seguramente creen que estás en tu habitación, no les importas.» —dijo detrás mío, no quise prestarle atención, mientras acumulaba más nieve donde había enterrado mi nueva muñeca— «¿Te ha vuelto a pegar?» —asentí— «, déjame verlo.»

Me volteé para que viera mi rojiza con púrpura nariz, un hilo carmesí decoraba la misma, escuché su risa suave mientras asentía, él siempre parecía feliz. Su risa pasaba por mis oídos y se quedaba quieto en mi cerebro, parecía a veces provenir de ahí.

—«Te lo mereces. Mereces morir, dime, ¿por qué no te quitas estas prendas y te quedas aquí?»

—¿Por qué? ¿Qué pasa allá que no ocurra aquí? —dejé la pala en la pared, mientras lo miraba, se acercó a mí, y, gruñendo, comenzó a tocar mi cuello bruscamente.

—«¡Hay magia! Y no hay golpes.» —exclama eufórico, mientras que, excitado de una adrenalina inadecuada, toca el cierre de mi suéter, incitando a mi cuerpo. — «Nadie te hace daño.»

—¿Y tú? —con atrevimiento toqué mi cierre, bajándolo un poco; trataba de escuchar aquella respuesta que sanaría mi alma, al menos un poco; él, bufando y esperándome me miró.

—«Yo desapareceré» —contestó vacilante, sonreí, ¡iba a irse y ya no me iba a molestar! Cuando estaba dispuesta a ir a aquel paraíso, quitándome el suéter, el estruendo de la puerta se hizo presente, seguido de algunos regaños de mi madre. — «Qué lástima, me quedaré contigo, tal vez para siempre.»

No había nada de importante en una navidad, escuchaba los gritos de mis padres diciéndome que pude haber muerto si no traía suéter; no quería contestar nada, me tragaba mis palabras y trataba de reflexionar el por qué me regañaban en mi cumpleaños, el por qué los bufidos de mi madre se hacían más grandes y largos mientras miraba a mi padre con preocupación. Ellos me miraron, limpié mi nariz y un pequeño hilo de sangre salió de ésta.

—¿Dónde están mis hermanos? —le pregunté a mi padre quien urgentemente, comenzó a limpiarme la nariz, después de que Josh había golpeado mi nariz con burla, no lo había visto, tampoco a Jean o a Susan.

—Qué es lo que te ha pasado —se preguntó mi padre, mientras quitaba cualquier rastro carmesí en mi morena piel.

—«Anda, dile. Dile que a tu hermano no le importas, para que demuestre que a él tampoco, ¡a nadie le importas!» —lo escuché gritar.

Tragué saliva, mientras la miraba de mi padre exigía una respuesta.

—Me he caído —mentí. — ¿Dónde están mis hermanos?

—Se fueron con la abuela. —respondió.

—Oh.

Se alejó de mi para darme espacio y levantarme; ellos parecían preocupados de mi así que, en forma de alivio, les sonreí, ellos hicieron lo mismo en una gran mentira, mi madre me mandó a la habitación, era tarde, tenía que dormir.

{...}

No podía dormir y eso que la temperatura era acogedora,

pero ¿cómo vas a dormir teniendo a tanta gente mirándote desde cualquier ángulo? No solo era un monstruo bajo mi cama, también estaban en las paredes, ventanas y cualquier rincón que mis ojos pudiesen ver, riéndose.

—Erick. . . Erick por favor. —le supliqué, pero él simplemente soltaba carcajadas; lloré de miedo, más no grité.

11:55 p.m.

—«Oh, navidad.» —me susurró en el oído, sentí asco, aquella vibra en mi columna vertebral mientras escuchaba a las paredes reírse de mí, lamió el lóbulo de mi oreja, haciéndome sollozar— «Te mienten tanto, ¿no es esta la mejor fecha del año? Amor, dinero, amigos, familiares pero. . . Vives en una farsa, gente muere en estas fechas cubiertas de una tristeza que jamás podrás entender, gente no tiene el mismo placer que tú, eres una maldita malagradecida.»

11:56 p.m.

«Día, acaba ya para que él se vaya.», pensé.

—«¡Lo tienes todo! Absolutamente todo, pero a la vez no tienes nada; tu familia te odia y no tienes amigos, estás tan jodidamente sola en un mundo de acompañantes. ¡No tienes nada!»

11:57 p.m.

—«Y si no me crees, ve en busca de tus padres.»

—Eso haré.

Qué decisión más errónea, me coloqué en la puerta antes de tocarla y amarme de valor y no en llantos; mi cuerpo de siete años temblaba, tenía miedo y dudas de mi existencia en este mundo, la pequeña ventana que había en el pasillo me mostraba un paraíso diferente, cada día. Y todos se veían hermosos cuando yo no estaba afuera, explorando, jugando o solo admirando lo que se supone que también era mío. Antes de tocar la puerta, me hice un festín de suspiros alejados, tratando de no pensar mucho en lo que Erick me había dicho en la habitación, apreté mi puño, sintiendo las escasas uñas encajarse en la palma de mi mano, pero antes de que pudiera tocar, la voz de mi madre resonó.

11:58 p.m.

—Ya no sé qué hacer con ella. —sabía que hablaba de mí, bajé el puño y mordí mi labio, esperando algo más.

—Tranquilízate, Yareth; sé cómo te sientes, pero todo saldrá bien, te lo aseguro. Es nuestra hija.

—¡Es que no puedo más, Miles, ¡ya no lo soporto! ¿La has visto? ¡Ha empeorado bastante! Solo tiene siete años Miles. . . A veces quisiera darla en adopción, ella se merece una buena vida.

11:59 p.m.

Aún era Navidad, aún era mi cumpleaños y creo que el mejor regalo de Erick era haberme hecho ver las cosas; lloré en silencio mientras mordía más mi labio, y, de tanta presión, la sangre de mi nariz volvió a brotar.

—La amo, pero no puedo con esto, no puedo ver como juega con un niño que no existe, verla hablar con las paredes y escucharla gritar porque: "alguien le ha encajado un cuchillo" ¡es que simplemente no puedo! A veces quisiera dejarla, a veces quisiera simplemente desconocerle y yo seguir con mi vida pero es mi hija y no puedo hacer eso. . . Miles, ¡y todo ha sido mi culpa! ¡Ésta maldita enfermedad! Sí tan solo hubiera sido normal, ¡gracias a mi hija es una completa loca! ¡Está enferma, Miles! ¡Está enferma y me está sofocando!

—Yareth...

12:00 a.m.

«Al menos ya no es mi cumpleaños.»

—No soporto a Sasha, Miles, simplemente no la soporto. Ya no puedo más.

CAPÍTULO LXXVI

Se sentía vacío, los delirios me mataban, las aves cantaban encima de los ángeles mientras que estos eran torturados físicamente por Satanás.

Frente a mí, veía como los arcángeles de la perfección se volvían tierra entre la locura y la ansiedad; ellos me miraban, con tristeza, gritándome mi muerte, gritándome que merecía morir, cortándole las alas a las personas que ni siquiera sabían volar y quitarle la sangre de sus muñecas lastimadas por hematomas.

Los gritos eran escandalosos, en el cielo se anunciaba la lluvia eterna, Moisés estaba ocupado, no iba a separar al agua, y Jesús estaba ocupado en una cruz, no podría ayudarme.

No quiere ayudarme.

Entre la sangre que de mi frente caía, trataba de alejar las rejas de mi cuerpo, sentía como mi cráneo cada vez se hacía añicos mientras que los recuerdos se hacían grandes, los gritos, las voces, aquellas sombras y Satanás tocándose mientras miraba aquello con morbo. . . ¡el vicio de mi ansiedad me estaba matando! Las manos se ataron detrás de mí, mientras que los relojes marcaban el ciclo de la vida, me derretía, me hacía vieja, gritaba como tal y volvía a rejuvenecer. Entendía ese descarado mensaje subliminal que apretaba las muñecas con las esposas, entendía que jamás saldría de allí, pasarían los años, y jamás tocaría el cielo eterno.

—"Bueno, si es así"—Satanás me comentó, alejando las rejas

para comenzar a quemarme a fuego lento—. "Sí jamás tocarás el cielo eterno, ¿por qué no haces que Dios te odie?"

—"¿Cuál Dios?"—le pregunté de forma descarada, logrando sacarle una sonrisa— "¿El Dios que jamás me oye? ¿El Dios antipático? ¿Qué Dios existe en la omnipotencia? No hay un Dios, pero ¿por qué estás tú?" —y de repente ya no era, sino yo. Ya no ardía en llamas, pero los cuervos comenzaron a comerme llamándome traidora; qué extraño era, qué real se sentía.

{. . .}

Tomé un baño, tratando de quitarme las sensaciones vagas de mi cuerpo, sentía que estaba en llamas aún, mi cuerpo se estremecía con el calor y el humo de mi piel.

Y, entre las gotas frías que caían de aquella regadera, entre los jadeos de su frialdad, en mis pensamientos aquella sonrisa se atravesó en mi cráneo, como una obscena burla y mi corazón se agitó, el triste recuerdo de lo que alguna vez fui me llenó la consciencia de tristeza, jamás fui, simplemente creía serlo. En las gotas que caían rápido para no hacer perder mi tiempo, entre las pestañas que colgaban de mis ojos, un suspiro dedicado a su recuerdo llenó el baño de melancolía, que extraño y doloroso a la vez era extrañar a lo que sentías eterno, el tiempo se estaba perdiendo en nuestros poros y cada galaxia que creía tocar ya no estaban.

Su risa se esfumó. Su cabello. Sus ojos. Sus labios. Me dejó caer en una realidad donde solo yo existía, donde estaba sobreviviendo, me dejó caer en lo que me había levantado, y la regadera paró, las pequeñas gotas cesaron y las lágrimas comenzaron a bajar, era su turno.

¿Estaba mal extrañarla? Me hizo daño cuando me sentí eterna, me hizo ver la realidad, pero no podía evitarlo, la extrañaba, y odiaba hacerlo porque mi corazón se llenó de odio y un rencor, quería odiarla, y por eso me iría. Me coloqué el uniforme y salí, no quería desayunar, había perdido el apetito y el sueño de una discordia letal; me fui al patio donde me alejé de todas para sentarme en un pequeño rincón, en aquel árbol, sin tocar el mismo libro y sin odiar a quien le tocó a ella; ahí iba, el suspiro de su recuerdo del frío que tenían los copos de nieve, ahí iba mis sueños. Ahí iba todo lo que juraba mío.

Te juró amor eterno y te mintió. Toda la gente es mala, Sasha; nadie ama a nadie.

Se equivocaba; porque yo sí llegué a enamorarme de alguien, porque el solo recordar el dolor se hace eterno, el frío era lo único cálido que tenía en mi piel.

—Te dará una neumonía, entra —me pidió, le miré, miré sus ojos azules mientras que sus labios estaban fruncidos, mirándome fijamente; tomé el dorso de su mano para besarla.

No solo en primavera es cálido.

—Anda, hija, entra a la casa. —sentía como todo poco a poco comenzaba a perder el sentido, me sentía rara, su mano se estiró mientras que trataba de analizarla, mi madre estaba frente a mí, pidiéndome que entrara a la casa porque hacía frío, miré mis pequeñas y delicadas manos, sin manchas, vírgenes del pecado, y entre los copos me reflejé; asentí para ir detrás de ella, sintiendo una presencia más, miré a mi lado, observándolo.

—«Soy parte de ti» —me informó mientras que una sonrisa

socarrona se postraba en sus labios, sentía que mi aliento era lo único caliente mientras que mis ojos seguían posados en los suyos.

—Ponte esto —me pidió mi madre, dándome ropa cálida; me despojé la ropa para ponerme aquella que me había regalado mi madre, era más cálida, sentía como mi piel era derretida por estar en el frío y luego en el calor, un gemido se apoderó de mis labios, era una hermosa satisfacción. —. Siéntate a comer, bebé. —me sonrío, asentí feliz, miré mis manos, ya no eran vírgenes, ya conocían cualquier pecado, desconocían a un Dios y la mesa se hizo un poco más grande, dejando ver que había dos mesas de más, recorrí mi cabello, para mirar a mi madre quién comía plácidamente.

—¿Mamá? —ella alzó la vista, prestándome atención— ¿Dónde están mis hermanos? —pregunté primero, ella dejó de comer para contestarme.

—Han ido por los regalos, cariño —interrumpió mi padre con voz cansada, mi madre asintió, dándole la razón; un: "ah", salió de mis labios, y volvimos a cenar; pero aquellos dos asientos me llenaban de enigma y una soberbia extraña de un amargo conocimiento.

No se escuchaban las voces, o las risas de hace años, solo eran los cubiertos tocar suavemente con los platos y las copas chocar delicadas con la mesa, algo se revolvió en mi estómago, se sentía raro.

—Mamá —le llamé, la aludida volvió a mirarme; ya no era un rostro de molestia como hace años, parecía de intención de ayudarme y quererme—, ¿por qué hay dos asientos aquí demás?

¿Visitas?

Ella frunció el ceño y rio suavemente, para mirarme con una pequeña sonrisa de gracia, haciéndome sentir incómoda.

—¿Visitas? Oh, bebé, —«ya no soy una bebé», pensé— no solo tus hermanos fueron por los regalos, también Grace.

—¿Gr…., ace? —me quedé atónita al escucharla, sentía que mis tímpanos me estaban fallando, entonces todo cayó, me le quedé mirando fijamente a mi madre, esperando una carcajada.

—Oh, sí, la conociste allá en la cárcel. Es tu esposa, Sasha; ya tienes una familia, con Jay incluido —parecía enternecida con lo que decía pero yo estaba perpleja ante lo que me estaba diciendo, mi corazón comenzó a latir con mayor rapidez.

—¿Jay?

—Oh, Jay, tu hijo, Sasha. . . ¿Estás bien? Ya te había dicho que estar fumando allá afuera te hace daño, ¡hace demasiado frío! —exclamó.

La puerta sonó abrirse.

—¡Hemos llegado! —exclamó Josh mientras entraba a la cocina, esperaba algún golpe o algo, pero un abrazo cálido y un beso en la mejilla fueron el saludo. — Sasha, qué gusto que estés aquí, creí que Grace y Jay no te habían llegado a convencer a venir.

—¿A... ¿Ah?

—Ya te lo ha dicho, Josh —reclamó Jean. —, ser una famosa artista conlleva un estrés sofocante, ¿no es así?

Asentí, dejándome llevar, Susan había llegado y detrás de ella, pude apreciar aquella cabellera oscura, y después, nuestros ojos se conectaron, mi corazón comenzó a latir con mayor rapidez de la que yacía, mis manos sudaban y estaba temblando, ella estaba frente a mí, agarrando de la mano a un niño de ojos cafés, tez pálida y cabello rizado, quién corrió a abrazarme en cuanto me vio.

—¡Mamá! —exclamó, apretando su cuerpo contra el mío, no tuve oportunidad de corresponderle cuando se separó de mi— Creí que no vendrías.

—¿Yo..., igual? —le sonreí nerviosa y asustada, sentí su calor y levanté la vista, encontrándome con sus ojos azules.

—Me alegra que hayas decidido venir, querida. Feliz navidad y cumpleaños —me besó en la frente, oh, esto era sumamente real y no iba a arruinarlo.

Comencé a comer y a platicar con mi familia, mientras que algunas veces reíamos o hacíamos comentarios idiotas para ver una cena navideña hermosa.

{...}

Grace.

—Cada vez está peor —me comenta Halsey, viéndola también con pena.

La miramos por un momento, allí estaba, hablando animadamente con la pared mientras fingía estar cenando, mirando fijamente o a veces volteando y riéndose—. Es tan doloroso verle así. —susurró.

—¿Cuándo pasó? —le pregunté mientras seguía mirando a Sasha con pena, escuchándola—, ¿por qué? —unas lágrimas querían salir de mis ojos, mientras tapaba mis labios con fuerza para no hacer más ruido.

—Creo que ya todos sabemos cuándo, Grace —me miró, mientras trataba de limpiar mis lágrimas.

{. . .}

Zuckerberg.

Por un momento era feliz, y las paredes reían conmigo; por un momento su recuerdo no dolía.

Por un momento viví.

Capítulo LXXVII

Había comenzado a perder la emoción. Veía cada mañana y noche en esa pequeña ventana que se burlaba de mí, el faro de vigilancia me retaba, todos se estaban burlando de mí; trataba de colocarme de nuevo las alas, pero nada iba a hacer regresar aquél placer de estar con vida.

El foco se apagó, de nuevo.

Las sombras comenzaron a levantarse y a asomar su cabeza en las rejas mientras que me miraban, las manos se me había pálidas, las esposas mataban su circulación, el aire se iba de mi boca mientras que unas lágrimas volvieron a bajar, miré las sombras con piedad; las escuché reír, ahogarse de la risa, pedí por última vez verlo, que me diera esperanza, un rayo de vida, pero el único rayo que había era el rayo de luz tenue del faro.

¿Qué he hecho yo? Otra vez, yo no podía ser feliz, no sabía cómo hacerlo sin arruinarlo, oh, soy un ser arruinado, poco valgo para estar existiendo. . . Debí de quitarme la vida, colgar la soga y acabar con mi vida, después de todo, ¿quién necesitaba a alguien como yo? ¿Quién pensaba en mí? Ni siquiera el consuelo de mi señora madre me eran suficientes, estaba sola, la gente no se quedaba para ayudarme, ahogaban mi cabeza y después la sacaban para que yo los escuchara. Odié que mis oídos jamás se hayan tapado, odié que nadie me haya tomado en cuenta, odié mi cuerpo, qué asco me daba; absolutamente todos habían perdido el interés en mí, en lo que hacía, en lo que decía, parecía un videojuego que habían repetido tantas veces que comenzaba a aburrir. Lloré. Lloré porque lo recordé, recordé ese día donde me dije que yo no era real, que nada de lo que hacía. . . ¡y Eureka! Había descubierto el porqué, ¿cómo será real algo que a nadie le importa? Dejé de existir, y la gente que solamente me quiere cuando. . . ¡Espera! ¿Qué gente? Solo había sombras jalando mis esposas y diciéndome lo poco que valía, no había razonamiento lógico, solo yo. Solo mi tristeza y las ganas de matarme. Solo está ansiedad.

—"¿Quieres jugar?" —su voz gruesa y perversa destaparon mis oídos y lo miré, miré aquel hombre.

—"O–Oh. . . Oh no, por favor. ¡Po–Por favor!" —le exclamé, cuando, con las manos esposadas, aprovechó de eso y comenzó a tocarme, sentía la humedad de sus labios en cada parte de mi ser y las letras de una suciedad inigualable se marcaron en mi frente—, "¡por favor, suelta–no! Por favor, ¡deja de tocarme!" —y sus toques pararon, suavemente, como si hubiera entendido lo que dije, saboreó sus labios y sangre comenzó a salir de sus labios.

Eres una puta asquerosa.

Se tiró en mí ya–desnudo cuerpo jadeante, dejó de respirar, dejó de existir y se desvaneció; un hormigueo empezó a atacarme, me sentía tan sucia, escuchaba las carcajadas y todos apuntando a mi cuerpo, quería huir, quería desaparecer.

{. . .}

No había podido dormir y no sabía cuántas horas llevé metida a esa regadera; me había tallado de cuerpo, tallaba específicamente donde había sentido sus toques, me había vuelto brusca, tanto, que mi intimidad comenzó a dolerme; en mi cuello sentí el ardor y paré, me sentía tan sucia, trataba de superar todo el pasado por mi cuenta, pero parecía que traía una correa que se jalaba hacia el dueño cada vez que quería irme lejos.

Salí de bañarme y me coloqué el uniforme, busqué entre las pequeñas bolsas que tenía y saqué la foto; acaricié su pálido rostro mientras la observaba bien, mi corazón latía con fuerza mientras trataba de no sonreír; Bambi era perfecta aunque no estaba, vi su rizado y rubio cabello que comencé a amar, los rayos del Sol le quedaban perfectos a su piel y aquél vestido amarillo le lucio fascinante.

—¿Quién es ella? —aquélla pregunta me hizo soltar un pequeño gemido de miedo, no había nadie según yo, pude ver a Halsey preguntándome, guardé rápidamente la foto para terminar de ponerme el saco.

—Nadie que te importé —susurré con molestia, mientras sacudía mi cabello.

Tener a Halsey enfrente fue como tener a un asesino y no poder hacerle nada, la miraba con zozobra y desdén y ella lo supo, pero no dijo nada; cuando di por muerta la patética conversación, de sus rosados labios salió un deseo.

—Bésame —me pidió.

La miré con desdén, ella tenía una pequeña sonrisa mientras que se acercaba a mí.

Se está burlando de ti, como todos.

—Estás estúpida —escupí. — ¿Crees que después de lo que me hiciste te besaré? Tu criterio es una mierda, Halsey, ¿qué es lo que quieres de mí? ¿Burlarte? Ya lo hiciste, ¡lo hiciste por meses! Himuro, Grace y tú deberían de estar felices.

—¿Felices? Oh, no. Estamos–más bien. . . Preocupadas, Grace, más que nada. —bufó— Oye, no me gustas de todas formas, aparte no podría hacerle eso a Grace. —tocó mi pecho donde estaba el pequeño bolsillo y sacó la foto para verla.

—¡Dámela!

Gruñí.

—Qué linda es–era —alardeó, sonrío suavemente mientras me miraba, estaba sacándome desquicio— ¿Era Bambi?

La miré con odio para después arrebatarle la fotografía, la observé para besar donde estaba su frente y volver a meter la fotografía.

—¿Por qué te mientes?

—¿Mentirme?

—Sí, fingiendo que amas a Bambi cuando en realidad amas a Grace.

—Eres una estúpida, Halsey. Grace jamás será como Bambi, jugó conmigo, se aprovechó de mí, ¡me hizo creer que era el amor de mi vida!

—¿Segura? —atacó—. Ella simplemente te estaba dando consuelo, jamás mencionó a Bambi, ¡ay, por favor, ni siquiera recordabas a Bambi! ¿Cómo quieres engañarte?, deja de ser tan estúpida y—

Mátala, quítale su aire.

Sentí como mis nudillos habían golpeado su mandíbula, me senté encima de ella para seguirla golpeando; la gente que pasaba hizo un pequeño círculo, algunas gritaban con euforia mientras que otras suplicaban que la dejara en paz, pero mi cordura se había desvanecido, en mis dedos solo quería su sangre y en mi pecho su corazón, la cólera se había apoderado de mí, le rasguñé el cuello, dejándole marcas, yo no me había salvado de los golpes, sentía como mi nariz sangraba y eso me causaba más coraje.

¡Acaba con su estúpida vida! ¡Hazle un favor a nuestra mente!

Comencé a asfixiarla y fue ahí donde la euforia acabó y todos comenzaron a pedir lo mismo, que la dejara en paz, ella me miraba con piedad, mientras tomaba mis manos tratando de alejarme de su garganta.

—P–Por... —susurró en un hilo de voz, cuando sentía como el aire se daba por vencido, un brusco empujón logró apartarme de ella.

—¡¿Qué te pasa?! —me gritó mientras me miraba asustada, cuando me di cuenta, me sentía arrepentida y con un poco de remordimiento, pero cierta parte —por no decir que la mayoría— me daba igual. — ¡Halsey! —gritó con preocupación, en mi columna vertebral se recorrieron las sensaciones menos placenteras del mundo, causándome aún más coraje al ver como se preocupaba por ella.

Halsey reaccionó a los minutos y abrazó por los hombros a Grace, la molestia me comía, quería gritarle y alejarle, pero no podía hacer eso. Solo podía ver, estar en la oscuridad, ver la vida como era un copo que poco se iba a derretir; sólo eso.

—Escúchame bien, Halsey —le ordené, mi respiración se agitó y sentí como la molesta voz regresaba a colocar el hilo de mi cordura. —: Yo jamás me enamoré o me enamoraré de Grace, ¿lo entiendes?, suficiente farsa soy yo para enamorarme de otra. Tal vez en su momento traté bien a Grace, ¡y tuve sexo con ella, ¿y qué más da?! ¿Pero con qué costo? Con el costo de utilizar de alguien muerto, de mentirme, de meterme a la cabeza tanta mierda para después dejarme caer; suerte si tú te enamores de una mierda así, yo jamás podría; caí, pero ya no más. ¿Lo escuchaste tú también, Grace? —la miré—. No.

—Estás equivocada —aseguró Halsey, mientras que los grisáceos ojos de Grace se hacían rojos.

—Ella lo estaba. —apunté a su compañera— Y aun así decidió seguir, así que, —me arrodillé frente a ella— ¿por qué yo no puedo?

Déjalas morir en su fuego, tu mátate en el invierno.

CAPÍTULO LXXVIII

Hacía frío. . .

Pude ver y sentir sus miradas en la grisácea habitación mientras me devoraba mis labios y mi cabeza retumba una y otra vez. Las sensaciones no se iban y sentía las sombras comerme con desdicha mental mientras que miles de cuchillos se encajaban en mí.

Desaparece. . . Nadie te necesita.

Saboreé el líquido no-metálico mientras trituré mis labios con deseo; me reprimí entre las ganas y me muevo entre la lujuria psico-emocional de mi ansiedad, escupiendo sangre..., cansándome de existir. Y lloré a mares, sentía los dolores en mi sien, ellas llamándome, todo ardía y retuve mis fruncidos labios mientras los dolores se propagaban en mi aburrido cuerpo para ellas.

Márchate, nadie quieres estar a tu lado, das asco.

Y mi piel ardía en llamas al sentir las miradas; las voces se propagaban y el suelo retumbaba, haciendo una marcha encima de mi cuerpo, riéndose de lo no-gracioso. Mi cuerpo quería huir. Era —Es— gracioso. Solo era una metáfora. Equivale lo superior que era ante los muertos y, por muy poco tiempo, no sentía nada.

Ardía mi garganta sumisa y pobre ante los látigos desesperados. Abría mis labios en busca de algún sentido, pero aquella mordaza de culpa me callaba la boca.

Mira tú pasado, estás llena de culpas y remordimientos, jamás pudiste arreglar nada porque eres una inservible.

Estúpidamente agarré el poco aire que me quedaba en la garganta mientras las sombras tapaban mis ojos.

No veas en lo que te has convertido si no quieres dar asco...

Sonreí ante la hipocresía desecha y sus manos vuelven a tocarme necesitadas, dándome asco.

—"¡N-No, no me toquen, por favor, ¡no!" —gemí en súplica, pero nadie me escuchaba en todo el lugar reinado por la muerte y aquella tristeza de la que me había enamorado.

Así que retuve jadeos, exclamaciones; las sombras salían y recuerdo su mirar lamentable hacia mí; no es certidumbre de mi estúpida ansiedad que sintiera heridas en mis dedos. Cuando grité, el estruendo musical tumbó mis pocas esperanzas y, sin oídos, escuché a los espectadores reír.

—"¿Por qué no desapareces?"

¿Por qué no? ¿Qué te impide? ¡No tienes nada, Sasha!

Mi paladar se volvió loca e íntima; reaccioné, lloré y me toqué, tratando de ocultar lo que ya no era oculto para la noche y que era sucio para mi corazón.

Sintiendo aún sus manos, me quité las vulgares vendas, me levanté cansada, pero no había nadie que quería verme.

Salí de ahí y comencé a caminar, me sentía insegura, aquellos susurros que mataban con elocuencia mi cabeza mientras que la sangre acariciaba mis tímpanos.

Mírala, da asco, ¿no es así?, susurró el aire, mientras que pasaba frente a mí.

Siempre lo ha dado, no entiendo por qué sigue viva. contestó soberbia la vida.

Aún me atrapaban en su mirara y reí al recordar lo olvidado, me detuve a sentir las palabras sucias en mi piel que mi cobardía hacía que quisiera hacer mi carta de despedida. Mis manos se movían y miré más allá de mis esposas juguetonas; la soberbia me besó mientras que la ansiedad arrancaba mis dedos…, y dolía.

Dulcemente dolía.

La poca capacidad me obligó a detenerme y me arrodillé entre las lágrimas míseras, tratando de verme sutil y la cabeza se quebró entre los martirios obedientes y amarré la soga abstracta.

Reaccioné ante caricias muertas mientras balanceaba mi cuerpo en el mar de las emociones que solo tenían un final. . . Mi muerte.

Ahógate en lo que todos te dijeron que solo era un pequeño vaso, que no importaba.

Toqué el agua.

Ahógate en lo que dijeron que era normal.

Me distraje observando las flores amarillas pero la furia agarró mi mentón y lloré ante él. Quería huir entre sus brazos, a decir verdad, he olvidado lo que había detrás de mí y vuelvo a aquella habitación de una sola ventana. He olvidado todo lo que hice, pero por qué no olvidó aquellos toques, sus susurros amargos y excitados.

Lloré, lloré y volví a llorar mientras veía las marcas en mis brazos, pero sabía que iba a desaparecer. La euforia reía y me golpeaba de manera brusca y, débilmente, hablé en su momento, sintiendo los golpes, aquellos golpes de la vida que siempre se iba a quedar marcados.

—"Pa–Para. . ." —balbuceé cansada en la excitación ajena de la tristeza, mientras veía como todos se iban en aquel lago de agua, dejándome sola.

Si tú no estuvieras aquí, los leones no te verían tratándote de enterrar cuchillos, Sasha. Sin ti la vida es mejor.

La mente sigiló y ellas no callaban, deseaba que la decencia ya no me quisiera. Mi cuerpo reacciona de nuevo a la brusquedad en busca del contacto vacío; lloré al momento donde mis labios quebrados chocan.

Ya no tienes a nadie, ¡a nadie!

Lo volví a pensar mientras trataba de regresar a un cuento del que jamás había un fin.

«Si yo me hubiera ido cuando dije que lo haría, ahora no estaría abriendo mi cuerpo y consolando paredes.», pensé con rabia, mientras que sentía aquellas manos —¡garras! — fingiendo inocencia cuando en su sonrisa se veía el deseo más impuro de la tristeza.

Traté de cerrar los ojos para conciliar el sueño eterno, arropando mi cuerpo entre sus manos que parecían mantas.

Estamos tristes porque no te has ido, ¡vete! ¡Nadie te necesita en este planeta!, Sus reclamos no me dejaban consolar lo que había muerto.

—"¿Qué sería lo correcto?" —le pregunté a las gotas que caían suavemente hacia el suelo, formando un pequeño lago. Ellas me miraron con asco.

—"Escapar." —respondió una. Escapar, escapar sería lo correcto ante todo este martirio; miré a todos lados, el mundo asentía feliz. Vibraciones se pegaban a mi piel suavemente en mi mísero y ya–descuidado–cuerpo.

Mi paladar se incendió en llamas ante tanta seducción retumbada en mi cráneo; lo pensé y lo analicé tirada en el suelo, mirando el techo.

—"Eso está bien, hagámoslo." —me susurró mi cuerpo, amargo el llanto y gimoteos salían de mis labios al sentir manos pecadoras en mi sien, abrí mi alma en dos, en desespero y agonía, y ellas me utilizaron para no dormir.

Pude escuchar la pesada y deliciosa respiración del león que dormía a mi lado como si nada importase y aventé a la tiranía completada donde voces suenan y él me miraba desde lejos. Como siempre. Cubrí demás mi cuerpo arrepentido por no haberse marchado.

Sedujo mi alma, otra vez, me quedé sin dormir.

Quería no sentir. Quería dejar de no–tener conciencia.

Quería que el abismo parara mientras las manos de mi ansiedad me recorrían y al verme no–feliz, por primera vez, las paredes reían a carcajadas. Al no ser monótono, las lágrimas se fueron de mis ojos y la reja de abrió dejando ver un león.

—"¿Tu?"

La historia se repite.

CAPÍTULO LXXIX

Cuatro deseos para mi suicidio-no-próximo.

1. La luna no debe de llorar…

—No tienes por qué irte, no te vayas. —me lloró, mirándome a los ojos. Aquellos ojos grisáceos que me causaron una sensación en mi estómago, un sentimiento profundo en mi mente, pero un rencor eterno en mi corazón.

Amargas noches las que me has dado, te odio.

—Andando —me ordenó una mujer con voz sutil, mientras me tomaba del codo; cerré los ojos y antes de irme, miré sus acuosos orbes, esperando algo de mí.

—Te odio —le susurré, ella estalló en llantos para negar con la cabeza; le di la espalda para seguir con mi camino.

2. Que nadie llore…
Días atrás.

"—¿Tienes que irte? ¿En verdad quieres irte? —me preguntó Hazel, mientras se acomodaba en su silla, haciéndose hacia adelante.

—No quiero estar aquí, no pertenezco aquí. —le miré a los ojos mientras me mordí el labio, ella chilló.

—Dios. . . —gimió— ¿De verdad? Es que. . . Oh, joder. —se

secó unas incomprensibles lágrimas, mientras me miraba con las comisuras hacia abajo. — Bien, yo... – bien, le diré al mayor.

Porque la hipocresía reirá primero; las lágrimas serán falsas y no habrá vacío en el pecho de nadie. Mi mente me habla de ustedes todo el tiempo. Ya las conozco, paredes; hipócritas como los días soleados, ¡su lujuria ante mí es tan falsa! Que río cuando las veo llorar, cuando sus sombras tratan de tocarme, ¡oh, por aquel hombre de crucifixión y plan perfecto! Ustedes no sienten ni sentirán nada, van a celebrar cuando muera. Cuando mi soledad se ponga en luto, van a reír. Porque así de grande es su asco hacia mí. No van a llorar; solo van a extrañar cuando ya no me puedan hacer llorar.

Borré esos recuerdos de mi cabeza mientras me subía al auto, estaba nerviosa, sentía mi corazón querer salirse de la garganta.

Aquellos cuervos me siguieron para seguir apuntando aquellos deseos que tanto les había hablado en los siete días que pensé, ¡qué pena y desdicha la mía!, extrañar a los que no extraño y recordar lo que no recuerdo. El paisaje era pesimista, sentía el humo del cigarrillo inexistente acariciando mi nariz, qué tenía mi vida de mala si mala era la sensación de vivir, no lo entendía.

Solo eres un estorbo, a donde vayas. A donde huyas, ¡eres un estorbo!

—Cállate —mascullé, las mujeres me miraron por el retrovisor con cara extrañada, haciendo que me hundiera en el asiento, con unas pequeñas lágrimas asomándose en mis orbes, ellas ni siquiera mencionaron algo. Después de unas horas, en las que mi cabeza era un martirio de risas, vi aquel lugar grande, blanco y encerrado, suspiré.

Mira en donde has terminado, jodido monstruo.

Me bajaron casi a la fuerza que no había puesto en mi cuerpo, seguridad ya me esperaba allá afuera.

{. . .}

¿Dónde están tus sueños, pequeña puta?

No lo sabía.

No podía moverme.

¿Cuánto tiempo había estado ahí?

¿Dónde está lo que creías que se quedaría para siempre?

¿Dónde está lo que creía real?

Mi cuerpo estaba debatido, escuchaba mi cuerpo temblar, mi corazón latir con fuerza. Los escuchaba. Escuchaba las gotas caer, escuchaba como los leones discutían, escuchaba como las sombras me dijeron que tenía que desaparecer.

Tenía que desaparecer.

Tengo que hacerlo.

El techo era blanco, demasiado.

Las risas, eran sofocantes.

Extrañaba a la que no quería, y amaba a la que no extrañaba.

Te has quedado sin nada, sin nada.

Las perras como tú no van al cielo.

Dios no acepta suciedad.

¿Qué era lo que aceptaba aquel Dios, entonces? Homosexuales, afeminados, ateos, judíos, etcétera, no aceptaba nada. Qué exagerado era.

Me levanté de ahí para salir de las rejas mientras que caminaba por los pasillos, las manos se caían, deambulaba mientras la cabeza se caía en estragos de amarga tristeza; que, hablando de aquella dama que se paraba frente a mí, sonrío efusiva.

—"Mírate" —su cuerpo estaba lastimado, lloré, mientras que la garganta se abría y manos trataban de jalar su vestido. —"Destruida, mal hecha. Simplemente un desastre, ¿éste es el futuro que querías de mí?"

—"No..., claro que no." —traté de levantarme, comencé a vomitar sangre mientras me aferraba a las paredes. Sentía como empezaban a tocarme, suavemente— "Aún no has muerto; aún sigues respirando, aún estás en mi cabeza; ¡quiero odiarte! Y a la vez protegerte, a la vez quiero acurrucarte en mi pecho y decirte que todo estará bien. A la vez quiero escucharte, conocerte, verte, tocarte, hacerte sentir que estás a salvo, que estás viva. Quiero, pero no puedo. . . Y entonces cambio, pero puedo, pero no quiero.

» Conocerte y verte comenzaron a hacerse costumbre, mientras que has abandonado a todos, ¿qué hiciste?, ¿qué hiciste conmigo?; ¿qué hiciste con mi familia? Oh, sí, los has matado, has destruido lo poco que me quedaba mientras que la gente se iba. Mi vida, toda yo, estoy muerta y viva mientras que respiro."

—"¿Qué me dices de ella?" —las olas se escuchaban tras ella, me miraba fijamente. Me reí ante su pregunta.

—"¿Qué pasa con ella, al final?" —me seguí riendo mientras yo misma golpeaba mi cabeza contra el suelo. La sangre emanaba de mí, mientras me reía; los dientes se caían de mi boca— "¿Dónde está ella? Aquella mujer que me ahogó con sus palabras. Con sus hechos; estoy vacía."

—"¿No la extrañas?"

—"No la recuerdo."

—"¿Qué es lo que esperas?"

—"Mi verdugo."

—"Tienes que–"

—"¿Irme? No lo creo. Jamás saldré."

—"Sasha."

—Estamos muertas.

—¿Disculpa? —su voz tenue me hizo levantarme, tenía ojos claros de largas pestañas.

—*"Esta vez tú cruzaste la línea."*

—¿Quién eres tú? —le pregunté mientras que ella se acercaba a mí, con una sonrisa mientras que me alejaba de ella. Mi corazón me lo gritaba, iba a matarme. Le había hecho esa pregunta con la voz temblorosa, estaba asustada de su presencia, no podía evitarlo.

—Jennifer. Soy tu enfermera oficial y hoy, Sasha, es tu primer día aquí. —me tomó de las manos.

Te matará, puta.

—Aquí trataremos de ayudarte —me comentó para proseguir—: Y para eso, también necesito que pongas de tu parte, ¿bien?

—Bi, en —balbuceé, mientras que trataba de alejarme. —¿Dónde está ella?

—¿Quién?

—Grace. . . Atenea Grace. Mi, uhm, mi compañera de celda —ella cambió su semblante para después alejarse de mí; ante sus pasos, visualicé un pequeño carro con varias pastillas; mi espina dorsal tembló ante ella.

—Ella no está aquí. —vi como sacó unas pastillas mientras preparaba un vaso de agua, para después mirarme con el rabillo del ojo.

—¿Por qué no? —di unos pasos hacia atrás, pero ella me pidió la mano, la obedecí y Jennifer dejó caer las pastillas blancas en la palma de mi mano.

—Sasha, ¿no sabes en donde estas? —su voz cambió, era grave, seria y preocupada; negué con la cabeza.

—No.

—Sasha... Estás en un hospital psiquiátrico.

—"Tienes que irte."

—"En su tiempo lo haré. Esto está por acabarse, espera un poco."

—"¿Cuánto?"

—"Cuando ella me deje ir."

Capítulo LXXX

Las cadenas me rompían todo el cuerpo. Los desesperantes gritos que jamás iba a volver a escuchar; las manos apretando mi cuello mientras que unas carcajadas desesperantes salían de mi al saber que pronto iba a matarme.

¡Qué tonta fui! Había muchos errores que había cometido y éstos solo los veía cuando mis ojos me decían que necesitaban descansar, ¡tantas escapatorias! Con un triste final, los leones arrancaban mi cabeza de manera descortés, siendo regañados por aquella que me ponía las cadenas, aquel lugar pequeño de agua tenía oleaje, sintiéndome vacía. Habían vaciado mi vida para llenar aquel lugar, mi cabello era sujetado por unas manos, mientras los golpes contra las cadenas eran bruscos, qué extraño era. Qué divertido para ellas.

No lo aceptaste, estúpida.

Eres una maldita.

¡Te hubieras ido!

Lamí el agua que tocaba mis pies mientras que la hipocresía desecha se reía de mí y me mostraba todos mis recuerdos. . . Todos mis malos recuerdos.

—"¿Por qué no lo hiciste?" —su gruesa voz me sacó de mis pensamientos, dejé de lamer lo que no existía, para volver al pasillo. Aquel cuerpo acarició su pico con una de sus alas mientras esperaba respuesta. —"¿Por qué no te fuiste?" —interrogó.

—"No lo sé." —miré a otro lado, ante mi respuesta, empezó a picar mi cara con desdén, sacándome gemidos guturales de mi garganta. ¡Ardía! ¡Ardía tanto! Pero no podía quejarme, arrodillada, alabé al hombre que no me veía pero se sentía feliz, besé los pies de la que no quería, y me aferré a una silla vacía. A una silla que jamás iba a darme la respuesta de lo que estaba pasando por mi cuerpo mientras que sentía los pasos acercarse a mí, el silencio reinó, suavemente, mientras a veces me gritaba que ella siempre estaría conmigo porque, enmascarada estaba, demostrándome la maldita soledad.

Mientras tanto, él, llorando, se subió a la silla para colocarse la soga y frente a mi decirle adiós al mundo; su cuerpo cayó como miles más, mientras que el cuervo se postraba en mi hombro, riéndose energéticamente, besé de nuevo sus pies cuando la miré, mientras que ella acariciaba mi mejilla con su rosa.

—"¿Qué te parece divertirnos un poco?" —me preguntó, arrancando un pétalo para continuar—: "Te he echado de menos."

Me miró fijamente, para después con voz sutil hablar.

—"El tiempo se está yendo y tú no estás en él."

Entre mi cuerpo vomité frente a ella para después decirle mis oraciones mientras en mis manos se acurrucaba el Rosario con temor a salir, sujetándose a mí, diciéndome que a dónde lo he llevado.

Si Dios un día me ve...

¡Dios jamás te verá! ¡Le das asco, Sasha!

Dios evita mi cuerpo para fingir existir.

En mis manos yacía el agua que me iba a tomar, y él aún no lo hacía vino.

¿Dónde estaba él?

El agua seguía cayendo.

¿Era normal?

Su madre lloraba.

Qué raro era.

Se ajustaron en mi cabeza para seguir jalando hacia la pared, evitando que tomara el agua; tragué saliva entonces, sintiéndome en mis huesos.

—"Deberías morir."

—"¿Mo–Morir? ¿Eso quieres?" —le pregunté, soltando sangre. Interrogué su idea, pero ella asintió.

—"Estarías conmigo, ¿no te hace feliz eso?"

—"Ese es el problema..., mamá" —me reí para escupirle en su vestido, escuchando como se quejaba mientras se derretía en el fuego que había en sus alas. — "Yo no sé a dónde iré. Y mucho menos sé si hay algo más allá de la muerte."

Pero tu familia lo sabe. Lo sabe porque los has matado, los has dejado ir, ¿recuerdas sus gritos y súplicas? ¿Recuerdas la última vez que la miraste? ¡Todo fue tu culpa!

—"Lo sé. . ." —chillé. — "Y... – ¡mierda!" —empecé a llorar mientras trataba de alcanzar mis inexistentes manos, tratando de sujetarme a la vida.

{. . .}

—Buenos días– oh, ¿no dormiste nada? —escuché su voz y aparté mi cabeza de la ventana. Sus ojos azules me miraban con preocupación, alcé los hombros para restarle importancia—. Tienes que dormir bien para estar bien. —me retractó.

—Lo dices como si fuera malditamente sencillo —le exclamé. — Así de sencillo es cerrar tus ojos y dormir, ¿pero sabes qué pasa conmigo?, ¡hay muerte! ¡Hay voces! ¡Yo no soy como tú, por eso no estás aquí! Solo eres la víctima de los locos mientras tratamos de ser como tú, una simple copia de la gente normal. Jamás seremos normales, estamos enfermos, tenemos el cerebro enfermo y jamás vamos a sanar aquello que nos dañó porque no podemos volver al pasado, mientras tú duermes tranquilamente, miles de nosotros están pensando en sus errores y horrores, no puedes ir por la vida dándole consejos normales a personas a las cuales debes de drogar para que estén bien.

» ¿Esa es una satisfacción tuya? ¿Crees que haces bien diciéndole eso a toda la gente que tienes amarrada en este sitio? ¿Crees que no tienen remordimientos? ¿Crees que nacieron como tú? ¡Qué demonios te pasa, entonces!

—No era... Uhm —jadeó un poco mientras trataba de limpiarse las lágrimas, al parecer, era alguien sensible.

Mátala para dejar de escucharla, ¡es una inservible como tú!

—M–Me dijeron que tú eras más pacífica y es por eso por lo que te elegí. —me contó, aun limpiando sus lágrimas, absorbió su nariz para seguir contándome su historia— Como ves soy alguien demasiado sensible, y, pensé que podríamos ser amigas pero. . . ¡Vaya!, eres alguien muy. . .

—¿Grosera? —le pregunté para acercarme a ella.

—Directa, iba a decir directa —me corrigió, tomó aire para después sentarse en mi cama. —. Sin embargo, tienes razón, no debo ni puedo tratarte como yo, pero quisiera, quisiera que empezáramos a hablarnos bien ¿sabes?, me gustaría llevarme bien contigo. Sé que no te es fácil confiar en las personas, y tengo tu historial así que..., tampoco se te es fácil hacer las cosas, pero puedes confiar en mí. Tómate tu tiempo para hacerlo, claro.

—La última vez que confíe en alguien me terminó engañando de la peor forma —Como todos lo harían, maldita basura. Negué con la cabeza para tratar de quitar su recuerdo—. Sé que ayer me dijiste que pusiera de mi parte, pero no puedo y–

—¿Ayer? ¿Dijiste ayer? —cuestionó con el ceño fruncido, sus manos estaban en la botella de agua y el pequeño vaso; las pastillas ya descansaban en una mesita de noche, asentí un tanto insegura y la escuché volver a suspirar. — Espera aquí, volveré enseguida.

Volví a asentir con confusión, sentándome en mi cama.

Se está yendo.

¿Cuándo te irás tú?

Ya es tiempo de irse.

No volverás a casa, jamás.

Ya no tienes un hogar.

A dónde huir.

No tienes nada.

—Gu... Guarden silencio, por favor. No digan nada, no quiero escucharlas.

¡Qué fácil para ti es decirlo! sabía que se estaban burlando por lo que había dicho anteriormente, comencé a llorar, para después escuchar la puerta abrirse.

—Un gusto, Sasha; soy el psiquiatra Jack, vine a visitarte y hacerte unas cuántas preguntas, ¿bien? —miré a la mujer, tratando de pedir una explicación, pero ella solo hizo una mueca. Volteé a mirar al hombre para asentir y tomó asiento en una pequeña silla que había. — ¿Sabes cuántos años tienes?

—¿Dieciocho? —no era una afirmación, era una pregunta. Él me miró con el ceño fruncido antes de escribir.

—¿Segura? —miró unos papeles y asintió para sí mismo, para después escribir.

—Uhm, sí. —mentí.

—¿Cuál es tu nombre completo?

—Sasha... Oh, mierda. Espere. —cerré los ojos con fuerza, pero los abrí al sentir una sombra detrás mío, tallé mi cara, hablé desconfiada— Sasha... ¿Penny? —moví la cabeza con confusión, tratando de acordarme si tenía un segundo nombre o no— Zuckerberg... —proseguí. — ... Lee.

—Sasha, ¿por qué dijiste Penny? —el hombre me miró confuso, dejando el bolígrafo descansar en su oído, mi respiración se agitó— Tu no te llamas Sasha Penny Zuckerberg Lee. Solo eres Sasha Zuckerberg Lee, es todo; ¿por qué te agregaste un nombre de más?

—Yo... Uhm–ahm, n–no lo sé.

Negó con la cabeza, para volver a escribir.

—¿Cuántos hermanos tienes?

Estorbo, estorbo, ¡es lo que eres!

—Dé–Déjenme contestar —les gruñí; el hombre me miró seriamente, esperando a que contestara. —... Dos.

—Sasha... Oh, ¿sus nombres? —pareció no quererme dar la respuesta correcta, pero aquella mujer me lo dijo.

—Son tres, cariño.

—Dime sus nombres, Sasha. —ordenó el psiquiatra.

Eres una imbécil, ¡una basura!

Me quedé atónita, escuchando las burlas de las paredes y la cara del hombre se hacía deforme a cada carcajada. Unas lágrimas salieron de mis ojos, para después, fruncir mis labios.

—. . . No lo sé. Yo. . . No recuerdo a mis hermanos.

CAPÍTULO LXXXI

Miles Anthony Zuckerberg.

Yareth Lindsay Lee.

Quisiera entender quiénes eran ellos.

Después de unas cuantas preguntas más el psiquiatra decidió dejarme solo con ella, quien me hizo tomar las pastillas para relajarme y después sacarme el patio donde había más personas hablando con los demás o solos. Observé cómo una mujer se arrastraba en el suelo, con la excusa de decirse a sí misma que era un gusano, quise levantarme e irle a pisar el cráneo, con la excusa de que es lo que hago con todos los gusanos; pero me guardé mi pensamiento para relajarme en esa banca, oliendo el aroma, sin poder cerrar los ojos; sentí una presencia a un lado de mí, un cabello largo y castaño, desordenado. . . ¿Tenía una rama en su cabello? Fruncí el ceño y traté de quitárselo, pero ella me gritó y comenzó a llorar bruscamente, tirándose al suelo, me preguntaba el por qué yo no era así si también estaba "enferma", pero no quise caer en mis tentaciones y solo me tocó ver cómo se le llevaban, escuchando aún sus llantos y gritos; de nuevo, miré al frente, observando aún, sin darme cuenta ahora estaba otra mujer, solo que ella se miraba más relajada y su cabello negro brillaba con el Sol.

No obstante, ella me miró y me preparé para que comenzara a llorar o algo, pero no lo hizo, solo me miraba con sus cortas pestañas y ojos cafés. Después me sonrió un poco, haciéndome temblar.

—No luces tan mal. —me halagó para mirar hacia el frente, como lo estaba haciendo yo.

Pero su mente es una mierda, da asco.

—Se podría decir que tú tampoco —le contesté de manera directa, perdiendo aquella ansiedad que invadía mis uñas. Ella mordió las suyas, para después volverme a mirar.

—Ojalá fuera así y no porque estoy drogada —se rio y me uní a su risa, puesto que probablemente yo estaba igual. Nos quedamos calladas un buen rato, pero ella quebró el silencio. —. ¿Por qué estás aquí? ¿Qué es lo que atrajo tu cabeza?

—Creo que es esquizofrenia.

—¿Crees? —frunció el ceño, seguido de sus labios. Se rio para después soltar un gemido de dolor, seguido de un quejido molesto; asentí.

No confíes en ella, ¡quiere matarte! ¡Como todos!

—Sí, bueno. . . Yo– soy nueva, estaba primero en una cárcel, pero pedí estar aquí. —ella dejó todos sus sentimientos hacia atrás, dejando solo una cara de sorpresa.

—¿Dejar una cárcel para estar en un hospital psiquiátrico? —encarnó una ceja— ¡Entonces sí que estás loca! —exclamó.

—A decir verdad, parece ser lo mismo. Solo que aquí te tratan bien.

—¡Eso crees tú! Espera a que les des tu confianza y te van a pisar, ¡te humillarán! Vas a desear no haber nacido, ¡te matarán y ahogarán! —parecía estar paranoica, al ver mi rostro de confusión, comenzó a reírse como sin nada. — Bipolaridad, perdona... —me comenta casual.

—Oh, ya veo. . .

Eres una puta enferma, como ella.

—¿Y por qué dejaste una cárcel por un hospital psiquiátrico? —retomó el tema, y saludo a algunas personas que pasaban llorando o gritando. Me acomodé en el lugar para después mirarla.

—Yo no pertenezco a un lugar lleno de personas normales —contesté. —. Yo pertenezco aquí, donde las nubes caen, donde las paredes hablan y las escuchas reírse cuando prestas atención. Donde el suelo se mueve mientras que sientes la emoción de querer ser otra persona, donde las preguntas se hacen costumbre a las tres de la mañana; todo eso no corresponde a una cárcel, ¿cierto?

Ella me miró fijamente, como si tratara de ver más allá de mis ojos. Sus orbes cafés se aferraban a los míos cual soga con árbol, frunció el ceño de nuevo, para después alejarse de mí y reírse.

—Te estás burlando de mí. —aseguró, puse una mano en mi pecho, fingiendo indignación.

—¡No! No es así. —mascullé.

Tú sabes que es así, ¡estás huyendo del todo, zorra!

—Te falta algo más, dímelo. —pidió con simpleza, para después soltar aire de sus sellados labios; suspiré para comenzar a narrar mi historia.

—Estoy alejándome de alguien —«¡Algo!»—. . . Alguien que me ha lastimado tanto y solo quería apartarme de ella. . . De lo que siento, de todo este odio y amor entre remordimientos. De ella. . . De sus ojos. Solo me estoy alejando. —ella alzó las cejas en compresión, para después mirarme con una ceja encarnada.

—¿Entonces estás huyendo de ella?

—¿Qué? No. —me ofendí ante su pregunta, para mirarla con el ceño fruncido.

¡Goza de su sangre! ¡Hazlo!

—No hay otra respuesta. —se alzó de hombros. — Estás huyendo de ella porque sabes que sientes salgo. Nadie de la noche a la mañana tiene ganas de estar en un hospital psiquiátrico, ¡nadie!, mucho menos con el pretexto que no pertenece a una cárcel cuando días antes estabas cómodamente en ese lugar. Huyes de ella porque sabes que aquí no puede venir, huyes porque te da miedo de que te enamores de la principal, huyes porque sabes que puede llegar a pasar y te da miedo por el daño que te hizo, y huirás de mi porque sabes que te estoy diciendo la verdad.

Aquella contestación me había dejado sin palabras; cruelmente, tal vez podía tener la razón y esa era la verdadera respuesta por la cual estaba aquí. Porque aquí Atenea Grace no estaba, porque aquí no iba a enamorarme, porque aquí ella no estaba para hacerme caer de nuevo; tratando de tomar aire y ella llevándose mi oxígeno creía que no era justo y es por esa la razón del por qué yo estaba aquí. . . Porque estaba huyendo de una mujer cuyos ojos me hacen sentir destruida y a la vez amada, en su cuerpo se escondían los cráteres mientras que la tapaba una sábana de seda. Hui de su amor por negarme a corresponderle, y lo peor de todo es que, aunque ella no fue, alguien me atrapó con las plegarias en la boca.

—¿Y si no me voy? —nos reímos, pero de manera incómoda, ella solo volvió a alzar los hombros y nos quedamos en silencio.

—Solo piénsalo, y cuando lo hagas, te darás cuenta de que la necesitas en tu vida. Te arrepentirás de estar aquí y ya no tenerla, después de todo, fue ella quién te salvó realmente– ¡claro! Sí es que algún día te hizo sentir bien; pero creo que es obvio, estabas enamorada de ella. —aseguró para levantarse, el viento soplaba suavemente y ella miraba el concreto que pisaba, fruncí mis labios, para después, dejar salir un suspiro en forma de pregunta.

—¿Y eso qué tiene que ver? —me atreví a preguntar, ella se rio, tal vez por mi pregunta o tal vez por mi atrevimiento; pero lo hizo, la carcajada resonó, haciendo que muchas voltearan a vernos.

—¿O sea que jamás te hizo sentir bien? Déjame contarte una historia —no se volvió a sentar, pero se puso frente a mí, unas ansias recorrieron mis puños, pero traté de tranquilizarme—: Un día me enamoré de un chico, y fuimos felices; él me quería y me aceptaba como yo era, me salvó de esto que me hace estar encerrada aquí entre jaulas; me hacía sentir segura y, aunque la enfermedad a veces nos dañaba, él seguía así; no te mentiré, cuando teníamos algo entre nuestros cuerpos, creía que éramos maravillosos.

» ¡Él siempre fue maravilloso! Me hacía sentir segura y que ninguna enfermedad iba a matar esto que teníamos, lo sentía eterno. Me sentía bien a su lado porque cada vez que me sonreía, no había ningún sentimiento alterado más que mi corazón; sin embargo, mientras manejaba conmigo a su lado después de cumplir nuestro segundo aniversario de casados, tuvimos un accidente y él… —comenzó a llorar, y ahí lo supe; no había ningún sentimiento alterado, como dijo ella, solo se sentía triste, solo estaba ahí, llorando frente a una desconocida y dejando que sus lágrimas desconsoladas salieran para darme cuenta lo que quería decirme. Prosiguió. — Murió en la ambulancia, cuando estuvo lejos de mí, me di cuenta de cuánto hacía frío, de que, a pesar de ser verano, había frío. Y de qué nadie más, ni siquiera las pastillas, podrían controlar que solo su sonrisa podía hacer. —paró de contar con una sonrisa, limpiándose las lágrimas y rio de manera escandalosa— Por eso creo que también te salvó a ti.

Me quedé callada y ella, sin decir nada más que brindarme una sonrisa, se fue, dejándome con mis pensamientos.

Te está engañando, porque tú no mereces estar bien.

«No, por favor. ¡Y–Ya lo sé! Sé que ella me miente, pero no puedo evitar pensar en toda su historia.», contesté.

¡Falacias, Sasha! ¿Ya la viste? ¡Está loca, y ella, como tú, no tienen derecho a ser felices! Tal vez él la quería matar y, desgraciadamente, murió él.

Tal vez sí. . .

Nadie como tú merece ser feliz.

Nadie como tú merece el amor.

CAPÍTULO LXXXII

Grace.

No quiero vivir sin ti.

No puedo.

Porque recuerdo cada día más junto a ti, y siento que el aire se me va.

Sé que no estás dispuesta a volver.

Sé que no puedes volver.

Pero necesitarte me está matando.

Consolar los llantos que no hay en la celda comienza a hacerse cansado. Hay aire que no logro respirar, y sé que es el que te has llevado tu; ¿cómo estarás allá? Ha pasado un mes desde tu ausencia y, a pesar de tus últimas palabras hacia mí, traté de pensar que no era tu intención decirme eso. Porque no lo era, ¿verdad?

Suponiendo que nuestra vida ya no era fácil, la cuenta iba hacia atrás, y faltaba menos para que me sacaran, después de todo, el delito que había cometido no había sido tan grande y el asunto de ella fue quedado en el olvido.

¿Te digo algo? Creo que me has hecho mi corazón sensible; porque creo que es injusto que no me hayan dado más años; sé, que si tú supieras esto, me odiarías más.

. . . Odiarme más.

Ojalá no tuviera esa idea. Incluso, la creía inoportuna a veces al dormir y escuchar a mi compañera roncar. Quisiera que estuvieras aquí, diciéndome lo hermosa que me veo, entregándonos en fuego porque mi cuerpo te extraña y a veces me exclama el por qué dejarte ir, rápidamente, mi cabeza me lleva a aquel día y me odio; tu, llorando, pidiendo explicaciones y pude ver en tus ojos aguamarina algo quebrarse, mientras se ponían acuosos e incluso yo escuchaba aquellas razones reírse como ningún otro.

Y te dejé ir.

Pero estoy orgullosa de ti, porque me dejaste ir e intentaste ser fuerte.

Cuando te fuiste, visité a Hazel, ella también está triste aún, pues dice que te admiraba demasiado, pero que también entendía que no querías estar aquí; explicándome, me di cuenta de que tus razones solo eran una.

Yo.

Yo era tu razón para dejar de estar aquí.

Quizás era una razón desvergonzada, quizá no. Pero ardía, cada vez que mi mente me decía que yo soy la principal razón de tu ausencia, ni siquiera porque creías que era necesario —aunque también lo dijiste, pero al último momento, semanas antes— que estés allá, si no, porque ya no querías verme.

¿Querías matarme, ¿verdad? En cierta parte me sorprendo, que en vez de matarme como lo estuviste a punto de hacer con Halsey, decidiste irte para no hacerme daño, tal vez si un día te lo digo dirás que no es así, pero me engañaré, diciéndome que es la razón más real que haya existido. En las regaderas espero que todas terminen, ya no soy la Atenea Grace, la intimidante, esa chica que con solo verla iba a estar encima tuyo, golpeándote con rudeza; ahora todos me trataban ligero, tal vez por miedo, creyendo que esto de mi tristeza y tranquilidad solo eran pasajeras; y a decir verdad, espero lo mismo, espero que esta tristeza no sea eterna. Ni mucho menos esperarte. Necesito dejarte ir pero tú me has–bueno, como tú me has dejado ir, pero yo me aferré a ti en el momento clímax, ¿cómo se supone que haga eso? ¿Como se supone que tengo que dejarte ir? ¿Qué tan fácil suena, pero difícil se hace? Hay un borde y al final, alfileres están esperándome, reposando con filos metálicos.

¿No quieres volver?

Sé que la oferta es estúpida, puesto a que ni siquiera nos estamos viendo, pero no pude evitar pensarte, aquí, frente a mí, tu creías que no te veía; creías que seguía dormida y me daba ternura ver cómo consolabas mi sueño con delicadeza como la seda, haciendo silencio a pesar de todo lo que te estaba comiendo por dentro. A veces me levanto a la misma hora que te sentía ausente en la litera, la única diferencia es que ahora no te veo sentada recargada en la pared, mirándome fijamente, trataba de imaginarte pero la perfección solo se ve y ya no puede imaginarse; lloro cuando siento frío y sé que tú no vas a abrazarme, lloro por todo, tal vez porque te necesito, porque nunca me había enamorado. Tú eres diferente, tú estás mal. Tú eres tú. Solo es eso. Ahora, hundida en mi almohada fría, lloro en silencio porque a pesar de todo tengo consideración y sé que más personas están dormidas; así que muerdo la almohada, ¿recuerdas?, oh, perdón. Vulgaridades no. Volví a morder la almohada, guardando un gemido ahogado de llanto extremo, siento como éste sofocaba mi tráquea, ardiendo en fuego; quise llorar más de la cuenta, como se me era permitido, lloré hasta dormir, y amanecí como siempre. Halsey y Himuro te extrañan, lo cual me es raro, pero a veces me hablan de ti, diciéndome —como si yo no lo supiera— lo vacío que se ve y se siente, solo decido hundirme en mi silla, aun escuchando; me quedé mirando a la nada mientras ellas seguían platicando porque aún caía la nieve, quise desearte feliz cumpleaños, ¡feliz cumpleaños!, sé que cumples dieciocho, mientras yo apenas los cumpliré; escuché a Halsey hablarme pero estaba muy concentrada, pensando en que tal vez ibas a entrar, dirigiéndote a mí, tal vez era lo que tú pensabas cuando comencé a alejarme de ti, y ahora comienzo a sentir tu dolor; la única diferencia, es que yo sí estoy en la densa realidad.

Contándote una anécdota, cada vez que cierro los ojos veo otra celda, muchas veces pensaba que no estaba dormida, pero sentía mis párpados abrirse. Le platiqué a Hazel pero me ha dicho que es solo un sueño, trato de decirme lo mismo, pero comienza a preocuparme.

Comienza otra noche en donde tengo que dormir sin tus brazos y escucho como ordenan apagar las luces, me acurruco en la litera, creyendo que tú misma llegarás para darme un abrazo, besándome a veces o hacer el amor cálidamente, para después dormir abrazadas mientras sentía tu corazón latir. Te extraño, busco pretextos para ir contigo, pero jamás hallo uno convincente; solo me miran seriamente, o, algunas veces antes de entrar, ya me niegan el salir; era obvio, ningún preso volvería después de sentir de nuevo la libertad, pero yo lo haría. Si fuera por ti, lo haría.

A veces me engaño diciéndome que estás muerta, que no eras real y que sólo eras un fantasma para después irme a la deriva y ver mi cuerpo, a sabiendas que ahí estaban tus manos, tocándome. No de una manera descarada, eras fina, suave, de seda y porcelana, con temor a hacerme daño y quebrarme cual vaso, lo cual siempre me hacía sentir segura.

Volveré a dormir sin ti y me recordaré que no quiero estar aquí, sin ti. Eres lo único que me hace respirar. No siento estar viva aun cuando el aire entra por mis fosas nasales, creo que, obsesivamente hablando, me siento feliz de que estemos respirando el mismo aire, haciéndolo lo mismo.

Te amo, aún te amo.

Y se siente vacío el no tenerte.

Y se siente cruel cuando me estás olvidando.

No quiero dejarte ir.

Por eso no quiero olvidarte.

CAPÍTULO LXXXIII

—Sasha.

—¿Uhm?

—¿Lo has pensado bien?

—. . . Creo. Te seré sincera, no he podido dormir, creo que las pastillas no funcionan.

—Creo lo mismo.

—Sí. Bueno, retomando, creo que lo pensé bien pero aún no tengo una conclusión; sin embargo, me siento orgullosa al decir que tengo algo adelantado.

—¿Y qué es?

—Que, aunque quiera, no puedo volver a ella. Estoy aquí, y ella allá, ni siquiera sé en dónde estoy y creo que estamos muy lejos, seguramente jamás nos vayamos a encontrar; o tal vez sí, pero ella estará enamorada de otra persona.

—¿O sea que sí la quieres?

—¿Qué?, jamás dije eso.

—Dijiste que: aunque quisieras. Significa que quieres, ¿no?

—Particularmente hablando, sí. Pero me he equivocado, bueno no, yo jamás me equivoco, tu pensaste mal.

—Si eso dices. ¿Sabes? Ayer tuve una pesadilla, mi enfermera tuvo que ponerme más tranquilizantes de lo que ambas pensábamos.

Zorra estúpida, cayó en nuestra red.

—¿A sí? ¿Quieres contarme de qué trataba esa pesadilla que te atormentó toda la noche? Luego nos quejaremos de Morfeo.

—Era una cárcel, y, pues.

—Espera ¿qué? ¿Dijiste cárcel?

—..., ¿Sí?

Sentí mi respiración agitada, ella me miró aún confusa; ¡mierda! Ellas tenían razón, iban a matarme, iban a hacerme la vida imposible y jamás me dejarían ir. La voz de Taylor cada vez se hacía más lejana, mi cuerpo sudaba en exceso, mientras que la sangre emanaba de mis dedos, sentía que quería vomitar, sentía que todo comenzaba a hacerse una amenaza, temblaba como si hiciera frío, mi cuerpo comenzaba a ser comida para los leones; mis gritos se escuchaban por todos lados, lo sé; tapaba mis oídos, vi sus ojos azules mirarme con preocupación para después caer en sus brazos.

Duerme y no despiertes jamás.

{...}

Había una suciedad que no iba a borrar nunca, lo sentía.

Cada vez que me miraba en el reflejo del agua sentía asco, asco de mí, y asco de aquel hombre; el reflejo de aquel espejo hacia un brillo hermoso, si tuviera esperanzas, diría que era una señal que todo estará bien. Quisiera matarme para dejarme de tonterías, yo sabía mi realidad, jamás iba a salir del agua que me estaba ahogando por más que quisiera gritar, hay algo que me ata a no hacerlo, y el terror a cometer el pasado envenenaba lo que juraba indestructible; no importa cuánta sangre salía de mis labios, o de mi frente, o de mis uñas, el silencio de los que tanto me hacía daño iba a ser eterno si yo lo quería así. Miré las muñecas que estaban encadenadas mientras que las risas salían de las oxidaciones, el cuerpo estaba incompleto y el paraíso había terminado para los enfermos; ¡qué horror en el que había vuelto!, ni siquiera puedo darme una explicación, pero busco entre las sábanas negras, y nadie estaba metido con la luz encendida.

Todos han desaparecido por ti.

Tú eres la culpable de todo.

¡Como quisiera gritar! Pero la mordaza se aferraba más a mis labios, dejándome sola. Caminé entre las habitaciones, buscando algo de vida, sentía mi corazón quererse salir de mi pecho para esconderse entre el pelaje del monstruo; pero lo sostuve; entre tantas habitaciones, entré a una vacía y negra, hojas frágiles como las de otoño, y un frío matador.

¿Dónde está tu felicidad?

Te estás acabando y nadie lo ve.

¿Por qué alguien querría verlo? Seguí caminando, buscando algo, en un drástico momento; el lugar era cálido y rosa, con pétalos suaves cayendo y tocando mi piel cada vez que teníamos suerte de encontrarnos; seguí caminando, buscando al culpable de tan linda y extraña decoración.

Sentí algo golpear mi frente, miré hacia arriba y su sangre empezó a caer en mi frente y ojos, como si fueran lágrimas. Sentía mi respiración irse, las risas se hacían más graves, sus manos entrelazadas, la sonrisa falsa y todas esas heridas en su cuerpo que me invitaban a gritar y así lo hice; sentía mi garganta desgarrarse, mi corazón estaba en mi lengua a punto de saltar, la sangre aún caía a mi cara, haciéndome vomitar. Los gritos de algún lugar me hicieron salir de ahí, corriendo hacia donde escuchaba aquellos gritos desgarradores.

Oh, no. Todo está volviendo a repetirse.

Eres un error más. Pero la solución a la vez, pequeña.

¿Solución? ¿Solución a qué?

Seguí corriendo, abría las puertas que podía hasta que la encontré. El espejo yacía frente a mí, el agua salió disparada de aquella habitación, mojando mis piernas, seguí caminando, escuchaba el agua caer desde el techo y la puerta cerrarse con fuerza; los gritos seguían saliendo de ahí, el miedo me invadía, aquella mala sensación, mi cuerpo estaba devastado y no sabía cómo corresponderles a los ángeles que me pedían mi ausencia.

—"¿Qu-Qué haces, Sasha?" —le pregunté al espejo; las pequeñas ondas se formaron cuando lo toqué, solté un sollozo para proseguir— "¿Qué crees que haces? ¿Qué solución eres?" —me arrodillé ante ella, mientras seguía escuchando los gritos desgarradores, me hice un ovillo en el suelo, mientras que unos débiles y cansados «basta» salían de mis agrietados labios.

—¡Sasha! ¡Escúchame! —la voz de Taylor retumbó por toda la habitación, pero igual no levanté la cabeza; los pasos se escuchaban acercarse, pero no hice nada. — ¡Sé que tú no quieres hacer esto!, por favor ¡por favor!, ¡no les des placer de controlarte! Tú no eres así y lo sabes, sé que solo llevamos un mes conociéndonos, ¡pero soy capaz de saber que tú no eres así! ¡Baja la jeringa, Sasha!

Sasha... Sasha.

¿Quién era ella?

Un mes...

Me gustaría recordarlo.

Seguí llorando mientras tapaba mis oídos, tratando de no escuchar a Taylor.

Déjanos ser aquello que te da miedo, Sasha, tú eres mejor que nadie, si los matamos a todos, lo verás.

—"Lo siento tanto Taytay. Y–Yo no controlo esto. É–Esto me controla a mí. Esto solo acabará cuando ellas acaben conmigo." —le contesté, escuché la puerta abrirse y los golpes no tardaron, mi cráneo ardía, el silencio era correspondido en un largo beso.

—¿Y quieres que acabe? —me exclamó en una pregunta, las risas saborearon el intento para reírse de su pésimo sabor. — ¡No quieres acabar porque aún hay una luz que ver! ¡No me hagas desaparecer! ¡Sasha por favor!

—"¡Basta! ¡Te matarán, acéptalo!" —decidí callarme. —"Ésta es la vida que me tocó..."

—¡No es así!

{...}

El cuerpo debatido.

La sangre cayendo placenteramente, como si fuese algo existente.

Para ser relativos hay que existir...

Cegada ante lo que jamás me cegó, escucho los gritos y como algo en mi interior le contestaba, la jeringa esperaba ser enterrada en alguna parte de su cuerpo; temblaba, temblaba porque por primera vez no estaba del todo decidida, temblaba porque no quería.

—No me dejes como él —me abrazó. — No me dejes ir, no me dejes ir, no me dejes ir.

"—Tienes que dejarme ir."

Entre suspiros de reacción, le correspondí en un abrazo, lloré en su hombro para aferrarme a ella, mi cuerpo disparaba la sensibilidad.

—No quiero dejarte ir, G–Taytay —le susurré.

CAPÍTULO LXXXIV

Sentía el suspiro de miles de aves en mis oídos, dentro de ellos. La corona se puso en mi cabeza gracias a un niño desconocido, mientras que los silencios se hacían voces, y las voces gritos... Su sangre estaba manchando mi desnudo cuerpo; visitó de seda mis senos para jurarse ante mi ser como los demás, mientras tanto, la voz de Taytay se escuchaba lejos.

Todos estábamos aterrorizados.

Quería gritar y gritaron petrificados ante mis labios abiertos, a punto de escupir el llanto. Llanto escénico de un club de drama, entre los hostigamientos que urgían del placer sádico de la sangre emanada; tiré de la correa y dejé de hablar como lo quiso él; besando mis manos y yo sus pies; mostrando la necesidad que teníamos por la misericordia herida, gimiendo mientras los seres nos veían.

Gemí cuando me dijeron que gimiera, grité cuando escuché el mismo nombre.

—Tomas una larga siesta —escuché su voz despierta. —¿Sigues dormido? Es tiempo de despertar. —sentí mi cuerpo en llamas y Dios gritó amén, mientras que yo seguía lamiendo los pies del Señor, que, después de un momento, el blanco techo fue lo primero que vi.

—Dios —le susurré su nombre y él riéndose, decidió desaparecer para irse de nuevo. Una imagen sonriente de Taytay se postró frente mío, haciéndome fruncir el ceño—. ¿Qué haces en mi habitación, Taytay?

—Oh bueno —sonrió para después proseguir—: los psiquiatras dijeron que estuviera cerca de ti, ya que te ayudo a controlarte. ¿No es genial?, es como si estuviéramos destinadas. —parecía emocionada, me senté en mi cama y pude saber que no mentía porque había otra cama frente a mí.

Eres un monstruo que no puedes hacer nada por tu cuenta.

—¿Controlarme? ¿Por qué?

—¿No lo recuerdas?

Negué.

—Bueno, parecías en shock. Pero te contaré.

"Después de que te conté acerca de mi sueño te quedaste atónita y no parecías reaccionar; ¡parecías realmente congelada!

—*¿Sasha? ¿Me oyes?* —sin embargo, parecías distraída. Me quedé un rato en silencio, y los llantos de alguien llamaron nuestra atención— Que ruidosa.

—*¡Demasiado! ¡Carajo!* —gritaste con ira, cosa que me sorprendió— La callaré.

—¿Cómo lo harás? —ladeé la cabeza con confusión al verte de pie. Vi como caminabas hacia ella y le soltaste un puñetazo. —¡Sasha, no! —me levanté de golpe para seguirte, pero tú la seguías golpeando; ¡era sorprendente que no podían quitarte de ahí!

—*¡Cállate maldita puta, cállate!* —tu gritaste, y seguías pegándole. Parecías no estar en este mundo, como si estuvieras cegada por algo; le tomaste a la fuerza la jeringa y me apuntaste con ganas y...."

Monstruo.

—¡Para! —le pedí con lágrimas en los ojos; no era necesario que me dijera algo más, pues suponía que todo eso ya lo recordaba. Chillé y sentí su consuelo divino, mientras acariciaba mi espalda—. Para...

—Perdona. —me susurró; la miré a los ojos y se rio, para después llorar junto conmigo. Me abrazó con fuerza y sentí su fuerza en sus brazos, me apretó fuerte, para seguir llorando— Debí dejar que me mataras, *pero no quiero irme... No quiero que me dejes ir.*

Debes de hacerlo, ¡ustedes no pertenecen a este mundo!

—Te has vuelto alguien muy importante en mi vida a pesar de conocernos solo un mes. —me separé de ella para sonreírle, ella me sonrió también— Perdóname tu a mí por no recordar nada de todo el mes, pero sé que ha valido la pena.

{...}

—No entiendo por qué no tenemos los trajes de fuerza —le dije de la nada, ella me miró fijamente.

—Dicen que no quieren hacernos sentir encarcelados; aprisionados y esas cosas. Además de que no es un manicomio —alzó los hombros. —, pero supongo que está bien, ¿no?

—Seguro, de igual manera creo que está bien, es agradable poder flexionar los br—

—¡Sasha! ¡Oh, me alegro de que estés bien! —su abrazo me atacó, mientras que me aferraba a ella. — Me enteré de todo, y quise saber de ti en cuánto tenía tiempo pero no me dejaban; ¡pero ya estoy aquí!

No quise decir nada pero disfruté de su abrazo; después de

haberse separado de mí, me contó la razón de su ausencia conmigo. Me contó que no podía salir por un largo tiempo hasta que ella asegurara que estaba bajo control.

¿Desde cuándo fue así? ¿Cómo pasó todo esto? ¿Como de ir a la escuela pasé a que me prohibieran salir porque soy un peligro para los demás pacientes? Todo esto estaba yendo muy rápido y empezaba a tomar en cuenta sus palabras. El tiempo está pasando muy rápido y yo no estoy en él.

Eres un error de la sociedad, tú no perteneces a este mundo. Ustedes.

Acaricié mí ya–largo–cabello, estaba enredado y seco, pero era de esperarse: llevaba más de un año sin hacerle nada y los jabones de la cárcel no eran la maravilla, aparte, no recuerdo haber tomado un baño desde que llegué aquí.

Quise distraerme pensando en eso: en mi largo y destruido cabello pero aquellas preguntas depresivas no me dejaban en paz, llamaban mi atención aunque yo no quisiera pero es que son tan tentadoras como la seda, Taylor me miró sonriente al igual que Jennifer, traté de sonreírles pero suponía que no era el momento.

Jamás es mi momento.

Tu sonrisa es estúpida.

—¿Es normal? —capté la atención de ambas, así que continué— ¿Es normal que si alguien te hace sentir bien lo dejen dormir contigo?

—Es la primera vez que veo un caso así. Supongo que realmente las estudiaron a las dos —la pelirroja se alzó de hombros. — ¿No te sientes bien con ello?

—¿Quieres que me vaya? —interfirió Taylor, mientras que

sus ojos cafés de nuevo se aferraban a los míos y negué— ¿Entonces cuál es el problema? —cuestionó.

—Tú no eres el problema si lo vemos desde la perspectiva de todos, porque ninguna de ustedes dudó de la comodidad. Sin embargo, si preguntamos por mí, el problema está en mi puesto que si no fuese así no estuvieras aquí, durmiendo a mi lado prácticamente; bueno... A lo que me refiero es que, si yo soy el problema allá afuera, ¿quién me asegura que no seré el problema acá adentro? Yo, a diferencia de algunos psiquiatras, no dudo de Ty, las pastillas realmente la tienen bajo control ¿pero a mí? Ése es mi único problema: yo. Tengo miedo de hacerle daño.

Jennifer se quedó en silencio, tal vez es porque sabía que en sí mi comentario estaba encerrado y dirigido a Taylor, aún me miraba fijamente, y en sus ojos se podía ver que estaba buscando algunas respuestas, pero luego las restantes escuchamos su escandalosa carcajada.

Solo eres una burla, un juguete.

—¡Qué tontería! —exclamó aun riendo, fruncí el ceño en total indignación; ella me miró riéndose energéticamente, momento después, su cara puso un semblante serio— Tu jamás me hagas daño porque yo tengo algo que tú necesitas. Yo soy la persona que te puede calmar, aquél que no te dejará con un silencio que no quieres. Tú no me harás daño porque no quieres que desaparezca.

Me quedé en silencio, el monstruo salió de su pecho, haciéndome estremecer.

Jennifer nos miró a ambas, y ella prosiguió.

—Porque no quieres dejarme ir.

Capítulo LXXXV

Era la sensación más amarga que pasaba por mi garganta y atacaba en mi cerebro. Pero al menos, aquellas risas habían parado, me sentía fatigada, mi cuerpo estaba tirado en la cama mientras escuchaba como Taytay cantaba eufórica para después reírse, llorar o enojarse; ya no me asustaba o incluso me molestaba su cambio repentino, me había adaptado a ella; descubrí que Taylor Connell tenía apenas veinticinco años, se veía realmente hermosa y joven aún, radiante, aunque sus cambios de humor sean todo lo que inclinen la balanza.

Eres el desecho del mundo.

Trataba de dormir como mi cuerpo me lo exigía pero por alguna razón mi corazón estaba latiendo con fuerza y me sentía nerviosa, quería incluso vomitar pero nada salía de mi garganta; no quise cerrar los ojos, no quería hacerlo, con el solo parpadear mi cuerpo ardía y los gritos de misericordia abrían mi garganta provocando un caos. Taytay seguía cantando, siendo lo único que me mantenía despierta, ella no quería salir aunque ella sí tuviera permiso, dice que quiere salir conmigo, ya que, aunque nadie lo creyese —ni siquiera yo— soy la única persona tranquila, así que decidió quedarse conmigo; le conté como era la cárcel mientras que comíamos, lo que a ella era normal, para mí era un manjar que saboreaba con exquisitez; le platiqué más de Grace, aunque dolía y sentía aún una incógnita rabia, decidí no ocultarle nada;

cada palabra que yo transmitía, era una sensación y/o sentimiento más en su cuerpo.

—¿Se vieron al final? —ella comió de su postre, para mirarme con interés.

—Sí, ella me suplicó que no me viniera pero. . . Ah —bajé la mirada entre suspiros eternos—, no recuerdo que le contesté. —mentí, ella alzó las cejas y nos quedamos en silencio.

—Tu cabello es largo.

—Lo es —aseguré para acariciarlo—. El cabello largo no es lo mío, ¿crees que aquí pueda cortarme el cabello?

—¡Claro que sí! —exclamó en sarcasmo. — ¡Es un manicomio! ¿Cómo puedes negarte a la idea?

Bufé para escucharla reír, terminamos de comer y el psiquiatra de hace unos. . . ¿Días? Volvió, haciendo que Connell se tuviera que ir a la fuerza; la sensación de hace unos minutos había vuelto, mi estómago estaba hecho un nudo y mis manos estaban sudando, mientras que él me miraba fijamente, tomando asiento. No quería escucharlo, pese a que solo quería ayudarme, sus preguntas parecían ser solo para lastimarme y sentirme basura, más de lo que ya era.

Solo eres una mierda a la que todos pisan.

Él me ofreció una paleta, acepté. Saboreaba la paleta que tenía una sensación como las cerezas, rosa–rojo, un sabor divino y dulce; lo tomaba, tratando de poner aprueba la cordura del hombre que estaba ahí; él solo me miraba fijamente, mientras yo pintaba del color rosa mis labios.

—¿Iniciamos? —asentí, se acomodó en su asiento para carraspear su garganta y ajustar su corbata negra— Bien, Sasha. Iniciemos con algo fácil, ¿sí? —volví a mover la cabeza— ¿Recuerdas mi nombre?

—¿Jason? —negó—. . . Jame, ¡Jefferson!

Maldita estúpida.

—Soy el psiquiatra Jack, Sasha —se notaba el énfasis forzado en su nombre, se removió incómodo al verme nuevamente saborear mi paleta—. ¿Hace cuánto nos vimos?

Esta vez fui yo la que se removió incómoda.

Hazlo, queda mal, como siempre.

—No–uhm, hace un mes. —aseguré, movió la cabeza en afirmación, haciéndome sentir menos cohibida.

—¿Recuerdas a tus hermanos?

{. . .}

La "entrevista" "interrogatorio" "cuestionario", había salido mal. Absolutamente mal.

No pudimos continuar con las demás preguntas, ya que nos habíamos quedado en aquella que me había hecho incluso llorar de la impotencia; las dudas comían mis uñas, Taylor admiraba mi silencio con lástima, no quise que se me acercara y quería un momento conmigo a solas, aunque sabía que solo iba a lastimarme más. En el papel que hacía añicos con mis dedos venían los aludidos, cuyos nombres no podía recordar; mientras sentía como el papel acariciaba mis manos, observaba como la noche iba cayendo, y la canción de Taylor se volvió a escuchar.

No quiso preguntarme qué había pasado, ya que en el mismo instante que entró, el psiquiatra Jack me estaba abrazando y consolando, susurrando que todo estaba bien; me aferraba a él, eso lo recordaba, olía su colonia mientras admiraba su blanco cuello siendo escondido por el pulcro de su uniforme, su voz era suave, tranquila y me daba paz, pero sabía que era su trabajo; alejándose de mí, me sonrió con pequeñas lágrimas en los ojos que no entendía el por qué y me dio un papel con los supuestos nombres de mis hermanos, se levantó de su asiento para acariciar mi cabeza e irse, dejándome con Taylor.

Joshua Zuckerberg Lee.

Jean Zuckerberg Lee.

Susan Zuckerberg Lee.

Quisiera saber qué pasó con ellos.

¿Quieres recordarlo?, sentía que aquella voz era de una niña, haciéndome estremecer.

—¿Como te fue con el psiquiatra Jack? —me habló después de horas, volteé a mirarla y balanceaba sus pies en la cama; no actuaba conforme a su edad.— Supongo que te fue extraño, ¿no?, él te estaba abrazando —recordó.

—Fue extraño —aseguré. —, bueno, recuerdo que empecé a llorar y–, solo me abrazó. No sabía que se podía hacer eso.

—Es extraño que suceda. —comentó— Pero Jack siempre ha sido cariñoso con la gente que lo merece.

Es mentira. Tú no eres especial.

—Algo que es extraño —llamé su atención a la de cabello negro, que ahora estaba jugando con sus uñas. —: es que lloró, un poco, pero en sus ojos claros se veían las lágrimas.

—¿No lo sabes aún? —negué con la cabeza para después

acostarme en la cama, colocando el papel en mi pecho; ella se acostó igual, quedando cara a cara; decidimos juntar las camas para que fuese más grande y cómoda, quedamos cara a cara, esperando a que prosiguiera— Su esposa murió de una sobredosis por depresión, y es por eso por lo que se dedicó a estudiar psiquiatría, para ayudar a la gente. Supongo que tu caso es algo que le recordó a ella, tal vez tienes algo que la hace verle.

Su estupidez. Solo eso.

{...}

—¿Psiquiatra Jack? —él me miró con emoción en sus ojos, para bajar su bolígrafo.

—Recordaste mi nombre —sonrió para después esperar a que dijera algo más.

—Yo– bueno, tengo una duda. —de nuevo aquella sensación recorrió mi cuerpo y golpeó bruscamente mi pecho, haciéndome temblar— ¿U–Usted tiene esposa?

No iba a decirle que ya conocía su historia, pues sería raro y tal vez metería en problemas a Taytay; no obstante, escuché como carraspeaba su garganta para después, un suspiro —que a mi parecer era incómodo— decoró nuestro ansioso —de mi parte— silencio.

—Tenía. —me corrigió.

—¿Y qué pasó con ella?

—Sasha, basta. —ordenó.

—¿Por qué decidió ser psiquiatra?

—La sesión se pospone hasta nuevo aviso, permiso. —tomó sus cosas para irse antes de que pudiera decir algo.

Solo arruinas todo, ¡siempre!

Capítulo LXXXVI

Había pasado más de un mes, de nuevo; según Jennifer y Taylor ya llevaba tres meses y ahora ya podía salir de nuevo, ya que Jack había dicho que estaba bajo control y que sería muy raro que me volviera a dar un ataque.

Y, hablando de Jack, el posible cariño que me tenía se había ido a la mierda después de mi pequeño interrogatorio, ahora todo es como lo marcan las reglas; llega con su vestuario, se sienta, incluso me ve llorar y hacerme pedazos, pero su voz sale de su garganta con frialdad, mostrándome que lo había lastimado. El papel que me había dado aún lo guardaba bajo mi almohada y le pedía a Taytay que me recordara leerlo, así recordaría siempre el nombre de mis hermanos y el de mis padres; quisiera saber qué pasó con mis hermanos y con mi papá, a mi madre la recuerdo vagamente, en sillas de ruedas, recuerdo qué pasó. Pero con mis hermanos no recuerdo nada.

Cambiando de tema, mi relación afectiva con Taylor había mejorado y, aunque el destino es incierto, no podía dejar de pensar en que tal vez tenía razón cuando me dijo que estábamos destinadas. Taylor era un gran apoyo emocional para mí, también Jennifer, pero sabía que era su trabajo, Ty tenía algo que me tranquilizaba y me hacía sentir mejor, a veces me abrazaba al dormir, aferrándome a ella, haciéndome sentir protegida; ante tanto cariño, me confesó que la razón era porque siempre había querido tener una hermana y que, aunque no éramos parecidas, continuaba diciendo que la sangre no hace a la familia.

—La primavera es molesta. —me comentó mientras mirábamos el cielo; la razón de mi tranquilidad era por los antipsicóticos que me había tomado, me sentía mareada y ahora entendía a los drogadictos. Asentí ante su pregunta, para hundirme en el suave clima.

—Sasha Zuckerberg. —su gruesa voz hizo que abriera un ojo, observando sus ojos claros que se veían dorados con el Sol. — Ven. —me tomó de la mano para jalarme y caminar detrás de él, solo lo seguía para después soltarle de la mano, saludaba a sus demás compañeros, e incluso saludé a Jennifer quien me miró con confusión; el psiquiatra cerró la puerta detrás de mí, y sentí su aliento rozar en tentaciones a mi nuca.

—¿Pasa. . ., algo? —de nuevo me sentía nerviosa y sabía que nadie iba a poder controlarme.

Eres una zorra, Sasha.

—Has estado muy distante conmigo, ¿hay alguna razón? —me preguntó seriamente mientras tomaba asiento y me invitó a tomarlo, me senté frente a él.

—¿Yo? Quiero decir: no. —jugué con mis dedos, mientras él seguía mirándome fijamente, cruzando sus dedos de ambas manos que reposaban en su escritorio de roble. Solté un suspiro para mirarlo— Usted está así desde que pregunté acerca de su exesposa y... Bueno, yo no quiero entrometerme.

Observé cómo se dio el lujo de ignorarme para buscar algo de su cajón, y, mientras el rebuscaba entre sus papeles, me di el lujo de olfatear la habitación.

La pared de atrás estaba pintada en un suave color grisáceo, otra pared azul suave y algunas decoraciones tenían rojo, no pude evitar pensar en mis colores favoritos. Había plantas que le daban esencia a la habitación y algunos reconocimientos pegados orgullosamente a su pared.

Un ligero golpe llamó mi atención, había un margen de fotografía en el escritorio; me pidió que la tomara y pude ver a su hermosa mujer.

Una mujer cuyos ojos eran celestes, cabello marrón, largas pestañas y cabello rizado, de tez oscura y cuerpo hermoso; vestía un atuendo formal que dejaba asimilar su escultural cuerpo, ¡parecía una modelo!, ellos parecían aquellas parejas guapas que ponen en las series de televisión.

Mientras tanto tú eres un cerdo.

—Ella era Caroline Kennedy, mi exesposa. —observé su reluciente sonrisa, y él al parecer quería hacerme sentir lástima— La ves muy sonriente ¿no?, ella siempre fue así, escondía sus problemas detrás de aquella hermosa sonrisa de perla. Miraba a todos con amor y te juro que era el corazón más puro que había conocido en mi vida, amaba ayudar y pese a sus errores del pasado, trataba de mejorar demostrándole al mundo que ella era alguien fuerte y valiente; yo la admiraba, pues aquella sensibilidad me había enamorado, las ganas de vivir, de luchar, de seguir adelante me habían vuelto loco, diciéndome que ella era perfecta.

» ¡Y yo la sentía perfecta! —exclamó, su voz era más relajada pero algunos fragmentos salían de aquella melodía. Unas lágrimas bajaron de sus cuencas y siguió— Ella siempre había sido perfecta para mí, así que nos casamos jóvenes, a los veintidós años, a pesar de ser muy jóvenes, supimos cómo llevarlo a cabo, trabajábamos y estudiábamos, también era una persona culta e inteligente; amaba la música clásica pero también los gritos eran lo suyo, admiraba su fortaleza, admiraba todo de ella. . . Yo la amaba con todo mi ser, pero aun así, aún después de todo, no quiso dejarme ver quién era ella con exactitud, quería quitarle importancia a eso, después de todo, se dice que jamás conocerás a una persona completamente.

—¿Y cuál fue la razón? —me atreví a preguntar de manera directa.

—Vaya manera —se burló—. Ella y yo amábamos a los bebés, y deseábamos tener uno; lo intentamos, varias veces, queríamos tener a alguien a quien cuidar y, aparte, sabía que eso le ayudaría a Caroline con su tristeza, pero después nos enteramos de que no podía tener bebés. . . Nuestra depresión fue grande, pero al menos pude salir adelante, traté de ayudarla, pero ni siquiera quería adoptar, le di la opción de tener una mascota, pero también se negó; después de eso ya no era la misma de antes, su depresión había crecido tanto que tenía que tomar demasiadas pastillas, por asuntos del trabajo tuve que salirme de casa ese día, me habían dicho que teníamos una junta importante, quise llevarla conmigo para que no estuviera sola pero por ende se negó a mostrarse nuevamente ante la sociedad.

» Quise no darle importancia y confiar en ella —se limpió las lágrimas, un esfuerzo tonto—, fui a mi reunión, donde me habían dicho que el puesto sería mejor pagado ya que sería más dificultoso. Había comprado una cena deliciosa, lasaña, su favorita; le compré rosas porque siempre le subían el ánimo, pero cuando llegué ella. . . Joder. Ella estaba tirada en el suelo, con el frasco vacío y una carta a su lado; prácticamente, era su nota de suicidio, recuerdo el ardor que sentía, la soledad, aquella sensación que me culpaba por no ser mejor para ella así que decidí volver a estudiar pero esta vez psiquiatría; jurándome que ayudaría a la gente que estuviera mal para que no cometieran el mismo error.

Su historia era trágica, sus manos estaban empuñadas, demostrando su nerviosismo; dejé la foto a un lado para levantarme e ir a abrazarlo como él lo hizo conmigo, sentí como sus lágrimas mojaban mi vestimenta, pero sólo se aferró más. Todos tenemos una historia triste que contar, desgraciadamente, a las dos personas con las que entablo una conversación, les ha tocado vivir la muerte del amor de su posible vida.

Y yo sentía la muerte de mi desdicha.

Capítulo LXXXVII

Después de una charla decidí que era momento de irme, pero el psiquiatra se negó; era un poco incómodo, él seguía sollozando y yo ya no sabía cómo calmarlo. Su alma estaba destruida, su corazón entregado ya no tenía fuerzas para mirarme a los ojos, me contó que yo tenía algo que le recordaba a Caroline Kennedy, no era mi figura, ni siquiera algo facial, no me quiso decir qué.

Qué a las dos les daba lástima.

Bufé suavemente para no ser escuchada, podía ver su cuerpo estremecerse mientras era arropado por la tela de su traje, mientras tanto yo, con un vestido de paciente, había probado por primera vez que era un traje de fuerza. Tomé su mano, tratando de darle apoyo y le sonreí, se limpió sus lágrimas para corresponder mi sonrisa.

El viento se estaba quebrando y nosotros estábamos haciéndonos grietas. Los gritos detrás de nosotros de una guerra mental sin fin, en nuestros momentos, en sus ojos, en aquellos ojos extraños que retorcían hasta la última célula de mi cuerpo, haciéndome suspirar; escuché de nuevo aquel carraspeo que se había vuelto mi favorito, se alejó de mí y me comentó que podía irme si así yo lo quisiera y me fui antes de descubrir que le pasaba a mi cuerpo, caminé hacia mi habitación, sintiendo como las manos trataban de jalarme hacia las habitaciones. Los desesperantes se hundían en las llamas mientras gritaban con desdén el rescate del ángel eterno que les habían jurado.

Tan tentador...

—¡Hey, tu! ¿Qué haces afuera? —su gruesa voz me interrumpió, sacándome de mis pensamientos.

—Vengo de una cita —murmuré—. Pero ya venía a mi habitación.

Nos miramos fijamente, pero me dejó ir sin más preguntas, pero me encaminó para encerrarme, me acosté en la cama de espaldas, observando la ventana que dejaba entrar la fresca brisa del anochecer, hundiéndose entre miles de paredes soñadoras.

Aunque ver a Taytay era tranquilizador, no pude dormir; tenía miedo de cerrar los ojos, abrirlos y descubrir que ya había pasado un mes de nuevo y yo sin estar enterada.

La mañana tocaba mi puerta sin temor y la tediosa pero energética voz de Jennifer resonó por nuestra habitación, levantando a cada una; la seda y porcelana me vieron con ojos cautivadores mientras sentía los rayos del Sol acariciaba mi espalda con tentación suave, en las sábanas blancas que tapaban mi cuerpo, yacían las pastillas que tenía que tomar, la mirada de Jennifer me alentó a tomarlas, escuché el quejido de Taylor mientras yo tomaba agua.

—Me contaron lo que pasó —me comunicó Jennifer, alzando las cejas pícaramente mientras acomodaba su cabello rojizo.

—¿Qué pasó? —pidió Taylor saber, mientras que nos miraba a ambas. Jennifer rio suavemente para sentarse en nuestra cama, Jennifer era la única enfermera que veía que era dulce con los demás, no me extrañaba la razón del por qué todos la querían.

—Ryan y tú se vieron, ayer. En la noche. ¿Miento? —cuestionó, ya no era el psiquiatra Jack, ahora sólo se le llamaba Ryan;

Taytay abrió la boca de impresión, mientras que mis mejillas se sonrojaban.

Eres una zorra ante sus ojos.

—No es lo que piensas, Jenn. —aclaré, un «Ajá» salió de sus labios burlescas, sabía que era una forma de pedir —o exigir— más información acerca de la noche. — Me habló, ¡Taytay estaba ahí!, él solo me llamó para unas preguntas y también para contarme lo que pasó con su esposa...

—¿Lo sabes ya? —Jenn me interrumpió, para soltar un grito de emoción— ¡Nadie lo sabe más que tú! Y él, claro. ¡Ryan te tiene mucha confianza!

—¿Por qué es tan emocionante? Su historia es desgarradora, además, Taytay también sabe lo que pasó con ella y asimilo que tú también —las miré con el ceño fruncido de confusión a ambas, se supone que Jenn ya no tendría que estar aquí, pero prefería el morbo a estar con los demás, algo irresponsable.

Te mienten, te estaban mintiendo.

—Saber su muerte es de cualquiera, él suele decirlo en conferencias por lo que escuché. —respondió— Pero nadie ha visto ninguna fotografía o en sí la razón de su suicidio, ¡pero tú lo sabes!

—Lo sé —aseguré para después suspirar. Me acosté en la cama, sintiendo como los rayos quemaban mi camisa y nuca; necesitaba aire, necesitaba paz.

Necesitas la muerte.

{...}

—¿Por qué te lo habrá contado? —se preguntó Taytay mientras mirábamos el cielo; se había vuelto una linda tradición a la hora de salir, últimamente, he de decir, ambas estábamos pacíficas; ella aún más. Solté un: «Hum», para seguir tranquilizando mi cuerpo.

—Quién sabe. —susurré— Seguramente por lástima, jamás lo sabremos.

—¿Por qué todo lo ves con negatividad? —su voz salió molesta, para mirarme con el ceño fruncido; gemí gutural, para alzar los hombros.

—Es que tú lo ves porque eres ciega. Pero cuando tú Dios te haga visible contra el mundo, te darás cuenta de que todo está mal; de que toda la vida está mal, y caerás.

—¿Aún más?

—Aún más. —asentí— Pero no te preocupes, porque entonces te diré que yo también estoy cayendo en el suelo.

—¿Entonces somos ángeles?

"—N-No eres un ángel."

Aquél recuerdo había lastimado mi ser, sentía como la cabeza me punzaba; estaba tirada en la agonía y sentía como quería llorar, lo extrañaba, quería acurrucarlo en mis brazos, pero sabía que no lo tenía. Qué ya no iba a tenerlo, que ya no iba a saber nada de él... Quisiera saber más cosas de aquél recuerdo.

Su nombre...

—Solo los merecedores del Reino Eterno, me temo que nosotras no pertenecemos ahí. —me reí, ella también hizo lo mismo, tratamos de reír más, para calmar nuestros nudos que se sujetaban a nuestra garganta, seguido de las lágrimas que opacaban nuestros ojos, las risas ya solo eran objetos de distracción mientras seguíamos llorando, eran más escandalosas las risas que brotaban de nuestras gargantas.

—Quiero ir a casa, con Ray, acurrucados, aún casados —me contó entre sollozos, echando nuestras cabezas hacia atrás, chocando con la cabecera de la banca.

—Qué inútiles somos —me reí. — Solo sabemos llorarle ante nuestros ausentes y no sabemos hacer nada bien. Te han cegado, y a mí me han aliviado, pero quisiera estar como tú. Tontamente, solo estamos llorando entre las jaulas y eso es tan triste.

Taylor se limpió las tontas lágrimas para seguir llorando.

—¿Po–Por qué? —nos dejamos en silencio, un momento, porque mi garganta ardía entre llantos que parecían eternos y me sentía cayendo entre las galaxias que no parecían quererme.

—Porque por más que cantemos, jamás nos dejarán libres —ella volvió a llorar junto conmigo, entre las risas, entre el aire, entre el viento, entre nuestros dedos.

{...}

—¿Cómo te sientes después de tres meses aquí? —me cuestionó Ryan, para ofrecerme una paleta.

—Quisiera recordar con exactitud. Pero he fortalecido mi amistad con Jenn y Taytay, eso es bueno. Me siento cómoda. —respondí, quitando la envoltura y la metí tentadora a mi boca.

—Jennifer es una persona muy amigable, no me sorprende que te agrade a ti también —sonrió, y en sus ojos se notó la emoción que me hizo estremecer y quitarme el aliento— ¿Hay algo más?

—Hoy lloré junto con Taytay; —su acercamiento de sorpresa me hizo retroceder con miedo.

—Lo siento, Sasha, lo siento mucho —balbuceó para bajar la mirada y acomodarse. Quise decirle que estaba bien, pero no dije nada y quise proseguir.

—Creo que fue una forma de consolación para ambas, sollozamos a morir y contamos lo que más deseábamos.

—¿A sí? —asentí, tan lento se movió hacia el frente que me dio tiempo para asimilar nuestros alientos— ¿Y tú qué deseabas?

—Conocer al niño que tanto me atormenta en las noches.

Capítulo LXXXVIII

Solo bésame y duerme.

Duerme entre los llantos del mar que corrían entre la lluvia, gimiendo y gritando.

Aprovecha el sexo para dormir, y aférrate. Tal vez la vida no te deje ir tan pronto como creíamos.

Y si tú te vas, y si yo me voy, ¿a dónde irás tú que apareceré yo?

Bésame, porque yo no me arrepiento de que haya sangre en mis manos. Y sabremos, si podré dormir en el sillón esta noche.

Amando al aire que duerme plácidamente junto a las nubes, confusa de sus emociones, pide que me aleje de ellas, pero no entiendo el porqué. Y es que tú, mi vida, amante y escondida, he perdido la Luna que tanto me decías ser hermosa y solo veo una esfera, arrepentida y cohibida. Las voces cesan, tan tranquilas, había mucho ruido, la música molestaba; ya era suficiente, yo era la insuficiencia; hice el amor con el descaro mientras la cordura me miraba atónita, con sus ojos de huesos y cráneos, con sus deseos, con el sueño eterno.

Apreciándose el que no puede hacerlo porque es ciego, de la boca le salían gusanos, gritando y exclamando que el fuego no era para ellos. Ángeles y demonios estrechaban sus manos, porque todos tienen algo que nosotros no, cantando y bailando para los Dioses, los pies comienzan a arder y sangrar, pregúntame si alguna vez a ellos les ha importado menos. No, porque están durmiendo.

Abandoné mi dirección para ir a la de ellas, con las telas de sedas y ramos de terciopelo, casándose, viéndose y amándose, odiándose, ¡qué poco dura la vida! ¡Y que graciosos somos para ella! Sígueme contando mientras beso tus labios, tal vez encuentre las respuestas entre tus manchas cafés que llamas lunares. Rasguñando su espalda se quejó, no por el dolor placentero, sino porque paré. Qué más quisiera, aparte de que las voces ya no volvieran, morirme entre las sogas del cuello que se aferraba, arrastrándome, tomando su mano; era grande la montaña que se cubría entre esa cárcel y podía yo verla desde lejos, había salido.

—"Lo lograste, y solo te cuesta la cabeza que traes entre tus brazos. Divina muerte la que te ha tocado, entre nuestras misericordias, te pedimos volver." —volteé atrás jadeante, mientras me aferraba a la cabeza.

—"¿Volver?"

—"Aún tienes que volver." —se aferró a sus palabras para acercarse a mí, retrocedí para negar con la cabeza— "Tienes que volver ¿no lo ves?, hay muchas cosas que no has descubierto, hay gente que te espera allá."

—"¡Vaya! Pues entonces que egoísta, y me di cuenta, Espíritu, que jamás sería libre si no mato a todos; porque entonces, viéndome libre, tratarán de hundirme de nuevo. La ansiedad nos come, y suave es su paladar, tanto, que solo cuando en sus colmillos me quedo, siento como se está enterrando a mí; ¡oh, ¿para qué me pides volver?! ¿No es tu padre el que me quiere ver libre? ¿No es el cielo quién quiere ayudarme? Ofrezco, sutilmente, la cabeza que me he arrancado para dártelo; y así, delibero yo, que me des la corona de la vida.

» Quisiera saber a qué me has aferrado porque las espinas de la corona farsa me han sacado sangre, peligrosa he sido, y en mi frente cae sangre para que observes que mi batalla no ha sido nada fácil, qué mala vida me ha tocado y que desdén me has dado, egoísta, ¡torpe somos aquellos que pensamos en ti! Cae poco entre las aves, y noté como tú árbol tapaba mi vista, ahora ellas me buscan, tú quieres que vuelva pero no entiendo, ¿qué eres tú que no soy yo? ¿Acaso tú no deberías de estar hincado ante mí? Soy la hija del quién tú dices alabar, hay un hueco en tu corazón que he notado, y veo que tú no me quieres mucho como presumes; y si es así, acéptame, y déjame marchar. Pero si no, dime porqué tengo que regresar, tal vez tú no me quieres, entre tus pétalos antiguos, veo detrás de sus manos algunos clavos y un martillo, pero no veo la Cruz que tanto me exiges."

—"Tienes que volver" —repitió— "Tienes que volver porque esto aún no acaba. Tú no lo entiendes, pues tú aún eres joven, pero allá hay alguien que te espera, aparte, de que alguien está gritando tu nombre; entre tus alas no hay nada y no merecen la corona de la vida, quieres que vuelva sin que estés, tú no perteneces aquí."

Cada mañana me aferraba a la pared mientras lo veía irse, limpié mis lágrimas para lanzar la cabeza lejos de mí, que innecesario era mi desdicha, y que desagradable que era yo a la hora de pedir perdón a las voces que me hacían daño.

Despertar no me era una opción, lastimando mi cien, observando como querían llevarme y la montaña ya no estaba, ni siquiera él.

«¿Entonces no fue él?», pensé.

—"Que torpe ha sido el viento" —exclamó una sombra— "Pero que graciosa ha sido al mentirte."

—"Delirando estaba yo, creyendo que sería feliz; ahora estoy sangrando, ahora estoy ante tus pies; mátame porque ya no quiero vivir así, me has lastimado y ya no podrás obtener muchas cosas de mí."

—"¿Bromeas?"

—"Obtenemos tu cuerpo, nos das gracia, porque no puedes dejar de existir alguna vez más que nosotras; entendibles no somos, pero fugaces se han vuelto nuestras palabras que te sabes tus oraciones." —dijo otra, abriendo mis labios para sacar mi lengua.

—"Mátame."

—"Qué gracioso sería" —exclamó— "Porque muerta ni viva sirves para algo, pero al menos nos haces reír."

Muertos estamos todos los que nos creemos vivos y vivos están los que se sienten muertos, que extraño era aquel niño que me miraba sin razón, encerrando en una cárcel y chillando por ansiedad, mordiéndose las uñas porque no soporta tenerlas largas, apretándose a sí mismo el cuello, mirándonos fijamente.

{...}

Derek, Derek.

Qué extraño era.

El niño colgado, entre las vibras de mi ansiedad y la sangre saliendo de sus clavículas; su cuello ya no existía como su cabeza; lloré a la eternidad y no entendía el porqué. Pero llorar la esperanza para dejarnos ir, arrancando mi cuello, lo recordé.

—"Derek. . . Derek, ¿por qué?" —le chillé a sus pequeños pies mientras me aferraba a ellos, la vida no era lo que esperaba, lunática me había vuelto para arrancarle la sangre. — "¡Derek!"

Entre los silencios del hombre me escondí para dejar de ser eterno y lo vi vivo, el abrazo se aferró a mí, me sentí en aquellos años; arropando su cuerpo con una sábana, mientras la noche seguía cayendo, dándonos una brisa de su ventana, él, mirándome sonriente para después soltar una pequeña risa que jamás entendí; aún sangraba de sus labios mientras que los gusanos entraban por sus cuencas.

—"Perdóname."

Él siguió riendo.

—"Solo dame el beso del adiós y duerme."

Capítulo LXXXIX

—No te ves bien.

—No estoy bien.

Lo mataste, ya no está aquí.

—¿Pasó algo?

—¿Qué?

—Que si pasó algo.

—... Supongo, sí.

—¿Quieres contarme?

—Me he muerto y ya no sé cómo revivir; me esperaba muchas cosas de mí, de la gente que encerrada estaba, pero, una vez, dentro de mis sueños lo sentí; entonces descubrí lo que pasó, desdichada me siento porque él ha muerto gracias a mí, ¡sólo era un niño! Un niño se ha arrebatado la sangre y no sé cómo, he dormido entre mis garras para después arrancarme la piel, yo... Ah. —lloré como pude, su mano se posó en mi hombro, para acariciarlo; sollocé de manera errónea para acurrucarme en su pecho en un cálido abrazo— Murió, Jack, murió y fue mi culpa.

Todos mueren por tu culpa.

"—maté a mi madre."

—No es así, querida. ¿Por qué dices eso?

—¿Por qué no? Le quité a su madre, y en mi sueño...

—El sueño a veces es incierto, como el destino, como los hechos. Estamos convertidos en unas piezas llenas de manjares para el terror, somos la ira perfecta para un Dios; lo único que te pasa es que es tu terror, el que ese niño esté muerto, que se haya suicidado gracias a ti; somos retorcidos como las lágrimas de la hipocresía.

—Ahora que lo recuerdo, he tenido delirios con el Espíritu.

—¿El Espíritu Santo, dices?

—Sí, ése.

Ryan movió sus labios para sentarse mientras tomaba café, la lluvia, suave y mostrándonos su llanto se escuchaba por todos lados mientras tanto yo saboreaba el sabor a café que él me había plasmado en mis labios, tan cálido. Me removí aún en mi llanto de una manta exagerada, él seguía tomando notas, ignorando como yo estaba mordiendo mi labio inferior, como si de éste aún saliera el líquido que olía por toda la oficina; pegó algunas notas en su escritorio para después ofrecerme un poco de café que negué, me estiré sobre la mesa, para robarle un beso; sentí su sonrisa sobre mis labios para después mirarme con un rubor.

Eres la pequeña zorra de todos, ¿no es así?

—Sasha, necesito trabajar. —recordó, sus ojos color mocha me miraban; asentí para sentarme de nuevo. — Ten, es otro examen.

—¿Otro? —lo tomé para leerlo, las preguntas eran extrañas, pero aun así decidí leer un poco más; también me pedía que hiciera un dibujo, tomé sin pedir prestado un bolígrafo para comenzar a contestar las preguntas.

Mientras más escribía, más pensaba en Derek; mi corazón latía con brutalidad, sentía mis manos temblar y no podía dejar en sentir toda esa negatividad y ansiedad en mi pecho, miles y miles de preguntas me pasaban por la cabeza, pero ninguna era contestada.

—Querida —me llamó con voz sutil, volteé a verle con lágrimas en los ojos y lo escuché suspirar. —, necesito ese examen para hoy, ¿de acuerdo?

—Sí, perdona. —absorbí mi nariz para tratar de prestarle atención al examen, escuché su silla retroceder y luego sus manos estaban acariciando mis hombros de manera suave, tratando de calmar mis músculos.

—Él está bien.

—¿Y si no? —lo miré— Quiero decir, tal vez no está muerto, pero: ¿y si ahora le pasa algo? ¿Y si le pasó algo? Tengo miedo, Derek se convirtió en algo muy importante para mí y si descubro que algo le pasó será mi culpa Jack, solo mía; yo le quité todo a aquél chiquillo que no sabe aún que es vivir, gracias a mí no es feliz ya y—

Está muerto, ESTÁ MUERTO.

—¿Cómo sabes que no es feliz? —se puso frente a mí y limpió mis lágrimas, me proporcionó un beso en la punta de mi respingada nariz, tratando de consolarme— Sé que tú no lo has de recordar pero hace un mes me dijiste que Alex y él te iban a visitar, él se veía feliz y te perdonaba, por lo que sé.

—¿Pero y si ya no? —mordí mis uñas, apartó suavemente mi mano de mis labios para besar su dorso y mirarme; aquellos ojos color mocha que hacían mi corazón ir rápido, mientras que su cabello roble caía lentamente en mechones a su cara, besó mi frente, para después abrazarme, sabía que ya no quería que continuara con eso.

Después de haberse separado regresó a su asiento y yo a mi examen, aun pensando en Derek.

Porque yo tenía que dormir.

{. . .}

—¿Entonces crees que Derek está muerto? —retomó Taytay, mientras me miraba para sentarse en la cama.

—Lo presiento. Sí. —bufé— Le traté de explicar a Ryan, pero no quiso escucharme del todo.

—Verte triste lo pone triste a él también, supongo que es eso. —se levantó para tomarme de los hombros y sacudirme ligeramente— Créeme que él está bien, tal vez Ryan tiene razón y solo es tu miedo. Derek aún es un niño inocente, deja de tratar de poner fragmentos en el pasado inexistentes; ¿sí?

—¿A ti te gustaría que alguien te dijera eso? —espeté, ella encarnó una ceja— Imagínate que sientas algo en tu pecho, tal vez una señal, advertencia o algo que le haya sucedido a alguien que quieres y que los únicos a los que les cuentas te digan que todo estará bien y que sólo es un miedo, ¿tú podrías dormir con eso?, con el corazón alborotado y sintiendo ansiedad porque no puedes comunicarte con esa persona. No me agarres de los hombros como si supieras de lo que hablas, como si hayas experimentado todo, no me mires con la sabiduría fingida, Taylor porque lo único que están haciendo es alterarme.

—¡Perdón por tratar de ayudar! —masculló poniéndose a la defensiva— Jamás dije que lo sabía todo, ¡lo único que traté fue tranquilizarte, no es mi culpa que no haya funcionado!; si no funcionaba, no iba a volver hacerlo, joder. —ahora parecía tranquila y se acostó a dormir, dejándome con palabras en la boca.

A nadie le importa lo que te pasa.

{...}

Entre claveles que no existían y las pocas raíces de mi cordura, comencé a caminar sintiendo aún ese sentimiento.

El asco me acorralaba para después hacerme hincar frente al Señor Todopoderoso, ¡qué tan poderoso se creía para ignorarme! Era el único ser ególatra, carcomido por su inocencia, sin saber que personas detrás de él estaban esperando verlo morir de nuevo; con las manos juntadas por las esposas, él, riéndose de mí, me dijo que tampoco sabía la respuesta; enojada quise exclamar algo, pero mis labios fueron sellados por el beso del suicidio.

—"Quieres saber qué le pasó al resto de tu familia y por tu salud te digo que no"—me burlé ante tus palabras, siendo grosera para todos.

—"¿Salud? ¿Qué salud puedo tener yo? Oh, Señor, el hombre que dice conocernos, pero se impresiona ante mis actitudes, ¡demuéstrame el pasado y encara a lo que soy!, muertos están, y arrepentida yo estaré si es que acaso seré la culpable de sus muertes."

—"Lo fuiste." —sollozó un hombre detrás de mí, miré a Josh para caminar hacia él.

—"¿Por qué?"—preguntó Susan— "¿Por qué matarnos?"

Eres una psicópata Sasha.

N–No...

—"¿Tanto era tu odio hacia nosotros?"—cuestionó Jean.

—"¡N–No! Yo no quería hacerles esto, ¡por favor, perdóname!"—miré a mi padre arrodillada para seguir llorando.

—"¿Pero a mí sí?"

Su voz retumbó por mis oídos y todo desapareció, dejando ver su cuerpo destruido, mirándome a los ojos.

—"Derek. . ."

—"Tú me mataste, Sasha; ¿y sabes qué pasa ahora? Los ratones se están comiendo mi cuerpo, los gusanos entran y salen por mi esqueleto mientras que el Sol quema mi cuerpo sin piedad; me mataste Sasha, ¡me mataste! ¡Me mataste, me mataste!"

—"¡N–No, Derek, ¡no!"

{. . .}

"¡Me mataste!"

—¡Yo no quería! —me levanté con lágrimas en los ojos para comenzar a chillar, mientras que el cuerpo era llevado por la brisa.

Sí querías Sasha.

CAPÍTULO XC

Morfeo aún estaba ahí, acariciando mis hombros y besando uno para susurrarme al oído: "¿irás a la cama?", yo no sabía que decirle porque en un momento a otro, entre nuestra felicidad del matrimonio, ya no me atraía tanto. Él ya no estaba en casa a la hora de dormir, era Insomnio quien se acostaba y se hacía vapor como el líquido cuando escuchaba a Morfeo abrir la puerta y besarme de manera lujuriosa, pero mientras tanto yo, había perdido el interés de estar con él, me senté en la cama para calmar la brisa de mis lágrimas, pero los sollozos cada vez que se hacían más grandes y quería decirle que se fuera porque tal vez así, en su ausencia, llegaría el día y aparte sabía que Insomnio no soportaría tanto tiempo estar debajo de la cama; me acosté después, y cuando iba a cerrar los ojos, dejándome ir por su tacto para de una vez cerrar los ojos, me avisó que tenía que irse, haciéndome suspirar.

—*Mira el lado bueno* —me dijo él, cuando mi esposo ya se había ido; tedioso, se acostó a mi lado para mirarme con una sonrisa—. *Sí duermes, no verás esa pesadilla de nuevo, que es lo que te hizo llamarme, ¿no es así?*

—Tienes razón, pero tampoco quiero estar así todo el tiempo; es tan cruel contar los segundos, minutos y horas para darte cuenta de que no te has perdido de ninguno; Morfeo y yo ya no somos unidos después de que aquella incertidumbre de mi cabeza lo hizo abandonarme, pero tratamos de volver y aquí estamos, intentándolo; ¡yo no puedo! Sí me lo preguntas a mí, me he enamorado de ti tanto, que tengo que dejarle y él lo sabe —le suspiré en su oído, cuando sentí como acariciaba mi nauseabundo cuerpo entre las sábanas.

—*Lo sé.* —se limitó a responder.

—¿Sasha? —me llamó, alcé la vista, observando el cabello negro, brillando con la luz de la Luna; cuando nuestros ojos se vieron, pude notar una sonrisa coqueta en sus labios, cosa que no entendí.

—¿Qué? —le susurré, a pesar de que las paredes eran gruesas, sentía que podía despertar a alguien; ella rio igual de silenciosa, haciéndome fruncir el ceño— ¿Qué? —repetí insistente.

—¿Por qué estabas jadeando?

Me puse roja, me había tomado tan en serio mis delirios que mi cuerpo empezó a cooperar con ellos; ¿qué explicación podría darle? Ella, traviesa, movía sus cejas en forma pícara para seguir riendo de manera dulce.

—Calor —murmuré—. Hace mucho calor, ¿verdad?

—Lo hace, pero eso no responde mi pregunta. —se acomodó para verme mejor, aún con una sonrisa. — ¿Y bien? —esperó.

—No lo sé, ¿un sueño? Una pesadilla, fue eso —le aseguré después, no mentía, había tenido una pesadilla y eso había causado algunos jadeos de susto; sin embargo, ella no me creyó y siguió con una sonrisa incrédula.

—¡Mientes! —exclamó aún en voz baja —porque le puse un dedo en sus labios al ver que pensaba gritarlo—, fruncí el ceño de nuevo—. ¡Tenías un sueño húmedo!

Es una lástima ¿no?, qué todos te vean como una puta y no tengas opción. Desde que él te tocó, tu cuerpo se ha vuelto sucio. No tienes escapatoria.

Quise decir algo, pero ella pareció estar satisfecha con su respuesta y así se fue a dormir.

A la mañana siguiente, le contó todo a Jenn, ya no quise interferir y decir que no era mentira porque sabía que no podía darle otras respuestas más viables y creíbles.

—Es normal, Sasha —trató de tranquilizarme Jenn, cuando en ningún momento estaba exasperada o algo así. —. Cuando alguien te gusta llegas al punto de—

—¿Gustarme? —alegué— ¿Cuándo dije que Ryan me gustaba? —mi voz se había puesto a la defensiva, causando varias impresiones.

—Dime entonces qué era lo que soñabas —aceptó Taytay para mirarme, esperando la respuesta; me negué rotundamente para sentarme de nuevo, ellas se quedaron con esa respuesta, no estaba de humor para pelear por algo que no las haría cambiar de opinión, además, Taytay y yo ya habíamos tenido una discusión; tener un debate donde ella no cambiaría de opinión y yo ya no tenía armas para pelear, así que decidí quedarme callada.

{. . .}

Ella. . . Ella estaba ahí, mirándome. Gritándome cosas que yo no podía entender porque mis oídos estaban destruidos, levantándome, empecé a caminar hacia el baño para tallarme la cara, tratando de quitarme el sueño; ella caminó detrás mío, para seguir gritando.

—"¡Cállate, Sofía!" —le pedí en un grito, llenado de silencio; pareció no entender y siguió gritando.

No puedes huir de esto.

Los enfermos no viven felices.

Quise hacer que desapareciera de mi garganta aquellas manos que querían ahorcar su cuerpo entre llamas, tenía que empezar a dejarla ir. Dejando salir mis orbes, seguí tallando mi cara, mientras que ella seguía detrás de mí, reclamándome lo que le había dicho a Derek.

—"¡N–No era mi intención, ¿bien?! No quería matarlos, ¡tú aceptaste esto!" —volteé a verla con sangre en lágrimas huecas— "¡Ésta no es la muerte perfecta que todos creemos!"

—"¡Pero él no está vivo!"

—"¿Y si yo le voy de aquí? ¿Seguirá vivo? ¡No tiene mucho caso, maldita sea!" —le arranqué la cabeza para callarle la boca— "Silencio, tengo que darle el beso de buenas noches." —la puse en una jaula; yo, hecha pedazos, comencé a caminar entre el agua hacia aquella cama donde yacía su cuerpo muerto. — "Ninguno de los dos somos buenos para decir adiós, ¿cierto?"

—"A pesar de todo, fuiste buena hermana."

—"Estás mal, Derek. Porque yo solo soy una farsa convertida en persona; ¿cómo puedes perdonarme?"

Tomó mis manos y dejé caer mis lágrimas.

Enferma. . .

Enferma. . .

Enferma. . .

—"No pudiste amarme mejor" —repitió; me aferré a su

pequeño cuerpo para seguir llorando, sintiendo a los ratones quebrar su cráneo— "Nos amamos demasiado, y por eso tenemos que dejarnos ir."

—"Derek. . ."

—"Ninguno de los dos se arrepiente de lo que hizo; Sasha" —tomó aire, para después, ver su esqueleto aún mirarme con devoción— "Es hora de dejarnos ir."

{. . .}

Mi mano ardía por la sangre.

Me había sacado sangre, Jenn vendaba mi mano, todo por haber gritado en silencio.

Las hojas siguen vivas. . .

¿Esa es la razón de mi existir?

Pero ya nadie quiere que tú lo estés.

Las hojas siguen verdes, tal vez.

—¿Por qué lo hiciste? —me interrogó, para seguir vendando mi mano, me miró para luego bajar su mirada.

—Quería llorar en silencio —le contesté; acaricié la venda mientras que miraba el árbol que apenas tenía pocas hojas.

Una muerte. . .

Dos muertes.

Pero ninguna es tuya.

Un sentimiento me golpeó en la boca de mi estómago, como si estuviese robándose mi aire. No obstante, la puerta se abrió dejando ver a Ryan con una tabla en manos, me levanté para caminar detrás de él, estar a su lado me hacía sentir indefensa pero, atrás, me hacía sentir como lo que era.

Una enferma.

—¿Qué te pasó? —me cuestionó esta vez él para tomar asiento; tomé mi paleta para sentarme también.

—Nada. —sentí emoción al saber que le preocupaba.

Es solo su trabajo, tú no le importas a nadie.

Mis imaginaciones las pisó aquella sombra extraña, de colores divinos y mirada hueca.

—¿Nada? —repitió.

—Tenemos que dejarnos ir... —susurré, apretando el pequeño palo de mi paleta. — Para seguir... Tenemos que dejarnos ir. Tengo que olvidarlo.

Ryan tomó mis manos y sentí escalofríos en mi espalda, pero me quedé ahí.

—Lo que fue bueno jamás se olvida, simplemente se deja ir.

La mirada de Grace atravesó mi cuerpo, mi mente, nuestros recuerdos y me hizo reír un poco.

Fue tan bueno, que no puedo olvidarla.

Pero tengo que dejarla ir.

CAPÍTULO XCI

Eran demasiados rompecabezas que no sabía que juego estaba haciendo.

Ya no sé qué parte estaba tocando.

Cuando ponía la pieza, estaba errónea. Y cuando no la ponía, faltaba algo.

No era yo.

Seguramente era la soga.

Dos piezas faltaban, y yo no podía jurarme el vacío.

Podría haberlo hecho quedarse.

Mi vida se está acabando porque las burbujas de mi oxígeno se están despidiendo de mí.

Ellas están calladas últimamente.

No les hace falta hablar, saben que yo me estoy jodiendo sola.

Hacía mucho que la soga dejó de apretar, así que empecé a apretar mi garganta con mis manos.

El final de todos como el mío sería igual. No pasaba nada si yo adelantaba mi fecha de muerte.

Lo vi ahí, y supe que sería mi final.

{...}

Un mes. . . Se sentía extraño, como si algo cortara mi tráquea, algo brusco que jamás iba a entender. La soga se aferraba a mí, era tan fiel, sabía que la muerte me estaba jalando para ir a donde merecía; pero por ahora, las piedras golpeaban mi sien para dejar de recordar.

Era lo mismo todos los días, salir, tomar aire, charlar, regresar y dormir —si es que teníamos ese lujo—, para después levantarnos y volver a lo mismo.

Escuchaba Taytay hablar de manera emocionada, para después llorar, o gritarme el por qué no le estaba poniendo atención, se quedó en silencio cuando se dio cuenta que hiciera lo que hiciese, no le iba a poner atención.

—¿Cuál es tu miedo? —le pregunté de la nada, sintiendo el aire chocar con mi cara; su cabello negro caía ligeramente en sus hombros, mordió sus uñas para dirigir su mirada hacia la mía.

—Las arañas. —contestó— Las arañas que entran por doquier, son extrañas. Jamás las voy a entender y eso me da miedo. ¿Y a ti que te da miedo? ¿La muerte?

Aquello me sacó una sonrisa.

—Dejé de temerle a la muerte cuando su último suspiro chocó con mi mentón. Yo no le tengo miedo a la muerte.

—¿Entonces?

—Tengo miedo de que Dios exista y saber que me ha estado ignorando por años. Tengo miedo de que sí pueda verme, oírme, pero lo único que ha hecho es burlarse de mí, de nosotras. Me da miedo que aquel hombre exista, y que jamás haya confiado en mí.

{...}

De nuevo estaba ahí, en esa habitación pulcra; había un monstruo bajo mi cama, que asomaba sus ojos para ver si dormía y susurraba cosas suicidas en mi oído; les anunciaba a los leones mi hora de dormir, mientras que los buitres tejían la soga con la que iba a dar mi salto final. Me susurraba que matara a Taytay con la almohada, olfateaba, también, aquél dulce aroma de su muerte y me aseguraba con pesadillas que se sentía el aire menos denso, no le prestaba atención, pero había veces donde la curiosidad me ganaba y moría por intentar alguna de aquellas travesuras indefensas, pero jamás lo hacía.

Quítale el aire, ella no lo necesita.

No... N–No puedo hacer eso.

¡Si puedes Sasha! Estás loca, ¡eres una psicópata!

¡C–¡Claro que no, carajo!

¿Ah, ¿no? ¿Entonces todas las muertes tienen una explicación? ¡Tus manos ya están sucias, Sasha!

—Déjenme. —les pedí en un gruñido, mientras seguía escuchando a Taylor hacer sonido con sus labios, a veces se levantaba para verificar que aún no me había ido, aunque era técnicamente imposible.

Ahora descansaba y el monstruo estaba cansado de esperarme, me gritó lo enferma que estaba, mientras tanto yo seguía mirando las pequeñas pestañas que decoraban los ojos de Connell.

Me escondí entre las sábanas cuando la escuché levantarse, sabía que me miraba, pero después la escuché removerse para volver a dormir.

Ella no quiere vivir, dale el lujo de matarse.

N–No puedo hacerlo.

Cerré los ojos.

Aquel centro iluminado, con aquella persona enfrente de mí, con la mano esperando a ser estrechada por mí.

—"Vamos, maldita." —dijo apresurada y toqué con mis yemas su fría piel.

Tomé la almohada lentamente, mi vista no se iba de su espalda recta o su cabello esparcido por toda la almohada blanca.

—"¡No tengo tu tiempo!"

—"¡Lo tienes!"

Me hinqué encima de la cama mientras me llevaba la almohada contra mi pecho; las voces seguían alentando mi acto, mientras que Hades aparecía frente a mí, sin decirme nada.

Su mano estaba rozando la mía en un compás frívolo, me quemaba las entrañas, las lágrimas salieron del miedo para huir lejos de mí.

Cuando la tela de la almohada tocó su mejilla, pude apreciar como sus ojos se empezaban a abrir, haciendo que me llevara la almohada contra el pecho.

¡Eres una inútil!

—¿Sasha? —me llamó. Mi cuerpo estaba en shock, ¿acaso yo estaba a punto de. . .? ¿Cómo? ¿Por qué? Estaba temblando, sentía como alguien apretaba mi garganta, no era aquél monstruo bajo la sábana; ella se acomodó para mirarme— ¿Sasha qué pasa?

—¿Po–Por..., por qué sigues respirando? —le pregunté mientras la mirada con los ojos abiertos, aun chillando. — ¿Por qué demonios sigues con vida?

—Sasha, no entiendo.

—¿C–Cómo puedes seguir respirando así por mí? —la tomé

de los hombros y, mirándonos a los ojos; sentí como algo apretaba mi garganta, el nudo seguía hablándome de mi destino, mientras yo trataba de perderme en sus ojos cafés.

—Sasha—.

—Iba a matarte —le confesé, mi voz salía en un hilo que iba a ser inquebrantable, ella me miró con sorpresa pero su boca solo se frunció— I–Iba a ponerte una..., una almohada encima de tu cara..., para que ya no respiraras.

—¿Te das cuenta de lo que estás diciendo? —exclamó exaltada, esta vez, ella fue la que me tomó de los hombros para sacudirme bruscamente.

Asentí con lentitud, aún en shock, nos volvimos a mirar y arqueé ambas cejas.

—Y no iba a estar arrepentida.

{...}

Habían pasado las semanas después de aquel "incidente", Ty ya no estaba conmigo. La entendía perfectamente, yo tampoco estaría conmigo si tuviera la misma opción.

Ahora estaba temblando, las paredes pulcras me encerraban en el mismo lugar que él; siempre pasaba lo mismo, mi cuerpo se erizaba a tan poca cercanía de ambos, o el hecho de estar en el mismo lugar, ya no era la ocasión perfecta para estar con mi cuerpo hecho nervios. Sabía que Ryan lo notaba y se burlaba, haciéndome sentir incómoda, ¿qué era ese sentimiento amargo que cubría mi estómago?, mordía a veces mi labio, tratando de averiguar qué podría ser; él estaba ahí, sentado, habíamos hablado de lo que sucedió aquella noche e hizo que la cantidad de las pastillas aumentara un poco más; noté como se cubrió con su bata blanca, mientras que yo escondía mis manos entre las piernas, me di el lujo de verlo levantarse para después apagar las cámaras que tenía en las esquinas, haciéndome sentir peor.

—Una persona te envío una carta —mi corazón latió un poco más lento. Sin embargo, sus ojos color mocha estaban encajados en mí.

—¿Una carta? —corroboré, Ryan asintió para sentarse de nuevo frente a mí, llevando sus manos a su escritorio de roble— ¿De quién?

Él sacó el sobre de uno de sus cajones, se colocó los lentes para mirarme y después mirar el nombre.

—Atenea Grace.

Sentí el aire irse, mientras que mi corazón volvió a acelerarse; él sabía quién era ella, así que solo guardó la carta, mi cuerpo se movía bruscamente, para después, echarme a llorar cubriendo mi cara. Sentí su presencia más cerca, y lo vi sentado en su escritorio, tomó mis manos para robarme un beso; quitándome las ansiedades.

Pero algo se sentía raro, cuando me tocaba, cuando me susurraba cosas lindas. Tal vez era porque era la primera vez con un hombre, tal vez en nuestros ojos no encontraba algo como aquella noche.

Aun así lo besaba y me aferraba a él, ignorando todas las voces que atravesaban mis oídos.

Pero algo no estaba bien.

Y es que no era yo quien mandaba, aunque eso no me resultaba importante.

O tal vez es porque entre el silencio nos hacíamos uno.

O tal vez es porque no era Grace con quien lo estaba haciendo.

Y jamás toqué esa carta en esos meses.

Capítulo XCII

Grace.

"Se siente extraño, es la primera vez que escribo una carta; llámame torpe, o incluso también tú te sorprendas al saber que aún te recuerdo.

Por fin soy libre después de unos cuantos meses y ando por las calles, pero al llegar a casa, hay un vacío en mi pecho que jamás voy a poder llenar porque sé de qué es.

Y sé que tú no quieres regresar a mí.

Las calles son lindas e igual la gente, mi trabajo no me juzga, mucho menos la escuela; estoy estudiando los años que perdí, mi nueva familia me ama tal y como soy, y quisiera que tú estuvieras aquí conmigo.

A veces lloro, tan sola, tan enferma porque sé que jamás voy a encontrar a alguien como tú, ¿sabes qué me es gracioso?, en otra vida nosotras seguiríamos juntas, estaríamos tomando café frente el invierno, como decías que te gustaba. ¡Cómo me gustaría decirte lo mucho que te necesito!, comienzo a danzar sola porque nadie sabe danzar como tú, éramos como una película, una canción, pero todo tiene que quedar en el recuerdo.

Pero yo no quiero.

Quisiera saber de ti, de cómo has estado, qué es lo que haces, si tienes alguna amiga, amigo. No lo sé.

Sí me amas aún.

Si piensas en mí, al menos un poco.

A veces me canso de hacerlo, pero a la mañana siguiente, vuelvo a pensar en ti, a veces quisiera olvidarte como apuesto que tú lo has hecho, pero no es tan fácil.

Realmente te encajaste en mi pecho.

Cuando sueño contigo, imagino lo mucho que aún me quieres, tal vez es un vacío recuerdo o deseo que quiero, pero te juro que te voy a esperar.

Quiero esperarte.

Sé que puedo amarte mejor.

No quiero que haya alguien más.

"Necesitas hacer de nuevo tu vida", me dice mi nueva mamá.

Pero yo no quiero iniciar una nueva vida si tú y yo no lo vamos a intentar de nuevo, ¿entiendes?, ellos me dicen que sea cuerda, que posiblemente jamás nos volvamos a ver.

O que tú no me recuerdas más...

Quiero a veces ir a dónde te fuiste y refugiarme en tu pecho, escuchando tu respiración y sintiendo tu palpitar; porque en tus brazos no me siento abandonada, no me siento aquella niña de cinco años que lloraba por los brazos, porque en los tuyos había calor suficiente. ¡Sé que lo arruiné!, ¿pero podrías darme una oportunidad?, me mantendré intentándolo. Recordándote. Enviándote cartas para que tú tampoco te olvides de mí; eres una persona muy especial para mí, eres hermosa, te necesito para saber que todo estará bien. No es esto lo que quería, a enamorarme, me refiero; porque ahora ardes en fuegos de una tristeza que yo tampoco entiendo, me repito que no es esto lo que quería, pero es lo que obtengo.

Eres mi condena más cruel.

Eres todo lo que quiero y necesito...

Por favor, no me olvides.

Como yo no voy a olvidarte.

Espero algún día poder verte y tocar el Sol como muchas veces me lo dijiste,

Tengo frío. . . Siempre lo tuve.

Espero que al menos solo sea un momento, de esos que llaman eternidad para vernos, para hacer lo que queramos, para poder amarte como siempre quise y no esconderme en otra piel para lograr que me ames.

Espero que aún me recuerdes.

. . . Te extraño."

Terminé de escribir la carta, aunque no se la estaba entregando a ella o era para alguien de un libro cliché, mi corazón seguía latiendo rápido porque no sabía qué pasaría con ella; la metí en un pequeño sobre para acariciar la hoja y decirme a mí misma que todo estaría bien.

—¿Qué es lo que haces? —me cuestionó Evangeline —mi nueva mamá— recargada en el marco de la puerta, haciéndome soltar un pequeño brinco en mi asiento.

—. Mierda —mascullé entre dientes aún por el susto, cosa que hizo reír a Evangeline. —. Nada.

—¿Nada? ¿Y ese sobre? —cuando trató de tomarlo, mis manos cubrieron el sobre, haciéndole fruncir el ceño. — Atenea Williams dime ahora mismo.

Williams, no me gustaba mi apellido nuevo.

Al escuchar ahora su molesta voz, me hizo sacar un suspiro, a punto de confesarle lo que estaba haciendo.

Pero no quería, no quería decirle porque sabía que iba a ser un sermón más del por qué tenía que dejarla ir, si yo no me hubiera aferrado tanto a ella, posiblemente tomaría en cuenta todos los consejos que Evangeline para olvidarla; ella no sabía el poder que tenía Sasha Zuckerberg sobre mí, sobre mi piel, mis pensamientos, sobre cada madrugada que veo el amanecer pensando en las veces que también lo veía, pero acurrucada en su cuerpo.

—Es una carta. —confesé, Evangeline se cruzó de brazos para seguir esperando una respuesta más específica— Para Sasha.

—Cariño. . . —ella se aproximó a mí, hizo que me sentara a su lado y pude notar sus ojos claros como la miel apuntándose hacia mí, mirándome con lástima. — ¿Por qué no lo quieres entender? *Las personas como Sasha* —mi mente había dejado de trabajar porque se había ofendido. ¿Las personas como Sasha? Conocía a Sasha de pies a cabeza por los meses que estuve a su lado, es cierto que perdía su momento de espacio–tiempo, pero tampoco tenía que denigrarla de esa manera apartando su cuerpo de la sociedad; su sermón seguía, pero yo ya había escuchado suficiente de ella, Sasha no era como la gente describía a las personas con esa enfermedad, ella era única, en su mente había algo único que yo descubrí, había miedo, metáforas, historias y una densa soledad que marchitaba lo que era ella. — ¿Entiendes?

Relajé mi expresión facial para asentir, acarició mi mejilla y la vi desaparecer. En unos momentos más, me puse ropa para salir y guardé la carta en mi bolso.

—¿A dónde vas? —preguntó Arthur. Sus ojos se posaban en su periódico, pero aun así, esperaba pacientemente.

—Veré a una amiga. No tardaré. —les aseguré para salir de casa, me dirigí a una casa–café, donde Hazel iba a estar esperándome.

Se sentía extraño aún caminar por las calles y que la gente te viera superficial, algunos eran amables y me mostraban una sonrisa, tal vez porque no juzgaban, o lo más seguro es porque no sabían que estuve en la cárcel e hice muchas aberraciones allí adentro; sus ojos se aferraron con emoción mientras una sonrisa decoraba su rostro, me senté frente a ella con emoción.

—¿Qué tal la libertad? —parecía que en mi expresión facial se mostraba aún lo emocionada que estaba.

—¡Genial!, aún no me acostumbro a ella, pero es extraño. Es como estar enamorada de una ciudad. —ambas reímos y saqué la carta— ¿Crees que la vaya a leer?

—Quién sabe —dijo honesta; bajé la mirada con desilusión a que era posible que no lo hiciera, sentí las manos de Hazel cubrir las mías. — Hey, no estés así, ya veremos qué pasa. ¿Le pusiste te escribiera de vuelta?

—Sí —mentí; sentía que no era necesario, puesto que, si aún me quería en su vida, también iba a dejarme saber qué era de ella.

—Entonces te escribirá de nuevo. —aseguró— Ve a casa de nuevo, yo llevaré esta carta a ese lugar.

Qué desperdicio éramos como para estar ahí. Esperando a estar marchitos e irnos a un hospital y morir.

Yo no quería esa vida para mí. O para Sasha.

Yo la quería a mi lado.

CAPÍTULO XCIII

Todo lo tienes que hacer mal.

Porque así es tu vida.

Todo tiene que estar mal.

Había leído la carta y mi corazón había empezado a latir más lento cada día más. ¿Como podía llamar esa sensación? Un posible vacío, porque, mientras yo estaba desnuda, pegada en otra piel, tal vez ella estaba pensando en mí; ¿pero por qué? ¿Por qué me siento así? No tengo razones, ella me mintió, me engañó y utilizó, ¿por qué me siento así? Taylor llevaba varios días –meses– diciéndome que estaba enamorada de Grace, entre mi posible ignorancia, siempre dije que no.

Ahora estaba hecha ovillo en mi cama, disfrutando de mis sollozos; el monstruo salía debajo de mi cama, se me preguntaba en mis oídos lo bien que me vería en una soga, atada, flotando en el cielo de los idiotas. No dudé que era una idiota, porque de no ser así, no hubiera estado en error tras error, un inmenso error.

—¿Lloras?

—¿Que parece que hago?

Escuché una risa. Una tediosa risa.

—Oye, tranquilízate. ¿Qué pasa?

—Bueno, me siento una puta, eso pasa.

Sentí su mano en mi hombro, acariciando suavemente. Era un compás entre nuestros cuerpos.

—¿Una puta? —otra risotada resonó en aquella habitación, fruncí el ceño, apretando mis labios. — Eres solo una pequeña, aún no entenderás ese concepto.

—No, ¿qué? —seguí mirando aquella ventana, aun sintiendo las caricias en mi hombro. — Tengo dieciocho años, entiendo el concepto y sé que me queda demasiado bien —gruñí, aquella carcajada salió de sus labios que parecían presionados.

—¿Dieciocho, dices? Tienes apenas quince años, ¿qué sabrás de eso?

Bajé el volumen de aquella bocina que resonaba las canciones, la miré con el ceño fruncido, ella volvió a reír.

—Estoy mal ¿sí?, ambas necesitamos saber solo eso. —enfaticé. Esta vez, dejando aún lado las risas, su suspiro pareció eterno.

—Siempre estás mal. ¡Jamás tienes razones para estar feliz! —me miró con el ceño fruncido. — Deberías de salir, disfrutar y socializar, ¡como tus hermanos!

Tus hermanos siempre serán mejores que tú. Solo eres una sombra.

—No me importa socializar. —aclaré, para quitarme la almohada de la cara. — No me importa si he perdido amigos por no salir de casa, si he bajado de peso, me da igual. Solo quiero estar en este maldito suelo, llorando y pensando en oír qué tan malas sensaciones; ¿entiendes?

—No, porque yo no era una desquiciada como tú —se burló, salió de la habitación, dejándome con mis lágrimas.

«¿Por qué tuviste que amarme hasta el último momento?»

«¿Por qué en tu último suspiro es cuando te diste cuenta de que sí me querías?»

«No era difícil asegurarlo»

«Aceptarlo.»

«Entre los colmillos que gruñen, acepto que matarte no fue fácil. Fuiste el último suspiro de aquí, ahora la casa está vacía, entre los entes que no parecen querer vivir, solo está tu recuerdo.»

—¿Qué es lo que pasa contigo? —me preguntó mi padre, mientras me miraba. Solté un gemido ahogado para sentarme aún en el suelo; mirándolo con desinterés. — ¿Y esas hojas? —señaló.

Había muchos dibujos y escritos sin terminar tirados en el suelo; volví a suspirar para tomarlos y acomodarlos en algún lugar.

«Para ti fue difícil aceptar.»

Nos miramos a los ojos.

—¿Hm? —siguió— ¿Me dirás?

—¿Tengo qué? —asintió— No sé ¿bien?, me siento mal, solo eso. No quiero salir. Comer. No puedo dormir, no me siento con ánimos de hacer las cosas que me gustan.

Alzó las cejas, para después fruncir el ceño; suspiró al escucharme sollozar, me tomó de los hombros.

—Todo estará bien. ¿De acuerdo? —ni siquiera asentí cuando su silueta había desaparecido. Cerré la puerta y seguí sollozando, pegada en la pared; las uñas estaban pintadas de un sabor extraño, entre los inviernos y veranos; hundida en el calor de la habitación.

«No era difícil escucharme.»

«Me estoy ahogando.»

Nadie va a salvarte nunca, estás jodida.

«Así como me ignoran hoy. . .»

Eres un estorbo para ellos, para todos.

«No, ya no puedes ignorarme.»

Corre y cae para morir.

Tomé mis cosas, tratando de ignorar aquellas voces –pero al final de todo, siempre habían dicho la verdad–, me acerqué a ellos con decisión.

—Aún no es tiempo para que estés con nosotros —dijo, mientras me miraba, de sus cuencas salían sangre mientras que la lengua se partía, dejando ver notas musicales.

—Quiero irme —susurré.

—Quédate —pidió ella. —. Quédate con la gente que vale la pena.

—¿Y quiénes son? —me reí entre lágrimas, las sombras me miraban con gracia para después hincarme ante ellos—, por favor, dígame, ¿quiénes son los que valen la pena?

—¡Sasha! —un grito escandaloso me hizo voltear; en sus rostros había confusión al ver que estaba hincada frente a dos árboles, llorando de una posible forma grotesca. Su cuerpo se acercó al mío— ¿Qué es lo que te pasa? ¿Cómo abriste la puerta?

La noche cubría cada rincón de mi espacio visual, en mis manos yacía la carta que Grace me había dado; limpié mis lágrimas para después abrazar a Ryan.

Eres una inconsciente.

Jamás podrás hacer nada.

Necesitas ayuda.

Enferma.

—¿Sasha?

—No... No lo sé. —chillé— No sé cómo salí yo...

—Ten, ten. —interrumpió una enfermera, levanté la vista, observando algunas armas apuntar sin remordimientos en mi frente.

Eres un monstruo. Un peligro.

—¿Ja–ck. . .? ¿Q–Qué pasa? —me sujeté a él, creí que las armas dejarían de apuntarme.

—Cálmate —me gruñó. — Te mueves, te disparan, ¿entiendes? —me susurró en el oído, dejando que mis uñas se encajaran en su cuerpo, estaba asustada; esperaba con ansias a que el gatillo fuese apretado, pero solo los ojos se mantenían en mí.

No te quieren viva.

—¿Por qué no. . .? —les pregunté, ellos temblaron al escuchar mi voz, y se mantuvieron decisivos al apuntarme. — ¿Por qué no disparan aún?

—No digas eso Sa—.

—¿Por qué sigo con vida? —cuestioné—. Disparen, no vale la pena vivir. . . Ustedes no lo entienden. . . He– —solté unas carcajadas— He cometido error tras error. . . Debí de encajarme el cuchillo en el pecho. . .

Debiste de hacer eso, ¡pero hasta para matarte eres una estúpida!

—Pero creí. . . Creí que alguien iba a necesitarme —lloré. Entre las bebidas amargada escabulló aquella noche, sus manos se posaron en mis hombros mientras que sus gritos me pedían ayuda, me detuve en silencio, y Sofía me sonrió, ¿quería que parara? ¿Que cerrara la boca? No lo entendía, abracé a mi enfermedad que encajaba su cuchillo en mi pecho, haciéndome reír. —. Pero las personas que me necesitaban. . . Las he matado. —confesé.

—Toma tus pastillas —me susurró, metiendo una a mis labios, seguí llorando al punto de ver mi vida pasar. Aquella que decía rogar por mí a la hora de mi muerte había desaparecido, dejando una huella de lo que alguna vez fui.

No siempre fui un monstruo.

Pero comenzaste a hacerte uno.

CAPÍTULO XCIV

No sentía libertad.

No la tenía.

Aquella araña que reposaba en la esquina de mi habitación no me dejaba descansar como quisiera, y la cama de Taylor ya no estaba aquí.

La araña se movía.

Y con ella mi soga.

No había un elemento en mi cuerpo que pudiese decirme algo, qué estaba haciendo exactamente, porque no lo entendía. No entendía el tiempo, y la montaña cada vez se hacía más pequeña por mi ventana, al punto de estar frente a mí; hundida en la litera, sentí su aliento rozar en mi cuello, no quería levantar la vista, sabía que estaban ahí. Sabía que venían por mí, no quería decirle nada, escuché sus clavos moverse en mi pecho.

—"¿Irás a verle?" —la vi de reojo, aun escondiendo mi manchada cara de ella.

—"¿Es hora?"

—"Incluso él murió." —comentó— "¿Cuándo lo harás tú?"

—"Hay muchos clavos." —observé.

Ella solo asintió, sacando mi lengua para quitarla de mi vida.

—"No hay animales que quieran hacerte compañía. ¿Por qué no vienes? Seguramente le hará feliz verte."

—"A mí no me hace feliz ni siquiera saber de él." —me quejé. — "Por bondad el muere."

—"Por bondad a lo que llamó egocéntrico." —me recordó, para después irse al escuchar unas campanas.

Cuando me abandonó, la araña se movió, jalando mi cuerda hacia la salida.

Entre pasos corruptos, escuché aquellos látigos seguidos de gemidos de dolor; la araña ya me había soltado, el turno acabó y yo seguía mi camino lleno de sangre hacia aquel hombre que cargaba sus propias penas.

Seguía caminando, tratando de verle la cara, pero por más que trataba, era empujada de nuevo hacia atrás. ¡Sí! ¡Era aquel egocentrismo de que él podía hacerlo todo solo! Y ahora lo veía ahí, arrastrando los pies como mi tristeza, suspirando y llorando, pidiendo y callando, solo observando.

—"¡Eras tú!" —le apunté, pero él seguía su camino. Parecía ignorarme, no mirar atrás y ver lo que ha dejado. — "¡Me has abandonado sin razón! ¡Y ahora me dejas!"

—"¡Mi bondad siempre será más grande!" —gritó aún sin voltear la cabeza, posiblemente ya no tenía los ojos y la pena me lo quiere ocultar. Un golpe lo hizo seguir caminando.

—"¿No eras tú quien tenía el plan perfecto?"—le seguí, pero bufando lo escuché, para seguir cargando. — "¿No ibas a salvarme?"

—"¿Salvarte? ¿Él?"—una risa se escuchó por todos los pasillos y lo vi caer. No me acerqué, no quise hacerlo, no quise molestarle—. "Míralo, ni siquiera se quiso salvar."

—"Creí que... "

—"¿Qué? ¿Qué tenía un plan perfecto? ¿Qué lo sabía todo?

¡Ingenua has sido por todo tu camino y en tus manos hay sangre de gente que quiso ayudarte! ¡Arrancaste la cabeza de aquellos inocentes y los llamaste discípulos! Qué tonta eres. Ellos lo eran más." —tomó mi cabello y sacó mi mano— "Mataste a aquellos que decías amar, a los que mirabas, a los que les hablabas, algún día reíste y lloraste; amaste y odiaste, lástima que el mal sabor de boca sigue ahí."

—"¿Aún más que yo?" —me reí mientras sostenía mi corazón, sangrando mi boca— "Es imposible; yo creí que algún día esto acabaría. . . Pero cualquier roce con el viento me hace irme al mismo lugar."

—"Su crucifixión empieza ya." —soltó de la nada para seguir desapareciendo en el viento, como algún día traté de hacerlo. Caminé a paso aún más apresurado, la tristeza me preguntaba a dónde iba, "¡es ahora!" "¿Tú lo sabías?".

Mis ojos temblaban ante la misericordia del no–existente. Sus golpes frente a mí, aquella vida yéndose que marcaba cada paso en su pecho; vomitando sangre y pidiendo clemencia, arrastrado por lo que según él era bondad, le sigo el paso por aquellos pasillos largos y oscuros, donde el aire era sofocante y escuchaba los látigos golpear su lastimada espalda, quería sentir algo, pero de mis labios solo salían carcajadas. Me aseguré de que sí, que sí era Él, el que me mentía cada noche diciendo aquella sensación de su plan perfecto para la paz en mi cabeza; ¡oh, pero qué ironía! Lo veo gimotear de dolor y quiero reírme más, maldecir a quien lo había mandado el irme.

¿Pero a dónde. . .?

Tú jamás podrás huir de aquí.

Éste es tu nuevo hogar ahora.

Y quisiera que mintieran, le comenté a mi corazón que agitado estaba y veía algún hueco para huir de mi pecho. Lo escuchaba hablar, pero mis oídos se tapaban en rasguños de modestia y lujuria; sin salir de la cárcel, vi como lo ponían en medio de aquellas dos para después clavar el primer clavo; mi espalda se estremeció, ¡ah, era mi turno! Porque yo también quiero morir; entre los faros apuntaron al nuevo espectáculo del momento; los corderos reían, ¡corderos eternos!, que mordían su piel. Una piel suave que jamás iba a sangrar, en coraje le grité y pedí que muriera.

Segundo clavo, y de mi cráneo disparó aquella incertidumbre que me hacía quemarme los pies cada noche, escuché sus gemidos de dolor, podía ver cómo se retorcía y su otra mano trataba de quitarse el clavo.

Él no quiere sacrificarse por ti.

Me quedé expectante ante aquella imagen, las risas de quienes tenían los martillos resonaban por aquél lugar vacío.

Todo estaba vacío.

Aquellos que dormían, ya no despertaban.

Y yo, que rezaba tanto, seguía.

Seguía. Seguía y en mi columna se habrían espacios continuos donde todos estaban muertos y nadie tenía la razón.

¿Qué fue de ellos ayer? ¿Y qué será de ellos hoy? Me hundí en mi asiento inexistente, tratando de huir de aquellos gritos que me aturdían cada noche mientras trataba de hacer un hoyo en el suelo.

Mientras nuestras lágrimas se hacían vino, escuché como encajaban más aquel clavo que trataba de desprenderse; noté su rostro, mientras que su cola quemaba con fuego las costillas de Él. Entonces, extendiendo su otra mano, miró al cielo con súplica.

—"Se siente horrible, ¿verdad?" —le hablé mientras de que mis manos pinchadas le entregaban al suelo una corona de espinas; Él aún sin mirarme y soltar más plegarias, hizo que me atreviera a seguir con mis conductas—. "De que por más que mires al cielo, no hayas una respuesta. Llevo años mirando el cielo, días tratando de encontrarme con el mar y al parecer no tiene las respuestas, creí, al principio, que él solo no quería ser juzgado por su voluntad. Pero me di cuenta de que hay otra razón más allá de ellas; ¿desde cuándo él tampoco sabe lo que hace?" —por fin cerró sus labios y con incredulidad, dirigió su mocha mirada hacia mí, pero no me sentí inferior ante él— "No me mientas como lo has tratado de hacer conmigo. Mírate y dime si ves a alguien más que yo, que estas sombras."

Su mirada cansada observó todo el patio.

—"Tu respuesta sé que es un no" —seguí— "No tienes un plan perfecto, porque perfecto solo será cuando realmente funcione, esto no ha funcionado jamás. No se ha hecho de su voluntad, y no ha bajado del cielo."

Tercer clavo.

Cerró los ojos.

—"Abandonaste a tu propio hijo." —levanté la mirada ante la lluvia.

—"¿Que puedo esperar de mí?"

Capítulo XCV

—¿Vuelves?

—¿Deseas que me vaya?

—No. Me alegra que estés aquí.

—¿Me necesitas?

No, tú no necesitas a nadie. Eres superior a todos.

—Claro que sí.

—¿Has hablado con Ryan?

—¿De?

—Tus sueños.

«No.»

—Sí.

—¿Ah, ¿sí? ¿Y qué te dijo?

—Que lo discutiremos hoy.

—No sabía que el delirio religioso también tenía algo que ver con la esquizofrenia.

—Es algo complejo cuando lo vemos.

—Él está bien, ¿de acuerdo?

Volteé a mirarla.

—Está muerto.

—¿Cómo sabes?

Mordí mi labio para soltar unas pequeñas lágrimas, sentía mi boca temblar, entumir mi garganta con aquél monstruo que se quedaba ahí, disfrutando de la estadía.

—Él me lo dijo cua–..., cuando vino de visita —la vi reírse seguido de un tic nervioso que la hizo cambiar de expresión, mostrándose preocupada ante mi escasa voz.

—Oh, lo siento mucho.

—Sabía que era verdad y todos trataban de esconderme de ella diciéndome que solo era una pesadilla. Odio tener la razón y que me quiten los ojos, diciéndome que no eran los míos... —solté unas lágrimas, que después el revuelo de mi estómago quiso convertir en sollozos; los brazos de Taylor cubrieron mis hombros para esconderme en su cuello— Ya no quiero estar aquí, Taytay, las personas como yo solo hacen daño, merecemos lo peor. . . Yo no quiero estar aquí, donde todos me dicen que estaré bien, ¡no quiero, no quiero! —golpeé mis piernas para jalarme el cabello, sintiendo la desesperación, sintiendo aquello que había dejado de sentir después de tanto tiempo.

Remordimiento.

Porque Jack me trataba de decir que no era mi culpa lo que le había pasado, pero nada ni nadie iba a quitarme todos esos sueños o pensamientos de la cabeza, aquellas sensaciones que no me dejaban dormir. Y después él, siendo crucificado; solo quería dormir, y no porque estuviera cansada, sino porque ya no quería estar despierta, el problema era ese.

Dormir no era la solución.

Suicidarte la es.

{. . .}

—¿Algún día te viste así? —me preguntó Taytay, mientras mirábamos al cielo después de pedir permiso para salir. Volteé a verla con interés, para después mirar el cielo.

—Siempre me vi triunfando, con una profesión que me iba a dejar demasiado dinero, que iba a ser alguien. —me reí ante mis pensamientos de toda pequeña niña de seis años, mi sonrisa se borró cuando supe que tenía que tocar el tema de mi vida otra vez— Pero después de que ellas llegaron, solo comencé a ver caos, caos y caos. Jamás me vi con una bata blanca, tomando pastillas, riendo y llorando, sola... Jamás me vi matando a mi familia.

—Si no quieres seguir está—.

—Son cosas que ya tengo que dejar atrás —interrumpí—. Que tengo que aceptar por mi cuenta, no esperar a que las voces se olviden del pasado para joderme con el presente. Sé todo el daño que causé, lo sé porque todo ese daño se fue contra mí, experimenté a sangre propia el asesinato y miré en primera fila la muerte de mi madre. Sin embargo, eso no quita que la cabeza no me duela cuando pienso en ellos y trato de viajar al pasado para decirle a esa yo que todo...

—¿Todo estará mejor?

—¿Mejor? —repetí con incredulidad—. Parece que te burlas de mí, no creo que todo lo que me haya y esté pasando sirva de motivante; quiero decir, ¡mira todo esto!, ¿cómo crees que me verán las demás personas? Me verán como un...

Como un monstruo, ¿no es así?

Porque es lo que eres.

Un monstruo.

—¿Como un qué? —me animó a proseguir, pero solo guardé silencio. Tanto fue la duración, que escuchaba como sus tics la hacían cambiar de emoción: era extraño y entretenido de ver.

—Taytay, ¿qué será de nosotras? . . . Cuando ya no estemos aquí.

—¿Tú crees que algún día saldremos de aquí? —me cuestionó; me quejé entre dientes para sentir su mano rodear con suavidad mi hombro— ¿Qué harás si algún día tocas la libertad de nuevo?

Entonces la recordé, recordé su mirada, su sonrisa, su piel...

Mi cuerpo ardió un poco y sentí unas lágrimas asomarse de mis ojos, sentía temblar, ponerme tensa, buscar alguna cosa pero lo único que había era agua. Agua. Agua. Agua, alzaba mi mano para nadie la tomaba, tomé aire, porque era lo único que me quedaba, lo único que tenía.

Quítate la vida que no mereces, idiota.

¿Qué vida merecía yo? Si no era más que ahogarme, me removí entre su brazo que descansaba cómodamente en mi hombro. La miré de reojo, sabía que esperaba una respuesta de mí, una respuesta que jamás iba salir de mi atorada garganta.

Debes de darte cuenta de que esta vida no es para ti.

—¡Ya lo sé! —le exclamé al viento que se reía de mí, provocándome náuseas, escuché su risa detrás de mi nuca y la encaré— ¿De qué te ríes? —le pregunté con cólera, ella me miró sorprendida.

—¿Yo? —se apuntó. — ¡Pero si yo no me he reído de nada! Idiota, ya cálmate. —me ofreció, tomando mi muñeca.

—Yo te escuché reír. . . Se están burlando de mí, todos se están burlando de mí y se siente cruel —apunté a aquellas personas que mis ojos veían, mi dedo paseaba suavemente por todas esas cabezas.

El abrazo de Taylor me dio aliento, pero el monstruo lo sacó de mi alma.

—Sasha..., ahí no hay nada —me confesó en mi oído y sentí como las arañas paseaban esta vez por mi tímpano. Chillé en su cuello, cubriendo su aroma, cubriendo lo poco que me quedaba de la vida.

{...}

—Has estado muy bien, Sasha. Estoy orgulloso de ti —me felicitó, un rubor acarició mis mejillas, haciéndome sonreír. Ryan también sonrió, para seguir mirando sus apuntes—. Taylor te ha ayudado mucho, ¿no es así?

—Los lujos que me da este lugar son más que exquisitos. Parece incluso que no es real. —él levantó la vista, miró mi preocupación.

—Sasha—.

Interrumpí su aliento— Quiero decir, ¿y si no eres real? O tal vez sí, pero ¿y si este lugar no es real? Es demasiado perfecto, tal vez sigo en la cárcel, tal vez Taylor y Jennifer no son reales. ¡Tal vez yo dejé de ser real! —exclamé; sin decirme nada, extendió las pastillas hacia mí, lo miré con lágrimas en los ojos.

—Necesitas calmarte —explicó, tomé las pastillas y mientras tomaba agua, siguió—: Sé que su muerte te ha afectado demasiado.

Casi me ahogaba en el agua, apreté el vaso de vidrio que contenía el agua; él parecía serio, como si aquello había tocado algún punto —que en sí, sí lo había hecho— que me hacía estremecer frente a él.

—Tú me mentiste tantas veces que ya no sé si querer u odiarte —le susurré, en el veneno de mi víbora salía sin razón, él siguió mirándome. —. Tenía tanta razón que tratastе de ocultarme; ¡tuve que enterarme por mi cuenta, ¿cómo te atreviste?!

—¿Observas cómo te pones? —insinuó—, esperaba el mejor momento para decírtelo, pero no quería. No podía.

—Derek murió y tuve que esperar tantas horas para saberlo. —le retracté en llanto.

—Tienes que seguir con vida.

—No sé si pueda.

Le miré con lágrimas. Con la sangre en la boca.

—No sé si quiera.

Capítulo XCVI

Mi cuerpo estaba peleándose con la soledad, diciendo que ella quería tocarme primero; pero le hipocresía solo reía a carcajadas, tomándome del cabello, haciéndome sangrar de mi yugular. Los cuervos me hacían delirar mientras que los ángeles seguían enterrando sus cuchillos, ignorando mis gemidos de dolor.

—"Es una zorra, debería de ir conmigo. ¡Ella merece estar sola!" —exclamó la soledad, mientras me sacaba un ojo, haciéndome sangrar.

—"¡Eso ya lo sé! ¡Mírala, se merece todo el sufrir!" —le aseguró. — "¡Pero yo la quiero para mí!"

Y, entonces, entre las caricias falsas y el frío eterno, decidieron utilizarme los dos, dejándome marcas en mi piel que jamás iba a olvidar. La sangre escurría por mi cuerpo mientras sentía los brazos de María tratar de acurrucarme y rezar para que su hijo le tuviera compasión.

—"Déjalo así" —le pedí. — "Oh, tu, señora madre, que has parido el hijo de Dios; yo siempre le he tenido una duda guardada en mis sueños cuyos placeres están escondidos en tus manos, quisiera preguntar el por qué su hijo me ha abandonado, por qué me ha hecho ser crucificada y no me ha llevado al reino eterno. Oh, dulce madre, quisiera saber lo que no puedo, pero la mente no está para mí, pero tú sí."

—"Qué más quisiera yo saber todo esto" —balbuceó— "Pero la vida me ha quitado los principios y los ha vuelto la exquisitez humana, no creas todo. Pero algo tė tengo claro."

—"¿Y qué es eso?" —le interrogué.

—"Algo malo pasará hoy."

El Sol se sentía demasiado cálido, a veces era tapado por las densas nubes que parecían estar llenas de agua; Taylor y yo tratábamos de darnos el pronóstico mientras estábamos en nuestra habitación, comiendo dulces que Jack nos había infiltrado. Por alguna razón me sentía bien, no sentía que algo me estuviera molestando, más que de nuevo esa mala sensación de que algo malo iba a pasar; Jack muchas veces me regañó, diciéndome que tenía que empezar a dejar de pensar en cosas negativas, ¡y lo intentaba!, pero sentía que no podía dejar de hacerlo. Lamí la paleta para seguir diciendo el pronóstico erróneo, tratábamos de adivinar cuál sería el pronóstico en otro país, fallando olímpicamente.

—¡Quiero salir! —canturreó Taytay mientras bufaba, sentándose en la cama; en su cara había chocolate y un pequeño trozo de almendra en su comisura, haciéndome sonreír de lo inocente que a veces se dejaba ver.

—Jennifer nos sacará pronto, espera. —le pedí, ella asintió, para después de un momento, como le había dicho, la regordeta figura de Jennifer se pusiera frente a nosotras.

Salimos al patio y pude divisar a Jack quién hablaba con los pacientes, parecían animados, pero era normal, Jack irradiaba energía positiva, siempre estaba sonriente y le encantaba dar dulces, haciendo feliz a muchos que estaban cabizbajos; cuando nos vio, se acercó a nosotras para acariciar mi cabello y hablamos de los exquisitos dulces que nos había regalado. El solo ver al de cabello color roble, me hacía quitarme el aliento y de nuevo la mala sensación me hacía quitarme la sonrisa, sus ojos color mocha me miraban fijamente y sostenía mi mano, tratando de darme apoyo; cómo quisiera decirle a la gente que Jack Ryan me besaba a veces, suavemente, robándose mis suspiros, era extraño, pero él tenía algo que me hacía recordarla...

Después de unas cuantas horas era momento de volver a las habitaciones, me levanté junto a los dos restantes y con un beso rápido me despedí de él; me sentía la típica adolescente enamorada que reía con su mejor amiga de lo atractivo que era él, Taylor estaba riéndose y a veces llorando, quejándose de su "mala vida", mientras tanto yo estaba sonriente y mirando el techo, tratando de ya no dejarme llevar por aquellos sentimientos malos que solo me harían daño. Antes de dormir, me tomé los antipsicóticos que me había dejado Jennifer, seguramente alguna gente pensaría que era malo, pero no lo era si solo te dejaba la cantidad exacta, me las tomé y sentí un mareo, eso me había dado la señal.

Decidí descansar, sintiendo como el cuerpo de Connell me arropaba con su calor.

{...}

De nuevo, esa sensación. Incluso las voces con aquella noticia se habían vuelto más tediosas, quitándome el sueño.

Me había hecho vomitar varias veces en el patio, haciendo que me llevaran al hospital que estaba allí adentro, como era de esperarse, no tenía nada, solo eran los síntomas de mi trastorno,

Jack aun así estaba preocupado, me preguntaba que qué me tenía al grado de hacerme vomitar y yo, sincera, le decía que no lo sabía; sabía que mi poco conocimiento también le estaba afectando a él ya que estaba demasiado preocupado por mí y todos los días, últimamente, estaba más apegado a mí, su compañía me hacía sentir extraña y comencé a sospechar de que tal vez él sea el culpable de tal sentimiento brusco en mi estómago, así que mi plan fue alejarme de él. A los inicios me buscaba, pero ya no lo hacía, Jennifer y Taytay se preguntaban el por qué mi repentino alejamiento.

—Descubrí que Jackson Ryan es el causante de tanto problema en mi estómago. —les comenté, ellas se voltearon a ver e hicieron unas onomatopeyas de ternura, haciéndome frunciera el ceño.

—¡Estás enamorada! —señaló Jennifer con una sonrisa, mientras que Taytay asentía.

—¿Qué? ¡No es cierto! Aparte, la última vez que me enamoré no me salió tan bien como esperaba; ¿quién me asegura de que no será igual? —las miré con miedo. Sí era así, y sí, sí estaba enamorada de aquel hombre de tez blanca, ojos color mocha, cabello de roble y cejas pobladas, estaba cometiendo tal vez un error. — Es gracioso como las densas nubes llenas de agua no se van.

—¿Y quién te asegura que sí? —Taylor me miró, la miré nerviosa para escuchar su molestia de voz— ¡Pero que me miras, joder! ¡¿No irás a decirle?!

—¡Es cierto! —interrumpió la de cabello rojo, mirándome emocionada.— Seguramente el psiquiatra Ryan estará allá afuera, ¡puedes ir a decirle!

—¡No! ¡Me da miedo!

Te rechazará, como todos. ¡Tú solo das asco, Sasha, entiéndelo!

—¡Anda! —Taylor me tomó con una fuerza impresionante, yo jamás lo había vivido, pero recordaba que mis compañeras de primaria hacían esto, la niña tímida tratando de acercarse al chico que les gusta gracias a sus amigas. Y ahí estaba él, sentando, leyendo: "El paraíso perdido" mientras que su ceño estaba levemente fruncido, cuando Taylor gritó su nombre, volteó a vernos con una sonrisa.

Sentí todo tan lento...

Porque yo no estaba en el tiempo.

Recuerdo todo perfectamente, desde las primeras gotas de lluvia para después ir incrementando hasta su rostro de sorpresa, mientras que algo caliente había rozado mi mejilla; el impacto golpeó su corazón justamente, haciendo que cayera. Las personas gritaban mientras que yo me trataba de acercar a él, siendo detenida por Taylor y Jennifer, la voz de Taylor trataba de hacerme caer en la realidad diciéndome que estaba muerto, pero no podía, no quería aceptar que todo estaba pasando rápido y lento a la vez que parecía una canción; sabía que los guardias ya habían tomado al causante, pero eso a mí no me importaba, me quité de los brazos para correr al cuerpo. Lo abracé y chillé mientras me aferraba, sentía como mi luz poco a poco se estaba yendo a la par que él bajaba la mano para chocarla con el concreto.

Todo se te está yendo de las manos, estúpida.

—¡No! ¡No, no, Jack tú no! —le grité mientras seguía aferrándome a él, sabía que mi traje blanco estaba lleno de su sangre, y los brazos de los guardias me querían hacer retroceder, pero no podía. — No me dejes, tu no. ¡Jack! Jack...

Me acerqué a sus labios sin querer besarlo y me aferré más a su nuca, sintiendo aún las manos en mi cuerpo.

—Jack, Jack me gustas mucho —confesé. — Me gustas demasiado... Por favor... Por favor.

Escuchaba los sollozos de algunas personas, mientras que mi cuerpo estaba aún atónito, ¡qué rápido había sucedido! El aire se me iba, y la verdad se me estaba yendo de las manos. Era gracioso como aquel sentimiento de preocupación que me molestaba tanto se había ido.

La sensación había vuelto y yo no podía hacer nada.

En otra vida yo hubiera hecho que siguiera aquí.

En otra vida yo le hubiera dicho mis sentimientos.

En otra vida no estaría muerto.

Capítulo XCVII

Necesito dormir...

{...}

Pero era una petición diferente, quería dormir y no despertar, quería dormir y pensar que estaba soñando para después, mañana por la mañana, mirar sus ojos color mocha, escuchándome. Dándome apoyo. Quería pensar —tontamente— que no era él quien estaba tirado en el suelo, con una bala en el pecho, trataba de tocar aquella herida que no podía sanar más, como me gustaría imaginar que solo era un rasguño, como la de un niño; pero mi mano estaba llena de sangre, y su aliento fue lo último cálido que se plasmó por mi mejilla para desaparecer por el viento. Sentía algo quebrarse en mí, sentía algo que me daba náuseas el solo pensarlo, quería quebrar aquellos sentimientos que tanto había tratado de ocultar, escuchando los gritos de aquella mujer que se quejaba con los policías que la habían atrapado; seguido de sus cosas, escuché sus carcajadas, mi cuerpo se estremeció y trataba de no sucumbir ante ella.

Mató a lo único que te quedaba.

Dejé el cuerpo de Ryan, no sin antes sollozar de nuevo para pegarlo en mi pecho... Era una extraña sensación, una ansiedad de que no estaba muerto, pero un vacío se había generado ya en todo mi pecho. Mi corazón latía más rápido, sin consuelo, tratando de superar; cuando logré ver el sonriente rostro de ella, mi cuerpo se tensó, y varios recuerdos se me vinieron a la memoria. Aquellos recuerdos que creía haberse escapado con Sofía.

"—Mataron a Sofía. —me apresuré en decir."

La observé detalladamente, esos ojos claros como la miel, mirándome con odio, rencor y asco.

"—Puedes quedarte. Ayúdame a encontrar al responsable que mató a mi hermana, por favor, Sasha."

Tú le quitaste lo más preciado que tenía, era su turno.

Señaló mi cuerpo para después reírse, aun siendo tratada de controlarse por el cuerpo policíaco, la escuché reír una vez más, oh, aquellas risas que no iba a poder sacar de mi cabeza.

—Te encontré —carcajeó una vez más— ¡Asesina! ¡Mataste a Sofía, y me quitaste a Derek!

Sentía que mi garganta se había cerrado con sus palabras, petrificada, mi cuerpo se estableció en el mismo lugar, tratando de que las lágrimas dejaran de salir, pero era inevitable, sentía un asco de mi recorrer mi cuerpo, acariciarlo y morderlo sin alguna consideración.

¿Tú te mereces alguna consideración?

¡Tú mereces morir, Sasha!

Escuché las esposas cerrarse alrededor de sus muñecas, cuando parpadeo, observo su cuerpo moverse delante de los policías, decido caminar hacia ahí, para después, ponerme frente a ella.

—Cuando Alex me contó lo que había sucedido, no pude creerme sus palabras. Creí que estaba bromeando, o que las pastillas para tranquilizarme me habían hecho una mala broma —me reí, no sabía cómo afrontar su mirada llena de odio, su cuerpo temblaba, al igual que el mío, pero el de ella era de cólera, el mío de pánico. —. No quise creerme que un niño de once años haya tomado esa iniciativa que, a lo largo de los años, yo jamás pude tomar; lo cual me parece irónico. . . era alguien muy inteligente, y jamás creí que iba a llegar este momento. Sé que lo que hice con Sofía estuvo mal, y es algo que me persigue y—.

—¡Es lo mínimo que puede pasarte, asesina! —escupió.

Tomé aire, tratando de no golpearla hasta morir, y decidí seguir con lo que estaba diciéndole.

—Y me llena de remordimiento; ese día no te mentí, Sofía era como mi madre, era lo que más apreciaba porque me dio calor y me trató como su hija —volví a sollozar—; en verdad estoy muy arrepentida de lo que he hecho, sé que un perdón no va a traerla de vuelta, sé que mis remordimientos no van a traerla de vuelta, pero—.

—Tengo una pregunta —me miró, su mirada se encajó en la mía, haciendo que no quisiera moverme de ahí— ¿Por qué matarla? . . . ¿Por qué matar a Sofía? ¿Qué mal te hacia ella?

—No es algo que podemos hablarlo ahora —comenté. —. Y no es algo de lo que quisiera hablar. . . Pero si quisiera saber, ¿por qué no me disparaste a mí? —fruncí el ceño— Mataste a una persona inocente.

Ella se acercó a mi oído, e incluso yo sentí como los policías sujetaron sus brazos con más fuerza, haciéndola retroceder unos centímetros de mí.

—Para que sientas el mismo dolor que yo sentí —me susurró, y sin darme la oportunidad de contestar, decidieron que ya era hora de llevarla, la seguí con la mirada, hasta que desapareció.

Todo se hizo oscuro.

Yo vivo en la oscuridad. . .

{. . .}

Necesito dormir..., un poco más.

{. . .}

Salí de ahí con la cabeza sumisa entre sus manos que tocaban mi cuerpo porque estaban en su derecho; contestando mis respuestas de las que no estaba orgullosa. Hundida entre mi soledad por aquellos pasillos. Vi su imagen rodear aquella aura y su voz comenzaba a hacerse una señal de lo que ya no había; de mis memorias salieron sus risas que explotaban en mi cráneo y la sangre caía de manera suicida.

Probablemente era más suicida de lo que jamás fui.

Levantándome sin creer en el Sol y revelando el mismo credo para aquel ángel que esperaba impaciente para ponerme las esposas de castidad.

Lo miré no-creyente.

—"¿Tú también lo harás?" —le pregunté cuando observé cómo se ponía la cuerda que se aferraba lealmente a su cuello. Me miró sin cuencas, para, sin parar, tomar el pequeño banco que yacía en medio de nosotros.

—"Mi tiempo se ha acabado." —me recordó, sus pies se quemaban en sus pecados, y las risas azotaban por toda la grisácea habitación.

—"Ha sido mi culpa, ¿verdad?"

Claro que ha sido tu culpa, maldita inútil.

Escuché su lastimera risa, para sin más, subir sus pies al banco; me entretuve bastante oyendo por última vez su risa que por un año salvó mi cabeza de un colapso; mis lágrimas cayeron, quejándose en el suelo por dejarlas ir, pero yo no era fuerte. No era lo que quería el mundo. No era lo que quería la vida que solo me tomaba del mentón para fracturar mi mandíbula y colgar las penas cada vez que lo hacía; lo miré ahí, miré al hombre que me hacía estremecer a punto de tirar el banco.

—"Tengo que aceptar que la vida se me está yendo." —chillé.

Tu vida se va y no puedes detener el vagón.

Iba rápido. Demasiado. Fui parte del público que aplaudía; en medio de tanta gente, sus pétalos cayeron ligeramente en el abismo de aquellas voces riéndose.

—"No puedes decir que nosotros lo hemos matado." —interrumpió mi respiración agitada, moviéndose hacia mí. — "Y es una lástima, porque hubiera disfrutado aún más este placentero espectáculo."

Pudiste haberlo detenido, ¿no te mata aquella idea?, se burló.

¡Era cierto! Yo pude haber tapado con mi cuerpo aquella bala que tropezó en su pecho; aquella bala que me robó el aliento cuando lo vi marcharse. Cuando supe que el espectáculo tenía que continuar.

Pero no sabía cómo.

{. . .}

Necesito cerrar los ojos y creer que aún sigues aquí. . .

{. . .}

Me siento cansada.

{. . .}

Iré a dormir, solo para fingir que estoy muriendo. . .

{. . .}

Iré a dormir, solo para fingir que aún sigues aquí a mi lado.

{. . .}

—Escucha, lo mejor que puedes hacer es hablar.

Me comentó cuando me vio con los brazos cruzados, me frustré al escuchar aquella voz desconocida.

—No eres la persona que quiero.

Gruñí.

—¿Quieres que me ponga brusco otra vez? —amenazó para soltar un brusco suspiro, haciendo estremecerme— Escucha de nuevo, sé que esto es difícil, pero si quieres salir de aquí, es mejor que cooperar conmigo; ¿te parece?

No tienes otra opción, enferma.

Asentí para recargarme en el asiento con unas pequeñas lágrimas. Él me observó fijamente para después dejar algunos escritos que estaba leyendo; al parecer observaba los apuntes que Jack había dejado en la bitácora.

Suspiró de nuevo, haciéndose una manía a cada cinco minutos, el silencio me aterraba, se apresuró tanto el acercarse, que, a diferencia de Ryan, no me pidió disculpas.

Lo has perdido todo, ¡date cuenta de una vez!

—Jack está muerto, Sasha —me recordó de una manera tosca, haciéndome llorar una vez más; regresó a su asiento—. No va a volver.

—No sirves como psiquiatra. Vas a matarme. —me burlé.

—Trato de ser gentil contigo, mejoraste bastante aquí adentro. Tus emociones eran más estables y comenzaste a mostrar actitud positiva, ¿alguien va a detener eso?

—Lo mataron —retracté.

—¿Y volverá?

{. . .}

Quiero pensar que he soñado cuando cruzaste esa línea.

Capítulo XCVIII

Necesito cambiar de página. Estoy cansada. Estoy herida.

{...}

—Tienes visitas, Sasha —me llamó Jennifer mientras que un guardia estabas detrás de ella, asentí para luego levantarme y caminar con ella

—¿De quién se trata? —la miré, ella solo se alzó de hombros, diciéndome que era una sorpresa, odiaba las sorpresas, pero de igual forma tuve que esperar a poder llegar, cuando lo hice, mis ojos se quedaron atónitos y mi cuerpo estático, ella sonreía, su sonrisa cansada me animó a sentarme frente a ella. Quise recordarla, pero solo su rostro era el que podía recordar, su nombre era algo del pasado, nos quedamos en silencio por unos segundos, y ella habló:

—Mírate, tan. . . Diferente —observó, para después reírse suavemente— Mi viejo estaría muy orgulloso.

—¿Orgulloso? ¿De qué? ¿De qué estoy en un hospital psiquiátrico? —ella negó para con su dedo índice, acariciar la punta de mi nariz.

—De que estás con vida aún, Citlalli —contestó, solo nos sonreímos, para después callarnos nuevamente—. He venido aquí porque quiero muchas respuestas que no puedo responderme cada noche.

—¿Y por qué crees que yo pueda responder todas esas preguntas?

—Porque tú eres causante de ellas.

Al escuchar eso, me posicioné mejor en la silla que yacía frente a ella, puse mis manos en la mesa, para poner toda mi atención en ella.

—¿Por qué matar a Sofía?

Y, como si me cayera un balde de agua fría, todos los recuerdos de aquella madrugada llamaron a mi conciencia, me sentí atrapada en ese instante, pero sus ojos solo estaban interesados en mi respuesta.

—Ella iba a matarme primero, ¿de acuerdo? —aclaré, ella frunció el ceño, mientras la veía morderse su labio— No sé si sabías, pero Sofía también tenía esquizofrenia y—.

—Espera, ¿qué? —interrumpió mi narrativa, sus ojos parecían querer irse en ese momento. Parecía confundida, y, antes de que yo pudiera decir algo, escuché como maldecía para tallarse la cara— ¿Esquizofrenia? Ella no tenía esquizofrenia. Dejémonos de mentiras, ¿quieres, Sasha? —me miró fijamente, viéndome temblar a su mereced.

—¿Cómo sabe que–?

—Por favor, aunque tus similitudes son grandes, siempre habrá algo que las haga diferentes; aun así, quisimos todos apoyarte y apoyar a Sofía. —me explicó.

{. . .}

—¿E–Entonces..., maté a alguien inocente tratando de excusarme con mi propia enfermedad? —toqué mi frente con la palma de mi mano, sintiendo mi cuerpo congelarse, Graciela me miraba con lástima, para después, tomar mis manos.

—Oh, querida; ¿quién fue el monstruo que te hizo tanto daño? —aquellas palabras fueron las motivantes para sollozar, ella me seguía mirando con pena, esperando mi respuesta.

—Aquél que juraba cuidarme.

{. . .}

Necesito dormir.

{. . .}

No puedo seguir así.

{. . .}

Tal vez tenga que dejar todo lo que me atormenta.

{. . .}

Pero vivo en el suelo, no sé cómo levantarme.

{. . .}

Los rayos del Sol acariciaban mi cara, sentí la suave brisa seguido de una gran sombra, dejando atrás lo que era el atardecer. Todo era blanco, tan blanco, que incluso los rincones que no podía ver antes, al fin los pude conocer; seguí caminando, tocando las gastadas paredes, observando que, caminara por donde caminara, había manchas de mi sangre, y los escalofríos siempre iban a estar acariciando mi cuerpo.

Abrí las vacías puertas, observando cada rincón que no conocía, parecía una casa desolada, no era aquella que me hacía estremecer.

{. . .}

Una habitación oscura, abrumadora, con las esperanzas en el suelo y por los altos de ser aterradora.

{. . .}

Cada habitación estaba vacía. Cada parte de mi estaba obsoleta, buscando de alguna manera ahogarse entre tanta sangre. Seguía caminando, tratando de buscar respuesta, alguna razón, alguna sensación que me hiciera volver al pasado; mientras tanto, las gotas habían sedado, y las arañas habían recogido sus telarañas con quejas de incertidumbre.

Mientras más caminaba, sentía el aire menos denso, sentía una pequeña libertad que estaba acariciando mis muñecas. Cuando caminé hacia el patio, el frío de la brisa acariciaba mi rostro para después, guiarme hacia donde quería ir, no se escuchaba nada, más que mi respiración y pisadas, se sentía extraño, nada me empujaba y un tic recorría mi cuello y hombro, sintiendo como mis huesos se rendían ante él.

—"Das un paso al frente y te das cuenta de que no es lo que buscas, te das cuenta de que todos los gritos que tanto escuchabas venían dentro de ti y dejaste de pensar." —su voz aclaró mis días, y lo que había sido una nube grisácea, ahora era un cálido día mientras que el aire comenzaba a correr con más seguridad por el lugar.

—"Jamás quise pensar que todo era más que yo." —le contesté, aún sin mirar aquella cara que me hacía estremecer— "En verdad, por primera vez después de tanto tiempo, me estoy dando el lujo de respirar."

—"Se siente bien, ¿no?" —me preguntó, escuchaba sus pisadas acercándose a mi— "Saber que lo que creíamos eterno, haya acabado."

—"¿Realmente estoy aquí?" —le miré a sus ojos azules, ella me sonrió— "¿Realmente estamos aquí?"

—"A donde vayas, iré yo." —me tomó de las manos— "El cielo volvió a ser claro, y creo que es momento de que pueda irme."

—"Antes de que podamos irnos, queríamos verte." —sus ojos avellanos se entrelazaron con los míos, haciéndome sentir protegida— "Mira cuánto has crecido, se nota que en donde estoy el tiempo pasa muy rápido." —se burló.

—"¿El cielo existe, padre?" —me acerqué a él, con lágrimas en los ojos y tomé sus mejillas, lo sentía real, sentía que éramos reales, él también me tomó las mejillas, acariciando éstas con sus pulgares.

—"Estamos en él, ¿no lo ves?"

Los tres miramos el arrebol, mientras que mi madre se ponía a un lado de mi padre. Josh, Susan y Jean se pusieron a su lado, Susan se aproximó en decir:

—"No sabes lo mucho que estamos orgullosos de ti" —habló con voz suave, el arrebol aclaraba sus ojos claros, mientras que revolvía mi cabello.

—"El pasado tiene que quedar atrás para que comiences una nueva vida. Nuevas sensaciones, nuevos deseos y saber que, a pesar de todo, tú eres la única que puede hacerlo" —alentó Jean, mientras que tomaba mi mano—. "Eres y serás la única que decida si seguir amaneciendo o quedarse varada en la oscuridad.

Y no hubo voz en mi cabeza que me dijera la respuesta.

—"Confía en ti porque yo lo hago" —Josh tocó mi corazón con su dedo índice. — "Nosotros no íbamos a poder cuidarte siempre, y es momento de que nos vayamos; y es momento de que tú seas feliz."

—"¿Pero ¿cómo?" —le pregunté mientras un pequeño sollozo se escapaba de mis labios— "¿Cómo ser feliz después de tanto? No sé cómo hacerlo, me da miedo esta vida sin ustedes."

—"Podrás hacerlo, porque nosotros confiamos en ti" —habló mi madre para acercarse a mí y juntar nuestras frentes. — "Porque siempre me quedaré contigo. Porque seremos el infinito y cada arrebol como este, será mi señal para decirte que aún estoy contigo."

—"Ojalá pueda volver a desayunar contigo."

Y entre cada pequeño aire de la brisa mañanera, los vi desaparecer, traté de no morir al verlos una vez más alejarse de mí, cuando volteé, cuando el Sol pintaba de colores aún el cielo, ellos estaban ahí.

—"Sofía, Derek." —caminé hacia ellos para llorar en sus brazos, mi segunda familia, mi segundo aire.

—"El sol se ha levantado y tú lo intentas una vez más" —susurró Sofía en mi oído. — "; no sabes lo orgullosa que estoy de ti."

—"Yo también estoy orgulloso." —su voz me hizo mirar atrás de Sofía, observándolo a él

—"¿Ryan?" —fruncí el ceño para aclarar mi vista— "¡Ryan!" —vociferé para correr a sus brazos, cuando lo abracé, me hundí en su peculiar aroma.

—"Sé que podrás hacer todo lo que puedas." —dijo, mientras mirábamos a Sofía y a Derek acercarse a nosotros— "Y lo que creas que el viento no te dejará ver, harás todo lo posible."

—"¿Y si no puedo?"

—"Entonces siempre habrá una señal" —Sofía señaló al Sol—. "Tú eres esa señal, y tú eres la única que podrá salvarte."

Los miré a los tres, para ver como el Sol se volvía a esconder, me dieron un abrazo, para después, mirarme fijamente.

—"¿Prometes buscarme en la otra vida si es que la hay?"—le pregunté a Sofía, ya que era la última que quedaba. Ella me sonrió para ir desvaneciéndose.

—"Prometo buscarte en todas las vidas que sean necesarias."

CAPÍTULO XCIX

«Frío. . .» fue lo único que logré pensar cuando el poco viento que estaba encerrado chocó con mis dedos.

{. . .}

Quisiera saber si en la luz del final estarás tú.

{. . .}

Ella comenzó a sollozar, sus pequeños sollozos avisándole a las paredes para que hagan más fuerte su ruido.

{. . .}

Para saber si vale la pena hacer todo este esfuerzo.

{. . .}

Ahora sé que se siente ser un loco: estar apartado de la sociedad. Una tumba; sola, y grisácea. Era este sentimiento, el sentimiento de una mentira, el sentimiento de una cobardía que se hundía en mi cráneo perforando me por completo.

{. . .}

Para saber si vale la pena vivir.

{. . .}

Para saber si nado hasta la orilla o me ahogo en el mar.

{. . .}

En poco tiempo saldría de aquí, según Dallon.

Pero yo aún no me sentía segura.

Buscaba las respuestas aún de aquellas cuestiones que jamás

me hice, y entre los gritos, las voces fueron cediendo. En mi cueva se escondían para charlar y armar un revuelo en mi cabeza, no sabía qué hacer cuando cruzara aquella puerta y me diera cuenta de que nadie estaba esperándome.

Y, una vez más, pensé en Grace.

Hacía mucho que dejó de escribirme cartas, trato de recordar si la última vez fue aquella donde mis sentimientos volvieron a encontrarse, pero como todo, no tengo aún claro.

Ha pasado un año y con él, mis ganas de vivir; el foco se balanceaba, buscando algún lugar en donde caerse, quisiera que cayera en mi cabeza para que sus fragmentos me sacaran sangre, pero las ideas flotaban, flotaban, y flotaban al punto de tocar el Sol e irse lejos de mí. Caminé escoltada hacia la oficina, se supone que el psiquiatra tenía que ir hasta contigo para realizar sus operaciones, así el paciente no tendría armas para hacerle daño, pero al ser inofensiva, se me dio otro lujo; cuando la presencia de Dallon se acopló a nosotros, cerré la puerta frente a los de seguridad, quedándonos solos.

—¿Iniciamos? —me preguntó con una sonrisa, mientras que yo me acercaba un poco más a él. Dallon había dejado de ser brusco y frívolo conforme al tiempo, y lo entendía, su mejor amigo había fallecido gracias a una de las pacientes; me recargué en mi asiento, notando como su mirada de color roble me seguía.

—No —lo miré, para después tallar mi cara—. Aún no me siento lista para seguir con todo esto, por favor, déjame morir.

Tuviste tantas oportunidades y creíste que algún día saldrías. Mírate, ya no sirves.

—No puedo hacer eso —se rio, para después abandonar la bitácora, dejándola a un lado de él.

—¿Cómo puedes hacer eso?

Él alzó la vista, interesado en lo que tenía que decir; bebió de su café, para después aclarar su garganta.

—Quiero decir, ¿cómo pudiste superar la muerte de tu mejor amigo tan, tan rápido? —especifiqué, él suspiró, otra vez.

Siempre lo hacía.

—Sasha, ayer me hiciste la misma pregunta. —me recordó.

No, no era cierto. No recordaba haberle hecho la misma pregunta, fruncí el ceño, a punto de ponerme a la defensiva; pero, antes de que pudiera hacerlo, sacó su pequeña grabadora, haciéndome escuchar nuestra conversación.

"—¿Cómo puedes hacer eso? —le pregunté con mi voz quebrada, se escuchaban los sollozos.

—¿Hacer qué, Sasha? —él sonaba interesado, como ahora. Se escuchó como trataba de respirar, para seguir.

—¿Cómo pudiste superar la muerte de tu mejor amigo tan rápido?"

Apagó la grabadora para guardarla en su escritorio; después, me miró, esperando a que dijera algo; pero el monstruo se había comido mi garganta, y no podía respirar.

—Déjame responderte una vez más, Sasha. —me comentó.

Alcé las cejas mientras sentía las lágrimas volver a humectar mis mejillas morenas, sentía mi cuerpo cansado, aún más que eso, sentía como mis lágrimas solo salían porque no tenían nada más que hacer.

—Ha pasado un año, Sasha. Tú tienes diecinueve años, el tiempo ha pasado y fue momento en que yo lo tenía que dejar ir —respondió simple.

Allá afuera nadie te espera, él era lo único que tenías y murió.

—¿Iniciamos? —repitió, pero esta vez más irritado, lamí mis labios para después morder el inferior, tocando la cicatriz que tenía. Él volvió a acercarse su bitácora, se acomodó en su asiento, tanta era su cercanía que de manera inconsciente ya me había acostumbrado. — ¿Y bien?

—Uh, sí. —me preparé, mientras que mis manos se escondían tímidas entre mis piernas.

—¿Cómo te llamas?

Me paralicé, me metí tanto en mi cabeza que escuchar lo mismo había sido traumático, pero lo observé, las paredes se tallaban en sangre, el zumbido se hizo cada vez más delgado, acariciando bruscamente mía tímpanos.

—¿Sasha?

—Estás muy lejos, ¿dónde estás? No puedo verte. —no le mentía, sentía que no podía verle y su silueta cada vez se hacía más errática.

—Aquí estoy, Sasha. ¿Te sientes bien? —lo escuché preocupado, pero no podía responderle, sentía mi garganta cortándose por una navaja de mentiras e insatisfacción.

—Da–Dallon, ¡Dallon no puedo verte! —le grité, tapándome los ojos.

—"¡Tú no perteneces a ningún lado, mereces morir! ¡Muérete!" —me gritó, mientras cortaba mis brazos.

—¡Sasha! —apartó mis manos de mis ojos, su mirada parecía angustiada, para después, envolverme en su calor, no sabía si era bueno que me abrazara, pero aun así lo hizo— Ya no estás en esa cárcel, tranquila.

¿A quién me recordaba al escuchar esa frase?

Me hundí en su hombro por varios minutos para después alejarse de mí, se sentó de nuevo. Me dirigió la mirada, y, con valentía, volví a asentir.

—Sasha... Sasha Zuckerberg Lee —le respondí por fin, solo vi como apuntaba algo, para después mirarme de nuevo.

—¿Alguien te espera afuera? —tomó su bolígrafo, negué con la cabeza— ¿Recuerdas si algún familiar sigue con vida?

—No —me encogí en el asiento. —. No recuerdo si alguien me espera afuera y no lo creo, ¿quién podría esperar alguien como yo? Es una pérdida de tiempo, soy una pérdida de tiempo.

Sentí sus manos envolver las mías para mirarme con una pequeña sonrisa motivadora.

—Tú vales mucho la pena, Sasha. Y así sean muchos años, yo seguiré ayudándote hasta que salgas de aquí, y de esa cárcel que tanto te acorrala. ¿Está bien? —apretó mis manos, haciéndome estremecer, asentí concuerda con él para después seguir.

{...}

—¿Taylor fue dada de alta esta mañana? —le pregunté a Jennifer con sorpresa, mientras que ella asentía— ¡Imposible! —exclamé.

—Taylor mostró actitudes positivas en ella y está lista para salir a luchar contra el mundo exterior. —se adentró aún más a la habitación, para tomarme de los hombros— Taylor es nuestra prueba viviente de que, si ella pudo, tú también, Sasha.

—¿Yo? —me reí. — ¡Mírame! En cualquier momento mi cabeza tomará forma y hará daño, jamás saldré de aquí. Esta es mi cárcel y no podré huir de ella jamás.

—Sasha…

—Jamás.

{…}

—Estás dada de alta, Sasha. Puedes ser libre de aquí.

Sentía aire por fin salir de mis pulmones, unas pequeñas lágrimas de felicidad —que merecía complemente— salieron de mis ojos, me sentía tan feliz, tan completa.

Y me di cuenta de que apenas estaba viviendo.

Capítulo C

Caminé con un ramo de flores por aquella acera; algunas personas se acercaban a mí para tomarse una foto, o pedir que les firmara lo primero que veían. Jamás me había imaginado en aquella posición, y, aunque lo odiaba, también me hacía sentir con una calidez en mi pecho; a sabiendas que en realidad todo ya está de nuevo bajo mi control; tomé la pastilla para beber agua y seguir caminando hacia aquél hospital donde tenía que visitar a alguien importante, cuando llegué, le avisé a quien buscaba a aquella enfermera y subí los pisos indicados para buscar la habitación que se me había dicho, mi corazón latía con fuerza, tenía muchas ganas de darme la vuelta e irme porque; ¿y si ella no quería verme? ¿Y si me odiaba? Tantos años de no saber de nadie, seguramente me iba a tener rencor por eso y no le echaba la culpa y yo me hacía la víctima, aunque claro, mi ausencia fue por miedo y porque no me sentía "preparada" para dar ese paso tan largo. Habían pasado tantos años que tampoco sabía que iba a reconocerme, tal vez no lo haría, tal vez...

Tal vez eres un fracaso que nadie recuerda.

Me hundí un poco en aquella voz y me sentí pequeña una vez ya enfrente de aquella puerta pulcra, golpeé suavemente la puerta varias veces, escuchando una cansada autorización para entrar. Cuando me vio, sus ojos se iluminaron y pude notar como unas lágrimas brotaban de sus ojos, mis ojos se pusieron acuosos al verla y me senté a su lado, la abracé, escuchando sus sollozos, acaricié su canosa melena para alejarme, limpió mis lágrimas con una sonrisa, haciéndome reír y pensar en que sí había valido la pena verle. Dejé las rosas en una mesita para volver a mirarla.

—Sabía que algún día ibas a venir, lo sabía —se apresuró en decir, acariciando aún mi húmeda mejilla. Su expresión cambió a una triste, arqueando sus cejas— ¿Dónde habías estado? Ha pasado tantos años desde que te fuiste.

—Ocho años para ser exactas —tomé su arrugada mano y besé el dorso de esta, ella me miraba con una ceja encarnada, esperando a que siguiera— Me daba miedo, cuando salí, cuando supe que estabas aquí me dio miedo el solo pensar qué tal vez me odiabas y—

—¿Odiarte? ¿Por qué habría de odiarte? Jamás me hiciste daño, y todas tus palabras jamás las tomé en cuenta porque entendía tu situación. —frunció el ceño mientras narraba su historia, acarició su blanca sábana y suspiró— Siempre esperé a que cruzaras la puerta antes de que me fuera de este mundo, y ahora qué estás aquí, tan grande, independiente tan. . . Libre, siento que puedo irme tranquila.

—No es momento de que me dejes. —me reí al ver como rodaba los ojos.

—¿¡Bah! Ya soy una vieja que no puede moverse sin un bastón. ¿Pero sabes? Tampoco tengo muchas ganas de irme sin escuchar que has hecho de tu vida.

—Pues —un balbuceo salió de mis labios. — Tengo un departamento, en el cual vivo sola y... Bueno, soy escritora. ¿Puedo preguntar algo? —ella me miró interesada cuando tomé la silla y me acerqué un poco más a ella. — ¿Qué fue de las demás?

Vi como retomó una postura, sentándose aún en la cama; entrelazó sus manos para relamer sus labios y reír.

—Es muy lindo que después de tantos años las menciones. Dime, ¿aún sigues interesada en ella? —un rubor opacó mis mejillas, haciéndola reír. — ¿Qué puedo decirte? Arriba de este piso están Himuro y Halsey.

—¿Qué? —mi corazón latió con más fuerza aún, tal vez ella estaba aquí y era la razón del porqué Halsey y Himuro estuviesen.

—¿Por qué no vas a averiguar por tu cuenta? —me echó en cara. — Sé que quieres verlas. Al parecer las has perdonado.

Me quedé callada por un momento.

—Sé que solo lo habían hecho por mí bien y tuve un largo tiempo para pensarlo. —la miré— Te veré luego, Hazel.

—No vayas a tardar.

Salí casi corriendo de ahí y me metí al elevador, estaba con prisa, sentía que el aliento se me estaba robando de mi tráquea y no hallaba una respuesta. Cuando la puerta se abrió y los doctores caminaron rápido, dejando el elevador; corrí hacia el pasillo derecho, con la esperanza de verlas; por suerte miré solamente a Halsey que parecía preocupada, caminando de un lado a otro; me confundí al no ver a Himuro por ningún lado, cuando se dio cuenta de que no estaba sola en aquel pasillo, levantó la vista y noté como su cuerpo se ponía tenso.

Nadie te recuerda.

Pero su voz impresionada quitó de mi cabeza aquella voz

que trataba de ponerme mal. De manera imprevista sus brazos apretaron los míos, y, como Hazel, sollozó un poco mientras seguía acurrucada en mi hombro. Se alejó para verme y, limpiando sus lágrimas habló:

—¡No puedo creer que seas tú! ¡Tanto tiempo! —dijo sollozando, mientras tomaba mi mano para llevarme a sentar. — Creí que jamás te volvería a ver, ¿qué te trae por aquí?

—Yo también creí lo mismo. —me reí— Vine a visitar a Hazel, ¿sabías que está aquí?

—Sí, ¿qué casualidad, ¿no? —se burló para después suspirar— Creí que después de lo que pasó con Grace, jamás ibas a perdonarnos.

—Han pasado muchos años cuando pasó todo; y tuve mucho tiempo para darme cuenta de que ustedes solo lo hacían por mi bien y que jamás debí de tratarlas así. Aunque el recuerdo de Bambi siempre estará, todos tenían razón —susurré—. Al final de cuentas mi corazón le pertenecía a Grace.

—Me alegra que te hayas dado cuenta de eso. —sonrió.

—¿Qué haces aquí? ¿En dónde está Himuro? —ella señaló a la puerta que yacía frente a nosotras— ¿Qué le pasó?

—Bueno. . . —sus ojos se iluminaron y una sonrisa brotó de su rostro— ¡Tendremos una bebé!

—¡¿Qué?! —abrí mi boca con impresión. — ¡¿Cómo pasó?!

—No tardamos en casarnos después de salir y formar nuestra vida —señaló el anillo que reposaba en su dedo—. Perdón el no invitarte, aparte de que no sabíamos en dónde estabas creíamos que—

—Tranquila, entiendo. —sonreí— ¿Y cómo es que Himuro quedó embarazada? ¿Le pidieron a alguien que les hiciera el favor?

—Sí. Así es.

Nos quedamos en un largo e incómodo silencio, donde a veces unos suspiros trataban de opacar todo.

—¿Sabes algo de ella? —levanté la vista y ella encajó sus ojos en los míos.

—¿De Grace? —afirmé—. Sí, es maestra en un preescolar; de hecho, está a dos cuadras y uno a la izquierda de aquí ¿por qué? —frunció el ceño.

—Solo quería saber qué es de su vida.

—Vive sola como toda una soltera. —suspiró— Ella aún está esperándote.

—No creo que en ocho años no se haya enamorado de alguien más. —dije sorprendida.

—Créeme, no lo hizo. Y tú tampoco por la misma razón que ella.

{. . .}

La miré ahí, despidiéndose de algunas niñas que se acercaban amistosamente para despedirse de ella. Cuando pude ver aquellos ojos grisáceos sentía como de nuevo me ponía nerviosa, ¿cómo después de tantos años iba a ponerme frente a ella y decirle que ella tuvo razón acerca de mis sentimientos todo el tiempo? Era imposible, sabía que era imposible; asomé de nuevo mi cabeza por aquella pared y pude ver cómo se acercaba, corrí y me metí al auto como toda una cobarde. Levanté el rostro y ahí estaba, encendiendo su auto para después irse; mi corazón no paraba de correr y mis mejillas se pusieron rojas al sentir tanta cercanía y tanto miedo.

Tal vez ella tenía razón, Halsey tal vez solo especulaba y en realidad estaba sola porque gracias a mí ya no quería enamorarse. Me sentí culpable por un momento, más bien, en todo el día, y me fui a mi casa.

Era el inicio del fin.

Porque en vez de sentir mi respiración volver. Sentía mi corazón latir.

Sentía de nuevo mi vivir.

EPÍLOGO

Dejé la correa de Jim en el suelo después de haberle soltado, negué ante algunas preguntas para después cerrar la puerta con cansancio de los fotógrafos, odiaba la gente que me seguía a todos lados, no me hacía sentir bien. Me hacían sentir..., desnuda.

Me encontraba situada en los mejores apartamentos de Chicago, me encantaba que pudiese verse la cuidad, la nieve caer, todo frío, haciéndome sentir calor en casa; lo único que me ponía mal, era ese día tan agradable para muchos.

Siempre te seguirá, a todas partes.

Negué con la cabeza para tratar de ignorar aquellas voces que en las paredes se colgaban, tener a Jim era perfecto para calmar mi ansiedad pero nadie quitaba estas voces de mi cabeza; en la cocina busqué las pastillas para tomarme las que me habían medicado, sentí un alivio, pero había chocado con la densa realidad; estaba sola, y no pude evitar recordarla, esa pequeña sonrisa que me mostraba y su hermoso cabello, pero tenía que aceptarlo, solo era una fotografía; la vi en aquella pared que estaba en la sala, mirándome fijamente, diciéndome lo orgullosa que estaba de mí. O eso creía. Me senté para seguir mirando algunos papeles para mí próximo libro, iba a ser como una autobiografía, pero aún no sabía cómo darle cuerpo; mientras leía, sentí como el sofá se hundía por el peso de mi pastor alemán, quien le acariciaba la cabeza para darle amor, besaba a veces su frente.

—Al menos no estaré sola en navidad, ¿cierto, Jim? —ladró,

como si hubiese entendido. Había luces y un hermoso árbol navideño decorando mi espacioso hogar, fotografías de Jim y yo, de mis familiares, y algunos regalos para mí mascota bajo el pino; volvió a ladrar, dirigiendo su mirada a las cajas— Oh, esos se abrirán en la noche, lo sabes. —me reí con ternura para acariciar su cabeza.

El timbre sonó, miré a Jim con preocupación para después abrir la puerta; y la miré, miré aquellos rizos rubios, aquellos ojos claros y sus labios rosas, antes de que nos dijéramos algo, sus labios y los míos se estaban acariciando. Cerré la puerta, y comencé a caminar entre besos con ella hacia la habitación, sentía su galaxia colocarse sobre la mía para darme entender que nuestras sensaciones eran reales; le quité su perfecta bufanda que combinaba con sus órbitas, jadeos salían de sus labios al despojar su lindo vestido rojo, pude ver el universo entero y descubierto, aquellas pequeñas estrellas que decoraban su piel, mientras besaba cada rincón, escuchaba como entre sus cuerdas vocales se componían las canciones más dulces del mundo, acaricié la curva que era su espalda y saboreé las colinas de sus costillas, estaba conociendo un mundo en su piel, música nueva en sus labios y un problema en mi cabeza.

Aquellas voces habían regresado, mientras que la ayudaba a despojar mi ropa, el trance comenzaba a apoderarse de mi cuerpo, ella, con una mano, cubrió los senos de María para verme con piedad, acariciando mi mejilla y rogando por mí. Sin decir nada, besé sin descaro sus labios.

—No las escuches a ellas, escúchame a mí. —me pidió,

asentí jadeante para acariciar su rubia melena. Mi cuerpo volvió a vivir, el mundo estaba en silencio y ella estaba aquí, comencé a tocar el Sol a su lado y mi corazón se volvió puro de nuevo para poder guardarla en un espacio de mí.

Te dejará, espera a que obtenga lo que quiere.

Iba a responderle, como lo hacía cada noche, pero al tocar aquel rincón prohibido de su cintura y escucharla jadear, las respuestas se me hicieron nulas y me acerqué para besarla. Sabía lo que éramos, sabía que éramos una farsa mostrándonos ante el mundo como verdaderas, sabía los riesgos que su cuerpo me enviaba pero aun así decidía tocarla porque la necesitaba, necesitaba orar por ella, rogar, pedirle que rogara hasta la hora de mi muerte. Que me salvara de las llamas de este infierno donde era diferente porque hacía frío, su cuerpo me daba calor, me daba la sensación de que estaba en mi hogar, de que no tenía por qué huir, de que no teníamos por qué correr, entre lágrimas con descaro, con ideas suicidas, entre los jadeos llenos de sabor a cigarro y cerveza, entre las mejillas más rojas, ambas comenzamos a llorar, pero eso no detuvo lo que estábamos haciendo. Quería preguntarle el por qué la odiaba tanto si era Bambi, quería preguntarle por qué al verle en mi corazón había nacido un rencor, quería preguntarle tantas cosas pero los gemidos nos eran más fáciles de hallar y conseguir. Besé suavemente su ombligo, aquel pequeño pozo que estaba en el centro de la tierra, la escuché reír, pero en vez de que una sonrisa se dibujara en mis labios, sentía una pequeña pero insaciable rabia que no sabía por qué.

¡Era a Bambi a la que tenía en mis brazos! ¿No? Ella estaba gimiendo a veces mi nombre mientras besaba suavemente mi cuello o rasguñaba mis omóplatos, era ella la mujer que veía en los comedores reír suavemente mientras trataba de comer lo que nos servían, era ella la que fue tocada y manchada la que me está pidiendo que vuelva a repararla porque se sentía mal consigo misma, ¡era ella!, la que me miró, la que me pidió que no saltara, la que me abrazó fuerte cuando lloré en sus brazos después de haberme rescatado, era ella la que me dijo que si la mataba iba a morir sabiendo que yo no tenía remordimientos; era ella la que tenía el cabello rubio, rizado, con la piel pálida, con cejas pobladas y castañas, con pestañas lágrimas y con órbitas de color Júpiter.

—Sé que estás pensando en ella —chilló, miré sus orbes grisáceos mientras acariciaba mi mejilla, sonrío. —. Utilízame si así lo quieres, pero por favor. . . Hazme el amor. —me pidió.

La tomé del cuello, suavemente, sin lastimarla; con mi pulgar acaricié su no-desarrollada manzana de Adán, planteé un beso ahí, para después besar su mejilla y volver a besar su cuello esta vez con euforia, sacándole jadeos y gemidos suaves, aquellas canciones sin compositor más que una mente que me necesitaba. Me acerqué a sus labios, le gruñí, le gruñí en lo que era una tristeza eterna y la miré a los ojos.

—Hazme el amor antes de que me dejes ir —me suplicó en un gemido de dolor y tristeza mientras que observé por última vez sus orbitas claras, tomé su cabello negro con suavidad para acercarla a mí y besarla, sintiendo el sabor a su cerveza mientras que ella tocaba con su labio el sabor a mi tabaco.

Y nos volvimos a entregar a lo que se supone que era pecado, mi cuerpo trataba de recobrar la postura y trataba de no llorar de tantas emociones que me daba verle frente mío, sonriéndome, tan tranquila; como si no le hubiera hecho daño a nadie, quería hacerle muchas preguntas, quería decirle que la odiaba. Que la amaba. Que por qué me había abandonado.

—¿No tienes nada que decirme? —me preguntó cuando sintió como aferraba mi cuerpo al suyo, aspiré su aroma por última vez, para después observar su cabello negro, me alejé para admirar sus estrellas descansando en sus mejillas y sus ojos grisáceos, no pude evitar sonreír de tristeza y volví a abrazarla para cerrar los ojos.

—"Es momento." —me dijo con una sonrisa.

—Te he dejado ir. —ella me miró con los ojos rojos. —Te he dejado ir para dejar entrar a Grace en mi vida.

Acerca del Autor

Asiris Monserrath Romero Macías, nació el 20 de Julio del 2003 en Zapopan, Jalisco, es una chica amante de la lectura, la filosofía y la escritura con un libro en desarrollo para publicarlo "Desde Sus Ojos" uno de sus mayores logros después de haber terminado la preparatoria con una especialidad en Administración de Recursos humanos egresada con 8.1, logró entrar a la universidad de Guadalajara, pero por azares del destino se retiró. Hasta el momento se encuentra trabajando en su crecimiento personal y laboral. Trabajo como niñera, mesera y recepcionista, en donde en poco tiempo aprendió lo suficiente para ser una persona digna de contratar, además del inglés que domina desde niña como persona autodidacta. Actualmente vive en Ixtapa, en un fraccionamiento lindo y tranquilo, tiene como objetivo ser maestra de inglés, publicar su libro y ser psicóloga. Su padre es Aurelio Romero y su madres es Georgina Macías.

www.ingramcontent.com/pod-product-compliance
Lightning Source LLC
LaVergne TN
LVHW041051080826
845145LV00007B/1527

* 9 7 8 1 9 5 9 9 8 9 2 3 3 *